中国"外国作家群"研究

A STUDY ON CHINESE WRITER GROUPS INFLUENCED BY FOREIGN WRITERS

孙宜学　摆贵勤　主编

上海三联书店

目　录

序

　　民族文学的成长，除了自我的内在视角，他者的外在视角也必要且必然。这是文学的逻各斯定律，与文学成长同步。歌德所谓的"世界文学的时代"，实际上就是各民族文学充分融合的时代，是彼此互相汲取精华而成就自身伟大的时代。世界文学的发展史亦证明，能够真正立足世界文学之林的民族文学都是基于本民族文化的精髓，创造性地借鉴"他山之石"，融汇新知，从而不断在创新中发展，在发展中沉淀，在沉淀中成就永远以开放的姿态对待外来文化的充满自信的本民族文化。所以说，任何民族文学的发生和发展的规律以及文学特质的形成，都必须基于世界文学的整体观进行考察，这不仅是因为民族文学都是世界文学不可分割的一部分，更重要的是，以世界的视角考察民族文学，更能剔析出民族文学自身的独特性。

　　中国文学，尤其是中国现当代文学的发展历史，实际上就是一部中外语言文学相互交流、相互融合、相互生发的过程。尤其是进入 20 世纪以来，曾经闭关锁国的中国被迫慢慢敞开了大门，中外文化、文学的交流也在这个过程中逐渐恢复、丰富起来，在急于"救亡图存"的中国人面前缓缓展开了一个五彩缤纷的世界。一大批外国思想家、文学家、哲学家，如泰戈尔、拜伦、雨果、托尔斯泰、屠格涅夫、杜威、罗素、尼采、易卜生、卡夫卡……在这股"西学东渐"的潮流中传入中国，甚至亲身访问了中国，并对中国文学产生过很大影响。他们与中国文化界的交流或顺利，或障碍重重，或一派欢声笑语，或"棍棒交加"，或高潮迭起，或平淡无奇，或赞誉有加，或毁誉参半。但无论如何，他们都在中国文学的现代化和走向世界的过程中留下了或深或浅的烙印。

基于这样的事实，梳理外国作家被翻译介绍到中国并对中国作家产生影响的历史进程，不但有利于厘清中外文学交流的历史和规律，而且对未来推动中外文学更加有效地结合、发展，尤其是对推动中国文学更加精准地走出去，具有直接的借鉴价值。

作家群与社团、流派同中有异。中国"外国作家群"，并非一个具有相同创作风格的中国作家群体，也并非一个属于同一时代或相近时代的作家群体，而是跨越代际、跨越不同文学流派、创作风格松散，甚至可以说没有内在逻辑关系或传承关系的作家群体。他们没有共同的刊物、宗旨，只是都与某位外国作家的创作风格具有显在或潜在一致性或相似性。本书在结构上淡化中国作家各自的独特性，仅以某位外国作家与不同中国作家作品的这种一致性或相似性作为内在逻辑线索，梳理外国作家在中国的翻译传播、影响交流的历史和规律，并选取某位中国作家为案例，具体分析某一外国作家影响中国作家的方式和特色，提炼中外文学交流的一般规律，并凝练出可资中国文学走向世界的参考性建议。我们不得已化繁为简，化多为一，是为了更精准地为研究中外文学关系，提供新的思路、视角以及方法。

本书所说的中国"外国作家群"，是指以某一位外国作家为基点，以其对中国作家的纵向或横向影响为经纬线，所构成的一个扇形或圆形的影响圈。梳理这样一个影响圈的来龙去脉，经线纬线，困难可想而知，尤其是影响本身有时有形有时无形，更多是蜻蜓点水，润物无声式的。事实上，不但一个外国作家会影响到不同中国作家，而且任何一个中国作家所接受的外来影响也同样复杂多元。以某一位中国作家为基点，以影响这位作家的诸多外国作家为经纬线，又构成了一个逆向的扇形和圆形的受影响圈，如鲁迅的《狂人日记》，就"依仗"了"百来篇外国作品"。若将构成这两个扇形或圆形的影响圈的经纬线交叉在一起，就形成了一个千变万化、千头万绪、相互交织、相互影响、相互反射、相互融合的文学交流体系。其中任何一条线条，任何一个交叉点，实际上都是一个个生动的细节，也是一个个重要的研究问题。将这些中外文学交流中似乎恣意飞溅的火花收集整理成一束束光束，集腋成裘，就会慢慢照清中外文学交流史的原始路径，还原中外文学最初碰撞交汇时火花飞溅的美景。在中外文学碰撞、摩擦、浸润、容纳、生发的日常细节的汪洋大海中，本书虽为沧海一粟，但仍自成实体，且能孕育出新的生命。

孙宜学

2022 年 9 月 18 日

第一章
中国泰戈尔作家群

绪　论

罗宾德拉纳特·泰戈尔（Rabindranath Tagore，1861—1941）是印度近现代著名的文学家、哲学家和艺术家，在长达近 70 年的创作生涯中，他不仅通过诗歌、散文、小说、戏剧等文学形式表达自己的思想，也通过演讲、书信等形式表达自己的哲学思想，晚年还通过绘画、音乐实践来表达他对艺术的见解，并坚持不懈。诗歌《人民的意志》和《金色的孟加拉》分别于 1950 年和 1972 年成为印度和孟加拉国的国歌。他最主要的身份是诗人，诗集有 50 多部。他在 1913 年凭借英译《吉檀迦利》获得诺贝尔文学奖，这使得他不仅仅是印度的泰戈尔，更是世界的泰戈尔。

泰戈尔最早发表的长诗《野花》是在 1875 年，此后他出版了组诗《墓歌》（1882），这是最早充分体现他自己特色的作品，风格较为忧郁、悲伤。紧接着他创作出歌剧《自然的报复》（1883），探讨有限与无限的关系问题，这是他第一部成功的剧作，此时他的创作风格渐趋热情、开朗。

泰戈尔直面现实的人生，采用的方式是直接抒发或者借助于历史故事。诗集《刚与柔》（1886）直接抒发对现实世界和生活的热爱，不再沉湎于灵魂的探索。小说《王冠》（1885）及《贤王》（1887）以历史介入现实的方式探索人生问题。1887年写的《幻影的游戏》，是探索人生意义的音乐喜剧。无韵诗剧《国王与王后》（1889）表现个人爱情与国家义务之间的冲突。这些均可看作他对人生问题的初步探索。

泰戈尔也思考什么是真正的美，提出一种圆满完美的爱的理想。自由诗体抒情剧《齐德拉》（1891），提供了一种诗意和真理交织的美感；散文体社会喜剧《第一个错误》（1892），戳破了爱情幻想的迷梦；独幕抒情剧《临别的诅咒》（1892）第一次采用有韵律的双行抒情诗体创作，在责任与爱情两难选择的处境中，探索爱的可能与不可能。

泰戈尔日益关注对生命神性的信仰和劳动人民的遭遇，与他1890至1901年间在乡下管理家业的经历有直接关系。《金帆船》（1894）反映了泰戈尔对生命神性的信仰；叙事诗《两亩地》（1894）收入《故事诗集》（1900），刻画了农民失去土地的沉痛心情。泰戈尔对农民的同情和对社会现实的憎恨，生动地展现了他的人道主义和民主主义思想。哲理短诗《微思集》、抒情诗集《缤纷集》和《收获集》（均为1896年）等，被不少孟加拉人认为代表了泰戈尔创作的最高水平①。《收获集》胜在对下层生活的关注；《微思集》多是格言和寓言诗的形式探索；在《缤纷集》中，他第一次提出"生命之神"的观念。同时，他在散文集《五元素日记》（1897年）中，也把"风""地""水""火""空"人格化。他还在1900至1901年创作诗集《梦》《瞬间》《奉献》来歌颂神和自然，这些诗集多是用孟加拉语完成的，影响力很大的英文诗集《园丁集》《飞鸟集》和《游思集》的篇目多选自于这些诗集。

---

① 孙宜学：《泰戈尔中国之旅》，北京：中央编译出版社，2013年，第6页。

　　他也关注国内的政治斗争形势，通过《故事诗集》和《故事集》（均为 1900 年出版），反对异族侵略和封建陋习，但他反对不惜一切代价的革命。他关注青年的性格发展，通过婚姻问题，写出那个时代特有的环境下人的处境。创作于 1902 年、连载于 1903 年《孟加拉之镜》上的长篇小说《沉船》就是代表。这篇小说通过融入宗教关怀的爱情故事，写出了接受新思想的印度青年，无力冲破封建包办婚姻的现实，寄寓着泰戈尔对印度青年直面现实的希冀。泰戈尔的长篇小说《小沙子》（1903 年）在内容上关注孟加拉中产阶级生活，在艺术上成功刻画了人物的心理活动，把孟加拉小说提高到一个新高度 [1]。

　　他的改良主义思想在 1906 年遭受危机，此时印度的群众运动的发展越发与其背道而驰，他选择退出群众运动。连载于 1907 年《布拉巴西》杂志的长篇小说《戈拉》，是十九世纪七八十年代民族解放运动背景下孟加拉人民生活的史诗 [2]，凝结着他对群众运动的思考。他在艺术上的拓展主要表现在题材上，关注到教派间对于传统文化的态度的巨大冲突。泰戈尔进而试图用以人为本的宗教观来置换暴力冲突的宗教偏见，代表性剧作《暗室之王》（1909）重在探寻印度文化精神，《邮局》（1912）表达了对祖国的独立与自由、民族的前途与命运的真切关注。

　　政治上的孤独与家庭的变故，促使他此时写了很多抒发内心苦闷的抒情诗和具有浓厚宗教意味的神秘诗，这些抒情诗日后成为他获得世界声誉的重要原因。

　　泰戈尔在 1912 年 5 月 27 日出发去伦敦，在途中英译《吉檀迦利》，到达后拜访英国画家威廉·罗森斯坦，后者将泰戈尔推荐给叶芝等人。同年 11 月《吉檀迦利》英文版在英国出版，大受欢迎。

---

① 孙宜学：《泰戈尔中国之旅》，第 6 页。
② 施素素：《泰戈尔的宗教观在〈戈拉〉中的体现》，《山西青年》2019 年第 5 期，第 69 页。

11月13日泰戈尔凭借英译版《吉檀迦利》获得诺贝尔文学奖，这使得他属于全世界。《吉檀迦利》由103首诗构成，主要是从以前的诗集中选译，集中体现了泛神论等哲学思想，形式上由孟加拉语有韵的格律诗变为英文的散文诗，成为他哲理诗的巅峰之作。

他的英文散文诗集《园丁集》（1913）共收诗85首，形式短小精悍，主要是"关于爱情和人生的抒情诗"，融入了诗人对青春的感受及自己对社会人生的态度。英文诗集《新月集》（1915）主要译自1903年出版的孟加拉文诗集《儿童集》，直接用英文创作的较少，收录37首儿童诗，主要是赞美儿童的童真、纯洁的母子之爱的诗。这两本诗集生动体现了他的"爱的哲学"的思想。《飞鸟集》（1916）是富于哲理的英文格言诗集，既有对自己的孟加拉文格言诗集《碎玉集》的翻译，也有造访日本时的即兴英文诗作。共包括325首清丽的无标题小诗，形似只言片语的小诗蕴涵着深奥的哲理，主题仍关涉泛神论、"爱的哲学"的思想。

一战的爆发让泰戈尔的内心遭受了极大的痛苦，变幻不定的心情开始成为他作品的主题，1916年结集出版的《雁之飞翔》就表达了这种情感的不定。幻想剧《春之循环》贯穿全剧的精神基本是动的精神：世界上的一切都是变化、运动、生命，我们必须和生命一起前进①，通过表达对春天的向往暗示对现实处境的失望。

现实的境遇也让他开始思考印度的现代化进程及其对印度传统生活造成的影响，他通过小说这种体裁思考个人与家庭、民族及国家的关系。1915年他创作了中篇小说《四个人》、长篇小说《家庭与世界》。前者通过孟加拉青年探索生活道路的心理过程，反映了他们思想中的动摇和性格中的软弱②；后者则以20世纪初孟加拉自治运动为

---

① 孙宜学：《泰戈尔中国之旅》，第9页。

② 同上书，第10页。

背景，重新思考婚姻作为纽带和人生期望的挣扎，反映了政治斗争后民众的觉醒及其对家庭、夫妻关系的影响。此时，印度民族解放运动"以恶抗恶"的斗争方式与他的思想发生矛盾，他对激进派的某些行为进行了否定。

1919 年英国殖民政府颁布"罗拉特法案"，并血腥镇压抗议活动。此时泰戈尔与英国政府完全划清界限，并归还英国政府授予他的爵士称号，这极大地鼓舞了印度人民的反抗热情。真正让他完成号召人民为自由而战的思想转变发生在 1921 年到 1922 年，因为除甘地外，印度国大党的政治领袖几乎全部入狱，这一重大政治事件刺激到泰戈尔。他通过剧本《摩克多塔拉》表达对暴力统治的极端厌恶，对争取独立自由、反抗压迫的人民的赞美，这是他政治信念的反映。[①]1922 年到 1923 年他写出的另一部剧本《红夹竹桃》，仍然在谴责暴力压迫，号召人民为自由而抗争。

关注人的处境及思想的发展，仍然是他此时重要的主题。1926 年歌舞剧《舞女的供养》，根据佛教故事改编，对狭隘的种族偏见戕害美好心灵的罪恶进行了抨击。1928 年，他创作了长篇小说《交流》和《最终的诗篇》，前者反映新兴的资产阶级与旧地主价值观上的对立，后者以孟加拉青年知识分子的生活为题材，通过爱情故事表现现实与理想的冲撞。这两部作品都在思考人在生活中挣扎着做"真正的人"的悲剧性，展现人生存的状态和心态。直到 1932 年，甘地等人被逮捕，泰戈尔对殖民政府的抗议得不到发表，这个打击彻底动摇了诗人一生的信仰：他在此之前主张"爱一切人""饶恕一切人"，现在则转变为对压迫自己的民族的敌人表达仇恨，这是一个根本的转变。

但是泰戈尔仍然坚持他的人道主义思想。1932 年至 1933 年，他出版了诗集《终了》和《再者》，喜剧《纸牌王国》，短剧《贱民之

---

① 孙宜学：《泰戈尔中国之旅》，第 13 页。

女》、散文剧《邦肖利》及小说《两姊妹》。在《两姊妹》中，泰戈尔塑造了传统的印度女性形象，她们身上具有自我牺牲精神及宽容一切的博大胸怀，同时他也塑造了新式印度女性个人意识的觉醒，展现出从传统走向现代的女性面临着的复杂处境。在巡回演出自己剧本的同时，他完成了最后一篇长篇小说《四个故事》，以孟加拉民族解放运动为背景，描写了爱国者们的英雄行为和恐怖活动，他对这些爱国者的恐怖活动是持批判态度的。

对曾经美好生活的回忆也成为泰戈尔晚年的重要主题，1935 年他出版了两部诗集《最后的演奏》和《路程》，都表达了对逝去的美好生活的深情回忆。泰戈尔作品的风格也开始多变起来，除了 1938 年的诗集《边缘集》《戏诗》和《韵画》，1940 年的回忆录《我的童年》和诗集《在病床上》，1941 年的诗集《恢复集》和《生辰集》，还有以故事、寓言和童谣为主要形式的《故事与诗》。

泰戈尔社会活动很多，除了在印度本国作演讲，他的足迹遍布多个大洲和国家。1916 年 9 月第二次访美时，他发表了一系列演讲，抨击美国的物质主义和民族自大情绪，这些演讲被收入《国家主义》和《个性》两个集子里。1924 年 4 到 5 月，泰戈尔首次访问中国。1930 年 5 月下旬，他在牛津大学发表了《人类的宗教》的演讲，之后还发表了《俄国书简》《文明的危机》等。

沿着时间的脉络，透过不同的主题，泰戈尔丰硕的文学艺术作品和多样的文学艺术形式，构成了他文学艺术实践的丰富性与深刻性。

泰戈尔把自己的思想蕴化为多种形式，形成别具一格的诗化特点而他也因之被称为"诗哲"。泰戈尔的抒情诗充满浪漫色彩，即使是现实主义题材的小说也具有理想主义的特点，浓郁的抒情气息使其成为更像散文诗的"新文体"①，他的小诗形式自由、精妙，内容简约而

---

① 季羡林：《泰戈尔的生平、思想和创作》，《社会科学战线》1981 年第 2 期。

意蕴隽永。他多样的艺术形式背后，存在着某种渗透一切的哲学态度与信仰，即泛神论、"爱的哲学"和韵律论，进而在艺术上呈现出神秘主义的气息、理想美、诗化等特点。

泰戈尔的泛神论思想受到传统印度哲学中的思想内核"梵我一如"的影响："在太初，这个世界唯有梵。它只知道自己：'我是梵。'因此，它成为这一切。"①泰戈尔仍然把"梵"（或"神"）作为最高主宰，同时又坚持"万物皆梵"的观点。"梵"被描绘成一种人格化的神，被赋以更多的人性，这在对"神"惯常使用的称呼上表现得尤为明显，如"至高无上者""无限人格""伟大的人"等。泰戈尔的"梵"化为现实中大量的自然意象，自然因"梵"（神）的显现而涌动着神性；泰戈尔的"梵"还潜藏在"有限"的"个我"的灵魂之中，"我们的灵魂就沉浸在'梵'的意识中"②。泰戈尔的泛神论主要通过我与"神"、自然及理想化的"我"的融合，来实现与最高的"梵"的合一，进而使他的作品充满着神秘主义的气息。

"爱"是泰戈尔作品中的基本主题之一，它的呈现方式与泰戈尔一贯的理念一致。泰戈尔通过理想主义情调的爱情诗，歌咏女性的美好形象。在两性关系上，泰戈尔并不排斥写感官，没有关闭感官之门，即使是具有破坏性的性欲，当它受到恋爱理想的驾驭时，通过美的方式完成，也能升至人类对于"无限的爱的象征"③，呈现理想主义的爱。他也以优美的笔调展现儿童的童趣，赞美儿童的童真、自由，"母亲"这一身份在周围的闪耀，呈现出最自然亲情下"母亲"的形象。泰戈尔也是一个人道主义者，他的爱是基于人类意义上的爱，主

---

① 毗耶娑：《奥义书》，黄宝生译，北京：商务印书馆，2020年，第29页。
② 泰戈尔：《人生的亲证》，宫静译，北京：商务印书馆，1994年，第94页。
③ 泰戈尔：《诗人的宗教》，胡愈之译，《小说月报》第14卷第9号，转引自张羽：《泰戈尔与中国现代文学》，博士学位论文，吉林：东北师范大学，2002年，第92页。

张通过这种爱的理想来完善自我，用非暴力思想来调和所有的矛盾。泰戈尔"爱的哲学"清新、温柔，通过"爱与美"对传统文化中被忽略的女性及儿童等弱者的关注，呈现出诗意的理想美。

泰戈尔对艺术形式的驾驭，主要表现为把主体的情感渗入内部的韵律中，而不只是受外在形式的牵制，具有"强烈的情绪质素"[1]，形成他别具一格的"韵律美"。在众多创作实践中，泰戈尔总结出韵律除了美在词汇的协调外，还美在思想的"调节"[2]，与思维的传播原理有关。这种思维的节奏渗透在他的散文、诗歌中，正是这种音乐性使他的多种艺术形式得到完善。

1913年11月13日瑞典文学院的评语，包含着对他诗歌"敏锐、清新与优美"[3]风格的欣赏，对他诗歌"高超的技巧"[4]的肯定，直观地概括了泰戈尔艺术上的风格及特色。

总而言之，泰戈尔的泛神论、"爱的哲学"等构成了他的作品具有神秘化、美的理想性等风格特点，诗意中具有浓厚的哲学思辨的精神；诗的散文化、小诗的形式、小说的抒情化等构成了他诗化的艺术追求，这些共同构成了泰戈尔的别样的创作风格。

泰戈尔的诗在印度享有史诗的地位，他对印度现实生活的刻画，成为世界了解印度人精神世界的桥梁。1913年他凭借英译版《吉檀迦利》成为第一位获得诺贝尔文学奖的亚洲人，这是对他"诗意的思想业已成为西方文学的一部分"[5]的肯定，使他成为近现代亚洲最有影

---

[1] 太戈尔：《海上通信·第三信》，化鲁译，《东方杂志》1923年，第20卷第14期，第94页。

[2] 泰戈尔：《人生的亲证》，宫静译，第26页。

[3] 陈映真编：《诺贝尔文学奖全集》第八卷，台北：台北远景出版事业公司，1981年，第1页。

[4] 同上。

[5] 同上。

响力的文学家，这代表了一种"世界性"①。他在 1916 年撰写的《世界文学》，从"普遍人性"的角度倡导表现"人类共同的情感和普世的价值"②，以此来表达人性中共同的情感。同时，泰戈尔在世界各地弘扬东方文化的努力，使其经常被视为东方文学、东方文化的代表，进而成为与西方文化进行对话的典范。

英文版《吉檀迦利》在西方受到的肯定奠定了他在世界文学史上的地位，尤其是 1913 年麦克米伦公司出版的英文版《吉檀迦利》获得了巨大的成功，在 20 年内重印了 20 次③，并且被译成多国语言。到 20 世纪 30 年代，《吉檀迦利》在印度本土也被译成多种语言④。他的作品被翻译为这么多语言，远远溢出了西方文化界的接受范围，侧面体现了他在世界文学史上的地位。

不过与之形成反差的则是人们更关注他的哲学思想带给欧洲什么，而不是它文学作品的艺术性。从文学角度与作品对话的文章极少，对泰戈尔作品文学意义的挖掘，基本上没有超出叶芝、庞德的评价范围，"他们中的很多人只是重复叶芝（W. B. Yeats）所写的《吉檀迦利》序言的某些部分"⑤。在此意义上，泰戈尔的文学作品没有被很好地研究，他在世界文学史上的影响力很难真正被扩大甚至持续下去。

这一时期对泰戈尔的评论多是溢美之词，大部分将《吉檀迦利》、

---

① 姚达兑：《诺贝尔文学奖与制造世界文学》，《文艺理论研究》2020 年第 4 期，第 135 页。

② 泰戈尔：《世界文学》，达姆罗什等编：《世界文学理论读本》，刘洪涛、尹星译，北京：北京大学出版社，2013 年，第 62 页。

③ 曾琼：《世界文学中的泰戈尔：〈吉檀迦利〉译介与研究》，《外语教学》2012 年第 4 期。

④ Gokak, V. K., The Concept of Indian Literature, Delhi: Munshiram Manoharlal, 1979, p.168.

⑤ Aronson, A., Rabindranath through Western Eyes, Allahabad: Law Journal Press, 1943, pp.3–4. 转引自曾琼：《世界文学中的泰戈尔：〈吉檀迦利〉译介与研究》，《外语教学》2012 年第 4 期。

泰戈尔与他们想象中的东方和理想等同起来。[1]西方多国曾邀请泰戈尔作一系列演讲。20世纪30年代后，泰戈尔在西方世界逐渐不再受到重视。

整体来说，泰戈尔在世界文学史中的地位经历了一个起伏变化的过程：从一飞冲天到褒奖、批评的角力，再到基本暗淡，直至重新明亮，只不过是温和的光，不再像以往那样耀眼。"从1912年《吉檀迦利》即将付梓到此后的20年之间，泰戈尔像颗彗星一般划过西方的天空，又消失了。现在，这颗彗星又出现了，尽管随着时间的流逝他变得有一点暗淡"[2]，但没有沉到深渊。

在中国，泰戈尔也是最有名的印度诗人。与西方不同的是，中国在新文化运动时期大量引入泰戈尔的作品，他在文学艺术上影响了一大批中国作家，诸如冰心、徐志摩、郭沫若、王统照、许地山等，这些人的创作主题及艺术形式带有很重的泰戈尔的痕迹。在此意义上，泰戈尔对中国现代文学的转型及建构发挥了不可低估的作用。

泰戈尔用东方文明对精神性的强调丰富了世界精神，为世界文学的丰富性贡献了自己的力量。他的思想既作为东方文化的代表，也作为理解印度文化的窗口，在世界文学史上占据一席之地。

第一节　泰戈尔在中国

泰戈尔在中国的翻译研究可以大致分为四个阶段，包括第一次

---

[1]　曾琼：《世界文学中的泰戈尔：〈吉檀迦利〉译介与研究》，《外语教学》2012年第4期。

[2]　Dimock, E. C., LAGO, "Imperfect Encounter: Letters of William Rothenstein and Rabindranath Tagore 1911–1941," Journal of Asian Studies, vol. 35, no. 2, (1976)1976, p.349.

"泰戈尔热"（1913—1924），平淡期（1925—1949），"短暂"的蓬勃期（1950—1980）和第二次"泰戈尔热"（1981 至今）①。

一、第一次"泰戈尔热"

1913 年在泰戈尔获得"诺贝尔文学奖"后，钱智修就率先在《东方杂志》上向国内读者介绍他②，但中国文坛反应并不热烈。1915 年陈独秀选译了《吉檀迦利》中的四首诗，1917 年天风、无我翻译了短篇小说《雏恋》《卖果者言》及《盲妇》，此时中国知识界对泰戈尔的兴趣仍然不高。后受欧洲"泰戈尔热"的促动，至 1920 年对泰戈尔的译介高潮才来临。《新青年》《小说月报》《东方杂志》《文学周报》《晨报副刊》《少年中国》《学灯》《觉悟》《佛化青年》等有影响的刊物，以及商务印书馆、中华书局等大出版商纷纷刊载、出版译文，这种盛况一直持续到 1925 年。

在泰戈尔首次访华③期间，《小说月报》连续刊发泰戈尔作品的译文及有关评论文章，《中国青年》第二十七期推出"泰戈尔专号"，有力地推动了当时中国"泰戈尔热"的形成。此时泰戈尔重要的诗歌集、剧本、小说等④均有翻译，且出现多种译本或译文，可谓硕果累累。其中，最有影响力的译者是郑振铎。

与此同时，泰戈尔的思想和人格开始得到广泛研究。据不完全统计，1923 年到 1924 年两年间，有关泰戈尔的文章高达 210 多篇，数

---

① 孙宜学：《泰戈尔中国之旅》，第 191 页。

② 钱智修：《台莪尔之人生观》，《东方杂志》（上海）1913 年 10 月 1 日，第 10 卷第 4 期，第 1—4 页。

③ 1924 年泰戈尔应讲学社的邀请首次访华，徐志摩不仅与泰戈尔进行书信交流，而且为泰戈尔的访华造势，此时泰戈尔在中国声名大噪。

④ 诗歌集有《吉檀迦利》《采果集》《新月集》《园丁集》《飞鸟集》《游思集》等，剧本有《齐德拉》《邮局》《春之循环》《隐士》《牺牲》《国王与王后》《马丽尼》等，长篇小说有《家庭与世界》和《沉船》，被翻译的还有《泰戈尔短篇小说集》。

量之多接近于此前此后文章的总和①。其中，比较有深度的是王统照的《太戈尔的思想与其诗歌的表象》和闻一多的《泰果尔批评》，直击泰戈尔文艺思想及作品中的核心要义。

因为中国救亡图存的国势和文化背景，中国思想文化界围绕泰戈尔访华爆发了激烈的争论，焦点是关于"东方文明"的看法。泰戈尔强调用重伦理道德、重精神充实与心灵和谐、提倡"爱"的东方文明，去矫正西方文明的弊病，因与中国反传统的主流思想背道而驰而受到批判。此时对泰戈尔的批判已经超出了文学的范围，上升到对思想文化的批判。泰戈尔在中国既受到了来自徐志摩等人热烈的"欢迎"，也受到了茅盾等人的"批判"。

此时虽然有论争，却是中国现代作家群体中"泰戈尔作家群"受泰戈尔影响最为深刻的时期，无论是创作还是译介都是成果最为卓著的时期。

二、平淡期

1924 年 5 月 30 日，泰戈尔离沪赴日，"泰戈尔热"随之逐渐降温。再加上中国革命、文化斗争的需要以及世界形势的变化，中国知识分子逐渐将兴趣转移到政治和革命上来。除了 1925 年 4 月郑振铎的《泰戈尔传》得到出版外，一直到 40 年代，中国文坛几乎看不到关于泰戈尔的译介及研究的成果。1941 年泰戈尔逝世后，中国文化机关团体对泰戈尔的追悼会作了集中报道，并出版了少量翻译作品，如张炳星译的《泰戈尔献诗集》、施蛰存译的《吉檀迦利》、金克木译的回忆录《我的童年》、姚枏译的《泰戈尔评传》等，其余为少量回忆性的文章。但有一个例外是许地山，他在 1926 年回国途中曾到印度

---

① 张羽：《泰戈尔与中国现代文学》，博士学位论文，吉林：东北师范大学，2002 年，第 252 页。

特意拜访过泰戈尔，不仅写下了《中国文学所受的印度伊斯兰文学底影响》（1925）、《印度文学》（1930）等一系列著作，而且翻译了《主人，把我的琵琶拿去吧》①等泰戈尔的作品，填充了中国 30 年代对泰戈尔研究的空白。

三、"短暂"的蓬勃期

新中国成立之初，泰戈尔几乎无人问津。1956 年，周恩来去印度访问时对泰戈尔的赞扬，重新引发了中国知识界对泰戈尔翻译及研究的热情。1957 和 1959 年人民文学出版社分别出版了黄雨石翻译的《沉船》和黄星圻翻译的《戈拉》。1958 年到 1959 年间，戏剧《摩克多塔拉》和四卷本《泰戈尔剧作集》出版，其中《红夹竹桃》和《暗室之王》是新译，其余六个剧本则是对旧译的修订。泰戈尔重要的散文诗集，有的出版了新的版本，如郑振铎《飞鸟集》（1956 年版本），补译的同时，对旧译作了加工润色；有的则是出版了新的译本，如吴岩首译《园丁集》、汤永宽译《游思集》、冰心译《吉檀迦利》等。此外，故事诗《两亩地》除了被编入中学教材，还被改编为同名电影在我国广泛放映。除了译介，季羡林、梅兰芳等也相继发表了《泰戈尔短篇小说的艺术风格》《忆泰戈尔》等相关回忆性文章。1961 年人民文学出版社出版了 10 卷本的《泰戈尔作品集》，但 1962 年，中印边境战争爆发，泰戈尔再次被冷落。直到 1979 年黄心川、季羡林相继发表了《略论泰戈尔的哲学与社会思想》和《泰戈尔与中国》等文章，这种沉寂才逐渐被打破。可以说，该阶段"泰戈尔作家群"中唯独冰心仍然通过翻译来实践泰戈尔对其的影响。

---

① 泰戈尔：《主人，把我的琵琶拿去吧》，许地山译，《小说月报》1931 年，第 22 卷第 1 号。

四、第二次"泰戈尔热"（1981年至今）

1981年，中国的泰戈尔研究逐渐恢复并开始繁荣，这与"纪念泰戈尔诞辰120周年"活动密切相关，进而形成中国第二次"泰戈尔热"，具体表现在：

诗歌方面：1950年代郑振铎、冰心、吴岩等的译本不断再版，同时，新的译本也不断涌现，如吴岩首译《流萤集》《情人的礼物》《鸿鹄集》《茅庐集》，并编《泰戈尔抒情诗选》。作出突出贡献的是白开元，他由孟加拉语翻译了泰戈尔的诸多作品。①

小说方面：突破性表现在1983年漓江出版社出版的《饥饿的石头》，由倪培耕、黄志坤、董友忱、陈宗荣等人将孟加拉语和印地语翻译成中文。1980年代多部长篇小说得到翻译并出版，其中《最后的诗篇》被列为"东方文学丛书"出版，《家庭与世界》和《王后市场》等作为独立的小说读本出版。此外，2001年河北教育出版社推出24卷本的《泰戈尔全集》，至2016年人民出版社又推出18卷33册的《泰戈尔作品全集》，可以说为中国的泰戈尔研究提供了迄今为止最为完整的文献材料。此外，郑振铎、冰心等翻译的泰戈尔的诸多作品仍然被再版发行。

学术理论著作方面：大都集中于翻译泰戈尔的各种演讲稿，包含谭仁侠翻译的《民族主义》、宫静翻译的《人生的亲证》、倪培耕等人翻译的《泰戈尔论文学》，涉及泰戈尔对文学理论、哲学思想的思考，为我国读者了解、研究泰戈尔的文艺思想，提供了可靠的材料。

编著方面：沈益洪编著的《泰戈尔谈中国》（2001年）、孙宜学编著的《泰戈尔与中国》（2001年）、由姜景奎主编的册两卷本《中国学

---

① 包括《寂园心曲——泰戈尔诗歌三百首》《泰戈尔爱情诗选》《泰戈尔儿童诗选》和《泰戈尔哲理诗选》《泰戈尔散文精选》等。

者论泰戈尔》(2011 年)、佟加蒙主编的《中国人看泰戈尔》(2012) 等资料性汇编，为研究"泰戈尔作家群"中相关作家所受的泰戈尔影响提供了诸多实证材料，也为透视中国思想文化自身及与世界文化的交流提供了重要的参考。

对泰戈尔以及"中国泰戈尔作家群"中相关作家的评论与研究方，可分为以下几个方面：一是综合研究泰戈尔的生平、思想与创作的，二是对泰戈尔的具体作品的赏析与评论、作品人物形象的分析文章，三是研究泰戈尔与中国现代文学关系的文章。此外，各出版社还出版了多种泰戈尔的传记、研究著作和译著 ①，为泰戈尔在中国的影响力推波助澜。

总的来说，国内研究一般集中在解读泰戈尔的思想及其对中国现代作家的影响，尤其表现在对"中国泰戈尔作家群"中相关作家的某一影响，文学、文化界对泰戈尔 1924 年访华的反应等。近百年来对泰戈尔作品的译介、评论与研究，在不同的历史时期由于不同的历史需要出现高潮与低谷，反映出了中印文学、文化交流中的某些特征。

第二节　中国泰戈尔作家群

泰戈尔 1913 年诺贝尔文学奖的获得，不仅在西方引起关注，在中国也引起了一股研究热潮。他的文学影响力辐射到一大批中国现代作家身上，进而形成了中国"泰戈尔作家群"这一独特的文学现象。②

"中国泰戈尔作家群"这一称谓，着重指自民国初年以来，在创

① 诸如《家庭中的泰戈尔》《泰戈尔评传》《泰戈尔传》等。
② 孙宜学：《空籁自远至——"中国泰戈尔作家群"探究》，《书屋》2020 年第 4 期。

作实践方面明显受泰戈尔影响，且受到主流文学史认可的具有广泛影响力的作家构成的群体，例如郭沫若、冰心、徐志摩、王统照、许地山等。

首先是基于社团、流派、作家群的理解，流派侧重指“风格相同或相近的作家所形成的文学派别”①，社团侧重指“在一定宗旨指导下结成的文学组织”②，作家群则侧重指“以作家的艺术创作实践所表现出的相同或相近的文学艺术主张”③。上述作家因为没有刊物及宗旨，风格差异明显，但有近似的艺术主张，所以更适合作为一个作家群来研究。其次，钱智修在1913年发表的《台峨尔之人生观》中最先介绍泰戈尔，而认为“最先对泰戈尔接近的，在中国恐怕我是第一个”④的郭沫若，“知道太戈儿的名字是在民国三年”⑤。直至1915年10月，陈独秀选译了泰戈尔的获奖作品《吉檀迦利》中的四首诗⑥，可以说此时国人初次有了机会了解泰戈尔的作品。到1924年前，因为泰戈尔访华的原因，中国对泰戈尔的译介如火如荼。其中，郭沫若、冰心、徐志摩、王统照、许地山这五位作家，他们的文学活动及创作实践与泰戈尔的影响更为紧密相联。

第一，他们都积极推进、身体力行地进行泰戈尔的译介和研究。郑振铎在文学研究会成立时就组织发起“太戈尔研究会”，“据说，专门研究一个作家的学会，在中国这还是第一个”⑦，文学研究会因此成

---

① 周忠厚：《试论北京作家群》，《北京联合大学学报》1989年第2期，第21页。

② 同上。

③ 同上。

④ 郭沫若：《郭沫若诗作谈》，王训昭等编：《郭沫若研究资料（上）》，北京：知识产权出版社，2010年，第213页。

⑤ 郭沫若：《太戈儿来华的我见》，王训昭等编：《郭沫若研究资料（上）》，第148页。

⑥ 泰戈尔（达噶尔）：《赞歌》，陈独秀译，1915年，第1卷第2期，第42—43页。

⑦ 郑振铎：《1921年4月17日致瞿世英信》，转引自王向远：《东方文学译介与研究史》，北京：九州出版社，2021年，第57页。

为当时我国泰戈尔译介和研究的重镇。冰心、许地山、王统照都是文学研究会的成员。此外，徐志摩经常受邀去"太戈尔研究会"讲泰戈尔的诗歌，这成为"泰戈尔作家群"的先导。郭沫若虽然没有参加过"太戈尔研究会"，但他翻译过泰戈尔的文学作品，从"《新月集》，《园丁集》，《曷檀伽里》三部诗集来选了一部《太戈儿诗选》"①，只不过因商务印书馆和中华书局的拒绝发表而无从面世，但无法否认的是泰戈尔无形中对他的影响。泰戈尔 1924 年访华期间，王统照担任陪同及翻译，徐志摩更是在散文《太戈尔来华》、散文诗《泰山日出》中，为泰戈尔来华造势。

冰心对泰戈尔作品的翻译多集中于建国之后，涉及的题材众多，仅诗歌就有《吉檀迦利》和《泰戈尔诗选》，均由人民文学出版社在 1955 年出版。此外，还有诗剧《齐德拉》和《暗室之王》，小说集《流失的金钱》，散文诗《园丁集》，以及书信集《孟加拉风光》于 1950 年代末和 1960 年代初出版，《回忆录》则于 1988 年出版。冰心对泰戈尔作品的大量译介，既体现了当时主流意识形态对泰戈尔的认可，又体现了泰戈尔作品的生命力及对冰心影响的持久力。

1923 年 3 月新月社在北京成立，"社名是徐志摩根据泰戈尔诗《新月集》所取"，可见泰戈尔对徐志摩影响的深刻性。不仅如此，在散文《太戈尔来华》中，徐志摩高呼泰戈尔是最纯粹的人，对他的人格极为尊崇；在散文诗《泰山日出》中，他把泰戈尔来华比作"泰山日出"，为泰戈尔来华造势。在泰戈尔 1924 年访华期间，徐志摩担任陪同及翻译，更是把泰戈尔"敬若神仙"，泰戈尔的真面目反而在这种"捧杀"中退隐。5 月 19 日徐志摩在《晨报副镌》上发表演讲稿《太戈尔》，驳斥国内有人对泰戈尔"不合时宜""顽固""守旧"的指

---

① 　郭沫若：《太戈儿来华的我见》，王训昭等编：《郭沫若研究资料（上）》，第 148 页。

责,并更加热烈地赞美泰戈尔。此外,他还身体力行地翻译泰戈尔的诗歌《谢恩》和《园丁集》第60首,翻译演讲《清华演讲》《国际关系》《第一次的谈话》《科学的位置》等。泰戈尔在《在中国的演讲集》扉页写道:"献给我的朋友徐志摩"。显而易见,徐志摩的译介活动受到泰戈尔极大的肯定。

王统照于泰戈来华前就翻译过泰戈尔的诗歌《泰戈尔诗杂译》(译自《园丁集》),撰写过介绍泰戈尔思想的文章《泰戈尔的人格观》、《泰戈尔的思想及其诗》前记、《研究泰戈儿最需要的两本书》(评论)等。在泰戈尔访华期间,王统照也亲任陪同及翻译,以其实践推动了泰戈尔"爱"的思想的传播。许地山自1913年在缅甸接触泰戈尔的作品后就对其崇拜有加,在1917年至1923年燕京大学求学期间,更是在外貌装束上学习泰戈尔,足见泰戈尔对其影响的程度之深。他不仅翻译发表了泰戈尔的哲学文章《美的实感》,还主持座谈会,特邀徐志摩介绍泰戈尔的生平及思想。

值得一提的是,郑振铎能对泰戈尔的诗歌发生兴趣,许地山在1918年的介绍起了重要的推动作用。郑振铎曾提到许地山劝说他翻译泰戈尔的《新月集》,而且帮助他校对《新月集》的翻译,而许地山当时已经着手翻译《吉檀迦利》,只不过尚未译完,已翻译的始终没有拿出来发表而已。遗憾的是,泰戈尔访华期间,许地山、冰心分别远在牛津大学和威尔斯利大学研究生院留学,否则定会有此二人更多的对泰戈尔的译介成果。

第二,最重要的是他们的创作实践明显地受泰戈尔影响。郭沫若在记录的写作提纲中,视泰戈尔为他的诗的觉醒期的标志之一,而且自述其新诗创作的"第一段是太戈尔式"①。冰心在1921年就在

---

① 郭沫若著作编辑出版委员会编:《郭沫若全集·文学编》,第12卷,北京:人民文学出版社,1992年,第76页。

诗集《繁星》的前记中承认《繁星》是受泰戈尔的《迷途之鸟》(即《飞鸟集》)的影响；在散文《遥寄印度哲人泰戈尔》中，她对泰戈尔的仰慕之情表达得更为直接："你的'宇宙和个人的灵中间有一大调和'的信仰……和我原来的'不能言说'的思想，一缕缕地合成琴弦①。"

王统照还借用过泰戈尔的诗句，在《冬日出京前一夕示惟民》之六的诗中有注释："印度诗人泰戈尔有句诗是：'肝肠已染了！'其意曾为爱的颜色所染过"②，可见他对泰戈尔作品的熟悉。泰戈尔口头传播的方式对徐志摩、王统照的文学影响是深远的，与徐志摩、王统照相似的是，许地山也有与泰戈尔现实接触的机会。他于1926年8月到印度拜访泰戈尔，此次拜访使许地山更增加了对泰戈尔及印度文化的兴趣。有意思的是，许地山实现与泰戈尔的现实接触之后，他的精力开始投注在对印度文化的兴趣上，出版学术著作盖过了文学创作，但是不可否认的是泰戈尔在其中重要的勾连作用。

这五人则共同以作品来凸显了泰戈尔的影响因素，尤其是泰戈尔泛神论的"主体意识"③，这有别于西方主客二分对立关系的主体，不是"自我"完满的主体。在此意义上，泰戈尔主客融为一体的主体意识一定程度上消解了他们身上的西方近现代主体意识，同时也丰富了他们身上已有的本民族文化传统的影响因素。而受泰戈尔影响的"中国泰戈尔作家群"，也受到西方对主体价值尊崇的影响。在多种文化的熔炉中，要明确指出他们的某种"主体意识"受泰戈尔影响，是有一定难度的，因为很难将多种文化烙印完全剥离开来。但是，我们仍然可以从中寻出泰戈尔对他们的影响的踪迹。

---

① 冰心：《遥寄印度哲人泰戈尔》，《燕大季刊》1920年，第1卷第3期。

② 王统照：《童心》，杭州：浙江文艺出版社，1975年，第19页。

③ 孙宜学：《空籁自远至——"中国泰戈尔作家群"探究》，《书屋》2020年第4期。

第三节　泰戈尔与冰心

冰心作为"中国泰戈尔作家群"的典型代表，对自我、爱、生命、美、自由等的追求，明显受泰戈尔的泛神论、"爱"的哲学、韵律论等思想影响。

一、自我观

自我观关注的是人的自我意识，也就是个体对自我的认知。个体意识在中国的觉醒，主要发生在新文化运动到 19 世纪 20 年代中期，由文学思想家和作家发现。"个人"成为与"国家""民族"相对立的范畴，即人不是为君、为道存在，而是为"自我"存在。这里对"自我"的强调，以人的个体价值作为目的本身，实际上是对真正的"人"的发现。泰戈尔的思想及作品恰在此背景下输入，其泛神论思想受到极大的关注，宇宙万物（自然、人）因"梵"（神）的显现而涌动着神性，这样"梵"与"我"的合一就导向对"人"的尊崇，恰好与当时中国对主体"自我"的呼吁一致。

泰戈尔泛神论思想中的主体趋向影响到冰心的创作实践，而冰心对中国传统的儒释道文化极为熟悉，庄子的某些思想与泰戈尔的泛神论思想又有近似的地方，这在一定程度上可能成为她能接受泰戈尔泛神论的原因之一。

首先，冰心以自己的方式来理解泰戈尔的泛神论，把自我融入神性之中。她说"我们既在'梵'中合一了，我也写了，你也看见了"[1]，将自我融入于至高无上的"梵"，并没有指向神秘主义。她在文学的实践中以梦幻的形式"是真？是梦？我只深深地记着：是冰

---

[1]　冰心：《遥寄印度哲人泰戈尔》，《燕大季刊》1920 年，第 1 卷第 3 期，转引自冰心：《冰心散文》，太原：山西人民出版社，2022 年，第 154 页。

山，是女神，是指着天上——"①，和疑问的形式让"我"与"神"保持了一定的距离。很明显，冰心建构的是"没有人间的礼法，没有各种错综复杂的关系，单纯得如水晶般"②的个体世界。冰心在精神与气质的层面上更像泰戈尔，更接近泰戈尔的言说形态，虽无力触及"神"的崇高性却努力接近，没有完全否定"神"的地位，而是把自我融入于神、自然，回归生命本体。

其次，冰心通过人与自然融合的方式来关照自然的神性，来实现自我与自然的融合。中国古代思想家对"天人合一"中的"天"作过不同的阐释，但是尚未发现例证把"天"理解为自然。③泰戈尔将"梵"化为现实中大量的自然意象，对冰心表达"自我"产生了一定的影响。海洋意象、光明意象和飞鸟意象，很好地体现了"我"与自然融合的特征，即实现了自然物的外在特征与"我"的主观意志的融合，寄托着现代精神的象征意义。

一是海洋意象，这有别于中国文化传统更为关注的陆地上的事物。自然在冰心心中是圣洁的，海洋也不例外，主要以两种方式呈现。其一是对海洋的神化，《往事》（一）中海上有位女神，女神生活的场所使海蒙上了神秘的面纱，自然万物成为她外在形象的一部分，冰心的这一构思恰好与泰戈尔的"梵我合一"形成对应，"女神"恰好是"梵"的一种形象化的代指，而自然万物则是"梵"的外在显示。其二是渴望作"海化之人"，有别于中国诗歌传统对海的忽视。无论是"我的女儿！／你文字中／怎能不带些海的气息"④，还是"父亲呵！／出来坐在月明里，／我要听你说你的

---

① 冰心：《冰神》，卓如编：《冰心全集·第1卷》，福州：海峡文艺出版社，1994年，第232页。

② 刘再复：《共鉴五四》，福州：福建教育出版社，2010年，第141页。

③ 李申：《"天人合一"不是人与自然合一》，《历史教学》2005年第5期，第55页。

④ 冰心：《安慰（二）》，卓如编：《冰心全集·第1卷》，第480页。

海”①等，对海的气息的传达，都离不开主体“人”，而且受泰戈尔《飞鸟集》的影响，以简短的两三行来表达“自我”瞬间的情感、思想。最明显的莫过于“海波不住的问着岩石，/岩石永久沉默着不曾回答；/然而他这沉默，/已经过百千万回的思索”②，是对泰戈尔“What language is thine, O sea?” / “The language of eternal question.” / “What language is thy answer, O sky?” / “The language of eternal silence”③的模仿与借鉴。冰心笔下的海寄托着宁静的理想情怀，更进一步说，冰心笔下的“海”与其精神家园融为一体，正如其小说《海上》把回归大海视为“回到永久的家”④，充满人类意义上的关涉，有对泰戈尔“无限”的宇宙观的呼应及对个体“自我”的升华。这也是冰心作为女作家的特点，把“自我”的探索最终深入到对精神家园的回归。

二是光明意象。冰心除了关注宇宙等“大”的意象外，还将“光”倾洒在微小的事物中，关注到微小事物中的自然神性，这不能不提泰戈尔“泛神论”思想对其影响作用，既然“神”梵化为自然万物，那么微小的事物也拥有被重视的理由。在此意义上，冰心笔下呈现出一种暖人心意的色调，诸如“小小的花，/也想抬起头来，/感谢春光的爱”⑤。不仅如此，在散文《闲情》中，冰心甚至因阳光下的温暖场景而感到“世上一切，都已抛弃隔绝，一室便是宇宙”⑥，以一室的“小”见宇宙的“大”，“阳光”的自然性在此意义上具有了宇宙

---

① 冰心：《冰心诗选繁星春水》，杭州：浙江文艺出版社，2000 年，第 22 页。

② 同上，第 33 页。

③ 泰戈尔的《迷途的鸟》，郑振铎的翻译是“海水呀，你说的是什么？” / “是永恒的疑问。” / “天空呀，你回答的话是什么？是永恒的沉默。”转引自罗宾德拉纳特·泰戈尔：《泰戈尔诗集·新月集·飞鸟集》，郑振铎译，南昌：江西美术出版社，2011 年，第 79—80 页。

④ 冰心：《海上》，卓如编：《冰心全集·第 1 卷》，第 210 页。

⑤ 冰心：《冰心诗选繁星春水》，第 29 页。

⑥ 冰心：《冰心散文》，杭州：浙江文艺出版社，2019 年，第 23 页。

的"神"性。

三是飞鸟意象。冰心在"飞鸟"意象的呈现上也有泰戈尔的影子。例如《繁星·八》中，"残花缀在繁枝上，/ 鸟儿飞去了，/ 撒得落红满地——/ 生命也是这般的一瞥么？"①，"鸟儿"的离去隐喻着生命的短暂状态。冰心营造的意境，尤其是通过"飞鸟"意象来隐喻生命的有限，在一定程度上展现了泰戈尔"梵"的有限性，同时又有别于泰戈尔展现的"梵"的无限性与有限性的统一。冰心有远离故乡出国留学的经历，受西方自由思想的影响，因此她对泰戈尔的思想及作品进行借鉴时，对"飞鸟"意象的情有独钟并不难理解。年轻人在人生道路的选择、对国家前途命运的关注中都有一种彷徨的情绪，再加上在外漂泊的经历，在这样的心绪下，"飞鸟"就很好地寄托了他们的情感，因为冰心自己正是"飞鸟"，所以在此意义上，"飞鸟"就不只是"梵"的自然化的代表，而是"梵"与"我"合一的代表，是看似自由、却在漂泊中彷徨的"自我"的展现。

冰心以自然意象承载着"自我"意识，同时融"自我"意识于大量的自然意象中，来表达对"自我"及理想的思考。她将自然的外在特征与内在精神合一，进而凸显出自然的神性。可以说正是泰戈尔为冰心表达"自我"提供了一种新的可能，即融"我"与"梵"的自然化为一体。

最后，冰心关注"自我"的个体精神。泰戈尔认为"我们的灵魂就沉浸在'梵'的意识中"②，冰心亦受此影响，关注自然状态下"自我"的本真状态，关注"儿童"对至高"神"性的表达所起的作用。冰心通过婴儿的角度返归自然，"我们都是自然的婴儿 / 卧在宇宙的摇篮里"③，既表现出"婴儿"的自然神性，又突出"人"作为"宇

① 冰心：《繁星》，卓如编：《冰心全集·第 1 卷》，第 236 页。
② 泰戈尔：《人生的亲证》，宫静译，第 94 页。
③ 冰心：《冰心诗选繁星春水》，第 7 页。

宙”之子的重要地位，这是对泰戈尔式泛神论思想的诗化展现。冰心侧重于对人类的凸显，把复数的“人”置于一望无际的宇宙中，体现了冰心的宇宙精神。“人”面对无垠、阔大的宇宙时的孤独与弱小，又体现出冰心人格中的忧郁与悲感。不过在巨大的自然力面前，她并没有束手无策，或者正如她所说，其天赋中的悲感得到泰戈尔的救治①，通过拥有“神秘语言”的婴儿，与“梵”实现沟通，借助“婴儿”的语言，“我们”有破译“天”的绝对可能性，在此意义上，“我们”拥有可能性无穷的力量，指向接近“神”性的可能，以此来实现对现实“自我”的超越。

冰心从自身需要出发吸收泰戈尔泛神论的营养，努力实现我与“神”、自然及理想化的“我”的融合，或者借助外在的“神”，努力让自己的行为符合“神”的旨意，通过信仰来让自己无限接近或达到“神”的要求，进而彰显出主客相融的“自我”意识，丰富了“五四”时期表达“自我”的方式。冰心接受泛神论，在处理人神关系、运用自然意象及关注儿童时，字里行间都流露出恬静与柔和的“自我”形象，对当时“自我”这一主体意识的建构及张扬产生了深远影响。

二、情感观

“中国泰戈尔作家群”在深受泰戈尔影响之前，女性主体意识已经觉醒。受易卜生的影响，“娜拉”成为象征中国女性觉醒的符号。不过泰戈尔对女性与儿童的书写，恰好适应了当时对个性解放与反礼教的需要，为冰心主体意识的表达打开了另外的一扇窗，即通过“爱”的方式表达。

首先是发现母爱。冰心从女性在家庭中的“母亲”这一重要角色

① 冰心：《遥寄印度哲人泰戈尔》，《燕大季刊》1920年，第1卷第3期，转引自冰心：《冰心散文》，太原：山西人民出版社，2022年，第154页。

入手，有别于郭沫若、徐志摩关注泰戈尔理想主义情调的爱情诗。冰心从女性特有的柔情出发接近泰戈尔，一改中国传统对"母亲"道德伦理功能的强调，转而展开更多自然的人性之爱。冰心的类似"母亲放下针线，用她的面颊，抵住我的前额，温柔地，不迟疑地说"①这样走出传统礼教观念的作品，很容易让人联想到泰戈尔《新月集》中《孩童之道》《不被注意的花饰》《偷睡眠者》《开始》等作品，呈现出最自然亲情下"母亲"的形象。虽然泰戈尔的视角更为多元化，但从实质的内容、说话的语气等可看出二者之间的关联。在《再寄小读者》第三封通讯中，冰心更是深情地礼赞母亲具有"能包含的伟大的人格"②，这与泰戈尔所宣扬的高超精神和理想人格呼应，而且把中国传统的血缘伦常的情感放大为"人类在母爱的爱光之下，个个自由，个个平等"③，这也是冰心对传统道德框架的突破。

　　最典型的是小说《超人》，何彬从前期的极端冷酷到后期的回归人世间，从"没有爱的生活"到"过去的追忆"再到"爱的实现"，"母爱"起到转换情节的关键作用，她的处理简单而突兀，凸显出冰心"在气质、禀赋、才情上都不是阐释爱的哲理的智者"④，却更适合作"歌唱'爱'的抒情诗人"⑤。可以说，冰心以女性纯真式的抒情淡化了小说情节，妄图通过以"母爱"来调和所有的矛盾，实则是对泰戈尔学习借鉴时运思简化的一种表现。冰心通过缔结温暖的"母爱"世界，来体现女性的价值旨归，进而通过此种方式来实现"五四"精神，凸显女性的自救意识，建构新的母爱"救世"神话。

---

① 冰心：《通讯十》，卓如编：《冰心全集·第 2 卷》，第 101 页。

② 冰心：《冰心散文精选》，北京：北京教育出版社，2020 年，第 228 页。

③ 冰心：《通讯十二》，卓如编：《冰心全集·第 2 卷》，第 110 页。

④ 方锡德：《中国现代小说与文学传统》，北京：北京大学出版社，1992 年，第 427 页。

⑤ 同上，第 427 页。

其次是发现儿童。冰心的书写方式体现出对泰戈尔书写方式的借鉴与模仿，例如在小说《世界上有的是欢乐……光明》中，从不关心政治到为国竭力奔走的青年凌瑜，因全民族救国热情冷淡而有入海自杀的念头，却因沙滩上玩耍的两个小孩的话，尤其是"先生，世界上有的是光明，……不要走那一条黑暗悲惨的道路"①，"儿童"对人物的命运起了举足轻重的作用。冰心体现了"儿童"的主体地位，实现了对人的抚慰与启迪的作用，但是她所讴歌的儿童承载了过重的理想，呈现出一种超现实的概念。

至 1926 年冰心的《寄小读者》，此时她的作品中仍然具有泰戈尔的影响因素，且受到欢迎，这种风格的文字并没有因为泰戈尔在中国的冷遇而受到冷遇。不过 1949 年之后，"斗争哲学"成为时代的主旋律，以宣扬"爱的哲学"为旨意的《寄小读者》受到冷落，直到 20 世纪 80 时代，《寄小读者》才再一次受到重视。除了 1943 到1944 年的《再寄小读者》四篇、1958 到 1960 年的《再寄小读者》21篇，1978 到 1980 年的《三寄小读者》10 篇等外，她于 1957 年创作的《小橘灯》更是中国儿童文学的经典著作，故事的背景是 20 世纪三四十年代，文中的小女孩是泰戈尔所赞扬的儿童品质的栩栩如生的体现。小女孩虽然身处困苦之境，但却镇定、勇敢、乐观，使得让当时身处逆境的冰心"觉得眼前有无限光明"②。小女孩做的橘灯，正证明了泰戈尔的观点："他们的想象把最丑的玩具变得漂亮，变成生活的伙伴。"（and the ugliest doll is made beautiful with their imagination and lives）③ 从整体来看，泰戈尔对冰心儿童书写方式的影响是长远而深刻的。

---

① 冰心：《世界上有的是欢乐……光明》，卓如编：《冰心全集·第 1 卷》，第 69 页。
② 冰心：《小橘灯》，《中国少年报》，1957 年 1 月 31 日。转引自冰心：《冰心散文精选》，北京：北京教育出版社，2020 年，第 131 页。
③ 克里希那·克里巴拉尼：《泰戈尔传》，倪培耕，桂林：漓江出版社，1984 年，第369 页。

最后是发现绝对的爱。泰戈尔站在人类意义上，既爱国同时也超越国界，站在道德的制高点，高扬的是超阶级的、绝对性的"爱"。冰心的小说《国旗》，表达了与泰戈尔相似的家国观念，即国界是不应当分的，人类是应当合一的："他也爱我们的国，我们也爱他们的国，不是更好么？"①在此冰心还表达出希望国与国互助、人与人互爱，把对国家的"爱"建立在理想化的、超国家的"爱"之上，呈现出不加区分的人道主义特点，明显有泰戈尔"我是爱国者……我的爱国不是狭隘的"②观念的影响。

在泰戈尔的其他作品中也闪耀着爱国主义的光芒，《采果集》第31首，更是直接呐喊"来吧，战士们，扛起你们的旗帜"，奋勇前进，因为祖国"躺进尘埃的号角在等待着我们"，让"生命中的欢乐在火焰中熊熊燃烧吧"③，唤醒人们接过号角继续前行，歌颂了爱国者为国浴血奋战的精神。冰心在《春水·二二》中也有类似的写法："先驱者！/你要为众生开辟前途呀，/束紧了你的心带罢"④，这首诗歌对冰心受泰戈尔的影响的体现最为明显，渗透着对"先驱者"在整体意义上的大爱。

泰戈尔主张用宽广的爱填满人为的鸿沟，努力达到社会的理想。具体来说，他通过超阶级的泛爱来面对弱小事物承受的不公平与不合理，甚至乞丐和盲人等最下层的人也成为他重要的表现对象。泰戈尔的这种充满爱意的书写在冰心那里得到了突出的体现，主要表现为卑

---

① 冰心：《冰心儿童文学全集（下）》，北京：中国少年儿童出版社，2000年，第511页。

② 克里希那·克里巴拉尼：《泰戈尔传》，倪培耕译，桂林：漓江出版社，1984年，第361页。

③ 泰戈尔：《泰戈尔诗选》，郑振铎等译，济南：山东画报出版社，2019年，第225页。

④ 冰心：《春水》，卓如编：《冰心全集·第1卷》，福州：海峡文艺出版社，1994年，第354页。

微人物"如何纯良具有优美的灵魂"①，在此之前乞丐和盲人几乎很少出现在诗歌的表达中。此外，没有血缘关系的"他爱"也出现了，例如朋友的爱、同学的爱、室友的爱、老师的爱等，这种对他者的爱，实际上也是人类的爱，在此意义上，冰心显示了一条从母爱出发到人类之爱的人道主义链条。

泰戈尔"爱的哲学"影响了以冰心为代表的"中国泰戈尔作家群"对情感的表达方式，他们刻画了女性、儿童甚至其他的弱小者的人性的光辉，背后是作者对弱势群体的关怀，带来的是清新、温柔之风。

三、生命本体观

泰戈尔的"韵律论"体现了他的基本生命观，主要表现为：一是美在韵律，二是生命的韵律。前者着重于主体对艺术形式的驾驭，把主体的情感渗入内部的韵律，而不只是受外在形式牵制；后者则强调生命的意识、律动，具有强烈的情绪的质素。

冰心受到泰戈尔注重内在韵律的影响，她写小诗的冲动正是受泰戈尔《飞鸟集》的影响，因其短小而无拘束的形式便于表达内心的感受。在具体的实践中，冰心通过诗行与诗行之间的跳跃性，捕捉和反映不断流动、变异和稍纵即逝的思绪，以暗示来突破篇幅。冰心寓丰富于短小，寓哲理于形象，呈现出迥异于郭沫若《女神》中情感激烈、一览无余的诗学趣味，也区别于当时的现实主义诗歌中缺少余味的特点。在此意义上，正是由于泰戈尔的启发，形式创造力强的冰心才为白话自由体诗增添了一个新的品种"冰心体"。② 不过因其形式

---

① 冰心：《星空的回忆：冰心美诗文选读》，长沙：湖南文艺出版社，2006年，第3页。

② 黄英（阿英）：《谢冰心》，范伯群编：《冰心研究资料》，北京：知识产权出版社，2009年，第192页。

小巧，无力承载深厚广博的思想内容，所以又招致了很多人的抨击，冰心在写出了《繁星》《春水》之后，小诗的写作基本上是完全放弃了，小诗运动也随之黯然失色了。

泰戈尔作品中的死亡意味着生命的更新，冰心也倾心于泰戈尔笔下生与死的循环更替，这与传统意义上死亡即代表生命终结的思想大相径庭，也不是西方式的向内转，区别于西方的内在感。1920年冰心正对生命产生无数疑问时，泰戈尔的诗文和哲理恰好予以回答，此时她用膜拜的感情首次写下关于"越过'无限之生'的一条界线——生——的时候"[①]的思考，甚至还以"'无限之生'的界线"为题写作散文，让死去的宛因幻化出现，提出"死"和"生"在精神上依旧是结合的，而且与宇宙间的万物也是结合的[②]，进而使冰心认同这样的生命观，即"'生'和'死'不过都是'无限之生的界线'"[③]。很明显，冰心通过宛因与"我"的对话，实际表达了表达泰戈尔式的生命观，即"死"是为无限之生的一部分，这种生命观在中国传统文化中很难找到，因而可以说带有泰戈尔澄澈的死亡观的影子。冰心在小说《遗书》中，通过直接引用"泰戈尔说的最好：'世界是不漏的，因为死不是一个碑隙。'能作如是想，还有什么悲伤的念头呢。颂美这循环无尽的世界罢！"[④]来表达对生命观的思考，这里冰心以最直观的方式承受了泰戈尔死亡观的衣钵，清晰地显示出二人具有千丝万缕的渊源关系。冰心借鉴的是与宇宙的合一，以涅槃的死亡来实现生的继续，来实现对"死亡"界限的超越。

冰心从自身特殊的生命体验出发，用"天"自身呈现对生命的关注。她在小诗中既直接追问无限的神秘，又追问永恒的时间及宇宙等

---

① 冰心：《"无限之生"的界线》，卓如编：《冰心全集·第1卷》，第96页。

② 同上。

③ 同上。

④ 冰心：《遗书》，卓如编：《冰心全集·第1卷》，第423页。

抽象概念，在此之前这种情况尚未出现过，在此可清晰地看到泰戈尔的影子。认识到生命的有限性是冰心关注、体悟生命的一个精神起点，从否定的一面提出了生命的价值与意义的永恒性问题，而生命的永恒无法在有限中得以确认，需要一个更高层面的精神超越，正是这种对宇宙的超越赋予了冰心的作品独特而纯粹的精神性品性。

冰心作为"中国泰戈尔作家群"中的一个代表，在自我观、情感观、生命观等方面，具有明显的泰戈尔色彩。他们在接受泰戈尔的影响之前，也有本土意识的参与，而泰戈尔的思想及作品的输入，为他们提供了新的营养。

结　语

"中国泰戈尔作家群"概念的提出是探究泰戈尔与中国作家关系的一种尝试，它既具有反映泰戈尔对中国作家影响的特殊性价值，又有反映中国作家受外来文化影响的普遍性价值。

"中国泰戈尔作家群"的特殊性价值主要表现在从三个方面吸收泰戈尔的营养，从泛神论、爱的哲学和韵律论等角度突出主体意识，除了肯定人自身的个体价值外，也发现了女性和儿童，而且还促成了小诗的特殊文体形式在中国文学的实践。

他们对个体意识的强调主要是从宇宙万物（自然、人）因"梵"（神）的显现而涌动着神性切入，"梵"与"我"的合一就导向对"人"的尊崇。通过信仰来让自己无限接近或达到"神"的要求，表达对"自我"及理想的思考与追求。或者以自然意象承载着"自我"意识，同时融"自我"意识于大量的自然意象中，融"我"与"梵"的自然化为一体，凸显出自然的神性。这种努力实现了我与"神"、自然及理想化的"我"的融合，彰显出主客相融的"自我"意识，这种方式有别于传统对"人"的地位与意识的关注，丰富了"五四"时期表达"自我"的方式。

他们对女性的关注，主要受泰戈尔理想主义爱情诗的影响，中国文坛的情诗开始向理想主义的方向发展，一改初期新诗的粗糙、直白、浅显。主要从两个方面歌咏女性的美好形象，一是郭沫若和徐志摩等人歌咏"理想的爱情"，二是冰心等人歌咏伟大的母亲。他们对儿童的书写方式有别于此前魏晋时期的书写方式，共同体现出对泰戈尔书写方式的借鉴与模仿，共同表达了对儿童纯真情感的爱意，寄寓着对个体生命纯化的期待与追求。"中国泰戈尔作家群"对情感的表达，通过平等、互相倾听的方式，一别中国文坛早期居高临下的启蒙方式。同时，他们关注个体情感的方式，不是西方意义上与国家、社会彻底决裂的"个人"的情感，而是通过对传统文化中被忽略的女性及儿童等弱者的关注，来反对传统文化中落后、僵化的部分，通过采用自我隐忍的方式来自我净化、自我安慰。这种写作倾向受泰戈尔"爱的哲学"的影响，弥漫着柔情缱绻的爱的气氛。

"中国泰戈尔作家群"受泰戈尔注重内在韵律的影响，对形式的探索与对生命的追求密切相关。郭沫若把纵横驰骋的情绪通过白话自由体新诗宣泄出来，外在形式的自由与无拘无束的自我融合，无形中表达出了生命的磅礴与阳刚之气；徐志摩把自由轻盈的形式与情感融为一体，凸显出生命的活力与通透；冰心短小精悍的小诗中孕育着多样情绪，不仅提供了审美延宕的空间，而且用另一种形式回答了白话文学反对者、质疑者的白话诗"美从何来"的问题，为生命的自由提供了不同的言说形态。

"中国泰戈尔作家群"在自我的发现、情感的表达、形式自由的追求等方面，明显具有泰戈尔的痕迹，很大程度上溢出了中国传统的"诗言志"及西方一贯的表达方式。"中国泰戈尔作家群"通过丰富的形式在一定程度上弥补了中国早期新诗表现内容偏枯的弊病，推动了"五四"时期及20年代对"自我"的发现、发展，对主体意识的建构及张扬产生了深远影响。

"中国泰戈尔作家群"的普遍性价值表现在丰富了中国文学的发展路径。他们在自我观、情感观、生命观等方面对主体意识的表达，具有泰戈尔的鲜明特色，不过也有本土意识的参与。他们在接受泰戈尔的影响之前，已经在作品中表现了时代的主体意识（诸如自我、自由、个性、人道主义思想等），或者说这些主体意识已在中国觉醒，已开始注重个体价值、生命自由及对真正的"人"的发现，两性之间的情感关系已经成为时代的焦点。此时泰戈尔的思想及作品的输入，蕴含着理想主义，以其文本意义与社会意义的并置而受到重视。

不可否认，泰戈尔为中国文学提供了一种新的文学观念，使传统的观念得到滋养和更新，为打破封建社会传统家庭的束缚、国家道德的羁绊，转向对"人"的自然本性的呼唤起了重要的推动作用。当然"中国泰戈尔作家群"的性格及价值取向的趋同，也使他们在思想上对泰戈尔由衷地感到亲近。他们作为创造社、文学研究会、新月派等主要文学流派的代表性作家，他们从不同侧面对泰戈尔有意识地进行借鉴，一方面可以比较全面地反映当时的文学状况，体现出这种影响在不同文学流派中所得到的诠释，以及泰戈尔影响的广泛性；另一方面，可以体现出时代的需要及时代精神，他们对泰戈尔有选择地借鉴，是出于自身对现代文学精神及思想解放的需要。

因而可以说，"中国泰戈尔作家群"是在本身已具备相关思想的前提下接受泰戈尔影响的，而泰戈尔所表达的思想之所以能够影响中国作家，与当时背景下中国作家自身的需求及价值取向分不开，即互通是文学交流的前提，需求是文学交流的动力。立足当前的文化语境，对"泰戈尔作家群"的思考不仅对当代中国文学的发展具有重要意义，而且对重新审视中印文化交流、重新思考中国文化与外来文化的关系以及中国文化在国际社会的传播具有重要的启迪意义。（王荣翠）

第二章
中国川端康成作家群

绪　论

1968 年 12 月 10 日，瑞典文学院将第 68 届诺贝尔文学奖颁给了川端康成。有关这位日本作家，瑞典文学院常任秘书安德斯·奥斯特林在颁奖词中说道：

> 1899 年，他生于大阪这座工业大城市，父亲是位颇有教养的医生，对文学也饶有兴趣。由于双亲的骤然去世，川端先生成了孤儿，自幼即失去良好的教育环境，由住在郊外、体弱多病、双目失明的祖父收养。双亲的不幸亡故，从日本重视血统的角度来看，具有双重意义。这无疑影响了川端先生的整个人生观，也成为他日后研究佛教哲理的原因之一。……川端康成先生显然受到欧洲近代现实主义文学的洗礼，同时也立足于日本古典文学，对纯粹的日本传统体裁，显然加以维护和继承。川端的叙事笔调中，有一种纤巧细腻的诗意。①

---

① 易晓明：《诺贝尔文学奖获奖作家作品导读》，合肥：安徽教育出版社，2015 年，第 236 页。

这段文字精炼地概括出了川端康成的人生履历以及艺术特色中的关键字眼。他"天涯孤独"式的生活体验、积极接受欧洲近现代文学的创作理念以及立足传统、书写纯粹的文学风格为解读其作品提供了清晰的切入点和解码方式。由此，本文绪论部分将从以上三点入手，在系统梳理川端康成的创作情况的基础上，归纳其创作风格，诠释其在世界文学史中的地位与影响力。

对于 1899 年出生的川端康成而言，其孩提时代可以说是在一次又一次的告别中度过的。他两岁丧父，三岁丧母，七岁祖母去世，十岁姐姐病故，十六岁失去最后一位亲人——祖父。"继祖父的葬礼之后，姑奶奶的葬礼、伯父的葬礼、恩师的葬礼，以及其他亲人的葬礼，都使我悲伤不已。……我终于成了参加葬礼的名人。"[①] 这样的命运安排，让川端康成早早地就习惯了孤独与死亡的氛围，并由此形成了有别于人的人生观。有关此点，川端康成的权威译者叶渭渠曾经写道："所以说，他的童年少年生活是渗入了无法抹去的悲伤情调，不时地涌起对人生的虚幻感和对死亡的恐惧感。这种家境的遭遇和孤儿的生活，是形成川端康成文学性格的重要原因之一。我们从川端康成后来的作品基调也可以看出这一点吧。"[②]

这种由死亡而来的悲伤与幻灭最终成为川端文学的底色，通观由他创作的一百余部作品，死亡几乎成为其中最醒目的主题：比如以父亲去世作为前情铺垫的《千只鹤》、以叶子坠楼而亡作为结局的《雪国》、以信吾对于死亡的思索贯穿全篇的《山音》、以死亡为主线话题的《临终之眼》……可以说死亡已经成为川端康成的一种书写方式，它是读者理解川端文学的一把钥匙，更是学者解读川端文学的一件

---

① 川端康成：《伊豆的舞女》，叶渭渠、唐月梅译，海口：海南出版公司，2014 年，第 56—57 页。

② 叶渭渠：《未来文学猜想　叶渭渠文录》，太原：北岳文艺出版社，2016 年，第 212 页。

利器。

除死亡之外，作品中孤独的氛围也是川端文学的一大特色，比如在《抒情诗》中"我"对逝去爱人的孤独述说、在《睡美人》中老人江口独自品味临近死期的恐怖感及丧失青春的哀怨感、在《古都》中千重子的那句"幸运是短暂的，而孤单却是永久的"、在《禽兽》中"他"之所以"过着同动物为伴的生活，似乎是因为他太孤单、太寂寞了"……正如叶渭渠所言："畸形的家境、寂寞的生活，是形成川端康成比较孤僻、内向的性格和气质的重要原因。"① 而这一性格经由文字外化之后，便形成了川端文学以孤寂为主的整体氛围，贯穿了他近半个世纪的创作生涯。

总体而言，"参加葬礼的名人"川端康成的成长经历，对其文学性格的形成产生了相当大的影响。在他的文学世界中，死亡成为最受瞩目的叙事主题，占据其作品总数的三分之一以上，而孤独则成为他典型的艺术特质，勾勒出其笔下一个个独具魅力的经典形象。

唐月梅曾在《川端康成》一文中指出："川端早期受当时盛行欧洲的达达派、未来派、表现派等文艺思潮的影响，同横光利一等发起了'新感觉派'文学运动，主张文学超脱现实，追求'新的感觉'和'新的表现方法'，在艺术技巧上'革新文体'，以对抗当时自然主义派的日渐衰落以及反对日本无产阶级文学的蓬勃兴起。"② 在此，以川端康成为代表的"新感觉派"通过三个"新"字（即新感觉、新问题及新文体）凸显出其主体特征，并经由成员作家各具特色的艺术手法在作品中得到了清晰的体现。作为新感觉派理论的主要提出者，川端康成曾以典型用例对此进行过具体的解释：

---

① 叶渭渠、唐月梅:《20 世纪日本文学史》，青岛：青岛出版社，2004 年，第327 页。
② 唐月梅:《川端康成》，《世界文学》1979 年第 3 期，第 265—266 页。

"新感觉主义"将人生新的感觉方式应用于文艺领域。从艺术哲学上说明这种过程，非常繁琐。举例说来，糖是甜的。以往的文艺在表现"甜"这一概念时，先由舌到脑，再由大脑呈现为"甜"的字样；而现在的"甜"字用舌头写。过去把眼睛与蔷薇分离为两个事物，写作"我的眼睛看见了红蔷薇"；而新作家则把眼睛与蔷薇合二为一，写作"我的眼睛是红蔷薇"。①

这一理念在 20 世纪的 20 年代和 30 年代经由刘呐鸥的译介传入中国，并随后形成了以刘呐鸥、穆时英、施蛰存为主要干将的中国新感觉派。该流派被学界视作我国 20 世纪第一个也是唯一一个现代主义小说流派，其作品中能够清晰地看到源自川端康成等人的影响痕迹。以下这段文字摘自穆时英的《夜总会里的五个人》，可谓其中经典文例：

《大晚夜报》！卖报的孩子张着蓝嘴，嘴里有蓝的牙齿和蓝的舌尖儿，他对面的那只蓝霓虹灯的高跟儿鞋尖正冲着他的嘴。
《大晚夜报》！忽然他又有了红嘴，从嘴里伸出舌尖儿来，对面的那只大酒瓶里打出葡萄酒来了。②

在此，卖报孩子的蓝嘴、蓝牙、蓝舌尖儿可以说是对上文川端康成所言"我的眼睛是红蔷薇"最好的呼应，这样的书写方式与艺术理念成为中国新感觉派最醒目的标签，可谓现代主义文学理念在 20 世纪上半叶的中国文学中留下的最为浓重的一笔，同时也是川端康成带给中国作家的第一波重要影响。有趣的是，尽管川端康成曾简明扼要

---

① 川端康成：《新进作家的新倾向解说》，《川端康成十卷集·第 10 卷·文学自传·哀愁》，魏大海、侯为等译，石家庄：河北教育出版社，2000 年，第 330 页。
② 穆时英：《夜总会里的五个人》，张碧梧等著，《中国现代名家情爱争议小说 性的屈服者》，西安：太白文艺出版社，2002 年，第 193 页。

地归纳出了新感觉派的艺术特质，并指明了该流派应当遵循的发展方向，他自身却并非这一理念的坚决执行者。除《情感装饰》《浅草红团》等新感觉派时期创作的小说以及剧本《疯狂的一页》①之外，他其余的作品都很难算是典型意义上的"新感觉派"创作。在新感觉派运动式微之后，川端康成开始将注意力转向"新兴艺术派"和"新心理主义"等方面，其作品中源自佛教禅宗和虚无主义哲学的影响日益清晰，字里行间逐渐凸显出川端文学最大的特色，即对于日本传统审美、对于"日本人的精神特质"的书写与展示。

有关川端康成的获奖理由，瑞典文学院认为是"他高超的叙事性作品以非凡的敏锐表现了日本人的精神特质"。此处所言"日本人的精神特质"大致可以从两个方面进行解读：其一是自《源氏物语》时代起便已得到定位的"物哀"式情绪基调，其二是作者自始至终都在不懈追求与着力刻画的日本传统审美。承载这两点特质的作品为西方读者阅读东方、了解东方在文学层面提供了可能，而川端康成则因为"在架设东方与西方之间的精神桥梁上，作出了贡献"而受到了诺贝尔文学奖的认可。

如果说川端康成的成长经历是形成其作品孤独氛围的个人原因，那么，贯穿日本文学整体的"物哀"语境则是构筑川端文学主题情调的民族根基。很多学者从这一角度出发，对其文学内在的"物哀"渊源进行了细致的剖析。比如孟庆枢在《从比较文学角度看川端康成走向世界》一文中写道："《古都》从其开始发展的线索似乎可以写成两位纯真少女的恋爱故事，但是后来还是未得其所，体现的仍然是'余情美'，这种'物哀'之情实际上就是日本的悲剧美②。"文洁若在对

---

① 《疯狂的一页》是川端康成一生唯一的一部剧本，同时也是日本新感觉派唯一的剧本，它在 1926 年由导演衣笠贞之助拍成电影，但票房惨淡，并未获得成功。

② 孟庆枢：《从比较文学角度看川端康成走向世界》，《中国比较文学》1994 年第 1 期，第 20 页。

照研究川端康成的《水月》与沈从文的《阿金》时指出："《水月》的女主人公京子虽然与现在的丈夫算得上是一对恩爱夫妻，小至一面镜子，大至怀孕，她时时刻刻都在想念着那已故的丈夫，这也反映着一种'物哀'精神①。"李强在《川端康成创作"情感"析微》中根据川端康成对于《源氏物语》的喜爱总结道："他认为'物哀'是日本美的源头，是悲与美的结合体，所以悲与美又是相通的。"②……凡此种种，在此无需亦无法一一列举。概言之，作为自《源氏物语》时代起逐步成型的民族情感基调，"物哀"已然成为川端康成文骨当中的艺术特质，亦是他创作中的精髓之所在。

与"物哀"精神相映成趣的，是川端作品中随处可见的"日本元素"，以及由其展现而出的"传统日式之美"。以他获得诺贝尔文学奖的三部作品——《雪国》《古都》《千只鹤》——为例，《雪国》中对于艺伎的描述、《古都》中关于和服以及京都四季风物的文字、《千只鹤》中有关茶道的段落，这些川端文学中最引人瞩目的"日本符号"都成为国外读者——尤其是西方读者了解东方、了解日本的切入点。一如诺贝尔文学奖颁奖词所言，川端康成的"日本书写"无疑是一座架设在"东方与西方之间的精神桥梁"，经由川端文学展现而出的"日本人的精神特质"不但为作家自身赢得了国际社会的认可，同时也为东西文化之间的交流与认知立下了不可磨灭的功劳。

作为日本第一位、亚洲第二位获得诺贝尔文学奖的作家，川端康成在世界文学史中占据着极其重要的位置，其影响力亦是不言自明。他在 20 世纪 20 年代便被译介至我国，先后在我国文坛引起了两次比较大的影响，并因此形成了两波各具特色的"中国川端康成作家群"。

---

① 文洁若：《川端康成的〈水月〉和沈从文的〈阿金〉》，《世界文学》1995 年第 1 期，第 100 页。

② 李强：《川端康成创作"情感"析微——由〈雪国〉谈起》，《日本研究》2001 年第 1 期，第 83 页。

本章随后部分将结合川端康成上述三点特质，从其在中国的译介传播、"中国川端康成作家群"以及"作家群"中的典型人物三个角度对川端文学在中国的影响路径进行细致爬梳与深度解读。

第一节　川端康成在中国

川端康成在中国的译介研究，以二战的结束为节点前后呈现出了很大的不同。本节将对这两段时间分而述之，在系统梳理我国译介川端康成的总体情况的同时，归纳前后两段译介活动的主体特色，探究其背后的时代渊源。

一、二战结束前

1. 开端：作为通俗小说被译介至中国

在二战结束前译介至中国的川端作品中，1933 年刊载于《文艺的医学》① 第 1 卷第 5 期的《死人的脸》（译者葛建时）是目前笔者检索到的最早的一篇。该作品十分短小，只有两页篇幅，讲述了一个男子去见妻子最后一面的情形。作品中有对死去妻子脸部神态的详细描写，这大概是《文艺的医学》选刊这篇文章的主要原因。相关段落如下：

> 妻的死脸现着痛苦的表情，在憔悴而陷落的两颊中间，已经变色的牙齿突露了出来。眼皮的肉干枯地紧贴着眼珠。额际明显

---

① 《文艺的医学》是一本通俗医药月刊。1933 年 5 月创刊于上海，1934 年 6 月第 2 卷第 5 期停刊，共刊出了 11 期。该刊物旨在"宣传医药尝试，促进公共卫生"，力求"借重活泼生动浅显通俗的文字以引人入胜"，除刊登医药常识外，还刊登有医学题材的游记、小说以及译作等。以刊载《死人的脸》的这期杂志为例，其中既有《医药小常识》《梅毒》《疯犬病概论》等专门介绍医学知识的报道，也有《东游印象》《有病呻吟》《病榻呓语》等文艺类文章，是一本兼顾艺术特质的医学刊物。

的青筋，把她的痛苦硬化了。①

　　除以上内容外，作品中还有主人公为妻子抚合双目的感人段落，给读者带来了在其他医学刊物中无法得到的阅读感受，进而展现出《艺术的医学》与众不同的办刊风格。除《死人的脸》之外，该时期还有三篇日本小说被《文艺的医学》先后译介至中国，分别为《恋爱结婚》（菊池宽作，抱璞译，1933年第3期）、《贞操（剧本）》（菊池宽作，葛建时译，1933年第4期）以及《R夫人之诱惑》（中村武罗夫作，葛建时译，1933年第6期），且均登载于该刊的"文艺栏"。这些作品都是和爱情相关的通俗小说，加之《文艺的医学》在《创刊宣言》中还曾明确提出"医药是一种枯燥无味而又极其艰深的科学，如果不是把它当作职业的，恐怕任何人都不会欢喜读这一类的东西。我们因为想把它通俗化、普遍化了起来，于是不能不借重活泼生动、浅显通俗的文字以引人入胜"。②可见，川端康成的《死人的脸》最初应该是作为通俗小说被译介至国内的，大约也正是由于这层原因而并未引起太大的反响。

　　笔者检索到的第二篇译介至我国的川端作品是小说《旅行者》，它的篇幅远长于上一篇《死人的脸》，刊载于《矛盾月刊》③1934年第

---

①　川端康成：《死人的脸》，葛建时译，《文艺的医学》，1933年第一卷第5期，第71页。

②　佚名：《创刊宣言：我国人民每年生产与死亡的多寡》，《文艺的医学》1933年第1期，扉页。

③　刊登《旅行者》的《矛盾月刊》是一本得到了国民党政府资助的杂志，作为后期民族主义文艺运动的中坚之一，该刊"反对阶级斗争、主张社会改良"，且"关注世界文学动态"（详情请参照全国报刊索引中对于《矛盾月刊》的期刊介绍：http://515.10.s.a692.zju.proxy1.online/literature/literature/7e341b0243713722ec2bcc058035e009），所刊作品中译自国外的作品占据了相当大的部分，展现出刊物积极译介外国作品的办刊态度。

6期。故事描述了主人公在温泉旅行中遇见的一位由母亲带着的"温泉妾"，属于川端文学中常见的"温泉题材"。尤其值得注意的是，在《旅行者》篇末，作者还附上了对于川端康成的简介，当中写道：

> 川端康成，以明治三十二年六月，生于日本大阪北区此花町。东京帝大文学部卒业。曾为《文艺春秋》《新思潮》《文艺时代》《文学》等的同人。新兴艺术派重要作家之一。有短篇集《感情装饰》《伊豆的舞女》《我的标本室》《有花的照相》《浅草红团》《海之火祭》等行世。①

这是目前笔者查到的国内汉语报刊对于川端康成的首次介绍。彼时正值川端康成文学生涯中的"新感觉派时期"，对此，译者将他定义为"新兴艺术派重要作家之一"，并罗列出其所活跃的文学刊物以及代表作品，让中国读者第一次对于川端康成有了相对完整的认知。

2. 发展：对于《女儿心》及《川端康成论》的两次译介

在早期译介至中国的川端作品中，小说《女儿心》无疑是十分值得注意的。它前后被译介过两次，分别刊载在《经纬月刊》（1942年第2卷第5期，译者荻崖）及《华北作家月报》（1943年第6期，译者辛嘉）。原作「むすめごころ」是一篇少女题材的短篇小说，初刊于《雄弁》杂志1936年8月号，1937年7月由竹村书房推出了同名单行本，当中还收录了「女学生」（《女学生》）、「夢の姉」（《梦的姐姐》）、「ポオランドの踊り子」（《波兰的舞女》）、「姉の和解」（《姐姐的和解》）等多篇以少女为主人公的小说作品。1942年时，川端康成的《伊豆的舞女》《雪国》《浅草红团》《禽兽》等名作业已发表，然而两位译者却并未选择这些颇具影响力的作品，且都将视线聚焦在《女

---

① 川端康成：《旅行者》，高明译，《矛盾月刊》1934年第6期，第52页。

儿心》之上，一来大约因为《女儿心》的篇幅适合杂志刊载，二来大约正如川端康成所言：

> （这部作品）是年青而去世的某小姐的留影。那种直率，在作者自身不时爱着的作品中，是最怀恋而使人回读的文字。虽是幼稚，但女性的优点的真实，可说是在某种程度上已能传达出来了。爱读那孩子，或是并非文笔家的女性所写的文章，固然是我的特殊性癖，但那趣味能多少地残留在作品中的，这是托某小姐之福了。——当然，这和那位小姐底遗稿是有很大的出入了，但也可说是合作吧。对我的作品中特别注目《女儿心》，而表示爱好的，是高见顺（Takami jun）氏。我很敬佩高见氏的炯眼。①

可见，作者自身对于《女儿心》的认可，亦是译者选译这部作品的主要原因之一，小说对于少女心理细腻入微的刻画，充分展现出川端文学中少女题材作品的整体特色。川端康成一生共留下了几十篇（部）"少女小说"，而其中的大部分都创作于 20 世纪 30 年代和 40 年代，因此，荻崖、辛嘉对于《女儿心》的译介，不但有利于中国读者了解川端康成的"少女小说"，还能在相当大的程度上展现出当时川端康成的创作状态及艺术风格，因而具有清晰的时代特色与意义。

值得注意的是，刊载《女儿心》的《经纶月刊》（1942 年第 2 卷第 4 期）在这篇作品之后还刊登了两篇日本作家评论川端康成的文章，分别为浅见渊的《川端康成》以及横光利一的《川端氏的艺术》，译者均为《女儿心》的译者荻崖。这是二十世纪上半叶我国汉语报刊较早译介的有关川端康成的评论性文章，其在中日文学交流史中的重要意义不言自明。

---

① 荻崖：《关于作者》，《经纶月刊》1942 年第 4 期，第 136 页。

其中浅见渊的《川端康成》从“作家”和“批评家”两个身份出发对于川端康成的文学创作进行了剖析，文中写道：

> 川端氏在作品上，就是有妥协的个所罢，但同时所有着的批评家的眼，却绝不会昙翳的。所以是：作家有时即使露出甜蜜的个所罢，批评家方面却不绝闪烁着冷彻的眼光。因之，批评家以作品为契机，对作家的川端氏，以及批评家的川端氏挑战，但那对批评家川端氏的挑战，使批评家的批评怯懦，而艰难起来了。①

在此，浅见渊将“作家”川端康成的风格归纳为细腻委婉，将“批评家”川端康成的风格归纳为犀利“冷彻”，两者之间形成了鲜明的对比，清晰地展现出了川端康成文学性格中的两面性——鉴于之前国内对于川端康成文学的译介大都以小说为主，这篇《川端康成》无疑为中国读者展现出了川端文学的另一个侧面，从而帮助读者们更加立体、全面地了解了这位作家。

另一篇《川端氏的艺术》作者为横光利一，行文间体现出了清晰的“新感觉派”特质，比如在谈及川端康文学的艺术风格时，横光利一以蝴蝶的飞翔比喻川端康成的抒情方式，文字独到而贴切：“蝴蝶在飞的时候，因了飞的姿态，而不能感觉到方向。川端氏的作品，和在飞的蝴蝶姿态相似。”②“人所说的川端氏的抒情，其实是在这蝴蝶的飞翔姿态里，感觉到了自己的事情。”③同时他还认为：“人不能从川端氏的作品中，探求问题。因为在这作者，所谓问题，是没有必要的缘故。”④依横光利一所见，川端康成的艺术理念明显是更关注感官

① 浅见渊：《川端康成》，荻崖译，《经纶月刊》1942 年第 4 期，第 136 页。

② 横光利一：《川端氏的艺术》，荻崖译，《经纶月刊》1942 年第 4 期，第 137 页。

③ 同上书，第 138 页。

④ 同上书。

描述等感受性的文字的，而对于所谓的 "问题意识" ①，则并未重视。概言之，川端康成的文学创作很明显地选择了一条重感受轻理性的书写方式。

与此同时，译者荻崖还在《川端康成》一文之后刊载了详细介绍川端康成的文章《关于作者》。与前文所引《旅行者》后面的作者简介相比，《关于作者》更加详细地介绍了川端康成的生平履历以及代表作品，指出 "他对于自己的作品，不喜欢说明什么话" ②。还直接引用了川端康成的一段话用以阐释其有关作品与读者的立场：

> 我对于自作，常常是否定的。可是如果能离开我的手，作品自身肯自由地和读者生存的话，这就是作者的私愿了。因了作品和读者的缘的结合，而产生出作者所没有预期的东西来时，作者在一方面就不能不以第三者的立场来对它尊敬了。我在持有良好的读者的一点上，我每天以为我是一个幸福的作家。③

总体而言，《经纶月刊》（1942 年第 2 卷第 4 期）所载小说《女儿心》，以及后附的《川端康成》《川端氏的艺术》《关于作者》三篇文章围绕着川端康成从其实际创作到人生履历，再到艺术理念进行了一次比较全面的译介，虽然一共只有四篇文章，却是目前可考的 20 世纪上半叶我国汉语报刊针对川端康成进行的最为集中的一次译介。若谈及为何 "以二战时期世界各国的政治、军事、经济等方面为中心的综合性刊物"。④《经纶月刊》会瞩目于川端康成，可以从《经纶月

---

① 横光利一：《川端氏的艺术》，第 138 页。
② 荻崖：《关于作者》，第 137 页。
③ 荻崖：《关于作者》，第 136 页。
④ 参照 "全国报刊索引" 有关《经论月刊》杂志的介绍 http://www.cnbksy.net/literature/literature/7cf365412b4b796d5487bc78ed8dezc。

刊》的办刊宗旨以及川端康成彼时的一系列文学活动中略见一二：创刊于 1941 年 7 月的《经纬月刊》"政治倾向为颂扬纳粹德国统治政绩与大东亚共荣论调"。汪伪政府对于纳粹德国以及所谓"大东亚共荣圈"的追捧常见于该刊物的各种栏目之中，所刊日本作家的作品也大都是服务于日本殖民扩张政策宣传的。与此同时，川端康成恰恰又是当时对于伪满洲国地区文学建设态度颇为主动的一位知名作家。他于 1941 年前往伪满洲国旅行，并在回国后出版了《满洲国各民族创作选集》(创元社，1942 年)、《满洲国各民族创作选集 2》(创元社，1944 年)——姑且不论川端康成对于当时日本的殖民政策究竟抱有什么样的态度与立场，单从他积极编组、出版伪满地区各国（各民族）作家的作品这一行为来看，他对推进所谓"满洲文学"的发展态度还是十分积极的。由此，对于着力宣传日本殖民主义的《经纬月刊》而言，川端康成无疑应该算是符合该刊意识形态需要的知名日本作家，对其进行积极译介也可谓情理之中的事了。

　　有趣的是，与《女儿心》相同，浅见渊的《川端康成论》① 同样也被译介过两次。除《经纬月刊》的荻崖译本《川端康成》外，《敦邻》杂志在 1944 年出版的第 3 卷第 1 期中还刊登了石郎的译本《川端康成论》。就 20 世纪 30 年代日本国内的川端评论和研究而言，当时已经形成了赞成与否定两类评论方式：否定论者，有矢崎弹的《川端康成论》(《三田文学》1933 年 2 月)、杉山平助的《川端康成论》(《新潮》1935 年 10 月)；肯定论者，有堀辰雄的《川端康成论》(《新潮》1931 年 1 月)、濑沼茂树的《川端康成论》(《行动》1934 年 6 月)、浅见渊《川端康成论》(《文艺》1938 年 2 月)等。②

---

① 该作品的原题即为『川端康成論』(刊登于『文芸』1936 年 12 月)，荻崖的译本删掉了"论"字。

② 参照：李圣傑：『川端康成の「魔界」に関する研究—その生成を中心に—』，博士学位论文，日本早稲田大学，2013 年。

如前所述，川端康成由于他在伪满地区“满洲文学”建设中的活跃表现，受到了《经纬月刊》等汪伪政权麾下的报刊的支持。那么，在众多赞同川端康成文学创作的评论文章中，为何偏偏是浅见渊的《川端康成论》得到了两次译介呢？究其原因，恐怕也与“满洲文学”建设中浅见渊的积极表现有关。

浅见渊是活跃于大正及昭和时期的小说家、评论家，曾在中国东北居住过一段时间，留下了很多与中国东北、“满洲文学”相关的文学作品。比如『廟会：满洲作家九人集』/《庙会：满洲作家九人集》（東京：竹村書房，1941）、『文化と大陸』/《文化与大陆》（東京：図書研究社，1942）、『地平線を行く』/《行走地平线》（東京：赤塚書房，1942）、『満州文化記』/《满洲文化记》（新京：国民画報社，1943）、『蒙古の雲雀』/《蒙古的云雀》（東京：赤塚書房，1943）等——这样一位致力于“满洲文学”创作的日本作家，自然会受到支持“大东亚共荣论调”的《经纬月刊》的关注，其作品得到译介也可谓情理之中。另一份刊载浅见渊《川端康成论》的《敦邻》，在政治立场上与《经纬月刊》相比可谓有过之而无不及，《全国报刊索引》曾用一句话概括了该刊物的性质：“汪伪刊物。鼓吹东亚共荣，刊有一些日本作者撰写的所谓中日敦睦之道的文章，及一些文艺作品。”[1]可见，浅见渊的“满洲文学”创作也是他得到《敦邻》介绍的主要原因之一。

3. 深入：《意大利之歌》中的时代主题

随着对川端作品译介的深入，译者开始逐渐偏重于一些带有（或暗含）时代主题及特色的作品，刊发在《敦邻》中的小说《意大利之歌》便是其中之一。这篇小说初刊于《改造》（1936年1月），讲述了

---

[1] 参照“全国报刊索引”有关《敦邻》杂志的介绍：http://www.cnbksy.net/literature/literature/b9a9aab84f1f1b7b22753b5349e32234。

鸟居博士及其女助手在实验爆炸事故中受伤被送医入院后所经历的事情，同时还刻画了木场主妻子、治疗慢性病的少女们、膀胱结石病老人的老伴等女性形象。由于作品主线围绕鸟居博士及其女助手在爆炸事故后的命运展开（两者实为恋人关系），加之其中有很多对于慢性病少女们心理动态细致入微的描述，所以这篇小说应该属于川端文学中典型的"少女小说"类别。与此同时，作品中女助手咲子及木场主妻子的境遇，在某种程度上也反映出了川端文学中女性群体的典型境遇，那便是对于命运的无力与无奈。

与围绕女性群体展开的书写相比，《意大利之歌》中与"战争"相关的部分文字尤为引人注目，比如下面这段讲述鸟居博士战时取得博士头衔的过程及其具体研究方式的文字：

> 运动也罢，战争也吧①，它们在苛使心身上这一点是相似的。尤其是自从国里澎湃了非常时好战的空气以来，随着研究武器与毒瓦斯，所谓战争医学也进步，其专门家也出现了。军医出差到医科大学去研究的突形激增，从大学往军部去接触的学者也层出不穷。
>
> 虽然不是趁流而起，而鸟居博士居然也成为少壮战争医学家之一了。设能反省自己，必定会要吃惊，但是他无论怎样，对于当时的事情却是能够忘掉一切而努力的人。
>
> ……
>
> 在运动医学上，争取博士头衔不是那么容易的。
>
> 然而在战争医学上，所谓博士头衔，却毫不费事的降下来了。
>
> 看论文的，只是主查教授自己，以事属军机内容碍难公表，

---

① 原文即为"吧"字，大约是当时杂志排版时的错误。

不过对于空战的贡献至大，在国家亦为可贵的研究，主查如此一说，教授会满场一致，于沉默的赞成里，便也通过了。

那是关于空中战的神经生理学的论文。

他也会把老鼠或兔子装在飞机模型一类之上，做燕子翻身，当然自己也到飞机场去出差，坐上战斗机各处绕，并且拍着比自己还年长的飞行将校说：

"不错！和老鼠现出同样的结果。"

诸如此类，其得意犹如大将军一般。①

从上述引用部分来看，虽然川端康成没有做出任何与战争相关的立场表态，字里行间对于战争的揶揄却是显而易见的了。尤其是笔者下划横线的部分，一针见血地挑明了日本国内战时学术的不严谨以及战时学者的自得自大。值得注意的是，《敦邻》是一本"汪伪刊物。鼓吹东亚共荣，刊有一些日本作者撰写的所谓中日敦睦之道的文章，及一些文艺作品"。② 然而正是这样一本杂志，却偏偏选译了如此清晰揶揄所谓"大东亚战争"的作品，译者及编辑的用意究竟何在，它又是如何通过了汪伪对于文化的审查，这些问题点恐怕都是十分值得深入探究的。

4. 尾声：译介《论日本老作家》的立场与用意

目前笔者检索到的二战结束前最后译介至我国的川端作品是他的评论《论日本老作家》，刊载于《六艺（上海 1945）》1945 年第 2 期，译者荣祺。《论日本老作家》主要谈及德田秋声、岛崎藤村、泉镜花这三位在当时颇具影响力的老作家的创作风格与艺术特色，译介该文，不但可以使读者了解他们的具体情况，还有助于读者掌握在

① 川端康成：《意大利之歌》，知一译，《敦邻》1944 年第 1 期，第 34、35 页。

② 参考全国报刊索引对于《敦邻》杂志的介绍：http://515.10.s.a713.uni.proxy1.online/literature/literature/b9a9aab84f1f167b22753b5349e32234。

"海外文学的新思潮输入日本"① 之后日本文坛的整体状况与走势，属于比较典型的文学评论性文章。

译介该文的《六艺》创刊于抗战末期的上海，主要刊载小说、传记、散文、诗歌、译文等，是一份文艺气息比较浓郁的杂志，同时也会刊登一些和战事及时令相关的文章。通过梳理目前可见的 7 期《六艺》杂志，共检索到 6 篇日本文学译作②，其题材要么与恋爱、婚姻等话题有关，要么为文学评论类文章——这样的文章构成，清晰地展现出《六艺》在译介日本文学作品时的旨趣与导向：它明确地避开了与战争相关的作品，仅对情感类以及纯文学类作品进行了译介。其实这本杂志原本并不回避战争题材的作品，比如它曾在多篇对于二战欧洲战场的记载与描述中，表达了对于反法西斯同盟胜利的期许。因此，从这一点来看，《六艺》选择回避鼓吹战争的日本文学作品，其实还是有一定的特殊用意的。

综合二战结束前我国译介川端康成的总体情况来看，大体可以得到如下两个方面的结论：首先，在 20 世纪上半叶，川端康成主要是作为新感觉派作家——或者说是作为积极接受西方文学影响、努力进行非传统文学创作的作家被引入中国的。虽然其所受到的重视程度不如同为新感觉派作家的横光利一（早在 1929 年，郭建英就翻译出版了横光利一的单行本《新郎的感想》，而川端康成只有几篇短篇作品

---

① 川端康成：《论日本老作家》，容祺译，《六艺（上海 1945）》1945 年第 2 期，第 48 页。

② 分别为《处女时代的贞操》（菊池宽 / 史东译，1945 年第 1 期）、《给：有志于创作的青年》（小林秀雄 / 容祺译，1945 年第 1 期）、《论日本老作家》（川端康成 / 容祺译，1945 年第 2 期）、《恋爱婚姻制度》（菊池宽 / 李明译，1945 年第 3 期）、《夫妻生活的心得！怎样调整性格与趣味之差异》（菊池宽 / 史东，1945 年第 3 期）、《恋爱婚姻制度：短篇小说》（菊池宽 / 李明译，1945 年第 4 期。《恋爱婚姻制度》在 1945 年第 3 期刊出时因为版面的关系没有刊全，且文中出现了段落排序错误，故在 1945 年第 4 期时重新全文刊载）。

得到译介），川端康成对于当时的我国文坛——特别是对我国新感觉派文学的影响依旧不容小觑。其次，尽管当时《伊豆的舞女》《雪国》等经典作品都已问世，得到译介的却只是一些短篇作品，且以女性题材，尤其是以少女题材为主，由此形成了该时期我国译介川端作品的主体特色。

二、二战结束后

二战结束后，我国文坛对于川端康成的译介进入了漫长的停滞阶段，直到20世纪80年代，川端康成的作品才又一次出现在中国读者的视野中，并对该时期的部分中国作家产生了相当大的影响。通观二战结束后我国对于川端康成的译介情况，大体可以分为如下三种情形：其一是某些期刊杂志围绕其展开的集中译介；其二是零散出现在报刊杂志中的中、短篇译介；其三是单独出版的长篇译作。以下将以此为基础进行细致梳理与深度剖析。

1. 来自期刊杂志的集中译介

在我国较早集中译介川端康成的期刊杂志中，台湾文学杂志《中外文学》无疑是值得瞩目的。1972年8月，该刊物将当年的第3期辟为川端康成专辑，这是台湾文坛二战结束后第一次如此集中地刊载川端康成的文章，此前只在1969年的《现代学苑》杂志中介绍过《美丽与哀愁》和《雪乡》两篇文章。《中外文学》的这期专辑所刊11篇文章全部与川端康成相关，其中4篇为小说，7篇为相关研究文章。4篇小说分别为《十六岁的日记》《临终的眼》《伊豆的舞女》以及《水晶幻想》，7篇研究类文章为：《从诺贝尔文学奖作品看川端康成之文学》《寂寞的旅者——从〈伊豆的舞娘〉说起》《川端康成〈水晶幻想〉论》《川端康成与〈诗的小说〉》《川端文学的底流——论〈十六岁的日记〉》《川端康成座谈会》以及《川端康成简明年谱》。从文章的构成来看，这期专辑不但译介了川端文学中比较具有代表性的短篇作品，还为它们配备了相应的解读，由此不但完成了"译"的任务，更进一步达到了"介"的效果。与此同时，专辑还通过"座谈会"和"年谱"等方式对于川端康成的文学风格和艺术生平进行了梳理，从而帮助读者全面、系统地了解了这位终身致力于书写本民族传统之美的日本作家。

川端康成于1972年4月去世，《中外文学》在8月即推出其专辑，当中的纪念意味不言自明。专辑以《从诺贝尔文学奖作品看川端康成之文学》开篇，将川端文学中的巅峰之作《雪国》《古都》《千只鹤》以优美、专业的文字介绍给了读者。后用《川端康成座谈会》《川端康成简明年谱》收尾，精炼地概括了这位作家笼罩在清丽与孤独中的一生。然而，学者们对于川端康成的瞩目似乎仅是点到为止，此后川端文学仿佛再一次淡出了台湾文学者们的视线，直到1983年他才凭借《水月》（林文月译）、《招魂祭的一景》（张好译）又一次出现在人们的视线中，有关此点内容，本章将在后面的部分中详细论述。

2. 零散出现在报刊杂志中的中、短篇译介

通过梳理二战后我国文学界对于川端康成的译介活动不难发现，零散出现在各报刊杂志中的对于中短篇作品的译介是其中的主流。以时间顺序来看，除上述1972年《中外文学》的川端康成专辑之外，还有《世界文学》在1979年第3期中刊发的2篇相关文章，其一为《我在美丽的日本》（唐月梅译），其二为该文后附的作者简介《川端康成》（唐月梅）。《我在美丽的日本》是川端康成的诺贝尔文学奖获奖演讲词，据目前笔者考据，也是我国大陆地区在二战后第一篇译介的川端作品——从这一点来看，当时我国文坛译介川端康成的出发点，是将其放在了诺贝尔文学奖得主这一高度之上，进而促成了该时期中国读者对于川端康成的最初定位。

进入80年代后，国内报刊对于川端康成的译介呈现出了明显的增长趋势，笔者根据"读秀""中国知网"等搜索引擎对80年代、90年代、21世纪前二十年我国报刊译介川端文学的整体情况进行了整理。

（1）80年代

从80年代我国报刊的刊载情况来看，该时期的译介对象主要为短篇小说，间或有《吴清源棋谈》《美的存在与发现》等随笔类作品散见其间，此外还有对于中长篇小说的节译、译介，如《湖》《雪国》等。从时间跨度来看，得到译介的作品纵贯川端康成的创作生涯，既有早期作品《招魂祭的一景》（1921）、《丧礼专家》（1923），也有中晚期作品《水月》（1953）、《弓浦市》（1958），几乎涵盖了川端文学各时期的典型短篇作品。从情节内容来看，该时期译介的作品具有各不相同的主题及特色，比如少女题材的《雨伞》《花的圆舞曲》、充满温情的《夏天的鞋》《父母心》、充满日式情愫的《温泉旅馆》《弓浦市》、文笔清丽的散文小品《我的伊豆》、记录作者人生阅历的《十六岁的日记》《丧礼专家》……20世纪80年代是建国后我国翻译文学发展最为繁盛的阶段，这一点在川端文学的译介中体现得同样清晰。译者们自发、自主的译介活动让川端文学的各个侧面都得到了充分的展现，为读者全面了解川端文学提供了平台。同时，登载川端作品的刊物也体现出了多样化的特色，其中有《日语学习与研究》《日语学习》一类专业性很强的学术刊物，有《译林》《外国小说报》《国外文学》一类专门译介国外作品的文学刊物，还有《春风丛刊》《名作欣赏》《散文世界》等普通综合类文学刊物——可见，该时期川端文学在我国的读者受众构成并不单一，作家自身亦成为当时我国读者相对熟悉的日本作家之一。

该时期的相关学术研究首先聚焦于《雪国》《古都》等川端作品中的经典。比如《一部寓情于景的杰作——试谈川端康成〈古都〉的艺术特色》（张立正，1982）、《读川端康成的〈雪国〉》（叶渭渠，

1983）、《川端康成〈雪国〉及其他》（李芒，1984）、《从〈古都〉看川端康成创作的积极性》（陶力，1986）等都是其中具有代表性的研究成果。另一方面，有关川端康成文学流派、艺术风格的专题研究也不在少数，比如《新感觉派》（谭晶华，1981）、《川端康成与日本文学传统》（叶渭渠，1987）、《川端康成美学观的特点及其根源》（何乃英，1989）等整体梳理川端文学创作特色的文章。还有一部分研究立足于比较文学的视角，将川端文学与中国现当代文学对照解读，如《现代日中文坛上的"新感觉派"》（一鸥，1983）、《"魔界"的魔力——当代中国文学中的川端康成》（夏明，1987）等，这类文章大都着眼于"日本新感觉派"相关理论对于中国作家的影响及中国作家对相关理论的阐发，在当时属于比较具有前瞻性的研究成果。

总体而言，20 世纪 80 年代我国学界对于川端文学的研究大体走的都是"作家论""作品论"一类传统的路线，这一方面对川端康成其人、其文进行了细致的爬梳与规整，同时也为川端研究的后续开展奠定了扎实的先行基础。

（2）90 年代

与 80 年代相比，90 年代我国报刊对于川端文学的译介减少了一大半——不唯川端文学如此，这也是当时我国翻译文学的总体情形。究其原因，大约与我国在 1990 年颁布第一部版权法《中华人民共和国著作权法》，1992 年加入《伯尔尼公约》与《世界版权公约》等历史背景有关。同时，90 年代曾推出的一系列川端作品集应该也是导致该时期报刊刊载川端作品有所减少的原因之一。

就具体译介活动而言，90 年代体现出了与 80 年代大体相同的特点，即主要聚焦于短篇作品，登载平台涵盖专业学术期刊以及普通文学刊物，且具有多元化的读者受众。除《松鸦》《初秋四景》等新译介到国内的作品之外，《父母的心》《弓浦市》《夏天的鞋》等曾经译介过的作品还出现了新的译本，其中《松鸦》还在该时期得到了两次译介——相同作品、不同译本的出现，在文学翻译活动中是一种十分积极的现象，一方面它能够展现出作品自身的重要意义以及翻译界"百花齐放"的活跃动态，另一方面不尽相同的各类译本还为读者解读原作提供了相对全面的视角，进而减少由误译导致的误读的发生。

与规模缩减的译介活动相比，20世纪90年代的川端文学研究数量大增，总数已达五百余篇，且明显呈现出更加深入、细化的研究趋势。在这些研究中，"作家论""作品论"之类的传统研究依旧占据一定数目，不过研究切入点已不再局限于《雪国》《古都》等长篇作品以及"新感觉派""日式传统审美"等典型的川端文学特质。比如《试论〈伊豆的舞女〉的艺术特色》（王林义，1993）、《论川端康成〈禽兽〉的奏鸣曲结构》（张石，1993）、《川端康成的〈新文章读本〉》（朱蒲清，1994）等文章便已将切入点延伸至川端文学中的中短篇小说以及文学评论类文章的领域中，研究对象开始呈现出多样化的趋势。

与此同时，针对川端文学艺术特质的研究脉络也愈加清晰，其中有立足于美学研究的《川端康成的美意识与东方思想》（张石，1990）、立足于生死观的《黑色乐章——川端康成死亡论》（郑忠信，1997）、立足于镜像视角的《川端康成的镜子视觉艺术》（范川凤，1994）、立足于女性研究的《美丽与悲哀——川端康成笔下的女性形象分析》（周阅，1998）、将其与另一位诺奖获得者大江健三郎对照研究的《从川端康成到大江健三郎》（孟庆枢，1997）……凡此种种，无法一一述尽。学者们从各不相同的研究视角对于川端康成其人其文进行了全方位、多角度的解读与阐释，进而促进了我国川端文学研究的日臻完善。

比较文学研究方面，除80年代业已展开的中日新感觉派相关研究之外，还出现了一批将川端康成及其作品与中国现当代作家作品进行具体比照的研究，如《川端康成的〈水月〉和沈从文的〈阿金〉》（文洁若，1995）、《贾平凹与川端康成创作心态的相关比较》（黄嗣，1995）、《郁达夫与川端康成小说创作比较谈》（张洪学，1998）等。此类研究进一步拉近了川端康成与中国文学、中国作家的距离。同时，正如张洪学在《郁达夫与川端康成小说创作比较谈》中所言："透过对郁达夫与川端康成的对比分析，我们可以得到一些关于文学与社会、时代、环境以及作家的身世经历、主观思想的联系的规律性。"① 该文章由此提炼、归纳两国文学发展过程中的共性，进而将微观的个案研究上升至宏观的理论阐释。

（3）21 世纪前二十年

进入 21 世纪后，虽然我国报刊刊载川端文学的篇目激增，其特点却发生了极大的变化。该时期所刊篇目中新译作品很少，《语文教学与研究》《高中生之友》《中国校园文学》等面向学生读者的刊物开始逐渐占据主流，且所选文章中重复的篇目很多，比如其中《父母的心》曾被刊载了二十余次，足见该作品对于青少年读者的教育意义。若究其原因，大体可以从当时川端文学在我国所处的译介阶段中找到答案：在经过 20 世纪三四十年代的初步引入、70 年代的再度引入、八九十年代的全面译介之后，进入 21 世纪的中国文坛与中国读者已经对川端文学形成了相对完整的了解，川端作品也大都得到了系统性的整理与出版（这也从另一个侧面导致了一般报刊中译介川端作品大量减少）。同时，不但川端康成自身精湛的艺术手法备受瞩目，部分作品中闪烁而出的积极意义同样得到了中国文坛的充分肯定，并由此被积极地推荐给以中学生为主体的青少年读者，这大概可以算是我国文坛给予外国作家其人其文最高程度的认可，进而为中日文学交流史

---

① 张洪学：《郁达夫与川端康成小说创作比较谈》，《康定学刊》1998 年第 2 期，第 46 页。

增添了颇具积极意义的一笔。值得注意的是，当时《父母的心》《花未眠》已经分别被选编进《苏教版八年级语文上册》、《人教版高中语文第一册》，这大概是导致该类作品反复出现在中学生读物中最直接、最主要的原因之一。

2010 至 2019 十年间川端文学在中国报刊中的译介情况基本保持了与前十年相同的基调，即以推介与赏析为目的的文章居多，面向青少年读者的刊物继续占据主流，同时一些新译介的文章零星其间，进一步完善了川端文学的译介体系。在面向青少年学生读者译介的作品中，除了《父母的心》《花未眠》等经典篇目之外，《竹叶舟》《和狗说话》《娶新娘的车》《校庆日》《家》等其他作品也开始大量出现，其清新流畅的文风让青少年读者在领略川端文学艺术风采的同时，也对洋溢其间的日本传统美学与传统文化有了初步的认知——从这点来看，川端文学业已成为该时期中国青少年读者了解日本文学的一扇窗口，更是其学习赏析世界文学经典作品时不可或缺的优秀文本。

文学研究方面，进入 21 世纪后，随着我国日本文学研究领域的完善与发展，有关川端文学的各类研究也逐渐多元且细化，其特点可以归纳为如下几点：

首先，作品论的研究愈加完备。在该时段内，川端文学中的主要作品基本都已被我国研究者涉猎，从而形成了一张相对完整的川端作品研究网络。同时，一些经典作品的研究意义依旧备受关注，比如围绕长篇小说《雪国》展开的各类研究数目始终位居前列。其次，川端作品中的日本传统美学书写仍然是研究者们瞩目的对象。研究者在新世纪语境中围绕川端文学展开的美学解读，展现出了与既往研究不尽相同的时代特质。比如《川端康成小说创作的生态审美意识》（李鹏飞，2011）、《婚约内的"意气美学"》（丁晓敏，2018）等都是其中颇具代表性的研究成果。第三，研究群体的多样化。由于川端文学中的大部分作品都已得到汉译，该研究领域逐渐不再为日语专业出身的学者所独有，随着研究者的专业藩篱被打破，更加多样化的研究视角开始登上历史舞台；同时，因为川端文学的普及、川端研究的推进，一大批青年学者选择加入到这支研究队伍中，从而为业已成熟的川端研究注入了充满青春活力的新鲜血液。第四，更加多元的比较研究。在比较文学的研究范畴中，该时期围绕中国作家与川端康成展开的对照研究依旧占据主流，甚至还出现了跨越三国文学的比较研究，比如《从川端康成到卡夫卡：余华小说创作的救赎》（吴晓妹，2015）一文中，作者运用比较文学中影响研究的方法，站在接受者的角度上，阐述了川端康成与卡夫卡对余华小说创作的不同影响，十分具有典型意义。与此同时，还有一些学者选择在日本文学内部将川端康成与其他日本作家放在一处进行细致的对照研究。比如《川端康成与大江健三郎文学创作的共性与差异》（张晓恒、荆艳鹤，2015）、《论川端康成和三岛由纪夫复古美学思想的相同点》（孟一帆，2015）、《川端康成与东山魁夷：唯美永恒》（林少华，2017）等。此外，该时期还出现了一批以宗教视角解读川端康成的跨学科研究，如《现代东方的心灵之歌——谈川端康成与禅宗》（贾蕾，2003）、《佛教精神之花——论川端康成创作的审美理念》（屠茂芹，2003）等，为解读川端康成的文学艺术提供了更加多元的学科视角。

3. 单独出版的长篇译介及文集

目前可以追溯到的我国最早出版的川端康成文集是 1942 年 12 月由复旦出版社推出的文集《文章》，译者范泉。该文集收录了《四张桌子》《文章》《关于文章》《现代日本作家的文章》《旅中文学感》《五月手记》五篇文章，并被编为《复旦大学中文组读物丛刊第三种》。译者在"前记"中写道："老作家们为什么总觉得有一种陈旧的感觉呢？无名作家或新作家们的文章，为什么总令人嗅到新鲜的香味和调子呢？再进一步地说，老作家们应当怎样继续不断地去发掘他们文章的新鲜的香味呢？新作家们应当怎样确切把握着他们活的语言的吸收和创造呢？这便是选译这个小册子的目的。”①可见，译介川端康成基于语言心理学的文章、讨论关于语言和文章的新问题是范泉编译这本文集的初衷，对于当时我国作家的文学创作起到了一定的指导和借鉴作用。以下将分别就 20 世纪 70 年代、80 年代、90 年代、21 世纪前二十年的情况进行梳理。

（1）70 年代

与报刊译介川端文学的情况类似，我国学界对其长篇著作以及文集的译介活动同样沉寂了三四十年的时间，直到进入 70 年代，才又陆续出现相关作品。该时期我国围绕川端康成展开的译介活动主要集中在台湾地区，所涉作品展现出了清晰的诺贝尔文学奖痕迹，如《我在美丽的日本》是川端康成的获奖感言，《雪国》则是他当时的获奖作品，可见当时台湾地区对于川端康成的译介活动颇受诺贝尔文学奖的影响，这与同时期《中外文学》等台湾文学杂志的立意遥相呼应，进而勾勒出 20 世纪 70 年代台湾地区译介川端康成的主体基调。

（2）80 年代

进入 80 年代后，大陆地区的译者也开始加入到对于川端康成长篇作品以及文集的译介活动之中，译著出版数量总体大增。如所示，该时段台湾星光出版社对于川端康成的译介工作十分引人注目。十年间该出版社共出版了十二部相关译著，所涉篇目较全，属于我国境内较早成体系推出的一批川端文学译著。②这一系列作品被编入星光出版社的“双子星丛书”，该丛书在 80 年代除批量译介了川端康成的作品之外，还推出了三岛由纪夫的《金阁寺》《假面的告白》《晓寺》等长篇小说，对当时的中日文学交流起到了十分积极的作用。

---

① 川端康成：《文章》，范泉译，上海：复旦出版社，1931 年，“前记”，第 2 页。
② 90 年代，星光出版社又继续补充出版了一些川端康成的译作，不知为何，《雪国》一直未在其中（当然，这也有可能是笔者在资料整理中出现了疏漏），有关其原因，笔者将在日后的研究中深入探查，此处先忍痛略去。

另一个值得关注的出版社是台湾志文出版社。本时期志文出版社共推出了四部川端康成的译作，且都是川端文学中的经典①。这四部作品被收录进志文出版社的"新潮文库"，该文库迄今已经刊行四百余部，曾推出过很多国内外重要的文学、哲学著作，因而获得了专家学者的一致推荐与肯定，在学界及读者群中都颇具影响力。志文出版社与星光出版社对于川端康成的大力译介，让川端文学在20世纪80年代得以全面地、系统性地展现在台湾读者面前，同时也为该地区川端研究的展开打下了扎实的文本基础。另一方面，也正是由于这十年间川端文学在当地基本已得到译介，90年代台湾地区的川端文学译著开始大量减少也应算是情理之中的现象了。

与台湾地区已系统化、规模化的译介活动不同，该时期大陆及香港地区对于川端文学的译介尚处于相对自发的状态，所涉出版社散在各地，还只能算是译者自主选择的个人行为。在80年代前半段推出的译著中，《雪国》《古都》《千只鹤》这三部诺贝尔文学奖获奖作品占据了大部，及至后半段时，《湖·山音》《川端康成散文选》等作品才开始登上舞台，显示出了该时段我国文坛译介川端康成时"先抓重点""再做普及"的总体动向。

（3）90年代

尽管20世纪90年代报刊方面对于川端作品的译介业绩平平，我国文坛的其他领域却并未冷落这位颇具影响力的日本作家，对于其长篇作品、作品集的译介活动甚至呈现出了异彩纷呈的热闹景象。其中的具体情形，大体可以归为如下几类：

第一类是由出版社集中推出的系列作品集。如中国社会科学出版社在1996年推出的"川端康成文集"（10本）、漓江出版社在1998年推出的川端康成系列译著（8本）。这两套丛书基本涵盖了川端康成

---

① 分别为《伊豆的舞女》《古都》《千只鹤》《雪乡》。

的大部分作品，为 90 年代的中国读者完整地阅读川端康成提供了可能，同时也为该时期我国学界全方位地展开川端研究提供了扎实的文本支撑。值得注意的是，这两套丛书的译者虽然绝大部分重合，所译作品除了《雪国》《古都》之外却是完全不同的，可以说后出版的漓江出版社系列对于之前的中国社会科学出版社系列进行了有效的补充，从而使川端文学能够以更完整的姿态出现在中国读者面前。

第二类是由出版社单独推出的长篇译著或文集。除上述系列出版的川端康成文集之外，国内其他出版社还曾单独推出过一系列川端康成译著。这部分译著的绝大部分是《雪国》《古都》《千只鹤》一类经典作品，同时有少部分诸如《川端康成哀婉小说集》（高慧勤）、《川端康成散文》（叶渭渠）等文集面世。这说明 90 年代的大陆出版社在译介川端康成时，其主要立足点依旧是他作为诺贝尔文学奖得主的身份，由此《雪国》等获奖作品的译本才得以多次面世。同时，中国读者也大都由于川端康成的诺贝尔文学奖得主身份才对其展开阅读，从而在受众的层面又进一步促成了这些作品的多次出版。

第三类是港台地区继续围绕川端康成文学展开的相关译介。如前所述，80 年代台湾地区已经基本完成了对于川端康成主要作品的翻译出版，因此，在该地区 90 年代新推出的译作中之前尚未问世过的其他作品占据了一定的比例。同时，80 年代曾在"双子星丛书"中推出过一系列川端文学译著的星光出版社在 90 年代借由"日本经典名著系列"再度推出了《古都》《伊豆的舞女》等经典作品，这一方面充分认可了川端文学的"经典性"，同时也展现出其在台湾地区所具有的读者市场。

第四类值得注意的是相关译介活动中"经典"译者的出现。通过梳理八九十年代国内川端文学译著的情况不难发现，叶渭渠与唐月梅的译介成果无疑是十分突出的，尤其在 90 年代的译作构成中，两位译者的译著更是占据了其中的大半。经由他们牵头并译介出版的两套川端文集（中国社会科学出版社、漓江出版社）让川端文学得以在90年代完整地展现在中国读者面前，两人扎实的日文功底以及流畅的中文表达，使得很多经典的川端作品在汉语语境中得以准确再现，这不但在中日文学交流史中意义非凡，同时也是我国翻译史中颇具代表性的译介案例。

（4）21世纪前二十年

进入21世纪后，我国对于川端康成长篇作品以及文集的译介情况呈现出与之前类似的倾向：首先是陆续问世的几套川端康成文集，如2000年河北教育出版社出版的《川端康成十卷集》（高慧勤主编，10册）、2002年广西师范大学出版的《川端康成文集》（叶渭渠等，10册）等。这些文集大都选译了《雪国》《古都》《千只鹤》等川端文学中的绝对经典，其余作品则不尽相同，从中能够读出选编者不同的作品倾向，同时也相互补足了各自文集中缺失的篇目。在这些文集中，还出现了"图文珍藏版"的形式，如2003年北京出版社推出的《雪国：图文珍藏版》（叶渭渠、唐月梅）等四部作品，这样的出版形式让原本已经很成熟的译本得以进一步地具象化，使其在当时已经数目庞大的川端译作中脱颖而出。

其次是翻译群体的"稳中有变"。该时期川端文学的译者依旧以叶渭渠、唐月梅等曾经多次译介川端康成的译者为中心，不过一些"新的声音"也开始逐渐出现在川端文学的译者队伍中。这样的情形催生了各具千秋的译本风格，加之在该时期单独出版的各种川端康成译著中《雪国》等作品多次被重复译介，译本之间的对照研究开始成为学界的川端研究切入点之一，一般读者也能够从不同的译本中实现对于川端文学更加全面的了解。

通过简单梳理川端康成在我国的译介研究史，可以发现我国文坛、学界以及读者对于川端康成的引入以及接纳过程其实具有十分清晰的脉络——20世纪30年代，川端康成在我国以双重身份得到解读，其一是"新感觉派"的理论中心人物，影响了刘呐鸥、穆时英等当时一批热衷于新感觉派文学创作的作家；其二是作为普通作家得到的译介，这类作品数目并不多，主要以短篇小说和文学评论为主。经过近三十年的沉寂之后，我国文坛在 20 世纪 70 年代再度开始译介川端文学，并在不同年代呈现出了不同的译介特色：在 80 年代的译介活动中，大陆地区的报刊杂志占据了相当的份额，川端文学的很多短篇作品由此得以与读者见面。与此同时，台湾地区的出版社还推出了一批川端作品集，这是川端文学第一次以比较完整的面目展现在读者面前。该时期的川端研究主要集中在"作家介绍"与"经典作品研究"两个方面，作家论、作品论研究模式占据了主流。到 90 年代时，报刊杂志对于川端文学的译介开始逐渐减少，取而代之的是以面向学生读者为主的一系列赏析类文章。在该时段中，大陆地区陆续推出了一批川端康成文集，川端文学在大陆的译介活动逐步呈现出系统化与规模化的趋势，并由此出现了一批权威译者。另一方面，该时期的川端研究不再局限于作家论与作品论，围绕其美学类型及艺术特征等方面展开的专题研究开始进入学术界，川端研究随之展现出多样化与多元化的趋势。进入 21 世纪后，国内各大出版社对于川端文学的译介出版热情依旧不减，先后又有多套川端文集问世。同时，出版社对于《雪国》等经典著作的多次重译、再版也充分显示出我国读者对于川端文学的接受与喜爱，加之学界对于川端研究的展开也呈现出愈加全面与系统的趋势，川端康成已然成为 21 世纪我国文坛、学界以及读者群体最为熟悉的日本作家之一。

第二节　中国川端康成作家群

所谓"中国川端康成作家群"，主要是指受到川端康成影响较大的中国作家群体，这种影响可以体现在文风文体上，可以体现在艺术理念上，可以体现在题材偏好上，更可以体现在作家自身的人生选择上。就中国文坛而言，受到川端康成影响较大的作家群体大概有两个：其一是 20 世纪 30 年代受日本"新感觉派"影响较大的一批中国作家，以刘呐鸥、穆时英等人为主；其二是活跃于 20 世纪 80 年代中国文坛的一批青年作家，如贾平凹、余华、莫言等人，他们性格不同、文风迥异，却都坦承受到了川端文学的很大影响，行文间亦能见到相当清晰的影响痕迹。本节将就上述两个"中国川端康成作家群"详作论述，在系统梳理其影响路径的基础上，进一步解读该文学现象在中日文学交流史中的积极意义。

一、初次影响——20 世纪 30 年代

有关中国新感觉派与日本新感觉派之间的关系，我国研究者在两个方面达成了共识：其一是充分认可日本新感觉派对于中国新感觉派形成的决定性影响，如严家炎在《中国现代小说流派史》中主张"中国新感觉派小说是在日本的影响下发展起来的"。[①] 胡希东在《现代主义的都市写作研究　新感觉派之文化精神》中认为"在日本新感觉派形成一种文学思潮、流派或作为一创作风格起就对中国现代作家产生了影响，这主要是一些留学日本的现代作家有意识地对这种创作方法的吸收，并纳入他们的创作中"[②] 等等。其二是明确指出中国新感觉派由于接受方式等原因而形成的有别于日本新感觉派的诸多特点，且学者们有的赞同、有的批判，立场不尽相同。如吴福辉在《中国新感觉派的沉浮和日本文学》一文中以肯定的视角指出，中国的新感觉派文学不仅从日本新感觉派那里学到了技巧，而且在现代美学和

[①] 严家炎：《中国现代小说流派史》，武汉：长江文艺出版社，2009 年，第 124 页。

[②] 胡希东：《现代主义的都市写作研究　新感觉派之文化精神》，北京：中国文史出版社，2005 年，第 62 页。

现代心理学的启迪下，获得了表现世界的形象思维力。① 而刘桂瑶则认为"比起中国新感觉派止于表现情欲丑恶、歪曲生命本能之要义这一浅近的主题意向来，日本新感觉派作品展示的生命意识和生命本能的内涵略显深刻、复杂，从而更率真地逼近生命要旨及生存本义"②，从而刘桂瑶从主题意向的角度点明了中国新感觉派在内涵深度上的欠缺——不论学者以何视角做何判断，日本新感觉派在中国新感觉派的形成过程中所产生的导向性作用都是不容忽视的。作为日本新感觉派的主要人物之一，川端康成由此带给中国新感觉派作家的影响痕迹同样十分清晰，他的文学作品及艺术理念经由刘呐鸥等人译介至中国，为当时的中国作家——尤其是沉迷于现代主义文学思潮的青年作家——引领出一条颇具"新感觉"气息的创作道路。

较早将日本新感觉派引入中国的作家是刘呐鸥，他在 1928 年翻译出版了短篇小说集《色情文化》（水沫书店）③，让中国读者有机会领略到了日本新感觉派的风采。同年 9 月，由刘呐鸥主编的半月刊《无轨电车》创刊，该刊物在译介新感觉派相关文章的同时，还推出了一系列由刘呐鸥等人亲自实践创作的"新感觉小说"，虽然只刊行了 8 期，却对新感觉派——乃至同时期追寻国外文艺新潮的青年作家们产生了颇大的影响。

有关刘呐鸥其人，《民国文论精选》一书中曾有过精炼的概述：

刘呐鸥（1905—1940）原名刘灿波，笔名洛生，台湾台南

---

① 参照：宿久高等：《日本的新感觉派文学及其在中国的研究》，长春：吉林出版集团有限责任公司，2013 年，第 190 页。

② 刘桂瑶：《论中日新感觉派创作内涵的差异》，《现代日本经济》1989 年第 5 期，第 34 页。

③ 其中收录《桥》（池谷信三郎）、《色情文化》（片冈铁兵）、《七楼的运动》（横光利一）、《孙逸仙的朋友》（中河与一）、《黑田九郎氏的爱国心》（林房雄）、《以后的女人》（川崎长太郎）、《描在青空》（小川未明）七个短篇。

人。从小生长在日本，毕业于日本庆应大学文科，精通日语、英语。台湾日治时期小说家、电影制片人，后就读于上海震旦大学。1928 年创办第一线书店、水沫书店，出版过《马克思主义文艺论丛》，后改名《科学的艺术论丛书》等进步书刊，创办《无轨列车》半月刊，标志着民国"新感觉派"小说实践的开始……（中略）……他的写作走的是现代主义路线，代表作《都市风景线》借鉴了日本新感觉派的技巧，描写都市男女的狂热迷乱。①

通过上述文字，大概可以从三个方面概述刘呐鸥的文学生平：其一，与日本渊源颇深，通晓日语及日本文化；其二，积极推介进步书刊；其三，新感觉派文学运动的倡导者与践行者。由于长期侨居日本，刘呐鸥深谙日本文化，有机会涉猎大量日本文学作品，并对其中部分作家、作品产生了浓厚的兴趣。归国时，他还将很多文学书籍带回国内继续研读，并因此影响了周围的一批人。有关此点内容，同为新感觉派作家的施蛰存写道："刘呐鸥带来了许多日本出版的文艺新书，有当时日本文坛新倾向的作品，如横光利一，川端康成，谷崎润一郎等的小说。"② 由此可见，刘呐鸥对于川端文学的认同与敬仰已是不言自明。有趣的是，虽然刘呐鸥十分推崇川端康成的文学作品，在选译《色情文化》小说集时，他却并未收录川端康成的作品，而是选择了横光利一等其他作家，在"译者题记"中他写道：

　　……在这时期里能够把现在日本的时代色彩描给我们看的也只有新感觉派一派的作品。
　　这儿所选的片冈、横光、池谷等三人都是这一派的健将。他

---

① 黄健编：《民国文论精选》，杭州：西泠印社出版社，2014 年，第 241 页。
② 施蛰存：《北山散文集》，上海：华东师范大学出版社，2001 年，第 288 页。

们都是描写着现代日本资本主义社会的腐烂期的不健全的生活，而在作品中露着这些对于明日的社会，将来的新途径的暗示。①

就这段"题记"来看，刘呐鸥之所以对日本新感觉派感兴趣，主要基于该流派"反映时代色彩""揭露社会阴暗"并"指引社会方向"的艺术特质——这种认知明显偏离了日本新感觉派的根本属性，倒是在某些方面体现出同时期日本普罗文学的宗旨，加之这本标榜着"新感觉派小说集"的译著中还收录了林房雄等"普罗派的新进的翘楚"的作品，愈加表明了刘呐鸥对于这两个日本文学流派模棱两可的理解与态度。有关这种认知偏差，我国学界一直都有诟病，比如王向远在《新感觉派文学及其在中国的变异》一文中尖锐地指出：

> （刘呐鸥）只知道日本的新感觉派和普罗文学都是"新兴文学"，不知道、也不想分辨这两种文学的本质区别。所以他便心安理得地将这两个流派的作品混杂在一起编译成一本书出版。……新感觉派和普罗文学是当时日本文坛上相互对峙、相互排斥的两个流派。虽然他们都宣称向既成文坛挑战，但普罗文学所反对的是既成文坛的资产阶级性质，而新感觉派反对的则是既成文坛的现实主义、理性主义。他们在思想和艺术上的主张水火不容，并曾就有关问题展开过激烈论战。②

可见，刘呐鸥之所以将日本的新感觉派与普罗文学混为一谈，是因为他将它们都简单地归类为所谓的"新兴文学"，这种直接"追求

---

① 刘呐鸥：《附录〈色情文化〉译者题记》，《刘呐鸥小说全编》，上海：学林出版社，1997年，第211页。

② 王向远：《新感觉派文学及其在中国的变异——中日新感觉派的再比较与再认识》，《中国现代文学研究丛刊》1995年第4期，第47页。

新奇"的艺术主张，使得新感觉派从进入中国伊始"就伴随着一系列的误解、混同和偏离"①。他不求甚解的译介态度，也在无形中促使自己将注意力更多地放在了新感觉派夺人眼球的艺术手法之上，进而忽视了同样十分重要的相关艺术理论。作为日本新感觉派的中心人物之一，川端康成的主要贡献在于理论层面，如前文曾经提及的《新近作家的新倾向解说》便是其中的代表之作。由于刘呐鸥对于新感觉派艺术理论的忽视，《新近作家的新倾向解说》一类文章并未被他译介至国内——甚至很有可能干脆未能得到他的重视——而横光利一等专注于新感觉小说实践创作的作家则多次得到译介。从这一点来看，作为新感觉派理论核心人物的川端康成也许并未在理论层面过多地影响到刘呐鸥，反倒是其小说等作品，作为刘呐鸥的爱读书目（或者作为备受刘呐鸥推崇的"新兴文学"作品），于潜移默化之间给刘呐鸥带来了一定的影响。

　　与刘呐鸥不同，穆时英不懂日语，他对于日本新感觉派的了解与接受都基于刘呐鸥等人的译介活动，也正是由于这个原因，川端康成对于穆时英的诸种影响，其实也是经由刘呐鸥完成的。由于刘呐鸥对于新感觉派艺术理论的忽视，川端康成的相关文章并未能够直接影响穆时英的创作，而前者对于新感觉派描写手法的执着追求，则让穆时英为自己如何书写与描摹上海找到了一个全新的参照与方向，进而促使其成为中国新感觉派成果最为丰硕的"圣手"，成为该时期行文中川端康成痕迹比较清晰的中国作家。

　　如本章第一部分所述，川端康成曾在《新近作家的新倾向解说》一文中指出："以往的文艺在表现'甜'这一概念时，先由舌到脑，再由大脑呈现为'甜'的字样；而现在的'甜'字用舌头写"——即

---

① 　王向远：《新感觉派文学及其在中国的变异——中日新感觉派的再比较与再认识》，第46页。

强调以感受的直观性取代复杂的逻辑回路,从而通过视觉冲击带给读者全新的、强烈的阅读体验。这一手法被穆时英践行于很多作品中,比如《墨绿衫的小姐》中的一段文字:

> 坐在钢琴的尾上,这位有着绢样的声音的,墨绿衫的小姐,仰起了脑袋,一朵墨绿色的罂粟花似的,羽样的长睫毛下柔弱得载不住自己的歌声里边的轻愁似的,透明的眼皮闭着,遮住了半只天鹅绒似的黑眼珠子,承受着那从芦笛里边纷然地坠下来的,缤纷的恋语,婉约得马上会融化了的样子。①

在此,这位"墨绿衫的小姐"的形象似乎不再需要读者进行思考描摹,因为她的面貌已经如同肖像画般直观地展现在读者面前——正如前文所引"'甜'字用舌头写",此处的"墨绿色"俨然也是用眼睛直接勾勒出来的,进而给读者带来了十分典型的"新感觉派小说"阅读体验。再如《上海狐步舞》中的一段文字:

> "嘟"的吼了一声儿,一道弧灯的光线从水平底线下伸了出来。铁轨隆隆地响着,铁轨上的枕木像蜈蚣似的在光线里向前爬去,电杆木显了出来,马上又隐没在黑暗里边。一列"上海特别快"突着肚子,达达达,用着狐步舞的拍,含着颗夜明珠,龙似地跑了过去,绕着那条弧线。又张着嘴吼了一声,一道黑烟直拖到尾巴那儿,弧灯的光线钻到地平线下,一会儿便不见了。②

---

① 穆时英:《墨绿衫的小姐》,严家炎、李今编:《穆时英全集·第2卷·小说卷2》,北京:北京出版社,2008年,第138—139页。

② 穆时英:《上海狐步舞》,穆时英等,《20世纪中国文学争议作品书系:上海的狐步舞》,南昌:21世纪出版社,2013年,第53—54页。

　　这一段描述与上文的"墨绿衫的小姐"形成了鲜明的对比，两者一动一静，反差清晰。经由穆时英的描述，"上海特别快"以十足的动感呈现在读者面前，牵动读者的视线追随着列车的身影从纸面上"跑了过去"，进而带来了十分强烈且直观的现场感。

　　从以上两段比较具有代表性的文字可以看出，经由刘呐鸥的有意强调与着力模仿，川端康成的一些艺术手法在穆时英这里得到了进一步的践行与发扬，从而在上海这个都市空间中催生出了很多颇具"新感觉"特质的描摹与书写，不但成就了"新感觉派圣手"穆时英独具一格的艺术特质，也在相当大的程度上将中国的新感觉派小说推向了成熟。

　　除刘呐鸥、穆时英外，中国新感觉派的其他作家也都或多或少地受到了川端康成的影响，比如同为该流派代表人物的施蛰存便曾坦言自己通过刘呐鸥接触到了日本的新感觉派，并因此了解了川端康成等当时的日本作家。值得注意的是，施蛰存后来选择了与川端康成类似的艺术转型道路，即将自身的创作重心由新感觉派转向了新心理主义——这种文学转型的背后，展现出源自川端康成文学的继承与受启，同时也展现出文学思潮流变的一定规律。[1] 总体而言，川端康成对于中国作家群体的第一次影响，即对中国新感觉派的影响，主要停留在艺术手法的效仿之上，而其颇具代表性的一系列理论则由于诸多个人原因未能得到及时译介——川端康成的情形并非个例，日本新感觉派的理论著述整体都处于类似的境遇之中，这使得中国新感觉派最终只习得了皮毛，未能领会其精髓，该流派虽然被学界评价为20世纪我国第一个现代主义小说流派，却很遗憾未能够在文学史中留下深远的影响，短短几年后便草草退出文坛。

---

[1]　参照：宋沉:《从新感觉派到新心理主义——施蛰存与川端康成比较研究》,《名作赏析》2009 年第 2 期。

二、再次影响：20 世纪 80 年代

川端康成对中国作家的第二次典型影响发生在 20 世纪 80 年代，集中体现在当时的一批青年作家身上。究其成因，王志松在《川端康成与 80 年代的中国文学——兼论日本新感觉派文学对中国文学的第二次影响》一文中指出："80 年代，川端文学以及新感觉派文学是学界的研究热点之一，从一个侧面促进了中国现代文学史研究和文学观念的革新，对贾平凹、余华、莫言等一批作家的创作也产生了至深的影响。"[1] 即 80 年代我国学界对于新感觉派的瞩目是川端文学在该时期对中国作家影响颇深的主要原因之一。另一方面，如本文第一节所述，在 20 世纪 80 年代，川端康成的几部经典作品均已在我国翻译出版，属于较早译介至我国的外国作家之一。由于六七十年代我国文坛对于外国文学的译介发展十分缓慢，80 年代大量出现的外国文学作品得到了当时的读者群体如饥似渴的阅读。作为日本文学的代表人物、作为诺贝尔文学奖亚洲获奖作家，川端康成给普通中国读者留下了深刻的印象，给当时中国青年作家的艺术创作同样带来了不小的影响。

在《平凹答问录》中贾平凹曾经写道："从四五年前第一次接触到川端康成的作品时，我就喜欢上这位日本作家了。记得那时每次到书店，总寻他的书。为了得到他的一个短篇，竟花很多钱去将那本厚书买来，甚至还给一位日文翻译家去信，希望他能多翻译些川端康成的作品。我喜欢他，是喜欢他作品的味，其感觉、其情调完全是川端式的。"[2] 贾平凹大约在 80 年代中期写下这段文字，如前所述，该时期我国读者正如饥似渴地阅读着外国文学，作为读者之一，贾平凹被

---

[1] 王志松：《川端康成与八十年代的中国文学——兼论日本新感觉派文学对中国文学的第二次影响》，《日语学习与研究》2004 年第 2 期，第 54 页。

[2] 贾平凹：《商州：说不尽的故事》，北京：华夏出版社，1995 年，第 72 页。

川端康成的"味"深深吸引，从其溢于言表的喜爱之情来看，川端文学给他日后创作带来的影响毋庸置疑。

具体而言，究竟是川端文学中的什么"味"如此吸引贾平凹呢？他在《平凹答问录》中继续写道："川端康成作为一个东方的作家，他能将西方现代派的东西，糅合在一起，创造出一个独特的境界，这一点使我太激动了。读他的作品，始终是日本的味，但作品内在的东西又强烈体现着现代意识。可以说，他的作品给我的启发，才使我一度大量读现代派哲学、文学、美学方面的书，而仿制这些东西时才有意识地又转向中国古典文学艺术的学习。"① 从这段文字可以看出，川端康成立足本土、积极借鉴西方文学美学，并由此通过文学书写向西方介绍日本、展示日本的艺术风格深深地吸引并启发了贾平凹。从日后贾平凹的创作活动来看，他的文学主题绝大多数都渗透着浓浓的"中国味道"，而其艺术手法却又颇具现代气息，这种艺术立场最终形成了个性鲜明、辨识度极高的"贾平凹文学"，并由此为国际文坛吹进了一缕气质独特的"中国风"。

散文《延安街市记》中曾有这样一段文字：

> 中午的时分，街市到了洪期，这里是万千景象，时髦的和过时的共存：小摊上，有卖火镰的，也有卖气体打火机的；人群中，有穿高跟皮鞋的女子，也有头扎手巾的老汉，时常是有卖刮舌子的就倚在贴有出售洗衣机的广告牌下。人们都用鼻音颇重的腔调对话，深沉而有铜的音韵。陕北是出英雄和美人的地方，小伙子都强悍英俊，女子皆丰满又极耐看。男女的青春时期，他们是山丹丹的颜色，而到了老年，则归返于黄土高原的气质，年老人都面黄而不浮肿，鼻耸且尖，脸上皱纹纵横，俨然是一张黄土

① 贾平凹：《商州：说不尽的故事》，第72页。

高原的平面图。①

这段文字描绘的是延安街市正午时分热闹的场景。正如贾平凹评论川端康成的作品"始终是日本的味",其自身的作品又何尝不是"始终是中国的味",或者说"始终是陕西的味"呢?行文中,作者用二百余字的篇幅,不但描摹出街市上摩肩接踵的热闹场景,还分门别类地精炼出陕北地区男女老少的面容特征,黄土高原的芸芸众生由此跃然纸上——这段文字丝毫不见川端康成的痕迹,却清晰地展示出川端文学对于贾平凹的影响,他扎根日本、书写日本的艺术理念已经完全被贾平凹领会与实践,并由此形成贾平凹最独特的文学之"味",最醒目的艺术特征。

与贾平凹类似,青年时期的余华同样受到川端康成的很大影响,甚至将其视作自己开始文学创作的直接原因。他在《川端康成与卡夫卡的遗产》一文中写道:

> 1982 年在浙江宁波甬江江畔一座破旧公寓里,我最初读到川端康成的作品,是他的《伊豆的舞女》。那次偶尔的阅读,导致我一年之后正式开始写作,和一直持续到 1986 年春天的对川端的忠贞不渝。那段时间我阅读了译为汉语的所有川端作品。②

在对川端文学的喜爱程度上,余华丝毫不亚于贾平凹,他也如饥似渴地阅读了当时市面上可以找到的所有川端康成的作品,尤其是他最初接触到的《伊豆的舞女》,直接影响到了余华初期文学创作中观察生活、书写生活的方式。川端康成注视生活的视线、书写生活的基

① 贾平凹:《延安街市记》,新民、晓莉编:《贾平凹游品精选》,西安:太白文艺出版社,1994 年,第 271 页。
② 余华:《川端康成和卡夫卡的遗产》,《外国文学评论》1990 年第 2 期,第 109 页。

调成为余华早期创作中主要模仿的对象，催生出《星星》《竹女》《老师》等一系列以小事描写日常生活中的美好的作品。

　　不过，这种影响却并未持续很久，在着力模仿川端康成几年之后，余华似乎遇到了创作的瓶颈，他开始意识到"我走的是一条虚幻的川端之路，不是自己的路"①，并由此逐渐改变了创作风格，推出了一系列与之前差异很大、直击生活痛点的力作，《活着》《许三观卖血记》等便是其中的代表。余华对于川端康成从"追寻"到"摆脱"的转变，并不意味着他对川端文学的否定与放弃，相反，他依旧十分迷恋川端文学中的某些艺术特质，就此他曾说道：

　　　　川端康成最让我迷恋的地方是他的那种细部的描述，他描述的细部，给我的感觉和我们那个时候时髦的文学杂志上发表的那些作品有很大区别，他的描写是有距离的，他刻画细部非常好，但是他是有距离的。你觉得他是用一种目光去注视，而不是用手去抚摩。就是这样一种细部的刻画，我觉得非常丰富，就一直在学习写细部。②

　　可见，此时余华对于川端康成的关注已从书写时的着眼点转变为书写时的具体方法，即从相对抽象的艺术立场转为相对具体的艺术手法之上。他在自己与作品之间亦设置了这样一种"距离"，不论作品中的爱有多深、恨有多切，作为作者的他始终与其保持着一定的疏离感，始终采用一种旁观者的视角冷静——有时甚至是冷漠地进行着叙述。于是便产生这样一种现象，似乎余华并不是这些"故事"的制造者，他更像是一个转述者，细腻且完整地把自己的所见所闻传达给读

①　余华：《我的文学道路——在苏州大学"小说家讲坛"上的讲演》，《当代作家评论》2002 年第 4 期，第 7 页。

②　同上书。

者，然后远远地眺望读者跟随跌宕起伏的"故事"情节或哭或笑。

总体而言，川端文学对于余华的影响可以大致分为前后两个时期：前段，余华是川端文学的敬仰者与追随者，他从川端文学那里学会了观察生活、描摹生活的艺术理念，并模仿川端康成的创作方式写出了很多书写温情日常、清新日常的作品；后段，虽然余华决定跳出"川端之路"，但是从川端文学那里习得的"距离"感依旧沿袭在他的作品之中，让他以冷静之眼、理智之笔继续进行着与之前文风大有不同的艺术创作。

本节以上内容从前后两个阶段就川端康成对于中国作家群体的影响进行了梳理。其中对"新感觉派"作家群的影响主要经由刘呐鸥等人实现，因而体现出较强的个人偏好。这次影响明显集中于刘呐鸥所推崇的艺术手法之上，忽略了日本新感觉派的理论精髓，从而导致中国新感觉派最终只得皮毛、未至内里，只在文坛活跃了短短几年便淡出了历史舞台。对我国 80 年代青年作家群体的影响主要源自当时我国文坛对于川端康成的积极译介与研究，川端文学的艺术理念、文学手法等在这部分青年作家的成长历程中起到了很大的导向性作用，虽然他们最终形成了各不相同的艺术风格，其中来自川端康成的影响痕迹却依旧是清晰可辨的。

第三节　川端康成与莫言

将莫言与川端康成置于一处展开研究早已不是新鲜课题，学界瞩目川端康成对于莫言的影响大体基于三方面原因：其一是两者同为诺贝尔文学奖得主的身份，这首先意味着两者具有相同高度的文学水准，具有对照研究的可比性。同时两者一前一后的获奖时间差以及中日两国密切的文学交流活动，也很容易让人联想到这其中是否存在某些影响路径。其二是莫言自身的一些说法，如他曾坦言自己的《白狗秋千架》等作品是川端文学影响的直接产物，这使得川端康成对于莫言的影响研究具备了毋庸置疑的扎实依据，从而具备深入展开的事实前提与论据支撑。其三是莫言作品"重视感觉""超越感觉"的艺术特质，以及其行文和情节中无处不在的立足于本民族文化的典型书写，这些都使得莫言的文学世界展现出与川端文学相似的艺术立场，并由此让相关影响研究有点可入、有迹可循。以下将从莫言对于川端文学的模仿、消化与齐名这三个阶段详细梳理其中的影响脉络，并由此归纳作家层面的阐发规律。

一、从"黑色秋田狗"到高密东北乡原产的"白色温驯大狗"

提及川端康成对于莫言的影响，很多文章都曾引用过下面这段话：

> 一九八四年寒冬里的一个夜晚，我在灯下阅读川端康成的名作《雪国》。当我读到"一条壮硕的黑色秋田狗蹲在那里的一块踏石上，久久地舔着热水"时，脑海中犹如电光火石一闪烁，一个想法浮上心头。我随即抓起笔，在稿纸上写下这样的句子："高密东北乡原产白色温驯的大狗，绵延数代之后，很难再见一匹纯种。"这个句子就是收入本集中的《白狗秋千架》的开头。这是我的小说中第一次出现"高密东北乡"的字样，从此以后，"高密东北乡"就成了我专属的"文学领地"。我也由一个四处漂流的文学乞丐，变成了这块领地上的"王"。①

如前所述，我国文坛在 20 世纪 80 年代对于外国文学的大批量译介，不但满足了当时中国读者如饥似渴的阅读需求，也在相当大的程

---

① 转引自李圣杰：《莫言与川端康成文学的邂逅》，教育部人文社会科学重点研究基地　武汉大学中国传统文化研究中心编：《人文论丛》2018 年第 2 辑，第 281 页。

度上影响了当时的中国青年作家，他们有的在其中觅得了艺术创作的方向，有的在其中学到了文学书写的方法，有的在其中琢磨出了适合自己的艺术立场……正如余华将《伊豆的舞女》视作自己开始文学创作的直接原因，对于莫言而言，《雪国》则无疑是成就其"文学领地"的直接灵感来源。

这段来自"黑色秋田狗"的灵感在莫言其他的文章以及演讲中也曾多次出现。那么，为什么莫言会如此重视这条"黑色秋田狗"带给他的感受呢？在《我变成了小说的奴隶》一文中他指出，正是其让"我明白了什么是小说，我知道了我应该写什么，也知道了应该怎样写"①。如此具有力度的影响效果并非个例，在经历了十余年的禁锢之后，80年代的中国文学终于迎来了相对自由的发展时期，政治不再是其必须承担的任务、必须书写的主题。这种转变一方面给作家们带来了更加多样化的创作空间，同时也让他们显得有些束手无策，面对眼前五光十色的世界，相当一部分作家——尤其是青年作家开始迷惘于如何选择主题与素材、如何进行塑造与书写。在这种情况下，大批译介至国内的外国文学无疑在很大程度上拓宽了他们的视野，借鉴或取法于外国知名作家、经典作品成为备受当时青年作家群体推崇的方式。作为亚洲第二位诺贝尔文学奖得主以及较早译介至中国的日本作家之一，川端康成自然也受到了很多中国青年作家的效仿。如王小鹰曾指出："（川端康成）对人物的感情和内心的描写，心理与客观，动与静，景与物，景与人的描写都是那样的和谐统一，对我有很大的启发，触动了我的创作灵感。他所取材入篇的都是凡人凡事，都是我自己生活中也似曾相见的，淡淡的事，淡淡的情……"②他由此创作了《翠绿的信笺》《别》《静秋》等作品。从这段表述可以看出，川端文学

---

① 转引自李圣杰：《莫言与川端康成文学的邂逅》，第282页。

② 王小鹰：《从川端康成到托尔斯泰——外国文学与我》，《外国文学评论》1991年第4期，第127页。

瞩目于生活小事的取材方式以及对于人物心理的细腻描写为王小鹰指明了一条创作道路。受到类似影响的还有余华，如本文第二节所述，正是川端康成"引导着他从平凡的生活琐事和细枝末节中发现美和表现美"①，该理念一直贯穿于余华的创作活动之中，尽管他在不同阶段写出了风格完全不同的作品，"生活琐事"与"细枝末节"却一直都是他着力书写的对象。

　　川端康成对于莫言的影响也与此类似。有感于"黑色秋田狗"的莫言由此领悟到"原来狗也可以进入文学"，并感慨"从此以后，我再也不必为找不到小说的素材而发愁了"②。可见，川端文学对于莫言最初，同时也是最重要的影响便在于作品素材的选定。尽管莫言的作品大都定位在比较厚重的时代背景下（尤其是其长篇作品），他进行书写时的着手点却依旧是些"巴掌大小的地方上的人和事"③，然而正是这些琐碎的点最终融合为作品宏大的时代气息，进而建构起属于莫言自身的"文学的王国"。比如中篇小说《红高粱》，故事虽然隶属于相对宏大的抗日主题，主人公却是一个并未真正领悟抗日本质的土匪，作者在他身上展现出了普通人虽不完美但却十分真实的人性，同时借由"高密东北乡"这块"巴掌大小的地方"在特定的历史语境中书写出了丰满的爱情、亲情以及民族情。又如长篇小说《丰乳肥臀》，这部跨越了近一个世纪的作品主人公只是一位铁匠的妻子，作者通过她及其八个子女这些普通人的境遇，在歌颂伟大母性的同时，成就了一部"记录百年中国风云变幻的恢宏'史诗'"④。再如长篇小说

---

① 谭桂林主编：《现代中外文学比较教程》，长沙：湖南师范大学出版社，2009 年，第 390 页。

② 莫言：《我变成了小说的奴隶》，杨守森、贺立华主编：《莫言研究三十年》，济南：山东大学出版社，2013 年，第 9 页。

③ 同上书。

④ 莫言：《丰乳肥臀》，杭州：浙江文艺出版社，2017 年，封底。

《蛙》，这部作品以我国近六十年的波澜起伏的农村生育史为背景，以一位乡村女医生的人生经历，讲述了计划生育国策在"高密东北乡"的推进过程——整体来看，莫言的作品大都选择了"以小见大"的方式进行书写，即通过平凡人、普通事记录时代、建构历史。其中"以小"所体现的书写人口无疑取法自川端文学关注身边"凡人凡事"的艺术立场，而"见大"所承载的书写意义则是莫言跳出川端文学影响藩篱的力证。莫言没有像川端康成那样只对作品的时代背景点到为止、最终仅将作品内涵定格于"凡人凡事"之中，他选择赋予作品更加富有张力的书写空间，进而将其融入时代洪流之中，成为在文学层面对于历史的记录。

二、从"感觉"到"超感觉"

1985年，莫言在《中国作家》第2期发表了中篇小说《透明的红萝卜》，其中对于"红萝卜"的精彩描述，成为日后人们解读莫言文学的经典段落：

> 黑孩的眼睛原本大而亮，这时更变得如同电光源。他看到了一幅奇特美丽的图画：光滑的铁砧子。泛着青幽幽蓝幽幽的光。泛着青蓝幽幽光的铁砧子上，有一个金色的红萝卜。红萝卜的形状和大小都象一个大个阳梨，还拖着一条长尾巴，尾巴上的根根须须象金色的羊毛。红萝卜晶莹透明，玲珑别透。透明的、金色的外壳里苞孕着活泼的银色液体。红萝卜的线条流畅优美，从美丽的弧线上泛出一圈金色的光芒。光芒有长有短，长的如麦芒，短的如睫毛，全是金色，……[1]

---

[1]　莫言：《透明的红萝卜》,《中国作家》1985年第2期，第195页。

　　20 世纪 80 年代，莫言曾被学界归类为"先锋派"作家，上面这段文字则被视为"先锋派"作家莫言最具代表性的一段描写。在此，经由文字描述勾勒出的画面给读者带来了强烈的视觉刺激，"青幽幽蓝幽幽的光""金色的红萝卜""活泼的银色液体"以对比强烈的色彩渲染出作品独具特色的整体氛围，让当时的中国文坛眼前一亮。

　　有学者指出，1985 年是当代文学史的一道分界线，1985 年以前的文学只能称为"左翼文学""工农兵文学"等，而 1985 年之后的文学则在一定程度上传达出某种模糊的"文学转型"，出现了"寻根文学""文化热""方法论""先锋文学"等文学现象。① 刊发于这一时间节点上的《透明的红萝卜》清晰地展现出了"先锋文学"的某些特质，以及作家自身对于"方法论"的积极思考。作者对于"红萝卜"意象的描绘、对于主人公"黑孩"的塑造给读者带来了新鲜且陌生的审美体验，当年刊发此文的《中国作家》编辑萧立军指出"《透明的红萝卜》以其用'感觉'而非性格刻画来描写人物的写法，当时确实给人耳目一新的印象"②，这部作品不但成为莫言的"成名作"，更成为转型期的中国当代文学中一篇里程碑式的小说。

　　谈及这篇小说的创作灵感，莫言称其来源于自己的一场梦，他在《有追求才有特色——关于〈透明的红萝卜〉的对话》中谈道：

　　　　有一天凌晨，我梦见一块红萝卜地，阳光灿烂，照着萝卜地里一个弯腰劳动的老头；又来了一个手持鱼叉的姑娘，她又出了一个红萝卜，举起来，迎着阳光走去。红萝卜在阳光下闪烁出奇异的光彩。我觉得这个场面特别美，很像一段电影。那种色彩，

① 参照：李迪：《在母语的屋檐下》，北京：作家出版社，2016 年，第 146 页。
② 同上书，第 150 页。

那种神秘的色调，使我感到很振奋。其他的人物、情节都是由此生酵出来的。①

这样的灵感来源以及作者对于色彩的着力刻画、对于感觉的突出书写，很容易让人联想到"日本新感觉派"的相关艺术特色与创作理念。尽管作者自己并未明确自己是否效仿"日本新感觉派"创作出了《透明的红萝卜》，但是考虑到 80 年代中后期我国学界恰好重新评价了 30 年代的中国新感觉派文学，并正热烈展开小说技巧的理论探讨，② 加之莫言也曾多次坦言自己的文学创作在相当大的程度上受到了川端康成的影响，学界将如此重视感觉描述，且为读者带来了十分新鲜的阅读感受的《透明的红萝卜》视作以川端康成为代表的"日本新感觉派"在 80 年代对于中国作家的第二次影响便也是情理之中的事了。

《透明的红萝卜》中的美学特质在莫言随后创作的诸多作品中得到了衍生。如《红高粱》中描写罗汉大爷被孙五割掉耳朵的场景：

> 父亲看到孙五的刀子在大爷的耳朵上像锯木头一样锯着。罗汉大爷狂呼不止，一股焦黄的尿水从两腿间一蹿一蹿地滋出来。父亲的腿瑟瑟战抖。走过一个端着白瓷盘的日本兵，站在孙五身旁，孙五把罗汉大爷那只肥硕敦厚的耳朵放在白瓷盘里。孙五又割掉罗汉大爷另一只耳朵放进瓷盘。父亲看到罗汉大爷那两只耳朵在瓷盘里活泼地跳动，打击得瓷盘叮咚叮咚响。
>
> 日本兵托着瓷盘，从民夫面前，从男女老幼面前慢慢走过。

① 莫言等：《有追求才有特色——关于〈透明的红萝卜〉的对话》，《中国作家》1985 年第 2 期，第 204 页。
② 参照：王志松：《川端康成与八十年代的中国文学——兼论日本新感觉派文学对中国文学的第二次影响》，第 58 页。

父亲看到罗汉大爷的耳朵苍白美丽，瓷盘的响声更加强烈。①

与前文所引"红萝卜"相比，上述行刑描述中既有"焦黄""苍白"一类色彩，也有耳朵撞击瓷盘时"叮咚叮咚"的声音，由此在原本已然十分刺激的视觉感受之上，又增添了更加直观的听觉感受，不但使行刑现场惨烈的情形立体地呈现在读者的面前，更能够激发出读者强烈的阅读反应。这种感官化的书写方式建立起了新的"物我关系"，在莫言的笔下，"物"是"我"直接感受的对象，他将书写的重点放在对于表象世界的描述之上，让读者在强烈的感官刺激中自行完成由表及里的思考过程。这种书写方式，使得莫言更加着力于讲故事而非说道理，他用朴实但富有张力的文字架构起生动多彩的文学世界，让读者能够在新鲜且多元的阅读感受中领悟作品厚重的文学主题——也正是在这样的过程中，莫言文学自身完成了从"感觉"到"超感觉"的飞跃，进而实现了作品主旨的传达。

三、邂逅、启迪、自成一格

1999 年 10 月，莫言在驹泽大学作演讲时，曾经讲述了自己在伊豆半岛旅行时的一段经历，当时他们下榻的宾馆距离川端康成创作《伊豆的舞女》时居住的汤本馆很近：

卫生间里有不少的隔间。我推门进去时，就听到抽水马桶哗哗地一阵响。如果说刚才从楼梯口传来的木屐声是我的幻觉，那这次，马桶的响亮水声，绝对是真实的，听，那排水之后的抽水声还在继续着。这说明卫生间里有一个起夜者，他很快就要走出

---

① 莫言：《红高粱》，梁鸿鹰主编：《新中国 70 年优秀文学作品文库 中篇 小说卷 第 3 卷》，北京：中国言实出版社，2019 年，第 1307 页。

来的。但一直到我离开卫生间时,也没有人从那个水声响过的隔间里走出来。当我冒着冒犯别人的危险拉开那个隔间的门时,结果你们应该猜到了,里边什么人都没有。回到房间后我再也没有睡着,一直侧耳听着外边的动静,但除了川里的水声,再无别的声响。

……我一个人下楼进了澡堂,因为没有人,我连温泉和更衣室之间的推拉门也没关。我躺在热水里,迷迷糊糊地想着夜里发生的事情,这时候,面前的推拉门无声无息地合上了。我以为是旅馆的工作人员帮我拉上了门,但门是无声无息、缓缓地合上的,根本就没有人。①

1999年10月的这次日本之旅是莫言第一次前往日本,他称这次旅行是一次"文学之旅",亦是一次"神秘之旅"。作为文学之旅,他追随着梶井基次郎、川端康成、井上靖等日本作家的足迹,在周围似曾相识的景物中回味这些日本作家建构出的文学世界;作为一次"神秘之旅",他在旅行中无数次与"川端康成"相遇,有时是在脑海中看到川端康成与梶井基次郎并肩走在"星光闪烁的曲曲折折的山路上"②,有时是在回忆中牵起那条对自己文学创作影响颇深的"川端康成的狗"③。最经典的莫过于上面所引这段温泉旅馆的经历,莫言将记录这段经历的文章取名为《川端康成的幽灵》——不论川端康成是否真的"显灵",当莫言亲身来到川端康成生活并进行创作的空间中,当他亲历川端文学的原型世界,当原本抽象化的川端认知——具象化于眼前,他所看到的一切都会在有意无意间被他与川端康成联系在一

---

① 吉田富夫编著:《莫言神髓》,曹人怡等译,上海:上海文艺出版社,2015年,第109—110页。
② 同上书,第107页。
③ 同上书,第114页。

起，这是人之常情，毕竟川端文学曾经给他带来了导向型的影响。他曾坦言，是《雪国》这部小说让曾经感到没有什么可写的他感到要写的东西源源不断地奔涌而来，促使他在 1984 至 1987 年间写出了大约一百万字的小说。① 由此，莫言与川端康成在温泉旅馆的这次相遇可以说是一次跨越时空的文学交流，他将自己的景仰之情寄托在对于川端足迹的追寻与咂摸之上，也正是这次体验，让他身临其境地感受到了支撑起川端文学的现实世界，从而实现了对于川端文学乃至川端康成本人由抽象到具体、由艺术空间到现实空间的完整解读。

在随后的一系列演讲或文学活动中，莫言也曾多次提及川端文学。比如 2004 年 12 月 27 日在北海道大学演讲时，他提到了《伊豆的舞女》；2005 年在韩国东亚文化论坛演讲时，他提到了《白狗秋千架》的创作动机来源于川端康成；2006 年 9 月 17 日在获得福冈亚洲文化奖的获奖演讲中，他提到了《白狗秋千架》与《雪国》②……莫言大约是提及自身文学创作与川端康成之间的渊源次数最多的中国作家，由此也成为川端康成在中国作家群体中影响痕迹最为清晰的一个。

发人深思的是，尽管莫言多次提及川端康成对于自己文学创作的启发，2012 年当他获得诺贝尔文学奖时，他的获奖感言中却并未提及川端康成，只称威廉·福克纳和加西亚·马尔克斯对自己的创作产生了很大影响：

> 在创作我的文学领地"高密东北乡"的过程中，美国的威廉·福克纳和哥伦比亚的加西亚·马尔克斯给了我重要启发。我对他们的阅读并不认真，但他们开天辟地的豪迈精神激励了我，

---

① 吉田富夫编著：《莫言神髓》，曹人怡等译，上海：上海文艺出版社，2015 年，第 115 页。
② 参照：李圣杰：《莫言与川端康成文学的邂逅》，第 279 页。

使我明白了一个作家必须要有一块属于自己的地方。……根据我的体会，一个作家之所以会受某一位作家的影响，其根本是因为影响者和被影响者灵魂深处的相似之处。①

莫言在此没有提及川端康成，并非在否定川端文学对于自己的重要意义。虽然川端康成曾为莫言指明了选取创作素材的方向，在具体的创作活动中，莫言却形成了与川端康成截然不同的艺术风格。与长于心理描述且通常将作品凝练在短时间、小群体中的川端康成不同，尽管莫言也偏好从凡人琐事入手，他的作品却往往涉及众多的人物形象，往往会跨越几十甚至上百年的时光（如《蛙》横跨高密东北乡近六十年的生育史，《丰乳肥臀》涉及了上官鲁氏、其多个子女以及女婿等上百个角色）——如果说川端文学是一系列描摹日本风情的小品，那么莫言的作品则无疑书写出了20世纪中国社会的股股时代洪流，这样的气势和魄力，得益于威廉·福克纳以及加西亚·马尔克斯等作家"开天辟地的豪迈精神"的影响，得益于莫言自身的积极探索与扎实磨练，进而架构起他独具特色的文学世界。概而言之，在与川端文学邂逅并受其启迪开始文学创作之后，莫言又积极学习、吸纳了中外文学中的多种艺术理念与手法，并由此在创作实践中形成了自己个性鲜明的艺术特质，成为了一个站在世界舞台上的"讲故事的人"。

结　语

作为较早被译介至中国的日本作家之一，川端康成的文学作品已经陪伴中国读者走过了近一百年的时光。从20世纪30年代零星出现

---

① 莫言：《讲故事的人》，林建法主编：《讲故事的人》，沈阳：辽宁人民出版社，2014年，第5页。

在报刊杂志中的短篇译作，到 80 年代和 90 年代大批量、成体系出版的川端康成文集，再到今天多元化、多角度的川端文学研究，不同时期的译介偏重与研究视角，展现出我国在不同时期的文学环境以及历史特征。川端文学对于我国文坛的两次典型影响恰好均处于我国文学的转型期：20 世纪 30 年代，川端康成作为日本新感觉派的主要作家，直接催生出我国第一个现代主义文学流派——中国新感觉派，只不过其影响主要停留在创作手法等表层，未能深入到艺术理念等精髓；20 世纪 80 年代，就在我国文坛逐渐迎来相对自由的言说空间时，川端康成再度影响到贾平凹、余华、莫言等青年作家，为其确立艺术立场、寻找素材方向提供了借鉴，并在一段时期内成为这些青年作家努力效仿的对象。这其中影响痕迹最为清晰的是日后同样成为诺贝尔文学奖得主的莫言，他曾多次提及是川端康成的《雪国》让他明确了该如何从周遭获取创作素材，并通过积极借鉴其他各类艺术手法与传统理念，最终构建起自己个性特色突出且备受世界文坛认可的文学世界。

就普遍性而言，川端康成对于中国作家群体的影响主要集中体现在艺术理念及创作手法两个层面，他围绕"新感觉"的探索、细腻流畅的书写方式都对这些作家产生了深远的影响，并经由他们的解读与消化在一部部作品中得到了清晰的展现；就特殊性而言，由于 20 世纪复杂的中日关系，川端作品在中国的译介、传播并不具备连贯性，作家自身带来的两段影响也由此展现出不尽相同的时代特征，且都形成了相应的川端康成作家群——尽管 30 年代的刘呐鸥、穆时英等人仅得皮毛，却同样让当时的中国读者有机会领略到一种经由文字营造而出的全新感受，而 80 年代的贾平凹、余华、莫言等人则对川端作品进行了充分的咀嚼与咂摸，并通过自己的理解与阐释塑造出一系列经典且独到的艺术形象。（祝然）

第三章

中国卡夫卡作家群

绪　论

　　弗兰兹·卡夫卡（Franz Kafka，1883 年 7 月 3 日—1924 年 6 月 3 日），是生活于奥匈帝国（奥地利帝国和匈牙利组成的政合国）统治下的捷克德语小说家，他在西方现代文学中有着非常重要的地位，是 20 世纪文学的主要人物之一。卡夫卡与法国作家马塞尔·普鲁斯特、爱尔兰作家詹姆斯·乔伊斯被并称为西方现代主义文学的先驱和大师。

　　卡夫卡出身于一个德国犹太中产阶级家庭，"卡夫卡（Kafka）"源于捷克语，字面意思是"寒鸦（Kavka）"，卡夫卡父亲的商号也以寒鸦作为标志。卡夫卡的父亲白手起家、经商有道，后来成为了富裕的礼品店老板。他关注生意，忽略对儿子的关心，对卡夫卡的写作事业不理解，更谈不上支持。他独断且粗暴，对孩子缺乏必要的情感交流和关怀，同时，他家长制的管教方法使卡夫卡的内心从小就被禁锢在父亲的权威之下。在这种压力里，后来的各种生活冲突均已具雏形，并且矛盾似乎已包含在其中。

　　卡夫卡出生的布拉格是波希米亚王国首府，他出生的年代正值哈布斯堡王朝走向衰败，彼时的布拉格是一个德意志文化、捷克文化、犹太文化、奥地利文化交织融合的地方。卡夫卡具有犹太血统，家庭生活与其宗教生活浑然一体。他身上的犹太文化烙印，来自其家庭生活中犹太文化因素的熏染与渗透。卡夫卡在大学读的是法律专业，于1906年获得法学博士学位，而后进入保险公司专职工作，他多次希望放弃工作以获得更多时间来写作。卡夫卡一生未婚，他的三次订婚都无疾而终。卡夫卡几乎在布拉格度过了自己的一生，到了生命最后的日子，移居至柏林。他于1924年因肺结核去世，享年40岁。

在卡夫卡的一生中，他给家人以及亲密朋友写了数百封信。他的经历以及家庭的传统对其无意识的影响都逐渐成为他创作中的生活原型。卡夫卡一生中很少发表作品。生前，他在《波希米亚》报纸、《许培里昂》杂志发表了几个短篇，在朋友马克斯·布罗德（Max Brod）的帮助下，出版了短篇小说集《乡村医生》《观察》等，但他的作品很少受到公众关注。后来，卡夫卡在遗嘱中要求销毁自己所有未出版的作品，幸而他没能如愿，他的作品走进大众的视野。

卡夫卡生活在奥匈帝国即将崩溃的时代，同时他本人又深受尼采、柏格森哲学的影响，对歌德、克莱斯特、福楼拜、陀思妥耶夫斯基、易卜生、托马斯·曼怀有浓厚兴趣。不仅如此，卡夫卡也为中国文化着迷，为中国古代哲学而沉醉。他不仅钦佩古老的中国绘画和木刻艺术，还读过德国汉学家卫礼贤翻译的中国古代哲学和宗教书籍。他不断吸收、融汇各国哲学思想，形成了独具特色的"卡夫卡风格"。

卡夫卡的写作不是一挥而就的虚构，而是对少年伤痕的心理弥补和内心表达。他的作品里常会出现"K."的身影，长篇小说《城堡》《审判》以及短篇小说《一个梦》《夫妻》的主角都以"K."命名。K是卡夫卡名字的首字母，加之其小说往往带有强烈的自传性色彩，让读者很容易产生联想，"K."即为卡夫卡自己。

《城堡》讲述了主人公"K."用尽一生想尽办法也没有得到进出城堡许可证的故事。《审判》中主人公"K."是银行高级职员，某天不明原因地被捕，陷入一场难缠的官司。经过多番努力，他依旧被带走且被秘密处死。我们可以在卡夫卡的经历中了解到他曾经有过事故保险公司职员的工作经历，结合他所在的社会环境和家庭环境，我们不难发出疑问，"K."是不是卡夫卡？我们能感受到卡夫卡的孤独意识和反省能力，从作品中不难看出他对自己经历和感想的隐秘表达。其实，一个字母"K."更显孤独，甚至更普适化、更宗教化。名字不过是一个符号，这个主人公可能是卡夫卡，可能是你，也可能是我。

除了长篇小说《审判》《城堡》，卡夫卡的代表作品还有长篇小说《失踪者》（《美国》），短篇小说《变形记》《乡村医生》《司炉》（《火夫》）《在流放地》《万里长城建筑时》等。

卡夫卡的作品别具一格，甚至捉摸不透，融合了现实主义和荒诞的元素，大都用变形的形象和象征的手法，表现被充满敌意的社会环境和难以理解的官僚力量所包围的孤立、绝望的个人。他作品的主题常常表达疏离的环境、荒谬的罪恶、生存的焦虑和孤独的个体。卡夫卡的朋友布罗德说："很少有作家遭遇卡夫卡这样的命运：生前几乎完全默默无闻，死后很快世界闻名。"[1] 卡夫卡在作品中展示了主人公如何困惑并迷失自我的情景，人们会因为痛苦而不知所措或喘不上气来；但是他的作品中并非只有绝望的境地，也有透过迷雾看到希望的时候。透过卡夫卡混乱和虚无的世界，我们能听到他对人类表达爱意的声音。卡夫卡曾在日记中写道："不要绝望，对你的不绝望也不要绝望。在一切似乎已经结束的时候，还会有新的力量，这正好意味着，你活着。"[2] 每每提到卡夫卡，我们总有说不完的话。这是因为卡夫卡将人类生存的问题都抖搂了出来，他是超脱的，他向死而生。

时至今日，无论是在西方文学还是在东方文学，无论是在存在主义、表现主义、超现实主义，还是在荒诞派、黑色幽默、梦幻现实主

---

① 马克斯·布罗德：《灰色的寒鸦：卡夫卡传》，张荣昌译，北京：北京十月文艺出版社，2010年，第213页。

② 同上书，第284页。

义等令人眼花缭乱的现代文学流派中，都可以从卡夫卡的创作找到某些渊源。米兰·昆德拉曾说："西方现代主义的思想基础就是两个人建立的，卡夫卡和陀思妥耶夫斯基。"[1] 作为"现代西方文学之父"，卡夫卡在世界范围内产生了广泛的影响。

第一节　卡夫卡在中国

随着世界的发展，国际化和全球化进程加速，各国文化有了更多交流和沟通的机会，人们的思维模式和思想观念也随之发生了改变。任何一种文化都难以独立存在和发展，卡夫卡对中国文学的遥远接受不仅使得远在中国的作家们读起卡夫卡倍感亲切，同时也会对中国作家的创作产生启发。20 世纪 20 年代末，卡夫卡的文学作品像激起浪花的石子，开始引起西方评论界的广泛关注。作品被后人整理出版后，研究卡夫卡逐渐成为文学界的一股热潮，卡夫卡文学逐渐跃出德语范围直至整个欧美，慢慢也传入中国。卡夫卡及卡夫卡文学在中国的翻译与传播主要经历了以下三个阶段：

一、早期的译介

最早，中国文学忽略了卡夫卡。1922 年第 13 卷第 12 期《小说月报》中，由德国人格哈特·霍普特曼（Gerhart Hauptmann）撰写的《新德国文学的新倾向》一文里，在谈及回避战争的作家时，特别提到了"韦尔弗（Franz Werfel）和布罗德（Max Brod）亦是属于这一组的青年作家的"。[2]1930 年第 21 卷第 6 期《小说月报》中，《厄

---

[1] 于荣健：《有意拖延的告别：卡夫卡的文学人生》，上海：东方出版中心，2017 年，第 235 页。

[2] 哈特·霍普特曼：《新德国文学的新倾向》，元枚译，《小说月报》1922 年 12 期，第 86 页。

特斯密写拜伦》一文在谈及对拜伦的研究时，特意提到了卡夫卡的朋友布罗德（Max Brod）。同样，连载于《新垒》1933 年第 1 卷第 4—6 期的《德国现代小说的诸倾向》中，高桥健二同样将卡夫卡的朋友布罗德（Max Brod）和韦尔弗（Franz Werfel）都定义为"德国现代小说家"。余祥森编著的《德意志文学史》(商务印书馆 1933 年版)在"表现派出现时代"的章节中将韦尔弗（Franz Werfel）的名字列在第二①。这些文章和书籍都不约而同地提到了卡夫卡的两位朋友，却忽视了卡夫卡。此外，在张资平所著的《欧洲文艺史纲》(联合书店 1929 年版)、冯至等编著的《德国文学简史》(人民文学出版社 1958 年版)、杨周翰等主编的《欧洲文学史》(人民文学出版社 1964 年版)等著作中，也没有看到有关卡夫卡的只言片语。这一定程度上也说明卡夫卡文学从跃出德语范围直至欧美、亚洲，是一个循序渐进的过程。

国内学者普遍认为由赵景深撰写的《最近的德国文坛》一文是将卡夫卡最早作为德国人引入中国的详细介绍，文章发表在 1930 年第 21 卷第 1 期《小说月报》的"现代文坛杂话"栏目，原文如下：

> "卡夫加（Franz Kafka）是一个新发现的德国神秘小说家。他在一九二六年六月逝世的时候，德国以外的各国，竟一点也不知道这个消息。就是德国，知道他的人也很少，直到一九二九年，他的两本著作出版，方才为批评家所称道。大家都叹息着德国文坛又夭折了一个人才。卡夫加是布拉格的军官。他写过许多短篇小说，态度是写实的，但意义却是象征的。第一篇亦名为《深思》（*Betrachtung*），以后又创作了《火夫》（*Der Heizer*）和《改变》（*Die Verwandlung*），后者可与威尔斯小说以及《女人变

---

① 余祥森：《德意志文学史》，上海：商务印书馆，1933 年，第 145 页。

狐》相比。后来就出结集《乡间的医生》(Der Landarzt) 以及长篇小说《遣戍》(In der Strafkolonie)。写实与幻想、嘲讽与幻影，全都混在一起。直到一九二九年《城堡》(Das Schloss) 出版，他的声名方才稳定。大意是说一个人想进城堡，最终进不去。有人说这是嘲讽政治的；又有人说它自有其象征意义，无须加以解释。

　　一九二九年还出版了一本《美国》(Amerika)，大意说一个德国青年罗士满到纽约去看他那因商致富的叔叔，后来罗士满与叔叔不睦，就入了马戏团。他不是一个写实主义者，不过是如实的来描写，使我们读后逐渐忘记了事实，只记得怪想。卡夫加死时只有三十五岁。他还留下了许多手稿不曾刊行。"①

　　这短短四五百字的评述对卡夫卡的介绍相对翔实，对其文风的描述也相对贴切，不过，仍存在一些问题。首先，卡夫卡确实是用德语写作的，但是他是不是德国人，却是值得商榷，他生活于奥匈帝国，受德语文化影响，不应该被定义为"德国人"。其次，他去世的时间是 1924 年，死的时候是 40 岁，而不是 35 岁。另外，他的工作是保险公司职员，而不是军官。最后，《遣戍》(In der Strafkolonie) 即《在流放地》，是一部短篇小说。

　　早于赵景深，沈雁冰早在 1923 年已将卡夫卡作为奥国人介绍至中国。他撰写的《奥国现代作家》一文发表在当年第 14 卷第 10 期《小说月报》"海外文坛消息"栏目中，提到卡夫卡的文字较为简短，具体如下："……但是从那绝端近代主义而格忒司洛，而卡司卡 (Franz Kafka)，莱因哈特以至于维弗尔，都是抒情诗家，而且都可算是表现派戏曲的创始人。他们都是见影而识实体，嗅芬以知花，从人

---

① 赵景深：《最近的德国文坛》，《小说月报》1930 年第 1 期。

生的简介的结果而描画人生的。"这篇文章主要介绍的是现代奥国诗人、戏剧家和小说家。文章一开始即表达了"离开了德国文学,就无所谓独立的奥国文学"① 这一观点。沈雁冰对卡夫卡的评述只有"抒情诗家"和"表现派戏曲的创始人",显然在那个时候,大家对卡夫卡的了解不够深入。但是,这短短的几行字即可说明,在 20 年代的中国,卡夫卡已非无名之辈。

在 1924 年第 15 卷第 3 期《小说月报》"海外文坛消息"栏目中发表的《奥国文坛近况》一文中,沈雁冰将德国和奥国的文学区别开来:"在文学上,德国和奥国是有密切关系的,但是奥国文坛的近况,却有一点是显然和德国大不相同的:这就是批评坛的论调。"② 同时他还在文章中提到了与卡夫卡颇有交情的表现派作家韦尔弗,"维弗尔(Franz Werfel)是奥国青年作家中最伟大的一个,久被人赞为革旧体材的命的表现派的首领"。③

其实,早在 1921 年第 12 卷第 12 期《小说月报》的《德国文坛近讯》中,沈雁冰就关注到了卡夫卡的朋友佛伦士·韦尔弗(Franz Werfel),称其作品中充满着"现代的烦闷"。在 1921 年第 12 卷第 7 期《小说月报》的《战后德国文学的第一部杰作》中,沈雁冰介绍了德国作家约柯伯·沃塞尔曼(Jacob Wassermann)的作品,而沃塞尔曼对卡夫卡也是颇有兴趣。所以,沈雁冰对卡夫卡的关注,似乎也是顺理成章的事情。

不论是卡夫卡,还是韦尔弗、布罗德,他们都是近代德国文学史上重要的人物,但是,我们不能简单粗暴地给某个作家贴上某个国籍或者某个流派的标签,而是要把作家置于当时的历史环境中,考虑他的生活背景和历史情况。至于卡夫卡,他的文学作品是复杂社会背景

---

① 沈雁冰:《奥国现代作家》,《小说月报》1923 年第 10 期,第 196 页。

② 沈雁冰:《奥国文坛近况》,《小说月报》1924 年第 3 期,第 152 页。

③ 同上书。

下文化交融的产物，单纯定义其为德国作家或者奥国作家难免草率。

在《近代德国小说之趋势》一文中，我们可以看到评论家注意到了作家卡夫卡的犹太文化背景。这篇文章发表于 1934 年第 5 卷第 2 期《现代》，原作者是德国人雅各布·沃塞尔曼（Jacob Wassermann），文章的译者是赵家璧。上文已经提及沃塞尔曼，在此必须再多说一句，他也是新德国文学中不可忽视的作家之一。沃塞尔曼在该文中表示了自己对卡夫卡的欣赏，他单独提出了题为"犹太作家考夫加"的小结，对卡夫卡展开述评："这里有一个天才的作家，包含所有这些特点的，便是考夫加（Franz Kafka），在广义方面讲，他的作品是最德国的。"①

在郑伯奇所著的《两栖集》（良友图书公司 1937 年版）中，也有一篇《德国的新移民文学》提到了卡夫卡，这一篇目主要讲述了十九至 20 世纪新德国文学的发展。文中特别提到了两本刊物：

> "现在，欧洲方面，这些亡命作家所集的刊物，值得注意的有两个。我们就杂志为中心，将德国的新移民文学做个大略的介绍吧。
>
> 第一个值得注意的杂志是《合集》（Die Sammiung）。这是在许多外国有名作家援助之下发刊的。像是法国的纪得（Andre Gide）、英国的赫须黎（Andous Huxiey）都加以援助的。编辑是克劳士·莽。其中德国作家参加的，有诗人贝歇尔，批评家冷达诺，小说家昂里希·莽，道布林，伏希旺格，喀夫喀（Franz Kafka），瓦塞尔莽，戏剧家托勒，批评家迈林等。德国的主要作家都集合在这里了。就这些人名看下来，个人的立场并不相同，

---

① 雅各布·沃塞尔曼：《近代德国小说之趋势》，赵家璧译，《现代》1934 年第 2 期，第 340 页。

但进步的自由主义的倾向是共同一致的。

其次便是在捷克国都普拉哈（Praha）出版的《新德意志杂志》（*Note Deutsche Bratter*）。……”①

这里提到了两部刊物《合集》和《新德意志杂志》。特别想说明的是，卡夫卡再一次被定义为“德国作家”。他的作品刊发在这部各地作家结集出版的合集中，而没有尝试刊发于出版地是捷克首府布拉格的《新德意志杂志》，难免让人发出猜想，大概是卡夫卡与德语文化深刻的渊源才使得多数学者难免将其视为德国人吧。

1944 年，孙晋三在第 4 卷第 3 期《时与潮文艺》的“介绍参桑”栏目中，发表了《从卡夫卡（Kafka）说起》。这篇文章的发表打破了之前中国文坛对卡夫卡只字片语的介绍，较为全面地概括和分析了卡夫卡文学作品。文章肯定了卡夫卡在世界文坛的影响力：

“美国批评家柯莱说：‘上次世界大战后，对英美文艺影响最大的是爱略奥忒和乔埃斯，而在目前，那是里尔克和卡夫卡（Franz Kafka, 1883—1925）了。’英国《新写作》（*New Writing*）编者莱曼在《欧洲新写作》书中也说：‘凡知道十五年来英国青年作家所称赞而深受影响的是些什么书的人，一定会知道卡夫卡的著作在他们中间所生的震撼。他的《堡》（*The Castle*）和《审判》（*The Trail*）在英的出版，其惊动写作界相同于里尔克的诗的译本的问世。’卡夫卡在现代文学既有如此的影响，而在我国，他的名字却是全然陌生的作者未免是件遗憾之事。

卡夫卡和里尔克同为生于捷克布拉哈（时属奥大利）的犹太人，他们同样的上神主义的色彩，沉醉于人生晦涩的深奥，因此

---

① 郑伯奇：《两栖集》，上海：良友图书印刷公司，1937 年，第 88—89 页。

他们的倾向，仍是象征主义的方向，而走的路却不全同于正宗的象征派。在小说方面，卡夫卡的影响，见之于寓言小说的勃兴。但卡夫卡型的寓言小说，并不是本扬或施威夫特（Swift）显喻性的寓言，无宁可说是相当于梅尔维或杜思妥益夫斯基式晦喻性的小说，其含义不是可以用手指所按得住的。卡夫卡的小说，看去极为平淡，写的并非虚无渺茫之事，而是颇为真实的人生，但是读者总觉得意有未尽，似乎被笼罩于一种神秘的气氛中，好像背后另有呼之欲出的东西，而要是细细推考，却又发现象征之内另有象征，譬喻之后又有譬喻，总是推测不到渊底，卡夫卡的小说，不脱离现实，而却带我们进入人生宇宙最奥秘的境界，超出感官的世界，较之心理分析派文学的发掘，止于潜意识，又是更深入了不知凡几。"①

"卡夫卡是目前英国前进小说家的楷模。吴尔芙夫人的最后一部遗作《幕间》，就是卡夫卡型的。而英国两个最杰出的青年小说家爱菁华和华纳，也是卡氏的门徒。这种作风已成为一时风尚，对最近的英美文坛，正发生着重大的作用。"②

这篇文章除了对卡夫卡的去世时间表述有误之外，其他关于卡夫卡文风的述评都比较切合实际。同时，文章肯定了卡夫卡创作风格广泛的影响，许多作家对卡夫卡范式的模仿显而易见。该期杂志还刊登了英国当代小说家参桑（William Sanson）的三篇作品译文，并称参桑的作品充分表现了卡夫卡式的优点。1945 年连载于第 4 卷第1—4 期《时与潮文艺》的《照火楼月记》中，在介绍萨特（Jean-Paul Sartre）的作品时，孙晋三再次提及卡夫卡："沙特很明显的是受了卡

---

① 孙晋三：《从卡夫卡（Kafka）说起》，《时与潮文艺》1944 年第 3 期，第 20 页。
② 同上书。

夫卡（Franz Kafka）的影响。卡夫卡的《中国长城》法译，也是新近出版的，他那一套用寓言体来探讨基本哲理的技巧，早已流行，现在法国文坛也深受他的影响。”①

彼时，卡夫卡的影响还主要集中在欧美国家，在中国，似乎卡夫卡创作范式还没有激起波澜。至 1947 年，孙晋三在第 7 卷第 6 期《文讯》上刊登了《所谓存在主义：国外文化述评》，对卡夫卡的文学作品予以述评：“存在主义的文学是富于寓言性的，一个故事一个格局都有其象征的意义，而不是了然可解释的。这种半寓言式的形式，是目前欧美文学中最时髦的。所以一个早故的奥国犹太种小说家卡夫加（Franz Kafka），又被发掘出来，成了近年来被研究最勤的作家。他的奇异的小说，正是创造这种类型的。”②

不仅是孙晋三，卞之琳也注意到卡夫卡小说半寓言式的写作风格。1978 年，卞之琳在文章《分与合之间：关于西方现代文学和“现代主义”文学》中谈及“现代主义”与形式主义时，以卡夫卡的小说作为例子，来论述“现代主义”文学并不都与现实主义文学对立，也不等同于“形式主义”：“这里的问题是在于颓废主义，而不在于形式主义。‘西方现代主义’文学，主要也是以内容决定形式的，也不是不求内容与形式的统一。就‘严肃’著作而论，‘现代主义’文学元老中人，例如卡夫卡和乔伊斯的小说，在思想内容和艺术形式上也是根本统一的，虽然就艺术形式组成部分的语言风格而论，后者是统一的，简直可以说以呓语来表达梦境，而前者是用平易朴实的叙述来表达光怪陆离的故事，有矛盾。所以这里也不是坏就坏在形式主义。”③

1992 年，《重温〈讲话〉看现实主义问题》中，卞之琳论及现实

① 孙晋三：《照火楼月记》，《时与潮文艺》1945 年第 1 期，第 175 页。
② 孙晋三：《所谓存在主义：国外文化述评》，《文讯》1947 年第 6 期，第 43 页。
③ 卞之琳：《分与合之间：关于西方现代文学和“现代主义”文学》，《卞之琳文集》中卷，合肥：安徽教育出版社，2002 年，第 471 页。

主义时，再次提及卡夫卡："卢卡契……出版新书；稍稍改变了一点对'现代主义'的看法，对乔伊斯、卡夫卡、普鲁斯特等的'现代主义'作了深刻的分析。"①除了关于现代主义的评述，卞之琳还曾在两本译书的序言中论及卡夫卡的艺术成就。1945年，在为周彤芬所译的亨利·詹姆士的《螺丝扭》作序时，卞之琳评詹姆士小说的"创造性"时候，肯定了卡夫卡小说的寓言范式："这篇故事十足可以拿来当例子说明罗纳尔德·麦孙（Ronald Mason）先生在晚近一期《企鹅版新写作》里所称的'创造性地接受梦魇'，那是跟熬劲相辅了终足以'摧毁梦魇'。这点是否能应用到威廉·参索姆（William Sansom）以及其他卡夫卡（Kafka）的追效者所写的寓言式故事，大可怀疑。问题在它们是否够'创造性'。且不论弄玄虚决不是解决迷惑的办法，梦魇式描摹梦魇，离'创造性'的程度总还差一步。"②

1986年，卞之琳在为青乔所译的大卫·加奈特的《女人变狐狸·动物园人展览》作序时，将该篇与卡夫卡的《变形记》相比较，评述了作品之间的异同："大卫·加奈特显然受过他本国18世纪文学包括斯威夫特《格利弗游记》的影响，也自称佩服19世纪小说名著《呼啸山庄》。但是《女人变狐狸》现在最容易令人想起卡夫卡（1883—1924）的《变形记》。然而，尽管那位奥国作家比他早10年，在1912年，就写了《变形记》，1916年就已经出版过德文初版本，当时默默无闻，在著者早死了多年以后的三四十年代，才引起轰动，英译本也到1933年才出初版，大卫·加奈特写《女人变狐狸》的时候，显然没有注意到那一小本写人变甲虫的小说，两位著者，在写作当时所处的时代相同，两书开头所虚构的奇变来得一样突然，可称契

---

① 卞之琳：《重温〈讲话〉看现实主义问题》，《外国文学评论》1992年第3期，第5页。

② 卞之琳：《亨利·詹姆士的〈螺丝扭〉——周彤芬译本序》，《卞之琳文集》中卷，合肥：安徽教育出版社，2002年，第54—55页。

合。《变形记》的主人公却是当时奥国都市小职员，而《女人变狐狸》以及《动物园人展》的男女主人公，却有迥然不同的社会地位，因此小说里的人情世态的变化也就不同。《变形记》后人可以用资本主义社会异化现象来解释，显得深刻，沉痛，细节有点令人恶心，《女人变狐狸》的著者未必意识到异化问题，写起来冷隽而有时候令人感到悱恻和亲切，通篇有冷嘲而没有热讽（《动物园人展》才露点锋芒和火气），笔调上也各具民族特色，各放异彩。"①

1947年，在《创作四试》"象征篇"的前言部分，萧乾把卡夫卡的作品《城堡》归类至象征主义小说："但我已经读到了更深刻的象征小说了，像 Virginia Woolf 的 The Waves 和 Franz Kafka 的 The Castle，我明白在一个短篇里是难得把一个象征的轮廓描述清楚的。"② 虽然卡夫卡的作品《城堡》可能是某种抽象理想的象征，但是直接将其定义为象征主义作品却是不一定贴切。萧乾是非常关注和认可卡夫卡的。1994年，在《中国文学与世界文学接轨》一文中，萧乾谈及中外文学创作差异时，充分肯定了卡夫卡的艺术成就："'五四'以来，中国文学就面临着走向十字街头还是钻入象牙之塔的抉择。除了个别作家如李金发，那30年间我们基本上是走向十字街头，而且苦难越是深重，这倾向就愈益强烈。像抗战时期的街头剧和朗诵诗，完全成为赤裸裸的宣传媒介。因此某些西方汉学家抱怨中国文学实用色彩太浓，过于把小说当作反映社会问题的工具，一直也没有出现像詹姆斯·乔伊斯、亨利·杰姆斯、弗吉尼亚·伍尔夫、福克纳或卡夫卡那样登上世界艺术高峰的大作家，像谱写音乐或创作印象派绘画那样从事写作的作家寥寥无几。"③

---

① 卞之琳：《大卫·加奈特的〈女人变狐狸·动物园人展览〉——青译本序》，《卞之琳文集》中卷，合肥：安徽教育出版社，2002年，第61页。

② 萧乾：《创作四试》，上海：文化生活出版社，1947年，第4—5页。

③ 萧乾：《中国文学与世界文学接轨》，《中外文化交流》1994年第1期，第66页。

至于卡夫卡作品的引入，直到 1948 年 9 月 13 日，天津《益世报》第 110 期第 6 版，"文学周刊"栏目才刊登《〈亲密日记〉选译》，译者是叶汝琏。选段来自卡夫卡六篇日记，分别写于 1910 至 1911 年，描述了卡夫卡对母亲的心疼、对爱情的渴望、对生命的思考等。这应该是中国大陆对卡夫卡文学最早的翻译了。译者在《法译者前记》中表达了自己对以往卡夫卡文学述评的见解，他这样描述："我们仅有卡夫卡的一些片段；他的小说和记事，尽管它们形式极其精巧，而他的格言和亲密日记是些同一品格的片段。他自己不说过吗：他感受他的生命。有如一个未能完成生命的人，他没有别的方法只由一双手摊开绝望，另双手记录他在废墟下看见的。人们将从不倚重卡夫卡自己认出的这种冷清的工作场之特色。所以这完全徒然：借他留下的东西，急促来构成一个卡夫卡，既后又将他在他的道路上所能横穿的而未曾追随的若干玄学的倾向归附于他。我们能追随他履历过的道路之足迹，但我们对于他的意向，无所悉；新近的某些批评家陷入那个重大的错误，事实上不就是将意向之缺如当作意向本身之否定，道路之指标当作特发性的，删削的作品当作中断的相连之证明，未解的谜和未译的密码当作在自身的怪僻中和在荒谬之欺罔里的乐趣吗？任何情况下，我们不能说他仿佛不曾有确切的目的，终究的幻觉，后者反映在他的没格子上，即令词句含混，人们仍能了解它，但在任何情况下，人们不应将目的与道路，幻觉上的倾向和幻觉本身相混淆。"译者认为，卡夫卡本人对生命非常重视，且卡夫卡的全部作品都表达了他等待去往救世主天国的心情。从现在的角度看，这种评价稍显片面，它更多关注卡夫卡及其作品的宗教内涵。

以上是关于新中国成立前，中国学界提到卡夫卡的情况总结，我们可以看到，那些在新中国成立之前就关注并首次提及卡夫卡的作家和评论家，都不约而同地持续表现着对卡夫卡的认可，直至几十年后，卡夫卡的作品在新中国时期也有着旺盛的生命力。

二、新中国成立—改革开放

新中国成立后的十年内，卡夫卡在中国大陆不怎么被提及。然而，在中国香港，1956 年 9 月 10 日，香港《文艺新潮》杂志第 1 卷第 5 期刊登了明明翻译的卡夫卡的"思想小品"《比喻箴言录》，包括"面包""双手""真伪"等 16 节，是新中国成立后卡夫卡散文的较早汉译。译者明明对译文作出了以下说明："奥国大作家法兰茨·卡夫卡（Franz Kafka）一八三三年出生于捷克首都布拉格，父亲是犹太富商。他最初叛离父亲的物质主义，研究精神哲学，转而致力于文学生涯。为时仅十年，但他充满神秘色彩的作品《审判》《城堡》及《变形记》等，影响现代世界文坛极为巨大。这些作品在他生前从未出版，卡夫卡一九二四年临危遗嘱其友加以焚毁，其友卒予以保留。本篇系由前年出版的散文集《亲爱的父亲》中译出，集中并收有他那篇著名的对父亲的忏悔信。"① 除了弄错了出生年份，这里对卡夫卡的介绍是比较正确和中肯的。50 年代，中国香港作家对西洋现代文学有着深厚的兴趣。

"这份杂志（指《现代文学》杂志），在第一期的编辑后记中说明编制上希望'翻译和创作并重，翻译方面，决定有系统地介绍一点世界各国的现代文学，让大家看到现阶段国际水准上的新作品'。……比如《现代文学》第二期的编后话中有这样一段话：我们上期介绍卡夫卡，给自由中国的小说界带来一阵骚动。许多读者来信表示赞同，也有许多读者抱怨不知卡夫卡优点何在。卡夫卡的地位早经界定，读者的不习惯是因为较少接触西洋现代文学所致。并且，我们以后将要不竭地推出作风崭新的小说，吃惊也罢，咒骂也罢，我们非要震惊文坛不可。比较起来，香港五〇年代介绍西方现代文学的杂志，比如

---

① 卡夫卡：《比喻箴言录》，明明译，《文艺新潮》1956 年第 5 期，第 43 页。

《文艺新潮》，即使同样也有介绍卡夫卡，就很少是因为'作风崭新'或因要'震惊文坛'而做，而是另有理由。介绍的作家也不拘限于政治立场或思想背景。"①

不仅是在中国香港，在中国台湾，卡夫卡也已经悄悄进入学界。在 Gabriele Gauler（香港歌德学院院长）采访香港中文大学李欧梵教授谈卡夫卡在中国时，他认为卡夫卡的作品与中国的联系虽并未引起广泛关注，但仍然对中国现代文学产生了重大影响。问及中国的学者开始研究卡夫卡的时间，李欧梵教授回答："我会说是从20世纪60年代开始的，当时他们——或者说我们，因为我也是这文学团体的一分子——在台湾读到了他短篇小说的英译。1960年我们外文系的一些同学创办了《现代文学》这份刊物，首刊着重介绍的，就是《乡村医生》和《审判》。这些创刊者日后都成了著名作家，而杂志本身，如今也已是文学史上的一个传奇了。大陆学界对卡夫卡的发现相对迟些，是到了80年代早期，伴随文学'解冻'开始的。当时有学者把他的一些作品和其他现代派作品一道介绍过来，登载在《世界文学》这些社科院外国文学研究所旗下的杂志上，而新一代的中国先锋作家立即就发现了他。"②

《现代文学》杂志第1期即以卡夫卡为专题，第31期再次刊载一系列卡夫卡的讨论文章，第47期的心理分析与文学艺术专题也刊登了卡夫卡的文章。"《现代文学》译介卡夫卡、吴尔芙、卡缪等欧美现代主义名家，引发一些仿作（例如丛苏卡夫卡式的《盲猎》），启逗多种尝试（王文兴的《欠缺》的叙述角度和启蒙主题可与乔埃思的《阿拉伯商展》相比），既是创作空间的开拓，也是《文学杂志》卫护文

---

① 也斯：《香港文化空间与文学》，中国香港：青文书屋，1996年，第103—104页。
② 《李欧梵教授谈卡夫卡在中国：荒诞的魅力》2014年10月，https://www.goethe.de/ins/cn/zh/kul/mag/20619850.html，2022年8月29日。

学主体性的秉承。"①

"1965—1968 年由马森等留法的留学生在法国所创办的《欧洲杂志》，则以法文直接翻译的方式，同样也刊载了沙特、卡缪等专辑，将法国的存在主义思潮介绍回台湾。从此不难理解，台湾对存在主义文学的接受，主要是围绕着卡夫卡、沙特与卡缪三人为主。在这之中，卡夫卡与卡缪的小说格外受到注意，而沙特则因其剧作及存在主义论述受到国际瞩视。"② 此外，完整小说的翻译也有出版，从 1956 年卡夫卡的《城堡》（熊荧熹译，火炬编辑社 1956 年版）在中国台湾出版开始，包含《城堡》《蜕变》（又名《变形记》，金溟若译，志文出版社 1973 年版）、《审判》（黄书敬译，志文出版社 1971 年版）、《卡夫卡的寓言与格言》（张伯权译，枫城出版社 1975 年版）、《噢，父亲：卡夫卡给父亲的信》（张伯权译，枫城出版社 1975 年版）等开始陆续在中国台湾出版，这股热潮延续至 70 年代末。

2010 年 5 月，李欧梵教授在接受访谈时，也提及卡夫卡作品的引入，他说："新批评的主要经典，大概 60 年代末 70 年代初，就翻译出来，因为大家要看。……所以这些东西怎么来的呢？我想有两个来源，一个私人来源我不知道，据王文兴讲，《异乡人》是何欣翻译的，何欣自己家里有很多书，包括卡夫卡短篇小说集，是白先勇向何欣借来的，他们两个是朋友。借来以后，就把里面选的两三篇，就登在《现代文学》，然后里面的序，还有或许是从其它地方找到的。"③

1989 年宗璞在《独创性作家的魅力》中谈及中国和外国文学的

① 陈炳良：《香港文学探赏》，中国香港：三联书店（香港）有限公司，1991 年，第 333 页。

② 黄启峰：《战争·存在·世代精神：台湾现代主义小说的境遇书写研究》，博士学位论文，国立中央大学（中国台湾）中国文学系，2014 年，第 116 页。

③ 颜讷：《台湾香港存在主义文学传播现象——以五〇至七〇年代现代主义文学报刊与书籍为对象》，硕士学位论文，国立东华大学（中国台湾）华文文学系，2011 年，第 445 页。

关系时，用了近一半篇幅讲述自己所了解到的中国大陆卡夫卡研究情况："60 年代中期。'文化大革命'以前，批判经典著作风行一时，卡夫卡批判是一课题。……卡夫卡的作品在我面前打开文学的另一世界，使我大吃一惊！"[1] 关于之后的引入后的译介，叶廷芳先生（1994）指出："至于我国，那就更晚，直至 70 年代末才开始逐步被翻译介绍。当然在这之前，他的作品作为非正式翻译出版也是有的。那是 1964 年，一本封面未加设计的黄皮书《〈审判〉及其他作品》由上海新文艺出版社出版，译者是曹庸和李文俊。"[2] 据曾艳兵教授研究，"1966 年，作家出版社曾出版过一部由李文俊、曹庸翻译的《〈审判〉及其他小说》，其中包括卡夫卡的六篇小说：《判决》《变形记》《在流放地》《乡村医生》《致科学院的报告》《审判》。但这部小说集当时是作为'反面教材'在'内部发行'，只有极少数专业人员才有机会看到。"[3] 虽然是供内部参考，但是这依旧是中国大陆地区第一次翻译卡夫卡小说的出版物。然而，在极左思想的影响下，卡夫卡及其他西方现代文艺思潮，依旧被我国拒之门外。实际上，广大读者真正接触和接受卡夫卡的作品是在"文化大革命"以后。随着文化环境的松动和开放，卡夫卡正式、公开地进入了中国大陆。

三、改革开放以来

随着改革开放政策的实施与发展，我国与时俱进地调整了相关文艺政策。民众思想由此得以解放，文艺发展由此得以复苏。文艺界进入百花齐放的新局面，西方现代派文艺逐渐进入我国，中国大陆读者第一次接触到卡夫卡及其作品也是在此时。

---

[1]　宗璞：《独创性作家的魅力》，《外国文学评论》1990 年第 1 期，第 117 页。

[2]　叶廷芳：《通向卡夫卡世界的旅程》，《文学评论》1994 年第 3 期，第 114 页。

[3]　曾艳兵：《卡夫卡与中国文化》，北京：首都师范大学出版社，2019 年，第 176—177 页。

1979 年，由中国科学院外国文学研究所（今中国社会科学院外国文学研究所）主办的《世界文学》杂志首次将卡夫卡及其作品介绍给读者，在当年第 1 期刊登了李文俊翻译的卡夫卡短篇小说《变形记》。同期也刊登了由丁方（即叶廷芳）和施文共同撰写的文章《卡夫卡和他的作品》。该文分为生平简略、主要作品、孤独的人和陌生的世界、艺术特征等四方面，实现了对卡夫卡作品的初步介绍。可以说，这是新中国成立后卡夫卡作品在中国大陆正式出版物上的首次亮相，也是在这之后，卡夫卡的译介工作逐渐全面发展起来。继《世界文学》杂志首次刊登卡夫卡作品译文，《外国文艺》《十月》《国外文学》《外国文学》《译丛》《当代外国文学》《外国文学季刊》等杂志也都陆续选刊了卡夫卡作品的中文翻译。1986 年，由河北教育学院图书馆与上海教育学院图书馆编写的《外国文学研究论文资料索引 1978—1985》一书中，"奥地利文学"栏目中，相关作家与作品的梳理分为三类："茨威格""卡夫卡""其他"[1]，可见学界对卡夫卡研究的重视程度。1985 年后，卡夫卡作品译本数量呈上升趋势。2003 年，人民文学出版社出版了《卡夫卡小说全集》（共三册），这套书根据德国菲舍尔出版社 1994 年的校勘本《卡夫卡全集》所译，包括作者创作的（生前发表和未发表的）全部长篇、中篇和短篇小说。原稿忠实地根据卡夫卡的手稿，既保留了原作无规则的标点符号和异乎寻常的书写方式，又突出了原作完成和未完成的两个部分，同时也纠正了一些版本的错误，原原本本地再现了作者手稿的风貌，为翻译和认识卡夫卡的作品提供了很有价值的参考。这套书出版后加印超过五次，又于 2014 年和 2018 年再版重印，广受读者好评。

此外，据笔者统计，截至 2020 年 12 月，有 85 家出版社刊登或

---

[1] 河北教育学院图书馆，上海教育学院图书馆编：《外国文学研究论文资料索引 1978—1985》，上海：上海社会科学院出版社，1986 年，第 214—216 页。

出版了卡夫卡的作品，形式主要为中文翻译，也有少量英文翻译以及绘本。267 部出版物涉及卡夫卡的小说、日记、书信、随笔等作品，66 部以《变形记》命名，57 部以《城堡》命名，82 部以小说集的形式呈现。特别是进入 21 世纪以来，中国文学不断探索、发展，卡夫卡作品新译、再译或再版的数量也大幅增加，包含人民文学出版社、上海译文出版社、上海三联书店、译林出版社、江苏凤凰文艺出版社、上海文艺出版社、中央编译出版社等在内的多家出版机构参与了译介过程，译者和出版机构呈现多元化特点。

第二节 中国卡夫卡作家群

中国当代作家对卡夫卡的感觉是亲切的、欢迎的，卡夫卡对中国当代作家的影响是广泛的、深入的。1986 年，由上海文艺出版社编选、上海文艺出版社和香港三联书店联合出版的《探索小说集》正式发行。该书收选了 20 世纪 80 年代在小说观念和表现方法上有所突破和创新的作品。吴亮和程德培为此书作评，肯定了当代文学（小说）发生变化最基本的背景缘由来自社会背景和物质条件是影响意识形态深刻变化的基础。各种国际思潮通过多种文化交往的渠道被思想活跃的当代作家了解和吸取，对现实生活和小说创作产生了冲击，这也是当代文学（小说）发生变化不容忽视的背景和来源。

对小说家们来说，更直接的影响，还是来自现代外国文学的输入、启发、诱导和冲击。我们亦可以列示出几个最有影响的——对中国的当代小说家而言——外国作家名姓，他们分别是：卡夫卡、乔依斯、海明威、艾特玛托夫、马尔克斯和川端康成。

"几乎所有描写变形、乖谬、反常规、超日常经验的小说都直接或间接地与卡夫卡有关。……我们不难发现某些小说仍然有着卡夫卡的痕迹，那种沉闷、压抑、重复和莫可名状，不由自主。应当认为卡夫卡影响的慢慢消减乃是社会和精神文化趋于明朗的一个标志，不过不能由此断言受到他影响的都是悲观论者。卡夫卡的叙述仍然有着一种令人心悸和痉挛的力量，那种严肃和悲天悯人的消沉无望骨子里是一种逆向表现的人道主义，而这一主张的健康面貌，则正愈来愈深入一代人的灵魂，不可抹去。"①

在那个特殊的十年，中国年轻的知识分子饱受动乱的折磨，这些经历和经验逐渐成为中国当代作家暗箱里的积累，卡夫卡的到来让他们找到了对"文化大革命"这场浩劫的表达方式，卡夫卡荒诞小说中变形、象征等艺术手法让中国作家深受启发。卡夫卡在中国的接受，是十年动乱的余音。随着时间的流逝，除了借鉴卡夫卡的写作技巧、表达手法和观察角度，中国当代作家也逐渐开始理解卡夫卡文学中的其他内涵。

受卡夫卡创作启发比较明显的作家有：北村、残雪、陈村、格非、韩少功、蒋子丹、刘索拉、马原、莫言、苏童、王蒙、王小波、徐则臣、阎连科、余华、谌容、宗璞等。他们或直接承认卡夫卡对自己的影响力，或间接在作品中展示对卡夫卡作品的借鉴和学习。

残雪说："我偶然地读起了卡夫卡的小说。也许正是这一下意识的举动，从此改变了我对整个文学的看法，并在后来漫长的文学探索中使我获得了一种新的文学信念。"② 陈染说："我喜欢卡夫卡的生活方式和态度，我感到在个性及思想上的极为贴近。这是我偏爱他的地方。"③ 北村说："我接下来的小说创作代表性作品的确是那篇《谐振》，是在我大学毕业两年后发表在当时中国最高的权威文学杂志

---

① 程德培、吴亮评述：《探索小说集》，上海：上海文艺出版社，1986 年，第 640—641 页。

② 残雪：《黑暗灵魂的舞蹈：残雪美文自选集》，上海：文汇出版社，2009 年，第211 页。

③ 陈染、萧钢：《另一扇开启的门——陈染访谈录》，《花城》1996 年第 2 期，第83 页

《人民文学》上，那年我二十二岁。这篇小说写了人的存在和体制结构之间的巨大矛盾，是对卡夫卡《城堡》的一次致敬。"① 新时期的中国文学不再封闭隔绝，余华和众多作家一样，开始尝试敞开怀抱、拥抱世界文学。余华说："一个偶然的机会让我发现了卡夫卡。我是和一个朋友在杭州逛书店时看到一本《卡夫卡小说选》的。那是最后一本，我的朋友先买了。后来在这个朋友家聊天，说到《战争与和平》，他没有这套书。我说我可以设法搞到一套，同时我提出一个前提，就是要他把《卡夫卡小说选》给我。他的同意使我在不久之后一个夜晚读到了《乡村医生》。那部短篇使我大吃一惊。事情就是这样简单，在我即将沦为文学迷信的殉葬品时，卡夫卡在川端康成的屠刀下拯救了我。我把这理解成命运的一次恩赐。"② 从多重层面看，卡夫卡对余华的创作是存在影响和启发的，我们先将余华纳入中国卡夫卡作家群，具体缘由将在第三节逐一详细阐释。

1999 年，新世界出版社推出了"影响我的 10 部短篇小说"丛书。该丛书共有十册，分别由十位作家编选，他们以一流小说家的洞察力和领悟力，选出了他们苦读和苦练数十年、对自己创作影响最大的小说。其中，莫言③ 和格非④ 均选择了卡夫卡的小说《乡村医生》。在"走近大师系列丛书"中，卡夫卡再次出现。格非在《卡夫卡的钟摆》中就自己的阅读经验和创作经历展示了读解卡夫卡对他的启发："笼罩在卡夫卡身上最大的神话之一，就是卡夫卡是一个痛苦的精灵，无论是个人生活，还是这种生活孕育之下的小说莫不如此。对于那些

---

① 北村、李西闽：《我只关注人类的心灵境况——北村访谈录》，《青年作家》2020年第 9 期，第 5 页。

② 余华：《川端康成和卡夫卡的遗产》，《外国文学评论》1990 年第 2 期，第 110 页。

③ 莫言选编：《锁孔里的房间》，北京：新世界出版社，1999 年，第 7 页。

④ 格非选编：《更多的人死于心碎：我最喜爱的悲情小说》，北京：新世界出版社，2004 年，第 236 页。

习惯于将作家的痛苦等同于其才智，用痛苦的试金石来丈量作品的光辉的批评家来说，卡夫卡及其作品无疑就是坚如磐石的论据。"① 马原在《阅读大师》中讲述了自己对卡夫卡作品的体验和收获，并提及编辑李潮对自己的评价——"中国的卡夫卡"②。余华③、皮皮④和马原⑤三人更是不约而同地将卡夫卡的小说《在流放地》收入其中。在《影响了我的二十篇小说》中，苏童收录了卡夫卡的短篇小说《饥饿艺术家》⑥。

中国卡夫卡作家群的文学创作受到了卡夫卡的启发，他们的作品有着"创作实践"先行，而非概念优先的特点。中国卡夫卡作家群的最主要的特色，即受卡夫卡影响，借鉴"变形"的艺术手法表达异化、荒诞、孤独、恐惧和隔膜等思想和主题。中国卡夫卡作家群的群体影响力大于单个作家，将作品特点总结、作家特征归纳是对传统中外文学关系研究的突破，对中外文学关系研究有着重大意义。

一、"变形"的艺术手法

说起卡夫卡，广大读者首先想到的是他的作品《变形记》。一早醒来，主人公格雷戈尔发现自己居然变成了一只甲虫，身体的突然变形让他失去生存能力，也使得他与社会、家人、自己的关系变得挤压和扭曲。从变形到死去的过程中，家人们对他逐渐变得冷漠、嫌恶。他的变形好比一块对人心、人性的试金石。一方面，理性的逻辑

① 格非：《博尔赫斯的面孔》，南京：译林出版社，2014年，第218页。

② 马原：《虚构之刀》，沈阳：春风文艺出版社，2001年，第42页。

③ 余华选编：《温暖的旅程》，北京：新世界出版社，1999年，第17页。

④ 皮皮选编：《让温暖升级》，北京：新世界出版社，2002年，第111页。

⑤ 马原选编：《大师的残忍：我最喜爱的恐怖小说》，北京：新世界出版社，2002年，第167页。

⑥ 苏童选编：《影响了我的二十篇小说》，天津：百花文艺出版社，2005年，第69页。

和现实的束缚让格雷戈尔饱受生活的重压，"异化的身体"将他从劳碌奔波中解放出来。然而，变形后的他却被剥夺了飞行能力，他没有翅膀，只能依靠细腿来实现生存。所以，他不得不在反抗和妥协间游走，"非人的生存状态"充分揭露了他孤独、矛盾、压抑和恐惧的内心世界。

值得一提的是，中国文学传统中也有许多出名的"变形"故事，《山海经》的"异兽神话"，《西游记》中孙悟空的"七十二变"，《庄子》的"庄周梦蝶"，《太平广记》中的"郑袭变虎"，《聊斋志异》中的"人形狐仙"，《警世通言》中的"白蛇故事"等。"变形故事"是中国古代叙事文学中较为典型的表现，多数故事借以巫术手段展现了万物有灵的观念。因为叙事文学的创作中，人物和情节是非常重要的部分。"将特定人物形象置于人与人、人与社会的坐标系中，这也无法排除人类群体生活方式所必然产生的道德问题。"① 变形是一种较为便捷的艺术手段，创意地重现了人物与情节、环境的关系，试图将深刻的母题和复杂的内涵寄寓于神奇和怪异之中。卡夫卡的"变形"与此不同。《变形记》中，格雷戈尔平庸地忙碌着，没有时间思考生存的意义。他虽然具有人类的身体和外形，但是却在现代工业社会的打磨中逐渐变得不似人形。变成甲虫后，他开始打量自己与环境、社会的关系，他开始思考人性和人生、听取自己内心的声音。尽管他的家人自私、淡漠，但他仍然善良和温情。格雷戈尔变形后，他家人的种种表现，实则戳破了现代人类社会的面纱。世态炎凉、人心不古，人情淡漠、人性荒芜。"人体'变形'的隐喻，从身体的变形延伸到自我的变形，再延伸到自我与他者关系的变形，包含着深刻的关于存在主义的哲学问题的思考。"② 卡夫卡"变形"表现手法的背后是想象力

---

① 朱崇志：《首选的尴尬——中国古代叙事文学道德主题变形浅论》，《现代中文学刊》2002 年第 1 期，第 10 页。

② 刘剑梅：《"变形"的文学变奏曲》，《中国比较文学》2020 年第 1 期，第 116 页。

和创造力的完美结合，是自我异化、人类异化和社会异化的象征和体现。

谈起卡夫卡的影响，宗璞曾说："其作品本身给予文学创作如后来的某些派别的具体影响且不必说，我从他那里得到的是一种抽象的，或说是原则性的影响。我吃惊于小说原来可以这样写，更明白文学是创造。何谓创造？即造出前所未有的世界，文字从你笔下开始。而其荒唐变幻，又是绝对的真实。在'文化大革命'中，许多人不是一觉醒来，就变成牛鬼蛇神了吗？"① 她并不讳言小说《我是谁》的构思是受到卡夫卡《变形记》的启发，她说"是受他（卡夫卡）的影响，因为读了他的东西，我才发现文学作品可以这样写，可以是变形的、荒诞的"。②

《我是谁》这篇小说讲述了知识分子韦弥和丈夫孟文起的故事，他们在国家成立之初，从大洋彼岸奔赴祖国的怀抱，但是，他们却在"文化大革命"期间被批斗诬蔑为"牛鬼蛇神""特务""反动权威""笔杆反革命"。孟文起眼看着自己视若珍宝的研究成果被付之一炬，他彻底崩溃，选择自杀，韦弥也因此一蹶不振。她困惑、茫然，感觉自己"落进了理智与混沌隔绝的深渊"③。一如格雷戈尔在非人社会的冷待中失去了对自我价值的追求以及对精神生活的向往，多重打击也浇灭了韦弥对植物学的热情。近乎崩溃的她已经逐渐丧失了自我，她踽踽独行，希望能够寻找到"我是谁"的答案。在魑魅魍魉的现实中，她无法立足。她平静地想，"蛇挑唆夏娃吃了智慧之果，使人类脱离了蒙昧状态，被罚永远贴着土地，不能直立。那么，知识分

---

① 宗璞：《独创性作家的魅力》，《外国文学评论》1990年第1期，第117页。

② 马原等：《重返黄金时代：80年代大家访谈录》，长春：吉林出版集团，2016年，第418页。

③ 宗璞：《我是谁》，郎保东编：《宗璞代表作》，郑州：河南人民出版社，1987年，第95页。

子变成虫子在地上爬，正是理所当然的了"。①

　　格雷戈尔为一家四口的生计奔波，换来的却是其他家庭成员心安理得地坐享其成。变成甲虫后，面对父亲的厉声斥责，"格雷戈尔不顾一切挤进门去，他身躯的一边抬高起来，斜着身体躺在门洞里，身体的一侧擦伤了，白色的门上留下难看的斑迹，很快他就被夹紧了，靠他自己是一点也动弹不得了，向上一边的细腿挂在空中颤抖着，另一边的则被压在地上，十分疼痛——这时，父亲从后面重重地给了他解脱性的一脚，他跌进房间中间，身上流着血。门用手杖给关上了，屋里终于安静下来了"。② 他宁愿自己遍体鳞伤，也要谨小慎微地呵护和宽容家人们的冷漠、嫌恶和残忍。格雷戈尔喜欢听妹妹的演奏，甚至下决心把妹妹送去音乐学院。他对家庭温暖是渴望的，对美好事物是向往的。可是最后妹妹却高喊着"它必须离开！……这是唯一的法子，只有设法不去想它是格雷戈尔，可我们一直相信它是，这才是我们真正的不幸，但它怎么是格雷戈尔呢？如果它是格雷戈尔，他老早就会明白，人和这样一只动物是不可能共同生活的，他就会自动走掉"。③ 最终，格雷戈尔带着愤懑、内疚和妥协孤独地死去。

　　韦弥和格雷戈尔一样，他们都是孤独的。连五六岁的孩童都大喊着"打倒韦弥！打倒孟文起！"她的心寒了。韦弥"困难地爬着，像真正的虫子一样，先缩起后半身，拱起了背，再向前伸开，好不容易绕过这一处假山石。……韦弥想要回头看一看，但她没有脖颈，无法转过头来。她不觉还是向前爬去，身后留下一道长长的血迹。……韦弥看见，四面八方，爬来了不少虫子，……他们中间文科的教授、讲

① 宗璞：《我是谁》，郎保东编：《宗璞代表作》，郑州：河南人民出版社，1987 年，第 96 页。
② 卡夫卡：《卡夫卡小说全集》，韩瑞祥等译，北京：人民文学出版社，2003 年，第 262 页。
③ 同上书，第 285 页。

师居多，理科的也不少，他们大都伤痕累累，血迹斑斑，却一本正经地爬着。但是一种十分痛苦的、屈辱的气氛笼罩着这蠕动的一大堆"。①格雷戈尔和韦弥都拖着虫形身体，艰难地挪动。韦弥鼓起勇气，"变形"为虫，捍卫自己的尊严和人格。即使变成虫子，他们也要捍卫人的本性。他们向死而生，是困境中的英雄。

此外，宗璞的《蜗居》《泥沼中的头颅》两篇小说同样明显沉淀了卡夫卡的影响。《蜗居》中的年轻人，甘愿忍受孤独和凄冷、空虚和寂寞，他持续与邪恶势力抗争，即使最后被"圆壳中的黏液"粘住，也要坚持真理、坚定自己的事业和理想。《泥沼中的头颅》中展现了一个陷入泥沼后失去四肢的头颅意象。头颅原本是有完好的身躯，可是头颅以外的其他部分却在头颅往泥浆深处移动的过程中逐渐化掉了。头颅在下大人、中大人和上大人之间周旋，他们相互推脱，这和卡夫卡小说《审判》中"K."的遭遇几乎一模一样。和卡夫卡的小说一样，《我是谁》《蜗居》《泥沼中的头颅》这三篇小说不约而同地通过变形表现了无奈和绝望。不过，不一样的是，宗璞的"变形"手法依托现实，多了一分对革命理想的追求。

在残雪的小说中也有不少"变形"的表现，对于她而言，"变形"是心理极端和情绪失控的表现。"变形"在她的作品中纠缠，揭露了人性的丑陋、生存的悲剧。"她用变异的感觉展示了一个荒诞、变形、梦魇般的世界，阴郁、晦涩、恐惧、焦虑、窥探和变态的人物心理及人性丑恶的相互仇视与倾轧。"②小说《污水上的肥皂泡》讲述了一件令"我"匪夷所思的故事：一大早，"我的母亲化作了一木盆肥皂

---

① 宗璞：《我是谁》，郎保东编：《宗璞代表作》，郑州：河南人民出版社，1987年，第 96—97 页。

② 陈思和：《中国当代文学史教程（第二版）》，上海：复旦大学出版社，2006年，第 272 页。

水"。① 开篇和《变形记》非常相似，第一句话便提示读者来到了残雪的"变形"荒诞世界。在故事的最后，"我"也变成了一只狗。在"变形"世界里，家庭关系的矛盾被凸显、社会关系的紧张被夸大，作者借此展开对传统道德观念的质疑以及对日渐异化的人性的反思。小说《山上的小屋》讲述了一家人的故事，仿佛编译错乱，夸张地展现了一个丑陋、荒诞的"家"。像是卡夫卡笔下的格雷戈尔一样，残雪笔下的"我"和家人之间的关系也很生疏，妈妈提防、妹妹针对，就连爸爸在夜里也变成了狼。残雪通过"变形"，将"我"的荒诞生存困境展现得真实而细腻。小说《公牛》描述了一对夫妻的对话。作为妻子的"我"为屋子外面的公牛所带来的紫光而沉醉，全然不顾丈夫老关对牙齿不舒适的抱怨。在这篇小说中，没有真正意义上的"变形"，但是公牛及其带来的紫光其实是"我"长期挣扎于压抑、琐碎生活的产物，是一种人生的幻影和希冀。夫妻的交流中难以感受到温馨，取而代之的是陌生、淡漠和疏离。精神追求和现实生活的冲突让"我"感到灵魂与肉体的剥离。另外，镜子在小说中多次出现，它其实是"我"审视人性和关注自我的重要工具，"我"在镜子中必然能看到自己，其实，公牛是一个异化的自我形态。"从镜子里面可以看得很远"②，"我"沉醉其中。然而公牛却越走越远。在不断自省中，人类开始洞察自我精神和个体追求，却也距离这种境界越来越远。最后，当"我"正在为镜中公牛的垂死挣扎而震撼之时，丈夫老关却举起大锤，砸向镜子。异化所带来的美好幻想是麻痹自我的一种方式，然而痛才是真实的，被打破后生命痛苦的本质被极力彰显。

　　王小波在小说中也有不少采用"变形"手法的实践：《战福》中主人公因为没有人爱护和照料而最终"变形"为一条黑狗；《这是真

① 残雪：《污水上的肥皂泡》，《残雪文集》第一卷，长沙：湖南文艺出版社，1998年，第1页。

② 残雪：《公牛》，《残雪文集》第一卷，长沙：湖南文艺出版社，1998年，第10页。

的》中主人公老赵纠结抑郁，最终"变形"成一头驴；《绿毛水怪》中女孩妖妖深觉生存环境困难，喝下药水变成绿毛水怪生活在水底；同名小说《变形记》中，一对恋人互换身体，体验对方生活状态；《万寿寺》中薛嵩的坐骑（马）在田野中行走时逐渐变成了一头老水牛。在《红拂夜奔》第八章的开头，王小波自己这样写道："本章的内容受到了卡夫卡《变形记》的影响。这位前辈大师的人格和作者极为近似。"① 王小波与卡夫卡都以荒诞象征的艺术形式表现了外部环境重压之下人类疏离、压抑的生活状态，然而不同的是，面对生活的重压和生存的重担，王小波笔下多了一份诗意，对生活多了一份指望和希望。

又如，莫言的小说《幽默与趣味》讲述了一位大学中文系教授王三变成猿猴的故事。《生死疲劳》套用了佛教里"六道轮回"的故事，讲述一个被冤杀的地主"西门闹"投胎转世、生死疲劳的故事。他在一次又一次轮回中相继变成驴、牛、猪、狗、猴，最后终于投胎成为一个具有疾病缺陷的大头婴儿。透过大头婴儿的讲述，我们了解到他曾身为动物时的各种特殊感受，以及农民蓝解放一家和地主西门闹一家长达半个多世纪的悲欢故事。从内容和艺术手法上看，莫言受卡夫卡的启发是毋庸置疑的，我们在两位作家的小说中都能看到他们对尴尬生存环境、对冷漠人际关系的思考，在表现手法的设计上他们的小说也有异曲同工之妙。但是，在莫言的小说中，生活体验所带给他的独特思维、审美和构思同样让我们印象深刻，这些生活体验都源自他扎根的中国土壤。"对莫言而言，农村是他的根，离开土地，他就把握不住了。"②

在这里，我们将作家宗璞、残雪、王小波、莫言、北村、格非、

---

① 王小波：《红拂夜奔》，杭州：浙江文艺出版社，2016年，第219页。
② 朱向前、朱航满、李小婧、刘溪、穆莉、朱寒汛、傅逸尘：《横看成岭侧成峰——关于莫言〈生死疲劳〉的对话》，《艺术广角》2007年第1期，第30页。

马原等纳入中国卡夫卡作家群。

二、荒诞的主题内涵

20 世纪的西方是一个受到资本和科技双重冲击的世界，二者给文学也带来了巨大冲击。以"荒诞"主题为内涵的文学范式作为反叛和应对，逐渐兴起。"荒诞文学是 20 世纪文学的一个新现象，这是西方现代哲学思潮特别是存在主义思潮渗入文学的结果，并在现代美学中取得了一席地位。"[①] 卡夫卡被称为"现代文学之父"[②]，羸弱的他敏感但不脆弱，在他所生活的绝望情绪充斥的时代，他对扭曲、畸形的社会现状有着更深刻的认识。他笔下孤独的人类个体在淡漠、冷酷和压抑的世界中逐渐变得分裂、迷茫、恐惧和扭曲。荒诞不仅是卡夫卡创作中十分重要的艺术表现手法和作品中真实流露的意识主题，更是卡夫卡对生存本质和生命意识思考的重要组成部分。

在中国，特别是"五四运动"之后，西方现代文学观念的传入使得中国早期知识分子情理之中地卷入世界现代文学的浪潮之中。20世纪 30 年代和 40 年代，在许多当时作品中都能感受到文艺界对人类精神世界的重视以及对人与社会、人与世界关系的关注，在许多作家身上也都能看出鲜明的现代主义印记。不过，中国现代主义文学在随后的发展中也经历了很长时间的蜕变。中国文学对西方世界现代主义的吸收和接受之路是曲折的，特别是革命文学兴起之后，革命文学高亢的声音逐渐成为主旋律，盖过了其他文学范式的影响力。20 世纪 80 年代，中国当代文学进入了新的发展阶段。经历了"文化大革命"之后，自我的丧失、人性的虚伪和社会的扭曲让广大

[①]　叶廷芳：《卡夫卡及其作品中的荒诞意识》，《社会科学战线》1993 年第 5 期，第 257 页。

[②]　廖星桥：《外国现代派文学导论》，北京：北京出版社，1988 年，第 262 页。

知识分子难再遵循传统美学的范式和温情脉脉的笔触去创作和发声，于是，卡夫卡理所应当地进入这一批作家的视野。卡夫卡小说中的荒诞感源自作家对所在社会环境的感知和感受，这是从对外在叙述到内在感受的转向表达，其内在和本质则是应对冲击和伤痛的转变。彼时，中国作家已经不满足于国内的思想资源，逐渐转向西方文学新思潮、新形态，有的作家开始主动从西方现代文学中寻找支持和参考，西方荒诞文学的表现手法为他们讲述东方故事提供了参考。编辑家杨晓敏说："我看《城堡》时，别人都说它如何如何好，这种情况下，我一般喜欢挑错的，但读《城堡》时，我完全被抓住了。看过后，我反观自己的生命，我觉得，《城堡》的影响深入我的骨子里。"① 不得不承认，荒诞的影响力是巨大的，卡夫卡的小说《变形记》《审判》《城堡》《判决》《在流放地》《猎人格拉库斯》《中国长城建造时》《至科学院的报告》《乡村医生》等无一不是用真实描述梦幻的荒诞世界。

卡夫卡小说在关注人物的内心世界的同时又不显抒情拖沓，人物的内心活动虽然受到了外部环境的影响，具有浓厚的社会背景色彩，但是小说的焦点始终置于人物的内心和意识。如果说外在的"变形"是身体的异化，那行文间的荒诞感则是精神的异化，卡夫卡的小说能让读者感受到这种强烈的荒诞感，不仅如此，这种荒诞的写作主题一定程度上也给中国知识分子带来了启发，在一批中国现当代作家群体的创作中明显能感受到卡夫卡色彩。

像王蒙等老一辈的作家，政治运动的生活经历给他们带来痛感，文学开放之时，他们迫不及待地想要通过文学艺术来表达这段颠倒荒诞的岁月。王蒙的小说《冬天的话题》讲述了一件关于"沐浴学问"

---

① 马原等：《重返黄金时代：80年代大家访谈录》，长春：吉林出版集团，2016年，第126页。

的故事。中青年知识分子赵小强在一篇描述留学见闻的文章结尾提到加拿大人喜欢"早浴"，这句无意提到的信息引起了 V 市主张"晚浴"的沐浴权威大师朱慎独的愤怒，由此引发了一场"早晚浴"的争论。赵、朱两个圈子开始紧张活动、互相攻讦，各种传言和猜疑愈演愈烈，不断恶性循环，最后矛盾甚至升级至国家安危与民族盛衰的层面。小说用荒诞的艺术形式夸张情节的发展，强烈地刺激人们的情感，引发人们对人与人、人与社会、人与世界关系的思考。"颇有一些人——其中不乏年轻人，闻矛盾则喜、闻矛盾则神往、闻矛盾则垂涎三寸、跃跃欲试。"①

卡夫卡的小说中，描写手法是现实的，事件是非现实，表达主题是抽象的，所以小说就会给人荒谬或者荒诞的整体感观，在王蒙的创作经验中，读者也不乏这种感受。在描绘主人公内心独白的时候，荒诞感跃然纸上，作家对周遭环境的感知是敏感而强烈的，所以他们笔下人物的意识是即兴和跳跃的，人物心理和情绪的片段是"单元式"的。王蒙的《风息浪止》《铃的闪》《选择的历程》《球星奇遇记》《牢骚满腹》《烦恼》《雄辩症》《考验》等小说中都有精心设计的内心独白，这些人物内心的自言自语表达了对生存状态异化的恐惧和烦恼，以及对人类与周围环境隔阂的思考与审视。但是王蒙是独一无二的，每一个作家都是，他自己也表示，文学封闭的时期过后，"一下子和世界文学接轨一下，马上带来无比的热情，一会儿受卡夫卡的影响，一会儿是完全不同的首要结论，一会儿是对 40 年的影响。真正的创作并不排斥学习、借鉴以及初期的模仿，但是真正的创作又不会仅仅停留在模仿上，必然，要把自己的货色增加进去，每个作家都是不可替代

---

① 王蒙：《冬天的话题》，张学正编：《王蒙代表作》，郑州：黄河文艺出版社，1990年，第 468 页。

的，都是有自己特色的"。①

　　谈及阅读体验，读者可能会将钱钟书的《围城》、莫言的《酒国》与卡夫卡的《城堡》相比。钱钟书的《围城》讲述了主人公方鸿渐对婚姻的体验。他的夫人杨绛女士在《记钱钟书与〈围城〉》一文中，这样形容小说人物的婚姻："天地极小，只局限在'围城'内外。……享受的自由也有限，从城外挤入城里，又从城里挤出城外。"② 城内外的人拼尽一切只为得到对方的生活，时刻在城墙附近挣扎和游走，一辈子就浪费在这无尽的进出之中。卡夫卡的《城堡》中，主人公"K."为了进入城堡不断劳碌、奔波，却始终不能心愿得偿。两篇小说都展示了作者对人与社会关系的质疑，同时，人们的追求未必都是真实的，理想的虚妄让我们不得不重新思考这种追求的意义。但是，我们并不把钱钟书纳入卡夫卡作家群，虽然两部小说可能有些许相似之处，但是在钱钟书的其他作品中我们并没有找到他与卡夫卡关联的证据。莫言的小说《酒国》中，"特别侦察员"丁钩儿前往酒国，调查地方官员烹食婴儿的案件，他无法靠近案件真相，只能在案件外围徘徊，这种状态和卡夫卡《城堡》中的土地测量员"K."一样，他们都试图进入另一个"世界"，却始终不能如愿。两个故事都采用了隐喻的表现手法，营造出一种荒诞神秘的背景。不论是"特别侦查员"还是"土地测量员"，他们都在探寻真相的路上茕茕孑立，无助和恍惚、孤独和失落、绝望和痛苦无时无刻不在他们心头萦绕。丁钩儿在矛盾中苦苦挣扎，他试图揭开"酒国"神秘的面纱，却在现有的生存环境中逐渐沉沦，从"特别侦查员"到"食婴同谋"，最后荒诞至死。"K."千方百计想要进入城堡，可是始终被拒绝，他的一切努力都付诸东流。不过，在他临死之时，即再也不需要为进入城堡而奔波的时

---

① 马原等：《重返黄金时代：80 年代大家访谈录》，长春：吉林出版集团，2016 年，第 244 页。

② 杨绛：《杨绛作品集》，银川：宁夏人民出版社，2000 年，第 335 页。

候，他却戏剧性地得到了城堡的居住权。丁钩儿和"K."的故事都是喜剧英雄的悲剧结局，他们的故事发人深省。两部作品都不约而同地淡化了事件本身，给人一种模糊和不可触及的感觉。两位作家的描绘风格也是出奇地一致，对细节的描写格外真实。莫言和卡夫卡的时代不同、文化背景也不同，但是二者的伤时感世却是一致的，他们的作品轻松戏谑，却透出沉重和悲凉。

文学中的现实问题往往耐人寻味，"毋庸讳言，我国当代荒诞小说的实践显然直接受到西方现代荒诞文学的影响"。①谌容的《减去十岁》《献上一束夜来香》《关于仔猪过冬的问题》《007337》《大公鸡悲喜剧》、韩少功的《爸爸爸》《女女女》、蒋子丹的《黑颜色》《蓝颜色》《那天下雨》《圈》《左手》《从此之后》《绝响》、刘索拉的《你别无选择》、残雪的《天窗》《苍老的浮云》《索债者》《思想汇报》都是带有荒诞色彩的小说创作实践代表。

谌容对社会的关注和透视贯穿在她的作品之中，小说《减去十岁》讲述的是小道消息"上边正在起草文件准备把大家的年龄减去十岁"在几个家庭和人物之间产生的波澜和反响。"《减去十岁》容纳了荒诞，不过，'荒诞'的只是一个框架，荒诞框架中盛装的是毫无荒诞的现实生活内容。"②《减去十岁》的确是一个荒诞的故事，可是，这种特定环境下的荒诞却是真实生活的写照。小说《献上一束夜来香》与《减去十岁》一样，也是现实生活中荒诞的写照，小说讲述了机关干部李寿川送了一束夜来香给新来的女大学生齐文文，后被桃色新闻笼罩和影响的故事。人与人、人与社会之间的压抑和扭曲淹没了李寿川对美好、温馨的渴望，社会的丑陋、人性的淡漠、生活的荒唐被充分暴露出来。小说《关于仔猪过冬的问题》透过滑稽和荒谬，

---

① 中国当代文学研究会主编，张兴劲编选：《美女岛：荒诞小说选》，北京：北京出版社，1992年，"前言"，第12页。

② 刘纳：《谌容小说面面观》，《文学自由谈》1987年第6期，第111页。

将知识分子过时的工作作风与新农村发展不相匹配的社会矛盾展现无遗。与此类似的，还有小说《007337》《大公鸡悲喜剧》等。谌容一定程度上借鉴和模仿了西方现代主义的某些手法，谨慎和严肃地在作品中表现了真实的中国。谌容的作品强调主体意识，如果带着怜悯之心去读她的小说，透过荒芜和迷惘，读者依旧能够感受到她对独立人格的追求。

卡夫卡对蒋子丹的启发是有迹可循的，1983年，在文学友人的介绍下，蒋子丹开始接触卡夫卡等作家。随后，她写了一批仿幽默和仿荒诞的作品，短篇小说《黑颜色》《蓝颜色》《那天下雨》、中篇小说《圈》等都是她注重细节的荒诞作品代表。不过，在后期的回忆中，她表示自己"可能过于追求皮毛的效果，对幽默与荒诞的深层含义并没有吃透"[1]，在习惯写这类小说的过程中，她说自己"一动笔就变形"[2]。她反思自己过于强调技法而丢失了细节写实的贮存，于是开始试想另一种荒诞小说，即"所有的细节都真实可信（至少貌似真实可信），没有一句话让人费解，但在骨子里横着一个荒诞的内核，这个内核里又包裹着某种险恶的真实"。[3] 在这一思想指导下，她创作了小说《左手》《从此之后》《绝响》。"我觉得一个作家选择了错误的目标并不可怕，可怕的是根本没有目标。当然，假如这个目标是正确的并且是经过努力可以达到的，更好。"[4] 而蒋子丹选择的目标即为作家卡夫卡。

韩少功的作品《养鸡》和《小红点的故事》讲述了鸡群的故事，前者描述了一只大公鸡，后者描述了一只不合鸡群反而亲人的小黄鸡"小红点"。大公鸡对待母鸡们的"齐家之道"让作者不禁发问，"一

---

① 蒋子丹：《荒诞两种》，《作家》1994年第8期，第22页。

② 同上书。

③ 同上书，第23页。

④ 同上书。

只鸡尚能利他，为何人性倒只剩下利己？同是在红颜相好的面前，人间的好些雄性为何倒可能遇险则溜之和见利先取之？"[1] 亲人的"小红点"到了黄昏也不愿意回到鸡坲，它跑到"我"家门前，"似乎一心一意要走进这张门，去桌边进食，去床上睡觉，甚至去翻报纸或看电视新闻。看得出，它眼睛眨巴眨巴，太想当一个人而不想做一只鸡了"。[2] 此外，《山南水北》中还有许多作者对人性、生命以及人与社会的思考，当问及想做一个怎样的人，韩少功曾说："作家不必被写作异化，不必把写生活置于生活本身之上。有些人天生就是一个大作家模样，一辈子就是想奔某个文学高峰，倒是把自己的生活搞得比较病态。还有的人老是惦记着历史地位，对自己的一言一行都特别注意，好像那些都是要进历史大事记的，把自己的日记、手稿、通信精心保存，只等着送博物馆了。这样的作家是作茧自缚。我不愿意做这样的人。我觉得作家首先是人，人的概念要优于作家的概念。第一是做人，第二或者第三才是当作家。"[3] 卡夫卡不也是这样的吗？他在遗嘱中表示希望好友将自己的作品一把火烧掉。在追求本心的层面上，他们是一样的。直至后来，城市和乡村的生活状态引发韩少功重新审视自我，带着现代主义文学的精神，向中国文化寻根。于是，韩少功写下了《爸爸爸》这部"寻根"荒诞小说。通过描写原始部落鸡头寨的历史变迁，小说展现了一种愚昧落后、封闭凝滞的文化形态。主人公"丙崽"是荒诞的，他是痴呆儿，思维不清、行为古怪，由身体到心理都是怪诞非正常的。可是愚昧的乡亲们却因为一些偶然事件对他顶礼膜拜。他们生活的村落与世隔绝、野蛮荒芜、疯狂粗野，炸鸡头峰引起的"打冤"事件更是荒谬。人、事、环境都无比荒诞，透过反思，作者寻到了畸形而病态的"根"，此时，荒诞成为了一种观

---

① 韩少功：《山南水北》，北京：作家出版社，2006年，第67页。

② 同上书，第70页。

③ 韩少功、宋庄：《韩少功谈书录》，《中华读书报》2020年10月14日，第3版。

照历史的手段。韩少功对自我价值以及生存环境的思考在《爸爸爸》《女女女》《归去来》《蓝盖子》中都有所体现，作品借助荒诞的形式演绎深刻的内容，引人深思。韩少功评价："卡夫卡对人性的发现，是个探险者。"①其实韩少功何尝不是探险者呢？"自我"寻根也是一场旅行。

阎连科在小说《受活》《去往哪里》中向我们展现出了现代社会的迷茫和焦虑，道德沦丧、世风日下、人性扭曲，作者笔下的"封闭世界"荒诞而又真实。《风雅颂》里的"杨科"和《审判》中主人公"K."一样，为自证清白而奔走却终不得如愿。此外，刘索拉的《你别无选择》、陈村的《美女岛》、苏童的《米》、徐则臣的《逃跑的鞋子》《奔马》《鸭子是怎样飞上天的》等作品多少都能让人看到卡夫卡的影子。卡夫卡的作品反思人性、直击灵魂，残雪说："凡是同灵魂有关的艺术作品都可能对我产生很大影响。……城堡是人性的理想，这个理想同现实中的人性既脱节又密切相联。从脱节的方面来说，城堡排斥人，不让人进去；从统一的方面来说，城堡来自人的生命的冲动，这种冲动就是要进去的冲动，冲动维系着城堡的生存。一个要冲进去，一个绝对排斥（排斥的目的是激发新一轮的冲刺），这就是艺术家灵魂的画面。至高无上的理念体现为人身上的一致的理性，生命的律动则化为人的冲力，相互之间钳制与反钳制的斗争不断激化，与此同时，精神不断繁衍，灵魂城堡的故事得以发展。实质上，这也是在讲我自己的作品，我认为自己是一位真正的灵魂的写作者。"②于是她写下了解读卡夫卡的作品《灵魂的城堡——理解卡夫卡》。

通过前文的阐述、对比和分析，除了作家宗璞、残雪、王小波、

---

① 马原等：《重返黄金时代：80年代大家访谈录》，长春：吉林出版集团，2016年，第478页。

② 残雪：《为了报仇写小说：残雪访谈录》，长沙：湖南文艺出版社，2003年，第104—106页。

莫言、北村、格非、马原，我们又将王蒙、谌容、蒋子丹、韩少功、阎连科、刘索拉、陈村、苏童、徐则臣等作家纳入中国卡夫卡作家群。也就是说，中国卡夫卡作家群是一批受到卡夫卡作品冲击、启发，对卡夫卡艺术手法借鉴、学习，和卡夫卡一样关注人类生存现状、重视自我审视且保留自身创作特色的作家。

第三节　卡夫卡与余华

余华是中国当代文学史上重要的作家之一，也是中国当代先锋派文学的代表作家。他于 1983 年开始创作，在《西湖》杂志第 1 期上发表了短篇小说处女作《第一宿舍》。20 世纪 80 年代，余华与格非、苏童、马原、洪峰、叶兆言、孙甘露等作家合力形成一股文学潮流，评论界冠以"先锋文学"的称号。余华不仅在中国两岸三地出版了几十部作品集，他的作品也已被翻译成英语、法语、德语、俄语、意大利语、荷兰语、韩语、日语等四十多种语言在海外出版。他的作品曾获得过包含庄重文文学奖（1992 年）、意大利格林扎纳·卡佛文学奖（1998 年）、澳大利亚悬念句子文学奖（2002 年）、诺贝尔新发现图书奖（2004 年）、中华图书特殊贡献奖（2005 年）、法国国际信使外国小说奖（2008 年）、意大利朱塞佩·阿切尔比国际文学奖（2014 年）、塞尔维亚伊沃·安德里奇文学奖（2018 年）、意大利波特利·拉特斯·格林扎纳文学奖（2018 年）等在内的多个国内外大奖。2004 年，他个人还获得了法国艺术与文学骑士勋章，是中国当代为数不多的具有国际影响力的作家之一。

余华生于 1960 年，医生家庭。新中国成立后，我国文化事业的发展因"文化大革命"等政治运动的爆发而暂时停滞不前，在这样的环境中，余华读完了小学。"文化大革命"结束以后，改革开放政策开始实施，中国新时期文学对待世界文学的态度也变得更加开放和包容。外国文学对余华的影响和启发无疑是深刻的，川端康成是他走上文学创作道路的启蒙老师，然而，余华不是亦步亦趋的模仿者，随后，他开始困惑："迷恋川端康成几年以后，我开始走投无路了，都不知道自己该写些什么？感觉到自己没有写多少作品，就已经江郎才尽了。"①进而，他开始重新阅读和寻觅，直到1986年，一个偶然的机会让余华与卡夫卡的作品相见。余华对卡夫卡的作品一见如故。其实，这种亲切感是有迹可循的。

卡夫卡生活的时代正值奥匈帝国的末期，哈布斯堡王朝摇摇欲坠。卡夫卡所生活的城市——布拉格，政治矛盾尖锐、民族矛盾突出，"反犹太主义"在欧洲爆发，可谓"山雨欲来风满楼"。余华在童年时代也有过不少荒诞的经历，对于两位作家来说，这些真实的经历，只要他们动笔去表现，就都是荒诞的故事。

余华在卡夫卡的作品中获得了宝贵的创作灵感，用他的话来说，则是："卡夫卡拯救了我。"②"与川端不一样，卡夫卡教会我的不是描述的方式，而是写作的方式。"③卡夫卡解放了余华，让他在创作方式和文学思考层面都精进了一步，余华对卡夫卡的喜爱不是好似器官移植一般的直接全盘接受，而是将其精华和优势融入在自己的创作血液中。在此，我们将余华选定为中国卡夫卡作家群代表。探究分析余华如何在卡夫卡作品中吸收养分并内化于自己的创作，有利于总结和归纳中国卡夫卡作家群的形成缘起和群像特征。中国卡夫卡作家群具有特殊的文化内涵、文化影响以及当代文化价值，以中国卡夫卡作家群为模式的文学解读构想有助于讨论中国文学吸取外来文学优点并"为我所用"的实践，总体把握中国当代文学阶段性的

---

① 余华：《我的文学道路——在苏州大学"小说家讲坛"上的讲演》，《当代作家评论》2002年第4期，第7页。

② 余华：《川端康成和卡夫卡的遗产》，《外国文学评论》1990年第2期，第110页。

③ 余华：《没有一条道路是重复的》，上海：上海文艺出版社，2004年，第113页。

走向和发展。

一、接受与认同

在东西方文化发展历程中，尽管不同作家具有不同社会背景、身处不同生活环境，但是他们的写作目的是一致的：他们的作品大都是他们"以我手写我心、我以我心吐真情"的真实情感表达。余华就是这样的作家，在他的作品里，他常常用第一人称，让主人公自己来发言。读者往往能感觉到他对现实的批判，因为通过这种叙述方式，作品中的主人公可以和读者对话，他们用内心体验告诉读者自己面对现实的不安和恐惧。现实中的冷漠和丑恶是真实的，而写作让余华能够有勇气向现实敞开心扉，直面生活。余华在访谈中表示："我一直是以敌对的态度看待现实。随着时间的推移，我内心的愤怒渐渐平息，我开始意识到一位真正的作家所寻找的是真理，是一种排斥道德判断的真理。作家的使命不是发泄，不是控诉或者揭露，他应该向人们展示高尚。这里所说的高尚不是那种单纯的美好，而是对一切事物理解之后的超然，对善和恶一视同仁，用同情的目光看待世界。"[①] 余华并没有在自己的作品中追求生活的真实，但是他内心的感受却能通过创作中扭曲和变形的手法表达出来。所以，作品看似荒诞，实则展现了人性的真实，在这个层面上，卡夫卡亦是如此。

卡夫卡与现实生活的关系是紧张的。他对世界有一种陌生感，同时，孤独感又使他延伸出了一种对世界的恐惧感，这些交织缠绕的感觉给卡夫卡带来了错综复杂的疼痛。他一生都在为自己的身份而焦虑，自己是德国人还是捷克人？他无法找到民族归属，似乎也没有文化认同。此外，卡夫卡对父亲又爱又怕，父亲畸形的爱让卡夫卡从小

---

① 叶立文、余华：《访谈：叙述的力量——余华访谈录》，《小说评论》2002年第4期，第38页。

就敏感、胆怯，长大后也越来越孤独、恐惧。他的三次订婚更是无疾而终，渴望爱情却又不得不解除婚姻，这种矛盾感加重了卡夫卡的焦虑。他与世界似乎互不接受，对于他来说，现实世界和他的精神世界实在是太冲突和太对立了。于是，他诉诸写作，希望在自己笔下的荒诞世界中寄托自己的精神。

巧合的是，余华与现实生活的关系也是紧张的。他在小说《活着》的序言里写到："长期以来，我的作品都是源于和现实的那一层紧张关系。我沉湎于想象之中，又被现实紧紧控制。我明确感受着自我的分裂，我无法使自己变得纯粹。"① 余华的父母是医生，他是在医院的环境中长大的，家的对面就是手术室和太平间，血腥、暴力、死亡是他司空见惯的事情。"文化大革命"时期，他亲眼见到人性恶的一面，人们恶意攻击、指责辱骂、互相残杀。再后来，他做了五年牙医，"每天见到血从嘴巴里面喷出来，或者流出来。……我白天在小说里面写暴力、杀人，晚上做梦基本上都是被人追杀或者东躲西藏等各种各样的惊险的梦"。② 最后，他也如愿以偿地成为了一个作家。"不管怎样，时代对一个作家的影响是渗入到血液里的，作家写作的时候会不知不觉将这个时代给予他们的感受描述出来。"③ 从这个层面来说，余华是幸运的，因为对作家来说，这个时代的中国有太多可以叙述的故事。

余华对卡夫卡的接受，客观层面来看，符合时代的趋势，中国改革开放政策的实施使得中国文学具有更加包容的胸襟和更加开阔的视野，良好的文化氛围为卡夫卡进入中国提供了机会；主观层面来看，

---

① 余华：《活着》，上海：上海文艺出版社，2004 年，第 4 页。

② 余华：《阅读与写作》，华中科技大学中国当代写作研究中心编：《命运与寓言：2017 春讲·余华　张清华卷》，武汉：华中科技大学出版社，2018 年，第 3—22 页。

③ 余华：《米兰讲座》，上海：上海文艺出版社，2020 年，第 127 页。

余华和卡夫卡都在写作中找到了自我，他们都通过写作释放了自己与世界的紧张感。所以，在1986年，《卡夫卡小说选》进入余华的视野后，他立马就喜欢上了卡夫卡。卡夫卡给余华的创作带来了新的启发和灵感，他说："卡夫卡是一位思想和情感都极为严谨的作家，而在叙述上又是彻底的自由主义者。在卡夫卡这里，我发现自由的叙述可以使思想和情感表达得更加充分。这一阶段我写下了《十八岁出门远行》《现实一种》《世事如烟》等一系列作品，应该说《十八岁出门远行》是我成功的第一部作品。"①

（1）艺术手法的借鉴

余华的作品有着典型而深厚的时代烙印，与众多深受"文化大革命"影响的文艺工作者一样，他也深刻地感受到了特殊年代里的世事变迁、社会崩盘和价值观念的扭曲，这些疯狂、淡漠和荒诞都为他的创作提供了灵感和素材。余华曾欣赏和迷恋于川端康成温情的创作风格，然而，这种柔软而温馨的表达方式却阻碍了他想象力的驰骋，卡夫卡的出现，给余华的创作带来了明显的"转向"。

卡夫卡作品中的主人公，无论在小说中卡夫卡有没有给他们取名字，他们的身份实际上都是一样的——他们都是社会中微不足道的"小人物"。比如：《乡村医生》中的医生，工资微薄、生活惨淡，无时无刻不感受到社会的重压；《饥饿艺术家》中的艺术家被人厌弃，最终孤独寂寞地离开人世；《城堡》中的土地测量员想要接近城堡却总是不能，无奈且无望；《变形记》中的格里戈尔在生活的重压下变成甲虫却反受家人嫌弃，尝尽亲情淡漠；《审判》中的约瑟夫为了澄清莫须有的罪名，不仅没能成功，反被惨淡处死；《失踪者》中的卡尔只身流浪，他想要努力上进，无奈一次次陷入窘境，最终沦为无业游民的奴仆等等。卡夫卡通过笔下的"小人物"向读者展示了社会的

---

①　余华：《没有一条道路是重复的》，上海：海文艺出版社，2004年，第113页。

荒诞、人性的扭曲和生活的苦难。余华正是在这种启发下，改变了前期温情和温柔的人物形象，转而开始描写卑微的、底层的社会普通人。小说《许三观卖血记》中的主人公许三观依靠卖血帮自己和家人渡过了许多难关，然而，他老的时候，一家人不再缺钱，他想再卖一次血却不能如愿。"他想着四十年来，今天是第一次，他的血第一次卖不出去了。四十年来，每次家里遇上灾祸时，他都是靠卖血度过去的，以后他的血没人要了，家里再有灾祸怎么办？许三观开始哭了。"①虽然时代给予家庭不少苦难，但是许三观是父亲、是丈夫，他坚定地想要承担家庭的责任，他是何等无奈，最后也只有通过自己的身体甚至生命才能够换取生活的必需开销。余华小说作品中的主人公们，比如：《十八岁出门远行》中的少年、《一九八六年》中的历史教师、《活着》中的徐福贵、《西北风呼啸的中午》中的"我"、《兄弟》中的李光头和宋钢、《第七天》中的杨飞、《四月三日事件》中的少年、《在细雨中呼喊》中的孙光林、《许三观卖血记》中的许三观等等，无一不是小人物，他们太普通了，所以，面对外部环境的苦难，这些人无可奈何，也无能为力。余华和卡夫卡通过描绘小人物的生活，展示了人与人、人与社会之间紧张的关系，小人物在生存困境下的孤独、痛苦跃然纸上，发人深省。

余华是一位叙事才华横溢的作家，深陷于生活的泥沼、被束缚于现实的乱麻并没有使他同化。在他心中，"文学可以说是无所不能的，任何情感、任何情绪，任何想法，任何景物，所有的任何都可以表现出来"。②所以，生活与现实随着他的知识沉淀和文化想象融入了他的文学作品之中。他在作品中不留情面地刺穿了浮躁腐朽的现实，灌注了自己的生活态度和精神气息。余华的很多小说中，故事发

---

① 余华：《许三观卖血记》，北京：北京十月文艺出版社，2017年，第239页。
② 余华：《米兰讲座》，上海：上海文艺出版社，2020年，第7页。

展似乎是荒诞的，但是，细节看起来无比真实。作品中的主人公们的触觉细微而敏感，人物的行为和语言共同建构了他们的心理体验。余华说："像卡夫卡这类伟大的荒诞作家，他们作品中的细节都非常真实，这是很重要的。如果细节不真实，那作品中就没有一个地方是可信的了，而且细部的真实比情节的真实更重要，情节和结构可以荒诞，但细部一定要非常真实。我认为能表明一个作家洞察力的，其实就是对细部的处理。这就对语言只有一个要求：准确。"① 可以看出，余华作品的语言和叙述方式来自卡夫卡的启发。在叙述模式上，余华的《一九八六年》与卡夫卡的《饥饿艺术家》《变形记》有着类似的处理。《一九八六年》讲述了"文化大革命"十年浩劫以后，疯了的历史教师再次出现，"带来些许刺激。那疯子以自己的身躯为舞台，凌迟切割，演出一场场血腥好戏。卡夫卡的《饥饿艺术家》可以是此作的范本。夹杂在震颤却欢乐的观众中，一对母女不安了"。② 《一九八六年》中的主人公因"文化大革命"而变成了疯子，《变形记》中的格里戈尔在生活的重压下变成了甲虫。他们都与亲人、朋友乃至整个社会格格不入。"《一九八六年》的结尾显然是对卡夫卡《变形记》结尾的借鉴。"③《一九八六年》的结尾，历史教师终于死了，他的妻子和女儿再次走进阳光，重新恢复新组成家庭的幸福生活。《变形记》的最后，死亡的甲虫被清出家门后，父母和妹妹如释重负，准备出门快乐地旅行。卡夫卡通过变形的方式展示他对生存的超越现实

---

① 叶立文、余华：《访谈：叙述的力量——余华访谈录》，《小说评论》2002 年第4 期，第 38—39 页。

② 王德威：《当代小说二十家》，北京：生活·读书·新知三联书店，2006 年，第134 页。

③ 武跃速：《形而上的虚构世界——中国当代先锋小说与西方现代主义文学比较研究》，钱林森、汪介之主编：《跨世纪的文学对话：江苏省比较文学学会成立 25周年纪念文集：1985—2010》，南京：译林出版社，2011 年，第 249—257 页。

的想象，而余华的不同之处在于，他将卡夫卡的超现实想象化为残忍的历史遗忘，意识和时空交错转换，他自虐、自戕，对自己实施历史刑罚，他想要割断已勒进肉体里的封建之绳，他渴望觉醒。最后，历史教师死了，所有人都得到了解脱。两部小说中，主人公以外的人是冷漠和自私的，他们无视过往，无情地对待曾经亲近现在却"异化"的亲人，这在一定程度上引导读者思考人性。不过，在《一九八六年》中，多了一层对待历史的态度：以往的历史是残酷的，当下的现实也是残酷的，历史的车轮不会停下，对过去的流连一定程度上可能摧毁现在的生活，所以要警醒地记取灾难的经验和教训。

（2）荒诞世界的启发

在深层次的主题上，余华的小说与卡夫卡笔下的荒诞世界比较接近。余华的小说《现实一种》《往事与刑罚》《第七天》《难逃劫数》《河边的错误》《鲜血梅花》等笔触冷酷，为读者描绘了一个冷漠、灾难和梦魇般的世界。人与人之间包括亲情、友情、爱情等在内原本美好的温情都被埋没于社会的邪恶、阴毒和不幸。余华描绘的暴力、血腥和刑罚，相比卡夫卡，是有过之而无不及。《现实一种》讲述了由小男孩皮皮无意间将堂弟摔死开始，后面的局面逐步失控，山峰和山岗两兄弟不断相互报复、厮杀的故事。《往事与刑罚》从陌生人的视角见证了刑罚专家的变化，讲述了陌生人对往事的追寻以及刑罚专家对刑罚的勾勒，故事最后，刑罚专家自杀了。残雪在谈及这篇小说时说："有一种过去，一种人无法意识到，却可以通过艺术的创造加以开拓，从而使人的精神得到提升的过去的记忆……这样的过去的记忆里储藏着人的生命中已经有过的一切，而且它可以无限制地生长，因为它就是人的未来。具有特异功能的艺术家，就是能够将这种古老祖先遗传下来的记忆开掘出来的人。那是一个超自然的过程，支撑着人将这一过程持续下去的，只能是体内那不息的冲动。作家余华的小说《往事与刑罚》，便是进行这种新型创造的杰出例子。"①随着刑罚专家的自杀，他回到了自己的归宿，完成了"死"的表演。这些刑罚所勾勒和演绎出的美与崇高，是刑罚专家的过去和未来。故事中，陌生人是一个见证者，也是刑罚专家生命演绎的参与者。实际上，如果一个人总是活在过去，用过往的错误惩罚现在的自己，那么人就无法直面当下，更难以展望未来，从而也无法真正地回归过去。小说《第七天》笔触荒诞，讲述了主人公杨飞死后七日内的所见所闻。小说采用了环式结构，主人公杨飞的故事是主环，与他关联的主环故事分别连套着次环故事，次环故事又连套下一层故事，从而形成整部小说的三连环结构模式。荒诞不经的社会故事其实是底层人民"贫无立锥之地"般残酷生活现实的真实写照。《难逃劫数》将人性的恶展露无遗：不自信的露珠因害怕未来自己将被抛弃，在新婚之夜用父亲给的嫁妆——硝酸，毁掉了丈夫东山的脸；毁容后的东山疑心妻子出轨将其残忍杀害；广佛和彩蝶在别人的婚宴上苟且，并将偷窥他们的男孩打死；森林妻子怨恨丈夫没有给自己买过一条漂亮裤子而剪掉了所有的裤子；彩蝶因为眼皮手术失败而自杀……故事中的人，或死了、或生不如死。然而人们依旧无动于衷，人与人之间是疏离的。苦难或者死亡并没有引起其他人的关注和同情，也没有唤起一丁点儿来自人性的怜悯和温情。《河边的错误》从警官马哲调查幺四婆婆的死亡开始，然后讲述了与此相关的连环杀人案件。幺四婆婆收养的疯子虽然杀了人，但是却因为是精神病患者所以可以不受法律制裁。而马哲正义开枪杀死了疯子，却只能伪装成精神病人才能逃过法律制裁。故事在荒诞和疯狂的气氛中发展，故事中的人或有意无视真实、或被迫遮蔽真实，他们践踏法律、无视人权，沉浸在自己的"疯狂"中。关于余华的小说，朱伟是这样评价的："你可以不喜欢它的冷酷无情，可以不

---

① 残雪：《残雪散文》，杭州：浙江文艺出版社，2000年，第92页。

喜欢它眯缝着一只眼睛隔着门缝阴冷地看世界，但它总戳在那儿，使你无法忽略它的存在。"①余华小说中暴力和血腥的故事往往发生在自私和冷漠的家庭或社会关系中，和卡夫卡的小说一样，余华不仅是为了向我们讲述一桩桩离奇荒诞的故事，而且是有意以此揭开生活的面纱，尖锐地批判人性的冷漠和邪恶。

总结来说，《现实的一种》《难逃劫数》《河边的错误》等小说似乎是直接展现出了潜藏在人心底处的人性恶，而《一九八六年》《往事与刑罚》等小说则是将人性恶中的暴力和血腥抽象成历史，一定程度上，被摧毁的人类文明反过来又会以历史的形式摧残人类本身，因为这些暴力和血腥的历史是人类想要否认却不得不承认的人性中恶的存在。

除了暴力和血腥，余华的小说中也常常能看到孤独所带来的恐惧的生命体验。小说《十八岁出门远行》《在细雨中呼喊》《四月三日事件》试图通过成长中的未知，即危机四伏的成长道路以及不可名状的孤独害怕，来表达个体对生存环境的惶恐，这些故事仿佛在尝试检验个体与社会、现实是否合拍。卡夫卡的《失踪者》《城堡》《地洞》等小说都体现了成长和寻找所带来的孤独、恐惧等主题。《失踪者》中的卡尔离家，只身来到美国流浪，他原本得到了开电梯的工作，却因无端指责而丢失。他的身体和心灵都历经磨难，经历了一段又一段旅程。《十八岁出门远行》和《失踪者》一样，也是一个少年远行的故事。故事中的少年热情、天真、单纯，他奋不顾身地为卡车司机阻止抢苹果的山民，可是司机不仅袖手旁观，还偷走了自己的背包。这场旅行其实就是一次成人仪式，是少年对成人世界产生恐惧的启蒙，个人成长中的价值观念似乎与真实世界的秩序格格不入，少年自怨自艾，无可奈何。《北京文学》杂志副主编李陀在《雪崩何处（代

---

① 朱伟：《最新小说一瞥》，《读书》1989年第2期，第131页。

序）》一文中表达了对这篇小说以及对余华本人的赞赏："《十八岁出门远行》的阅读一下子使我'乱了套'——伴随着那种从知觉中获得的艺术鉴赏的喜悦的是一种惶恐：我该怎样理解这个作品，或者我该怎样读它？……当我拿到刊物把它重新读了一遍后，我有一种模模糊糊的预感：我们可能要面对一种新型的作家以及我们不很熟悉的写作。……我以为有一件事应该特别强调，那就是余华的小说从根本上打破了我们多年来所习惯的文学与现实生活、语言与客观世界之间的关系的认识。"[1]《在细雨中呼喊》也是一部成长题材的长篇小说，它围绕孙光林讲述了一系列家庭琐事。故事中爱与恨的交织，掂量着人性至善和至恶，为读者展示了复杂而多面的人性。社会和环境是压抑的，呼唤实际上是精神压抑下人性的反叛和暴动，更是生命的表达。《四月三日事件》同样讲述了十八岁少年的故事，他在标志着成年的十八岁生日当晚，因期待落空而陷入了孤独和恐惧的氛围中。少年对人、对社会是不信任的，就像卡夫卡《地洞》中那个企图通过挖地洞来抵御外界袭击的敏感生命一样，他们极度强烈的孤独和恐惧实际上来自内心的迫害妄想。不安的内心不能够抵抗外界的侵袭，因为内心的恐惧才是危险的本源。

余华的小说中往往可以看见现实和想象交互的叙事方式，他以此来表现现代人的生存困境和人们精神缺失下的自私、冷漠的社会环境。余华笔下的人物是饱满多面的，他的故事与卡夫卡作品中的故事相比，少了一份自我强迫，多了一份调和。余华能在学习和借鉴的基础上保持自己独特的见解，十分难得。

二、理解与超越：余华从"先锋派"文学的回归

卡夫卡和余华，两位作家在不同时空为我们留下了寓意深刻、充

---

[1]　余华：《偶然事件》，广州：花城出版社，1991 年，第 5—6 页。

满魅力的文学宝藏。卡夫卡笔下的世界荒诞而又真实，他的作品尝试用一种完全不同于传统文学写作的角度和风格来表达自己的执着，他的作品能让我们感受到人性的共通。我们每个人都或多或少遭遇过类似于卡夫卡式的生存困境，所以，他的作品即便有些晦涩难懂，作家和读者们仍然感到亲切。新时代背景下，中国文化开放程度更大，与世界文化交流趋于稳定，呈现文化交流新常态。面对越来越频繁的文化交流，在余华的作品中，我们看到了卡夫卡文学作品的优点。除了他对卡夫卡写作技巧的模仿和叙事方式的借鉴，在余华身上，更闪光的是他在创作精神层面实现了对卡夫卡的超越，这种超越让我们对中国当代文学充满信心！

他山之石，可以攻玉。在余华眼中，"川端康成是文学里无限柔软的象征，卡夫卡是文学里极端锋利的象征；川端康成叙述中的凝视缩短了心灵抵达事物的距离，卡夫卡叙述中的切割扩大了这样的距离；川端康成是肉体的迷宫，卡夫卡是内心的地狱；川端康成如同盛开的罂粟花使人昏昏欲睡，卡夫卡就像是流进血管的海洛因令人亢奋和痴呆。我们的文学接受了这样两份截然不同的遗嘱，同时也暗示了文学的广阔有时候也存在于某些隐藏的一致性之中"。[①] 可以说，卡夫卡是西方文学的时代先锋，他启发了余华的创作。余华本人也在多种场合下坦言自己对卡夫卡的崇敬和学习。

然而，余华的创作风格不是一成不变的。就像他对川端康成的态度一样，他对卡夫卡的敬仰足够理性。他思考卡夫卡创作的缺点，思考对现实的反叛是否能够让人读懂。毕竟，用放弃表面真实的荒诞方式来追寻本质的真实难免晦涩，而"写的越来越实在，应该说是作为一名作家所必须具有的本领，因为你不能总是向你的读者们提供似是而非的东西，最起码的一点，你首先应该把自己明白的东

---

① 余华：《文学或者音乐》，南京：译林出版社，2017年，第25—26页。

西送给别人"。① 同时，脱离传统文学的"先锋"实验往往有一些刻意，容易受到无形的条条框框束缚。"没有人会为先锋去写作。如游泳的目的是到达彼岸，而不会考虑姿势。先锋不先锋，完全取决于一个作家的内心生活"。② 从 20 世纪 90 年代开始，直到新世纪，余华的创作越来越遵循本心。他"打破自己已被接受的先锋形象和先锋路径，不再追求风格化，而是根据不同的题材和立意选取不同的叙述方式，进入了一种更广阔的创造的自由"。③ 虽然他的作品中依旧可见通过抽象或者变形的方式所展现的荒诞和孤独，但是他的抒写更加温情了。他笔下质朴、真实小人物的悲欢离合其实也是我们每个人生命的缩影，苦难是共通的，是活着的每个人都必须勇敢面对的生存境遇。

最重要的是，余华的创作精神是中国式的，他的作品始终没有离开他生长和生活的中国文化土壤。他用暴力、血腥甚至死亡来展现人性的善恶，他用天马行空的叙事表达来描写真实的精神世界，他的作品重视底层劳动人民的苦难，关注人与人、人与世界之间的关系，在他的作品中，我们能看见苦难，更能看见苦难中隐忍却不懦弱、内敛却不退缩的伟大生命。他的作品震慑人心，读者能感受到他悲天悯人的情怀。他在创作中结合了自己的生活经验和生命体验，完成了众多扎根于中国土壤的优秀作品，他是中国当代作家吸收外国文学为己所用的典范。

结　语

一般说来，人们凭借文字来领略文学，通过心灵来读懂文学。不

---

① 吴义勤：《告别虚伪的形式》，济南：山东文艺出版社，2004 年，第 213 页。
② 徐林正：《先锋余华》，杭州：浙江文艺出版社，2003 年，第 20 页。
③ 程德培等：《批评史中的作家》，上海：上海文艺出版社，2014 年，第 156 页。

同作家具有不同的时代背景、地域背景、思想背景和文化背景，文学使得作家们实现心灵相通。"卡夫卡的探求精神、自主意识和独特的美学创造能力，始终都是很强的。尽管他的生命只有四十余年，创作的经历当然就更短了。但他却跨越现实主义、横穿表现主义，在其后期的创作中又显然与超现实主义结上了缘。"① 卡夫卡与中国最初的缘分是文学层面上的，这是优秀外国文学引入的必然结果。结合历史背景，中国对卡夫卡的接受其实也是中国文学变革下作家和读者对卡夫卡文学的主动呼唤和拥抱。彼时，刚刚经历了"文化大革命"的广大民众诉诸文学以排解内心郁结和痛苦，他们寄希望于文学来实现情绪宣泄和驱散内心阴影。

中国卡夫卡作家群尝试探究卡夫卡与中国作家的关系，具有普遍价值和特殊意义。卡夫卡作品所呈现的文学形象和文学情景引发了许多作家和读者强烈的共鸣，许多身处彷徨苦闷中的中国人开始思索过去的生存困境以及当下的生命出路。实际上，从20世纪前期至今，卡夫卡在中国的传播和接受不仅没有结束，反而态势更盛。卡夫卡的作品在一批中国作家的创作中渗透、发酵和膨胀，这是卡夫卡被中国文学接纳和吸收的表现，也是中国作家对卡夫卡的积极回应。

习近平总书记指出，"当前中国处于近代以来最好的发展时期，世界处于百年未有之大变局，两者同步交织、相互激荡"②。在全球化的时代，各国文学都已不可能将自身排除于世界之外，中国文学也是如此，与世界其他文学的关系也越来越紧密。在中国文学紧密融入世界的过程中，如何在吸收优秀外国文学特点的过程中仍然保持自己的

---

① 艾斐：《论文学流派的动态感》，《理论与创作》1989年第3期，第50页。
② 鞠鹏：《习近平在中央外事工作会议上强调坚持以新时代中国特色社会主义外交思想为指导 努力开创中国特色大国外交新局面》，《人民日报》2018年6月24日，第1版。

中国文化特色逐渐成为学者广泛关注的话题。随着国内外文学研究环境的变化以及中外文化交流的加深，也有越来越多学者意识到，应当置相关中外文学研究的考量和探索于当下全球文化多元开放的语境背景之下。

当塞尔维亚《今日报》记者问及"文化能否改变世界"时，余华是这样回答的："我相信文化可以改变世界，文化促进交流，不同文化的交流既是双边的也是多边的，交流会产生相互吸收相互改变，当然这种改变是细水长流，不会是狂风骤雨，但是改变是必然的，而且会历久弥新。"[1]

卡夫卡在中国被毫无保留接纳的原因在于彼时中国也正好刚从一场政治与文化的噩梦中醒来，不少人发现卡夫卡似乎早已将这种梦魇写了下来，所以，卡夫卡能够引起他们的共鸣，并给予他们一定程度的创作资源。中国卡夫卡作家群的发展与时代发展紧密相连，随着政治的宽松和改革开放政策的施行，群内的作家们能够体验到更加丰富的生活经验和强烈的创作激情，中国卡夫卡作家群的作品是中国文学超越文化思维惯性的突破，这种积极回应和互识互证更是中外文化交融的表现。目前，我们已将北村、残雪、陈村、格非、韩少功、蒋子丹、刘索拉、马原、莫言、苏童、王蒙、王小波、徐则臣、阎连科、余华、谌容、宗璞等作家纳入中国卡夫卡作家群，实际上这个队伍还不止这些作家。

对于外国文学的优点，就像鲁迅说的那样："总之，我们要拿来。我们要或使用，或存放，或毁灭。……没有拿来的，文艺不能自成为新文艺。"[2] 中国卡夫卡作家群是中国文学吸取外来文学优点并"为我所用"实践的典范，这一群作家身上所迸发的高涨的创作

---

[1]　余华：《米兰讲座》，上海：上海文艺出版社，2020年，第248页。

[2]　鲁迅：《拿来主义》，《故事新编》，北京：中国商业出版社，2018年，第283页。

激情令人欣喜。在时代的洪流中，中国卡夫卡作家群的作品有筋骨有温度，这一群作家有着坚守质朴的品格和认真创作的态度，他们在吸收外来文化优点的过程中依旧保持自身文化独立，可敬可叹！

（雷雨露）

第四章

中国罗曼·罗兰作家群

绪 论

罗曼·罗兰（Romain Rolland，1866—1944），是法国伟大的人道主义作家、人文思想家和社会活动家，他为实现人类和谐之梦作出了毕生不懈的努力。从"人民戏剧"到《名人传》，从《约翰·克利斯朵夫》到《欣悦的灵魂》，罗曼·罗兰的文学创作，勾勒出一个又一个有血有肉的人物形象。同时，他矢志不渝地行走于人类精神的理想王国中，因而他的文学作品在欧洲乃至全世界都产生了深远的影响。在文学成就之外，罗曼·罗兰还具有极高的音乐素养，作为音乐艺术史论教授、优秀的钢琴家、音乐评论家，音乐和文学成为他感知和认识世界的必经之地，他将对音乐艺术的深刻领悟融入自身的文学创作之中，使音乐、历史、文学完美地融为一体，折射出独特的审美情趣与艺术韵味。

1912 年，罗曼·罗兰完成长篇巨著《约翰·克利斯朵夫》，从此真正进入世界杰出作家的行列。凭借这部"音乐史诗体小说"，他获得了 1915 年的诺贝尔文学奖，授奖词是"文学作品中的高尚理想和他在描绘各种不同类型人物时所具有的同情和对真理的热爱"，而爱尔兰著名戏剧作家萧伯纳曾在《贝多芬百年祭》中称其为"反抗性的化身"①。

罗曼·罗兰作品中的这种精神同俄国文豪列夫·托尔斯泰的影响密不可分,他曾写信向托尔斯泰求教,并得到了对方长达38页的法文回信,诚挚而意味深刻。1887年10月3日,列夫·托尔斯泰在俄罗斯亚斯纳亚·波利亚纳庄园给罗曼·罗兰的回信中写道:"一切真正的职业的前提条件,不是对这个职业如何爱好,而是看这个职业能否对人类有益……",罗曼·罗兰将托尔斯泰的教导之言铭记于心,毕生追求"自由、平等、博爱"的理想。在他的作品进入中国之初,他便化身为指引国人精神世界的灯塔与和平博爱的导师,尤其是他作品中那种英雄主义的战斗精神,启迪着中华民族自由平等意识的觉醒。2014年,中法建交50周年之际,光明日报和中国外文局共同主办了"中国最有影响的十部法国书籍"评选活动,其中,罗曼·罗兰的《约翰·克利斯朵夫》榜上有名。②此外还有《论法的精神》《社会契约论》《茶花女》《悲惨世界》《高老头》《红与黑》《小王子》《基督山伯爵》《旧制度与大革命》九部法国书籍。

第一节　罗曼·罗兰在中国

一、罗曼·罗兰文学作品的译介传播

在罗曼·罗兰1915年获得诺贝尔文学奖后,其作品迅速在世界范围内得到传播,包括远东和印度,当然,他的作品和英雄主义精神也毫无悬念地进入中国。1919年12月,《新青年》7卷1号发表了张崇年翻译的罗曼·罗兰《精神独立宣言》,与此同时,时任《小说月报》主编的茅盾将这位著名作家、诺贝尔文学奖获得者推荐给了中国

---

① 伦敦:《广播时报》,1927年3月18日。

② 评选结果参见《在中国最有影响的十部法国书籍》,《光明日报》,2014年3月26日,第10版。

读者。从 12 卷 1 号起，茅盾撰写了《罗兰的近作》，此后又相继撰写了《罗兰的最近著作》和《两本研究罗曼·罗兰的书》。1923 年，敬隐渔写下了《罗曼罗朗》，评价小说《约翰·克利斯朵夫》的第一卷《黎明》，通过它来阐述罗曼·罗兰及其小说的艺术魅力。①

　　令人遗憾的是，当时的中国缺乏法文译者，因而在罗曼·罗兰获得诺贝尔文学奖后的近十年时间里，几乎无人对罗曼·罗兰的著作进行完整的中文翻译。直到 1924 年 6 月，留法青年敬隐渔首次将《约翰·克利斯朵夫》翻译成中文。

　　敬隐渔对《约翰·克利斯朵夫》的翻译要从他独特的教育背景说起。他少年时代在一座天主教修院接受教育，七年的法语和拉丁文学习为他奠定了良好的翻译基础。1923 年 8 月开始，敬隐渔在郭沫若主持的创造社刊物上发表文章而初露头角。郭沫若看中他的文学才气和语言能力，鼓励他翻译罗曼·罗兰的《约翰·克利斯朵夫》。敬隐渔接受了前辈的建议并尝试写信给罗曼·罗兰，以寻求他对此事的许可。多次致信之后，敬隐渔最终获得了这位法国文学大家的认可和支持。敬隐渔也没有辜负大师们的期待，他用敏锐的观察、饱蘸情感的笔墨，把罗曼·罗兰文中的和平、睿智，生动地展现于字里行间。1925 年秋天，敬隐渔更是在罗曼·罗兰的资助下来到法国里昂中法大学留学，以期深入扩充他的法国文学知识。与此同时，他在法语环境中完成《约翰·克利斯朵夫》的翻译工作。留法期间，敬隐渔曾多次拜会罗曼·罗兰，就《约翰·克利斯朵夫》的翻译问题同后者商讨求教，这使得小说的敬译版获得了罗兰的充分认可。他也是最先拜访罗曼·罗兰维尔纳夫奥尔加别墅的中国学子之一，其后，宗岱、汪德耀、阎宗临、曾勉等同时代的知识青年似乎都受到了敬隐渔于蕾

---

① 王锦厚：《敬隐渔和郭沫若、罗曼·罗兰、鲁迅》，郭沫若学刊，2009 年，第 4 期，第 28—35 页。

芒湖畔拜师的触动和启发，相继前往奥尔加别墅拜访。正是与中国留学生之间的不解之缘促使罗曼·罗兰在中国的译介得到了迅速传播与发展。

1926 年 1 月，敬译《若望·克利斯朵夫》开始在《小说月报》上刊登，罗曼·罗兰专门为此撰写了《克里斯朵夫向中国兄弟们宣言》，作为本书序言。敬译《若望·克利斯朵夫》只发表了卷 1《黎明》的第一、第二部分，最终由于种种原因未能全部译完，但它实现了罗曼·罗兰小说作品中译文从无到有的突破，这部文学巨著也由此真正在中国拉开了华丽的序幕，因而其当之无愧为罗曼·罗兰作品中译的开端。

20 年代中后期，随着中国局势的转变，社会和时代主题精神也悄然转变，中国学界对罗曼·罗兰作品的解读，也相应地由最初高扬其自由博爱精神转而挖掘作者本人与约翰·克利斯朵夫这一人物形象之间的战斗精神和抗争意识，罗曼·罗兰对中国的影响逐渐从启迪中华民族自由平等意识向启发中华民族战斗意识过渡。1925 年，杨人楩发表在《民铎杂志》上的文章《罗曼·罗兰》已经暗含着对罗曼·罗兰接受层面的转向。这种对罗曼·罗兰精神不同维度的追求和挖掘与中华民族风雨如磐的艰难时局有着密不可分的关联，是中华民族长期积淀的"文以载道"文学批评传统的延续。

30 年代，《约翰·克利斯朵夫》这部誉满全球的诺奖巨著的完整中译本终于问世，这次的引介人是充满激情的翻译家傅雷，此翻译版本第 1 卷于 1937 年由上海商务图书馆出版，其后，第 2、3、4 卷也于 1941 年全部付梓。至此，罗曼·罗兰的作品在这一时期终于得到了全面的翻译，他平等、博爱、自由、抗争的精神思想也逐步渗透传入中国。这之后，傅雷的中译文再版多次，广为流传的版本有 1946 年在骆驼书店出版和 1952—1953 在生活·读书·新知三联书店出版的两个版本。

50 年代开始，傅雷对《约翰·克利斯朵夫》又进行了重译，并由上海平明出版社出版于 1953 年。此外北京人民出版社先后于 1957年、1980 年、1985 年对该书进行了重译。可以这样说，《约翰·克利斯朵夫》一书在前后 50 年的翻译过程中，始终受到了中国文艺界和读者的喜爱，这也是译文不断修改、再版的原因所在。然而这份喜爱并不止于作品，更延伸到作者罗曼·罗兰本人。1955 年，罗曼·罗兰逝世 10 周年之际，由茅盾主编的《译文》出版了纪念特辑并发表了戈宝权翻译的高尔基的《论罗曼·罗兰》和罗曼·罗兰本人写的《我走向革命的道路》。1961 年，罗曼·罗兰 95 岁诞辰之际，戈宝权又为《世界文学》翻译了罗曼·罗兰写的祝贺高尔基从事文学创作活动 25周年，庆祝其 60 岁诞辰的文章及悼念高尔基的文章。

罗曼·罗兰的其他作品，自然也受到了国人的广泛关注。70 年代末，罗曼·罗兰的另一部长河小说《欣悦的灵魂》，由罗大冈翻译的《母与子》，也被全文介绍到了中国。此外，罗曼·罗兰的长篇小说《哥拉·布勒尼翁》由许渊冲翻译，于 1985 年出版。

而国内外学者们关于罗曼·罗兰的论著，也得到了翻译和传播，例如奥地利作家茨威格的《罗曼·罗兰传》(1928 年)、美国研究者威尔逊的《罗曼·罗兰传》(1947 年)、法国作家阿拉贡的《论约翰·克利斯朵夫》(1950 年)，苏联评论家阿尼西莫夫的《罗曼·罗兰》(1956 年)；由中国人撰写的论著则有芳信的《罗曼·罗兰评传》(1945 年)、罗大冈的《罗曼·罗兰》(1979 年、1984 年)等书。

二、政论文与戏剧作品的译介传播

在罗曼·罗兰作品进入中国的最初十年里，他的代表作《约翰·克利斯朵夫》《名人传》之《米开朗基罗传》与《托尔斯泰传》在中国并未得到全面的翻译，而他的政论文和戏剧作品却在中国受到了欢迎。这可能一方面由于政论文和戏剧篇幅较短，易于翻译；更重要的是其中的自由、平等思想与当时中国人民迫切的精神需求高度一致。

到了 20 世纪 30 年代，中国作家对罗曼·罗兰作品的翻译比上一个十年更为活跃，而翻译的重心也从政论文逐步转向小说和人物传记。《白利与露西》（上海现代书局 1931 年出版）、《孟德斯榜夫人》（商务印书馆 1930 年出版）、《甘地的奋斗史》（国光书店 1937 年出版）、《安戴耐蒂》（保定群玉山房 1932 年出版）、《七月十四日》（作家出版社 1954 年出版）、《托尔斯泰传》（商务图书馆 1935 年出版）、《弥盖朗基罗传》（商务图书馆 1933 年出版）、《约翰·克利斯朵夫》（人民文学出版社 1957 年出版）第一册等中译本相继出版，掀起了罗曼·罗兰作品在国内的出版高潮。其中不乏存在两个或以上译本的作品，如《托尔斯泰传》的徐藩庸译本和傅雷译本，《弥盖朗基罗传》和《贝多芬传》的傅雷译本、贺之才译本以及陈占元、梁中译本。在此期间，罗曼·罗兰的作品除了《迷人的灵魂》一书没有全译本，《格拉布勒尼翁》没有中译本外，其革命戏剧、信仰剧、三大传记与《约翰·克利斯朵夫》基本都得到了翻译，有的甚至一作多译。

第二节　中国罗曼·罗兰作家群

1914 年，罗曼·罗兰凭借"充满崇高的理想主义并且生动地描写人类，获得共鸣的"[①]《约翰·克利斯朵夫》夺得了诺贝尔文学奖。身为文学家的罗曼·罗兰，具有反抗逃避现实的艺术主流并表现出毫不妥协的气概与决心。同时，作为参战国的公民，他宣扬"超越混战之上"的勇气与精神。[②]知识分子。罗曼·罗兰的文学作品及政治立

---

① ［法］罗曼·曼兰：《罗曼·罗兰自传》钱林森译，江苏文艺出版社，2001 年。
② ［法］罗曼·曼兰：《超乎混战之上》，《日内瓦日报》，1914 年 9 月 22 日。

场的核心内容始终聚焦于"人"——充满崇高理想的"人"。罗兰笔下的"人"追求真理、倡导博爱、呼吁和平，体现出强烈而坚定的人道主义精神，在信仰和精神沦落的欧罗巴荒原上，如一盏指路明灯，为迷茫中的欧洲人照亮前进的方向。

此外，他还写下了一篇篇反战的政论文，公开与侵略势力宣战，支援弱小民族，呼吁战争早日结束，实现世界和平。罗曼·罗兰的文学创作及社会活动对欧洲，乃至全世界都产生了深远影响。他身上所具有的强烈人道主义精神在 1930 年代的中国学界具有深远的影响。20 世纪初，法国作家罗曼·罗兰开始进入中国，在 1920 年代及 1930 年代接连出现了传播的高潮，同时，这种人道主义精神也通过译著的传播，深深地鼓舞了战火纷飞中的中国文艺界。可以说，罗曼·罗兰的精神气质与当时中国文艺界的主流思想有着高度默契。从文艺观念上来看，他主张文化世界主义的平等与包容；从艺术功能上来看，他始终坚持文学创作肩负的社会责任；从作品的主题内容上来看，旨在体现主人公英雄抗争的崇高精神内涵。作为一个始终对世界人民满怀热爱的，反帝、反法西斯的文艺斗士，无产阶级忠实的挚友，罗曼·罗兰的文艺观有着贯穿始终的一致性。

一、基于人道主义精神的世界主义文艺观

"人道主义"是起源于欧洲文艺复兴时期的一种思想体系，提倡关怀人、爱护人、尊重人、以人为中心的世界观，也被译为"人文主义"。随着社会的发展和时代的进步，法国将国家格言定为"自由""平等""博爱"，这正是法国资产阶级革命时期的人道主义精神的具体化，而在罗曼·罗兰的文学作品中得到了充分的诠释，尤其在诺贝尔文学奖《约翰·克利斯朵夫》这部长河小说中，我们可以看到"以人为本"的精神追求贯穿文学作品始终。"世界主义"作为一个复杂的哲学概念，在古希腊的哲学思辨中就已被注意到，此后在文明的

不同阶段被不同学派的哲人发展扩充，延伸到制度、文化等领域。"文化世界主义"主张对文化差异性持包容态度，赞同多元文化的视角，尊重个体的文化选择，在其发展过程中，斯多葛学派、博格、康德等人都贡献了自己的解释。博格将世界主义划分为法律世界主义和道德世界主义两种类型，其中，前者强调对于全球秩序的重塑，后者则更加重视塑造一种普遍性的道德规范。早期斯多葛学派的世界主义，则更加重视"以世界观世界"，强调在世界层面对城邦进行改造。克利西波斯提出，"将世界公民完全与一定民族、疆域、文化习俗、历史传统背景相关的特殊身份割裂，往往容易将世界公民当作是违背当地统治、法律和其他约束的一种挡箭牌，势必会引起人们对于世界公民的误解和反感"。① 晚期斯多葛学派则主张将个人理性与公民身份及全球意识结合起来，将人类视为一个整体，每个人都是人类大家庭的一员，个体与人类的关系要高于个体与个别国家、族群的关系。这种普适性价值和意义并非单个民族或国家所特有，而是整个人类所共有的，彰显对其他民族和人类群体的博爱精神。

罗曼·罗兰的世界主义文艺观，与"文化世界主义"有极强的相似性，它们都超越了民族与国家，打破种族和政治偏见，主张人类应该作为一个统一的整体，人民应当是世界性的人民。但是，纷乱战争的背景注定了罗曼·罗兰无法像其他"文化世界主义"的学者那样纯粹理性地探讨哲学概念，他的文艺观中的世界性，并非从文化多样性的角度出发，而是基于他对共同苦难下的世界人民充满着的人道主义的怜悯与关怀，以具体的文艺创作与文学作品为武器，与混沌黑暗的社会相抗争，为黑暗之中的人民指明一条光明、正义之路。正如他在《约翰·克利斯朵夫》重版序言中说道的，"兄弟们，让我们彼此靠拢

---

① 作者：Paulive Kletugeld and Zric Brown, 文："Cosmopolitanism", First Published Feb 23rd, 2002; Substantive Revision Jul 1st, 2013, in Stanford Encyclopedia of Philosophy, The Metaphysics Research Lab, 2014, pp.34。

吧，让我们忘却使我们分离的一切，让我们仅仅想起使我们集合在一起的共同苦难。没有敌人，没有恶人，只有受苦受难的人。"[1] 他的作品要"超越混战之上"，献给"各国的受苦、奋斗、而必战胜的自由灵魂"（《约翰·克利斯朵夫》扉页题词）。[2] 罗曼·罗兰的这种世界性的人道主义关怀，从莎士比亚的戏剧中或许能找到一些关联。《哈姆莱特》写道：

> 丹麦是一所监狱
>
> 那么这世界也是
>
> 一所大监狱，里面有许多囚室、黑牢、地牢 [3]

　整个世界如同监狱一般，不管是法兰西民族还是日耳曼民族，人民都是在同一所监狱中的狱友，尽管人民并没有犯任何的过错。而各民族拥有自由的灵魂，可以联合起来反抗命运。罗曼·罗兰对文化世界主义的主张，带着一种宗教般的虔诚，在晚年的回忆录中，罗曼·罗兰写道："不论我的思想如何千变万化，它始终如一地保持着深刻的宗教性。我怎能一日离开上帝呢？我活在上帝怀中，他是我的生机，我的血肉。"[4] 正是怀揣着对人道主义、世界同一的虔诚，罗曼·罗兰的作品中文化之间平等又包容，才出现了文化多样性造就的光辉成就。

　20 世纪初这个战火纷飞的年代，痛苦而麻木的人民，颓废而松

---

① ［法］罗曼·罗兰《约翰·克利斯朵夫》，2020 年 4 月，北京理工出版社出版，第 1—3 页。

② 同上书，扉页题词。

③ ［奥地利］茨威格：《罗曼·罗兰传：英雄交响乐》，湖南：湖南文艺出版社，姜其煌译，1993 年，第 178 页。

④ ［法］罗曼·罗兰：《罗曼·罗兰回忆录》，浙江：浙江文艺出版社，金铿然，骆雪涓译，1984 年，第 245 页。

散的文化建设，缺乏生命力的艺术作品是欧洲乃至整个世界的常态。因此，被茨威格称为"世界的良心"的罗曼·罗兰一开始就放弃在自己的年代寻找灵感，而致力于历史题材的戏剧创作及伟人传记的撰写，塑造的主人公大都是热爱生活、献身理想的英雄，给当时处于苦难和迷茫中的人民带来希望和动力。

文化多样性也是罗曼·罗兰文学创作的另一特点。在传记作品中，他所描述与称赞的主人公并不仅仅局限于法兰西共和国。《名人传》中的贝多芬是德意志古典音乐家，米开朗琪罗是意大利美术家，托尔斯泰是俄国文学家。这些不同文化背景下的主人公虽个性鲜明，却都闪现着一种人类精神世界的光辉——那就是热爱生活，献身理想，具有勇敢无畏的抗争精神。又如《约翰·克利斯朵夫》通过对故事主人公的成长经历和遭遇描述，联合德法两国文化传统与精神思想的特点，最终融合成约翰·克里斯朵夫这样一位拥有着至高无上的艺术灵魂与纯粹的精神世界的英雄式人物。正是因为罗曼·罗兰对于文化多样性的深度理解与细致入微的洞察，才能看到人类精神文明的同一性，最终塑造了一个个入木三分的人物形象，唤起了人类追求自由、平等、和谐的高度精神共鸣。

罗曼·罗兰的戏剧作品，借鉴并融合了莎士比亚戏剧中的人性观——在张扬善的同时，也揭示了善的毁灭；在颂扬人性高贵的同时，也揭示了人性的丑陋与堕落。这种善恶一体的人性观在罗曼·罗兰的戏剧作品中也时有体现，他的戏剧作品传达了人类意识的觉醒、理性的力量和自由意志，从而形成自己的"人民戏剧"。罗曼·罗兰"人民戏剧"中的"人民"是兄弟般情谊的世界群体，是人类道德理想期许中的"人民"，更是自由、永恒、单一而又多元的人类精神文明的载体。在创作立场上，罗曼·罗兰曾宣称自己抛弃自己的种族身份，与为自由而抗争的世界人民站在一起。1925年，他在《约翰·克利斯朵夫致中国兄弟》的公开信中说："我不知道什么叫欧洲，什么叫亚洲。我只知道世上有两种种族：一种是向上的灵魂的族类；另一种是堕落的灵魂的族类……我和前者站在一边。"①

在文化世界主义的观点上，罗曼·罗兰受到了茨威格的积极响应。他们都竭力反对褊狭的民族主义，肯定并欣赏其他民族的优点。正因为相同的信念和追求而相互欣赏，他们的友谊越来越深厚。从罗曼·罗兰 1910 年 5 月 1 日告诉茨威格 "我们都是欧洲人" 的第一封信起，直到 "二战" 中茨威格离开欧洲前夕，于 1940 年 4 月 19 日最后一次致信罗兰，两人通信长达三十年之久。②

二、基于艺术功用论的英雄主题内涵

艺术是人类社会生活的缩影与写照，集中体现了人类的审美情趣与审美意识，凝聚和物化了人类对现实世界的审美导向和审美关系。艺术作为人类社会意识形态中的上层建筑，具有认知、教育、审美三大功能。柏拉图曾对文艺提出了这样的价值诉求："不仅能引起快感，而且对于国家和人生都有效用。"③ 这句话可以视作其艺术功能论的总纲。柏拉图在《文艺对话集》中对艺术的功能论也有着进一步的阐释，即文艺为政治服务，文艺与政治思想和教育思想紧密联系在一起。此外，马克思曾在《政治经济学批判》中认为，艺术作为一种精神生产形态，包含并发生着社会意义④。王宏建也在《艺术概论》中就艺术的作用进行了翔实的阐释，例如艺术直接影响了人类的精神意识、思想感情、审美心理等，而后又通过对人精神的催化作用，最终

① ［法］罗曼·罗兰：《读书与出版》，1946 年第一期，第 7 页。

② Romain Rolland, Stefanzweig. Correspondance (3 Tomes) [M]. Albin Michel, 2014–2016.

③ 《西方文艺理论名著选编（上）》伍蠡甫等，北京大学出版社，1985 年 11 月，第 40 页。

④ 《马克思恩格斯选集》第二卷第 112—114 页，1995 年，人民文学出版社。

对人类的社会生活起到了正面、积极的影响。作为共产主义忠实朋友的罗曼·罗兰显然也深谙艺术对人类精神世界的影响。"在西方，罗曼·罗兰是第一个大声疾呼并起来号召反对帝国主义战争的作家"①，"一战"开始不久，罗兰敏锐地看到：科学、诗歌、艺术和哲学，同巧妙的机械装置一样，破天荒地第一次去为战争效劳。"这场欧洲大战是许多世纪以来人类历史上最大的灾难，它一举毁灭了我们最热切的希望——人类皆兄弟。"②作为反帝、反战的斗士，罗曼·罗兰深刻地意识到那个时代下文艺作品不可摆脱的政治性，文艺作品的力量可以鼓舞世界人民奋起反抗，为争取自由而斗争。因此，他赋予了自己作品伟大而且光荣的使命，那就是扩大和加深观众的同情，以此提高人们的精神素养，在混乱、丑恶的环境中，负起引导光明的启蒙的责任。读者可以从他的作品中感受到追求真理的英雄气质、捍卫自由与正义的人格力量，还可以感受到始终伴随罗兰一生的艺术使命感与责任感。罗曼·罗兰《约翰·克利斯朵夫》这部小说的写作初衷就是重新点燃沉睡在灰烬中的心灵之光，特别是当法国的道德和社会约束都处在大崩溃的时代。他认为，文学艺术家义不容辞的最高职责就是"用语言表达思想，用行动赋予语言以生气"。他的人生也可以用"行动""创作""战斗"这三个词概括。

　　罗曼·罗兰认为除了具有认知、教育、审美的三大功能外，文艺创作与艺术作品同样需要肩负责任感和使命感，这与同为争取人类解放的马克思主义的文艺观有异曲同工之妙。在这一文艺观的影响下，罗曼·罗兰的作品处处渗透着对民主主义、资本主义世界及其文化持批判的态度。在轰动一时的德雷福斯冤案上，罗曼·罗兰认为德

① ［苏］纳尔基里耶尔：《传记大师莫洛亚》，靳建国等译，新华出版社，1988年，第193页。

② 杨荣：《罗曼·罗兰——欧洲的良知——论茨威格〈罗曼·罗兰〉》，《名作欣赏》，2016年第9期，第40—46页。

雷福斯是无辜的，1898 年，他"以笔名'正义之圣'发表了一出寓言剧《群狼》"①，象征性地表达自己的观点，从永恒的高度来维护正义。罗曼·罗兰还梦想创立欧洲自由精神联谊会，希望联合志同道合的各行业人才超越民族界线成为反对谎言的支柱，在虚伪和不义的日子里主持正义。他与佩吉、苏亚雷斯肩并肩地投入反对以"林荫道戏剧"为代表的贫瘠陈腐的资产阶级艺术的战斗中。他起草宣言，撰写文章，呼吁创建大众剧场。罗曼·罗兰言出即行，身体力行地取材于法国大革命，创作"人民戏剧"颂扬革命精神。尽管当时经济并不宽裕，他却毅然放弃了自己著作出版、发行的稿酬，把著作大都发表在自己编辑出版的《半月丛刊》杂志。

　　罗曼·罗兰对世界主义文艺观念的秉持及艺术功用论的坚守都始终离不开他同时代的精神导师列夫·托尔斯泰对他的影响。罗曼·罗兰公开承认了列夫·托尔斯泰对自己的影响："两三年以来，我生活在他的思想氛围中，我同他的作品、同《战争与和平》《安娜·卡列尼娜》和《伊凡·伊里奇之死》亲密无间，胜过任何一部和法国作家重要作品的关系。这个伟人的仁慈、睿智、绝对真实，对我来说，使他成为我们时代的精神，无政府状态最可靠的向导。"② 这位可靠的向导创作了《那么我们该怎么办》，改变了罗曼·罗兰对于艺术功能与价值的看法。托尔斯泰强烈反对为"上层社会"之享乐而生产的"上层艺术"，他认为这样的艺术无聊空虚，缺乏感人的力量；而艺术的真谛是"为人民"。同时，托尔斯泰也提出艺术的另一个作用："艺术应当消除暴力，也只有艺术才能做到。艺术的使命是让上帝的王国，即爱的王国统治一切。"③ 罗曼·罗兰深受这样的思想的影响，在他自

----

① 寓言剧《群狼》创作于 1898 年。该作品收录于《革命戏剧集》。

② 郑克鲁：《罗兰读书随笔》，上海：三联书店，1999 年，第 187 页。

③ 列夫·托尔斯泰于 1887 年 10 月 3 日在俄罗斯亚斯纲亚·波利亚纳庄园给罗曼·罗兰的一封信。

己面临的社会矛盾中，用自己的作品明确表达反对法西斯战争、争取世界和平的呼吁。

无论是《约翰·克利斯多夫》还是《名人传》或者是罗曼·罗兰的其他文学作品，虽然叙事不同，但它们都有一个中心的关照，那就是一个不曾停止行动、值得终身都被叙述的"英雄"。透过这些作品中的英雄形象，罗曼·罗兰为世界人民树立了榜样。谈及英雄，我们首先要尊重罗曼·罗兰自己对英雄的理解。《贝多芬传》里罗兰给出的定义："我称为英雄的，并非以思想或强力称雄的人；而只是靠心灵而伟大的人。"① 在《米开朗琪罗传》开篇，罗曼·罗兰又说："世界上只有一种英雄主义：便是注视世界的真面目——并且爱世界。"② 这些英雄，不乏颇具争议的政治领袖，而不单是声名显赫的艺术家。罗曼·罗兰曾于1887年4月16日，在巴黎于勒姆街提笔回信给托尔斯泰，其中写道：任何一部艺术作品都抵不上一部英雄传记。英雄在命运面前表现出来的那种不息的生命力量和向上的抗争精神，给了作品崇高的精神涵旨。

博克说："凡是能以某种方式适宜于引起苦痛或危险观念的事物……就是崇高的一个来源。"③ 痛苦在一定的情感转移的距离上加上个体思维的发酵后，变化成一种可以接受的快感。就是这种快感使人开始产生敬畏的心理。席勒所认为的崇高是由惊恐、恐惧等心理与快乐混合在一起组成的一种复杂情感。"崇高感是一种混合的情感。它是表现最高程度恐惧的痛苦，与能够提高到兴奋的愉快的一种组合，

---

① ［法］罗曼·罗兰:《名人传》，傅雷译，南京：译林出版社，2010年，第156页。
② 同上书，第81页。
③ 伯克于1757年，发表美学论文《关于崇高与美的观念的根源的哲学探讨》(简称《关于崇高和美》), Publisher: Cambridge University Press, Ouline Publication date: October 2014, Print Publicature year: 2014, Ouline ISBN: 9781107360495 Cambridge University Press。

尽管它本来不是快感，然而一切快感却更广泛地为敏感的心情所偏爱。两种对立的感情在一种感情中的这种结合，无可争辩地证明我们道德的主动性。"[1]

罗曼·罗兰自小就痴迷莎士比亚戏剧，他的作品中也有莎翁的影子，他们笔下的人物都有一种崇高感。莎士比亚的悲剧里，罗朱、哈姆雷特、奥罗塞等主角在与现实和命运的抗争中毁灭，但是他们身上闪耀的属于人的尊严和人性却熠熠生辉。罗曼·罗兰笔下的英雄，并不是"完人"，他们中的每一个人都有人性的弱点，也会做出错误的决定，但是他们没有回避生活上的痛苦和精神上的弱点，而是直面真实的苦难，经受残酷命运的折磨后依旧抗争。他们的生活往往是在长期的苦难中度过的，身心备受悲惨命运折磨，然而正是这些苦难造就了他们的伟大，正因为如此，他们的爱才能够抚慰人们，他们的勇气才会鼓舞人心。痛苦和快乐在崇高感中互相结合，才更凸显出道德的愉悦与自由的快感。如前所说，英雄之所以成为英雄，并非因为他们闪耀的才华和成就，而是他们的坚强意志，他们的独立人格和精神。后者是英雄之因，前者是英雄之果。

罗曼·罗兰笔下的英雄的崇高性，并不像古典悲剧英雄那样，在注定的命运之下壮烈牺牲。以约翰·克里斯朵夫为例，晚年，他避居意大利，专门从事宗教音乐的创作，以求内心的平静，至此，实现了他人生反抗—失败—妥协的三部曲。而正是在这样的悲剧遭遇中，罗曼·罗兰展现了资本主义社会尖锐复杂的社会矛盾，反思仅仅以理想主义和人道主义的思想武器反抗现实的空想性。但是，罗曼·罗兰仍对世界受压迫人民的抗争充满期待。

通过构建英雄人物的崇高性，罗曼·罗兰用文学艺术创作树立起

---

[1]　陈浦翔：《简析席勒的崇高美学理论》，《学理论》，2015年第31期，第95—96页。

丰碑，成为世界人民为自由努力反抗的精神动力。如茨威格所说，再
“没有哪位艺术家像罗曼·罗兰这样对如此之多的人产生过如此使人
净化、如此使人坚强和如此令人感到鼓舞的影响”。①

三、罗曼·罗兰对中国作家的影响

罗曼·罗兰冒天下之大不韪提倡的和平理念受到了中国学者的关
注。这个时期，中国学者往往关注的是他的反对战争、主张正义、维
护和平的人道主义思想。正如鲁迅先生所说，“从淤血堆中挖个窟窿
透口空气的千千万万争民主求光明的青年们，看到罗曼·罗兰对我们
号召……那时候我们就知道，在争民主求光明的斗争中我们不是孤独
的，我们有了坚强的信心了”。②

自20世纪20年代进入中国以后，罗曼·罗兰的文字作品一直广
受国内作家的关注，也受到了文艺理论家的批判和反批判。作为一个
外国作家，他在中国文人阵地中声望之高、讨论之热，在当时只有极
少数的几位作家，如托尔斯泰、高尔基等可与之比肩。罗曼·罗兰的
文字作品中所散发的人性光辉及人道主义精神如同一盏明灯，为中国
文学界指引着方向。

不少中国作家都曾深受罗曼·罗兰作品的影响和其文字精神的感
召，激发了他们对救亡与启蒙意识，从而迫切地渴望着更多新文化，
新思想。在那些外抗帝国主义、内反封建思想的政治环境中起来斗争
的“左翼”文学家们眼中，罗兰俨然成为了他们的精神偶像，他们在
罗曼·罗兰的作品中读到了启蒙的光辉，看到了人所不可摧毁的战斗
精神与坚强的意志；特别是在罗兰发表《向过去告别》以后，中国作
家在罗兰的思想转向中，看到了渴望将自己的生命与创作同受苦受难

---

① ［德］茨威格：《回归自我》，高中甫等译，湖北：长江文艺出版社，2009年版，
第39—40页。

② 茅盾：《永恒的纪念与景仰》，悼词，《文萃》，1945年第3期，第19—24页。

的同胞们紧密联系的愿望，在罗兰的作品中看到了被压迫人民的愿望和能量，看到了全世界受苦受难人们的命运、作家的命运与被压迫人民的命运紧紧联系在了一起绝非偶然。罗曼·罗兰不仅仅是"符合"中国作家的"脾胃"，而是特别"刺激"了中国各路作家的"脾胃"，正是他始终坚定信仰并将之付诸于文字的人道主义精神，给深陷战斗中的中国作家们以无穷而神奇的强大力量，在中法两代作家间形成同声相应、同气相求的接棒传承。

中国历史中最为动荡的时段却也意外赋予了中国知识分子自古以来最大自由的"黄金时代"，由民间文人或组织自发创办的各种刊物如雨后春笋一般，在中华大地上唱响了此起彼伏的救亡启蒙之歌，最具有代表性的是 1910 年商务印书馆创办后由茅盾主持的《小说月报》、1926 年鲁迅先生创办的《莽原》、1937 年胡风创办的《七月》等等。这些刊物的创办者、主持者、合作作家，多为中国现代文学史中闪耀的群星，他们以鲁迅先生为旗帜，以文字为武器开展反帝反封建的斗争，争夺进步文艺阵地，一时间成为 20 世纪上半叶普遍散乱的中国文坛中具有一定凝聚力的作家群体，异军突起，广获声援，逐渐形成早期的"左翼"文学潮流，正是这一群体，在一定程度上构成了"左联"的前身。它不等同于"左联"，但其主体和精神与因"左联"而称"左翼"的作家群体有一定重合，因而将其规定为"早期左翼"作家。

在这批"左翼"作家中，鲁迅是最早同罗兰有所接触并获得其肯定的。1926 年，值罗曼·罗兰 60 岁寿辰之际，鲁迅在其主编的《莽原》上开设"罗曼·罗兰专号"，发表了六篇研究罗曼·罗兰的文论，首次公开而系统地将罗曼·罗兰引进中国，《莽原》从此成为 20 年代介绍罗兰最主要的刊物之一。正是在《莽原》的示范作用下，许多当时有影响力的文学刊物都先后推介了罗曼·罗曼作品的汉语译作。不知彼时的鲁迅是否能够预料到：他将罗曼·罗兰引入汉语学界，在未来数十年内，给整个中国文坛储备了多少甘露，又酝酿了多少风雨……

其实，尽管后来的事实证明了罗兰和鲁迅之间存在一种师友关系，两位作家之间也彼此欣赏，但鲁迅发表罗兰文章，却是在一种近乎巧合机的缘下得以实现的。1924年，尚在中国国内名不见经传的敬隐渔，自将鲁迅的《阿Q正传》译成法文，并寄送给已与自己通信多时的罗曼·罗兰，既使罗曼·罗兰读到了当代中国作家的作品，也使这位忧国忧民的法国文豪初识了中国之"国民性"而颇生感慨，并决定将敬隐渔翻译的法文版《阿Q正传》刊登在欧洲权威文学刊物《欧罗巴》上。敬隐渔认为此事须征得鲁迅同意，遂致信鲁迅，表明情况，获得鲁迅欣然应允。自此，一代中法文豪之间的友谊，便以敬隐渔这个年轻学子为中介开始了。

更有说法称鲁迅正是因为受罗曼·罗兰的垂青与赏识，才得以成为中国文人中最为接近诺贝尔奖的世界级作家。正是罗兰的大力推荐，才使敬隐渔的法译《阿Q正传》得以全文发表在欧美第一流的文学刊物《欧罗巴》之上。不管怎么说，鲁迅的确曾与罗曼·罗兰有过较为深入的交往，并且从其思想文字中获益颇多，除了专论作品外，鲁迅在《南腔北调集》和《鲁迅杂文集》中所收录的杂文中也曾多次提到罗曼·罗兰，更佐佳证。

鲁迅多次撰文评价过罗曼·罗兰，而他自己也十分看重罗曼·罗兰对他的评价，在罗曼·罗兰的评语被与鲁迅不和的创造社没收之后，鲁迅还大为不悦，写文专门提过此事。

受到罗曼·罗兰文学气质与精神影响的中国"左翼"作家中，茅盾紧随鲁迅之后，他在1920年代担任《小说月报》主编时，就发表了《罗兰的近作》，之后还撰写了《罗兰的最近著作》及《两本研究罗曼·罗兰的书》。茅盾从青年时代涉足文坛到晚年写回忆录，始终没有忘记对这位欧洲文学大师的借鉴与学习。从茅盾的创作来看，他立足于自身的文学观点，同时选择性地借鉴吸纳了罗曼·罗兰这位文学大师的文艺观。在《现代文学家的责任是什么？》一文中，茅盾称罗曼·罗兰为"大勇主义"的创始人；在《为新文学研究者进一解》一文中，称罗曼·罗兰为"新浪漫主义"的代表者①；在对苏联无产阶级文学和西洋近代文学进行研究之后，茅盾又称罗曼·罗兰为"新理想主义者"②。可见，茅盾对罗曼·罗兰有自己的见解：他感受到罗兰文字思想中透露出的强烈的英雄主义精神，又甄别出罗兰作品中的浪漫主义同萎靡颓废、缺乏力量的传统浪漫主义间的重要区别，更犀利地观察出其文字精神中渗透着当时苏联无产阶级文艺中浓重的理想主义色彩。

茅盾在 1945 年《永恒的纪念与敬仰》文中，对罗曼·罗兰一生的事业与成就做了全面评价，并称其为"法兰西伟大的艺术家和思想家"③。这些不断在更新中的评价也反映了茅盾对罗曼·罗兰在不同阶段的新认识。茅盾短篇小说《野蔷薇》、长篇小说《虹》和《霞》中，对青年男女在民主、自由环境中产生的民主主义思想有着细致的描写，同时又揭露了民主个人主义思想的虚假本质。在茅盾的作品中可以看出，他最先倡导并借鉴了罗曼·罗兰"新理想主义"思想，后又对其"民主个人主义"内容进行了批判。可见，茅盾对于这位世界文学大师的文学观点进行积极的借鉴汲取，并与自身的政治观、社会观、相融合统一，最终形成了其独特的文艺观。

罗曼·罗兰对中国早期"左翼"作家群的影响却不止于"左翼"阵营内部，像戈宝权这样的翻译家和文艺研究者，也以其翻译作品和研究文章，直接间接地担任起了罗兰和早期"左翼"作家间的精神

---

① 雁冰，发表于《改造》（上海 1919），1920 年第三卷第一期，第 99—102 页。

② 阙国虬. 论茅盾革命现实主义文学观与苏联文学的影响［J］. 福建师范大学学报（哲学社会科学版），1987（02）：33—40.

③ 茅盾：《永恒的纪念与景仰》（悼词），《文革》1945 年第 3 期，第 19—24 页。

传递人。戈宝权把罗曼·罗兰当作一个重要的研究对象。在 1946 年 3 月的《文坛月报》上，戈宝权发表了《罗曼·罗兰的生活与思想之路》，将罗兰的《约翰·克利斯朵夫》《科拉布勒农》《超越混战以上》等作品归为个人主义时期作品，将《向过去告别》作为其思想文字的分水岭，认为罗兰自此作才"告别"了过去的个人主义思想，而从一种个人主义的英雄向集体主义转变。他对罗兰的这种判断和分期，也符合当时中国学界对罗兰的主流认识和评价，具有时代语境的典型性。

戈宝权亲自翻译了《向过去告别》一文，文中的这样一段话，又出现在他那篇极富时代特征的文论《罗曼·罗兰的思想与生活之路》中：

> 直至最近十五年来，我们中间的优秀份子竟未能脱出个人主义的断头路。我们是孤立的，仅凭我们本人的良心的指使以行事！这同时是我们的力量也是我们的弱点。我们的独立和我们的无力，都是得自个人主义的。写这篇文章的人，比谁都知道这一点，当一九一四年大战开始之时，他发出了"超越混战以上"的呼号。他带着失败者的辛酸的傲慢写道："我并不是为了要说服欧洲而说话，我是为了要缓和我的良心而说话"，我们当时缺少借以凭依的坚硬的土地。"精神独立"的宣言，这正如我在一九一九年当我为它的名义而喊出一种呼声时所了解的，只是一株向着天空张开它的手臂的树而已。但是它的根须几乎完全走出了土地……①

这本是罗曼·罗兰对高尔基的评价，但后被包括戈宝权在内的多

---

① 戈宝权：《罗曼·罗兰的生活与思想之路》，《文坛月报》第 1 卷第 3 期，1946 年 5 月，第 75—85 页。

位中国作家频频论说，作为他们眼中罗曼·罗兰"左转"的关键标志，认为罗兰由此修正了前期思想中的个人主义错误，从而与"和无产阶级的意识合成为一体"①的高尔基相会合，这使得罗兰在中国"左翼"文学阵营光辉再耀，从而在中国文学界掀起了第二次传播浪潮。

据说，对于罗曼·罗兰是否推荐过鲁迅参评诺贝尔文学奖一事，戈宝权在 1984 年 11 月见到罗兰时年已达九十岁高龄的夫人时，曾亲自向她求证，并获得了肯定的答案。

20 世纪 20 年代，罗曼·罗兰以其动人心魄的约翰·克利斯朵夫形象，顺承"五四"精神、发扬人性，如一剂强心针楔入了中国文学界，也把他的思想理念深深烙印在了中国文人的心目中，深深影响了那一代中国作家，茅盾、郭沫若等中国现代文学大师都曾叹服于罗兰文字中的精神，鲁迅更是同其结下了深厚的友谊。20 世纪 30 年代，罗兰又以一篇《向过去告别》自我批评，丢弃曾经的个人主义和过去狭隘的资产阶级人道主义，拥抱无产阶级、投身于共产主义革命精神，在中国文坛中间掀起了第二次思想与笔墨的狂潮，戈宝权等文艺批评家都肯定了他的这一思想转变的重大意义。截止到 1942 年 5 月毛泽东发表《在延安文艺座谈会上的讲话》（下文中简称《讲话》）之前，罗曼·罗兰思想中的精神内涵，都在各种文学体裁中、以不同的形象面貌备受中国作家、文学评论家之热爱；即便此后，由于《讲话》为中国文艺工作定调的影响而受到不同程度的批判，仍有一批中国作家坚持他文学创作中的主体性方法。40 年代中，舒芜先后发表《论主观》和《罗曼·罗兰的"转变"》，以他的方式肯定罗曼·罗兰的创作主体性和"左转"选择；同时，这也成为当时文学史上重要的

---

① 戈宝权：《罗曼·罗兰的生活与思想之路》，《文坛月报》第 1 卷第 3 期，1946 年 5 月，第 75—85 页。

"公共事件",更在新中国成立后升级为一场波及全国文化界的文字审查运动,客观上迫使先前"左翼"文学阵营分化。

1944年12月30日,罗曼·罗兰与世长辞,在赞扬和批判声不一的环境下,同样有不同阵营的作家、批评家为这位影响了不止一代中国文人的法国作家撰写了真切的纪念文字:次年三月,胡风在《向罗曼·罗兰致敬》中,再次肯定了罗曼·罗兰英雄主义的"精神战线"①;郭沫若撰写《罗曼·罗兰悼词》,饱含激情地赞扬了罗曼·罗兰为法兰西、为欧罗巴、乃至为全世界精神生产所做出的重要贡献。实际上,在整个20世纪那个纷乱跌至的时代环境下,自觉或不自觉地受到了罗曼·罗兰的文学和精神影响的作家着实不在少数,而客观上同其文学精神和创作道路不谋而合的更应远比文学史上已有定论的队伍要庞大得多,只是,罗曼·罗兰渗透着个体化精神的英雄主义和人道主义思想,同40、50年代后高扬主体性的时代话语和文艺工作路线(此"主体性"并非指创作主体性)拉开了距离,但即便从批判的角度出发,罗曼·罗兰的文字依然极具范本意义,恰恰因此历史的机缘,使罗曼·罗兰其人其文,不仅在精神层面成为20世纪前半叶中国现代文学兴起与发展的感染和助推力量,也从现实层面对20世纪后半叶一批中国作家的命运产生了极深的影响。因而可以说,罗曼·罗兰是20世纪里影响和改变过中国文坛"生态"的外国作家之一。

第三节 罗曼·罗兰与王元化

除了作家和翻译家群体,罗曼·罗兰的文艺观及其文艺观指导下的文学作品对中国的文艺理论研究也产生了深远的影响。以文艺理论

---

① 胡风:《向罗曼·罗兰致敬》,《胡风全集》第3卷,湖北:湖北人民出版社,1999年第1版,第242—245页。

家王元化（1920—2008）先生为例，追求自由的英雄主义人格和对底层民众的同情怜悯构成了王元化文艺思想的底色，而这正与罗曼·罗兰这一伟大作家的影响不可谓不相关。自 1939 年发表处女作《鲁迅与尼采》以来，王元化以坚韧的毅力和矍铄的精神在学界活跃了七十余年，他的文学思路串连起了中国文学理论的世纪脉络又蕴含着深刻的文艺美学思想。不同于其他学者，他化生命为文学素养，融智慧于文艺实践，以其葆有的文学张力与多元思想特点，矢志不渝地行走在中国文史之学、英伦莎剧美学、德国古典哲学以及西方自由哲学的文学之路上。其间，更是少不了罗曼·罗兰文学作品的伴随与文学观念的指引。罗曼·罗兰的世界主义文艺观和他所倡导的艺术功用论也与王元化的文艺理论十分契合，潜移默化地给了后者理念表达的支持与鼓励。罗曼·罗兰在作品中所塑造的典型英雄形象也如创作者所愿鼓舞了在迷茫中抗争的王元化。

　　王元化 1920 年 11 月出生于武昌，父母皆受到过西方基督教教育，家庭环境中有不少教会的习俗，因此他受西方文化的影响较深，对于西方文学作品和精神也能有更多的共鸣。王元化对罗曼·罗兰倡导的"心的光明"有深刻而独特的理解，也深受后者"靠心灵而伟大的平民英雄观"①的影响，与约翰·克利斯朵夫一样，他秉持"信仰至上"的理念。同时，在罗曼·罗兰及其笔下主人公的身上，王元化挖掘出了人性中的美和善，运用在自己的作品之中。

一、英雄的鼓舞与共同的追求

　　在王元化的学术生涯中，文艺思想理念可以说是经历了多次"脱胎换骨"才有了最终集大成又享誉海内外的理论大家之风范。而这里所谓的"脱胎换骨"是针对王元化早期文艺思想中的机械化教条理论

---

① 王元化：《向着真实》，读书杂志，1981 年第 12 期，第 95 页。

而言。1940 年左右，王元化受到来自由日文转译过来的苏联文艺理论的影响，习得了这一种机械论。其内容可从王元化以方典的笔名发表于 1940 年 3 月 10 日上海《戏剧与文学》（于伶等编）第 1 卷第 2 期的《现实主义论》一文中明显窥见。此文从五个方面对现实主义进行了深度的理论阐述，主要包括：现实主义的特质、现实主义的发生与发展、艺术与现实、"广现实主义"的批判、新现实主义的两个基本契机等问题。《现实主义论》一文以恩格斯对现实主义的定义为基础，阐述了作者对新现实主义的信心与热情。他反对形式主义、以偏概全的浮夸风；也反对庸俗的社会现实而强调理想与激情；提倡文艺真实地反映生活，表现真实的渴望。具体来说，这一时期王元化的现实主义文艺思想主要表现为重视文学所表达的思想和内容，形式为内容服务。

王元化的这种思想顺应了时代背景的大势。历经了五四学者和左翼作家们对现实主义的追捧之后，到了抗战时期，"真实地反映现实生活""塑造典型形象"等理念早已深入人心。对于青年时期的王元化而言，当时那种过于强调真实、强调文学之于社会的作用的时代思潮对他的文学创作、文艺理论的影响是不言而喻的。

对当时的中国文艺界而言，文艺作品的价值与其所服务的民族解放与独立的目的息息相关。试图用笔唤醒中国思想界的志士们偏爱欧洲民主、抗争的精神，这必然使他们无法忽视罗曼·罗兰这颗闪闪发光的启明星。在对现实主义文学进行推介时，自然也少不了引用罗曼·罗兰作品作为例证。罗曼·罗兰的文艺观中得到推崇。

罗曼·罗兰世界主义的胸怀和人道主义的精神、对英勇抗争的推崇和对艺术功用的极致运用与解决文艺界救亡图存困境简直再契合不过了。当时国内对罗曼·罗兰作品的狂热译介已在前文中详述。可以说，罗曼·罗兰充满了现实指向的文艺观巍然成为当时文学界茫茫黑夜中指示中国文学前进方向的一颗明星，或者狂风怒浪的深海上防止迷途的一座灯塔。

这是我们不可忽视的一点：正是在这样推崇现实主义和艺术责任感的时代背景下，王元化与罗曼·罗兰有了连接，自此，王元化成为了受罗曼·罗兰影响和鼓舞最深的文艺大家之一。

仔细对比两位大家，不难发现王元化与罗曼·罗兰文艺观点的契合的必然性：他们都基于追求自由、平等的信仰，产生了英雄主义的人格，他们对受苦受难的民众充满了同情和怜悯。他们一个是马克思忠实的追随者，一个是共产主义诚挚的战友，纵使阶级立场不同，却殊途同归。

王元化接触罗曼·罗兰的作品始于其青年时代，时值抗日战争和各种秘密斗争最艰难的阶段，而王元化所居住的上海也处于"孤岛"的恐怖之下。这样时代中的有志青年，难免会陷于对时代和社会的无力、苦闷之中，而罗曼·罗兰的作品的出现给予了青年王元化光明和力量。

王元化在给他十分爱重的学生吴步鼎的信中多次力荐《约翰·克利斯朵夫》：

> 你读过《约翰·克利斯朵夫》么？我经常把它放在手边。当我对生活感到疲乏，精神感到沮丧的时候，就打开它来读，让它疗治我的空虚。希望这本书也会给你同样的力量……
>
> 不过我最喜欢的书，还是《克利斯朵夫》。我一定想法子让你读到它。①

尤其是约翰·克利斯朵夫这一形象，不仅深深影响了王元化的写作灵感，也支撑了他的学术信念。王元化之所以如此喜爱约翰·克利

---

① 王元化：《王元化集：第1卷》，武汉：湖北教育出版社，2007年，第252页。

斯朵夫，主要是因为克利斯朵夫的性格和王元化有着惊人的相似之处。虽然容易急躁莽撞，直率而较真，但约翰·克利斯朵夫热情而又善良，他身上充满着活泼的生命力，面对生活道路和艺术追求中的各种磨难，他能以坚韧的毅力和决心一路勇敢前行。罗曼·罗兰写道：

> 可是非跟它说实话不可，并且我越是喜欢它，越是非说不可。……你们大家都给社会关系、面子关系、多多少少的顾虑来缚住了。我没有来缚，我不是你们圈子里的人。①

一战爆发后，罗曼·罗兰并未像其他艺术家一样受时势所迫违逆本心、抛弃真理而穿上民族主义的外衣，相反，他仍然保卫着各民族"亲如兄弟"受苦受难的人民团结起来的信仰。这期间，罗曼·罗兰发表的《超乎混战之上》使他饱受非议，甚至众叛亲离，陷入极度的孤独与失落之中，但他依旧没有向疯狂的政治迫害投降。这样"威武不能屈"的气节，也是王元化在他自己的学术道路上所践行的。对于充满虚伪与主义的政治环境，王元化形容道："我所经历过的，大概你是不会想到的。许多不应有的事，恰恰是有些高喊革命的人做出来的。这你想得到吗？罗曼·罗兰说过，跟在狮子后面的狼是到处都有的。"② 但他无论是在学术还是在人生上都始终保持了和约翰·克里斯朵夫一样的真诚，也做到了像罗曼·罗兰那样的坚守。最明显的表现就在他对胡风集团事件的态度之上。1955年，王元化在反胡风运动中被隔离审查。虽然他对胡风的文艺观点并不完全认同，但面对政治胁迫，他宁可自己被戴上反革命的帽子，也要坚持讲实话，绝不说违心之言，不背弃自己的操守。胡风事件并不仅仅是王元化人格的试金

---

① ［法］罗曼·罗兰：《约翰·克里斯多夫》，傅雷译，北京：人民文学出版社，1997年，第352页。

② 王元化：《王元化集：第1卷》，武汉：湖北教育出版社，2007年，第254页。

石，同时也是考验王元化灵魂和信仰的磨刀石。

他后来回忆说："在这场灵魂的拷问中，我发生了大震荡。过去长期养成的被我信奉为美好神圣的东西，转瞬之间轰毁，变得空荡荡了。我感到恐惧，整个心灵为之震颤不已。我好像被抛弃在无际的荒野中，感到惶惶无主。"① 无常的命运使王元化经历了一段信仰迷失的日子，在终日惶惶的恐惧中，依旧是罗曼·罗兰和他所塑造的英雄给予了王元化重燃信仰的希望。1945 年，王元化为罗曼·罗兰逝世而写的那篇《关于〈约翰·克利斯朵夫〉》更是详细描述了约翰·克利斯朵夫带给他的正面影响。他写道：

> 每次当我对生活感到疲倦的时候，我常常会想到约翰·克利斯朵夫。他一次又一次地支持了我，把我从沮丧中挽救了过来，在我的心里重新燃起了火把。即使是以往几年的痛苦的日子，有了他，也使我对于人的尊严恢复了自信。
>
> 我第一次读到这本书是在三年前。那时的情形我记得很清楚。我一早就起来躲在阴暗的小楼里读着这本英雄的传记，窗外可以看见低沉的灰色的云块，天气是寒冷的，但是我忘记了手脚已经冻得麻木，在我眼前展开了一个清明的温暖的世界，我跟随克利斯朵夫去经历壮阔的战斗，同他一起去翻越崎岖、艰苦的人生的山脉，我把他当作像普洛米修士从天上窃取了善良的火来照耀这个黑暗的世间一样的神明……
>
> 我相信，克利斯朵夫不但给予了我一个人对于生活的信心，像我一样卑微渺小的青年得到他那巨人似的手臂的援助才不致沉沦下去的一定还有很多。凡读了这本书的人就永远不能把克利斯

---

① 王元化：《隔离室中读奥瑟罗》，《思辨录》，上海：上海古籍出版社，2004 年，第427 页。

朵夫的影子从心里抹去。

> 当你在真诚和虚伪之间动摇的时候，当你对人生对艺术的信仰的火焰快要熄灭的时候，当你四面碰壁心灰意懒预备向世俗的谎言妥协的时候，你就会自然而然地想到克利斯朵夫，他的影子在你的心里也就显得更光辉更清楚更生动……①

此前，学界大多已经过了抗战时期与 19 世纪欧洲文学的"蜜月期"，对罗曼·罗兰"落后"的社会意识也有批判的态度。但与当时学界不同，王元化却发了两篇《约翰·克利斯朵夫》相关的评论文章，他虽承认罗曼·罗兰"赶不上他现在的读者的社会意识的水准"②，但更认为后者所塑造的约翰·克里斯朵夫这样一个坚韧地为自己理想信念而奋斗的英雄形象无论在什么样的社会意识下都能够因其身上美好的精神而闪闪发光。

1952 年，王元化出版评论集《向着真实》，作者承认他的评论文章"存在这样那样的缺点"，但"自己受到的委屈应该得到公正对待……自己对待自己受过不公正的作品，也应该有一种实事求是的态度"。③ 从这本书可以明显看出王元化对罗曼·罗兰精神和人格的一种继承，他秉持一种独立的精神，即在预见遭受压迫的未来后，王元化仍敢于追求一种实事求是的学术态度和对真实的尊重。

毫不夸张地说，罗曼·罗兰作品英雄和独立的精神，帮助王元化度过了抗战时期的黑暗岁月，也驱散了政治迫害的迷茫，使他在纷繁复杂的环境中保持了独立的学术人格和始终真诚、坚持学术的信念。

---

① 王元化:《思辨录》，上海：上海古籍出版社，2004 年，第 459 页。
② 王元化:《向着真实》，读书杂志，1981 年第 12 期，第 95 页。
③ 王元化:《向着真实》，读书杂志，1981 年第 12 期，第 98 页。

二、人物的塑造与作品风格

罗曼·罗兰的《约翰·克利斯朵夫》等作品给王元化的写作提供了灵感。一个有力证据是《舅爷爷》这部小说。《舅爷爷》最早发表于抗战胜利后的《文坛月报》的创刊号上，王元化自己称这个作品被认为是"脱胎换骨"式的①。《舅爷爷》所要展现的精神是王元化之前的作品中所罕见的，而与《约翰·克利斯朵夫》中高脱弗烈特有着难言的相似性——他们都是平民英雄。

高脱弗烈特这个人物出场于《约翰·克利斯朵夫》的第一卷《黎明》的第三部"日色朦胧微晦"，他在小约翰·克里斯朵夫的艺术起步阶段给予了后者艺术和人生的启蒙。而《舅爷爷》中，舅爷爷点滴的关怀则让"我"看到了人性的温暖。从人物形象上看，小说中的舅爷爷与《约翰·克利斯朵夫》的高脱弗列特有惊人的相似性。他们都是朴素的、其貌不扬的小人物，他们在无法摆脱的悲苦命运中忍受着不被爱的孤独，但他们却能保持淳朴而善良，对后辈极尽关爱。他们有一种魔力，就是用他们小人物的特有的真挚和温暖唤起同样在生活的泥沼中挣扎的人们对人性中美的一面的信仰。

高脱弗列特的腼腆和宽容为约翰·克利斯朵夫指明了今后艺术的人生的方向，正如舅爷爷对"我"的饱含着人文精神的关爱，都闪烁着底层人民渺小而平凡的生活中人性的伟大和温暖，也浸润着作者对小人物的深沉的爱。从两位作者对艺术反作用于社会的坚定观点来看，他们塑造这两个相似的小人物的目的也应当相似。王元化和罗曼·罗兰文艺思想也确实有一种同根性，这与俄国 19 世纪那种有强烈怜悯精神的人道主义有莫大关联。以托尔斯泰为典型的人道主义文艺观，或许是王元化与罗曼·罗兰连接的一个枢纽，加之相似的宗教

---

① 王元化：《舅爷爷》文坛月报，1946 年 1 月。

信仰背景，使二者都对苦难中的民众饱含着怜悯与同情。但这怜悯和同情，绝不仅仅是基督教的福音，而是他们对底层民众发自内心的钦佩与信心。

尤其是王元化，为高脱弗烈特这个在约翰·克里斯朵夫光芒背后的小人物单独设传，创作《舅爷爷》这篇小说，其推崇和弘扬“舅爷爷”这一形象和精神的想法更加明确突出。舅爷爷是底层小人物的缩影，也是小人物中的英雄精神的典型。这是王元化透过英雄主角，而从《约翰·克利斯朵夫》中汲取到的一个侧面，并被转化为又一个与约翰·克里斯朵夫全然不同的英雄——没有伟大光正的形象，没有极强的艺术天赋和能力，没有辉煌而跌宕、值得为外人叙述的一生。王元化攫取并塑造一个泯然众人的角色，也是当时受苦受难的普罗大众的缩影。舅爷爷的事迹毫不悲壮，读之却让人对其精神充满怜悯与敬意。这正是作者想要挖掘和展现的，在底层小人物中闪耀的人性的温情和坚韧的精神。

这其实也是罗曼·罗兰的观点：英雄之所以为英雄，并非只因其伟大辉煌的成就，更因其身处逆境时展现的人性光辉。正因为底层人民身上的英雄精神，所以抗争才有意义，才能取得胜利，由此，作者为争取自由独立的抗争赋予了合法性。

作为五四之子，五四爱国运动和新文化运动的两个核心价值——爱国与自由毋庸置疑地深深刻进了王元化的心里，也推动了他的革命投身和文学实践。于是，王元化坚信与罗曼·罗兰相似的艺术功用论理念，早期秉承左翼文学批评的王元化时刻谨记着作家要“写什么”“为何写”“怎么写”的写作规范，力求从作品的品格中印证作家的人格，从作品的影响中窥见对社会黑暗的改变。五四中自由、民主的精神培养了王元化独立思考的能力。对文艺作品品格的理解和艺术功用论的把握，王元化也是逐步深入的。

作为党员的王元化早期接受了日本转译的苏联文艺理论，并一度将其中的艺术的社会价值论奉为圭臬。王元化要求文学成为团结人民、教育人民、打击敌人的武器，他把这样一种政治要求视为文学义不容辞的责任和使命，自觉以文学为武器，参与到民族解放与人民解放的斗争中。这是当时时代背景的必然导向，但作为一个追求真实、独立自由的有识之士，王元化很快意识到了自己陷入了二元机械论的陷阱之中，随后便对自身的错误观点展开了反思。正如老年的约翰·克利斯朵夫发现，那些和他一样过去当过革命分子的人，现在却在同年轻人作斗争，正如他们年轻时同老年人作斗争一样。不同的只是战斗本身，斗争则一如既往。

反思主要有两个方面。第一，文学需要什么样的现实主义。第二，艺术功用论基础上的英雄主义。

王元化从五四时期就开始倡导"真实"的现实主义，但到底什么是真实？真实不是文学的全部目的，但它作为一个艺术前提是不可逾越、不可废弃的。"真实性"至少要求文学真诚，要求文学尊重客观事实，从生活出发，说真话。事实上，文学作为一种创作，不可能达到绝对的真。王元化在《对文学与真实的思考》一文中提到："生活的本质不是存在于生活的现象之外，也不是先验地产生于生活的现象之前，抽象的本质总是依附或潜在于具体的现象之中，赤裸裸的一无凭借的本质是没有的。"[①] 文艺作品如果只是一串僵死观念的缀合，不能通过生活的现象形态去表现生活的本质，也便不能成为真正的文艺。

王元化认为，作家人格是文学真实性实现的基础，"文学处处渗透着人的感情、对人的命运的关心、对人的精神生活的注重、对人的美好情感的肯定"[②]。用罗曼·罗兰的话就是，"太阳的光明是不够的，

---

① 王元化：《清园文存（第一卷）》，南昌：江西教育出版社，2001年，第119页。
② 王元化：《沉思与反思》，上海辞书出版社，2007年出版，第59页。

必须有心的光明"。① 罗曼·罗兰承认自己观点的局限性。1912 年 10 月《约翰·克利斯朵夫》最后一卷的序言中就已说过："青年们，让我们的身体变成你们的台阶吧，踏着我们前进。你们会比我们更崇高，更幸福……我们即将死亡，以便得到再生。"② 似乎当时罗曼·罗兰便意识到了自身思想的局限性，所以他鼓励后辈做出超越，而王元化也没有让前辈失望。在王元化对自身文艺观点的反思的过程中，他与罗曼·罗兰的神交也日渐亲密，逐渐成为罗曼·罗兰精神的践行者。

作者即使真诚地接受了先进的思想，如果不把它在生活中融作自己的血肉，那么就不能使它在作品中发出光和热来。一种伟大的思想得到了人格印证，才可以渗透到自己的感性的活动里面。否则即使照应有的样子去理解这个思想，借它来使用，反映在作品中不过是一种不生产的本钱，因为他没有和自己所固有的品质取得和谐一致。所以王元化说"我是一个用笔工作的人，我最向往的就是尽一个中国知识分子的责任。留下一点不媚时、不曲学阿世而对人有益的东西。我也愿意在任何环境下都能做到：不降志、不辱身、不追赶时髦，也不回避危险"。③ 这正是罗曼·罗兰自身所倡导的文艺作家的品格。作家如果严格地要求自己，真诚真实，相信自己，他就会顾忌皆去，写出真正经得起时间检验的作品，历史将会为之作证。王元化从人性的高度阐明真实的本义。他提出，作家的真诚不纯粹是感觉层面上的一种自我认定，真诚只有建立在人的自觉上面，建立在非异化的主体上面，建立在真正的人性上面，才是实现了它的本义。

---

① ［法］罗曼·曼兰：《约翰·克利斯朵夫》，2020 年 4 月，北京理工出版社出版，第 258 页。
② ［法］罗曼·曼兰：《约翰·克利斯朵夫》，2015 年 1 月，南京大学出版社，第 2 页。
③ 王元化在上海市第八届哲学社会科学优秀成果奖颁奖典礼上获学术贡献奖的《获奖感言》，《文汇报》2006 年 12 月 17 日。

正是因为如此，早年王元化对钱钟书的《围城》颇为反感，王元化将钱钟书的《围城》称为"香粉铺"，夏中义等学者就认为，"香粉铺"这一说法便是源于《约翰·克利斯朵夫》。罗曼·罗兰在其中这样说："这样便产生了雨点般多的小说，老是猥亵的、装腔作势的……令人读了如入香粉铺，闻到一股俗不可耐的香味与糖味。"① 王元化欣赏像罗曼·罗兰这样知行合一，捍卫真理和自由的忠诚斗士。

对于这种"英雄"的崇拜，王元化也进行了反思，传统的精神巨人虽则伟大，却有可能自负自大，自以为代表了人类的普遍正义和良知，全知全能，无所不能。这促使他自我"清算"，逐渐从理想主义转向经验主义。

可以说，罗曼·罗兰对王元化文学观念的塑造与深化、文学品格的形成有着引导性的作用。在动荡的上个世纪前半叶，罗曼·罗兰是欧洲自由、民主、抗争思想播撒向中国文学界的前锋之一，也是中国文学敬仰爱戴、学习借鉴的精神领袖之一；而王元化是中国文学界吸收西方文学营养的典型，是罗曼·罗兰高尚人格追随者、践行者之一，在对自我的反思"清算"中，跨越两个世纪，终成为了中国文学的脊梁！

结 语

罗曼·罗兰是 20 世纪的法国著名思想家、文学家、批判现实主义作家、音乐评论家、社会活动家，也是传记文学的创始人。中国著名学者冯骥才曾在阅读了他的小说后，赞扬道："罗曼·罗兰的小说不自觉地让音乐的感觉进入到了他的行文。"② 作为社会活动家，他广

① 王元化：《论香粉铺之类》，现代中文学刊，2015 年第 2 期，第 65 页。
② 冯骥才《那些影响了我的外国作家们》，新文学史料，2020 年 2 月，第 111 页。

博的学识和坚定的信仰让他在文坛三大泰斗的沃土之上兢兢业业、茁壮成长，最终用自己心血凝聚成累累硕果。他既信奉人道主义，却又有着与传统宗教并不相同的怜悯之心，一生坚持自由真理正义，为人类的权利和反法西斯斗争奔走不息，被称为"欧洲的良心"。罗曼·罗兰的作品所呈现给世人的，是在不断变动的世界中，英雄能够保持积极的、勇敢的、坚定的信念，毁灭旧我以获得新生！

抛开作品技巧上的繁枝末节以及情节上的引人入胜的处理，罗曼·罗兰的真正魅力不仅在于他作品中闪耀着的英雄的光辉，也在于他一生为争取人类的自由、民主而进行的不屈的斗争，无愧于"欧洲的良知"的称号。这也是为什么在20世纪的法国乃至整个欧洲的作家中，罗曼·罗兰能成为中国读者中最为敬仰和爱戴的作家之一。自上世纪罗曼·罗兰作品传入中国，至今已有百年，但当我们捧读《约翰·克利斯多夫》时，依旧被文中的思想内涵、艺术气息、音乐感知、人格力量所深深折服。这就是罗曼·罗兰所特有的艺术价值，是文学艺术中的瑰宝，是文化传承中的深厚积淀，更是留给世人的精神财富。

这样一个忠于其艺术观念又忠诚地服务于人民大众的文学大师，在人类的文学艺术之路上孜孜不倦、殚精竭虑。在这样一位世界文坛先辈、文化先行者的精神感召下，更多的中国文人学者也接力着文学使命，笔耕不辍，始终前行。

学界需要他的真实批判，读者需要他的信念浇灌，任何时间、空间中都需要罗曼·罗兰式的"战斗武器"和"精神共鸣"。时光荏苒，历久弥新！相信罗曼·罗兰及其文学作品会始终成为人类精神食粮取之不竭的源泉，也终将成为人类精神文明之路中生生不息的火炬！就让这伟大的文学灵魂始终指引着我们前进的方向！（陈珏）

第五章
中国肖洛霍夫作家群

绪　论

米哈依尔·肖洛霍夫（Михаил А Шолохов）（1905—1984），是苏联著名文学家，是 20 世纪苏联文学的杰出代表，诺贝尔文学奖得主，曾获得列宁勋章和"社会主义劳动英雄"称号。他是苏联的一位文学巨人，其作品影响之大，读者之多，在苏联作家中罕有其匹。作为社会主义阵营的代表性作家，肖洛霍夫最大的成功就是他被意识形态对立的东西方两个世界共同认可，他也是唯一既获斯大林文学奖，又获诺贝尔文学奖的作家，这在苏俄文学史上绝无仅有。在他富有传奇色彩的一生中，肖洛霍夫以非凡的智慧，创作了数量颇丰的不朽著作，代表作有《静静的顿河》《新垦地》《一个人的遭遇》《考验》《三》《他们为祖国而战》等，都是当代世界文学中广泛流传的名著。

1923 年，肖洛霍夫在《青年真理报》上发表了第一篇杂文《考验》，此后便开始陆续发表小品文和短篇小说。1926 年他开始构思创作长篇小说《静静的顿河》，这部小说一共有 4 部，分别于 1928 年、1929 年、1933 年和 1940 年出版，并获得了 1941 年度斯大林奖金。这是一部反映俄国社会的独特群体——顿河地区哥萨克人在历史转折关头的生活，同时探讨哥萨克悲剧命运的长篇史诗，展示了顿河哥萨克在 1912 年到 1922 年间，第一次世界大战、二月革命和十月革命以及国内战争中的苦难历程，描写了哥萨克人如何通过战争、痛苦和流血，最终走向社会主义。1932 年，肖洛霍夫完成了长篇小说《被开垦的处女地》（又译《新垦地》）第一部，1955 年开始，第二部的一些篇章在报刊上相继发表，1960 年完成全书创作并获得 1960 年度列宁奖金。这部小说主要描写苏联农业集体化的过程，顿河地区农民新旧思想的冲突，以及革命和反革命两个营垒之间的生死搏斗，真实地反映了一场波澜壮阔的历史性斗争，浮雕式地塑造了一长列人物画廊，个个血肉丰满，性格鲜明，阅读时有如临其境之感。卫国战争时期，肖洛霍夫上过前线，写了许多通讯、特写和短篇小说，揭露德国法西斯的野蛮侵略罪行，歌颂苏联军民的爱国热忱和英雄功绩，如《学会仇恨》等。1943 年肖洛霍夫开始以连载形式发表反映卫国战争的长篇小说《他们为祖国而战》（后因某些原因未能完成）。1957 年发表的短篇小说《一个人的遭遇》（又译《人的命运》）产生了很大的影响，被称为当代苏联军事文学新浪潮的开篇之作。1965 年，肖洛霍夫因其"在描写俄国人民生活各历史阶段的顿河史诗中所表现出来的艺术力量和正直品格"①而获得诺贝尔文学奖。

苏联著名的文学家高尔基在 1931 年看完了《静静的顿河》第三部手稿后，认为："肖洛霍夫非常有才能，他可以成为一个优秀的苏联作家。"②法捷耶夫这样说过："肖洛霍夫有着怎样巨大神奇的吸引人的力量啊。可以直率坦白地说，当你读他的作品的时候，会体验到一种真正的创作上的忌妒心情，真想偷走许多东西。"③康·米·西蒙诺夫则认为："有这样一些作家，如果不读他们的作品，就不可能对

① 孙美玲：《肖洛霍夫研究》，外语教学与研究出版社，1982 年，第 507 页。
② 葛兆富：《浅析肖洛霍夫的思想倾向》，《聊城大学学报》（社会科学版），2004 年第 4 期。
③ 同上书。

某一国家的当代文学得出明确的概念。我们就有几位这样作家。肖洛霍夫便是其中之一。"①法国著名文学家罗曼·罗兰说过，苏联作家新的优秀作品，例如肖洛霍夫的作品，是同上一世纪伟大的现实主义传统相联系的，这个传统体现了俄国艺术的实质，而以肖洛霍夫为代表的苏维埃文学使这个伟大传统的特点为之一新。②美国著名作家海明威："我非常喜欢俄国文学。当代作家中，我喜欢肖洛霍夫。"③

肖洛霍夫聚焦农村题材、关注农民生活，通过深入生活、扎根人民，把笔触聚焦于劳动人民进行创作是肖洛霍夫的一大特色，他笔下的哥萨克农民既是历史的积极创造者，同时也在创造历史的过程中改造着自身。④

他善于深刻而又多方面地刻画人物，惟妙惟肖地描写人物对话，精细地描写顿河流域壮美的自然风光，肯定和赞美在残酷环境中仍然保持美好人性的人们。肖洛霍夫的叙述语言充满了各种方言词汇，无论是他的主要人物的语言，还是他自己的叙述语言，都常常恰当地引用哥萨克人流行的、有代表性的词汇或俗语。他在小说里还引进了大量的历史文献，对事件作了军事性和历史性的评论，这构成了作品语言的新特点，也完整体现了叙述语言的复杂多样，与小说中所提供的材料的复杂性和多样性，以及它深刻的思想性相适应。作为现实主义作家的肖洛霍夫，他"写真实"有自己的个性，即把真实性寄寓于悲剧，以悲剧的形式来概括真实。

---

① 葛兆富：《浅析肖洛霍夫的思想倾向》，《聊城大学学报》（社会科学版），2004 年第 4 期。

② 同上书。

③ 同上书。

④ 钱晓文：《论肖洛霍夫的创作个性及其形成》，《外国文学研究》，1993 年第 1 期。

第一节　肖洛霍夫在中国

肖洛霍夫是被中国读者熟知的苏联作家，20世纪20年代末，我国新文学运动的奠基人鲁迅先生首先注意到肖洛霍夫的作品。1931年，贺非翻译的《静静的顿河》中文译本第一次在中国出版，鲁迅便预见了肖洛霍夫和他的作品会影响到中国的作家，并且写了赞扬有加的后记。肖洛霍夫的作品对后来的中国作家丁玲、刘绍棠、陈忠实、莫言等确实都有较大的影响。[1] 以《静静的顿河》被译介为开端，此后肖洛霍夫的作品几乎每发表一部，都被迅速介绍到中国来，尤其是《一个人的遭遇》在《真理报》上刚一刊出，当月就译成了中文，而且有两个不同的译本，先后在《解放军文艺》和《译文》上发表。中国人民对这位经典作家的态度越来越热忱，肖洛霍夫学在中国也发展迅速。

因为肖洛霍夫生活在苏联，所以他的文学作品是苏联时代的映像。肖洛霍夫创作的第一个特点就是最大限度还原真实的生活。严肃真实地反映现实，揭露社会生活的真相，他的创作原则对中国作家产生了很大的影响。肖洛霍夫创作的第二个特点是对普通人的高度重视。他对生存意义的思考，引导了中国作家对悲欢离合的关注。他对人性的刻画入木三分，通过作品成功塑造现实人物是他的成功之处，尤其是对俄罗斯女性形象的塑造不仅在苏联，在世界文学中都是令人难忘的。她们的外在美和内在美，包括耐力、责任感、面对逆境的能力，给中国作家树立了道德的榜样。肖洛霍夫创作的第三个特点就是浓郁的乡土情结。他从小生活在顿河地区，这里不仅是他生活的起点，也是他一生的精神支柱。顿河给他提供了无穷的创造力和精神力

---

[1]　Alina Panchishnykh:《肖洛霍夫对中国作家的影响》,《名作欣赏》, 2018年第36期。

量，他的作品多次集中展示了家乡的风土人情。这一特点也直接影响到了中国作家，比如陈忠实生长的黄土高原、莫言的山东高密、李佩甫生活的中原平原，他们都是乡土小说的代表，都受到了肖洛霍夫深深的影响。

1931年10月，由贺非翻译的《静静的顿河》第一部中译文由上海神州国光社出版，至今肖洛霍夫的作品在我国的翻译和传播已经走过了90多年的历程，鲁迅先生、著名翻译家金人、著名作家周立波、著名翻译家草婴等人对肖洛霍夫的作品在中国的译介传播作出了突出贡献。[1]肖洛霍夫的作品在中国的译介研究可分为三个阶段：起步阶段、发展阶段和成熟阶段。

1. 起步阶段（1931—1949年）

20世纪初，随着西学东渐步入转型时代，俄罗斯文学借着这股东风，开始走进中国人的视野，但尚未得到广泛传播，也没有产生重大的影响力。一直到"五四"时期，俄罗斯文学的译作数量明显上升，尤其是十月革命成功以后，中国文学界介绍外国文学的重点就从西欧转向了俄国。

俄罗斯文学在中国具有这么重要的地位，特定的时代背景是不可回避的原因之一。晚清以来，不断传入中国的革新思想影响着年轻一代，以北大为首的学校注重培养学生独立自主、开放进步的思想和精神，五四运动为当时的中国提供了更为清晰自主的外来文化选择之路，人们开始集体性地寻找适合当时中国社会现实和发展需求的新思想、新文化。苏维埃政府相继发布了一系列对华声明，宣布放弃沙俄在中国的特权及中俄两国之间签订的不平等条约，与当时列强以种种不平等姿态欺凌中国形成了一个鲜明的对比，对处在受列强侵略的中

---

[1]　彭亚静，何云波：《肖洛霍夫在中国的译介》，《湘潭大学社会科学学报》，2002年第6期。

国人民展现了极大的关爱和友好态度。此外，中俄两国相似的国情、文化特征、社会问题、时代氛围、思想特质都使俄罗斯文学更符合中国当时的现实诉求和文学追求。同时人们逐渐发现，俄罗斯的屠格涅夫、普希金、高尔基、列夫·托尔斯泰等著名作家都在共同关注国家重建的民族性问题，并对现代西方文明持批判的态度，于是，先进人士普遍开始选择"以俄为师"。

1930年，中国左翼作家联盟成立，开始有计划地由瞿秋白从俄文原文翻译马克思主义经典作家的文艺理论著作，推动了20世纪30年代中后期中国革命现实主义文学的迅速发展，中国左翼作家开始有计划、成体系地把苏联无产阶级革命文学的名著系统地介绍给国内读者，肖洛霍夫作为苏联著名的无产阶级作家，他的作品中译本在中国得到迅速传播，并引起了强烈反响。

20世纪30至40年代，我国对肖洛霍夫的研究逐渐起步，平稳发展，这一阶段主要有以下特点：一是以翻译和介绍肖洛霍夫的作品与研究为主，我国学者独立研究和撰写的成果很少，只是在译著等刊物的前言、后记或译序等部分偶尔出现一些简短浅白的评论与探讨；二是文学研究和批评与社会现实紧密结合，学者们经常自发自觉地把作品中的人物、事件、情感、背景与我国的历史及现实进行对应和联系；三是学者们对作品展开文学批评时，所用的语言政治色彩浓重，研究方式路径单一，学术价值有待提升。①

1928年《静静的顿河》第一部在《十月》杂志上发表，鲁迅先生作为肖洛霍夫传入中国的先驱，在这一时期，积极筹备把它介绍给中国读者，第二年鲁迅先生便约请贺非翻译此书。1930年贺非依据德译本翻译了《静静的顿河》第一部，鲁迅先生根据日译本对中译本亲自进行了校订，并撰写了后记。1931年，当《静静的顿河》第一部

---

① 贺非译本：《〈静静的顿河1〉后记》，上海神州国光社1931年版，第507页。

中译本在中国即将面世时，鲁迅先生就准确地预见了此书对中国作家的影响："将来倘有全部译本，则其启发这里的新作家之处，一定更为不少。但能否实现，却要看这古国的读书界的魄力而定了。"① 并在《〈静静的顿河〉后记》中赞赏该书"风物既殊，人情复异，写法又明朗简洁，绝无旧文人的描头画角，婉转抑扬的恶习"。②1940 年 2 月，戈宝权在《文学月报》上发表了《肖洛浩夫及其〈静静的顿河〉》③一文，这是国内第一篇对肖洛霍夫进行比较全面介绍与评价的文章，他在文章中给予小说高度评价，表现了赞赏与推崇，认为这是部"碑石似的作品"。④

对于肖洛霍夫《静静的顿河》，我国学术界无一不肯定它非凡的艺术成就和史诗性质，更是围绕小说主题、情节安排、创作风格方面展开深入研究，还积极倡导分析和学习这部作品的写作技巧，针对其主人公的人物刻画、形象分析也产生了不少评论文章，虽然尚未构成系统研究，但开启了小说人物葛利高里悲剧命运研究的先河。

除了《静静的顿河》，肖洛霍夫另一部作品《被开垦的处女地》（第一部）也被介绍到中国。1932 年，肖洛霍夫完成之后最先发表在苏联作家协会机关刊物《新世界》杂志第一期，次年就走进中国，楼适夷翻译的片段便刊发在《正路》杂志上。1936 年 11 月，周立波译本问世，流传甚广。后来的十几年间，陆续又出现了其他的译本与改写本，这些踊跃而丰硕的成果显然也是基于当时的社会形势。《被开垦的处女地》描述了 1930 年在顿河地区开展的农业集体化运动，

---

① 贺非译本：《〈静静的顿河 1〉后记》，上海神州国光社 1931 年版，第 507 页。

② 刘祥文：《顿河之风：肖洛霍夫对中国作家的影响》，《江西社会科学》，2008 年第 4 期。

③ 戈宝权：《肖洛浩夫及其〈静静的顿河〉》，《文学月报》，1940 年第 5 期。"肖洛浩夫"即"肖洛霍夫"。

④ 刘亚丁等：《肖洛霍夫学术史研究》，译林出版社，2014 年 9 月，第 131—132 页。

以及新旧势力围绕农业集体化展开的一场激烈的思想冲突和阶级斗争。1946 年 5 月 4 日，中共中央发出《关于清算减租及土地问题的指示》，简称"五四指示"，决定改变土地政策，1947 年 7 至 9 月，中共中央在河北建屏县西柏坡村（今属河北平山县）召开全国土地会议，制定了《中国土地法大纲》，对"五四指示"中的某些不彻底性作了明确的改正，一个以土地改革为中心的波澜壮阔的群众运动在各大解放区内轰轰烈烈、如火如荼地蓬勃开展。《被开垦的处女地》集中地展现了农业集体化时期社会主义思想与私有制观念之间的尖锐冲突以及广大农民与富农、反革命分子之间的激烈斗争，及时清晰地描述了苏联农业集体化这一历史转折时期的重大事件，既表现了它的蔚为壮观和巨大成就，也如实地反映了它的"左"的错误和偏差，为我国当时正在开展的土地改革运动提供了无比宝贵的借鉴和参考。我们可以从小说里逼真生动的情节安排和矛盾冲突吸取丰富的经验教训，对我国土改运动过程中可能出现的问题与困难进行预见性甄别，进而有效规避，根据具体情况，采取不同的工作方法，实现分类指导。从接受美学的角度来看，这也是接受者积极参与完成文学作品译介，实现其使命价值的成功案例。

但是这一时期，我国对于这部作品的研究还比较少，相关评论多见于该小说的中译本或改写本的序言与后记中，其中周立波的《〈被开垦的处女地〉译者附记》和孟凡在《被开垦的处女地》通俗本的前言《为什么要介绍这本书》产生了一定的影响，其他独立发表的批评文章较为少见。①

伴随着肖洛霍夫及其作品在我国引起了越来越大的反响，他的其他作品也陆续被介绍到中国，例如《他们为祖国而战》以及其他短篇小说等。但是我国对于这些作品的研究成果非常少，散见于作品的前

---

① 刘祥文：《肖洛霍夫在中国》，中国社会科学出版社，2014 年 3 月，第 43 页。

言与后记，而且仅限于对作品主要内容的梗概介绍，鲜少见到有价值有深度的评论性文章甚至段落。

20 世纪 30 至 40 年代，由于中国当时的社会现实、时代氛围、精神需求等方面的因素，肖洛霍夫及其作品被介绍到中国并迅速引起反响，甚至我国的肖洛霍夫研究也逐渐形成并开展起来。

2. 发展阶段（1950—1963 年）

新中国成立后，鉴于两国共同的社会主义性质，中苏关系得到持续发展，建立了社会主义阵营的联盟关系，互相来往紧密，政治、经济、文化交流频繁而热烈。1950 年 2 月 14 日，两国签订了《中苏友好同盟互助条约》，开启了中苏关系的"蜜月期"，中共中央制定了向苏联"一边倒"的外交政策，同时也必然引发文化上的"一边倒"。加之新中国刚刚成立，旧有时代的文学作品已经跟不上新时代的精神需求，但是成熟的新时代作家和能够引领文学潮流的作品又未蔚然成势，文学作品无论从数量上还是质量上都处于极其匮乏的状态，苏联文学就成为了中国文学的研习范本和发展方向，在苏联声名鹊起的作家及其文学作品马上就会被介绍到中国，并在国人之间迅速传播。这个阶段也正是肖洛霍夫文学作品在中国译介的迅速发展阶段。

这个阶段的主要特点是肖洛霍夫的作品被大量翻译，涌现出一批研究肖洛霍夫的专家学者，出版了大量的文章和专著，对肖洛霍夫的研究初步形成了系统集成的体系。

1957 年元旦，肖洛霍夫发表了《一个人的遭遇》，当年 3 月就出现了中文译本。随后 1959 年上海文艺出版社出版了草婴译著的《顿河故事》，这是肖洛霍夫第一部短篇小说集，这些小说把复杂的社会斗争浓缩到家庭或个人关系中展开阐释，充分印证了肖洛霍夫关注底层群体和人民大众的创作风格。1965 年，随着肖洛霍夫获得诺贝尔文学奖，他在苏联国内以及中国等社会主义阵营国家的影响力倍增，中国对肖洛霍夫文学作品的译介研究达到了高潮。

这一时期金人译的《静静的顿河》多次重印。《静静的顿河》共印行过八版,1951 年由上海光明书局出版了第九版。1953 年苏联出版了作者根据苏联领导人的修改意见进行修订的新版本,1956 年人民文学出版社出版了《静静的顿河》中译本,是译者根据这个版本修改的。直到 1980 年,人民文学出版社印行的一直是这个版本。苏共二十大以后,肖洛霍夫又一次对《静静的顿河》进行了修改,于1964 年出版。周立波译注的《被开垦的处女地》也经历了多次重印。1954 年,肖洛霍夫开始创作《被开垦的处女地》第二部,并在杂志连载,1955 年,草婴的译文便在杂志上刊出。值得强调的是,草婴经过斟酌推敲,将《被开垦的处女地》一书书名更改为《新垦地》,当时也引发了翻译界和学术界的讨论,最终得到理解和认可,大家一致认为这个名字确实更为符合中国人民和汉语行文的表达习惯。

肖洛霍夫的文学作品除了以出版书籍的形式进行传播,不少作品在苏联还被拍成了电影,通过影视化转化扩大其作品影响力,其中《静静的顿河》改编电影成为苏联电影经典作之一,曾荣获 1958 年全苏电影节一等奖和最佳导演奖,1958 年卡罗维·发利国际电影节大奖,1960 年美国导演工会最佳改编影片荣誉奖。在这个时期,我国也很快引进这些电影,通过影像资料与文学作品的结合,更直观地向中国人民介绍这位苏联作家。长春电影制片厂在 1958 年译制了该片的中文版本,次年在北京正式发行,在 1961 年完成《被开垦的处女地》的译制工作。上海电影制片厂在 1959 年译制了肖洛霍夫的《一个人的遭遇》,次年在北京正式发行。

肖洛霍夫作为一个坚定而忠实的共产主义信徒,斯大林政策的极端拥护者,不仅仅是凭借纯粹的作家身份站在苏联文坛的舞台上,在苏联的政治世界也同样拥有举足轻重的影响力,所以艺术界对他的评论研究热度和立场倾向与他的政治性地位是息息相关的。20 世纪 50至 60 年代是肖洛霍夫在政治场中顺利发展的时期,所以也成为肖洛霍夫研究发展最稳健的时期。苏共二十大召开之后，苏联文学迎来了不同的时代风貌，《静静的顿河》主题研究的方向也发生了转移，很多学者开始转变思路，试图从人民性和革命性对其主题进行更深刻的挖掘和探讨，此外，还有从主人公形象理解及艺术刻画手法等多个视点展开的讨论与研究。肖洛霍夫于 1956 年创作的连载短篇小说《一个人的遭遇》(又译《人的命运》)发表于苏联党报《真理报》，讲述了战争给个人生活带来的悲剧故事，这部小说的发表，被看成是苏联50 年代中后期解冻文学的信号，从此，苏联反思社会黑暗、反对官僚主义的作品层出不穷，篇目繁多。

　　同时，我国学术界在这一时期对于苏联的肖洛霍夫研究保持着持续高涨的热情，并且国内的肖洛霍夫研究也得到了进一步的发展和扩充。相比过去的研究阶段，这一时期对于肖洛霍夫作品的引进与评论已经日渐繁多，并形成体系。长期从事肖洛霍夫作品翻译及校对工作的专家学者分别从作品的思想性、艺术性、人物形象、作品性质等方面发表了更为深入的研究看法。

　　1953 年，我国开始进行社会主义三大改造，中国共产党在全国范围内组织开展对于农业、手工业和资本主义工商业的社会主义改造，在农村地区开展了合作化运动，这是对马克思列宁主义的科学社会主义理论的丰富和发展。肖洛霍夫的《被开垦的处女地》从时代背景和现实需要层面完美契合了中国文学的需求和中国读者的期待，赢得了我国国人前所未有的关注，围绕这部作品开展的研究与讨论形成了空前的规模。很多学者结合我国当时正如火如荼开展的农业合作化运动的实际，从这部作品中总结科学开展农业合作化运动的方式方法，以苏联集体农庄的创办经验为切入点，展开了迫切而热烈的探索研究。还有一部分学者从《被开垦的处女地》人物的身份认同与形象对立性塑造手段展开分析，结合我国在全国范围内开展的"三反运动"的余温，研究这部作品展现的深刻的政治意义和教育意义。

随着中苏关系和中国国内政局的变化，对肖洛霍夫的译介研究趋于平静，肖洛霍夫甚至成为批判的对象，一些极端的观点甚至指责肖洛霍夫的作品宣言"活命哲学"，是"叛徒文学"和"卖国主义文学"。

3. 成熟阶段（1978年至今）

1978年十一届三中全会以后，我国揭开了改革开放的序幕，对文化领域也进行了拨乱反正，确立了文艺"为人民服务，为社会主义服务"的发展路线以及"百花齐放，百家争鸣"的策略方针，在很大程度上解放了人们的思想，社会价值取向更加丰富多元，中国重新打开了通向世界的大门，对外国文学的翻译和研究，日益成为文学界的热点话题。在这样的大背景下，国内对肖洛霍夫文学作品的翻译与介绍，形成了一个新的高潮，尤其是1979年9月，哈尔滨召开了当代苏联文学讨论会，会议的重要内容之一就是围绕肖洛霍夫展开讨论，很多学者也在会后总结会议成果，发表了大量相关文章，中国学界对肖洛霍夫及其文学作品的研究重新焕发生机与活力，并正式进入成熟阶段。1984年9月，中国首届"肖洛霍夫创作研讨会"在吉林召开，后续又陆续在不同的城市召开了四次全国范围的肖洛霍夫学术研讨会，充分证明了肖洛霍夫在中国吸引的关注度和产生的影响力。

这个阶段的主要特点是，对肖洛霍夫本人及其创作风格开始形成系统全面、客观公正的评价，肖洛霍夫的创作风格开始被越来越多刚刚走上文学创作道路的作家所学习、借鉴，中国和苏联（俄罗斯）之间关于肖洛霍夫文学的研讨交流日益频繁等等。我国新时期的肖洛霍夫研究把肖洛霍夫的阶级属性和文艺观都设置为专门课题进行研究，并对《静静的顿河》中女性的悲剧命运开展了探讨，小说中其他的人物角色也开始走进众多学者的研究视野，关注的主题也实现了人物命运向人物魅力的角度转变。针对《被开垦的处女地》的研究视野也更加开阔发散，对这部小说的认知和定位进行了客观评判。

中国对苏联文学，尤其是对肖洛霍夫的译介不遗余力，他创作的小说、随笔、文论陆陆续续都被译介到了中国，对中国文学发展的影响经历了岁月的洗礼依然厚重而深远，肖洛霍夫在某些方面越来越显示出他超越时代的睿智，《白鹿原》《秦腔》《生命册》这些茅盾文学奖获奖作品或多或少都有肖洛霍夫的影子。

第二节　中国肖洛霍夫作家群

文学与意识形态是紧密相连的，主流意识形态对文学及其传播起着巨大的影响制约作用。中苏两国相同的国家性质、相似的国情、相近的文化氛围，都对肖洛霍夫的文学作品在中国的译介和接受起到了积极的促进作用。肖洛霍夫对中国文坛的影响，鲁迅先生曾经有非常形象的说法："俄国文学是我们的导师和朋友。因为从那里面，看见了被压迫者的善良的灵魂、的心酸、的挣扎。"[①] 肖洛霍夫强烈的现实责任感决定了他不管反映任何一个时代，都不避讳生活所固有的种种矛盾，全面地描写过去和现在的斗争。也正是因为他的坚持，《静静的顿河》写到了 1919 年哥萨克暴动，以至于本人被诬陷、小说的第三部分也无法出版。[②] 中国的作家也并不是粗暴直接的套用肖洛霍夫作品的模式和素材，而是创造性地吸收和消化，提炼出适用于作家自身创作习惯，也适应中国具体国情和社会现实的创作思路。中国肖洛霍夫作家群对肖洛霍夫创作的传承与借鉴、共鸣与突破主要体现在以下三方面。

1. 现实主义创作原则

肖洛霍夫严肃认真的创作态度，现实主义的创作风格深深地影响

---

① 张志忠：《百年中国文学与世界文学的关系》，《关东学刊》，2009 年第 3 期。

② 彭亚静，何云波：《肖洛霍夫在中国的译介》，《湘潭大学社会科学学报》，2002 年第 6 期。

了中国作家的创作，丁玲就是其中典型的代表，她一直坚持现实主义的创作原则，没有把艺术人物理想化，而是在新旧意识的过渡时期，写下了普通农民以及农村干部真实的行为、思想和情感，这也是从自己的创作出发，与肖洛霍夫遥遥相应，甚至玛拉沁夫被肖洛霍夫所征服，也是因为丁玲在帮扶文坛新人的过程中，一直致力于推介肖洛霍夫的作品。肖洛霍夫创作《被开垦的处女地》，是沿着生活的鲜活足迹和现实表达诉求，丁玲的小说《太阳照在桑干河上》也同样具备鲜明而相似的时代背景和社会基础。1946年5月4日，中共中央发布了《关于土地问题的指示》，国内很多地区相继开展了土地改革运动，和肖洛霍夫创作《被开垦的处女地》时深入农村合作化运动一样，丁玲也是深入参与土改运动期间完成了这部作品的创作，这是一部描写晋察冀地区土改运动的现实主义著作，突出了当时土改运动中的阶级斗争和人性的复杂，和《被开垦的处女地》描绘的一样，都表现了辛勤劳动的富农、中农得不到肯定的事实。她塑造人物的原则就是写出和生活中一样真实的人物，她笔下的人物是一个正常的人，而不是一个脱离生活、脱离实际的"完人"。① 两部小说之间除了现实背景的无限接近，人物设置、情节安排、创作手法等方面都存在共同之处，都是围绕某个中心事件产生冲突矛盾，小说中的人物形象都是复杂而鲜明的，不拘泥于"非黑即白"的人设套路，并且都采取现实主义表现手法，对人际关系及故事环境进行真实原始、不加粉饰的描写，客观真实的还原现实。

　　同样受到肖洛霍夫现实主义表现手法影响的还有周立波的《山乡巨变》，刘绍棠的《西苑草》，陈忠实的《白鹿原》，李佩甫的《生命册》等等。作家余华创作的《活着》在主题设置、情节布局、叙事角度和生活经验的铺陈上，就有肖洛霍夫《一个人的遭遇》的影子。茅

① Alina Panchishnykh:《肖洛霍夫对中国作家的影响》,《名作欣赏》, 2018年第36期。

盾文学奖获得者李佩甫在创作《钢婚》时，也把视角聚焦到王保柱和倪桂芝这对工人夫妻身上，作品真切地把生活在大杂院的工人生活、工人情感和工人身上固有的性格特点淋漓尽致地表现了出来。

2. 女性人物形象塑造

肖洛霍夫童年时期的生活经历、俄罗斯传统文化背景的影响以及人物形象塑造的文学传统都对他本人的女性观形成起到至关重要的作用，而文学作品本身就是作者内心情感的表现手段和传达载体，作品中的女性形象塑造自然而然地就映射出作者的女性观。肖洛霍夫在《静静的顿河》中，准确而鲜活地刻画了俄罗斯哥萨克妇女的形象，尤其是对女性内心世界的洞察精准细致，比如女主角阿克西妮娅公然反抗贬低女性的鲜明立场，反对父权压迫的鲜明态度等等，外在和内在都具有特殊的魅力，这些女性人物生动真实，或宽厚仁慈、或善良温和、或纯洁圣美、或勇于反抗，成为俄罗斯民族性格的典型代表。肖洛霍夫对男女之间的感情纠葛，更关注男人给女人带来的不幸、痛苦和屈辱。他的观点对中国作家产生了深刻而广泛的影响，也给中国作家在女性人物形象创作方面注入新鲜的活水。比如中国作家刘绍棠，就在自己的作品中塑造出相当之多深刻、立体、凝重的女性人物形象，可以与拉古诺、阿克西妮娅等平分秋色，同时也构建了刘绍棠大运河乡土创作的文学图谱。《小荷才露尖尖角》一文鲜活地塑造了一批耿直质朴、好学上进的进步农村青年，独立坚强、品格高洁的新乡村女性，她们在学习知识、变革生产、冲破固有樊篱的过程中收获了更好的物质生活和情感归宿，是运河两岸乡村的建造者和见证者。①《豆棚瓜架雨如丝》中的花藕娘既保有贫寒人家的正直善良，也带有在地主家里沾染的恶习，最后如同阿克西妮娅追随葛利高里浪迹天涯但香消玉殒一样，她也妄图跟随老虎跳于荒野之际流亡逃生，最

---

① Alina Panchishnykh：《肖洛霍夫对中国作家的影响》，《名作欣赏》，2018 年第 36 期。

终却逃不过惨死的命运，从这里我们可以发现，阿克西妮娅矛盾的感情世界和悲剧的人物命运都对刘绍棠创作花藕娘这个兼具善恶美丑两面性的复杂人物产生了深刻的影响。在肖洛霍夫女性观潜移默化的影响下，刘绍棠怀着对女性的崇尚敬重之情，花费了大量笔墨刻画出女性是人类美好形象的化身这一主题，他笔下的女性智慧勇敢、多情坚贞、勤劳淳朴、爱憎分明，丰富鲜明而非千人一面。还有李佩甫《城的灯》一书中，刘汉香这个女性人物非常立体丰满，是整个故事的绝对女主角，也是一个引起广泛讨论的人物角色，是李佩甫作品中女性人物中最生动、最完美、最光芒万丈的一位，她身上集合了乡村姑娘的传统美德，同时又是大时代变革中的一个悲剧形象。李佩甫在少年的记忆里，包括下乡当知青的时候，见过许多这样美丽善良的、敢于担当的女性，而刘汉香身上是具有理想主义特质的，作者塑造这样的女性人物，意在"唤醒"真善美，这是我们这个社会如今十分稀缺的一种高贵品质。这也体现出李佩甫从肖洛霍夫作品中提炼出来的女性观，对他的创作产生了一定的影响。

肖洛霍夫创作的女性形象不仅在俄罗斯，在世界文学中都是令人难忘的。她们的外表气质、忍耐力、责任感、逆境求生的能力，给中国作家树立了道德的榜样。

3. 乡土情结浓郁厚重

肖洛霍夫长久的生活在哥萨克地区，哥萨克文化对他的熏陶与浸染深入骨血，哥萨克农民的丰富生活是他创作的不竭源泉，这里不仅是他人生的起点，更是他一切文学创作最终的灵魂归宿，他的生活轨迹和文学创作都与顿河有关。正是由于对家乡的眷恋，他主动放弃了在莫斯科的舒适生活，回到家乡，重回顿河的怀抱。肖洛霍夫对家乡的强烈情感让很多中国作家产生了情感的共鸣，他的乡土情结引领了一大批中国作家走上乡土文学创作之路，生于 20 世纪 40 年代和 50 年代的中国作家是受肖洛霍夫乡土情结影响最深的群体。比如茅盾文学奖获得者陈忠实从事文学创作就是从乡土小说起步的。陈忠实说过，高三毕业自己有三个选择，大学、军营和农村，也正是因为他选择了农村，才成就了自己。此后，陈忠实生长生活的关中平原就成了他创作的源泉和表现的主体。另一位乡土情结浓郁的作家李佩甫也是受肖洛霍夫影响成长起来的，他的作品有鲜明独特的中原地域特征，他的创作视角一直关注着一马平川的豫中平原，这里是他观测中国、认知中国社会的根据地，他在此观察并剖析着整个国家在时代中的生活动荡和精神变迁。

肖洛霍夫在创作《静静的顿河》期间，乡土情结一直贯穿始终，格利高里参军入伍之后发现军队生活寂寞无聊，哥萨克们开始怀念起家乡来，在战场上征战厮杀时胸怀满腔对故土的眷恋怀念之情，无论身处何种困境、遭受何种磨难，从未动摇过对故乡的热爱与坚守，而且就像现实生活中的肖洛霍夫一样，最终都选择回到生养自己的故乡。作为农民的代言人，陈忠实一直关注改革大背景下农民的命运，这种对原乡故土的现实思考与审美观照帮助他描写和还原历史的真相，在创作《白鹿原》时，通过打造白鹿祠堂这样一个原乡故土的精神象征，成就了书中人物回归乡土的精神牵挂。白鹿原的寻根主题主要是精神和心灵的寻根，带着对精神中"真"的追求，通过文本中人物的个性描写，来宣传中国文化的深刻价值，表达自己的"寻根"理念，而这种寻根性思考，并不仅仅停留在以道德的人格追求为核心的文化之根，而是进一步更深刻地揭示出传统文化所展现的人之生存的悲剧性。比如黑娃和白孝文出走白鹿原的时候，多少是带着恨怨与不满的，他们的情感是极其复杂的，但精神上与白鹿故土的联系是永远切不断的。

尽管时代在变迁，社会在变化，但肖洛霍夫一直对中国文学产生着重大的影响，中国作家对肖洛霍夫创作风格和创作特点的研究与继承也一直在延续。

第三节　肖洛霍夫与李佩甫

从 1931 年鲁迅、贺非等人把肖洛霍夫的《静静的顿河》及肖洛霍夫本人介绍到中国，肖洛霍夫研究在中国发展至今已经有 92 年，他作为 20 世纪俄罗斯甚至全世界范围内杰出的作家之一，对中国作家及中国文学作品都产生了不可磨灭的影响，在中国也形成了一道独特而亮丽的风景。以乡土变革为主要内容的现实主义作家李佩甫作为中原作家群的代表性作家，在承继与融合肖洛霍夫的影响方面也是佼佼者。

1. 中原作家群概念

在研讨肖洛霍夫与李佩甫之前，首先需要明确中原作家群的基本概念，中原作家群是受中原传统文化滋养的庞大创作群体，大致包括两类作家：一类是以田中禾、李佩甫、郑彦英、邵丽、何弘、南飞雁等人为代表的坚守在河南本土的作家，另一类是以周大新、刘震云、柳建伟、李洱等人为代表的生活、工作在外地的河南籍作家。"中原作家群"概念的提出，除了涵盖"文学豫军"的概念以外，更重要的是强调了这个庞大写作群体共同的中原文化背景和历史传统，从而更具文化内涵和学术意义。以中国文学最高奖之一的茅盾文学奖为例，河南共有魏巍（《东方》）、姚雪垠（《李自成》）、李准（《黄河东流去》）、柳建伟（《英雄时代》）、宗璞（《东藏鸡》）、周大新（《湖光山色》）、刘震云（《一句顶一万句》）、李佩甫（《生命册》）、李洱（《应物兄》）、乔叶（《宝水》）等 10 位作家获奖，稳居全国第一位。

2. 中原作家群创作特点

总结中原作家群创作特点，首先应该是强烈的"乡土"意识。无论是身在省内的河南本土作家，还是在省外创作生活的河南籍作家，虽然他们创作风格迥异、写作习惯不同，但是他们有一个显著的共同点，那就是语言文字间流露的强烈的"家园"意识。这个家园就是中原家乡、河南故土。他们的创作都是以中原家乡的生活为写作素材和研究方向。在这个方面，河南平原就是李佩甫出生成长的地方，是他永恒的精神家园，也是他核心的写作领地。在文学创作上，他在作品中塑造的每一个人物，都像是自己的亲朋好友，与人物对话的时候，是有疼感的，与作品中的人物互为彼此，从而创造出个人特色显著的"平原"意象，同时也就找到了家园的感觉和精神的归属。乔叶说，她早年不希望自己被贴上"河南作家"的标签，但是现在真的觉得自己就是河南作家。[①]河南籍作家周瑄璞9岁离开河南之后长期生活在陕西，但是她的创作风格却跟贾平凹、陈忠实不同，带有浓烈的"中原作家群"特点，她的长篇小说《多湾》《日近长安远》都把笔触落到了河南，在中原文化、中原精神中实现艺术追求。地域的风土人情、故乡的生活经验，是中原作家群作品的重要资源和主要表现内容。"比如说，刘庆邦的《遍地月光》主要描写的就是豫东风情和生活风貌；周大新的《湖光山色》、田中禾的《父亲和她们》等主要表现的是豫西南的生活现实和时代变革；张宇主要描写的是豫西地区的社会生活；刘震云则把故乡豫北作为主要表现对象，创作了一系列作品。"[②]

李佩甫则把根深深扎在豫中的平原上，描写从那片土地上成长起来的人们，从《羊的门》《城的灯》到《生命册》《平原客》，一以贯之。可以说，没有故乡风土人情、生活经验的滋养就没有这些作家今天的创作成就。这也是为什么把在河南以外生活创作的作家等视为"中原作家群"的重要组成部分，根本原因不是因为他们的籍贯是河南，而是因为他们的文学资源和文学表现内容基于河南，他们作品的血肉、生命的根基，都与中原大地紧紧相连。

---

① 李勇：《新世纪河南文学论——〈新世纪文学的河南映像〉导言》，《中州大学学报》，2019年第5期。

② 徐春浩：《"中原作家群"作品主题思想浅析》，《文学教育》，2013年第8期。

中原作家群创作的第二个特点是强烈的时代意识。与时代同呼吸、共命运一直是中原作家群不变的追求，中原作家群具有关注现实的优秀传统，注重对作品意义的追求，经过多年的发展，中原作家群基本形成一个以现实主义为主要创作方法的具有中原特色的创作群体。由于河南所处地理环境和战略位置，近代以来，河南饱受自然灾害和战火摧残，苦难中挣扎、命运中抗争基本成了河南人挥之不去的主题，也成了中原作家群作家们创作的主要表现内涵。纵观当代河南文学发展历程，张一弓创作的《远去的驿站》《阅读姨夫》展示了改革开放初期的中原乡土社会变迁；李佩甫的《李氏家族》描写了转型时期农村农民的生活状况和性格特点。自 20 世纪 90 年代以后，中原作家群的阵容越来越强大，尤其是随着城镇化进程的加快，一大批作家开始把笔触转移到城市。杨东明、齐岸青、李洱多年一直坚持城市题材创作，《拆楼记》《刘万福案件》《红酒》《到城里去》等作品，都是直面现实和时代问题的作品，中原作家群对时代的关注、对现实的思考，在其他省市作家的身上并不多见。虽然作家个人因为经历、偏好、学识、见解各不相同，但在中原作家群身上，他们对时代话题有着共同的热情，而这个时代话题就是城乡问题和官场问题。李佩甫的《羊的门》《生命册》《平原客》，邵丽的《挂职笔记》，刘震云的"官场系列小说"等等，都聚焦乡村叙事、官场叙事来表现作家对现代社会文化的思考。

创新是中原作家群第三个鲜明特点。创新在中原作家群身上表现得非常明显，比如对现实和乡土的创造性结合、创新性转化就是中原作家群最成功之处。今天，现实与乡土在河南作家笔下已经不是传统意义上的农村生产生活，而是全球化视野下日新月异的乡土。以前谈到河南作家的时候，大家通常会用"慢半拍"来形容，主要是说他们不能及时跟上最新的潮流。但是中原作家群的艺术创新，没有表现为对形式技巧的试验、摆弄以至显摆，而是根据内容的需要进行有限度的创新，从而显出一种沉稳大气。比如李佩甫的《生命册》，以他称之为"树状结构"的方式展开故事，通过"我"的讲述，将各种不相干的事件串联在一起，从而极大地扩展了作品表现的生活面，表达效率也空前提高；刘震云的《一句顶一万句》和《我不是潘金莲》等所创造的独特叙事方式和刘氏幽默，显然应归入艺术创新范畴；刘庆邦的《遍地月光》真正体现了小说艺术那种影视作品难以企及的语言美感，这种对传统的坚持，有时就是创新；而周大新的《安魂》以与儿子灵魂对话的方式展开叙事，构建出了一个奇异的天国，也是一种有意义的创新。

3. 李佩甫与肖洛霍夫

作为中原作家群的领军人物，李佩甫伴随着苏联文学繁荣发展成长，深受苏联文学影响，他像肖洛霍夫一样，深耕生他的、养他的原乡沃土，坚持现实主义创作方向，聚焦小人物生活命运，揭示宏大社会主题，用笔触记录和分析着我们国家在发展中的生活变化和精神变迁。

李佩甫出生在河南省许昌市一个穷人集聚的大杂院中，和出生在苏联罗斯托夫州维申斯克区克鲁日林村农民家庭的肖洛霍夫一样，出生时的社会阶层属性决定了他们有着相近的立场、思想和感情。他们的相似之处还有丰富的人生经历，肖洛霍夫当过雇工、商店店员和磨坊经理，当选苏共中央委员，而李佩甫当过知青、机床厂技术工人，做过杂志编辑，最后做到了正厅级干部。肖洛霍夫的《静静的顿河》让李佩甫从中感受到了自己熟悉的故乡、熟悉的生活、熟悉的人和事儿，平原的每个人好像都能在顿河中找到影子。当然，这只是最浅显的比较，如果要作对比，还需要从他们的文学作品中来窥探他们对社会、对生活、对家乡的复杂情感。

1953 年 11 月，李佩甫出生于河南省许昌市一个工人家庭，1975年创作了第一部文学作品，长诗《战洪图》，1978 年发表了自己第一部短篇小说《青年建设者》，1986 年发表了第一部长篇小说《李氏家族的第十七代玄孙》，1999 年《羊的门》出版发行，2003 年担任河南省文联副主席兼任河南省文学院院长并发表《城的灯》，2012 年长篇小说《生命册》发表，2015 年凭借长篇小说《生命册》获第九届茅盾文学奖，2017 年 8 月发表长篇小说《平原客》，2020 年发表长篇小说《河洛图》并获得第三届"南丁文学奖"。

李佩甫的创作与中国新时期文学一同起步。他持续对中原乡土进行书写，坚持以理想光芒照耀下的批判精神来透析社会、透析人性，不断寻找适合自己的表达方式，通过多线并进的结构，湿润、诗意而又蕴含意味、富有力量的语言，表达对社会的深刻理解，绘就了中原农民的生存史、进城者的精神史、"背着土地行走"的知识分子的心灵史，涵盖近 70 年时代变迁中社会生活的方方面面，体现出一个作家应有的责任感和担当精神。

4. 李佩甫与他的"平原"

2015 年，茅盾文学奖组委会授予他的颁奖词是"《生命册》的主题是时代与人。在从传统乡土到现代都市的巨大跨越中，李佩甫深切关注着那些'背负土地行走'的人们。《生命册》正如李佩甫所深爱的大平原，宽阔深厚的土地上，诚恳地留下了时代的足迹"。李佩甫的获奖感言也再次提及"平原"，他说："我出身工人家庭……感谢我的平原，感谢平原的风，感谢平原的树，感谢平原的父老乡亲。"写作近 40 年，站在中国文学的最高领奖台，李佩甫回望来路，清晰明白——他从一望无际的平原大地走来，汲取着平原的养分，感受着平原的喜怒哀乐，与祖国共成长，与时代同呼吸。

童年时期的李佩甫生活在大杂院里，大杂院里住着的都是粗人，性格直爽，打打骂骂是常态，大杂院的生活、情感对李佩甫性格的形成起到了决定性作用。一个人性格有天生成分，也有生活经验的暗自塑造，李佩甫性格的形成与父母相关，他父亲是贫农，为人谦和、言语不多，但是脾气倔强、执拗；他母亲要强能干、热情好客，心肠好又一根筋。父母的影响造就了李佩甫表面温和、内心固执、自律严谨的性格特点。

和很多成名作家一样，地域文化的熏陶对一个人的成长也至关重要。李佩甫出生成长的许昌是"建安文学"的发祥地，也是"三国文化"的圣地。虽说李佩甫的成功更多的是自身生存环境的造就和自身丰富经历的影响，但是这块文化富饶的圣地也潜移默化地影响着他的创作之路。

农村生活是李佩甫创作的源头活水。李佩甫的姥姥家在距离许昌城区二十多里的建安区上集镇蒋马村，这个村子对他意义重大。"蒋马"出现在了李佩甫众多的文学创作中，这里让李佩甫这个城里的孩子感受到了大地的存在、乡亲的存在，甚至生活的存在。李佩甫在作品《找一块自留地》中说过："我的真正文学生涯应该是从回忆童年开始的。我小时候在乡下姥姥家住过。那时夜总是很黑……姥姥送了我一块'自留地'，文学的'自留地'。当我开垦这块'自留地'的时候，我的文学生涯才算开始。"① 可以说，蒋马村滋养了李佩甫的精神世界，赋予了李佩甫创作的源泉，后来的实践也充分证明，李佩甫写的每一部作品都是对蒋马情感的一次回归，蒋马村也成了中原大地的缩影。蒋马村的人们，就是很多平原人的化身。

学习生涯是李佩甫创作的基础。受时代条件的影响，他并没有接受完整的学校教育，但是他在有限的学习时间段内积累了写作必备的文字基础。爱看书几乎是所有作家的标配，连环画、古典文学、苏联文学、"三红一创"这些作品对李佩甫的影响很大。而真正引领着李佩甫走上创作之路的就是苏联文学。李佩甫看到的第一部外国文学作

---

① 闫少婧：《李佩甫小说的叙事研究》，硕士学位论文，南京师范大学文学系，2021年，第31页。

品就是苏联作家叶·伊琳娜创作的《古丽雅的道路》,这本表现"少年英雄形象"的作品激起了李佩甫对苏联文学的向往和渴望。随后肖洛霍夫、艾特玛托夫、拉斯普京的作品也陆陆续续进入李佩甫的视野。

三年半的知青生涯不仅丰富了李佩甫的人生经历,也为他以后的文学创作提供了丰富的滋养。1971年初中快毕业的李佩甫响应号召到许昌县(今许昌市建安区)苏桥乡侯王村插队,在侯王村的知青岁月,锻炼了他的劳动能力,使他理解了农民生活的不易。因为踏实勤恳,3个月后,他还当上了知青队长,多次目睹乡村权力者的权威和力量,这些经历为他创作乡土小说并关注村干部中的"权力意识"提供了最原始的素材。

5. 李佩甫的创作之路

1974年夏天,李佩甫结束知青岁月被推荐到许昌技工学校学习车工,在这里,他追求上进、酷爱读书,学校图书馆成了他最经常待的地方。1975年8月,豫南发生持续性降雨,受灾难民流离失所,许昌设置了很多安置点,李佩甫作为志愿者目睹了难民的生活,由此产生了创作的念头,写下了人生中的第一部文学作品——长诗《战洪图》,由此他走上了创作之路。

1977年这个特殊的时间节点,对中国社会和包括李佩甫在内的很多人来说都是命运的新起点。这一年,他完成了第一篇短篇小说《青年建设者》,随后《在大干的年月里》《谢谢老师们》两篇短篇小说陆续发表,这三篇短篇是他初探文学之路的尝试,也是早期精神取向的印记,表现的都是为社会主义建设拼搏奋斗的主题,带有明显的"高大全"印记。不过也正是因为这三篇作品的发表,李佩甫从许昌市第二机床厂被调到许昌市文化局,从技术工人成了专业的创作人员。

1979年10月,中断了19年的全国第四次文代会在北京召开,一大批作家迎来了新的春天,他们开始在相对自由、纯真、宽松的语境中真正成长。1981年，李佩甫借调到郑州，在《莽原》杂志社做编辑，后来因为人事关系调动不成又回了许昌。1983年，再次借调到《莽原》杂志社，这次时任省文联党组书记兼主席的南丁把李佩甫正式调到了《莽原》杂志。在南丁先生的关心培养下，李佩甫成长很快，他对文学的理解和信心空前加强，《蛐蛐》《森林》《小城书束》等短篇小说陆续完成，他善于写农村生活的特点开始显现，这些作品奠定了今后他终身的"乡土"立场。1984年，河南省文联和许昌市文联为李佩甫开了第一次作品研讨会，这次研讨会坚定了李佩甫作为一个作家的信心，也坚定了他今后"让村庄成为创作主角"的创作定位。1985年李佩甫发表了第一部中篇小说《小小吉兆村》，乡村第一次成为他创作的主演，人物众多、冲突集中，乡村人际关系复杂，吉昌林、山根、吉文学这些人物栩栩如生。作为中国最小社会单元的村落开始成为李佩甫分析中国改革初期政治体制、传统文化、道德伦理的标本。小说也初步完成了李佩甫认识乡村人物、建构乡村人物关系的图谱，成为今后他创作乡土小说的母版。从1985年到1992年，李佩甫开始进入文学创作丰产期，"中原村庄"成了他的精神富矿和创作的"顿河两岸"，《红蚂蚱绿蚂蚱》《李氏家族》《金屋》《黑蜻蜓》《无边无际的早晨》《村魂》《乡村蒙太奇》和《颖河故事》等一大批作品陆续问世，他无论是思想认识还是作品结构，都日趋成熟，乡村在他笔下成了构筑一切的基地，在乡村大地上发生的故事被一次次写进作品，李佩甫的"平原"越来越清晰，属于他的文学领地越来越明确。在国内文学界，李佩甫已经小有名气。1992年至1997年是李佩甫创作的沉寂期也是沉淀期，这一时期的中国乡村也在发生着翻天覆地的变化，前期创作的作品几乎耗尽了他乡村经验的储蓄。对李佩甫来说深入生活、深入农村已经迫在眉睫了，他再次回归平原开始寻找创作灵感，他在许昌的乡村寻找，甚至在他挂职长葛市副市长的时候，也把主要精力放在了走村入户、捕捉信息，成了乡村生活的观察员、官场生态的体验员。同时他还不断从书本中汲取营养，历史的、社会的、文学的书籍，进一步丰富自己的知识储备，为自己重新出发积蓄力量。当然这一时期，他并没有停下创作的脚步，《满城荷花》《钢婚》《学习微笑》《城市白皮书》等作品开始出现，但是并没有太大影响，李佩甫本人也不太满意。这一时期他也创作了一些影视剧本《平平常常的故事》《难忘岁月——红旗渠的故事》等。1998 年，45 岁的李佩甫开始进入自己文学创作的成熟期，这年上半年，影响李佩甫一生的作品《羊的门》完稿，1999 年 7 月作品由华夏出版社出版，在全国引起极大反响。至此，李佩甫开始步入中国畅销书作家的行列。据李佩甫自己说"《羊的门》是他所有作品中写的最快乐、最自由的"，他觉得"写作不再是苦的了，写作所带来的精神享受超越了其他任何事情"。①《羊的门》就像一个寓言故事，但是它又那么真实，因此产生了不小的风波，以至于影响了李佩甫的正常生活，直到 14 年后的 2013 年，《羊的门》才由作家出版社再次出版。不过这并没有影响李佩甫的创作，2002 年长篇小说《城的灯》完结并在 2003 年由长江文艺出版社出版。2007 年，李佩甫带着对乡村的深厚情感，再次踏上了回到土地寻找创作灵感之路，他回到了他知青插队时候的村子侯王村，在这里一个多月的时间，白天他感悟村子里的喧嚣吵闹，夜晚体会村子的沉寂安静和嘹亮狗叫，有时候还跟村子里的老人聊聊天，在这里，他构思了足以奠定他江湖地位的新作《生命册》的雏形。这是李佩甫写作时间最长的小说，生命册是他"平原三部曲"的总结，也是他 50 多年人生路和 30 多年创作路的总结。《生命册》里有几个关键词："我是有背景的""我把自己移栽到了城市""我怀念""再也回不去了""寻找让筷子立起来的方法"，这些关键词构成了《生命册》叙事的四梁八柱，也是李佩甫思想、情感的表达。可以说《生命册》是

---

① 孔会侠：《以文字敲钟的人——李佩甫访谈录》，《创作与评论》，2012 年第 8 期。

李佩甫人生的盘点之作，也是他文学创作的集大成之作。2015 年 8 月
16 日，《生命册》获得了第九届茅盾文学奖。获奖之后的他依然没有
停下创作的脚步，2017 年长篇小说《平原客》发表，他再次从平原汲
取创作养分，再次分析平原上走出的人、走过的路，再次将笔触回归
他魂牵梦萦的土地。2020 年在前期创作电视剧剧本《河洛康家》的
基础上，完成长篇小说《河洛图》，以河南巩义康百万家族人物为原
型，描写了在河洛文化孕育下，康家人由"耕读人家"走向"中原财
神"的创业史。李佩甫通过对康家"留余"古训、"仁信"传家的故事
描写，刻画了在大是大非面前忠于国家、在巨额财富面前心系百姓、
在恩怨情仇面前宽容待人的一代豫商形象和惠济天下的家国情怀。相
信这部作品不会是年近七旬的"中原作家群"领军人物创作的终点，
生他养他的"中原"和"乡土"一定会给李佩甫带来新的创作灵感。

6. 李佩甫创作特点简析

乡土气息、城乡融合、植物隐喻这三个关键词几乎可以概括李佩
甫创作的主要特点。

李佩甫是"乡土文学"的代表人物，在他的创作生涯中，始终保
持对家乡、对平原、对中原文化的热爱与反映，他的作品就是一幅中
原乡土社会变迁的路线图，从中可以看到建国初期到社会主义现代化
的今天中国乡村的整个面貌，也可以看到不同时期"乡人们"为了生
活、为了改变命运所做的努力、抗争，还能看到村庄里的"领导阶
层"是如何操弄权力争取利益。李佩甫的作品不管是描写乡村还是城
市，都脱离不了原乡，脱离不了原乡文化对每个人物的影响。乡村权
力生态是李佩甫作品不得不触碰的主要叙事形式，这是李佩甫探索中
国传统政治文化的窗口，也是对深受封建传统文化影响的中国农民的
一种批判。比如《羊的门》中，呼天成是呼家堡的主，对村民他高度
集权，不仅规划村民整齐一致的生活方式，还用"批斗""开会"等
方式统一村民的思想。对落难高官、青年才俊，他患难中送真情。而

村民们时常挂在嘴边的话是"没有人管""没有办法",这两句话的背后流露的是"没有人管,是说要有一个人来管他们";"没有办法,是说要有一个人来替他们作主"。① 其实这就是底层人民"奴性"特征的体现。对乡土文化的描写以及对这种文化现象背后的反思和讽刺不仅形成了李佩甫独特的创作风格,也使李佩甫成为著名乡土作家和深耕中原的"中原作家群"的领军人物。

城乡融合是李佩甫文学创作的另一个特点。改革开放以后,越来越多的农村人开始走进城市生活,去城市追梦。李佩甫也敏锐地观察到这一点,大批进城农民就成了李佩甫重点讲述的对象。在李佩甫看来,农民之所以进城大体上有三点原因,一个是心理需求,农民们为了满足自己对城市生活的渴望而进城;一个是物质需求,城市就业机会多、收入水平高;第三个就是精神需求,城市丰富的精神文化生活吸引着农村的男男女女。但是他们进得城来,却不一定能融得进来,除了农民自身的局限性以外,城乡生活的巨大反差,城市群体的排他性也客观存在。比如《城的灯》主要写了在改革开放时代背景下,冯家昌、刘汉香渴望"逃离"乡村,进入城市,实现"农转非"的故事。冯家昌成功了,他不仅站住了脚,而且也把他三个兄弟也"日弄"出去了,并且他们四兄弟在城市中获得了不菲的成绩。冯家昌处心积虑、狼心狗肺、见利忘义、道德败坏,辜负刘汉香。但是冯家昌又是值得同情的,一个没有背景的农民,没有点手段、心性,想站住脚并脱颖而出是不可能的。乡人们只看到了他的六亲不认,攀龙附凤,但是谁又看到他的努力煎熬,没有尊严的唯唯诺诺。他的成功虽然靠了两个女人,但是也离不开他自己的努力。刘汉香本是村里养尊处优的公主,为了情人,自愿下嫁,哪怕是没有准丈夫的同意,在家为他撑起一片天。后来,当知道心上人不要她,娶了一位城里的小

---

① 李佩甫:《羊的门》,作家出版社,2020年9月。

姐，并快有孩子的时候，她昏死过去了。但是她的宽容、善良原谅了所有。在城里学了一年种植，带着把农村建设成城市的信念，带领村人一起发展，一起走向富贵。先种植苹果树，之后又培育月亮花，把她的故乡建设成月亮城，冯家昌是小富，而汉香却是大富，她用实际行动证明了，冯家昌能做到的，她也能做到，甚至更好。①

植物隐喻是李佩甫创作的又一特点。他笔下的每一个人物都能在他所生活的土地上找到与之相对应的植物。每个植物都是有生命的，广阔的平原是他的领地，那里的人物就是他的植物，是他写之不尽的文学泉源。他一直在写"土壤与植物的关系"，把人当"植物"来写，植物扎根土壤多深，人物的刻画就有多深。比如，在《羊的门》中，李佩甫着力刻画了平原上"最为低贱的植物"——草，他一口气列举了 24 种草，描写它们的"各种各样"，感悟它们"默默让你踩"而又"生生不灭"的韧劲儿。它们是中原大地最常见的，狗狗秧、马齿苋、星星草等等，这些没有得到呵护而心怀"恐惧"的草，只能"小中求活"。《城的灯》中的"花"，《生命册》中的树，《平原客》中的"梅花""小麦"，这些植物被李佩甫赋予人的性格特点，通过这些植物意象，生活在同一块土地上的"平原人"形象跃然纸上。② 从《金屋》到《生命册》《平原客》，李佩甫的创作观念在变化，从对物质、欲望的道德批判到以理性的姿态去审视社会大环境下个体生命的状况，他更深刻地认识到平原底层民众的保守、愚昧和落后，但是他一直保持着对乡土、对村庄的眷恋和热爱，也是因为这种矛盾，他选取了看似渺小、卑贱但又"野火烧不尽、春风吹又生"的一系列草、花、树、果等植物来诠释生命力的顽强。他以对平原植物生长的细致观察和描

---

① 周莹莹：《论刘汉香的"圣母"形象——读李佩甫〈城的灯〉》，《汉字文化》，2021 年第 3 期。

② 宋木子：《"植物"书写：国民性批判与理想人格的载体——李佩甫小说的植物意象分析》，《信阳师范学院学报（哲学社会科学版）》，2018 年第 4 期。

写，从中原腹地出发，坚持对社会变革过程中人性、人心的书写，来展示人性的复杂、社会生活的变化。

结　语

无论身处何地，肖洛霍夫的心都离不开顿河地区的哥萨克，他曾奔走于顿河各村镇，收集民歌和传说，到各大图书馆查阅资料，实地考察过当年的战场，这些都是顿河哥萨克为他的创作提供的无私援助。就像肖洛霍夫离不开哥萨克一样，中原作家群无论是坚守在河南本土开展创作，还是在河南以外创作，他们的骨子里也都离不开"中原"，离不开心中这片永恒的"平原"。

中原作家群植根于中原大地，滋养于悠久厚重的中原文化，作品中无处不弥散着中原文化的韵味气息，鲜明的文化烙印赋予中原作家作品特殊的精神风致。中原文化氤氲了河南人特有的性格特征，而中原作家群在文学创作中则形成了关注现实、尊重历史、注重对价值和意义追求的基调，在题材上则以对苦难的抗争和对造成这种苦难的中原文化的反思为基本内容，在表现上则以厚重而风格多样为基本特点，形成了独树一帜的国内文学创作群体，也在一定程度上引领着中国现当代文学的发展方向。①

进入新世纪以来，中原作家群继续不断掀起创作高潮，基本形成了以强烈的现实感和深厚的历史感为基调，以现实主义为主要创作手法、具有浓厚中原文化特色的创作风格。在流派林立的中国当代文坛，"中原作家群"始终坚持现实主义创作方法，紧跟时代、贴近生活，不赶时髦、不摆花架子、忧国忧民，为民众鼓与呼，崇尚真善美。②中

---

① 何弘：《中原作家群新论》，《殷都学刊》，2017 年第 1 期。

② 王萍：《当代河南文学的发展流变》，《中州学刊》，2007 年第 3 期。

原作家传承着观照现实的优秀传统，非常注重对作品意义的追求，同时逐步形成了自觉的创新意识和文体意识。尤其是一批中青年作家，能够在全球化的视野下重新审视现实和历史，大胆拓宽作品的题材范围，丰富表现手段，在艺术创新上有很大突破。而且"中原作家群"的求新坚持在追求思想的深度、厚度的基础上完成，这种稳扎稳打的做法，成就了以往的成绩，也为以后大作品的问世奠定了坚实的基础。

李佩甫是中原作家群中一直在河南生活并坚持本土创作的代表性作家，在他三十多年的写作生涯中，他始终扎根自己生长、成长的平原，始终关注着这里的一草一木一人一景。在文化局、文联、作协、杂志社和市政府多个单位的任职、挂职经验，为他提供了更丰富的视角与机会去了解并理解"乡人们"生活的辛酸和不易、痛苦与喜乐，这些真实而珍贵的社会生活素材为他的创作提供了源头活水，这也直接决定了李佩甫始终不愿意离开为他提供灵感的土地和乡亲。李佩甫在创作中找到了属于自己的一片土地，书写了属于自己的标签。

2001 年，李佩甫随中国作家代表团去俄罗斯，这让他激动不已。李佩甫在《访俄日记》中写到"闷坐在七月里，望着电脑，做着汉字的一次次拆解、组合，就觉得日子仿佛也在那里陷住了，钝得化不开。突然，就有了一个机会，说让我出去走一走，随中国作家代表团到俄罗斯去，就觉得像一个梦！在感情上，俄罗斯文学近乎'摇篮'！很久很久了，在一些难忘的时光里，我的少年，我的青年，赔上了多少个日日夜夜？读了那么多的俄罗斯文学作品，却从未想到要去那里看一看，不是不愿，而是觉得那梦太遥远了，不敢想啊。如今，能到'摇篮'里走一走，去圆一个梦，不是很好么？……在心中，俄罗斯是文学的'摇篮'，是新鲜的、温润的，浪漫而高贵的。"[1] 这一段文字可以看出俄罗斯文学在李佩甫心中的神圣和对他的

---

[1]　刘宏志：《"平原"与小说——李佩甫文学访谈》，《河南师范大学学报》，2018 年第 3 期。

文学创作的影响。

肖洛霍夫生命中的绝大部分时间都在顿河岸边的克鲁日林村度过，他描写的顿河河畔人们日常生活的画面，百姓的乐观、幽默、美妙的生活状态，备受日后文坛的推崇。肖洛霍夫使用了大量的方言和俗语，不仅描写了哥萨克人的骁勇善战和勤劳的民族形象，还描绘出哥萨克人独有的笑容与歌声。肖洛霍夫是一位揭露人物内心的大师，通过描写普通的哥萨克人的喜怒哀乐，将性格迥异的人物活灵活现地展现在读者面前，为读者勾画出一幅幅丰富多彩、扑朔迷离的人物画卷。对李佩甫和中原作家群的很多作家来说，肖洛霍夫是启发他们开启创作生涯的引领者，也是他们走上创作道路后争相模仿的对象。肖洛霍夫对乡村生活、人物形象、人物心理的描写就是教科书，是他们模仿的典范。

肖洛霍夫作为苏联文学史上的一个独特现象，他的作品在中国的传播及围绕他本人展开的研究在中国已经接近百年，在潜移默化中深刻地融入中国当代作家的创作和中国当代文学作品中，今后也将继续显示强大的生命力和深厚的影响力。肖洛霍夫客观真实的现实主义创作原则、关注普通人命运的创作立场、魅力无穷的人性刻画以及魂牵梦萦的乡土情结，深深影响着中国现当代作家的创作。兼收并蓄、融合创新是中国当代文学甚至中国文化持续发展遵循的重要原则，所以中国作家在吸收和借鉴肖洛霍夫创作经验的基础上，同时汲取着中华民族优秀伟大的文化传统，进而形成自己独具特色的创作风格。从20世纪30年代《静静的顿河》第一部译著在中国传播开始，近百年的岁月里，肖洛霍夫和他的文学基因宛如一条生生不息的长河，静静地流淌在中国作家的创作血液中，滋养、影响着一代又一代在创作道路上孜孜追求的人们。（王馨艺）

第六章
中国狄更斯作家群

绪　论

查尔斯·狄更斯（Charles Dickens，1812—1870）作为 19 世纪的英国作家，一生笔耕不辍，在其创作的 15 部长篇小说，以及大量的中短篇小说与诗歌剧本中，深刻反映了维多利亚时期的英国社会变革，塑造了许多深入人心的人物形象，与萨克雷（William Thackeray）、夏洛蒂·勃朗特（Charlotte Brontë）、盖斯凯尔夫人（Elizabeth Gaskell）等人一起被马克思称为"现代英国的一批杰出的小说家"[①]。

狄更斯是英国文学史上具有世界性影响的作家，他的作品被翻译成多种文字，在全世界获得广泛传播，享有世界声誉。美国当代著名学者哈罗德·布鲁姆（Harold Bloom）认为，"也许只有狄更斯，……在世界性影响上可以与莎士比亚一较高低。他的作品与莎士比亚的作品、《圣经》和《古兰经》一样，都代表了我们能感受到的真正的文化多元主义"。[②]

[①] 马克思：《英国资产阶级》，《马克思、恩格斯论艺术》第 2 卷，北京：中国社会科学出版社，1983 年，第 296 页。

[②] 哈罗德·布罗姆：《西方正典——伟大作家和不朽作品》，江宁康译，南京：译林出版社，1994 年，第 249 页。

狄更斯也是最早被译介到中国的欧美作家之一，是在中国具有广泛影响力的外国作家。自晚清至今，狄更斯作品深受读者欢迎，翻译出版数量在英国作家中仅次于莎士比亚，并得到许多知名学者、作家等专业人士的高度评价与重视。习近平主席曾在讲话中多次提到狄更斯，称赞其作品"让中国人感受到英国传统文学的魅力"[①]，狄更斯在中国读者心目中的重要性由此可见一斑。

第一节　狄更斯在中国

狄更斯进入中国，是从晚清国门被打开以后开始的。狄更斯作品最初在中国的翻译则要归功于林纾。自林纾以后，尽管国内外局势几经变化，但百余年来对狄更斯作品的译介几未中断，并且出现数次热潮。从那时到现在，狄更斯作品在中国的译介与传播大致可以分为晚清、民国、新中国成立至今三个大的时间段。

一、晚清时期的狄更斯作品在中国

我们通常认为，中国读者是从 20 世纪初，或者更为准确的是从 1904 年的《史传：英国二大小说家迭根斯及萨克礼略传》(《大陆报》1904 年第 2 卷第 12 期）一文才开始认识狄更斯。但是，这一结论实则有待商榷。考证狄更斯初传中国，不应忽略 19 世纪下半叶在上海租界内发行的英文报刊。

据笔者目前掌握的资料，狄更斯最初进入中国，可能需要追溯到代表英国在华"特殊商务利益"的"英国官报"——《字林西报》(*The North-China Daily News*) 在 1868 年 3 月 23 日刊载的一篇报道，讲述此时正在美国访问，并受到热烈追捧的狄更斯准备自己售票盈利。此

---

① 习近平：《共倡开放包容共促和平发展——在伦敦金融城市长晚宴上的演讲》，《光明日报》，2015 年 10 月 23 日，第 2 版。

后,《字林西报》与《北华捷报及最高法庭与领事公报》(*The North-China Herald and Supreme Court & Consular Gazette*)等由字林洋行印刷出版的英文报刊,持续刊登与狄更斯相关的文章。根据"全国报刊索引"数据库显示,到 1951 年《字林西报》停刊为止,这些报纸共刊载各类文章 195 篇,内容大致可以分为狄更斯及其家人的事迹材料,狄更斯作品的出版、展览与舞台演出,读者关于狄更斯及其作品的评价等几个方面,为我们研究晚清民国时期的狄更斯与中国提供了丰富的材料。

当然,字林洋行的英文报刊文章,关于狄更斯的介绍与其维护英国在华利益,宣扬英国殖民政策的根本目的相一致,透露出的信息是狄更斯对中国并不了解,也无好感,甚至将其视为野蛮怪异之国。同时,这些文章尚未对狄更斯的作品加以系统介绍,也没有产生实质性的翻译成果,影响有限。然而,无论如何,字林洋行英文报刊中有关狄更斯的文章,都可算得上是中国读者接触并认识狄更斯的起点,可以将我国的狄更斯学术史研究从 20 世纪初至少推进到 19 世纪 6、70年代。更为重要的是,这一考据工作将对中外文学关系研究有所启发,可以为我们进一步梳理外国作家在中国的传播史提供新的材料,开启新的方向。

中国的普通读者真正意义上的阅读狄更斯,还应归功于林纾。晚清时期,域外小说译介迅速发展,并且在"小说界革命"的推动下,迎来空前盛况,据日本学者樽本照雄在《新编增补清末民初小说目录》中的统计数据显示,清末民初的翻译小说达 5000 余种。狄更斯作品的译本正是在这样的背景下进入中国读者的视野的。

1907—1909 年,林纾与魏易合作,共同翻译了狄更斯的 5 部小说,即《滑稽外史》(*Nicholas Nickleby*,1907)、《孝女耐儿传》(*The Old Curiosity Shop*,1907)、《块肉余生述前编》和《块肉余生述续编》(*David Copperfield*,1908)、《贼史》(*Oliver Twist*,1908)、《冰雪因

缘》(*Dombey and Son*, 1909),均由上海商务印书出版发行。关于晚清时期狄更斯作品译介的背景或动机,结合林纾的翻译实践,我们大致可以从以下几个方面来考察:

其一是狄更斯小说具有现实性。作为狄更斯小说最早的中国译者,也是晚清时期最主要的狄更斯小说译者,林纾对狄更斯最为推崇的一点即是其小说中的现实取向。这里的现实,一方面指的是内容描写的客观性与真实性。林纾认为中国旧小说在儒家伦理道德观念的影响下,具有强烈的道德说教色彩,并且注重刻画理想型的人物形象,忽略了生活在市井中的芸芸众生。狄更斯小说则截然不同,注重取材于下层社会,大量描写凡人琐事,且条理清晰,塑造出的人物也是鲜活生动,具有生活气息。中国传统读书人出身的林纾,在阅读狄更斯小说后得以关注到市井社会,觉得耳目一新,"增无数阅历,生无穷感喟矣"①。这一点的确是狄更斯小说的独到之处,连同时期的英国著名诗人托马斯·胡德(Thomas Hood)在看完《老古玩店》后都不禁感叹:"博兹通过这样的塑造旨在启示我们:我们有一部分的伦敦人甚至不知道其他伦敦人的存在,虽然他们与我们的个人经历不尽相同,但是肯定有生活在贫民窟和像老鼠洞穴般地方的人。"②可见,林纾在不通外文的情况下,对狄更斯的把握十分精准。

另一方面指的是小说的现实作用。林纾对晚清"小说界革命"强调的小说具有改造社会的功用和价值深以为然。他认为中国传统小说"专尚风趣,适资以佑酒,任为发蒙则逮也"③,推崇晚清小说《孽海

---

① 林纾:《〈孝女耐儿传〉序》,陈平原,夏晓虹编:《二十世纪中国小说理论资料》第1卷,北京:北京大学出版社,1989年,第272页。

② Thomas Hood, "Reviews of Master Humphrey's Clock, Vol.1," Anthenaeum, 7 November 1840, pp. 887–888.

③ 林纾:《红礁画桨录·译余剩语》,陈平原,夏晓虹编:《二十世纪中国小说理论资料》第1卷,第166页。

花》为"鼓荡国民英气之书",《文明小史》《官场现形记》"曲灰物状,
用作秦台之镜"①。而狄更斯小说在林纾看来的一个重要特征就是针砭
时弊。林纾提出,百年前"庶政之窳,直无异于中国"②的英国,正
是接受了狄更斯对下层社会积弊的批判,并且进行相应改革,才有了
后来的国力强盛。进而,他认为中国在社会改良的道路上缺少狄更斯
这样的现实主义作家,能够"举社会积弊者著小说"③。因此,他希望
国人能够通过阅读狄更斯小说来实现改良社会的目的:"英伦半开化
时民间弊俗,亦皎然揭诸眉睫之下,使吾中国人观之,但实力加以教
育,则社会亦足改良,不必心醉西风,谓欧人尽胜于亚,似皆知良能
之彦,则鄙人之译是书,为不负矣。"④这种想法虽然夸大了小说在社
会改良以及国家发展中的作用,但是也恰恰体现了清末民初知识分子
的真实期望,与以"新小说"来"改良群治"的"小说界革命"目标
一致。因此,林纾选择翻译狄更斯小说,有着明确的政治目的与价值
取向。

其二是狄更斯小说具有通俗性。论及晚清时期的小说翻译无法绕
过林纾与商务印书馆。自林纾 1903 年进入京师大学堂译书局工作以
后,他开始正式承接商务印书馆的大量约稿,双方逐步建立起稳定的
合作关系。此后,作为翻译活动中的赞助人(patronage),商务印书
馆在很大程度上左右着林纾翻译对象的选择。商务印书馆及其灵魂人
物张元济虽然怀揣文化建设的理想,但最重要的身份仍然是企业经营
者,因此,在保留文化品位的同时,还要追求商业利润。而此时的读

---

① 林纾:《红礁画桨录·译余剩语》,陈平原,夏晓虹编:《二十世纪中国小说理论
资料》第 1 卷,第 166 页。

② 同上,第 330 页。

③ 林纾:《〈贼史〉序》,陈平原,夏晓虹编:《二十世纪中国小说理论资料》第 1
卷,第 330 页。

④ 同上,第 327 页。

者，又是"徒以设局变幻、叙事新奇，取餍一时之快意"①。那么，可读性就成为选择翻译出版对象的必要条件。这就可以解释为什么狄更斯最早译介到中国的五部小说是由林纾和商务印书馆翻译出版的。在林纾本人所看重的描写下层社会生活外，狄更斯小说另一个重要特征即是迎合大众阅读趣味。正如英国批评家吉·基·切斯特顿（Gilbert Chesterton）所说，"狄更斯历久不衰的名声证明了，好坏姑且不论，他拨动了一根永远会在处处地方的普通人的感情中引起共鸣的心弦。高级艺术也好，低级艺术也好，他的艺术永远符合普通人的口味"②。

质言之，商务印书馆出版的这五部小说能够在不同层面满足不同读者的阅读需求，加之林译小说特有的翻译风格，以简明通俗的文言文对小说进行中国化的解读，更加符合当时读者的诗学观念，可以让读者更好地接受与理解狄更斯小说，为狄更斯小说顺利进入中国带来开门红。因而，1910年，意犹未尽的商务印书馆继续出版了由薛一谔、陈家麟合译的《亚媚女士别传》(*Little Dorrit*)。

二、民国时期的狄更斯作品在中国

民国初期，人们开始有意识地向国人介绍狄更斯，在报刊上刊载了大量有关狄更斯的文章。在出版方面，商务印书馆则是将林译狄更斯小说多次重印、再版。承续林译小说的余热，除商务印书馆外，其他出版机构也开始刊载狄更斯小说。

长篇小说方面，1913—1914年，梁启超主办的《庸言》连载了魏易翻译的《二城故事》(*A Tale of Two Cities*)，这一版本早于1928年版的《双城故事》。1918年，中华书局出版了常觉、小蝶节译的《旅行笑史》(*The Pickwick Papers*)。这是《匹克威克外传》在中国最早的

---

① 《爱与心：著者传略及本书大意》，《教育世界》1906年第120期，第2页。

② T. A. 杰克逊：《查尔斯·狄更斯——一个激进人物的进程》，范德一译，上海：上海译文出版社，1993年，第2—3页。

节译本。此外，据笔者统计，这一时期还出版了包括《圣诞欢歌》（*A Christmas Carol*）等在内的10余篇中短篇小说。实际上，中短篇小说译介的兴起并非偶然，而是源于报刊媒介在当时的蓬勃发展，以及周瘦鹃、包天笑等报人有意地引入与译介。他们意识到，篇幅适中、言简意赅的中短篇小说更适合在出版周期较短的报刊上连载，既能符合读者的阅读习惯，还可以形成对长篇小说译介的有益补充。其中，周瘦鹃作为这一时期狄更斯中短篇小说的主要译者①，深谙大众媒体的传播规律与受众的接受心理。因而，在译作风格上推崇意译，以文言文形式将作品进行中国化的改写："人但知翻译之小说，为欧美名家所著，而不知其全书中，除事实外，尽为中国小说家之文字也。"② 不过这种归化的译文也成功消除了读者的陌生感，使得读者在阅读时更易接受。

时至20世纪二三十年代，商务印书馆在狄更斯小说的译介中仍然扮演着重要角色，在将林译狄更斯小说进行重印与再版的同时，还出版了狄更斯小说的其他译本，包括伍光建翻译的《劳苦世界》（*Hard Times*）、《二京记》等小说。而上海三民图书公司、上海达文书局也陆续出版了由奚识之与张由纪翻译的《双城记》。各种报纸期刊继续刊载或连载狄更斯小说，但缺乏重要的新作品出现。值得一提的是，1934年，《耶稣传》（*The Life of Our Lord*）在写成八十多年后在美国出版，第一次与世人见面，而高倚筠同年在《新垒》第4卷第5期的《狄更斯的"耶稣传"》一文中，便向中国读者系统地介绍了这部特殊的传记文学，不可谓不前沿。

---

① 主要译有短篇小说《星》（《一个孩子的星星梦》，'A Child's Dream of a Star'），《幻影》（'The Poor Relation's Story'）和《前尘》（'The Schoolboy's Story'），中篇小说《至情》（'The battle of Life'）等。

② 天虚我生：《欧美名家短篇小说丛刊·序》，周瘦鹃编：《欧美短篇小说丛刊》，上海：中华书局，1917年，第1—2页。

在翻译的文体风格方面，这一时期，随着白话文运动的深入，白话文取代文言文已成必然。这些译者中，伍光建既是中国翻译《艰难时世》的第一人，也是第一位将白话文融入狄更斯小说翻译的译者，主要采取半文半白的形式进行翻译。同时，伍光建在原作与译者的翻译伦理关系方面与林纾、周瘦鹃不同，更加注重译文与原文的契合，对译本的删改也较为谨慎。

20 世纪 40 年代，伴随着社会各领域开始缓慢恢复，加之英国文学在这一时期的强势地位，以及官方和译者对其意识形态与诗学的认同 ①，狄更斯小说的译介与出版也在此时迎来高潮，一批新的译者投身其中。在翻译、再版数 10 部新作品，并至少出现 3 部狄更斯作品选集 ② 的同时，这一时期的另一个重要事件是林译小说的重译，主要有许天虹翻译的《大卫·高柏菲尔自述》《双城记》《匹克维克遗稿》，以及 1947—1948 年上海骆驼书店出版的《狄更斯选集》，包括蒋天佐翻译的《匹克威克外传》与《奥列佛尔》、罗稷南翻译的《双城记》、董秋斯翻译的《大卫·科波菲尔》4 部小说。许天虹等人之所以选择重译林译狄更斯小说，是觉得林纾不懂英文，主要依靠魏易的复述，"内容跟原著自然颇有出入"，而文言文的翻译方式，"恐怕也难使我国的读者窥见这位英美诸国妇孺皆知的最伟大的通俗作家的真面目。" ③

---

① 据刘立胜《民国时期文学译著出版与社会文化关系研究》(中国出版，2015 年第 2 期) 一文的统计，英国文学在抗战和解放战争时期年平均分别有 20.8 种和 41 种，总量上仅次于俄苏文学与美国文学。

② 其中，1944 年，由重庆自强出版社出版，邹绿芷翻译的《黄昏的故事》，收入《博兹特写集》('Sketches by Boz') 中的《黑面幕》('The Black Evil')、《酒徒之死》('The Drunkard's Death')、《黄昏的故事》('To Be Read at Dusk')、《敏斯特先生及其从兄》('Mr. Mins and His Cousin')、《和雷细奥·斯帕金斯》('Horatio Sparkins')《街灯夫》('The Lamplighter') 6 部短篇小说，均是第一次被译入中国。

③ 许天虹：《大卫·高柏菲尔自述》第 1 册，重庆：文化生活出版社，1945 年，第 2 页。

概言之，民国时期狄更斯小说的译介与出版呈现方兴未艾之势。到 1949 年为止，狄更斯长篇小说 15 部中已有 9 部得以全文译入，并被 40 余次重印再版，另有 10 余篇中短篇小说出现不同译本。而民国时期对狄更斯作品的译介，除了狄更斯作品本身价值以及商业因素以外，还与国内对狄更斯的定位有关。在新文化运动中，陈独秀虽然攻击林译小说，但仍将狄更斯推举为中国作家学习的目标，认为狄更斯对英国文化乃至欧洲文化影响颇深，希望中国作家中能够出现"自负为中国之虞哥左喇桂特郝卜特曼狄铿士王尔德者"[1]，与以所谓桐城派"十八大妖魔"为代表的旧文学宣战。在三四十年代，左翼翻译家同样起到了推动作用。受苏联学界影响，他们不仅在《金沙》杂志中大量翻译国外学者对狄更斯的学术评价，加深中国学界对狄更斯的认识，而且部分翻译家，如白荫、邹绿芷、方敬等人，亲自参与狄更斯作品的翻译工作，内容主要与战争以及劳苦大众的悲惨生活有关。因此，《双城记》《圣诞欢歌》等作品在这一时期得以多次重印。

三、新中国成立以来的狄更斯作品在中国

新中国成立后的前 17 年，狄更斯作品在中国的翻译出版仍在继续，且除部分作品外，主要集中在 50 年代前期。第一，20 世纪 40 年代出版的小说译本得到了 15 次再版，而民国时期流行的林译小说则由于文言文已基本退出历史舞台，以及林纾本人受到批判等原因不再出版。第二，出现了 6 部小说全译本。其中，选自《圣诞故事集》（*Christmas Stories*）中的两篇小说《着魔的人》（*The Haunted Man And The Ghost's Bargain*）与《钟乐》（*The Chimes*），是第一次被译介到中国。此外，1963 年，张谷若翻译的《游美札记》（*American Notes*）由上海文艺出版社出版。第三，出现了 3 部小说节译本，其中 2 部是

---

[1]　陈独秀：《文学革命论》，《新青年》1917 年第 2 卷第 6 期，第 4 页。

《大卫·科波菲尔》，1 部是熊友榛根据苏联简写本《奥列佛尔》转译的《雾都孤儿》。第四，作品初步进入大学课堂。60 年代前后，中国人民大学外国语教研室与北京外国语大学英语系分别选注狄更斯小说作为英文学习的简易读物，由商务印书馆出版。

我们可以看到，尽管国家尚处于百废待兴的阶段，狄更斯作品的翻译与出版相比于民国时期并不算兴盛，但规模仍在条件有限的情况下得到扩大。同时，这一时期发生的两个重要事件：1957 年《孤星血泪》等小说改编的电影上映以及 1962 年狄更斯诞辰 150 周年，引发了全增嘏、王佐良、陈嘉等诸多学者的讨论，也从侧面证明狄更斯在这一时期的受重视程度。

这种现象，除了承袭晚清民国狄更斯译介的余温，以及批判现实主义在 50 年代前期文学创作中的主流地位外，还与特殊的时代语境相关。新中国成立后，党和国家领导人多次在不同场合提及我国的文化建设处于落后状态，具有学习与吸收国外先进文化的必要性，而在一元化政治意识形态以及"一边倒"的文艺政策下，国外先进文化主要指的是苏联文化："苏联共产党就是我们的最好的先生，我们必须向他们学习。"① 此时，苏联学界认为狄更斯的思想虽然距马克思主义较远，并对资本主义抱有幻想，但其作品仍然体现了人民性，暴露了资产阶级社会的丑恶。国内学者在译介与研究狄更斯时也基本沿袭了这一符合时代主题的结论，在阐明其进步意义的同时，也不忘指出他作为资本主义作家的"局限性"。

此后，国家便进入十年动乱时期，外国文学的译介基本停滞，这一阶段并没有出现新的狄更斯作品译本。

20 世纪 70 年代末至 80 年代，在改革开放、思想解放的背景下，

---

① 毛泽东：《论人民民主专政》，《毛泽东选集》第 4 卷，北京：人民出版社，1991年，第 1481 页。

各项建设事业全面复苏，狄更斯作品的译介也迎来新的高潮。除了将 20 世纪 40 至 50 年代的译本再版外，还译介了大量新的作品，主要由成立于 1978 年的上海译文出版社出版，具体包括：1979 年，王科一翻译的《远大前程》，黄邦杰翻译的《荒凉山庄》(*Bleak House*)，1983 年叶维之翻译的《马丁·瞿述伟》(*Martin Chuzzlewit*)，1985 年金绍禹翻译的游记《意大利风光》(*Pictures from Italy*)，1986 年智量翻译的《我们共同的朋友》(*Our Mutual Friend*)，项星耀翻译的《德鲁德疑案》(*The Mystery of Edwin Drood*)。此外，《大卫·考坡菲》《奥立弗·退斯特》《德鲁德疑案》《双城记》等小说由不同译者翻译，通过上海译文出版社、四川文艺出版社、北京新华出版社等再版。

80 年代的另外一个重要现象是缩译本与节译本增多。此前，狄更斯作品的缩译本与节译本只是少量出现，但在 80 年代，湖南人民出版社、广东人民出版社、中国青年出版社、中国文艺联合出版公司、四川人民出版社、上海译文出版社以及商务印书馆等全国各地的多家机构以不同形式出版了狄更斯小说的节译本或缩写本。节译本与缩写本虽然对小说内容进行了一定删改，但也极大程度地提高了狄更斯小说在国内读者，尤其是青少年读者中的知名度，并且可以满足经历了文学匮乏年代的读者的阅读需求。

从 90 年代开始，狄更斯译介热潮进一步高涨。首先，上海译文出版社继续出版新的作品译本，包括 1990 年高殿森翻译的《巴纳比·鲁吉》(*Barnaby Rudge*)，1991 年项星耀翻译的《狄更斯中短篇小说选》，陈漪、西海翻译的《博兹特写集》。1994 年湖南文艺出版社出版由石定乐翻译的《狄更斯短篇小说选》。至此，狄更斯的 15 部长篇小说以及多数中短篇小说都已出现中文译本。其次，狄更斯作品的译本数量大增，据统计，仅长篇小说便出现 32 种新译本，且主要由地方出版社出版。除长篇小说外，花山文艺出版社还在 1997 年出版了由王纪功翻译的《游美札记》。再次，狄更斯长篇小说的重译版次多达 40 余次，并在 1998 年由上海译文出版社出版了一套在当时最为全面、系统的《狄更斯文集》，收录了该出版社自 1979 年以来出版或再版的狄更斯作品译本，包括长篇小说、各类中短篇小说以及两部游记。从此，针对愿意阅读狄更斯但可能缺乏时间或者水平有限的读者而改编的小说译本也大量出现，包括缩写本、注音本、连环画本。最后，为了满足部分英语水平较高的读者学习英语、阅读原著的需要，此前主要出现于 60 年代的英汉对照读本也逐渐增多。外语教学与研究出版社、语文出版社、上海译文出版社、中山大学出版社等均在所出版的英汉对照丛书中收录有狄更斯的作品。

总体来看，90 年代相比于 80 年代，出版的数量、种类都大大增加，形式也更为多样。这是因为：一方面，由于市场经济的推动，国内图书出版原先的专业化分工被打破，许多省级出版社相继开展翻译出版业务，形成外国文学出版的多元化格局。而在读者需求的催生下，这一时期出版的重要特征就是规模化生产，各大出版社纷纷以丛书为主要出版形式，大批量的节译本、缩译本、英汉对照读物等都是在这种背景下产生的。另一方面，在开放的市场经济时代，翻译出版选题所遵循的依据往往是专家的建议与读者的意见，而非此前的政治因素。这种情况下，结合 90 年代学界对狄更斯小说经典化的定位，长篇小说得以大量再版。

21 世纪以来，伴随着现代主义、后现代主义思潮趋于式微，现实主义重新进入读者视野，狄更斯作品翻译进一步呈现稳定持续的增长形势。新的译本不断诞生，据不完全统计，截止到 2021 年 10 月，仅长篇小说便产生了 114 种新译本。除了新译本外，还有大量的译本再版，包括百余种缩译本、节译本、插图画本、英汉对照本等，成为各级学生必备读物。

而不同形式的作品集成为这一时期狄更斯作品翻译出版的重要现象，其中最具代表性的是宋兆霖主编的《狄更斯全集》（浙江工商大学出版社，2012 年）。这是迄今国内收集狄更斯作品最全的中文译本，共 24 册，"遴选最佳版本进行重新翻译，并参照英国牛津大学出版社和剑桥大学出版社等权威出版机构出版的狄更斯作品作后期审校"①，所收录的《演讲集》(*The Complete Speeches*，殷企平等译)、《非旅行推销商札记》(*The Uncommercial Traveller*，黄水乞译)、《重印集》(*Reprinted Pieces*，潘一禾等译)、《儿童英国史》(*A Child's History of England*，孙铢、林无畏译)，以及《戏剧、诗歌、短篇小说集》(张贻瑾等译)中的部分作品是第一次被介绍到中国。此外，2013 年，上海译文出版社将 1998 年出版的《博兹特写集》《意大利风光》《圣诞故事集》《中短篇小说选》与张谷若在 60 年代翻译的《游美札记》五部作品结集为《狄更斯别集》出版，接着，该出版社在 2019 年出版的《狄更斯作品集》收录了 10 部作品。2014—2015 年，柳鸣九主编，殷企平编选的《世界名著名译文库·狄更斯集》由上海三联书店出版，共收录董秋斯、王僴中等人翻译的 10 部作品。2020 年，人民文学出版社出版《狄更斯文集》，收录薛鸿时等人翻译的 8 部小说。同时，这一时期狄更斯的中短篇小说集也逐渐增多，包括《圣诞颂歌》《午夜撞见狄更斯——狄更斯离奇小说集》《黄昏的故事——狄更斯短篇小说选》等。

　　通过以上出版数据，我们大致可以了解到新世纪以来狄更斯作品翻译出版基本状况，其中的最大特征就是狄更斯作品的白话文译本已基本实现经典化。《双城记》《雾都孤儿》《大卫·科波菲尔》《匹克威克外传》《远大前程》与中篇小说《圣诞欢歌》是目前译本种类最多，也是被再版最多的狄更斯小说，其中又属董秋斯、张谷若、荣如德、宋兆霖、薛鸿时、吴钧陶、黄水乞等译者最受欢迎。这既是专业化、

---

① 宋兆霖：《狄更斯及其创作》，宋兆霖编：《狄更斯全集》，杭州：浙江工商大学出版社，2012 年，第 9 页。

高质量译介文本带来的积极效应，也与译者的学者身份密切相关，即专业人士的推介深刻影响着市场导向与读者选择。由于受题材内容、诗学观念、历史评价等因素影响，他们重点关注《双城记》等作品，而对《巴纳比·拉奇》《马丁·瞿述伟》《我们共同的朋友》等的翻译研究有所忽略，造成这些作品在中国读者中的知名度并不高。正因为如此，各大出版社在对作品加以系统化整理并结集出版时，也大都有意识地进行对象选择。

总而言之，新中国成立以后的狄更斯作品译介在整体上实现了从政治主导到市场主导的转变，并且相比民国时期更为专业系统且全面丰富，呈现出译本数量多、类型多、形式多，出版机构多元化，译者身份学院化的特征。百余年来，狄更斯作品在中国的译介与传播兴起于时代需要，又与时代发展同步，而最终融于国民文化体系，并在诗学观、意识形态、赞助人等因素推动下，经由出版机构、专业学者、普通读者等群体的选择，实现了经典化与民族化，尽管还留有些许遗憾，例如大量的书信作品，以及与他人合写的部分小说尚未译入，但仍不失为外国作家作品在中国译介传播的典型代表，也是中外文学交流史上的一座丰碑。

第二节　中国狄更斯作家群

狄更斯及其文学作品在中国得到了广泛的翻译、介绍和研究，其中所表现出的关于现实、人性、善与爱等超越时代的因素，影响着许多中国作家的文学体验，在中国现代文学发展历程中发挥着举足轻重的作用。每一个时代，都有作家推崇、热爱狄更斯，从狄更斯的身上汲取过养分，并在创作实践中表现出明显的狄更斯式特征。他们共同形成了中外文学关系史上的一道独特风景："中国狄更斯作家群"。

一、"中国狄更斯作家群"的主体构成

"中国狄更斯作家群"形成于晚清，依然需要追溯到林纾。实际上，他不仅是"介绍西洋近世文学的第一人"①，也是中国近现代最早师法西方文学的作家之一，在译介狄更斯作品的同时，对其中的内容题材、艺术手法等推崇备至，并在文学创作中加以实践。从那时开始，狄更斯对中国作家的影响已开始初步显现。

林纾之后的中国作家，主要通过两种途径接触、了解狄更斯。其一是直接阅读狄更斯的原文作品，其中最具代表性的是老舍。1924年，老舍受燕京大学英籍教授易文思推荐，远赴英国伦敦大学东方学院任华语讲师。在英期间，老舍阅读了包括狄更斯在内的大量外国作家作品。其二是阅读翻译小说。对于中国现代作家而言，林译小说是他们早期阅读狄更斯作品的主要媒介，正如萧乾所说："正是这位留着大辫子，不谙 ABCD 的老先生凭着他一腔热情和一支传神的笔使我们最早接触到莎士比亚、大仲马和狄更斯的②。"沈从文在 20 世纪 20 年代担任军中司书期间，便在姨父和熊希龄的藏书中阅读完林译狄更斯小说，"狄更斯的小说，真给了我那时好大一份力量"③。张天翼也曾是林纾的忠实拥趸，自称是林纾的"信徒"，少年时就喜读林译狄更斯小说。与他相似的作家，还有巴金："在起初我很喜欢狄更斯的作品，在那时他的作品已有不少翻译成中国话了，我读了他的 *David Copperfield* 和 *Oliver Twist* 等中国的文言译本，以后当我在学校读英文时，*David Copperfield*，*Oliver Twist* 和 *A Tale of Two Cities*，都成了我们的课本"④；钱锺书也曾表示："接触了林译，我才知道西洋

---

① 胡适：《五十年来中国之文学》，上海：申报馆，1924 年，第 18 页。
② 萧乾：《文学翻译琐议》，《读书》1994 年第 7 期，第 89 页。
③ 沈从文：《从文自传》，北京：北京十月文艺出版社，1998 年，第 138 页。
④ 巴金：《巴金全集》第 20 卷，北京：人民文学出版社，1990 年，第 542 页。

小说会那么迷人。我把林译迭更司、哈葛德、欧文、司各德、斯威夫特的作品反复不厌地阅读。"①

而随着狄更斯小说版本的增多以及白话文的普及，林译小说逐渐退出历史舞台，中国读者开始通过更多的渠道阅读狄更斯。通过上文对狄更斯作品在中国译介传播史的梳理，我们可以看到，狄更斯在中国始终位列于最重要的外国作家行列，即便是在文学作品匮乏的年代，中国人依然没有远离狄更斯。王蒙曾说："在我处于逆境的时候读得最多的是狄更斯，像狄更斯的《双城记》跟我的处境没有任何直接的关系，但是它告诉我，在历史的转折当中每个人都有可能受到意料之外的境遇和考验。"②叶兆言也曾说过："狄更斯是一个跟我童年联系在一起的作家。我们家有很多他的书——这是他给我最早的记忆——他就是那种有一大排书的作家。我很小开始看他的东西，只要想到他，就会想到我的童年和少年时代。"③不仅是他们，格非、余华、阿来、刘震云、李洱等作家也都曾将狄更斯作品作为案头读物，并表示深受狄更斯启发。

"中国狄更斯作家群"的文学活动及创作实践与狄更斯密切相关。从林纾开始，他们的创作都不同程度地受到过狄更斯的影响，这种影响最重要的一个方向就是现实主义。狄更斯自进入中国以来，便被划为现实主义作家群体。林纾对于狄更斯的推崇自不必赘言，在他之后，多数中国作家也主要是从现实主义维度来理解狄更斯，包括老舍与左翼作家巴金、张天翼，以及新中国成立后的格非、余华等人，共同形成了现实主义在中国发展的一条重要脉络。可以说，他们作品中

---

① 钱锺书：《林纾的翻译》，《中国翻译》1985 年第 11 期，第 3 页。
② 王杨、陈泽宇：《王蒙："文学是我给生活留下的情书"》，《文艺报》，2020 年 4 月 24 日，第 1、2 版。
③ 《阿来格非叶兆言共读狄更斯（下）》2014 年 7 月 10 日，https://cul.qq.com/a/20140710/053650.htm。

的现实观、道德观、人性观等主张，包含着自身对于狄更斯的深刻理解，具有不同程度的狄更斯色彩，反之，也体现了狄更斯对中国文学影响的丰富性与复杂性。

二、洞见与批判："狄更斯作家群"与中国现实主义文学

现实主义（Realism）作为一种特定的文学思潮、术语与概念，源于 19 世纪的欧洲，并从晚清时期开始进入中国。自此以后，在中国的发展历程几经曲折，相关阐释多种多样。我们甚至可以认为，这是一个多世纪以来中国文学界讨论最多，也是争议最多的话题。究其原因，"我们对'现实主义'的理解与汲取往往是随着政治与社会的需求而变化的"。① 也就是说，现实主义在中国的发展不是单纯的文学话题，而是受政治意识形态与社会发展状况的实际影响不断变动，呈现出鲜明的时代特征，也正应了周扬的那句名言："文艺是时代的风雨表。"②

其中，狄更斯作为 19 世纪批判现实主义文学的代表作家，是中国文学界讨论现实主义的重要切入点。在百余年来的多数时间里，我们几乎没有终止过对狄更斯的阅读、学习与研究，并且讨论的核心从未离开现实主义。这就为我们梳理狄更斯与中国现实主义文学发展历史的关系提供了一种可能性。

1. 基于道德观的现实主义

狄更斯的批评家们多认为，"道德观"是狄更斯批判现实主义的核心内涵，其作品"存在一个独特的、有意识的道德目的并支配着他的叙事"③，这也是他区别于其他现实主义作家的重要标志。正如乔

---

① 丁帆：《现实主义在中国百年历史中的命运》，《当代文坛》2019 年第 1 期，第 4 页。

② 周扬：《文艺战线上的一场大辩论》，周扬等著：《文艺战线上的一场大辩论》，北京：作家出版社，1960 年，第 1 页。

③ P. Collins, *Charles Dickens: The Critical Heritage,* London: Routledge & Kegan Paul, 1971, p. 500.

治·奥威尔（George Orwell）所说的，狄更斯"是个道德家，意识到'有东西要说'的他总是在布道，而这正是他的创造才能的最终秘密。因为如果你能表示关怀，你就能创造"①。埃德蒙·威尔逊（Edmund Wilson）也认为，"二元论贯穿了狄更斯的全部作品，凡事总有好坏两个方面，每本书都描写了正好相反的两种道德准则，有时不同作品中的人物成双成对，形成对比"②。

正如前文所述，狄更斯真正进入中国，林纾功不可没。而林纾对于狄更斯的欣赏，主要因为狄更斯小说的现实性和批判性，并在小说界革命的影响下，极力夸赞狄更斯及其小说的社会作用。这种夸赞看似忽略了狄更斯小说的本质性缺憾，即以道德标准评判社会现实，且缺乏建设性意见，但是对具有中国传统知识分子道义精神的林纾本人而言却是合情合理。因为与狄更斯相似，林纾作为一位深受儒家文化熏陶的传统文人，在评判社会现象与作诗行文时，同样具有浓厚的道德观念。他在甲午战败后创作的《闽中新乐府》等诗作均是以己度人，从道义责任的角度来谈论当时的社会现象，在翻译小说时，也经常将儒家道德传统作为对原作增删改译的标准之一。

林纾晚年创作的小说中也存在这样的道德观。相比于翻译，林纾创作的小说作品并不多，仅有 10 部，包括 5 部传统笔记小说体裁的短篇小说集，以及《京华碧血录》（又名《剑腥录》）、《金陵秋》《劫外昙花》《冤海灵光》和《巾帼阳秋》（又名《官场新现形记》）等 5 部长篇小说。这些小说虽然没有完全脱离中国传统小说的范畴，正如郑振铎所说，"他自作的小说实不能追踪于他所译的大仲马、史各德，及

---

① 乔治·奥威尔：《查尔斯·狄更斯》，罗经国编选：《狄更斯评论集》，上海：上海译文出版社，1981 年，第 141 页。

② 埃德蒙·威尔逊：《狄更斯：两个斯克路奇》，罗经国编选：《狄更斯评论集》，第 147 页。

狄更斯诸人之后"①，但也并不尽如陈炳堃所言"没有所译西洋名家小说的气氛"②。

在晚清"小说"由难登大雅之堂的"小道"一跃成为主流文学的背景下，林纾进一步将外国小说提升到与史传相提并论的高度。而这种将外国小说与中国古典史传相联系的思路也延续到了林纾的自作小说中。他提出小说应当具备提供史料的现实作用，而小说家的作用是以虚构形式将这些史料加以呈现："凡小说家言，若无征实，则稗官不足以供史料；若一味征实，则自有正史可稽③。"因此，他希望能够写出既能反映历史事件，又能抒发情怀的小说："桃花描扇，云亭自写风怀；桂林陨霜，藏园兼贻史料。"④在其创作的5部小说中，《京华碧血录》《金陵秋》《巾帼阳秋》分别描写了戊戌政变与庚子拳变、辛亥革命，以及袁世凯复辟前后的历史，首尾相贯，几乎涉及这一时期所有重要的历史事件，在当时被称为"时事小说"。

林纾这些以历史事件为背景的小说并非偶然为之。辛亥革命后，进入民国的林纾开始了自己的小说创作活动："余年六十以外，万事视若传舍。幸自少至老，不曾为官，自谓无益于民国，而亦未尝有害。屏居穷巷，日以卖文为生。然不喜论时政，故着意为小说。"⑤他看似是因"不喜论时政"而"着意为小说"，但从其最初的笔名"践卓翁"以及所著的小说内容来看，此说法应为对国家与社会失望的激愤之言，并试图以此掩盖自己作为前朝遗老在民国的落寞感。比如，

---

① 郑振铎：《林琴南先生》，《语丝》1924 年第 15 卷第 11 期，第 8 页。

② 陈炳堃：《最近三十年中国文学史》，上海：太平洋书店，1931 年，第 155 页。

③ 林纾：《京华碧血录》，上海：商务印书馆，1923 年，第 78 页。

④ 林纾：《〈剑腥录〉序》，陈平原，夏晓虹编：《二十世纪中国小说理论资料》第 1 卷，第 391 页。

⑤ 同上，第 389 页。

在《京华碧血录》中，林纾指责以慈禧为首的清朝皇族对八国联军侵华负有不可推卸的责任；在《金陵秋》中，林纾借小说人物胡秋光之口，表达对党派之争的深恶痛绝：在《巾帼阳秋》中，林纾对袁世凯称帝时伪造民意的行为进行谴责。同时，他还在小说中表达了对共和制的思考，认为民众并不了解共和与自由的定义，反而是当政者对共和与自由的曲解、践踏，使得民众对共和制深恶痛绝。

由此可见，林纾从未改变过作为一个改良派知识分子的立场，他斥责清朝皇族的昏聩腐朽，也不满革命党人的寻衅滋事，扰乱社会秩序，还怀疑共和制度的健全与否，更痛恨袁世凯等人为谋一己之私利而祸国殃民的卑鄙无耻。显然，林纾并不是一个激进的革命者，也不是一个成熟的政治家，思想更是时常不合时宜——这也是为何他在新文化运动中成为《新青年》矛头所向的重要原因。此时的他，只是一个既受西方思想影响，而又站在道德立场为国家和民众命运担忧的传统读书人。

这些观点不禁让人想到狄更斯在封建专制、资产阶级社会与革命之间的多重思考。在《匹克威克外传》中，狄更斯就维多利亚时代党派制度的伪善性进行尖锐批判。在伊顿斯威尔，匹克威克先生经历了一次该镇"蓝党"与"浅黄党"之间的国会议员选举闹剧，两党之间只有利益之争而无本质区别。为了拉选票，"蓝党"通过请客喝酒拉拢男性，而"浅黄党"则以赠伞收买女性，并企图让她们控制自己身边的男性。更为奇特的是，双方还通过收买酒吧女招待向对方选民酒中投放药物，使其无法参加投票。除此之外，双方还公开辱骂，大打出手，以拳头定输赢。如此混乱的选举场面，使得所谓的民主政治显示出真实面貌。

狄更斯在《荒凉山庄》中再次对国会选举进行讽刺性的描绘：选民是"那么一大批多余的人"，爵士、国会议员这些大人们"偶尔要对他们发表一些讲话，有时就像在舞台上演戏那样，得靠这批人来齐声喝彩"①。正如埃德蒙·威尔逊所言："在他的小说中，狄更斯从头到尾一直坚持同一观点：对于英国资产阶级来说，他们所统治的人民并未真实地存在。这些人对于国会只是一些战略筹码，对于经济政治学来说只是一些统计数字，即使在历史中也只是照例以一种普遍化的或者理想化的形式出现。"②值得注意的是，狄更斯并没有像政治家一样，剖析代议制本身的问题所在，而是从道德和人性的角度，认为英国人的文雅和奴性使得他们不能适应代议制。

然而，尽管狄更斯对资产阶级政党制度怀有不满，但这并不代表他要拥抱革命。相反，狄更斯"肯定革命是一头怪物……它们具有一种梦魇的性质，这也是狄更斯自己的梦魇。他反复坚持地认为革命恐怖毫无意义——大规模屠杀、不公正、无时不在的对间谍的恐惧，暴民们令人恐怖的嗜血"③。因此，在《双城记》中，我们看到狄更斯笔下的法国贵族虽然罪有应得，但巴黎大革命同样充满不堪，整个社会都被强烈的复仇情绪和恐怖政治所笼罩，反抗压迫的革命者们身上充斥着的是盲从、麻木、残忍与暴力，而"一旦一种谋杀行为被作为最高的正义而公开地和自豪地展示出来之时，人民就已经选择了罪恶的准则"④。他们成功推翻了统治阶级，也成为新的主导者，但却失去了初心。他们也没有把利益真正地带给劳苦大众，胜利的果实终究只属于少部分人。至于胜利者是封建专制者还是革命者，作为同一社会文化环境的产物，其结果并无太大区别："用相似的大锤再一次把人性

---

① 查尔斯·狄更斯：《荒凉山庄》，主万，徐自立译，宋兆霖编：《狄更斯全集》，第158页。

② 埃德蒙·威尔逊：《狄更斯：两个斯克鲁奇》，赵炎秋编选：《狄更斯研究文集》，南京：译林出版社，2014年，第99页。

③ 乔治·奥威尔：《查尔斯·狄更斯》，赵炎秋编选：《狄更斯研究文集》，第109—110页。

④ 费伦茨·费赫尔：《法国大革命和现代性的诞生》，罗跃军等译，哈尔滨：黑龙江大学出版社，2010年，第239页。

击得走样，人性肯定扭曲成同样的畸形；再一次播下一样是掠夺也压迫的种子，结出的必然是相同品种的果实，"① 而这无疑也为维多利亚时代的统治阶级与普通民众共同敲响了一记警钟。

这些现象与林纾对封建专制、党派之争、共和制以及袁世凯等人的批判具有明显的相似性。其中，袁世凯等人学会的是西方现代政治制度的虚伪，其手段要比英国的国会议员们更加简单粗暴。而林纾对共和制的批判也正源于此，本赞同革命，决心"将来仍自食其力，扶杖为共和之老民足矣"② 的他，发现共和制并未改变社会秩序动乱的现状与国人恃强凌弱的本质，革命党人所倡导的民主与自由更是取决于个人实力的强弱。从清王朝到民国，社会政治形态的转型并未为国人带来真正意义上的民主与自由，这才是真正令林纾感到伤心失望之处。换言之，作为改良派知识分子，狄更斯与林纾对资产阶级政治制度的不信任来自他们对本国社会历史环境与国民素质的道德判断，即政治参与者的德性问题。

质言之，尽管东西方道德观念存在差异，林纾也没有翻译完狄更斯的全部作品，但这并不代表林纾不能理解狄更斯及其作品，更不妨碍两人实现超越时空的碰撞与契合，甚至他们在考察国家民族与社会历史发展的道路上，殊途同归。由于思想观念、政治立场、创作理念等的相似性，林纾心中也许并未觉得狄更斯的道德评判有何不妥，而是在保留狄更斯小说现实主义特性的同时，试图进一步以中国传统儒家道德观将其中的西方道德观念与社会主题内化，最终达到小说可以提供史料与针砭时弊的目的。

2. 伦理文化型的现实主义

现实主义进入中国以后，从林纾到陈独秀，从传统文学到新文学

---

① 查尔斯·狄更斯：《双城记》，宋兆霖译，宋兆霖编：《狄更斯全集》，第 333 页。
② 林纾：《寄吴敬宸（一）》，李家骥等整理：《林纾诗文选》，北京：商务印书馆，1993 年，319 页。

革命，从文学研究会的"为生命而艺术"的写实主义到长期占据现实主义创作主流的左翼文学，几经周折。不可忽视的还有这样一群作家：他们不属于以上的任何一个群体，"几乎出自本能地依循着传统文化中关于和谐的理想模式，用人与社会，人与自然的整体审美把握来观照世间人事"①。这一群体的重要代表就是老舍。

众所周知，老舍的文学创作正式开始于旅英期间。这一时期，出于学习英文的需要，老舍开始阅读大量的文学作品，并产生了创作的愿望，希望借鉴外国小说的写作形式，将自己过去的生活经验表达出来。在此过程中，狄更斯是颇为重要的一位作家："在我年轻的时候，我极喜读英国小说家狄更斯的作品，爱不释手。我初习写作，也有些效仿他。"② 老舍的第一部小说《老张的哲学》的写作形式就借鉴了《尼古拉斯·尼可贝》与《匹克威克外传》："况且呢，我刚读了 *Nicholas Nickleby* 和 *Pickwick Papers* 等杂乱无章的作品，更足以使我大胆放野；写就好，管它什么。这就决定了那想起便使我害羞的《老张的哲学》的形式。"③

我们往往据此认为，在创作《老张的哲学》时，老舍是将狄更斯的作品作为写作模板，在形式层面加以借鉴、效仿，从而突破了中国古典传统小说模式。诚然，这种看法是符合老舍本人所述的，也可在小说对比过程中有所发现，但是，也忽略了更本质层面的内容，即老舍的独创性，以及与狄更斯的差异。这种独创性与差异性，在老舍后来的写作过程中愈发明显。而这一切，还是要回归到老舍对于狄更斯与现实主义的独特理解。

老舍曾这样理解现实主义："写实主义的好处是抛开幻想，而直接的去看社会。这也是时代精神的鼓动，叫为艺术而艺术改成为生命

---

① 陈思和：《中国文学中的世界性因素》，上海：复旦大学出版社，2011 年，第 71 页。
② 老舍：《老舍全集》第 16 卷，北京：人民文学出版社，2013 年，第 646 页。
③ 同上，第 162 页。

而艺术。这样,在内容上它比浪漫主义更亲切,更接近生命。"① 而狄更斯的现实主义,在他看来,实际上是带有幻想的,"终不免用想象破坏了真实"②。这样的想象,也是老舍与狄更斯的一大区别。

譬如,在对待社会不良现象的态度上,狄更斯总是相信善良会战胜邪恶,恶人会受到惩罚,而社会的总体发展趋向仍是好的,正如在《匹克威克外传》的末尾,乐观的匹克威克先生与朋友们告别,短暂的阳光充分地照耀在了大地上。相比之下,老舍则没有这样的幻想。特别是在政治方面,相比于有着自觉的政治意识的狄更斯,由于清朝旗人在清末民初遭受歧视与自身家境贫困,老舍最初对政治是持有旁观态度的:"我不喜欢跟着大家走,大家所走的路似乎不永远高明,可是不许人说这个路不高明,我只好冷笑。"③ 在"五四"运动中,他也成为一个局外人:"'五四'把我与'学生'隔开。我看见了五四运动,而没在这个运动里面,我已作了事……可是到底对于这个大运动是个旁观者。"④

旁观,就是与事件保持距离,观望而不参与其中。因此,老舍对晚清民国的诸多社会运动都是保持警惕的。譬如《老张的哲学》中的自治运动。值得一提的是,据考证史料,老舍曾以劝学员的身份,担任小说中所提到的北郊自治会会长,但不久便因不满教育体制,也不愿虚与委蛇而辞去劝学员一职。因此,他是亲自参与了这项运动的,所见所闻所感显然更具真实性:一方面,普通平民对于自治与代表尚无概念,视代表为"带表",更遑论参与的积极性,仅认为这是一场与己无关的热闹;另一方面,城里人虽然也不懂什么是国家责任,但敏锐地觉察到"自治""民权"是升官发财的大好机会。

---

① 老舍:《老舍全集》第 16 卷,第 106 页。

② 同上,第 105 页。

③ 老舍:《老舍全集》第 17 卷,北京:人民文学出版社,2013 年,第 68 页。

④ 老舍:《老舍全集》第 16 卷,第 167 页。

小说中，"教育家"老张、救世军军官龙树古、乡绅孙八与叔父孙守备、学务南飞生、商会会长李山东等人积极参与自治会的筹备，并处心积虑地想要争夺自治会的领导权。而这群代表们的背后，还有一群支持者。筹备会上，当孙守备被指定为临时主席时，台下龙树古的支持者立刻表达出不满，双方进而开始谩骂。这一幕像极了《匹克威克外传》中的"蓝党"与"浅黄党"之争。

老张等人在事业上最后大都更上层楼：老张因盟兄李五的关系做了某省教育厅长，南飞生做了县知事，孙八则继续扩大着生意规模。而象征着未来的年轻人们却惨惨淡淡。李静虽然为孙守备所救，但终究因心气郁结，英年早逝，王德放弃理想，回到乡下老家娶妻生子。李应与龙凤这对情侣在生活上虽然要好一些，但也各自成家，离开了原来的生活轨迹。"四个青年齐刷刷的悲剧，证实了那个社会的冷酷，也标示出刚刚接受到新思潮影响的小人物们，在追求理想的道路上总免不了动摇、彷徨的现实。"①

现实主义的缺点，在老舍看来"也就在用力过猛，而破坏了调和之美"②。因而，老舍在注重真实性的同时，也给予了小说人物以"灵魂与生力，这灵魂与生力多是理想的"③。他虽然很少对社会报以幻想，但是与狄更斯一样，在揭露与批判的同时，老舍对于笔下的人物是宽容的。不过，这里的宽容，依然不是《双城记》中的宗教式的宽容，而是源于一种基于乐观与同情心的处世原则。

辛亥革命后旗人普遍受到当时社会的民族歧视，作为满人的老舍自然被波及；而穷人的出身又让他的社会地位很低，因此老舍的心境难免显得沉重与抑郁："穷，使我好骂世；感情，使我容易以个人的

---

① 关纪新：《老舍评传》，北京：北京出版社，2019 年，第 122 页。
② 老舍：《老舍全集》第 16 卷，第 106 页。
③ 同上，第 107 页。

感情与主观去判断别人；义气，使我对别人有点同情心。"① 在这样的处世原则下，老北京市民惯有的"说"与"侃"、满人的幽默天性又让老舍得以乐天面世，加之在旅英期间狄更斯等西方幽默作家的艺术滋养使他学会通过幽默、轻松的方式来展示现实的种种困境，笑骂，而又不赶尽杀绝。

在《老张的哲学》中，幽默已是无处不在。例如，小说开篇就开门见山地指出老张思想与行为的处世哲学。一方面是"三位一体"，他的宗教（回，耶，佛）、职业（兵，学，商）、语言（官话，奉天话，山东话），甚至洗澡（出生，结婚，洗尸）都是三种。另一方面则是"钱本位"，他营商、当兵、办学堂都是为了钱。其中，他的学堂有三道禁令，第一道禁止开窗是因其为节省费用将学校建立在臭水沟附近，而后两道都与他自己在学校的生意有关，美其名曰为了培养学生的爱校心。这就是所谓的"钱本位而三位一体"。老张也被戏谑性地称为文武双全、阴阳都晓的圣人，是二郎镇的重要人物。由此，老张这样一个以利己主义为中心，结合"假道学先生"与新生资本者的畸形形象跃然纸上。

总之，虽然英国文学，尤其是狄更斯给予了老舍进行小说创作的冲动与方向，但二者仍有着明显的区别。相比于狄更斯在小说中寄予了以善良和爱来改变社会的期望，老舍作为一位伦理文化型作家，更愿意以世俗的眼光来审视人世间的爱与恨。

3. 基于社会批判和阶级论的现实主义

陈思和指出，20 世纪 30 年代是马克思主义文艺理论与中国现实主义文学共同发展的时代，二者相互依存。② 这一时期，中国文学界对于马克思主义文艺的接受，主要是拉法格、普列汉诺夫的文艺批评

---

① 老舍：《老舍全集》第 16 卷，第 163 页。
② 陈思和：《中国文学中的世界性因素》，第 69 页。

与苏俄文学。因此，当时中国作家信奉的："一是苏俄的'拉普'与日本的普罗文艺（如后期的创造社、太阳社诸人），二是普列汉诺夫、托洛茨基、卢那察尔斯基等人的学说（如鲁迅、冯雪峰以及未名社诸人）。"①30 年代的狄更斯，也是在这种环境中进入中国的，更为确切地说，是在苏俄等国左翼文学的转介下进入中国的。国内左翼文学家除了翻译狄更斯的作品外，还在《译文》等期刊翻译了大量国外学者对狄更斯的研究，其中，除法国作家、评论家莫洛亚（André Maurois）对狄更斯的传记批评等少数文章外，多为国外左翼批评家。在这种情况下，中国左翼作家将狄更斯视为一位对资本主义社会现象有所批判，但又没有彻底反对资本主义制度的作家，是资产阶级改良主义者而非革命家。

在 30 年代的中国左翼作家中，明确表示自己受过狄更斯影响的作家是左翼文坛的"新人"张天翼："对我影响最大的作家有狄更斯、莫泊桑、左拉、巴比塞、列夫·托尔斯泰、契诃夫、高尔基和鲁迅；苏俄新作，特别是法捷列夫的《毁灭》（英文本译为《The Nineteen》），对我也有巨大的影响。"② 他与狄更斯的"相识"，可以追溯到幼年时代。母亲常给他讲故事，有一次说到林译狄更斯小说《孝女耐儿传》时，感动得眼泪直流。后来上学时，他经常在课桌下面看旧体小说，其中就包括林纾翻译的《块肉余生述》。他也经常给同学们讲故事，最拿手的便有林译《滑稽外史》。由此来看，张天翼认为狄更斯是对他产生重要影响的作家是有缘由的。狄更斯小说中的故事情节与人物形象等早已印入张天翼的脑海，让他在进行小说创作时会不自觉地加以联想。

我们今天往往认为，狄更斯对张天翼的影响，主要体现在以现实

---

① 陈思和：《中国文学中的世界性因素》，第 69 页。

② 张天翼：《自叙小传》，《张天翼研究资料》，沈承宽等编，北京：中国社会科学出版社，1982 年，第 115 页。

主义为主要方法的创作层面。但是，张天翼对于现实主义的认识与对狄更斯小说的阅读并不一致，而是同马克思主义文艺思想进入中国紧密相连。早年的张天翼，主要通过林译小说来认识狄更斯。而林纾对狄更斯的翻译，实际上带有一定的主观意识，特别是中国传统小说的意味。对张天翼而言，那时的狄更斯小说可能并没有强烈的社会批判色彩，更多还是传统道德观、令人感动的故事情节与幽默滑稽的表达方式。1922 年，张天翼初登文坛，那时的他受林译小说与鸳鸯蝴蝶派等影响，在《礼拜六》等期刊发表滑稽小说和侦探小说，后逐渐放弃。

当他接触到马克思主义思想，以及更为广泛，也更为接近原著的现实主义小说时，思想发生了转变。1925 年在北京学习期间，他阅读了大量中外文艺作品，也正是在这时，开始信仰马列主义，并采用现实主义创作方法，接触社会矛盾。中学同学周颂棣曾这样说道："他不赞成'为艺术而艺术'，什么唯美主义，象征主义，认为这些都是闲阶级闹的把戏。他认为文学艺术应当是写实的，反映人生，描写人生，揭露社会的阴暗面，指出它的光明前途，青年人应该走的道路。"① 于是，张天翼从小说《三天半的梦》开始，以"认识现实，把握现实，深入现实"② 的写作姿态，受到鲁迅、瞿秋白、冯乃超等左翼文学家重视。

这里就显示出张天翼与狄更斯的差别。虽然他们存在诸多相似之处，譬如都以社会现象为小说主要内容，且重人物形象而轻情节逻辑等，张天翼"狄更斯式地提炼人物的习惯动作和习惯用语，廓大地加以描写的方法，是很出名的"③，但是，马克思主义与左翼文艺观对张天翼的影响，还是决定了他与狄更斯对于以上写作内容的态度有所

① 周颂棣：《我和天翼相处的日子》，沈承宽等编：《张天翼研究资料》，第 65 页。
② 张天翼：《张天翼论创作》，上海：上海文艺出版社，1982 年，第 115 页。
③ 唐弢、严家炎编：《中国现代文学史》，北京：人民文学出版社，2001 年，第 389 页。

不同。

卢卡契曾在《叙述与描写》一文中将19世纪描写现实社会生活的作家分为"参与"者与"观察"者。前者如巴尔扎克、司汤达（Stendhal）、托尔斯泰，生活在资本主义社会形成阶段，仍是文艺复兴和启蒙主义式作家，积极参与到资本主义社会进程，在作品中以强烈的主观感受将社会与自我相连。后者如福楼拜（Gustave Flaubert）、左拉（Emile Zola），作为职业作家，生活在业已组织就绪的资产阶级社会，拒绝参与资产阶级社会生活，而是选择以冷静的旁观态度将社会和民众作为观察对象。①

卢卡契的这篇文章发表于1936年，虽然谈论的是19世纪的文学问题，但针对的却是当时苏联文学界对马克思主义"形式主义"的理解。卢卡契认为，"社会主义现实主义"丧失了俄罗斯现实主义传统中的"参与"与"体验"。受苏联文学影响，30年代的中国左翼文学同样处于这种境况。1931年11月，左联执委会通过《中国无产阶级革命文学的新任务》的决议，指明："中国左翼作家联盟，无疑地是中国无产阶级革命文学运动的干部，是有一定而且一致的政治观点的行动斗争的团体；而不是作家的自由组合。"② 可见，左翼文学的写作是担负着政治任务的，在文艺观上既要突破蒋光慈式的主观幻想，也要减弱五四启蒙文学的影响，建构具有无产阶级意识形态的理论话语。在这一背景下，多数左翼作家的写作都未超越政治的范畴，他们对于社会的认识与批判，更多地是出于意识形态而非主观体验。

张天翼对左翼文艺观"趋附从不置疑"③。他在《畸人日记》中概

---

① 参见卢卡契：《卢卡契文学论文集》第1卷，刘半久译，北京：中国社会科学出版社，1981年，第46—47页。

② 《中国无产阶级革命文学的新任务——一九三一年十一月中国左翼作家联盟执行委员会的决议》，《文学导报》1931年第1卷第8期，第7页。

③ 夏志清：《中国现代小说史》，上海：复旦大学出版社，2012年，第150页。

括五四运动，是"一种新运动，德先生，赛先生，自由恋爱"①；并曾指出所谓文学革命，"是造成小白脸文化的，它一面打倒'吃人的礼教'等等，一面造出一些唱'德先生''赛先生'，讲社交公开的小姐少爷们"②。因此，其小说比之此前的热情呐喊与"革命的罗曼蒂克"文学有较大不同。胡风认为，张天翼作品的进步意义，来自对人生的矛盾与对立的关注，"但因为他用得过于省力了，同时也就常常使他的人物的人间关联成了图解式的东西"③。

从这一点上来说，尽管张天翼曾提出要极力避免茅盾所提出的"公式主义的错误"，以及脸谱主义、空想出来的民族英雄等写作弊端，但是在某种程度上还是陷入了形式主义错误，显得在社会生活方面缺乏体验性。加之上文所述的旁观态度，张天翼小说中的现实主义，更加接近于苏俄现实主义与自然主义，与狄更斯实则有距离。

我们将张天翼与狄更斯的关系，置于20世纪30年代左翼文学与马克思主义文艺理论的大环境中，发现张天翼对于狄更斯的接受是基于社会批判层面。但是，狄更斯有着一种乐观主义哲学思想与带有同情的幽默态度，张天翼受马克思主义与左翼文艺观影响，态度更为激烈，创作也更具意识形态色彩。同时，张天翼小说中的现实主义，还带有一定的自然主义因素。而以张天翼为个案，我们可以更好地看出左翼文学所提倡的现实主义与19世纪欧洲批判现实的联系与区别。

4. 现实的复杂性与现实主义的回归

回顾上文，左翼与非左翼文学并驾齐驱的20世纪30年代，以及与左翼文学关联密切的40年代的延安文艺，可以说是现实主义在中国发展最为繁荣的时期，但是，自此以后，现实主义在中国的道路十分坎坷。

---

① 张天翼：《张天翼文集》第2卷，上海：上海文艺出版社，1985年，第334页。

② 张天翼：《张天翼论创作》，第92页。

③ 胡风：《张天翼论》，沈承宽等编：《张天翼研究资料》，第285页。

新中国成立后，现实主义一度被捧至高位，但是从 50 年代中期开始，由于众所周知的历史原因，一度受到了严苛的批判。这一时期，狄更斯虽然得到了一定的译介与研究，但是批判现实主义作家的身份，让他在很多时候是被视为批判对象来认识的："批判现实主义者生在资产阶级社会里，自然只能从资产阶级立场去宣扬人道主义。他们虽然揭露了资本主义制度的龌龊和金钱世界的万恶，使读者加深对旧社会的仇恨，但由于时代的局限性，并不想从根本制度上革这个社会的命。他们至多只是修修补补的改良主义者。"① 在经历"文化大革命"的十年动荡后，"伤痕文学""反思文学"与"改革文学"等文艺思潮将现实主义重新带回我们的视野。比如"伤痕文学"，丁帆认为它"带来的是重复 19 世纪西方文学作品中批判元素创作方法的兴起"②。不过，狄更斯在这一时期的定位相比于此前，并没有太大的变化，即学界既看重他的进步意义，又强调他作为资产阶级作家的局限性。

80 年代中后期，虽然伴随着现代主义、后现代主义等文艺思潮的兴起，现实主义再度陷入失语危机，但是并没有停止发展。从 80 年代中后期到 90 年代中期，在与现实主义相关的文学思潮中，最为引人瞩目的，一个是强调个人叙事，并且试图消解现实主义长期以来的宏大叙事的新写实主义，一个是强调文学回归"公共化"，揭示改革开放阵痛的"现实主义冲击波"。这两种文学思潮，虽然都有回归现实主义的倾向，特别是后者，有着典型的批判现实主义意味，但是从影响力和影响时间上来说，它们更多地表现应时而生的、短暂的文学现象。相比于它们，更能证明现实主义生命力的，是 90 年代末以来现代主义与后现代主义文学对现实主义写作传统的回归。

---

① 戴镏龄：《必须更好地批判十九世纪欧洲批判现实主义作品》，《中山大学学报：社科版》1963 年第 3 期。

② 丁帆：《现实主义在中国百年历史中的命运》，《当代文坛》2019 年第 1 期，第 7 页。

其中最具典型意义的就是先锋文学。起初，先锋文学是以"反现实"的姿态登上文坛的。但是，先锋作家们逐渐发现，即便是"反现实"，也依然不能抛弃可以感知的现实生活，不可避免地要面对文学与现实的复杂关系，而对叙事形式与语言游戏极度迷恋的先锋文学，恰恰无法处理这一关系。所以，格非、余华与马原等人纷纷选择回归传统的现实主义，创作出《江南三部曲》《兄弟》《牛鬼蛇神》等作品。而格非与余华转型的重要契机之一就是狄更斯。格非说："我和余华曾在上海相互交流狄更斯小说中各自喜欢的片段。面对当下如此复杂的现实，都深感曾经所倡导的现代主义是不够的，于是纷纷开始转向。"① 那么，我们大可从这一角度，以格非为个案来寻找狄更斯在中国当代文学中的位置。

格非认为狄更斯是一位有着丰富生活经验的作家，他的写作经验正是建立在生活经验的基础上。格非自己也是如此，他承认将现实生活中产生的很多想法都写入了小说。② 他是这样评介狄更斯的："在欧洲小说史上，自传体小说叙事传统由来已久，我们在阅读《大卫·科波菲尔》的时候，作品中的'我'虽然不能等同于狄更斯，但读者通过'我'（叙事者）的语调和立场来揣摩和辨认作者（狄更斯）的声音，可以十分方便地与作者建立起某种同盟关系，从而完成在阅读中十分重要的价值认同。也就是说，作者虽然隐身，但在叙事丛林迷宫中留下了清晰的路标，读者的阅读旅行不会有迷路的危险。"③ 在这里，格非提醒我们要关注的是狄更斯自传式的叙事方式，认为这样虚构的写作形式蕴含着情感的真实，有利于作者与读者形成共鸣，从

---

① 《阿来格非叶兆言共读狄更斯（下）》2014 年 7 月 10 日，https://cul.qq.com/a/20140710/053650.htm。

② 《格非：一直书写个人经验，是写作中最悲惨的事》2012 年 7 月 19 日，https://new.qq.com/omn/20191027/20191027A0J5KB00.html?pc。

③ 《阿来格非叶兆言共读狄更斯（下）》2014 年 7 月 10 日，https://cul.qq.com/a/20140710/053650.htm。

而在价值观上达成一致。

这样综合来看，我们貌似更易理解格非在回归现实主义传统后的一些作品，比如《春尽江南》与《望春风》。在《江南三部曲》中，《春尽江南》可能是格非从现实中取材最多，也最接近他本人现实生活的一部作品："这当中我用了很多材料，其中有一些材料就是我的朋友，我写作时就会笑起来，因为我觉得这就是我的朋友在我的跟前。里面涉及到很多社会现象，我自己也做了一些调研，也做了一些了解，所以我觉得跟我们生活的时代有着对话关系。"① 可见，这里面的很多人物都是存在原型的。

谭端午是诗人，也是哲学硕士，但他在现实生活中却是百无一用。在妻子庞家玉的眼中："端午竭尽全力地奋斗，不过是为了让自己成为一个无用的人，一个失败的人。"② 他不愿意承担家庭责任，去处理生活中的琐事，也处理不好这些，即便是租房这样的日常事务都能惹出一场风波；他也有自己的爱好，那就是每天听一点海顿或莫扎特。此外，他的日常生活便是写诗，读欧阳修的《新五代史》，与朋友们推杯换盏，与绿珠姑娘调情说爱。

按照我们现实社会的常理来下结论，谭端午就是懦弱而无用的书生。但格非并不这么认为。他曾正面回应谭端午这一人物形象与他本人的关系："端午是对生活抱有一种比较消极的态度，他不是懦弱，只是觉得没有什么事情值得做，他心中有很好的追求，对未来、对社会有一种追求。但是我觉得在我的心目中，端午这样的人有点像是这个社会多余的人，……某种意义上，我自己也觉得我是一个多余的人，因为这个社会很多方面，它的发展变化有很多东西是我个人不能接受的，有很多的情感让我个人的情感得不到说明。在这样一个状况

① 《格非：分享力作〈江南三部曲〉》2012 年 6 月 5 日，http://www.chinawriter.com. cn/news/2012/2012-06-05/129775.html。

② 格非：《春尽江南》，《当代·长篇小说选刊》2011 年第 6 期，第 123 页。

之下，你说你要满怀激情地投入生活，很困难。"①在格非看来，谭端午的不作为与消极态度有着深刻的社会背景，是有意义的。小说中谭端午精神世界的颓废，与他内心理想主义的破灭密切相关。随着80年代理想主义浪潮的褪去，陈守仁下海经商，腰缠万贯，徐吉士在新闻界如鱼得水，步步高升。妻子庞家玉——那位曾经崇拜文学的天真少女秀蓉，也紧跟时代地成为律师而不是文艺编辑，为家庭为生活不知疲倦地奔波。只有谭端午，还是那个酸腐文人，不愿意与社会妥协，会因导师没有让他读博而与之决裂。在谭端午看来，既然无法接受社会，那么与其勉强自己，不如消极抵抗。借用当下的时髦话语，谭端午是选择以"躺平"的姿势来面对生活。

这让人想到，格非认为外部因素决定了中国有条件但是出不了狄更斯："在福克纳和狄更斯那个时代，文学正处于上升期，它的功能和社会作用是前所未有的强大，那样的时代出现那样的伟大作家是不奇怪的。而今天的文学很大的功能被传媒代替了，文学面临着痛苦地寻找自己的过程，这种情形下出那样伟大的作家可能吗？"②对于格非而言，谭端午具有自传色彩。作为一名从80年代走来的知识分子，他内心还保留着一股理想主义的气息，不愿意随波逐流，也不愿意就此向社会和现实妥协，至少在写作上是这样。而谭端午与格非的不妥协，是属于一代人的集体情绪，他与读者间的情感共鸣由此产生。

《望春风》则是对狄更斯式现实主义叙事传统的另一种回应。与《春尽江南》相似，《望春风》也时常将读者带入文本叙事中。比如，赵伯渝为照顾生病的春琴，屡次向采石场请假，副经理以此为由辞退了他。离开采石场时，"我搭上一辆电动三轮车返回朱方镇，尽量不

---

① 《格非：分享力作〈江南三部曲〉》2012年6月5日，http://www.chinawriter.com.cn/news/2012/2012-06-05/129775.html。

② 《阿来格非叶兆言共读狄更斯（下）》2014年7月10日，https://cul.qq.com/a/20140710/053650.htm。

去想自己的前途。早晨的凉风吹到脸上，不知为什么，心里忽然有一种如释重负的喜悦。如果你也曾像一条狗一样，被人撵得到处乱跑，你就应当知道我所说的喜悦到底是个什么滋味了"①。这一场景既可视作他人生的缩影———一生坎坷，始终在为生活奔波——又透露着普通人颠沛流离的辛酸，也只有有着这种生活经验的人才能体会个中滋味。读者与小说文本之间的对话得以发生。

　　《望春风》的特别之处不止于此。这部小说常为人所赞赏的，除了表现现代人的乡愁外，还有关于赵伯渝与春琴之间关于如何处理小说叙事真实性的对话。从小说叙事特征上来说，《望春风》依然保留了先锋小说的"元叙事"风格。赵伯渝既是小说的主人公，也是故事的叙事者。当春琴发现赵伯渝将马老大的形象塑造得较为龌龊时，执意要让他删除。于是，"我耐着性子跟她解释，现实中的人，与故事中的虚构人物，根本不是一回事。既然是写东西，总要讲究个真实性。可没等我把话说完，春琴就不客气地回敬道：'讲真实，更要讲良心！'"②这里，春琴与赵伯渝争论的是作家的创作伦理问题，即在塑造人物形象时需不需要秉承道德观。更进一步地说，现实主义写作是要尊重客观真实，还是允许主观创造？这一争论，其实质是作家与普通读者的分歧。由此，作者与读者间也产生了叙事交流。值得玩味的是，争论最终的胜利者是读者春琴，并且自此以后，赵伯渝应春琴要求，对小说一改再改。这恰好符合格非的观点：作家与读者间的交流，是发生在写作过程之中的。凡写作必然有作家对读者的想象。换言之，春琴是赵伯渝进行小说创作时的重要影响源，那么，他们的争执以及争执后的结果，是否也可能是格非书写《江南三部曲》时总体的处理方式？这一点，我们大可类比维多利亚时代的读者对于狄更斯

---

① 格非：《望春风》，南京：译林出版社，2016 年，第 676 页。

② 同上，第 721 页。

创作的影响。

通过以上论述，我们发现，相比于现代文学，狄更斯在中国当代文学中地位在很长一段时间内都不显眼。但是，只要我们还需要处理文学与现实这一对基本关系，就离不开现实主义。这样来看，狄更斯与现实主义的回归存在必然性。因为无论如何，我们都无法回避现实带来的生存挑战。还是借助卢卡契的"参与""体验"说，当今中国乃至世界都处于百年未有之大变局中，当代作家的社会责任感，决定了他们试图回归批判现实主义传统，从文学的角度来参与社会生活，毕竟"文学艺术是现实最为敏感的触须"①。

韦勒克（René Wellek）在考察 19 世纪以来理论界关于现实主义的种种论述后认为："现实主义作为一个时代性概念，是一个不断调整的概念，是一种理想的典型，它可能并不能在任何一部作品中得到彻底的实现，而在每一部具体的作品中又肯定会同各种不同的特征，过去时代的遗留，对未来的期望，以及各种独具的特点结合起来。"②本文正是基于现实主义的基本特征来考察狄更斯与中国现实主义文学间的关系。我们发现，百年中国文学对狄更斯的认识，始终没有超脱现实主义的范畴。对于这一点，我们必须承认其具有对狄更斯进行简单化定位，而忽略其文学整体性的危险，但是，面对当下这个仍然复杂多变、矛盾重重的现实社会，也许谈论狄更斯与现实主义不是过时，而是正当时。必须要指出的是，因篇幅所限，本文尚未就沈从文、巴金、余华、曹征路等各具特色的作家与狄更斯的关系，展开更为广泛的探讨，因而，中国狄更斯作家群与现实主义在中国，仍是一个值得进一步深入研究的话题。

---

① 张琰:《著名作家格非:"文学艺术是现实最为敏感的触须"》2018 年 7 月 9 日，https://www.ccdi.gov.cn/yaowen/201807/t20180705_175138.html。

② R. 韦勒克:《批评的诸种概念》，丁泓、余徵译，成都:四川文艺出版社，1988年，第 241 页。

第三节　狄更斯与老舍

提到与狄更斯有关的中国现代作家，我们内心想到的第一个人物往往是老舍。狄更斯是老舍的"第一个文学老师"[①]，被视为"打开老舍小说殿堂的第一把钥匙"[②]。老舍与狄更斯的关系，本是一个老生常谈的话题，无论视角如何，内容上无外乎都是狄更斯如何影响老舍，而老舍相比狄更斯又有哪些创新。其实，老舍遇见狄更斯，是中英两种文化的相遇、碰撞。老舍与狄更斯在写作上的异同，很大程度上需要追溯到文化层面。

由于"在根源之处，中西文化之间的差异是基础性的，它们之间无法'通约'（to commensurate）出对彼此都具有规制性的（regulative）、根本性的、结构性的元素"[③]，狄更斯与老舍在文化立场与文化选择上存在差异。在成中英看来，"差异"可以成为"融合"的推力与基础，我们应当重视不同文化间展开对话的"视域歧分"（division of horizons）维度[④]。同时，这一维度"不仅有助于我们重视并努力探索不同文化的差异，而且它本身还可以成为审视不同文化、不同文学乃至文学与其他学科关系之差异的一个视角"[⑤]。本文即拟从

[①] 宋永毅：《老舍：纯民族传统作家——审美错觉》，曾逸编：《走向世界文学——中国现代作家与外国文学》，长沙：湖南文艺出版社，1986年，第186页。

[②] 葛桂录：《狄更斯：打开老舍小说殿堂的第一把钥匙》，《宁夏大学学报（人文社会科学版）》2001年第3期，第73页。

[③] 刘耘华：《文化原创期与中西之源发性差异的形成——"视域歧分"视角下的中西文化比较》，《学术月刊》2016年第6期，第153页。

[④] 参见成中英：《中西的本体差异与融通：本体互释与反思真理》，方维规主编：《思想与方法：全球化时代中西对话的可能》，北京：北京大学出版社，2014年，第10页。需要说明的是，division of horizons 有"视野分歧"（成中英）与"视域歧分"（刘耘华）两种译法，本文采用的是后一种，以体现该词所具有的"行动"与"结果"相互交叠的蕴涵。

[⑤] 刘耘华：《文学与思想："视域歧分"视角下的一个纵深考察》，《中国比较文学》2017年第2期，第2页。

这样的视角来重新审视老舍与狄更斯的联系，进而突出老舍创作的独特性。

一、世俗化的宗教与宗教的世俗化

我们通常认为，中国文化是一种伦理性文化，而西方文化则是一种宗教性文化。[①] 这种说法，从中西文化的整体表征方面来说具有一定的合理性。不过，当我们将语境还原到老舍与狄更斯各自生活的时代时，我们会发现，宗教信仰与世俗伦理在这两个时期的中英文化中存在相当程度的交叉，也就是出现了所谓的宗教世俗化。宗教世俗化，并不是要取缔宗教，而是"意味着日常的社会领域与传统的宗教相分离，制度宗教的领域逐渐缩小，让位于世俗领域"[②]。

维多利亚时代的宗教世俗化，其因在于下层民众在成为工业革命最大的牺牲者后，感到痛苦与失落，渴望得到慰藉与关爱，但是原本应当承担这部分责任的宗教却在很大程度上成为国家统治的工具，他们只能自发地复活宗教，赋予其在教育、慈善等方面的新的社会功能。这种情况下，约翰·卫斯理（John Wesley）在 18 世纪建立的循道宗（Methodists）倡导的福音主义（Evangelicalism）开始得到人们的重视。卫斯理宣称真正的基督教是一种社会宗教（social religion），强调人具有可完善性，应当拥有博爱胸怀与遵循道德规范等理念。与之相伴的还有一系列社会改良措施，以及道德危机的改善与人们社会责任意识的提高。我们可以将其称为"世俗化的宗教"（secularized religion），表明"一种新形式的宗教如何在现世发挥重要作用，如何继续发挥宗教功能，为社会共同体提供一个意义共享的基础"[③]。

---

① 高旭东：《中西比较文化讲稿》，合肥：安徽大学出版社，2012 年，第 2 页。

② 尚新建：《宗教的世俗化与世俗化的宗教》，《基督宗教研究》2001 年第 2 期，第 63 页。

③ 同上，第 66 页。

狄更斯"关注现世、关注穷人的宗教观，正是在福音运动这一大背景下发展起来的"①。他始终将自己对于下层民众的关注与宗教思考相结合，提倡"社会"基督教，不仅重视宗教的教化功能，呼吁上层阶级遵循《圣经》中福音书的要求，以同情、宽容、博爱之心关注穷人和无产者，而且不拘泥于教条与复杂的教规，积极向下层民众传播社会福音。而他的传播，也获得了真正的宗教人士的认可："虽然我们很可能无法将狄更斯所倡导的宗教与上帝的信条相提并论，但可以肯定的是，这样的宗教是与人类联系在一起的。"②当我们从这一角度来看狄更斯的作品，发现其中充满着具有现世意义的宗教因素。

在《我们主的一生》中，狄更斯名为根据圣经福音书的记载，向孩子们介绍耶稣的事迹，希望孩子们以谦卑之心来真心诚意地尊重、爱护、跟随耶稣基督，实际上表达的是他对于基督教教义的理解。正如玛丽·狄更斯（Mary Dickens）所说："与其说是他思想的展示，不如说是他的心，他的人性，以及他对我们主深深热爱的称赞。"③一方面，狄更斯认为耶稣基督是仁爱的。在他看来，耶稣基督之所以挑选穷人出身的追随者作为门徒，是想告诉世人天堂不仅属于富人，也属于穷人。他教育孩子们应该遵循耶稣基督的教诲，心怀怜悯，不仅是自己，也要引导其他人去友好良善地对待穷人，尽力地帮助、安慰他们。另一方面，狄更斯认为耶稣基督强调对人的宽恕。在耶稣为门徒讲述的故事里，人们只要真心痛悔过去的错误，向神祷告祈求宽恕，神就会原谅他；而人与人之间同样需要互相宽恕。

---

① 严幸智：《狄更斯与他的时代》，南宁：广西师范大学出版社，2014年，第283页。

② D. Walder, *Dickens and Religion*, London: George Allen & Unwin, 1981, p. 144. 译文转引自：严幸智：《狄更斯与他的时代》，南宁：广西师范大学出版社，2014年，第283页。

③ C. Dickens, *The Life of Our Lord*, New York: Simon & Schuster, 1999, p. 7. （译文转引自）同上。

正是基于这种宗教观,当他看到社会和政治问题不能依靠政府解决时,"便把社会的改变寄希望于个人的怜悯、仁慈"①。所以,在《艰难时世》中,以史蒂芬为代表的工人将解决矛盾的方案寄托在资本家身上,希望资本家们以仁慈心和耐心友好地去对待他们。在《双城记》中,狄更斯希望通过宗教式的爱与情感教化来引导社会风尚,化解仇恨。正如作者在卡尔登临死时所引用的《约翰福音》(*Gospel According to John*)所说:"耶稣对他说,复活在我,生命也在我。信我的人,虽然死了,也必复活,凡活着信我的人,必永远不死。"② 在《圣诞故事集》中,狄更斯通过弘扬博爱的圣诞精神,希望人们能够善良仁慈,互相慷慨无私,因为"很多人只为了自己的利益和享乐在忙碌,却从不思考敬畏神与行公义的事,最后的结果,就是他们还不能和那些患病的和那些人看为可怜的人一样,得享神所预备的永生筵席的恩惠"③。

在 1868 年的《匹克威克外传》再版序言中,此时已步入人生暮年的狄更斯,先是认为自己在 20 余年前提到的各种社会不良现象已经有所改善,虽然社会体制没有发生根本性的改变,但是各项改良措施还是为人们带来希望,一种更好的社会风气正在形成,并对改良运动完成后的美好愿景进行展望。这种展望基于基督教原则,将希望寄托在政治、法律、学校与监狱制度的制定者与执行者身上,认为社会改良的完成,会为他们在思想和行动上带来改变,进而促使他们为促进各自领域的平等而努力,最终让富有者与贫困者、老弱和不幸者等不同群体,都可享受平等权利,实现社会和国家和谐。

不同于狄更斯主要受到单一的基督教影响,老舍在一生中与基督

---

① D. Walder, *Dickens and Religion*, p. 113.(译文转引自)同上。

② 查尔斯·狄更斯:《双城记》,宋兆霖译,宋兆霖编:《狄更斯全集》,第336—337页。

③ 查尔斯·狄更斯:《听狄更斯讲耶稣的故事》,钟昊译,兰州:敦煌文艺出版社,2006年,第44页。

教、佛教乃至伊斯兰教都曾发生过联系，这让他对于东西方宗教都有着较为深刻的认识。在他看来，中国的宗教精神是与基督教和伊斯兰教不同的："有文化修养的中国人，是从哲学或道学观念来看待宗教的，这和欧洲人的宗教观很不相同。没有文化的中国人则不分青红皂白，事事迷信。"[①] 而这两种认识，最终都将殊途同归，回到对"命运"的认同上，即在世俗生活中顺从命运的安排。我们可将此定义为"宗教的世俗化"（secularization of religion）。同样是宗教世俗化，不同于"世俗化的宗教"，在这一模式中，传统的宗教观念在被融入世俗社会的同时，既不会形成新的宗教形式，功能也会被新的社会机构所替代，不再具备独特的信仰意义。

作为"有文化修养的中国人"，老舍并不否认宗教在思想方面的长处，并且正如戏剧《大地龙蛇》结尾处的歌声所唱的，追求宗教间的和平相处。这一点在基督教那里体现得尤为明显。从北京师范学校毕业后，老舍曾一度陷入彷徨，后在北京满族人宝广林的影响下加入基督教。加入基督教之前，老舍已经在宝广林设于缸瓦市教堂内的高等小学和国民学校中任职，于校内兼管教务。随后，他又与白涤洲等旗人好友加入宝广林组织的社会团体"率真会"，共同致力于造福社会大众。宝广林努力推行的以"自养""自治""自传"为核心，以大同主义式的社会改造为目标的基督教"本色"运动和教义阐释，都深深吸引着他。这些理念又恰好与满族人急公好义、乐于助人的传统文化精神相一致。这种观念与行动上的契合，让老舍走出尸位素餐的政府教育系统，积极投身到各项社会实践中，发挥自己愿为社会做事的志向。也就是说，东西方文化在社会公共事业方面的根本性契合，是青年老舍加入基督教的重要原因。

正因为这样，老舍并不是真正意义上的宗教信徒。即便受教入

---

① 老舍：《老舍全集》第 17 卷，第 41 页。

洗，他对基督教依然怀有戒心。老舍到了英国后，再无参加教会的记录，并且对基督教在中国传播的本质有了进一步了解，塑造出伊牧师这样具有殖民心理的传教士形象。伊牧师作为基督教的传道者，是西方传统基督教文化的代表人物，体现了老舍对于宗教虚伪性一面的鞭笞：英国人爱国爱上帝，但不爱人类。他摆出传教士的两副面孔，表面上与中国人交好，但是一转身便表现出不屑的态度。借用《老张的哲学》中的话来概括就是，他们来到"只信魔鬼不晓得天国的中华"是为了"替天行道"①。需要指出的是，老舍对于宗教助推殖民掠夺的指责，并非仅仅针对基督教。《四世同堂》中，祁瑞宣想到日本人几乎都带着佛经、神符、千人针："他们有宗教，而宗教会先教他们变成野兽，而后再入天堂！"②

同时，老舍对中国人普遍的宗教态度有着独特见解。他认为中国传统的宗教，特别是普及面最为广泛的道教，"没有具体的教派组织，相当愚昧。法术、星相、符咒、占卜以及各种迷信活动，应有尽有，也因而广有群众"③。比如《老张的哲学》中龙树古的父亲龙老者信仰监察赌场的二郎神，母亲则信仰民间的城隍爷。我们可将这类模式称为"世俗迷信"，也就是说，中国人是将世俗生活中难以解决的问题寄托于宗教，态度趋于务实。中国人对待基督教的态度，同样具有这种现实功利性的动机。民国早期，相比老舍这样以服务社会为志向的知识青年，穷苦市民加入基督教多是因为有利可图。即使是生活并不困顿的普通民众，加入基督教也并非出于信仰。龙树古是因从小受到中国世俗迷信的熏陶，加上妻子去世后无事可做才加入的救世军。而《老张的哲学》中的另外一位人物赵四加入救世军，则是因为从救世

---

① 老舍：《老舍全集》第 1 卷，北京：人民文学出版社，2013 年，第 4 页。
② 老舍：《老舍全集》第 4 卷，北京：人民文学出版社，2013 年，第 236 页。
③ 老舍：《老舍全集》第 9 卷，北京：人民文学出版社，2013 年，第 43 页。

军处得到在儒释道信徒那里所没有的尊重。《二马》中马则仁因为闲来无事进入教会，觉得这样又透着虔诚，又不用花钱。《文博士》中的文博士并不喜欢宗教，但还是因为青年会优渥的宿舍条件而入住其中。

再来看"命运"。老舍作品中的人物，无论是知识分子还是贫苦市民都经常提到的一个词就是"认命"或者"命运"。比如，《离婚》中的老李，对妻子和家庭充满失望，却又没有勇气离开，选择认命。而张大嫂对女性在婚姻家庭中的地位同样不满，但也选择认命，听其自然。《火葬》中的王举人在看到日本人的真面目后，依然觉得这样的不幸是他的命运。他在表面上自居为儒者，但内心却相信鬼神，报应与命运。国家兴亡、个人昌败也皆由命运决定，因此，日本侵略中国，是上天的命数。《茶馆》中，康六劝女儿康顺子，让她接受被自己卖出去的命运，只有这样才能救活他们父女，是积德行善。可见，正如老舍所说，中国人在现实生活中四处碰壁而无可奈何时，最终都会回归到宿命论的观点上。

因而，我们看到同样是出身底层，同样是批判现实，不同于狄更斯宗教式的道德关怀，老舍对于事物的判断往往是出于朴素的世俗伦理观，总结起来就是："穷，使我好骂世；刚强，使我容易以个人的感情与主张去判断别人；义气，使我对别人有点同情心。"① 实际上，老舍在这里道出的不仅是他处事态度，也是写作原则：他总是以平凡人的口吻，有泪有笑地讲述平凡人的平凡事。

二、在工业民族精神与农业文化传统间的不同选择

从 16 世纪开始，随着西欧各国市场经济体制的发展，以及生产力的不断提高，人类社会从农业文明逐步迈向工业文明。至 19 世纪

① 老舍：《老舍全集》第 16 卷，第 163 页。

中期，在工业革命的推动下，英国基本完成工业化。相较之下，中国工业化进程的开始要晚得多，直到 1840 年鸦片战争后，才被动引入西方工业资本的生产模式，并长期处于由农业文明向工业文明转型的阶段。因而如果说宗教信仰与世俗伦理之分，是中西方传统文化比较的根基的话，那么在近代意义上，中西文化比较可能还应涉及农业与工业文明的差异。

法国学者艾利·阿列维（Elie Halévy）认为，维多利亚时代的文化是福音运动与工业化双重影响的产儿。① 也就是说，我们若想了解维多利亚时代的文化特征，就必须考虑到工业文明的影响。所谓工业文明，对于英国而言，不仅指以工业化为基本标志、机械化大生产占主导地位的生产模式，还代表着新的民族精神。这里我们借助著名英国史研究学者钱乘旦的定义，将英国工业民族精神分为"合理谋利""追求平等"与"福利国家"原则。② 狄更斯作为一位生活在工业文明时代的作家对社会所作的批判性分析，基本上没有脱离以上工业民族精神的范畴，并且由于所属的社会集团不同，将重心放在追求社会平等与建立福利国家这两方面。

对于狄更斯而言，工业文明带来的不仅是"最好的时代"，也是"最坏的时代"。在狄更斯的小说中，我们看到的是维多利亚时代种种社会丑恶现象，譬如巨大的贫富差距——《荒凉山庄》中，"托姆独院"贫民窟住满穷苦无告的人；金钱带来的人际关系扭曲——《雾都孤儿》中，蒙克斯为了能够继承父亲的遗产，不遗余力地迫害同父异母的弟弟奥利弗；劳雇关系不平等——《艰难时世》中，资本家对待劳工们的态度是"把他们当做多少马力来对待，严格地管制他们，好

---

① W. Houghton, *The Victorian Frame of Mind, 1830–1870*, New Haven: Yale University of Press, 1957, pp. 22–23.

② 参见钱乘旦、陈晓律：《在传统与变革之间——英国文化模式溯源》，南京：江苏人民出版社，2010 年，第 61—142 页。

像他们只是算术里面的数字或机器"①；政府立法的不公正——《雾都孤儿》中，新济贫法的颁布实施，并未真正改善贫民生活，甚至抹杀了贫民向上过渡的可能性；政府在行政上的不作为——《小杜丽》中，作为政府部门象征的"拖拖拉拉部"行政低效、低能；教育制度在金钱统治下的腐朽——《尼古拉斯·尼克尔贝》中的"宠儿学堂"与《大卫·科波菲尔》中的"撒伦学堂"弊病丛生，如此等等，不一而足。

需要指出的是，对于狄更斯，我们往往关注的是他在小说中如何批判现实，却忽略了狄更斯的其他身份。实际上，他在通过小说反映现实的同时，也始终在为改善社会现状作出实质性的努力。作为媒体人，他先后主编、创办《每日新闻》(*The Daily News*)、《家常话》(*Household Words*)、《一年四季》(*All the Year Round*) 等多份进步报刊，并亲率刊物作者群赴邮局、工厂、市集、学校、赛马大会等地考察，发表了大量关于建立全国性公共教育体系、建设医疗卫生事业，以及政府腐败渎职、普莱斯顿罢工斗争、食品安全问题、城市畜牧市场混乱等社会现象与政治问题的文章。作为社会活动家，狄更斯积极参与组织各种类型的慈善基金会，如艺术家慈善基金会、园丁慈善会、报贩慈善会、铁路慈善协会、演艺界疾病救助基金会等，并多次发表慈善演讲，试图通过真正的慈善活动来改善社会不同行业人士的生活环境。这些行为，加上他在《圣诞故事集》等小说中宣扬的互助互爱的宗教理念，构成了他关于建立社会福利制度的基本框架。

总的来说，无论是批判还是建设，狄更斯对待当时英国社会的态度和思维方式都是工业文明式的，"狄更斯像其他深思熟虑的同辈人一样，迷恋、关注那时的新型工业城市"②。而对于乡村，"他从来没有精确地了解，或者说从未要精确地了解乡村景色和声音"③。

---

① 查尔斯·狄更斯：《艰难时世》，陈才宇译，宋兆霖编：《狄更斯全集》，第 131 页。
② 菲利普·柯林斯：《狄更斯与城市》，赵炎秋编选：《狄更斯研究文集》，第 243 页。
③ 同上书，第 238 页。

相比于维多利亚时代，晚清民国时期的工业文明虽有发展，但尚不发达。在某种程度上，现代工业文明作为来自西方的舶来品，在这时还受到中国农业文化传统的制约。作为"唯一一位用两只眼睛看世界的现代作家"①，一方面，老舍对现代文明的长处有着直接体会，虽然没有塑造出吴荪甫这样的工业文明之子，但是借助现代文明反观中国农业文明传统，对其中的腐朽成分进行有力批判；另一方面，因深深扎根于本民族文化传统，老舍并非一味地肯定工业文明而否定农业文明传统，更多地还是将注意力投入到二者的矛盾冲突中。更准确地说，这种矛盾冲突，指的是原有的由乡土文化建立起来的社会联系被工业文明打破，用马克思和恩格斯的话概括就是"把一切封建的、宗法的和田园诗般的关系都破坏了。它无情地斩断了把人们束缚于天然尊长的形形色色的封建羁绊"②。如果说前者体现了老舍作为一名知识分子的现代性，已为读者所熟知，那么后者则是中西文化交融的产物，是老舍区别于狄更斯等现代西方作家的独特性所在。关于老舍小说对后一问题的书写，我们大约可以通过以下几组关系来进行探讨。

首先是农业文明在工业文明面前的危机感与失落感。文明的变革伴随着新旧事物的更迭。现代工业文明自西方进入中国以后，为中国社会带来诸多新型产业模式。这种情况下，传统的农业文明，无论是在物质层面还是精神层面都必然受到冲击，尤其是在面临被历史淘汰的危险时，难免会产生危机感与失落感。小说《断魂枪》讲述的就是这样一种精神失落。小说内容并不复杂，讲述的是卖艺人王三胜被孙老者打败后，试图引出退隐江湖的镖师沙子龙来为己报仇，而孙老者也想借机与沙子龙较量，并向他学习神枪。但是，沙子龙并未接受挑

---

① 方维保：《21世纪与老舍研究的深化——第三次国际老舍学术研讨会综述》，《安徽师范大学学报（人文社会科学版）》2003年第3期，第260页。

② 马克思、恩格斯：《马克思恩格斯选集》第1卷，北京：人民出版社，2012年，第402—403页。

战，也未向孙老者传授武艺，而是继续归隐，甘愿忍受嘲笑和寂寞。在这里，沙子龙之所以不传，并非保守，而是因为清醒。身为镖师，他所在的行业因铁路等现代交通运输工具的兴起而逐渐退出历史舞台，只好开起客栈。作为武者，他自知传统武艺无论如何出神入化，在现代武器面前都将变得脆弱不堪。因此，即便他是将武艺传给了孙老者，孙老者也不能直面手持洋枪洋炮的洋人。假若我们在此将武艺进一步理解为传统农业文明，就可以感受到其在面对现代西方工业文明的冲击时无能为力的落寞，有一种大江东去、无可挽留的悲哀。

其次是农业文明与工业文明相遇、碰撞时产生的迷失感。与农业文明相比，工业文明代表的不仅是先进的生产模式，还有由此产生的物质条件的提高与生活方式的改变。但是，问题就在于传统中国人面对这种现代文明时，容易陷入不知如何接受、在何种程度上接受的迷茫。老舍小说中的许多新式人物，便因一味求"新"与"洋式"生活，过分沉浸于西洋文明而丧失人格，走向堕落。《牺牲》中的毛博士是一位留美归来的博士，处处追求美国精神与生活方式。而他对于中国传统文化的理解则完全是一种来自他者视域的想象，甚至于这种想象只是来自外国人和外国电影。他认为自己回国是从一个文明、发达之地来到了一个野蛮、贫困之处，所作所为都是牺牲。从形象学的角度出发，毛博士是以西方为自我，构建出了作为"他者"的"中国想象"，体现了一切以西方意愿为准则的文化态度。但是，毛博士对西方文化的解读仍然停留在表面的物质层面，并且同样依靠想象。因此，老舍是将他描写成一个没有根的双重想象者。这里的"无根"显然不是美国华裔学者亚历山大·黄（Alexander Huang）所说的世界主义的无根，而是说毛博士是一位游荡在两种文明之间的迷路之人，且迷路而不自知。

最后是农业文明对工业文明的补充作用。现代工业文明并非完美无缺，除上文所说的加剧贫富差距、破坏社会和谐等缺陷，人与自然之间也长期存在紧张关系。工业社会强大而有序的工业生产对自然进行的超负荷改造，在以人类为“主体”向自然“客体”进行改造利用的过程中，"不仅没有真正给人类带来全面的、实质的幸福感和满足感，反而在某些情形下成为加剧人类社会矛盾的隐形炸弹，将人类拽入了一个充满恐怖与不安的深渊"①。中国传统农业文明看似与工业文明迥异，但其所追求的人与自然和谐一体的整体性和平衡观，具有强调主体间关系而非主客关系的"主体间性"性质，恰恰能够作为工业文明的补充，与之形成结构合理、功能互补的共生关系。在《二马》中，与英国人奔波忙碌相比，老马是伦敦的第一个闲人："下雨不出门，刮风不出门，下雾也不出门。叼着小烟袋，把火添得红而亮，隔着玻璃窗子，细细咂摸雨、雾、风的美。"②这里的"闲"并非贬义词，而是在说明中国传统文化对自然美，以及人与自然和谐关系的追求。所以，老马始终不忘回国，回到那个踏雪寻梅和烟雨归舟的地方去。在此，老马的想法不仅来自传统中国人对乡土的眷恋——它并没有被伦敦的现代工业文明切断，还表现了中国传统的"天人合一"美学。这种产生于农业文明的美学观念，与狄更斯的工业伦敦并不契合，但是，对于工业文明时代人与自然关系来说仍有重要的启示意义。在老舍心中，"中国人忘不了'美'和'中国'，能把这两样充分的发达一下，中国的将来还能产出个黄金时代"。③

三、褊狭与包容：民族主义的两种倾向

回顾上文所述，无论是宗教与世俗之分，还是工业与农业之别，从性质上来说，两位作家都是在描述本民族的文化传统与现状。而对

---

① 张江编：《当代西方文论批判研究》，北京：中国社会科学出版社，2017年，第179页。

② 老舍：《老舍全集》第1卷，第526页。

③ 同上书。

民族文化的表现与批判，并不意味着他们会对本民族过于失望并加以否定，相反，他们的民族立场都十分坚定。我们在此所说的民族立场，其实只是民族主义的一种对内表现。从政治民族的角度出发，民族和民族主义作为工业化和现代化的产物，还具有一种对外的向度。这里的对外，在广义上指本民族以外的所有民族，在狭义的现代民族国家一体的政治语境里，指的是本民族国家以外的民族国家。从性质上来说，民族主义既可以维护对外国家主权的正当性，也可能具有扩张本国势力的侵略性；既可能走向民族同化、种族主义的狭隘化与极端化，也可能走向寻求不同文化间协调共存的开放包容状态。

19世纪中叶以后，在世界范围内，中英两国的民族地位并不平等。英国有着漫长的殖民史，殖民地曾经遍布全球。英国也是近代第一个打开中国大门的西方国家，并且始终活跃在西方列强的对华战争中，对中国进行殖民掠夺。相对的，由于近代史上的中国长期处于半封建半殖民状态，救亡和启蒙一直是两个重要主题。这种差异性造成两国人民对于民族主义的认识有所区别，成为现代中西文化比较的第三个要素。

关于狄更斯的民族立场，学界对其是否具有狭隘性和排外性，认识并不一致。譬如争论已久的狄更斯在《雾都孤儿》中是否具有反犹倾向。且不论争论的结果如何，但即便是为其辩护者也大都认为狄更斯"未能摆脱他那个时代的普遍态度和偏见"[1]，"接受和反映了当时的反犹主义倾向"[2]，因此，他的反犹倾向是出于一种"未加思索的偏

---

① L. Lane, "Dickens' Archetypal Jew," *Publications of the Modern Language Association of America*, 1958, vol. 73, no. 1 (March 1958), p. 95. 译文转引自：陈后亮：《"一个另类种群"：〈雾都孤儿〉中的犯罪阶级想象》，《外国文学评论》2017年第3期，第152页。

② L. Stone, "Dickens and the Jews," *Victorian Studies*, 1959, vol. 2, no. 3 (March 1959), p. 233. 译文转引自：陈后亮：《"一个另类种群"：〈雾都孤儿〉中的犯罪阶级想象》，《外国文学评论》2017年第3期，第152页。

见"①。换言之，狄更斯在民族立场方面是受到了当时英国社会主流意识影响的，具有一定的狭隘性。

如果说反犹倾向是英国内部的民族取向的话，那么狄更斯的对外态度则含有殖民主义的色彩。"用'不友好'这个词来形容狄更斯彼时的中国观可谓轻描淡写。如果将狄更斯厌恶的事物列成一张单子，中国的排名应该相当靠前"②。譬如，他曾在一次演讲中宣称："真正的物质时代是愚昧的中国时代。在那个时代，关于自然的新的伟大发现是不允许的，因为人们对这类发现的态度是无知与粗鲁地排斥，而不是积极而努力地争取。"③ 这种说法，我们尚且可以理解为狄更斯是从现代性的视野和政治学说角度来认识中国，虽因信息不对称、立场不同等原因有失偏颇，给人高高在上之感，但还算不上离事实太远。

当他以宗主国的身份来看待殖民地澳大利亚和印度时，态度更为偏激。《远大前程》中的澳大利亚被视为罪犯之地，被流放至此的英国人将不再拥有回到政治文化中心的机会。1857 年，英国驻印部队中的印度兵发生哗变，并杀死英国军官及其妻儿，进而引发全国性的政变。当时，狄更斯如同普通英国民众一样，从殖民者的身份对印度兵变进行强烈谴责，并与柯林斯（Phillip Collins）合著小说《英国囚徒历险记》，来说明印度兵变的不合法性与英国军队的勇敢："这其实是一个故事，……我精心策划这个故事，就是为了纪念在印度我们的英

---

① L. Lane, "Dickens' Archetypal Jew," *Publications of the Modern Language Association of America*, 1958, vol. 73, no. 1 (March 1958), p. 94. 译文转引自：陈后亮：《"一个另类种群"：〈雾都孤儿〉中的犯罪阶级想象》，《外国文学评论》2017 年第 3 期，第 152 页。

② 李夏恩：《狄更斯与中国》，《新京报书评周刊》，2020 年 6 月 6 日，第 B01 版—B08 版。

③ 查尔斯·狄更斯：《狄更斯演讲集》，殷企平等译，南昌：江苏教育出版社，2016年，第 414 页。

国性格所表现出来的最好品质。"①

不同于狄更斯的殖民者身份，弱势民族的出身，让老舍在对待其他民族和国家时态度更为温和，也更具包容性。所谓弱势民族，对内指的是他的满族身份。晚期民国时期，在辛亥革命"驱除鞑虏，恢复中华"的口号下，国内过去百年间满汉总体相安无事的格局被打破。满人成为人人喊打的对象，甚至不敢公开暴露自己的族籍、姓氏，更多的人选择改用他姓，谎称汉族。少年时代即有的生活体验，让他对国内各民族间的平等共处充满期待。比如，他对回族的评价一向很高，认为回民身体健康，生活严谨，干净整洁。我们与回民之间产生矛盾，是因为对他们缺乏必要的了解。而在抗战时，他还与宋之的一起，共同创作了回族抗战剧《国家至上》。所以，新中国成立后，老舍看着蒙古族、鄂伦春族、达斡尔族、满族、朝鲜族、回族等各民族的朋友们欢聚一堂，真正实现了"民族团结"时，内心欣喜难以言表。

此外，弱势民族还有一重对外含义。这与晚期民国时期中国的世界地位紧密相连。与狄更斯的看法相呼应，小说《二马》中的英国人，手捧《鸦片鬼自状》，认为中国人"个个抽大烟，私运军火，害死人把尸首往床底下藏，强奸妇女不问老少，和作一切至少该千刀万剐的事情"②。在外表上，"中国人是矮身量，带辫子，扁脸，肿颧骨，没鼻子，眼睛是一寸来长的两道缝儿，撅着嘴，唇上挂着迎风而动的小胡子，两条哈吧狗腿，一走一扭"。③至于中国人的"阴险诡诈"，则是"袖子里揣着毒蛇，耳朵眼里放着砒霜，出气是绿气泡，一挤眼

---

① C. Dickens, *The Letters of Charles Dickens vol. 8*, 2000, pp. 482–483. 译文转引自：张金凤：《狄更斯对印度兵变的误读与书写——对〈英国囚徒历险记〉的互文性分析》，《解放军外国语学院学报》2012 年第 4 期，第 102 页。

② 老舍：《老舍全集》第 1 卷，第 392 页。

③ 同上书，第 431 页。

便叫人一命呜呼"①。中国人是"世界上最阴险，最污浊，最讨厌，最卑鄙的一种两条腿儿的动物"②。这些让老马父子在英国备受歧视。这种情况下，马威等年轻一代中国人的现代民族国家意识觉醒，开始思考如何强国富民、维护主权。

老舍在应对民族观念狭隘性方面的文化抗争远不止于此，他由中国联想到东方其他被压迫的民族国家。带着对西方中心主义的质疑，老舍在新加坡这片东方人聚集的土地上，经过实际的生活与实地的考察，最终以新加坡的华侨子弟小坡为主角写下小说《小坡的生日》，在其中以孩子的视角展现了他所看到与所设想的南洋，构建了一个理想化的和谐世界。老舍认为，在康拉德（Joseph Conrad）的小说中尽管也出现了一个五彩斑斓的世界，但这个世界是以白人为中心其他民族为点缀而有意为之的。因此，他试图建构一个新的各民族联合的南洋。伴随着中国与世界局势的变化，老舍抗战时期所著的戏剧《大地龙蛇》在《小坡的生日》基础上更进一步。在《大地龙蛇》的结尾，在抗战顺利结束后，包括日本在内的东方各民族建立了资源共享，互帮互助，和平共处的和谐世界。

我们认为，尽管狄更斯与老舍都被视为各自民族与国家最重要的文化型作家之一，都强调对现实的分析与批判，但是，中西文化在传统和现代中的不同选择，以及两位作家本人文化观与世界观的不同，使得狄更斯与老舍在文学创作上存在诸多差异。当然，因篇幅和主题所限，关于文化因素与狄更斯、老舍创作的关系还存在进一步展开的地方。譬如，从文化批评的视域来看，他们都在试图为大众与大众文化正名。而我们谈论最多的老舍与狄更斯的幽默观，其实质是中英两国文化在乐观主义精神方面的不同表现。同时，需要明确的是，我们

---

① 老舍：《老舍全集》第 1 卷，第 431 页。
② 同上书。

无意于对两位伟大作家的优劣加以判断，只是想在中西文化比较中探究他们的联系与区别，尤其是老舍之为老舍，而不是中国的狄更斯的原因。

结　语

综上所述，围绕"中国狄更斯作家群"这一主题，我们看到，中国作家在不同时期对狄更斯的接受及其原因存在相当大的差异。从林纾与狄更斯在政治与道德观上的相似，到老舍与狄更斯批判现实主义不同的伦理文化型现实主义，再到张天翼看似借鉴狄更斯，实则更加偏向社会主义现实主义与自然主义，最后到当代文学对与以狄更斯为代表的批判现实主义的回归，20世纪以来的种种现实主义观念背后都隐藏着狄更斯的身影。就其特殊性价值而言，"中国狄更斯作家群"为我们厘清狄更斯与现实主义文学在中国百年历史中的命运提供了一条有迹可循的路径，有利于我们进一步理解狄更斯与中国作家的关系。借助作家群的解读方式，我们发现即便是狄更斯与老舍这样早已不再新颖的话题，也能寻找出背后隐含的深层内蕴。而从普遍性价值的角度来说，本研究的另一个重要意义则是提供了一种中外文学关系研究的新范式，即通过中国外国作家群的形式，重新梳理中外文学关系中的某一主题的发展脉络，包括其在中国的传播、对中国文学的影响，以及中国文学在接受过程中的语境化阐释与主体性思考，进而探讨中国现当代文学在世界文学体系中的独特性所在。（吴秀峰）

第七章
中国王尔德作家群

绪 论

　　1854 年 10 月 16 日，王尔德出生于爱尔兰都柏林的一个知识分子家庭。父亲威廉·王尔德是当地颇具声望的眼科医生，且他在考古上的兴趣使他在文坛有一定的声誉。母亲珍·王尔德则是一位赫赫有名的诗人，曾以斯佩兰萨为笔名进行创作，为爱尔兰的民族独立运动发声。王尔德的父亲和母亲都是宗教改革运动后移民到爱尔兰的英国人，所以严格来说，王尔德是英裔爱尔兰人。这个家庭常和社会名流来往，邀请一些爱尔兰文化圈的知名人士参加他们的晚宴，其中包括萧伯纳的父亲、济慈的父亲等。王尔德在这样的家庭背景中成长为一位作家一点也不奇怪。然而，这个家庭和王尔德自己都未曾预料到，王尔德会成为英国唯美主义的代表作家，并因为他的唯美主义风格备受争议，最终由于"有伤风化"的行为被判入狱。王尔德出狱后第三年病逝于巴黎，但他短暂却又跌宕起伏的一生是"人生模仿艺术"的最好写照。

　　王尔德在圣三一学院和牛津大学逐渐形成了一种唯美主义风格。1881 年，王尔德以英国唯美主义代言人的身份赴美演讲。他在名为《英国的文艺复兴》的演讲中说："艺术家的特征不在于他感受自然表现自然的能力，而在于他的以活跃的、使人意会的诗的原则来驾驭所有的理性和情绪的力量，这才是我们的文艺复兴的力量的真正所在。"① 王尔德站在英国乃至整个欧洲的艺术发展史的宏观角度，呼吁艺术家摆脱"灵魂的专制"，拥抱永恒的美的世界。1885 年，王尔德发表文章《谎言的衰落》，象征其唯美主义观的具体理念的形成。与慷慨激昂的演讲不同，《谎言的衰落》以对话的形式展开，王尔德"悖论式"的写作手法此时已初见端倪。王尔德用自己两个儿子的名字为对话的双方命名：西里尔（Cyril）和维维安（Vivian）。他们具体讨论了艺术的自足性，以及艺术与自然和生活的关系。文章主要提出以下三个观点：（1）艺术除了自己以外从不表达任何东西。（2）所有坏的艺术都是由于重返了生活和自然，并把它们抬升到理想的结果。（3）生活模仿艺术远甚于艺术模仿生活。② 此后，王尔德出版艺术批评散文《意图集》，将《谎言的衰落》纳入其中，并增录三篇文章——《笔杆子、画笔和毒药》《作为艺术家的批评家》《面具的真理》。除《谎言的衰落》外，其他三篇文章分别以艺术和罪恶、批评家的创造性、面具的艺术幻象为主题进一步拓展了王尔德的艺术观。王尔德的艺术文论妙语如珠，也颇具深度，其中有些观点甚至颇具前瞻性。

　　除了艺术理论，王尔德最为人所知的还是他的文学作品。他的作品涉及的文学体裁非常广泛，包括童话、小说、戏剧、诗歌等，其中剧作家的身份最为人认可。王尔德一生创作了九部戏剧，其中五部作品在英国戏剧史上都占有一席之地。《莎乐美》以其优美如诗的风格呈现了一出充满东方神秘色彩的独幕悲剧。这部剧于 1893 年由法语写成并在巴黎出版，三年后被翻译成英语，但因其题材涉及对圣经人

---

① 奥斯卡·王尔德：《王尔德全集.第四卷》，杨东霞、杨烈译，北京：中国文学出版社，2000 年，第 15 页。

② 奥斯卡·王尔德：《谎言的衰落》，萧易译，南京：江苏教育出版社，2004 年，第 50—51 页。

物的描写，所以一直到 1905 年才得以在英国上演。《莎乐美》一剧将戏剧作品的“形式美”发挥到极致，内容则带有诡谲暴力的色彩。莎乐美对约翰的示爱、在希律面前表演的七纱之舞、对约翰头颅的致命一吻，这一幕幕将世纪末的颓废美学表现得淋漓尽致。另外四部戏剧都是喜剧作品，分别是《温德米尔夫人的扇子》《一个无足轻重的女人》《理想丈夫》《认真的重要性》。这几部剧均以英国上流社会的社交生活为描写对象，其中通常都有一个甚至好几个“纨绔子弟”。他们最大的爱好是吃喝玩乐，从不关心世俗生活里的“正事”，总是对人人遵守的价值标准嗤之以鼻。中产阶级最在意的价值理念——认真和上进——往往是他们调侃的对象。因此，这些喜剧的对白里总是充满了王尔德式的反讽和悖论，一切固有的价值、见解和身份都在嬉笑讽刺中轻松地被解构。“情人和夫妻，亲戚和兄弟，医生和病人，男人和女人，上流社会和下层阶级，聪明人和笨蛋，老小姐和闲牧师，德文课和法国歌，乡下之近和澳洲之远，现代的教育，文学和文化，王尔德全不肯放过。他并不刻意要攻击哪一个阶层、哪一国度、或哪一类人，他只是为戏谑而戏谑，就像为艺术而艺术一样。”① 虽然看起来漫不经心，王尔德实际上在精心雕琢他的作品的形式美。这一“雕琢”技艺在《认真的重要性》这部剧里已经炉火纯青。该剧几乎脱离了前面几部喜剧依靠故事主线推动发展的写作手法，而以语言本身创造一个又一个戏剧高潮。读者或观众感觉似乎什么事也没发生，却能享受其中甚至有所启发。杰克为自己另外创造了一个名为“任真（认真）”的身份，不约而同地和阿尔杰农一样热衷“两面人”的游戏。“任真”这个假名意外帮他们抱得美人归，而假名原来才是真的。《认真的重要性》构思巧妙，风格独特，成为王尔德最具个人风格的一部

---

① 奥斯卡·王尔德：《王尔德喜剧》，余光中译，南京：江苏凤凰文艺出版社，2017年，第 18 页。

戏剧。

王尔德的小说创作主要包括一部长篇小说和五篇短篇小说，其中长篇小说《道林·格雷的画像》影响最大。用灵魂交换青春的故事在文学创作中并不新鲜，王尔德将他的唯美理念贯穿全文，赋予了这个主题新的形式。用王尔德自己的话说："我的故事是一篇有关装饰艺术的论文。它是对朴素现实主义的残忍无情的反应。如果你喜欢它是有毒的，但你无法否认它也是完美的，而完美正是我们艺术家追求的目标。"① 然而，英国评论界却对王尔德所说的"完美"并不关心，只对它的"毒性"耿耿于怀，所以这部小说中充斥的新享乐主义遭到了诟病。亨利爵士作为一个"只说不做"的纨绔子弟，将一种"危险"的思想——新享乐主义灌输给纯洁的道林，试图将道林的人生变成一件艺术品。道林的感官被打开以后，灵魂也跃跃欲试，于是开启了一段不断追寻新感觉的旅程。他爱上了舞台上的西比尔，却抛弃了真实生活中的西比尔。他追求艺术上的思想和激情，但对生活的道德伦理一概不理。道林想要"描画一种新的生活方式，有理性的生活哲学和分明的生活理念，在感官的升华中达到最高境界"②。这种生活方式在清教徒主义盛行的英国没有容身之处，注定要受到外界的议论甚至鄙视。王尔德为此专门为单行本的《道林·格雷的画像》作序，作为对外界争议和抨击的回应。"书没有道德和不道德之分，只有写得好和写得差的，仅此而已"③。王尔德对那些以道德作为评判艺术的标准的言论非常恼火，批评它们是对艺术的亵渎。在艺术中发现道德含义的人是"堕落的"，在艺术中发现美的含义的人是"有教养的"，王尔德

---

① 奥斯卡·王尔德：《王尔德全集.第五卷》，苏福忠、高兴译，北京：中国文学出版社，2000年，第451页。

② 奥斯卡·王尔德：《道林·格雷的画像》，孙宜学译，杭州：浙江文艺出版社，2017年，第144页。

③ 同上书，第 i 页。

认为艺术只与美有关，而无任何用处的人才是 "上帝的选民"。王尔德用对美的追随取代对宗教的虔诚，体现了他对艺术创作的最大诚意。这部小说充斥着对话描写，每个角色都仿佛是王尔德戴上各类面具的化身，他们的种种形态共同反映了王尔德矛盾内心的各个面向。小说中的道林逃过了法律的制裁和仇人的追杀，最终却葬送在自己手中。这似乎预示着王尔德悲剧的结局。更为讽刺的是，当王尔德遭受审判时，这本书被对方律师用来作为攻击他的道德问题的依据。王尔德被判入狱在西方被视为唯美主义浪潮的终结。

王尔德一生发表了两部童话集，分别是《快乐王子童话集》和《石榴屋》。《快乐王子童话集》是王尔德打开文坛知名度的重要作品，总共包括五篇，分别是《快乐王子》《夜莺与玫瑰》《自私的巨人》《忠实的朋友》《了不起的火箭》。王尔德在 1889 年写给美国小说家阿米莉·里夫斯·钱勒的信中写道："我的童话集是轻松的、幻想式的，并非为孩童所作，而是为 18—80 岁童心未泯的人们创作的。"① 王尔德的童话创造了一个独特的童话世界，孩子们可以尽享其中的奇妙。而对于那些仍怀有童心的成人来说，他们也能透过王尔德的描写看到现实世界的荒谬和残酷之处。两者并不相违，这是王尔德写作手法的高超之处。一方面，王尔德用优美精妙的语言建立了一个远离现实的充满神秘异域色彩的世界。另一方面，王尔德运用反讽、拟人化、象征等手段揭露现代社会的本质问题。和一般的童话故事不同，王尔德的童话总带着一些悲伤的色彩。快乐王子的雕像和燕子的尸体被扔进垃圾堆，好在上帝救赎了他们。燕子牺牲生命换来的玫瑰花被学生扔到明沟里，被车轮碾过。巨人最爱的小孩走了，他苦苦思念，小孩终于在巨人临终的时候来接他去天堂。汉斯不停地满足他自私的朋友磨

---

① 奥斯卡·王尔德：《王尔德全集．第五卷》，苏福忠、高兴译，北京：中国文学出版社，2000 年，第 404 页。

坊主的要求，结果淹死在沼泽地。自恋的火箭一生都在吹嘘和追求轰动，最后悄无声息地孤独落幕。王尔德的童话就像一首首美丽忧伤的诗歌，读完仍有余味。王尔德的第二部童话集《石榴屋》相比第一部的语言更加复杂，篇幅也更长，更符合其"成人童话"的定位，总共包括四篇童话。王尔德在其中继续发挥其丰富的想象力，并使得故事的内部张力进一步加大。希腊精神和基督精神是王尔德作品中一直存在的两条主线。王尔德将现代的浪漫主义精神和希腊精神结合在一起，创造了新希腊精神——一种新的享乐主义，鼓励人们追求感官享受，而基督精神宣扬的则是同情、友爱、牺牲。尽管这两种精神相互矛盾，但王尔德在《石榴屋》中用一个个童话故事告诉我们"人们生活在一个矛盾无法化解的世界，善也好、恶也罢，都不是确定的，它们不过是转瞬即逝的定义罢了"①。星孩因为对母亲冷酷无情，失去美貌，变得丑陋无比。忏悔改过，经历艰辛后，他又由丑变美，当上了国王。他用仁政统治了国家三年就死了，接替他的统治者却是一个邪恶的国王。美与丑互相转化，善与恶交替发生。道德对人的束缚，如同灵魂举着专制的旗帜，压抑人心中的爱和力量。因此，与其说王尔德的唯美主义反道德，不如说它鼓励的是人心中本就存在的美好的品质，自然流露的关心和爱，而非一个转瞬即逝的定义。

王尔德最早从事的文学创作是诗歌创作，但他在诗歌上取得的成就相对较小。王尔德在学生时期创作了不少诗歌，其中以《拉文纳》（Ravenna）最为有名，因其获得了牛津大学 1878 年颁发的纽迪吉特奖。1881 年，王尔德将他写过的诗集结成书，以《诗》（Poem）为名出版。这本书得到的评价褒贬不一，并未在文坛有大反响。1894年，王尔德第二次发表诗歌作品，一首 174 行的诗——斯芬克斯

---

① Kate Pendlebury, "The Building of 'A House of Pomegranates'" Marvels & Tales, vol. 25, no. 1 (2011), p. 139.

（*Sphinx*）。这首诗有着明显的颓废主义色彩，斯芬克斯激发了"我"对古希腊的神话和古埃及的传说这些神秘过往的想象：阿佛洛狄忒如何亲吻躺在灵台上的少年阿多尼斯？赫里奥伯利斯的人崇拜的阿蒙神又是怎样的？我们都不得不承认王尔德精妙的创作手法在这首诗中再一次被呈现出来。王尔德创作的最后一首诗是《雷丁监狱之歌》，这是王尔德出狱后创作的唯一一部作品，因此享有特殊的地位。这首诗的形式和他以往的作品有些许不同，用王尔德自己的话来说："这首诗遭受互异风格整合之难。有些部分是现实主义，有些部分是浪漫主义的：有些是诗，有些是口号。"[1] "每个人都杀死自己爱的东西"[2]。这是王尔德对于杀死自己爱人的皇家骑兵的辩护。如果人们能像耶稣一样认识到每个人在本质上都是罪人，就不会赞成用非人的手段对待自己的同胞。这首诗的叙事主体既有"他""他们"，也有"我""我们"。王尔德并没有把这首诗作为抒发其在狱中的悲伤和痛苦情绪的出口，而是将自己与作品中的人物和事情拉开距离，通过共情想象，以智性的批评眼光展开描写。虚构和现实交替进行，激情和理智共存。王尔德的"政治宣传"仍未脱离唯美主义的风格。

王尔德的唯美主义风格在英国文学史上独一无二。他的戏剧作品使得 19 世纪末英国的戏剧重现生机，他的童话作品至今仍受全世界人民的喜爱，他的小说和诗歌的文学地位虽然无法和前两种类型的作品相比，但从审美角度来看，王尔德的每一部作品都是精心打造的艺术品。对于读者来说，我们在感受艺术美的同时，也在其中看见自己。

---

[1] 奥斯卡·王尔德:《王尔德全集. 第六卷》，常绍民、沈弘等译，北京：中国文学出版社，2000 年，第 421 页。

[2] Oscar Wilde, Complete works of Oscar Wilde, Glasgow: Harper Collins UK, 2003, p. 883.

第一节　王尔德在中国

伴随着社会变革需要的萌生，清末民初逐渐开始有西方的文学作品被译入中国。作为 19 世纪英国唯美派的代表作家，王尔德也是在这个时期开始了其在中国的传播之旅。王尔德进入中国人的视野始于1909 年周氏兄弟译著的《域外小说集》，分两册出版。其中第一版收录了周作人翻译的《安乐王子》（现译《快乐王子》），第二版则包括了王尔德的《杜鹃》（现译《夜莺与玫瑰》）。直至今日，中国译者对于王尔德作品的翻译热情也没有消退，而这一译介之旅已经有了超过一百年的历史。根据译介程度的不同，我们将王尔德在中国的翻译传播史分为四个阶段，分别是译介热潮阶段（1909 年至 1936 年），退潮阶段（1937 年至 1975 年）、反拨阶段（1976 年至 1999 年）、余温持续阶段（2000 年至今）。

一、译介热潮阶段（1909 年至 1937 年）

在周作人翻译了《快乐王子》和《夜莺与玫瑰》六年后的 1915年，陈独秀创办了《青年杂志》（后改名为《新青年》），这一事件标志着新文化运动拉开了序幕。以"反孔教、反文言、抵制儒家学派"为宗旨，新文化运动是一个由知识分子自发倡导的反封建的文化运动。这一运动的发展大大促进了西方文学作品的译介。1915 年，薛琪瑛在《新青年》上发表了戏剧《意中人》的译文，这是王尔德作品的第一个白话文译本。陈独秀本人则于一个月后在该刊物上发表了文章《现代欧洲文艺史谭》，将王尔德与易卜生、屠格涅夫、梅特林克并称为"近代四大代表作家"。第二年，陈嘏在《新青年》上刊登了戏剧《佛罗连斯》。1918 年到 1919 年间，《温德米尔夫人的扇子》陆续出现了三个译本，王尔德作品的译介逐渐进入第一波热潮阶段。

从戏剧作品来看，《莎乐美》是王尔德被译介次数最多的作品，共有五个译本，译者分别是陆恩安和裘配岳（《民国日报》副刊《觉悟》，1920 年）、田汉（《少年中国》，1921 年；中华书局，1930 年）、徐葆炎（光华书局，1927 年）、钟霖（中华绿星社，1934 年）、桂裕和徐名骥（商务印书馆，1934 年）。其中最有影响力的译本是田汉的译本。为保留王尔德原文的语言风格，田汉采用直译的方式，尽量还原原文在语言上的形式美。他不仅翻译了这部剧，还于 1929 年将其搬上了舞台。田汉认为莎乐美具有“目无旁观，耳无旁听，以全生命求其所爱，殉其所爱”[①]的精神，并鼓励人们勇敢追求心中所爱。为了将中国人民从封建思想的压迫中唤醒，田汉有意将《莎乐美》追求感官享受的异教徒式的反叛解读为对自由和爱情的向往。

《温德米尔夫人的扇子》是译介次数第二的戏剧作品，共有五位译者翻译过这部作品，分别是神州天浪生（《民铎》，1918 年）、沈性仁（《新青年》，1918 年）、潘家洵（《新潮》，1919 年；商务印书馆，1923 年；北京朴社，1926 年）、洪深（《东方杂志》，1924 年）、张由纪（启明书局，1935 年）。其中最为人所知的是洪深 1924 年的改译。他将这部剧搬上了舞台，在上海、南京等地有多场演出，颇受欢迎。洪深不仅对情境进行本地化处理，而且还对故事情节加以调整，使改编后的剧本在当时的中国文化语境下有着很强的社会教育功能。

《理想的丈夫》是王尔德第一部被译介到中国的戏剧作品，这部剧除了有薛琪瑛的第一个译本，还有另外两个译本，分别是徐培仁翻译的《一个理想的丈夫》（金屋书店，1928 年）以及林超真翻译的《理想良人》（神州国光社，1932 年）。薛琪瑛认为王尔德是“欧洲著名之自然派文学大家”，评价“此篇为其生平的得意之作，曲中之意乃指陈吾人对于他人德行的缺点。谓吾人须存仁爱宽恕之心，不可只

---

① 田汉：《中国当代文学研究资料·田汉专集》，南京：江苏人民出版社，1984 年，第 13 页。

知憎恶他人之过，尤当因人过失而生怜爱心，谋扶掖之。夫妇之间，亦应尔也"①。将王尔德归为自然派是明显的错误，唯美主义和自然主义大不相同，王尔德甚至对自然主义的创作方式嗤之以鼻。因此，薛琪瑛对该剧的解读难免片面而有失客观。

另外两部剧《一个无足轻重的女人》和《认真的重要性》分别有一个译本，它们是 1921 年由王靖、孔襄我合译的《同名异娶》（泰东图书局）和 1921 年由耿式之翻译的《一个不重要的妇人》（《小说月报》）。相较于《认真的重要性》一剧在英国文学史上的重要地位，这部剧在这个时期的中国没有得到多少关注。究其原因，这部剧超前的荒诞意识在以启蒙和救国为主题的现代中国无法得到共鸣。

从小说作品看，王尔德唯一的一部长篇小说《道林·格雷的画像》也因为郁达夫的介绍得到了重视。郁达夫翻译了这部小说的序，以《淮尔特著杜莲格来序文》为题，刊登在 1922 年 3 月出版的《创造》季刊创刊号上。此后相继产生了三个译本，分别是由张望翻译的《葛都良的肖像画》（杂志《一般》，1928 年）、杜衡翻译的《道林·格雷画像》（金屋书店，1928 年）、凌璧如翻译的《朵连格莱的画像》（中华书局，1936 年）。凌璧如在书中详细地介绍了影响英国唯美主义的几个重要方面，总结了王尔德唯美主义的主要观点并收集了一些王尔德对于作品受到道德批判时回应的重要言论，同时还引用了佩特评价这本书的观点。很明显，凌璧如试图借用这些背景知识以及王尔德及佩特的言论减轻人们对这本书的道德偏见。就短篇小说而言，只有《坎特维尔的幽灵》被曾虚白以《鬼》为名翻译过来，收入短篇小说集《鬼》，于 1928 年由真美善书店出版。王尔德小说的译介虽不及戏剧频繁，但对于中国现代文学的创作也存在一定的影响。

从童话作品看，九篇童话都有了中文译本。《快乐王子》有四个

---

① 薛琪瑛：《意中人》，《青年杂志》，1915 年第 1 卷第 2 期。

译本，分别是周作人 1909 年收录在《域外小说集》里的《安乐王子》、郑振铎 1922 年发表在《儿童世界》的《幸福王子》、穆木天 1924 年收录在《王尔德童话》（泰东图书局出版）的《幸福王子》、宝龙 1932 年收录在《王尔德童话集》（世界书局出版社）的《幸福王子》。《夜莺和玫瑰》亦有四个译本，分别是周作人 1909 年收录在《域外小说集》的《杜鹃》、1920 年胡愈之刊登在《东方杂志》上的《莺和蔷薇》、穆木天 1924 年收录在《王尔德童话》的《莺儿与玫瑰》、宝龙 1932 年收入在《王尔德童话集》的《夜莺与玫瑰》。《自私的巨人》有六个译本，分别是穆敬熙 1921 年发表在《新潮》上的《自私的巨人》、朱朴 1922 年发表在《东方杂志》的《巨匠与小孩》、穆木天 1924 年收录在《王尔德童话》的《利己的巨人》、高君箴和郑振铎 1925 年收录在《天鹅》（商务印书馆）里的《自私的巨人》、徐名骥 1923 年发表在《小说世界》上的《自私自利的大汉》、宝龙 1932 年收录在《王尔德童话集》的《自私的巨人》。《忠心的朋友》只有两个译本，一个由曾虚白 1928 年收录在《鬼》中，另一个由宝龙收录在《王尔德童话集》里。《了不起的火箭》有赵景深的《驰名的起花》（晨报副刊，1922 年）和宝龙的《驰名的火箭》（世界书局，1932 年）两个译本。《少年国王》有三个译本，分别是郑振铎的《少年王》（《儿童世界》，1922 年）、曾虚白《鬼》中收录的《青年国王》、宝龙《王尔德童话集》中的《少年王》。《公主的生日》只有一个译本，由曾虚白收录在《鬼》中。《渔夫和他的灵魂》只由穆木天 1924 年翻译收录在《王尔德童话》中。《星孩》有六个译本，分别是伯垦 1921 年刊登在《妇女杂志》的《星孩》、觉先 1922 年刊登在《民国日报》上的《星孩》、穆木天 1924 年收录在《王尔德童话》里的《星孩儿》、沈召棠 1925 年刊登在《京报副刊》上的《星孩》、颂义 1931 年收录在《明灯》上的《星孩》、宝龙收录在《王尔德童话集》里的《星孩儿》。童话作品的译介数量明显最大，人们在王尔德的童话中不仅读出了人道主义精神，也发现了美、诗意以及几分哲理。

从诗歌翻译来看，在这个时期，王尔德诗歌作品未能经过系统的译介，大多是零星的单篇或几篇翻译见诸报刊。1921年，王尔德的诗歌第一次被小石翻译，名为《伊的坟墓》，刊登在《民国日报》上。随后，小石又在这本杂志上发表了《露台之下》。同年诗歌《他底情爱》同样刊登在《民国日报》上，译者是陆觉。1922年，沈泽民出版了王尔德最有影响的一首长诗《莱顿监狱之歌》的译文。CF女士也于1922年在《民国日报》刊登诗歌译文《清晨的印象》。同年，赵景深在《南开周刊》上发表诗歌《巴里府的花园》。1922年，近芬在《民国日报》发表诗歌《黄色中的谐音》。同年，美子也在《民国日报》上发表诗歌《露台之下》。同样是在1922年的《民国日报》上的还有CF女士发表《致我妻》和美子的《小曲》。1923年，赵景深在《文艺旬刊》上发表《马园丽姑娘》《求爱》，在《文学旬刊》上发表《幻想的装饰》。1924年江受纶在《民国日报》上发表《慰死者魂灵的祷歌》。同年，《民国日报》还刊登了袭钦榆的译诗《一曲》。其他的译文还包括赵景深译《夜乐》（1926年）、学琛译《我的声》（1927年）、朱维基和芳信译《夜曲》和《安魂歌》（1928年）、允中译《莱定监狱之歌》（1931年）、刘延陵译《祈祷逝者的安宁》（1933年）、赵景深译《夜乐》（1935年）。值得特别指出的是，沈泽民对《莱顿监狱之歌》有着高度的评价。他认为这首诗"形式整齐、韵律自然、表现强烈"[1]，但翻译过来难免有所损伤，好在诗中的思想没有受损。

除此之外，王尔德的文论也有三篇被翻译成中文。1928年，王尔德的文论《谎言的衰弱》由朱维基翻译并收录在《水仙》（光华书局），名为《谎语的颓败》。《作为艺术的批评家》则由林语堂分五次

---

① 奥斯卡·王尔德：《狱中记》，张闻天、汪馥泉、沈泽民译，上海：商务印书馆，1922年，第61页。

翻译，分别名为《论静思与空谈》(《雨丝》，1928 年)、《论创造与批评》(《雨丝》，1928 年)、《印象主义的批评》(《北新》，1929 年)、《批评主义的要德》(《北新》，1929 年)、《批评的功用》(《北新》，1929 年)。再有则是震瀛 1928 年译的《社会主义和个人主义》，由受匡书局出版社出版。

综上所述，在第一波热潮阶段，中国掀起了"王尔德热"，王尔德的重要作品基本都通过译介进入中国，很多作品都有多个译本。但从译介的选择和译者的解读来看，最初存在将王尔德归类为自然主义的误读，后来将其笼统地归为新浪漫主义名下，王尔德的唯美主义并没有得到深入的探究。这个阶段的传播是从两个互相矛盾的角度出发的：(1)希望利用文学的社会功能帮助人们摆脱封建思想的束缚。(2)希望西方的文学能促进我国新文学的发展，从而脱离"文以载道"对文学家的限制。也就是说，彼时的中国对于新文学的发展既有社会改革的要求，又有文学本身发展的要求，只是启蒙的必要性强于文学本身的发展的需求。王尔德的唯美主义就是在这样错综复杂的社会文化环境中于中国迅速开花，成为不能回避的文学话题。

二、退潮阶段（1937 年至 1975 年）

经过了译介的第一波热潮，王尔德译介开始进入第二阶段。相较于第一阶段的全面开花，这个阶段王尔德作品的译介量明显下降。1937 年，七七事变标志着抗日战争的全面爆发。根据查明建和谢天振的《中国 20 世纪外国文学翻译史》一书，这个阶段"民族矛盾激化，民族的生与死，成为国人议事日程上的关键问题，王尔德作品的汉译因其偏离时代主题而终受冷落"[①]。尽管如此，王尔德三部戏剧

---

① 查明建、谢天振：《中国 20 世纪外国文学翻译史》，武汉：湖北教育出版社，2007 年，第 363 页。

作品和童话还是得到了进--步的译介。《莎乐美》又有了新的译本，包括沈佩秋译的《沙乐美》（上海启明书局，1940年）以及胡双歌的《莎乐美》（上海星群出版公司，1946年）。沈佩秋在序中写道："现在中国是正人君子得势的时候，不过译者相信一切伟大的作品都是超越时代性的，所以莎乐美之伟大，不会因为正人君子之传统道德而有损益。"① 而胡双歌则在序中提出："由于他（王尔德）的性情正直不阿，行动怪异，生活浪漫，引起了当时社会的不满，尤其招致了一些维护传统道德的士绅们的反感。"② 从这些解读可以看出，王尔德的作品在中国受到一些道德抨击，所以这些译者才会委婉地强调这些不过是过时的道德枷锁。《温德米尔夫人的扇子》也有了两个新的译本，分别是杨逸声翻译的《少奶奶的扇子》（上海大通图书社，1937年）和石中翻译的《少奶奶的扇子》（长春广益书店，1941年）。与此同时，《理想丈夫》1940年由怀云翻译，启明书局出版。怀云在引言中指出王尔德在该剧中"将男女间描写得淋漓尽致，尤其对于女子的心理观察得最透彻。在这里，非但做女子的人应当一读，就是做男子的人也应当一读，怎样做女子的理想丈夫？怎样找理想的妻子，本书中都有详细的答复"。③ 王尔德的这部风俗喜剧此时成了恋爱婚姻的"教科书"。

　　1948年，王尔德的两本童话集由巴金翻译，集结于一册，由文化生活出版社出版，名为《快乐王子集》。巴金引用谢拉尔德的话："在英文中再也找不出来能够与它们相比的童话。它们听起来叫小孩和成人都感到兴趣，而且它们中间还贯穿着一种对社会的控诉，一种为着无产者的呼唤，这使得《快乐王子》和《石榴之家》成了控告现

---

① 奥斯卡·王尔德：《沙乐美》，沈佩秋译，上海：启明书局，1940年，序。

② 奥斯卡·王尔德：《沙乐美》，胡双歌译，上海：星群出版公司，1946年，序。

③ 奥斯卡·王尔德：《理想丈夫》，怀云译，上海：启明书局，1940年，引言。

社会制度的两张真正的公诉状。"① 可见，童话译介的原因不仅在于童话故事的精彩，更在于译者将王尔德视为为无产阶级发声的作家。

这个时期的译介主要延续了对上个阶段影响力较大的作品的翻译，如戏剧作品和童话作品。在戏剧作品中，译介最频繁的是由于搬上舞台更具影响力的两部作品：《莎乐美》和《温德米尔夫人的扇子》。也可以说，这个阶段是上个阶段的尾声，王尔德的作品译介已经开始走向低谷。1949 年后，出于意识形态上的考虑，被划为"颓废派"的王尔德彻底失去了译者的青睐。唯一的例外是巴金翻译的《快乐王子集》，这部童话于 1949 年和 1955 年两次得到再版。

三、反拨阶段（1976 年至 2000 年）

改革开放政策不仅是我国经济发展的一个转折点，同时也是文学观念开始转型的一个重大推动力。最显著的表现是文学的审美意识和文学中对"人"本身的关注开始复苏。西方文学作品的译介在这个文学发展阶段依然发挥着重要作用。王尔德的作品作为将审美意识放在首位的唯美主义文学作品，自然重新得到了译者的关注。戏剧作品在这个阶段产生了几个影响力较大的译本，分别是 1983 年钱之德翻译的《王尔德戏剧选》（花城出版社），包括《温德米尔夫人的扇子》《一个理想的丈夫》和《名叫艾纳斯特的重要性》三个篇目；余光中1986 年翻译的《不可儿戏》（中国友谊出版社），1997 年翻译的《温夫人的扇子》（辽宁教育出版社）、1998 年翻译的《理想丈夫与不可儿戏：王尔德的两出喜剧》（辽宁教育出版社）；1987 年张南峰翻译的《认真的重要性》（中国戏剧出版社）、1990 年翻译的《王尔德戏剧选》（福州海峡文艺出版社），四部喜剧全部囊括其中；孙法理 1998 年译

---

① 奥斯卡·王尔德：《快乐王子集》，巴金译，上海：文化生活出版社，1948 年，第196 页。

的《莎乐美》（译林出版社）。钱之德认为王尔德的喜剧以"十九世纪末英国的社会、家庭、恋爱、婚姻为题材，反映出当时英国上流贵族社会的空虚与无耻，对统治阶级的不道德行为进行了无情的揭露与批判"①。张南峰则指出王尔德是一个"口头唯美派"②，意指其困在审美和道德的矛盾间。余光中则认为"王尔德是一个天生的讽刺家，对一切价值都表示怀疑，所以他的冷嘲热讽对各色人等一视同仁……他的讽刺以人性为对象，而不是革命家、宣传家，以某一种人为箭靶"③。《莎乐美》的译者孙法理则借此书的前言为唯美主义正名："唯美主义在我国受到了不应有的歧视，长期被简单划进了腐朽堕落之列，而它所反映的反抗与追求，它现实主义的一面却因其隐晦而被忽略了。"④《莎乐美》曾在新文化运动时风靡一时，鼓舞了人们反抗封建思想，努力追求自己的所爱，甚至在文学创作上影响了郁达夫、田汉、欧阳予倩、郭沫若、徐志摩等作家。在反拨阶段，王尔德不再被视为反抗封建思想的重要作家，大部分译者开始挖掘王尔德对资产阶级社会的批判及其背后的道德内涵。

1983 年，王尔德唯一的长篇小说出现了第一个新的译本《道林·格雷的画像》，由山西人民出版社出版，金福在前言中首先肯定了王尔德的写作手法和写作技巧，继而写道："为艺术而艺术的观点深入地说可以认为这是针对资本主义制度的一种消极的反动……

---

① 奥斯卡·王尔德：《王尔德戏剧选》，钱之德译，广州：花城出版社，1983 年，第 i 页。

② 奥斯卡·王尔德：《王尔德喜剧选》，张南峰译，福州：海峡文艺出版社，1990 年第 7 页。

③ 余光中：《一笑百年扇底风——〈温夫人的扇子〉百年纪念》，1992 年 6 月 5 日，https://www.britishlibrary.cn/zh-hk/articles/notes-on-lady-windermeres-fan-100-years-anniversary/，2022 年 8 月 31 日。

④ 奥斯卡·王尔德：《莎乐美 道林·格雷的画像》，孙法理译，南京：译林出版社，1998 年，第 10 页。

最后以善对于恶的战胜曲折地反映了作者惩恶扬善的社会道德观念。"①1988 年，姜允鳞以《灵魂的毁灭》为名出版了一个新的译本。1998 年孙法理的译本《道林·格雷的画像》出版。隔年，荣如德翻译了一个新的译本《道连·葛雷的画像》，他在前言中指出"这部小说的认识意义，就在于他用鲜明和独特的手法无情地揭露了颓废主义伦理观和美学观的本质，尽管这种观念最后也坑害了作者本人"②。

王尔德的童话在这个阶段也陆续出版了多个译本，主要有周徽林的《王尔德童话》（湖南少年儿童出版社，1991 年）、王林的《王尔德童话》（译林出版社，1996 年）、刘上阳等译的《王尔德童话故事》（河北少年儿童出版社，1997 年）、巴金的《快乐王子集》（人民文学出版社新版，1999 年）、史津海和富彦国翻译的《快乐王子童话集》（浙江文艺出版社，1999 年）、何佳的《快乐王子》（大众文艺出版社，1999 年）（中国检查出版社，2000 年）、苏福忠和张敏翻译的《幸福王子》（中国对外翻译出版公司，2000 年）。王尔德的童话个人风格明显，带着唯美和忧伤的基调，其中所体现的对美和爱的追求在这个阶段仍然引起了人们的共鸣。

王尔德的文论继新文化运动后再次得到关注。《谎言的衰落》收录在伍蠡甫主编的《西方文论选》（上海译文出版社，1979 年）以及梁实秋主编的《英国文学选》中（协志工业丛书有限股份公司，1985 年）。而《作为艺术家的批评家》则由汪培基收录在《英国作家论文学》中（三联书店，1985 年）。王尔德的演讲《英国的文艺复兴》由章安祺收录在《西方文艺理论史精读文献》（人民大学出版社，1996 年）。赵澧、徐京安主编的《唯美主义》不仅收录了《谎言的衰弱》

---

① 奥斯卡·王尔德：《道林·格雷的画像》，彭恩华译，太原：山西人民出版社，1983 年，第 5 页。

② 奥斯卡·王尔德：《道连·葛雷的画像》，荣如德译，济南：山东文艺出版社，1999 年，第 4 页。

《作为艺术家的批评家》以及《道林·格雷的画像》的自序，还将关于《道林·格雷的画像》的两封信以及关于《莎乐美》的一封信囊括书中。作为改革开放后第一本研究唯美主义的专著，这些信件的翻译对于我们更接近王尔德的唯美主义思想有了进一步的帮助。同时，王尔德入狱写给情人波西的那封著名的信也有了新的译本。1998年，《狱中记》由孙宜学翻译，南海出版公司出版。译者认为王尔德从入狱前的"艺术高于人生"到入狱后的"人生即艺术"，是"狱中生活给他的艺术至上主义的一次打击的结果"①。

在这一阶段，王尔德在译介中逐渐走出上一个阶段颓废派的形象，译者更加突出强调王尔德对资产阶级的反抗意识及其背后的道德内涵。尽管这些解读并未完全挖掘出王尔德唯美主义思想的核心，但已为王尔德下一阶段的译介余温持续阶段打下了基础。

四、余温持续阶段（2000年至今）

2000年是王尔德逝世一百周年，中国文学出版社推出赵武平主编的《王尔德全集》，共六卷，分别是小说童话、诗歌、书信（上）、书信（下）、戏剧、评论随笔。这套书不仅弥补了王尔德译介在书信和评论随笔方面的空白，还对于王尔德未被译介的戏剧、短篇小说和诗歌进行了翻译。同年，人民文学出版社出版了《王尔德作品集》，其中王尔德的经典作品的新译本。查明建和谢天振在《中国20世纪外国文学翻译史》一书中，认为这两本书的出版"意义还不仅在于译介本身，更重要的是，它的出版体现了中国对王尔德的文学地位及其作品文学价值的肯定，同时也反映了中国文学界文学观念的转变"②。经过了近一个世纪的传播，王尔德的作品从热译到受冷落，再由"拨

---

① 奥斯卡·王尔德：《狱中记》，孙宜学译，海口：海南出版社，1998年，第6页。
② 查明建、谢天振：《中国20世纪外国文学翻译史》，武汉：湖北教育出版社，2007年，第923页。

乱反正"到正式确立文学地位，21世纪的王尔德译介展现了一个全新的风貌。

王尔德的长篇小说《道林·格雷的画像》新增了约11个译本。《莎乐美》新增了约6个译本。《狱中记》则产生了2个新的译本，除孙宜学的《狱中记》再版外，又出现了朱纯深的《自深深处》（译林出版社，2008年）以及高修娟的《狱中记》（安徽人民出版社，2012年）。与此同时，除余光中的戏剧翻译外，许渊冲出版了《王尔德戏剧精选集》（上海教育出版社，2020年），包括《文德美夫人的扇子》《一个无足轻重的女人》《认真重要》《莎乐美》《巴杜亚公爵夫人》五个剧本。除此之外，文心重译了《理想丈夫》，王振则发表了《不可儿戏》的重译本。王尔德的短篇小说也得到译者更多的关注，如李家真的《坎特维尔的幽灵》（外语教育与研究出版社，2009年），赖慈芸的《人面狮身的女子》（哈尔滨出版社，2002年），鲁东旭的《王尔德奇异故事集》等。王尔德的诗也终于成书出版，包括袁宪军的《王尔德诗选》和《玫瑰与芸香》、汪剑钊的《王尔德诗选》、李慧娜的《如果你爱我比较深》。翻译最多的当属王尔德的童话，几乎每一年都有至少一个译本译出。这和童话本身的性质固然分不开，但更重要的是，王尔德的唯美风格在童话中总是能折服一代又一代的读者。从新世纪庞大的译介数量来看，王尔德的作品在产生了不少经典译文后仍有不少译者提笔重译，这本身就可以说明这位唯美主义作家在新的历史阶段完全摆脱了人们对他的偏见，文学本身的魅力开始大放异彩。

第二节　中国王尔德作家群

王尔德在中国的译介有一百多年的历史，但其在中国作家中产生较大影响力的阶段应属初入中国时掀起的热潮阶段。彼时中国对于西方的各种文学理论和思潮的吸收是广泛而庞杂的，唯美主义以独特的创作理念吸引了中国文学界的目光。作为英国唯美主义的代表人物，王尔德以其个性化的创作理念和方式影响了一批中国现代作家，包括以郁达夫为代表的创造社作家、以周作人为代表的京派作家、以叶灵凤为代表的海派作家以及以闻一多为代表的新诗诗人等。他们从文学理念、创作主题、创作技巧、艺术和人生的关系等不同的方面受到王尔德的影响，形成了一个以王尔德为中心的作家群。具体来说，这个作家群的特点主要体现在以下几个方面：

第一，文学描写重点由外转向内。王尔德的唯美主义强调艺术创作中美的呈现应以摆脱事实崇拜为前提。他在《谎言的衰落》一文中写道："如果不想想办法来制止或至少抑制我们对事实的畸形崇拜，艺术就会患上不育症，美将会从这片土地上消失。"① 王尔德认为文学描写的重点并不是对外部客观世界的呈现，而应以作者的内心世界为中心。在 20 世纪 20 年代的中国，文学研究会推崇"为人生而艺术"的创作理念，主张用文学反映社会现象，阐释人生观点。与其创作理念相对的正是受到王尔德影响的创造社。创造社标榜"自我表现"，不以表现外部世界为中心，而将重点放在表现作者的内心世界。郁达夫是创造社的重要成员之一，他的小说《沉沦》遭到舆论有关道德问题的攻击。为了为自己的作品正名，郁达夫翻译了《道林·格雷的画像》的序言。王尔德有关艺术和道德的关系的观点在序言中有着精彩的陈述，被郁达夫用来驳斥"用道德标准衡量艺术"的舆论再合适不过。当然，郁达夫并非只是拿王尔德的序言为自己"发言"。王尔德这本小说在五四时期的译介也应归功于郁达夫的推介。有关郁达夫作品中所体现的王尔德对其的影响将在后文有详细论述。田汉作为掀起"王尔德热"的另一位创造社作家，同样深受王尔德的影响。他

① 奥斯卡·王尔德：《谎言的衰落》，萧易译，南京：江苏教育出版社，2004 年，第 7 页。

在《新罗曼主义及其他》一文中写道:"要从眼睛看得到的物的世界,去窥破眼睛看不到的灵的世界,由感觉所能接触的世界,去探知超感觉的世界。"① 由此看出,田汉认为外物只是载体,借由外物产生的人的主观感受、印象甚至潜意识下的灵的世界才是作家要着力描写的世界。创造社的另一位重要成员郭沫若的创作同样极具主观色彩。当田汉发表《沙乐美》译文时,郭沫若为其赠诗一首,名为《"米桑索罗普"之夜歌》,一齐登在《少年中国》杂志上。诗末"莫辜负了前面那轮明月"正好应了《莎乐美》里的那轮贯穿始终的月亮。郭沫若的诗敢于袒露自己。他主张"文艺如春日之花草,乃艺术家内心之智慧的表现"②。

第二,人生艺术化观点的渗透和转化。王尔德唯美主义的一个重要方面是"人生的艺术化",将自己的人生变成艺术品本身是王尔德一生的追求。一部分中国作家受到王尔德"人生模仿艺术"的观点影响,积极推崇人生艺术化。在《道林·格雷的画像》中,西比尔一旦失去其艺术属性,道林便狠心地抛弃了她。无论她怎么百般哀求,道林需要的是艺术,真实人生不过是艺术的附属品罢了。这种艺术至上的观点对于中国作家来说显然太过偏激,不过通过结合中国传统文化中独特的艺术精神,一批中国作家发展出了独有的"人生艺术化"的理念。中国的艺术精神与庄子思想有密切联系,因此"人生艺术化"在中国作家的笔下往往表现为一种闲适自由的生活态度。从本质上来说,王尔德所说的无所事事和庄子的无为思想仍有着不同。也就是说,践行"人生艺术化"的作家在精神本质上和王尔德的唯美学说是相通的,只是基于中西艺术精神的差异,而呈现了不同的面貌。根

---

① 田本相、吴卫民、宋宝珍:《响当当一粒铜豌豆——田汉传》,上海:上海古籍出版社,2013年,第24页。

② 郭沫若:《郭沫若文集·第15卷》,北京:人民文学出版社,1990年,第200页。

据王尔德的文论思想来说，这不过是不同的艺术家有着不同的风格罢了。"人生艺术化"的代表作家周作人说："我们于日用必需的东西以外，必须还有一点无用的游戏与享乐，生活才觉得有意思。我们看夕阳，看秋河，看花，听雨，闻香，喝不求解渴的酒，吃不求饱的点心，虽然是无用的装点，而且是愈精炼愈好。"①周作人不仅将艺术精神贯穿在生活中，还在文学创作上有了进一步的创新，提出了"美文"的概念。他在《美文》中写道："外国文学里，有一种所谓论文，其中大约可以分作两类，一批评的，是学术性的。二记述的，是艺术性的，又称为美文。中国古文里的序、记、与说等也可以说是美文的一类。但在现代国语文学里，还不曾见有这类文章，治新文学的人，为什么不去试试呢？"②周作人的批评理念和王尔德的唯美批评理念非常相似。他认为批评可以"写出对于某作品的印象和鉴赏"③。在某种程度上说批评是创作，可以是一篇有艺术性的美文。从形式上来说，以白话文写作的美文与西方的散文或论文相似，但自由闲适的风格更像继承了庄子精神的晚明小品文。可以说王尔德"人生艺术化"的理念启发了一些中国的知识分子，但他们走出了和王尔德不同的中国式的人生艺术化道路。朱自清、林语堂、何其芳等人都曾在这条路上不断摸索前进。除此之外，"人生艺术化"还被扩大到社会教育的层面。朱光潜在《谈美感教育》一文中说："从历史看，一个民族在最兴旺的时候，艺术成就必伟大，美育必发达。"④他希望通过推广文艺教育使人们感受到美的陶冶，培养出超脱的态度、丰富的情趣、本色的

---

① 周作人：《周作人文选·第1卷》，广州：广州出版社，1995年，第282页。

② 周作人：《谈虎集》，上海：北新书局，1936年，第41页。

③ 周作人：《周作人散文（二）》，张明高，范桥编，北京：中国广播电视出版社，1992年，第207页。

④ 朱光潜：《朱光潜美学文集·第2卷》，郝铭鉴编，上海：上海文艺出版社，1982年，第512页。

生活、完整的人格。这与王尔德“教育的真正目的是对美的热爱，通过美的教育从而发展气质，培养品味，促成批评精神”①的观点颇为相似。

第三，从注重内容到形式至上。王尔德对于作品形式的强调在他的文论中有充分的显示。在王尔德看来，艺术家在获取了一些生活的材料后，便“以全新的形式翻改它”②。材料的新旧并不重要，形式的新颖与否才是决定艺术家风格的关键。“真正的艺术家是那样一种人，他不是从感触发展到形式，而是从形式发展到思想和激情……从形式中获取灵感，仅仅从形式中，就像艺术家应该做的那样，一种真正的激情会毁了他。”③闻一多受到王尔德唯美主义影响的主要表现在他对形式美的追求上。他曾在《评本学年〈周刊〉里的新诗》一文中写道：“美的灵魂若不附丽于美的形体，便失去他的美了。”④由于当时的新诗出现了欲打破“牢笼”而不顾形式的创作潮流，因此闻一多对于文学形式美的强调可以说是及时和必要的。王尔德所说的形式不仅止于文学的结构安排，更重要的是强调一种印象式的表达方式。蒋承勇和马翔在文章《错位与对应——唯美主义思潮之理论与创作关系考论》中说道：“在经典唯美主义作品中，形式主义的追求落实到具体创作中就成为对‘感觉’的描写。又因为所有的感觉都是一瞬间的，我们能够凭借语言文字将其记录下来的，都是对于‘感觉’的回忆，即‘感觉的印象’。”⑤感觉的印象是音乐这种抽象艺术形式最能

---

① 奥斯卡·王尔德：《谎言的衰落》，萧易译，南京：江苏教育出版社，2004年，第168页。

② 同上书，第18页。

③ 同上书，第172页。

④ 闻一多：《闻一多选集·第一卷》，成都：四川文艺出版社，1987年，第204页。

⑤ 蒋承勇、马翔：《错位与对应——唯美主义思潮之理论与创作关系考论》，《社会科学战线》2019年第2期。

完美呈现的艺术效果，因此王尔德高度推崇音乐这一艺术形式高度。他在《狱中记》中说自己的剧作《莎乐美》就像"一首片段集合而成的歌谣"。他甚至认为"从形式的角度看，音乐家的艺术涵盖了一切艺术类型"①。同样的，闻一多说的形式美并不止于格律的匀称，还进一步引申为"音乐美、绘画美、建筑美"的诗歌创作理论，其中他对音乐美的强调和王尔德不谋而合。另外，闻一多是少数赞同王尔德提倡的"自然模仿艺术"的作家，他也认为美是人工创作产生的，而非天然形成的。人工创作的过程即想象力发挥作用的过程，通过想象力对人的感觉赋予形式，正是王尔德所说的"形式"的真正要义。同时，如同王尔德认为"语言创造思想，而非思想创造语言"②，闻一多也提出"语言即思想"的观点。显然，闻一多试图将形式和内容合二为一，唯美主义形式观的本质正是如此。另一位强调形式的重要性的诗人是穆木天。穆木天曾翻译过王尔德的童话，他提醒人们将它们视为散文诗，而不是传统意义的童话。在诗歌创作方面，穆木天提出了"纯粹诗歌"的概念，认为"诗要兼造型与音乐之美"③。他还提出作诗要先找到"诗的思维术"，他在《谭诗》一文中写道："诗的世界是潜在意识的世界。诗是要有大的暗示能。诗的世界固在平常的生活中，但在平常生活的深处。诗是要暗示出人的内生命的深秘。诗是要暗示的，诗最忌说明的。说明是散文的世界里的东西。"④ 由此可见，通过暗示来传达感觉的印象是穆木天推崇的诗歌创作形式。王尔德的《莎乐美》的"月亮""七纱之舞"都极具暗示效果，虽然它是一部剧

---

① 奥斯卡·王尔德：《道林·格雷的画像》，孙宜学译，杭州：浙江文艺出版社，2017 年，第 ii 页。

② 奥斯卡·王尔德：《谎言的衰落》，萧易译，南京：江苏教育出版社，2004 年，第 115 页。

③ 穆木天：《谭诗》，《创造月刊》，1926 年第一卷第一期。

④ 同上书。

作而非诗歌，但这样的创作理念与王尔德的唯美主义相通，他们都试图通过象征赋予"印象"独特的形式，从而获得艺术美感。

第四，灵与肉关系的主题的进一步探索。王尔德唯美颓废风格的影响在中国现代作家的作品中有充分体现，尤其表现在对灵肉关系的描写上。探讨灵肉关系的作品不断出现，这股颓废之风几乎一直延续到抗战时期才消退。救国的急迫使得颓废之风的标签逐渐被排斥在主流文学之外。王尔德在中国的译介，可以说是"成也颓废，败也颓废"。王尔德对灵肉关系的探讨始于童话《渔夫和他的灵魂》，其后的作品《道林·格雷的画像》和《莎乐美》更是以灵肉关系为主题的唯美主义经典。和王尔德较为抽象和幻美的呈现方式不同，中国作家对灵肉关系的描写更"直抒胸臆"。作为中国现代文学中敢于描写灵肉冲突的代表作家，郁达夫直面自己的内心，用精妙的文学技巧完成了这一母题的创作。夏志清在《中国现代小说史》里认为他的创作"扩大了现代中国小说心理和道德的范围"[1]。和郁达夫袒露内心的写作不同，叶灵凤对灵肉关系描写重点落在了官能感受上。正如李蓉在《中国现代文学的身体阐释》中所写："海派文学时期的身体意识与五四时期的身体意识相比则发生了显著的变化。在新兴都市享乐主义的氛围下，对感官的沉迷和对肉欲的陶醉成为了20世纪20年代末中国都市文学的主要特征。"[2] 五四时期，文学作品中的灵肉冲突反映的是理想与现实的冲突，蕴含着强烈的反抗精神。在海派文学出现的阶段，灵肉主题的探索展现出对"灵魂压抑肉体"的现代性反思。随着城市文化的继续发展，海派文学在30年代发展出一个新的派别，即新感觉派小说。新感觉派小说虽具现代主义风格，但其与王

---

[1] 夏志清：《中国现代小说史》，杭州：浙江人民出版社，2016年，第122页。

[2] 李蓉：《中国现代文学的身体阐释》，博士学位论文，华中师范大学文学系，2006年，第77页。

尔德的唯美主义仍有较深的联系。施蛰存是新感觉派的代表人物，其作品中的灵与肉更像是周作人所说的"神性的发端"和"兽性的遗传"①，它们的冲突是自我被压抑较长时间后激发出的反常表现。李欧梵在《上海摩登：一种新都市文化在中国（1930—1945）》一书中认为施蛰存"挖掘被文明的超我所压抑的力比多力量"②。施蛰存对灵肉关系的反思在思想层面和王尔德有相通之处。海派文学发展到后期对灵肉关系的探索愈发失衡。穆时英、刘呐欧将感官享受推向极致，终究无法找到灵肉冲突的"平衡地带"。王尔德对灵肉关系的探索最终停留在了基督的个人主义上，而海派文学中的灵肉关系则走向了虚无。

综上所述，王尔德的唯美主义辐射性地影响了中国现代文学的诸多方面，包括形式、主题、文学理念甚至生活理念。王尔德的作品虽含有颓废主义的因子，但并未因此被以"文以载道"为传统的中国文学界抛弃。相反，中国知识分子有的通过将其创造性误读为新浪漫主义以号召民众觉醒，有的则将颓废视为表达对现实不满的最佳工具，有的在都市文化的发展下挖掘文学的现代性道路。除了颓废这个面向，王尔德的唯美主义在文学批评上也影响了中国的一部分作家，"纯文学""人生的艺术化"在文学本身的发展上来看都具有积极意义。总体来说，王尔德作家群是一个广泛的作家群体，他们通过王尔德的唯美主义的影响发展出个性化的文学风格。从王尔德作家群风格多样化的角度来说，唯美主义精神的本质——"发展自己的个性"确实由中国现代文学作家及他们的作品上体现出来了，尽管他们不可避免地都受到当时的社会背景的影响。

---

① 周作人：《人的文学》，《新青年》，1918 年 12 月 15 日第 5 卷第 6 号。

② 李欧梵：《上海摩登——一种新都市文化在中国 1930—1945》，北京：北京大学出版社，2001 年，171 页。

第三节　王尔德与郁达夫

从文学的启蒙意义来说，郁达夫可以说是五四时期最重要的作家之一。他以"自叙传"小说的方式，大胆剖白自己的内心，展现出个体的情欲与旧道德的强烈冲突，揭示了封建文化中压抑人性的一面。"在从《沉沦》开始的一系列同类小说中，以前所未有的笔触写出了一个年轻人的性苦闷，从而揭示了整个民族的性变态"①。郁达夫之所以选择性苦闷这个面向以折射封建思想对中国人民的压迫和束缚，也和他的这一看法有关，即"种种情欲中间，最强而有力，直接撼动我们的内部生命的，是爱欲之情。诸本能之中，对我们的生命最危险而同时又是最重要的，是性本能"②。郁达夫将性本能当作生命力重要来源的看法在当时的中国可以说是离经叛道的。在强调"仁义礼智信"的封建传统中，这种说法毫无立足之处，但即使在充满革命精神的五四时期，郁达夫的这种创作思路也非轻轻松松就能得到接受。他的作品《沉沦》就遭到了极大的非议，郁达夫在《鸡肋集》中说："当时《沉沦》印成了一本单行本出世，社会上因为看不惯这一种畸形的书，所受的讥评嘲骂，也不知有几十百次。"③因此他请周作人撰文为其辩解，周作人在辩解文中将这部作品和西方的颓废派归为同一类，认为该小说的"不道德"是"非意识的，这一类文学的发生并不限于时代及境地，乃出于人性的本然。虽不是端方的而也并非不严肃的，虽不是劝善的而也并非诲淫的；所有自然派的小说与颓废派的著作，大抵属于此类"④。周作人在文末再一次肯定了《沉沦》的艺术性，并

---

① 李劼：《个性·自我·创造》，杭州：浙江文艺出版社，1989年，第223页。
② 郁达夫：《郁达夫全集·第10卷》，吴秀明编，杭州：浙江大学出版社，2019年，第242页。
③ 同上书，第301页。
④ 周作人：《自己的园地》，石家庄：河北教育出版社，2002年，第60页。

援引批评波德莱尔诗歌的文字对其加以肯定："他的幻景是黑而可怖的。他的著作的大部分颇不适合于少年与蒙昧者的诵读，但是明智的读者却能从这诗里得到真正稀有的力。"① 显然，周作人敏锐地发现了郁达夫和西方文学颓废派的联系，这既是一种辩解，也是事实。

　　作为颓废派的一员，王尔德是郁达夫最喜欢的作家之一。如前文所述，郁达夫曾翻译过王尔德唯一的一部长篇小说《道林·格雷的画像》，尽管因为对翻译质量的高标准要求而没有出版，但也足以说明郁达夫对王尔德的青睐。就其颓废的表现来看，郁达夫在《从兽性中发掘人性》中说："淮尔特②，从丑恶中发现出美来，是艺术家的职分；所以，我也说，兽性中发掘人性，也是温柔敦厚的诗人之旨。"③ 郁达夫在《集中于〈黄面志〉(The Yellow Book) 的人物》一文中也提到为王尔德的《莎乐美》所作的插画。可见，郁达夫对王尔德的两部重要作品都有涉猎，而王尔德作品中展现的颓废美最为郁达夫所关注，并在他的作品中展现出相似的风格。

　　王尔德作品颓废美的一个重要体现就在于其对感官感受的强调以及由此引发的灵肉冲突问题。在《道林·格雷的画像》中，亨利爵士反复提到他的官能主义思想。他告诫道林青春美好源于官能正盛，而当"我们四肢乏力，感官衰退。我们就蜕变成了可怕的傀儡"④。官能描写最为突出和成功的是戏剧《莎乐美》中女主人公对先知的表白。莎乐美这样表白先知雪白的身体："乔卡南，我渴望得到你的肉体！你的肉体像田野的百合花一样洁白，从来没有被人铲割过。你的肉体像山顶的积雪一样晶莹，像朱亚迪山顶的积雪，滚到了山谷来了。阿

---

① 　周作人：《自己的园地》，石家庄：河北教育出版社，2002 年，第 60 页。

② 　淮尔特：指王尔德。

③ 　郁达夫：《郁达夫文集·第 11 卷》，杭州：浙江大学出版社，2014 年，第 374 页。

④ 　奥斯卡·王尔德：《道林·格雷的画像》，孙宜学译，杭州：浙江文艺出版社，2017 年，第 35 页。

拉伯皇后花园的玫瑰也不如你的肉体白净，黎明初照树叶的脚光也不如你的肉体白净，新生海上的皎月的玉胸也不如你的肉体白净……人世间什么东西都不如你的肉体白净。让我抚摸抚摸你的肉体吧。"① 无法抑制的情欲在王尔德笔下化为精心设计的美妙比喻，其充满想象力的文字凸显了官能美的华丽。莎乐美也用同样的方式表达了她对先知的乌黑的头发，鲜红的嘴唇的赞美，无不渗透着对感官的沉醉。王尔德虽然毫不掩饰地展开官能描写，但可以看出他的艺术加工手段非常高明，乔卡南的身体宛如艺术品般熠熠生辉，毫无低俗之感。莎乐美对感官的追求和先知对感官之爱的抑制形成鲜明对比。文中的"看"被视为色欲的象征。先知始终没有看莎乐美一眼，这是其对色欲的抵抗。莎乐美迷恋先知的声音。然而，先知后来连声音也不发出了。刽子手杀害先知时，莎乐美靠近水窖听音，直言："我什么都听不见。他为什么不喊叫呢，这个人？啊！如果有人专门来杀我，那我会喊叫，我会挣扎，我会受不了……不，我什么也没有听见。里面很静，静得可怕。"② 这正是先知对听这一官能引发的欲望的排斥。莎乐美在灵与肉的冲突中选择拥抱官能，但同时赋予其精神化的描述："爱之神秘远比死之神秘更神秘啊。爱才是唯一应该考虑的。"③ 官能满足通往的是爱的神秘之路。

郁达夫的感官描写同样也伴随着灵与肉的冲突。《沉沦》的主人公在偷看旅馆主人的女儿洗澡时，作者写道："那一双雪样的乳峰！那一双肥白的大腿！这全身的曲线。"④ 主人公一面控制不住自己的官

---

① 奥斯卡·王尔德：《莎乐美》，苏福忠译，北京：人民文学出版社，2015年，第17页。
② 同上书，第46页。
③ 同上书，第49页。
④ 郁达夫：《郁达夫全集·第1卷》，吴秀明编，杭州：浙江大学出版社，2019年，第59页。

能欲望，另一方面羞愧难当，内心挣扎明显。他在郊外忍不住竖起耳朵听一对男女偷情，可同时又忍不住咒骂自己。寻到酒家女，他闻到"口里的头上的面上的和身体上的那一种香味，怎么也不容他的心思去向别的东西"①。离开酒家女后又责备自己"变成最下等的人"②。以上郁达夫分别从视觉、听觉、嗅觉进行了大胆的官能描写，但同时也伴随着内心的道德谴责。《银灰色的死》中主人公看似沉迷于官能欲望，就连坐在图书馆也控制不住地幻想酒馆的女色。"他的鼻孔里，也会有脂粉，香油，油沸鱼肉，香烟醇酒的混合的香味到来；他的书的字里行间，忽然会跳出一个红白的脸色来"③。然而，主人公的孤独源于对妻子逝世的无奈和绝望。在一些作品中，其中的情欲描写与其对女性的深切同情相关。《秋柳》中的于质夫和几位妓女的微妙关系，始于他个人的官能欲望，但他们之间的相处却处处体现了主人公对孤苦无助的底层女性的同情，尤其表现在质夫对海棠的倾囊相助上。类似的还有《过去》中主人公与曾爱恋自己的老三在他乡相遇，屡次企图和她交欢被拒后，意识到老三嫁人后所历经的苦楚，心生怜惜而放弃肉体的欲望。《春风沉醉的夜晚》中主人公对女性工人陈阿妹虽升起情欲，却因不忍亵渎她的纯净而作罢。从以上的例子可以看出郁达夫虽然突出了感官感受的传达，但他的人道主义思想使其在灵肉冲突的问题上倾向于选择灵魂。实际上，郁达夫早在初期的作品《南迁》中表达过其宗教式的纯粹的精神追求。"凡对现在的唯物的浮薄的世界不能满足，而对将来的欢喜的世界的希望不能达到的一种世纪末的病弱的理想家，都可算是这一类的精神上贫苦的人。他们在堕落的现世虽然不能得一点同情与安慰，然而将来的极乐国定是属于他们的"

---

① 郁达夫：《郁达夫全集·第1卷》，吴秀明编，杭州：浙江大学出版社，2019年，第69页。

② 同上书，第74页。

③ 同上书，第25页。

①。在这样的精神持守下，郁达夫感官描写逐渐淡化，创作后期"郁达夫力图净化情欲，落笔略带含蓄，行文显得清隽，欲淡情浓，重在意境，俨然是中年人的雅趣与名师的风度"②。例如在《迟桂花》中，主人公的情欲被天真的莲妹所感化，最终升华成了至深的亲情。

对比郁达夫和王尔德的官能描写，他们的相通之处在于通过展现官能的"堕落"挑战社会对个体欲求的压抑。前者表现的中国社会转型期间对封建道德的反叛，后者则展现了在工业文明高速发展的英国对庸俗的中产阶级价值观的反抗。从官能描写的表现手法看，王尔德的语言精雕细琢，多彩纷呈。而郁达夫在官能描写上语言较为直白，但善用自然描写和诗歌引用展现作品美的质地。他常在小说中穿插东西方名家的诗句，如《沉沦》中对华兹华斯和海涅的引用。且将自然描写置于偷看伊扶洗澡这一情节之后，和官能描写的直白截然不同。"四面并无人声，远远的树枝上，时有一声两声的鸟鸣声飞来。他仰起头来看澄清的碧落，同那皎洁的日轮，觉得四面的树枝房屋，小草飞禽，都一样的在和平的太阳光里，受大自然的化育"③。这样清新淡雅的自然描写所增添的诗意美是在王尔德的作品中找不到的。王尔德的唯美主义产生于科技快速发展和英国城市文化兴起的时期，他所谓的美是人工的，而非天然的。他在《谎言的衰落》中说："艺术真正揭示给我们的是自然在构思方面的欠缺，她那古怪的粗疏，那出奇的单调，还有她那绝对是未完成式的现存状态。"④ 在仍处于民族道路探索阶段的五四时期，郁达夫很难和"精心打造"的美学理念产生共

① 郁达夫:《郁达夫全集·第 1 卷》，吴秀明编，杭州：浙江大学出版社，2019 年，第 133 页。

② 许子东:《郁达夫新论》，上海：华东师范大学出版社，2014 年，第 171 页。

③ 郁达夫:《郁达夫全集·第 1 卷》，吴秀明编，杭州：浙江大学出版社，2019 年，第 62 页。

④ 奥斯卡·王尔德:《谎言的衰落》，萧易译，南京：江苏教育出版社，2004 年，第 2 页。

鸣，他选择在自然美的"教化"下抚平内心的苦闷。

从对灵肉冲突问题的思考来看，郁达夫和王尔德有着明显的不同。郁达夫作品中的灵肉冲突问题主要体现在反抗封建思想的道德压迫上，而王尔德则主动向"灵魂的专制"发起挑战。前者是对人作为社会个体的正常权利的申诉，而后者则是对人作为独立存在的可能性边界的拓宽。郁达夫对肉的权力的争取并不意味着对灵的否定，事实上，不管郁达夫对于肉体的描写多么大胆，并不影响其对灵的追求。如前所述，甚至当灵肉冲突时，郁达夫放弃了肉体的欲望而选择纯净的灵魂。王尔德则试图追求灵魂和肉体的合二为一。在《狱中记》中，王尔德写道："艺术家一直在寻找的是灵与肉既和又离、外表现内、形式自我表现的存在模式。"① 他以小花和小孩为例，说明这种灵肉合一的现实存在。可见，王尔德所追求的"灵肉合一"是一种和外界无关的美，无需证明，也无需鉴定。它通过感官充分体验每一个当下，与善和恶无关。如果以个体存在为例，"灵肉合一"的状态应属于王尔德在《社会主义制度下人的灵魂》中提到的充分发展了的个性。显然，为了在功利主义盛行的维多利亚时代达到这种和谐的状态，王尔德等审美主义者只能以破坏和谐的方式去达成。如社会学家鲍曼所言："现代性的历史即社会存在和文化之间冲突的历史。现代存在迫使文化成为其对立面。这种不和谐正是现代性需要的和谐。"② 因此，伦理因素不仅不在唯美主义者的考量范围内，甚至恶成为了他们重要的审美对象。王尔德的灵肉观已经脱离了传统的伦理范畴，而变成一个美学问题。

由此，王尔德颓废美的第二个重要方面就是其在作品中对"恶"

---

① 奥斯卡·王尔德：《狱中记》，孙宜学译，桂林：广西师范大学出版社，2000 年，第 72 页。

② Zygmunt Bauman, Modernity and Ambivalence, Cambridge: Polity Press, 1991, p.10。

的毫不掩饰。莎乐美为了得到先知的吻不惜杀死对方，道林"将罪恶当作实现审美的一种方式"[①]。王尔德还特地为作家托马斯·格里菲思·温赖特作传，因为他的犯罪行为为他的文学风格增加了"强悍的个性"[②]。王尔德有意打破西方文学传统，不作真善美的代言人，只为美发声。即使在他的风俗喜剧中，浪荡子们也总是调侃和讽刺道德的人，他们不以善为荣，反倒总是给自己贴上邪恶的标签。《温德米尔夫人的扇子》中，达林顿爵士宁愿装作坏人以便"散发魅力"，也不愿意和好人搭上关系。《一个无足轻重的女人》中，伊林沃思爵士以被人称为"邪恶的人"为骄傲。《理想丈夫》中的高林爵士在心仪自己的梅宝儿姑娘面前，也毫不掩饰自己的缺点，承认自己是一个自私自利的人。《认真的重要性》中，西西里对阿尔杰农否定自己是坏人的说法颇为不满，仿佛"他是坏人"才是她爱上他的原因。即使在入狱后，王尔德仍然以生命中享受过的恶为荣，称"它们对我来说就是金灿灿的蛇里颜色最鲜亮的那种蛇，他们的毒药是它们完美的一部分"[③]。唯一让王尔德羞愧的是他臣服于波希的庸俗。可见，王尔德所说的恶不是平庸的犯罪，亨利爵士曾这样对道林说："一切犯罪都是庸俗的，恰如一切庸俗都是犯罪。"[④] 只有成为了艺术品的"恶"才值得被欣赏。亨利爵士将西比尔的死视作一件艺术品，从而使道林对这个因自己而自杀的姑娘毫无内疚之情。这种冷漠显得非常残酷，而其背后却是深深的世纪末颓废感。面对英国工业革命带来的急速发

---

① 奥斯卡·王尔德：《道林·格雷的画像》，孙宜学译，杭州：浙江文艺出版社，2017年，第160页。

② 奥斯卡·王尔德：《谎言的衰落》，萧易译，南京：江苏教育出版社，2004年，第84页。

③ 奥斯卡·王尔德：《狱中记》，孙宜学译，广西：广西师范大学出版社，2000年，第100页。

④ 奥斯卡·王尔德：《道林·格雷的画像》，孙宜学译，杭州：浙江文艺出版社，2017年，第236页。

展，亨利爵士表示："腐朽更吸引我。"①在他眼里，艺术只是"一种疾病"，是逆潮流而行的精神创举。同样的，莎乐美也无暇顾及为她自杀的侍卫，只企盼得到自己想得到的东西——先知的头颅。被先知视为"巴比伦之女"的公主莎乐美亵渎了神，用苦涩的爱情拯救了自己的世纪末灵魂。她与死去的先知的一吻定格成为不朽的艺术传奇。

郁达夫在作品中也不畏惧展现"不光彩"的一面，而这些"与众不同"的行为主要表现在情欲上。《沉沦》中主人公因在异国他乡求学的孤独苦闷，每天早晨在被窝里"犯罪"，偷看旅馆老板的女儿洗澡，偷听郊外一对男女寻欢。《茫茫夜》中于质夫借女店主的手帕和针，在血腥味中发泄自己的性欲。《过去》的主人公享受被老二虐待而获得快感。《迷羊》中王介成对名伶谢月英有着变态的占有欲。这些让人难以启齿的事情，郁达夫以直抒胸臆的方式表达出来，并未有过一丝遮掩。甚至连"同性恋"这类在当时的中国社会未被公开认同的感情，郁达夫也敢于在作品中直接呈现。《茫茫夜》中于质夫对吴迟生的同性情愫虽委婉含蓄，但作者将其与亚瑟·兰波和保罗·魏尔伦的同性恋情类比，暗示了他们的关系。《她是一个弱女子》中郑秀岳、李文卿、冯世芬的同性三角恋情则更加明白甚至露骨。这些脱离正轨的性描写并不意味着作者赞同此类行为，相反，它们反映的是主人公内心强烈的不满情绪。种种病态行为都是作者面对残酷社会现实的无力呐喊。《沉沦》的主人公对国家的命运和前途满怀关切，在日本的海边喊出："祖国呀祖国！我的死是你害的！你快富起来，快强起来吧。"②《茫茫夜》中知识分子于质夫在军阀混战的局势下无法实现自己的个人理想，转而在情欲中寻找刺激。在《茫茫夜》的续篇

---

① 奥斯卡·王尔德：《道林·格雷的画像》，孙宜学译，杭州：浙江文艺出版社，2017年，第215页。
② 郁达夫：《郁达夫全集·第1卷》，吴秀明编，杭州：浙江大学出版社，2019年，第75页。

《秋柳》中，于质夫更是沉迷欢场而走向堕落。

王尔德的"恶"和郁达夫的"不光彩"虽然从表现方式上来说不一样，但都是严重脱离他们所处社会正常轨道的行为。他们不回避人性的"黑暗面"，以拥抱黑暗的颓废姿态震惊了文坛。王尔德说："艺术家是美的事物的创造者。书没有道德和不道德之分，只有写得好和写得差的，仅此而已。"① 郁达夫也说："大抵一篇真正的艺术作品，不论它是宣传善或是赞美恶的，只教是成功的作品，只有使读者没入于它的美的恍惚之中，或觉得愉快，或怀着忧郁，读者于读了的时候，断没有余暇想到道德风化等严肃的问题上去。"② 从本质上来说，他们都希望通过艺术脱离道德现实的束缚，充分地表达自我。郁达夫创造的零余者——孤独而颓废的知识分子形象，正是郁达夫通过文学加工后的自我形象。《沉沦》中在异国留学但处处与人格格不入的"我"，《银灰色的死》中失去妻子郁郁寡欢的"他"，《茫茫夜》中喜欢同性的于质夫，《春风沉醉的夜晚》中穷困潦倒的写作者"我"，《迟桂花》中退隐山林的"我"。尽管这些零余者形象在不同的作品中有不一样的呈现，但他们不过是在不同阶段的郁达夫的心理映射下的艺术形象。同样的，王尔德也在作品中创造了自己的个人形象。在《道林·格雷的画像》中，亨利爵士是王尔德的社会面具，巴兹尔是私人生活中的他，道林则是他潜意识中的自己。其中亨利爵士和道林都带有明显的颓废色彩，前者通过言语而后者通过行动展现了一种反功利、重体验的人生理念。无论是零余者还是浪荡子，都极度渴望个体生命的激情，尽管现实环境让他们失望。在《秋柳》中，于质夫面对自己年轻的学生，他这样期待："年轻的男女呀，要快乐正是现在，

---

① 奥斯卡·王尔德：《道林·格雷的画像》，孙宜学译，杭州：浙江文艺出版社，2017年，第 i 页。

② 郁达夫：《郁达夫全集·第 10 卷》，吴秀明编，杭州：浙江大学出版社，2019年，第 120—121 页。

你们都尽你们的力量去寻快乐去罢。人生值得什么；不于少年时求些快乐，等得秋风凋谢的时候，还有什么呢！你们正在做梦的年轻男女呀，愿上帝都成就了你们的心愿。我半老了，我的时代过去了。但愿你们都好，都美，都成眷属。不幸的事，不美的人，孤独，烦闷，都推上我的身来，我愿意为你们负担了去。横竖我是没有希望的了。"[1]亨利爵士也和道林说过类似的话："当你拥有青春时，你就要认识到它。不要虚掷你的黄金岁月……一种全新的享乐主义——正是我们这个世纪所需要的……而我们却再也唤不回青春。我们二十岁时欢快搏动的快乐脉搏，现在变得柔弱无力了。"[2]他们将生命的能量倾注到与社会主流路径相反的方向。零余者是大环境下无力反抗的中国知识分子的被迫选择，而浪荡子则是拒绝被异化的唯美主义者的主动出击。零余者在动荡的时代飘荡，浪荡子在发展的时代抗议。

第三，王尔德作品的颓废美还体现在营造奇异诡谲的氛围上。《莎乐美》一开场就笼罩在一种诡异的氛围中。月光如银，但在侍从眼中，它像从坟墓里死而复活的女人。这样的开场不仅奠定了全剧的总基调，也引申出莎乐美"致命女人"的形象。莎乐美是引发欲望的女人，被她吸引的人将处于危险中。一旦莎乐美的美和不祥的预兆联系起来，冥冥中似乎有神秘的力量将故事导向悲剧。月亮是该剧的一个重要象征，它既和莎乐美的变化息息相关，也暗合着剧情的发展。月亮的颜色从洁白到血红到完全黑暗，暗示着莎乐美从纯洁的公主变成欲望被点燃的少女，最后成为爱而不得的"杀手"，剧情也随之走向毁灭。叙利亚人的自杀应验了"过多地看莎乐美会引来灾祸"的预言。希律也是凝视莎乐美的人，他在叙利亚人的鲜血中踩过，听到

---

[1] 郁达夫：《郁达夫全集·第 1 卷》，吴秀明编，杭州：浙江大学出版社，2019 年，第 363—364 页。

[2] 奥斯卡·王尔德：《道林·格雷的画像》，孙宜学译，杭州：浙江文艺出版社，2017 年，第 24 页。

天空中拍打翅膀的声音，被视为进一步的噩兆。先知甚至预言了新时代的来临："到了那天，太阳会变成漆黑一团的，像头发上的黑丧布；月亮会变得像浓血，天上的星星会像无花果树上长熟的无花果那样，纷纷从天上掉到大地上，地上的国王都会吓得胆战心惊。"① 王尔德不断为该剧渲染可怖的氛围，与其大胆的描写和骇人的情节相称。同样的，在《道林·格雷的画像》中，王尔德提到一本影响了道林人生的书。书中的主人公有着和他一样的美貌和性情。他们都沉浸在感官的奇妙体验中，思想中充斥了一些文学上"被罪恶、鲜血和厌倦逼成魔鬼和疯子的，美丽却可怕的人物形象"②，希望在恐惧和怪异中寻找快乐。他们在暗黑的思想旅程中，不再循规蹈矩，完全打开想象力，肆意狂热地在智性和感官上满足自己。王尔德通过艺术化的表现方式建立了一种颓废美的气氛，为后文道林走向彻底的堕落埋下伏笔。而这本书不仅影响了道林当下的生活，也预示了道林的结局，他最终死于自己毁坏画像的举动。画像的奇异功能也为这篇小说增添了哥特式氛围。莎乐美和道林都在行动上犯下了"罪行"，王尔德对恐怖氛围的营造一方面增强了美学上的吸引力，另一方面也为悲剧结局进行烘托。尽管王尔德对唯美主义在维多利亚的英国这一现实背景下的实现感到悲观，但仍以悲剧性结局塑造了唯美主义殉道者的形象。

郁达夫同样擅长营造诡秘的氛围，《迷羊》是一个典型的例子。王介成是郁达夫小说中常见的主人公类型，一个渴望爱情的脆弱敏感的知识分子。而谢月英在郁达夫笔下则扮演了致命女人的角色。王介成对谢月英的着迷就如叙利亚人对莎乐美一样，完全与周围的世界隔

---

① 奥斯卡·王尔德：《莎乐美》，苏福忠译：北京：人民文学出版社，2015年，第32页。

② 奥斯卡·王尔德：《道林·格雷的画像》，孙宜学译，杭州：浙江文艺出版社，2017年，第159页。

绝开来。他被月英身上的香粉香油气味迷了神，像是被狐狸精吸去了魂魄，周围人说什么都只会点头。看完谢月英做戏，王介成几乎进入了似梦非真的状态，恍惚不知所以，像一个痴呆一样。郁达夫将主人公迷醉的状态呈现得淋漓尽致，并不断为他们关系的进展留下预言。王介成在寺庙抽签的一幕充满了神秘主义色彩。在周围热闹人群的映照下，"我"在飘荡而摇曳的焰火中"泪流满面"，抽到了下下签。这似梦非梦的一幕暗示了王介成和谢月英的结局。比起谢月英让人害怕的"魔力"，王介成对她的爱愈发让人觉得恐怖。两人有关胭脂井的对话看似玩笑，却进一步预示了他们的分道扬镳。听到王介成颇具赞赏地说起陈后主被人擒获后，他的妃子和他一起跳井殉情的故事，月英却花容失色，两人的分歧由此显现。随着王介成在两人的关系中逐渐迷失自我，害怕失去月英的心理也逐渐走向极端，他们的关系终于走向了注定失败的命运。月英的出走虽几经转折，但在王介成不断累积的担忧和恐惧中成为现实。王介成找寻月英时惊慌失措，在外部世界奇怪甚至不耐烦的眼光的衬托下更凸显其病态。当王介成得知唯一的怀疑对象——陈君吐血身亡，王介成的病态心理达到了顶点，他病发晕倒在地。《迷羊》的诡异气氛主要体现在男主人公痴狂的占有欲引发的心理活动上。《迷羊》的第二章开篇写道："闲人的头脑，是魔鬼的工厂……诱因的最有力者，当然是谢月英。"[1]谢月英的风姿绰约，引发了王介成将排解苦闷的出口完全寄托在谢月英身上的变态心理，这种扭曲的爱才是故事散发恐怖气息的真正原因。

综上所述，郁达夫和王尔德都强调文学的个性化。郁达夫在《五六年创作生活的回顾——〈过去集〉代序》中说："我觉得文学作品，都是作家的自叙传这一句话，是千真万确的……所以我说，作

---

[1]　郁达夫：《郁达夫全集·第2卷》，吴秀明编，杭州：浙江大学出版社，2019年，第56页。

家的个性，是无论如何，总须在他的作品里头保留的。"① 而王尔德在《作为评论的艺术家》中写道："我喜欢所有的回忆录，在文学中，纯粹的自我中心主义是令人愉快的。②"作品应以艺术家为中心，不应被社会的道德要求绑架。基于这样的创作观，颓废作为被社会道德否定的人生面向成为文学作品的新潮流。然而，较之王尔德以颓废精神塑造自我的创作，郁达夫的颓废创作更是其个人心理状态的艺术呈现。他在《茑萝集》的自序中写道："人生终究是悲苦的结晶，我不信世界上有快乐两字。人家都骂我是颓废派，是享乐主义者，然而他们哪里知道我何以要去追求酒色的原因？唉唉，清夜酒醒，看看我胸前睡着的被金钱买来的肉体，我的哀愁，我的悲叹，比自称道德家的人，还要沉痛数倍。我岂是甘心堕落者？我岂是无灵魂的人？不过看定了人生的运命，不得不如此自遭耳。"③ 郁达夫所处的时代是中国从封建社会向新型国家形态转型的重要时期，国家急需仁人志士共同努力寻找一条强国利民的道路。与此同时，刚从封建思想的压迫中释放出来，中国人民对个体的自由有着极强的渴望。在这种集体主义和个体主义共存的时期，郁达夫通过性苦闷表达在这个迷茫的社会环境下的被压抑的个人情感，其中也包含他对祖国命运的深切关怀。郁达夫的颓废中仍留有些正气，或者说正是因为他的正气，才会对社会失望甚至绝望而陷入颓废。所以说，郁达夫的创作虽从个人出发，但却无法摆脱其对社会现实的关注。甚至在创作的后期，他将自己的作品和社会革命联系以来。他在《达夫全集》的自序中写道："我是弱者，我

---

① 郁达夫：《郁达夫全集·第 10 卷》，吴秀明编，杭州：浙江大学出版社，2019 年，第 312 页。

② 奥斯卡·王尔德：《谎言的衰落》，萧易译：南京：江苏教育出版社，2004 年，第 87 页。

③ 郁达夫：《郁达夫全集·第 10 卷》，吴秀明编，杭州：浙江大学出版社，2019 年，第 69 页。

是庸奴，我不能拿刀杀贼。我只希望读我此集的诸君，读后能够昂然兴起，或竟读到此处，就将全书丢下，不再将有用的光阴，虚废在读这些无聊的呓语之中，而马上就去挺身作战，杀尽那些比禽兽也相差很远的军人。那我的感谢，比细细玩读我的作品，更要深沉了。"① 由此可见，郁达夫和王尔德的颓废风格都是反抗精神的体现，但他们分别对理性和非理性的追求使得他们在颓废的阐释上只在表象上一致，但在精神内核上并不相同。颓废成为王尔德自我实现的一部分，是一种积极主动的艺术风格塑造，而郁达夫的颓废则是一种被动的个人感情的艺术化抒发。前者的根基是个人主义，而后者则最终以社会的发展为导向。

结　语

王尔德在 20 世纪初纷繁复杂的西学潮流中传入中国，到今天已经历了漫长的中国传播之旅。然而就作家群的形成来看，仍主要集中在第一个阶段，即译介热潮阶段。从美的形态来看，颓废美影响了一些中国现代文学作家的创作，郁达夫是一个典型的例子。然而，这种颓废在精神内核上已经发生了较大的改变。王尔德作品中的颓废美并不与善有必然联系，然而善伴随着美在中国作家的作品中被共同呈现。中国式的颓废还将个人和社会串联起来，通过个人的颓废表现对社会的控诉，颓废的审美意义因此被弱化。又或者将颓废以物质世界享受的方式呈现出来，以逃避无力反抗的现实，如海派作家。从文学的创作手法来看，王尔德对文学作品形式的强调影响了闻一多和穆木天等诗人的诗歌创作。从艺术和人生关系的探讨来看，京派作家延续

---

① 郁达夫：《郁达夫全集·第 10 卷》，吴秀明编，杭州：浙江大学出版社，2019 年，第 220 页。

了王尔德的"人生艺术化"的观点,但他们将中国文学的道家审美精神注入其中,形成中国式的"人生艺术化"道路。

总之,王尔德最初以其对艺术纯粹性的极致追求吸引到中国现代文学作家的注意,他们希望通过吸收唯美主义的创作理念和手法以摆脱"文以载道"对中国文学发展的束缚,进而发展出一条新文学的道路。然而,在启蒙和救亡的社会大背景下,王尔德作家群最终都无法沉浸在纯粹的文学世界中而回避作为知识分子的社会责任感。因此王尔德作家群吸收了王尔德在创作主题、创作手法和创作理念上的创新之处,呈现了多元而独特的创作风格。只是,他们并未完全跟随王尔德走入唯美主义的文学乌托邦,更没有抛弃中国传统文化的家国情怀,最终走上了一条反抗封建思想和殖民主义的启蒙救亡之路。(尹尧鸿)

第八章
中国威尔斯作家群

绪　论

　　赫伯特·乔治·威尔斯（Herbert George Wells，1866—1946）是英国著名的小说家，他的一生著作颇丰，在科幻文学领域取得巨大的成就。自 1895 年威尔斯出版第一部科幻小说《时间机器》开始，他每一部新作的出版都会引发期刊杂志的热评，奠定了他在科幻文学史上不可撼动的地位。威尔斯热切关注社会问题，他具备多重身份，不仅通过写作抒发内心的情感，还活跃在各大政治活动之中，他这一生深切关怀人类命运，关注科学及未来的发展。1946 年威尔斯逝世，一颗巨星从此陨落，但是他的作品历经沧海，千锤百炼流传下来，魅力不减。威尔斯在他的科幻小说中所传递的思想具有无比的延展性，在这历史长河中引领并见证人类文明的塑造、进步、发展，直到今天。

　　威尔斯的科幻作品在一定程度上是他特殊的人生经历和自身性格的现实化塑造。特殊的人生经历加上艺术化想象以及批判精神形成了别具一格的威尔斯科幻作品。威尔斯和儒勒·凡尔纳并称为科幻界中闪亮的双子星。儒勒·凡尔纳多是对科技发展创造美好未来的歌颂，威尔斯反其道而行之，在他的作品中饱含忧患意识，究其原因离不开他们人生经历对作品的影响。作家的人生经历是创作的源泉和动力，也是其作品风格塑造的重要依据，因此解读威尔斯的人生经历更加有助于我们理解作品。

威尔斯于 1866 年 9 月 21 日出生于英国伦敦肯特郡的一个贫穷家庭。威尔斯的父亲是一位园丁，母亲是一位女佣，他的父母社会地位低微，威尔斯在童年过着清贫的生活。威尔斯 7 岁的时候不慎跌伤腿，养病期间，父亲陪伴他养成阅读的习惯并一直伴随整个学生时代。威尔斯 11 岁的时候，父亲发生了意外事故，本来就不富裕的家庭更是雪上加霜，小小年纪的威尔斯不得不外出谋生补贴家用。他尝试过很多底层工作，都以失败告终。无奈之下，威尔斯来到母亲工作的上流社会家庭寻找工作。正是这短暂的与上流社会接触的时光使威尔斯的人生发生了转变。酷爱学习的威尔斯充分利用宅邸丰富的藏书资源，广泛阅读经典作品。如斯威夫特的《格列佛游记》、柏拉图的《理想国》等。1883 年，已然成为青少年的威尔斯在他 17 岁时决定重返校园。这位努力的少年终被命运眷顾，他曾经寄读的中学校长给他提供助教的岗位。在既是教员又是学生的两年时光里，威尔斯学习了文学、物理学、天文学、数学、生物学等学科。历经一年的学习，1884 年威尔斯争取到去英国皇家科学院进修的机会，在这里他遇到对其一生影响深远的 "达尔文斗士" 托马斯·亨利·赫胥黎（Thomas Henry Huxley）老师。威尔斯在他的自传中将师从赫胥黎的一年描绘成一生中最受益终身的一年，赫胥黎助他养成理性的科学思维。

1887 年至 1893 年，威尔斯担任威尔士的霍尔特、剑桥、伦敦的基尔本等地的教职工作。在这 6 年的教学生涯里，威尔斯曾两次肺部出血。养病期间，威尔斯开启了自己新的人生之路——写作，期间他开始向报刊投稿。在与学生的辩论会上，他第一次接触到四维空间的宇宙新概论，这也成为他日后《时间机器》写作的理论启蒙。在 1893 年威尔斯决心放弃教学，在他的自传中曾写道："是命运将我推向写字台。"① 威尔斯丰富的生活经历和博学的才识，为他日后成为一名优秀的作家奠定了基础。1895 年，威尔斯开始连载《时间机器》，这部作品为威尔斯赢得文学界的广泛关注，以此为起点，威尔斯创作了很多经典的科幻小说，在文学的道路上突飞猛进。

威尔斯的创作大致分为三个阶段：第一阶段是 19 世纪末到 1900 年，创作作品主要是科幻小说；第二阶段是 1900 年至 1910 年，这一阶段的创作以讽刺小说为主；第三阶段是 1910 年以后的创作，主要是表达威尔斯社会政治思想的作品。本文主要研究威尔斯第一阶段的科幻小说作品。② 与众多的科幻作家一样，威尔斯在进行长篇小说创作之前也是通过在各式期刊上发表短篇文章积累写作经验。1893 年威尔斯在《蓓尔美尔街公报》发表短篇文章《公元 100 万年之人》。这篇小说描述了经过自然选择最终重塑的人类分为两种：一种生活在地下，小小的身躯，却有着硕大的头颅和眼睛。这不禁令人联想到《时间机器》里生活在地下的莫洛人和生活在地上的艾洛伊人的部分特征。这部作品奠定了威尔斯创作初期对于人类进化主题探讨的特质。19 世纪末至 20 世纪初，威尔斯的短篇创作想象力更加具有先锋意识：1897 年《水晶蛋》(*The Crystal Egg*) 通过"从平凡中见证奇迹""以小见大"的叙事模式，从中下阶层人物视角出发，将平凡的现实与探索未知世界的惊奇感交叉演绎，见证水晶蛋中神奇的世界。1904 年《盲人乡》(*The Country of the Blind*) 被西方评论家称为威尔斯最优秀的短篇小说，在文学界关注盲人这一特殊群体的知名小说。小说故事发生在遥远的山谷，没有描述未来却具备科幻小说的全部要

① H. G. 威尔斯：《韦尔斯自传》，方土人，林淡秋译，上海：光明书局，1937 年，第 360 页。

② Darko Suvin, "Introduction." *H. G. Wells and Modern Science Fiction*. Ed, Darko Suvin with Robert M. philmus. Lewisburg: Bucknell University Press, London: Associated University Presses, 1977, pp.16–17.

素，引发人们思考事物本来的面貌。①

　　1895 年《时间机器》(*The Time Machine*) 是威尔斯的成名之作，对因高度发展资本主义而造成人文关怀缺乏的英国社会进行无情的批判和讽刺。《时间机器》继承斯威夫特《格列佛游记》的讽刺衣钵，从进化论的视角出发将人类历史演进过程中的社会阶层分化予以生动地呈现。1896 年《莫罗博士岛》(*The Island of Dr. Moreau*) 结合威尔斯师从赫胥黎学到的进化论知识，从当时社会活体解剖事件汲取灵感，从生物学视角想象出兽与人结合的可能性及造成的伦理后果。《莫罗博士岛》是威尔斯对生命科学伦理思考的结果。1897 年《隐身人》(*The Invisible Man*) 描述科学家格里芬发明隐身术但误入歧途的故事。隐身术是人类梦寐以求的高科技，现代社会还未实现这一项技术。《隐身人》小说以隐身技术为载体关注社会边缘人群，假如人类掌握高科技但目的不是造福社会将会怎样？在《隐身人》中，威尔斯揭晓答案。威尔斯在他的作品中从未质疑科技力量，但是他一直为科技所引发的道德伦理问题忧虑，他的作品让人类预知科技发展所带来的负面影响，引领人们朝着正确的方向发展科技，充分发挥科幻预言家的魅力。1898 年《世界大战》(*The War of the Worlds*) 开创外星人入侵地球题材的先河，在整个宇宙之中"和平"永远是共同发展之道，威尔斯借助外星人对地球的入侵影射疯狂对外殖民扩张的大英帝国，外星人的覆灭就是战争发起者的结局。

　　1899 年《昏睡百年》(*When the Sleeper Wakes*) 是反乌托邦类型的科幻小说，集极端化政治、经济、宗教于一体的整个社会被两百年后苏醒的格雷汉姆统治，威尔斯在《昏睡百年》中将极其恐怖的社会体系进行预演。1901 年《月球上的第一批来客》(*The First Men in*

---

① 詹姆斯·冈恩:《过眼云烟：英国科幻小说》，郭建中主编，北京：北京大学出版社，2008 年，第 38 页。

the Moon）将人类带入太空时代，作品中主人公发明反重力金属，登陆月球遭遇一系列冒险故事。威尔斯在《月球上的第一批来客》讽刺维多利亚时代将个人自由抹杀的模式管理。1904 年《神食》（The Food of the Gods and How it Came to Earth）婴儿因食用"神食"而变成巨人，巨人与普通人相比被称为"新人类"，"新人类"的设定是威尔斯为揭露社会阶级分化而设计的人物形象，意欲唤起人类的同理心，弱化阶级分化，实现阶级融合。1905 年《现代乌托邦》（A Modern Utopia）描述一个世界大同的理想型社会，这部作品蕴含大量哲学辩论。1906 年《彗星来临》（In the Days of the Comet）讲述彗星撞击地球改变人类的故事，一颗彗星引发巨变，"生存还是毁灭"这个来自科幻界莎士比亚的经典之问。威尔斯在作品中最终探索的是一个打破阶级壁垒、破除传统道德束缚的美好社会。1908 年《大空站》（The War in the Air）从小人物的视角出发描述类于世界大战的未来战争——大空战。威尔斯运用他出色的想象力预言人类获得科技力量后对于世界的威胁感。1914 年《获得自由的世界》（The World Set Free: A Story of Mankind）设想未来世界广泛使用核武器的后果。威尔斯在作品中预言到威力足以造成世界毁灭的"原子弹"，世界从硝烟弥漫中解放获取自由，是因为威尔斯安排了一位热爱和平又具备说服力的英雄。而现实是残酷的，滥用核武器的后果是不可逆转的，这是威尔斯极具反战思想、追求和平的作品，令人深思。1923 年《神秘世界的人》（Men Like Gods）关注因人们只注重物质追求而出现的生态破坏、人口激增等社会性问题，通过时间机器来到这个问题社会的神秘人为重建人类文明规划实施蓝皮书，利用他们的高度文明帮助解决这里的社会问题。这部作品体现威尔斯的教育和生态环保发展理念。1933 年《未来事件：终结革命》（The Shape of Things to Come: the Ultimate Revolution）中威尔斯对未来世界进行想象，他觉得建立世界政府才是解决人类问题的理想方案。1937 年《新人来自火星》（Star

Begotten）与《世界大战》中火星人粗暴地入侵占领地球不同，这部作品中的火星人采用温和改良的方式改造地球人类。威尔斯一直努力在作品中为世界和平发展，维持秩序稳定寻找可行方式。

威尔斯虽然没有改变世界，但是他改变了人类看待世界的方式。威尔斯的写作生涯长达六十多年，共创作了88篇短篇小说、72部非虚构类作品、51篇长篇小说、7篇学术论文和5部电影剧本，曾4次被提名诺贝尔文学奖。威尔斯的作品成功预言太空旅行、飞机、坦克、核武器等新兴事物的出现，影响着人类对科学、文学和社会问题的思考方式。威尔斯肯定科学技术给人类社会带来的积极意义，同时也关注科学技术的发展造成的社会影响，从这种意义上来讲，威尔斯的科幻小说具备一定的哲理性，他的科幻小说通过想象中的世界影射当时的社会和政治，整体上充满对人类未来命运的关照。威尔斯科幻小说中表达的精神核心是：人类在追求什么样的未来？科学究竟给人类带来了什么？这种严肃的思想主题将科幻小说从冒险猎奇题材升华，扶持科幻文学真正独立成派。

第一节　威尔斯在中国

威尔斯小说在中国传播已多达百年，与西方威尔斯研究的深入与广泛相比，国内译介传播虽然比较早，但学术研究起步较晚。通过整体梳理分析国内威尔斯研究现状可发现，研究对象涉及威尔斯早期科幻小说、短篇小说、乌托邦小说、社会小说等。研究视角更是多样，如传播学、比较文学、翻译学等，研究成果甚是丰富。

一、威尔斯的科幻小说在中国的译介与传播史研究

根据中国国情及时间划分，威尔斯在中国的传播呈阶段性特征。第一阶段：民国时期威尔斯科幻小说初次进入中国的接受期；第二阶

段：新中国成立后至改革开放前期威尔斯科幻小说在中国的发展停滞期；第三阶段：改革开放后威尔斯科幻小说在中国的繁荣期。

第一阶段是 1915 年至 1948 年，威尔斯小说第一次引进中国至新中国成立之前。这一阶段威尔斯的科幻小说被广泛地译介，受新文化运动的影响，威尔斯的科幻小说因其科学启蒙特质广受知识界喜爱。1915 年威尔斯的科幻小说《时间机器》《星际战争》《莫罗博士岛》被翻译成中文版本，分别是杨心一翻译的《八十万年后之世界》《火星与地球之战争》，蒵卢、可定九翻译的《人耶非耶》①。从 20 年代至抗日战争时期，他的《未来世界》深受大众喜欢，最早的翻译版本是1934 年由章衣萍、陈若水翻译，在上海天马书店出版，后期在 1935年和 1938 年再版两次，根据当时出版市场需求分析，可见《未来世界》是这一阶段威尔斯最受大众欢迎的书。《未来世界》给予反法西斯人民强大的精神力量，增强人民的斗志。随着时局的变化，威尔斯的作品翻译也随之变化。

第二阶段是 1949 年至 1978 年，新中国成立后至改革开放前。新中国成立后，国内整体文化氛围青睐苏俄，受此影响，威尔斯的作品极少被翻译至国内。被翻译的作品含有极大政治色彩，如威尔斯对资本主义制度弊端进行批判的作品《隐身人》和《世界大战》。60 年代后受文化大革命影响，威尔斯作品在国内的翻译与传播暂时中断。

第三阶段是 1978 年改革开放后至今。随着改革开放政策的提出，国内文坛重新焕发生机。"科学技术是第一生产力"，国内开始注重科技与科学的发展，同时在文学圈内掀起科幻热潮，在科幻界闻名世界的威尔斯受到极大的关注。1980 年孙宗鲁翻译的《看不见的人》在少年儿童出版社出版，这是自改革开放后威尔斯重返国内科幻舞台的起点。

---

① 　郭延礼:《中国近代翻译文学概论》，武汉：湖北教育出版社，1997 年，第 178 页。

改革开放后，威尔斯的科幻作品在中国的译介呈现范围广、体例全的特点。多家出版社将威尔斯科幻作品集成丛书出版，对威尔斯的科幻作品研究贡献巨大的学术研究价值。如1997年内蒙古出版社《科幻大师威尔斯作品集》，1999年湖南文艺出版社《威尔斯的科幻世界》，太白文艺出版社《威尔斯科幻小说全集》，2002年广西师范大学出版社《韦尔斯科幻经典》，2003年中国少年儿童出版社《威尔斯科学幻想名著》，上海远东出版社《科幻大师经典故事精选》，2004年太白文艺出版社《威尔斯科幻小说全集》，2006年人民文学出版社《威尔斯科幻经典》，2008年重庆出版社《威尔斯科幻经典》，2009年华夏出版社《威尔斯科幻小说集》，2015年江苏凤凰文艺出版社《威尔斯科幻作品系列》，2016年石家庄花山文艺出版社《中小学生必读丛书》，2018年大连理工大学出版社《威尔斯科幻小说集》，2019年江苏凤凰文艺出版社再版《科幻大师威尔斯精选集》，2020年四川文艺出版社《乔治·威尔斯科幻小说精选》。威尔斯的科幻作品除被编成系列丛书出版外，还被改编成适合中小学的儿童科幻读本。威尔斯的科幻作品注重科学性与文学性的双重描写，语言生动有趣适合激发青少年的想象力和阅读兴趣，被改编成绘本或者中英文对照的简译本。如1991年湖南少年儿童出版社《威尔斯科幻小说》，1992年安徽少年儿童出版社《时间旅行机》，1997年上海少年儿童出版社《隐身人》《大战火星人》，其中《时间机器》《隐身人》及《大战火星人》作为经典读本，后期被内蒙古少儿出版社、中国少年儿童出版社等多次再译。值得关注的是2007年连环画出版社改编的《隐身人》，以漫画的形式讲述隐身人的故事，2013年北京清华大学出版社《隐形人·插图中文·导读英文版》和《时间机器·插图中文·导读英文版》，对威尔斯的经典作品进行形式上的创新，创造更适合青少年的科幻阅读感。此后2014年南京译林出版社《隐身人·青少版》、2016年辽宁少年儿童出版社《世界文学名著权威译本：在彗星出现的日子里》等。改革开放后国家尤其重视科学技术的发展，科学的春天也给科幻小说的译介提供更多的机会，除了外在的有利条件，威尔斯的科幻小说涉及广泛科学领域，具备丰富的科学知识和人文内涵，成为其传播、译介广泛的内在原因。

此外威尔斯作为西方文学史中的重要作家被列入国内各类西方文学史教材和著作中。对于威尔斯的生平及作品，从一开始的简单介绍到后来的深入挖掘与分析，逐步显示国内对于威尔斯研究的重视程度。1930 年由合尔麦撰，林惠元译的《英国文学史》中在近代文学小说家一栏提及威尔斯，虽只是简单介绍，并未就其作品展开深入分析与描述，但为后续英国文学史的编撰提供借鉴。有关威尔斯在英国文学史中的研究是从 80 年代真正开始的，1985 年侯维瑞《现代英国小说史》从批判现实主义角度出发，分小节介绍威尔斯。对于威尔斯的创作思想进行分析，对其作品进行分类，体现威尔斯创作内容的丰富性，批判视角独特且全面，是国内早期研究威尔斯的重要文献。1996年王佐良《英国文学史》将威尔斯置于英国 20 世纪小说的整体背景下，对威尔斯的生平及科幻作品介绍分析，评价威尔斯是英国小说家中拥有科学眼光和社会批判精神的作家①。

2001 年由殷企平、高奋、童燕萍著的《英国小说批评史》是一部阐述英国文学理论发展史的著作。在第三篇 20 世纪上半叶的繁荣时期中，威尔斯与詹姆斯的争论——小说是目的还是手段，成为论述的重点②。书中没有详尽分析威尔斯的作品，但从威尔斯的写作思想出发，从根源上探寻威尔斯科幻小说的创作原因。他将小说作为一种文学手段，小说体现出他改良社会的热情，饱含社会责任感的威尔斯充分利用小说的社会功能和道德功能。2005 年侯维瑞、李维屏的《英

---

① 王佐良：《英国文学史》，北京：商务印书馆，1996 年，第 537 页。
② 殷企平、高奋、童燕萍：《英国小说批评史》，上海：上海外语教育出版社，2001年，第 134 页。

国小说史》中将对威尔斯的介绍放在现实主义的余波一栏，分为生平与思想、科学传奇、社会讽刺小说、阐述思想共四部分对威尔斯的创作思想和背景进行条理分析，延续威尔斯作品三分类的研究方式。相比较于前期的英国文学史著作中对于威尔斯的研究，2006 年蒋承勇等著的《英国小说发展史》运用史论结合的创新方法对英国各大作家进行论析，不再单调地介绍威尔斯的出身、作品简析。书中结合威尔斯的科幻作品与创作理念论析，揭露各种社会问题、阶级矛盾，促进社会改革，具备深刻的社会意义。

2011 年由安徽文艺出版社出版的"西方科幻文论经典译丛"。该系列丛书由国家社会科学基金资助，是"十二五"国家重点图书出版规划项目。此套丛书包括：《亿万年大狂欢：西方科幻文学史》《阿西莫夫论科幻小说》《科幻小说面面观》《科幻文学的批评与建构》《科幻小说变形记》，在促进中国科幻理论发展方面具有举足轻重的地位。在《亿万年大狂欢：西方科幻文学史》的第五篇章"幻想世界的大将军：威尔斯"，作者对威尔斯的生平及作品进行详尽分析，威尔斯塑造了很多经典人物形象，笔下的人物成为他的传声筒。威尔斯继承斯威夫特的探索精神，用进化的视角进行创造。他虽未改变世界，但是他改变了人们看世界的方式①。除此之外，作者还分析了威尔斯科幻作品的影视改编，各大影视公司将文字性作品转化为声画同步的影视作品，更生动地传递威尔斯的科幻世界观。《科幻文学的批评与建构》第三编"科幻批评简史中科幻批评的起源：从开普勒到威尔斯"。为保证科幻讨论的历史连续性，将威尔斯纳入早期科幻批评的队伍中进行论述。威尔斯科幻作品中经常探讨的科学与技术对人类价值观的改变、对外星人的描写、世界的未来等等，一直是 20 世纪后

---

① 布莱恩·奥尔迪斯、戴维·温格罗夫：《亿万年大狂欢：西方科幻小说史》，舒伟、孙法理译，合肥：安徽文艺出版社，2011 年，第 170 页。

科幻批评关注的中心问题。作者对早期科幻批评的探讨将有利于研究科幻后期这一个多世纪发生何种程度的变化①。《科幻小说变形记》作者达科·苏恩文（Darko Suvin）是当代著名的科幻文学研究专家，对西方现当代的科幻研究具有重要影响。在书中第九章"威尔斯：科幻小说传统的转折点"与第十章"《时间机器》与乌托邦：科幻小说的结构模式"，对威尔斯的创作思想与叙事模式进行分析，达科·苏恩文认为威尔斯后期所有重要的科幻小说均是从小说《时间机器》发展而来，所以在第十章对《时间机器》与乌托邦进行专门的探讨。②达科·苏恩文将威尔斯的作品比作宝库，他用科学的计算比较方式分析威尔斯的《时间机器》，整部作品全面体现威尔斯的人类学观点和宇宙哲学观。达科·苏恩文创新性地分析威尔斯科幻小说的符号创新系统，这种象征系统建立的基础是色彩的强烈反差。衰败的黑色和耀眼的红色象征世界末日，靓丽的色彩象征乌托邦世界的乐园，对于威尔斯而言，人类的进化具有开放性的答案，光明或黑暗，在威尔斯的创作中黑色是他的主色调。③

2011 年由中国作家出版的两部世界科幻小说简史，分别是萧星寒《星空的旋律：世界科幻小说简史》和郑军《第五类接触：世界科幻文学简史》。萧星寒书中第一章是"科幻缘起"，他称赞威尔斯开启科幻文学的独立时代。在威尔斯之前科幻依附于其他文学类型，如雪莱的哥特式小说《弗兰肯斯坦》、爱伦坡的侦探悬疑小说及凡尔纳的冒险小说。萧星寒站在中国科幻读者的角度深入浅出地分析威尔斯在科幻文学历史上的意义和地位。郑军通过思考科幻和科学的关系，将

---

① 罗伯特·斯科尔斯、弗雷德里克·詹姆逊、阿瑟·B. 艾文斯：《科幻文学的批评与建构》，合肥：安徽文艺出版社，2011 年，第 203 页。
② 达科·苏恩文：《科幻小说变形记　科幻小说的诗学和文学类型史》，丁素萍等译，合肥：安徽文艺出版社，2011 年，第 250 页。
③ 同上，第 237 页。

凡尔纳和威尔斯列入第四章"一代宗师"。郑军在书中探讨威尔斯科幻作品改编的可能性，比较凡尔纳和威尔斯小说中的人物形象，威尔斯的科幻小说极具画面感。小说中的故事情节类似电影镜头组接，所以他的作品更易被改编成电影。威尔斯出生于电影诞生以后的年代，这为他的作品电影化改编提供先天有利的条件。截至目前，这仍然是值得探讨的问题，经典永不过时，无论它以何种形式存在。①2012 年王卫新、隋晓荻等著的《英国文学批评史》，作者在撰写英国文化批评史的过程中带领读者一起回味英国文化传统、体验英国社会历史文化的变迁。用中国学者的眼光看待英国文化批评发展的历程，在不断挖掘英国文化资产的过程中，从中吸取历史经验教训。这本书将威尔斯的文学批评理论看作物质的、传统的现实主义代表。随着时代的变迁，威尔斯代表的传统现实主义难以满足读者要求，英国文学批评将由物质向精神层面实现转化。②2013 年常耀信主编的《英国文学通史》将威尔斯与爱德华时代的小说家一起研究，着重介绍威尔斯在科幻小说领域的成就。这本书在点、面、线方面全面梳理，将威尔斯放在整个英国文化史框架下考察，称赞威尔斯与儒勒·凡尔纳为现代科幻小说的鼻祖，可见威尔斯在科幻界的地位不可撼动。2015 年白晓荣《英国反面乌托邦小说研究》从乌托邦角度详尽分析威尔斯的科幻小说作为英国反面乌托邦小说的兴起渊源。威尔斯历经维多利亚时期的繁荣与 20 世纪初的混乱，他的科幻作品在追求人类未来美好的同时也对乌托邦提出疑问，在他的反乌托邦作品中对科技进行反思。白晓荣阐述了威尔斯从反面乌托邦到乌托邦创作的转变，当人们对未来满怀愁绪，整个种族面临灭绝时，他会想方设法创造出具有智慧和道德的美

---

① 郑军：《第五类接触：世界科幻文学简史》，天津：百花文艺出版社，2011 年，第67 页。

② 王卫新、隋晓荻：《英国文学批评史》，上海：上海外语教育出版社，2012 年，第241 页。

好世界，当人们对未来充满美好幻想时，他会将情绪进行转化，笔锋直指社会弊端。威尔斯的矛盾心理在他科幻作品中展露无遗，对未来的质疑与憧憬都出现在他的作品之中。2015 年张和龙主编的《英国文学研究在中国：英国作家研究》较为详尽地梳理了 21 世纪前威尔斯的作品在中国的翻译和传播情况。在中国的英国文学研究主要分为两大块：英国文学翻译和英国文学批评，在研究过程中都偏向于后者，此书将英国各时期作家作品作为研究对象，并结合中国不同历史时期的政治、经济、文化政策评述，在国内英国文学研究领域颇有建树。书中将威尔斯作为英国 20 世纪早期的重要作家加以评述，把他称为"现实主义小说三杰"之一，并指出威尔斯的现实主义小说关注度较低的问题①。2019 年侯维瑞主编的《英国文学通史》与 2005 年出版的《英国小说史》相比更加细化分析威尔斯在现实主义方面的成就。威尔斯作为现实主义传统的捍卫者和继承者，被并入为现实主义小说界的三杰，并被称誉为延续了维多利亚现实主义辉煌时期之后的另一个繁荣时代。②2019 年黎婵《认知陌生化：赫·乔·威尔斯科幻小说研究》荣获第十一届全球华语科幻星云奖最佳非虚构作品金奖。中国科幻逐步走向世界，对经典作家的重新解读将有利于提升和促进中国科幻的发展。黎婵的这本著作作为华语世界第一本研究威尔斯的专著，各交叉学科融会贯通，深入分析，综合文学、科学、科幻批评三种资源，从威尔斯对科幻的整体创作进行把握，聚焦文化与科技的关系，将达科·苏恩文认知陌生化理论运用分析，黎婵将中国学者对威尔斯的研究提升到了新高度。在 2021 年王守仁的《英美文学批评史》与2012 年王卫新、隋晓荻等著的《英国文学批评史》中，威尔斯以文学批评家的身份登场。作为目前最新出版的英美文学理论书籍，书中

---

① 张和龙编：《外交社外国文学研究丛书　英国文学研究在中国：英国作家研究》（下），上海：上海外语教育出版社，2015 年，第 530 页。

② 侯维瑞主编：《英国文学通史》，北京：商务印书馆，2019 年，第 645 页。

对威尔斯的文学没有进行详尽描述，而是从威尔斯对于小说的创作概念出发，注重文学的实用功能和社会功能，从源头分析威尔斯科幻小说的创作理念，为读者提供更多的思索空间和对作品更多地解读性。

二、威尔斯科幻作品的多视角分析

根据威尔斯在中国的翻译传播情况，鉴于文学评论发展与作品引进不同步，笔者搜集了改革开放后 80 年代至今 40 余年的学术期刊。笔者以威尔斯为搜索关键词，在万方、知网等数据库搜索到 1300 多篇有关威尔斯科幻小说的研究期刊，其中包括 30 余篇的硕士论文和 1 篇博士论文，威尔斯科幻小说在国内期刊的学术研究逐渐呈现多元化趋势。从不同的研究视角区分大致分为：比较文学研究、伦理批评、叙事分析、生态批评等。

威尔斯的小说观是研究威尔斯作品的思想根基。侯维瑞先行于 1985 年在《外国文学》期刊发表《赫·乔·威尔斯的现实主义创作》，这是 80 年代较为全面介绍威尔斯的期刊代表作。文章共分为四部分，分别介绍威尔斯的生平、科幻小说、社会小说及阐述思想的小说，文章对威尔斯进行综合客观的评价，称他为英国现实主义文学的重要代表。此后对于威尔斯秉承现实主义创作概念的研究延续至今。1993 年钟翔、劳旺发表在《外国文学研究》的《维多利亚文化精神与威尔斯小说概观》，结合威尔斯所处的英国社会、时代背景，将历史与作品交融处理，探寻威尔斯小说创作的历史缘由。同年张禹九发表在《外国文学评论》的《威尔斯小说创作的再认识》以威尔斯与詹姆斯的争论贯穿全文，详尽梳理威尔斯与詹姆斯自 1898 年相识后，詹姆斯对威尔斯创作的影响和评价。文章没有明确评价谁是谁非，而是客观地阐述，交由历史和读者来评判。2001 年殷企平在《外国文学》发表的《威尔斯小说观浅析》由威尔斯和詹姆斯的论战入手，对威尔斯的小说观进行深入剖析，就小说的功能性和艺术性展开探讨。

最后作者主张小说家不要墨守成规，可以像威尔斯一样根据实际生活的需求打破现有艺术规则①。总而言之，威尔斯的小说观铸就了他科幻小说的风格，即科幻评论家评判的科幻现实主义。在威尔斯的科幻小说中，他非常注重小说的社会功能和道德功能，通过讨论的形式实现，而不是靠说教来完成。威尔斯严肃思考社会中的现实问题，通过科幻的形式想象未来世界的结局，他始终秉承自己的小说观创作，虽有偏颇，但也抹杀不掉他出色地完成作为小说家的使命的事实。

威尔斯作为科幻界的领军人物，影响了国内外科幻作家的创作。国内的学者及文学批评家将威尔斯与中外科幻作家的叙事风格、内容、主题等进行比较，因此在比较文学领域开辟了一片威尔斯与中外作家及科幻作品相比较的新天地。如祝远德《隐身人》与《隐身人手记》比较研究，《隐身人手记》是美国作家拉尔夫·埃里森的作品，作者从情节、人物形象、符号象征几个方面分析比较两部作品，探讨拉尔夫·埃里森对威尔斯的借鉴与发展。李珂《〈鲸歌〉与〈莫罗博士的岛〉中伦理道德符号对比研究》：中国作家刘慈欣的《鲸歌》与《莫罗博士岛》都是有关动物实验的科幻故事，作者深入剖析由动物实验引发的道德危机。通过比较两部具有共性存在的作品，探讨科幻文学中道德评判的标准。韩松《时间旅行中的乌托邦与反乌托邦》，比较中国著名翻译家、作家叶永烈的《小灵通漫游未来》与威尔斯《时间机器》，叶永烈塑造的世界光明灿烂，幸福美满，科技占据主导地位。威尔斯创造的世界一片黑暗，反对物欲横流的文明。两部作品产生的时代不同，表达的诉求也不同。叶永烈作品中追求的光明未来与威尔斯作品中的黑暗世界形成鲜明的对比，无论是积极生存还是消极避世，科幻都代替我们想象出未来科技对生活的正反面影响。刘媛的硕士论文《凡尔纳与威尔斯的科幻世界》，分五章从凡尔纳和威尔

---

① 殷企平：《威尔斯小说观浅析》，《外国文学》2001 年第 2 期。

斯的生平、叙事手法、未来观及对后世的影响几方面，比较这两位硬科幻和软科幻代表作家的异同。立足现实展望未来，刘嫒系统地分析比较两位经典科幻作家，探寻经典根源，为后续研究两位作家的学者提供宝贵的学习资源。陈少娟《赫·乔·威尔斯在中国的译介与影响》，对威尔斯在中国的译介、传播、接受和影响进行梳理研究，陈少娟系统性的研究补充了威尔斯在中国译介传播研究现状的空白。在对威尔斯与其他中外科幻作家的比较研究中，影响研究占比偏高。如陈少娟《赫·乔·威尔斯在中国》，威尔斯作为思想的解放者，对资本主义的批判及对人类命运的安排是其创作思想的核心。威尔斯的文学作品在中国接受度最为广泛、持久且深远。陈娟《张爱玲与威尔斯》，创新性地提出张爱玲深受威尔斯的"末日意识"的影响，这些潜在的思想意识存在于张爱玲的个别作品之中，值得深思。穆蕴秋和江晓原的《威尔斯与〈自然〉杂志科幻历史渊源——Nature 实证研究之二》，实证研究威尔斯与《自然》杂志的渊源，透过《自然》探究威尔斯科幻作品的发展、传播与影响力。威尔斯的作品在《自然》这种被国际认可的杂志上热度不减，其影响力可见一斑。

威尔斯的许多科幻小说涉及伦理道德问题，有几部科幻小说通篇在科幻的环境下探讨人类社会中的伦理问题，比如：《隐身人》《莫罗博士岛》《时间机器》等，有许多的学者对其作品中的伦理道德进行详尽分析。徐艺玮《浅析威尔斯科幻小说的伦理关怀》，通过简要分析《世界大战》《时间机器》《莫罗博士岛》《隐身人》等作品，分析小说中的科学家形象及科技发展带来的灾难等，细节中透露出伦理关怀。王晓惠《〈隐身人〉中人与科学的多维伦理阐释》，对格里芬与民众、肯普、科学与生活的关系进行探讨。格里芬对科学是工具论的伦理意识，肯普是理性的科学价值观，民众对于科学技术是渴望又害怕的恐惧心理状态。对待科学，人类需要的是肯普的"人与科学和谐共处"的价值观，唯有这样才能保持世界和平。刘熊运用伦理学理论对威尔斯的科幻作品进行系列的分析，学术成果丰富。如：《跨越道德的边界：威尔斯〈世界大战〉道德范围的探讨》《〈彗星来临〉：道德原教旨主义的理想社会》《永不妥协：〈时间机器〉的伦理警示》《〈摩罗博士的岛〉中的道德符号解析》。刘潇的硕士论文《威尔斯科幻小说中科技引发的伦理冲击》，以威尔斯早期的三部科幻小说为分析对象，探讨由科技引发的伦理问题，论文的创新点在于结合当今社会存在的伦理问题揭示威尔斯作品的实际研究价值及对当代人的启示。曹鹏越的论文《文学伦理学视域下威尔斯科幻小说的伦理警示》结合进化论思想分析威尔斯作品中的伦理危机，探究其社会价值。

　　威尔斯的科幻小说将独特的叙事技巧和叙事艺术相结合，创造科幻历史上的神话。威尔斯科幻小说取得如此大的成功，在全世界流行，离不开他高超的叙事技巧。李霄垅、许乐琪的《焦虑时代：威尔斯小说中的英国》，威尔斯生活在社会转型时期，文章以威尔斯的科幻小说和社会讽刺小说为分析对象，探讨威尔斯小说中呈现的英国社会的问题及产生的精神危机。杨传鑫的《论威尔斯的科学幻想小说》，从威尔斯的叙事主题、叙事技巧与叙事艺术对威尔斯的科学幻想小说进行分析，文章写于 1992 年，正是我国大力发展科学技术的年代，科幻文学的水平和国家的科学技术水平密切相关。陈才的《威尔斯〈时间机器〉的双重叙事》将《时间机器》作为维多利亚时期英国社会的一面镜子，运用帝国主义和现代主义双重叙事结构，剖析当时资本主义社会知识精英阶层内心挣扎的状态。陈胤汶的硕士论文《H. G. 威尔斯科幻小说中的女性形象》，叙事内容为威尔斯科幻小说中的女性形象，作者关注到其他学者未关注的领域，填补威尔斯科幻作品人物形象研究的空白。贾志刚的《威尔斯科幻小说创作模式和艺术手法初探》，从创作模式和艺术手法入手研究威尔斯对科幻小说的贡献，威尔斯开创了艺术和社会批判相结合的创作模式，开拓了许多科幻新题材，塑造众多经典形象。作者还关注到威尔斯的作品中运用大量的神话思维和文学意象，丰富的叙事技巧。刘赛雄的有关威尔斯叙事研究的博士论文《H. G. 威尔斯社会小说的失范主题研究》，文章有关于威尔斯社会小说的叙事主题——失范。作者采用文本细读的研究方法深入探讨威尔斯的四部社会小说，将威尔斯的生平与作品分析紧密相连，在威尔斯的学术研究中具有重要的价值。

威尔斯的科幻作品具有独特的人文关怀，他始终关注人类命运，在科幻作品中表达对生态问题的反思，威尔斯的科幻作品具备生态研究价值和现实批判意义。如张卉、范丽娟的《〈莫罗博士的岛〉的生态批评解读》，运用生态批评理论对《莫罗博士岛》的自然生态、社会生态、精神生态进行分析。韩飞虎的《〈时间机器〉的精神生态解读》，文章中分析的《时间机器》是威尔斯作品的影视化改编，在电影《时间机器》里，主人公的时空旅行其实是拯救自己和他人的精神生态之旅。杨帆的硕士论文《论 H. G. 威尔斯科幻小说的生态反思》，系统阐释威尔斯科幻小说对生态问题的反思，并表达威尔斯对生态美好的展望，从而为现实社会中的人与自然、人与社会、人与人之间的交往提供精神指引。

三、威尔斯科幻作品传入中国百年史

中国科幻文学走向世界，回顾经典、重新解读经典显得尤为重要。经以上多元化、多角度分析发现，目前国内威尔斯的学术研究仍有待挖掘。国内对于威尔斯研究的学术论文成果呈上升趋势，但整体系统研究威尔斯的学术著作唯有少数的两部，分别是黎婵的《认知陌生化：赫·乔·威尔斯科幻小说研究》和刘赛雄的《H. G. 威尔斯社会小说的失范主题研究》。威尔斯是一位伟大多产的作家，他的作品集科学、文学、哲学、社会学、人类学等学科于一体，还有许多的研究视角未开发。国内学者助推中国科幻走向世界，需站在中国视角审视威尔斯科幻作品作为经典存在的价值和意义，为威尔斯研究贡献自

己的一份力量，吸收西方经典之精华，以此成就更多走出国门的东方经典。

综合以上各领域的研究成果，无论是传记研究、思想研究还是以科幻为主的文学研究、跨学科交叉研究等，国外学者对威尔斯的批评研究始终保持密切的关注。现代文化根据时代要求而转型，根据近年来的研究成果可以发现学术界关注的兴趣点，威尔斯的科幻小说系列是至今流传最广泛并始终关注的热潮，对这类作品的深化研究将有重大的文学价值与意义。

第二节　中国威尔斯作家群

在浩瀚的文学经典中，从威尔斯开始，科幻小说逐步成长为独立的文学类型。在全人类共同的精神成长史中，他扮演着拉动人类想象、创造美好未来、警示灾难的角色。威尔斯的创作理念正符合中华民族所倡导的人文、科学精神和民族责任感。人类命运共同体是科幻世界认同的全人类共同生存法则，因而威尔斯在中国备受瞩目与欢迎。

一、中国威尔斯作家群主体构成

威尔斯的科幻小说关注人类社会发展产生的社会和环境问题，他的作品寄予对人类命运的深切关怀。作为人类想象力的解放先驱者，他的作品主题涉及人类末日、生态危机、生物伦理等全人类共同关心的问题。威尔斯作品中所体现的人文情怀被中华民族所倡导，引发中国作家老舍、张爱玲以及诸多科幻作家如刘慈欣、何夕、王晋康、金涛、吴伯泽等人的共鸣，形成中外文学关系史上的一个群体：中国威尔斯作家群。这一群体在跨文化交流语境下对威尔斯的作品从形式上的有意借鉴到思想上潜意识的交融，从创作技巧上的模仿到艺术审美内容上的创新与升华，借鉴的同时且保留自身特色，成为中国文学史上的一道亮丽风景线。

张爱玲与威尔斯。张爱玲是中国现代文学史上独具魅力的作家。张爱玲小说思想远超她所处的时代，在人物形象、叙事语言、叙事主题上有鲜明的个人特色，为中国现当代小说做出突出贡献。她一部分作品总带有忧郁的气质，被称为"末日意识"①，究其来源，她与威尔斯有着千丝万缕的联系。张爱玲对威尔斯的"预言"有强烈的共鸣。"所以我觉得非常伤心了。常常想到这些，也许是因为威尔斯的许多预言。从前以为都还远着呢，现在似乎并不远了，然而现在还是清如水，明如镜的秋天，我应当是快乐的。"②威尔斯以一位科幻预言家的身份出现在张爱玲的世界中，威尔斯的科幻作品中描述世界末日的景象：外星人入侵地球，预测世界大战的爆发……张爱玲所说的她对于威尔斯的许多预言感到伤心，内涵威尔斯作品中毁灭性地描写。刘志荣、马强的《张爱玲与现代末日意识》一文中，具体分析张爱玲与西方文学的关系，包括威尔斯对张爱玲"末日意识"的影响。③西方科幻小说中有关世界毁灭的主题承继《圣经》中的末世思想，在威尔斯的科幻作品中去除宗教神圣化的外衣，只剩下末世的恐惧。在张爱玲的作品中也同样失去了神圣化意义，这个世界最可怕的不是失去过去，而是失去未来。这是张爱玲和威尔斯不同之处，威尔斯将拯救世界的希望寄托于科学技术，而张爱玲作品中流露出的末日思想不急于被拯救。

金涛与威尔斯。金涛是科学普及出版社社长兼总编辑，中国科协委员。金涛作家的科学人生阅历丰富，1984—1985 年参加我国首次

---

① 刘志荣、马强：《张爱玲与现代末日意识》，《中国比较文学》2000 年第 2 期。

② 张爱玲：《中国现代散文名家名作原版库·流言》，北京：中国文联出版公司，1998 年，第 188 页。

③ 刘志荣、马强：《张爱玲与现代末日意识》，《中国比较文学》2000 年第 2 期。

南极考察，被国家南极考察委员会授予二等功，1990 年被中国科普作家协会评为"建国以来特别是科普作协成立以来成绩突出的科普作家"，1997 年被世界科幻大会授予银河奖。他的代表作有科幻小说《月光岛》《台风行动》《冰原迷踪》《人与兽》等，科学考察记《暴风雪的夏天》以及科普作品集《奇妙的南极》《探险家的足迹》等。科幻强国梦始于新中国成立初期。一部优秀的科幻小说总会站在未来的角度对社会现实进行反思，融合社会性和温暖人性的科幻才会发展得更为久远。金涛是中国先进科普工作者，作为这一时期的代表作家之一，他在访谈中提起对自己影响深远的科幻前辈。"科幻小说家凡尔纳、威尔斯、阿西莫夫、小松左京、郑文光、童恩正等人的作品我很欣赏，从中受益匪浅。"[①] 威尔斯的《水晶蛋》与金涛的《月光岛》都描述外星人观测地球的故事。19 世纪末至 20 世纪初，威尔斯短篇创作想象力更加具有先锋意识：1897 年《水晶蛋》通过"从平凡中见证奇迹""以小见大"的叙事模式，从中下阶层人物视角出发，将平凡的现实与探索未知世界的惊奇感交叉演绎，见证水晶蛋中神奇的世界。威尔斯构思了外星生命探测地球的故事，他将无穷大的世界浓缩在一颗水晶蛋中。金涛关注社会、科技对人类社会的影响，他主张科幻在时间上可以跨越光年，在空间上可以超越银河系，但要植根于现实。金涛将《月光岛》比喻为历史长河中反映现实问题的一朵浪花。无论是微观水晶蛋中的宇宙世界还是科幻世界的月光岩，都是作家关注现实问题，平凡中见真知的科幻实践之旅。科幻在中国本土化的发展路程漫漫，科幻的使命从救国到强国发生转变，不变的始终是一颗爱国之心。

何夕与威尔斯。何夕自 1991 年开始涉猎科幻小说创作，专注于软科幻创作，主题以探讨宏观科学未来和人性善恶为主。代表作包括

---

①　杨虚杰：《金涛先生访谈》，《科普研究》2009 年第 4 期。

获银河奖的《光恋》《电脑魔王》《平行》。何夕的笔名源自杜甫《赠卫八处士》诗句"今夕复何夕，共此灯烛光"。今夕何夕，诗句中故友因战乱离别二十余年，此刻享受烛光下的短聚时光。何夕的作品《平行》在情节设置方面与威尔斯的《时间机器》有许多的相似点，同样是穿越题材，抒发自己对时间这个永恒命题的困惑。

吴伯泽与威尔斯。吴伯泽是一位非常优秀的作家、科学家、翻译家，自 1956 年开始从事翻译工作，共发表译作约 500 万字。1978 年开始进行科普创作，发表作品 50 余篇，代表作品有《移居太空，势在必行》《隐形人》等。《隐形人》是吴伯泽的短篇科幻小说，这篇作品与威尔斯的《隐身人》故事情节类似。吴伯泽的《隐形人》讲述的是一位中国科学家偶然间读到威尔斯的《隐身人》并深受启发，开始致力于隐身技术的研究，但是他对威尔斯书中描述的隐身术抱有怀疑态度，历经多次实验，他利用爱因斯坦提出的"广义相对论"——光线在力场会沿着弯曲的道路前进，[1] 成功制造出隐身衣。吴伯泽在作品中与威尔斯隔空对话，可见他的作品《隐身人》创作深受威尔斯启发。

王晋康与威尔斯。王晋康是中国科普作协会员。著有短篇小说87 篇，长篇小说 20 余部，共计 500 余万字。多次获得中国科幻大奖银河奖。王晋康被誉为我国 90 年代以来科幻界的思想领军人物。其代表作主要有《养蜂人》《类人》《蚁生》《生死平衡》《七重外壳》等。王晋康的新人类系列和威尔斯《莫罗博士岛》情节设置相似。在其"新人类四部曲"《类人》《豹人》《癌人》《海豚人》中，面对人类生存和发展的困境，科学家们利用基因编辑手段干预人类种群，小说中的科学家们扮演上帝的角色操控人类的命运。[2] 在威尔斯《莫罗博士岛》

---

① 叶永烈：《中国科幻小说世纪回眸第三卷》，福建少年儿童出版社，1999 年，第423 页。

② 邓艮、谢一榕：《科技干预与人类困境：论王晋康科幻小说"新人类四部曲"》，《科普创作评论》2021 年第 3 期。

中科学家同样扮演上帝的角色，对岛上无辜的动物进行改造。科学技术和伦理道德关系密切，快速发展的科学技术冲击人们的传统观念，给人类的伦理道德带来巨大的挑战，王晋康和威尔斯都关注科学研究过程中伦理道德的激烈冲突，这确是当今社会值得深思的问题。

刘慈欣与威尔斯。刘慈欣是中国科幻代表作家之一，他的科幻小说产量丰富，获奖无数。主要代表作品有荣获雨果奖的《三体》，中国科幻银河奖获奖作品《乡村教师》《流浪地球》等，一些影响深远的作品如《微纪元》《时间移民》《圆圆的肥皂泡》《中国太阳》《超新星纪元》等。刘慈欣与威尔斯都是科幻作品产量丰富的作家，他们发挥自身极其丰富的想象力，用笔杆子创造出非凡的世界，在这个世界中充满了人文关怀，有庞大的格局。刘慈欣吸收威尔斯作品的精髓，一改中国科幻缺乏宏观想象力的狭小格局，在作品中构建出气势磅礴的宏伟宇宙。

"中国威尔斯作家群"的文学活动及创作实践与威尔斯联系密切，他们的文学创作都不同程度地受到威尔斯的影响。威尔斯的作品引进中国以来，历经百年经久不衰，这位百年前的英国作家从此与中国产生了不解之缘。其中有些作家非科幻作家，但科幻作家与非科幻作家表达的精神内核一致：关注人类共同命运，饱含人文关怀。从他们的作品中，我们可以感知每一位作家对威尔斯不同程度的解读，威尔斯引领"中国威尔斯作家群"开辟了一条科幻之路。

二、中国威尔斯作家群：创作与传承

在人类文学史上威尔斯开创了科幻文学的新时代。当代众多科幻题材都始于威尔斯的科幻小说，在他的科幻小说中对人性和社会发展的探讨达到相当高的程度，跨越四维空间的时间机器、隐身技术、外星人入侵地球、登月计划、基因改造等题材都源于威尔斯。他利用天才的想象力在科幻作品中探索人类与整个宇宙的相处之道。中国著名的科幻作家刘慈欣曾赞美他为以后的科幻小说提供最初的范式，对世界科幻文学的发展具有深远的影响。在浩瀚的文学经典中，从威尔斯开始，科幻小说逐步成长为独立的文学类型。在全人类共同的精神成长史中，科幻大师们从多个角度探索、解析、塑造人类丰富的精神世界，扮演着拉动人类想象、创造美好未来、警示灾难的角色。回顾一介科幻大师的创作，威尔斯引领读者在自由、信仰、勇气、恐惧、孤独、理性中寻找人类在宇宙中生存的法则。"中国威尔斯作家群"作为一个群体在叙事主题、情节设置、精神内核上对威尔斯进行模拟，结合东西方科幻元素进行创作与传承。

1. 叙事主题、情节设置上的创作与传承

威尔斯的科幻小说创作主题为：时间旅行、外星文明、未来科技、生命伦理。作为科幻小说界的拓荒前辈，威尔斯以科学技术为载体表达对人类未来的忧虑和人类命运的思考。威尔斯的科幻小说具有宏大的格局，他的作品就是一个气势磅礴的宇宙空间，中国早期科幻作品往往缺乏类似的宏观想象力。威尔斯开创了人类文学史上的科幻文学新时代。当代众多科幻题材都始于威尔斯的科幻小说，在他的科幻小说中对人性和社会发展的探讨达到相当高的程度。他利用天才的想象力在科幻作品中探索人类与整个宇宙的相处之道。许多中国科幻作家努力与世界站在同等高度，他们借用威尔斯科幻主题，将故事背景迁移到中国，创造出许多优秀的作品。

1895 年《时间机器》(*The Time Machine*) 是威尔斯第一个创作周期完成的作品，也是他的成名之作。在《时间机器》中威尔斯颠覆了人类传统流行的观念，不被重视的低等生物群体成为自然界竞争中的胜利者，无论是在社会学意义还是生物学意义上地位卑微的种族成为统治者，必将是对信奉达尔文主义者的抨击。《时间机器》继承斯威夫特《格列佛游记》的讽刺衣钵，从进化论的视角出发将人类历史演进过程中的社会阶层分化予以生动地呈现，对因高度发展资本主义而

造成人文关怀缺乏的英国社会进行无情的批判和讽刺。刘慈欣的《命运》和何夕的《平行》都是时空旅行题材，与威尔斯的《时间机器》有很多的相似点。刘慈欣《命运》世界里的未来人类已经实现了去外太空旅行，有一对夫妇旅行时阻挡了一个要撞向地球的星球，这颗星球刚好是导致恐龙灭绝的那一颗。等他们返回地球，发现统治地球的已经不是人类，而是恐龙。人类只是作为被观赏的动物存在。这涉及一个莎士比亚式问题：以自我为中心的人类，自认为可以统治地球，到底是必然还是偶然？刘慈欣对地球文明发展过程的颠覆和威尔斯《时间机器》中有关未来人类进化的文学创作有异曲同工之妙。何夕的作品《平行》也是典型的穿越题材，与《时间机器》不同的是故事主人公是穿越到过去一万两千年前的森林城市。何夕在作品中融入人物名称——百夕、千夕、万夕，他在作品中从未停止对时间这个永恒话题的探讨。何夕对威尔斯不只是停留在模仿的层面，他在威尔斯合理创作的成分上加以改造，探讨科学与宗教的关系，希冀通过时光机器回到过去，对科学进行探索，拯救人类。

　　"外星文明"题材是构想地球人与外星球生命发生关系的一种文学题材。威尔斯开创外星人描写的先河。科幻作家关注人类整体命运，伴随科学技术的进步，人类的求知欲望逐渐增大，科幻对于宇宙的探索总是走在科技的前端，探索现有科技还无法完成的任务——宇宙生命的起源、资源的利用、外星文明的发展。威尔斯有关外星文明的三部作品分别是《世界大战》(*The War of the Worlds*)、《月球上的第一批来客》(*The First Men in the Moon*)、《水晶蛋》(*The Crystal Egg*)。1898 年中国还处于半殖民地半封建化的统治时代，威尔斯已经开启宇宙探索。《世界大战》开创外星人入侵地球题材的先河。在整个宇宙之中和平永远是共同发展之道，威尔斯借外星人对地球的入侵影射疯狂对外殖民扩张的大英帝国，外星人的覆灭就是战争发起者的结局。刘慈欣的《三体》获得科幻界的诺贝尔奖——雨果奖，他吸收威尔斯科幻作品的精髓，一改往日中国科幻作品狭小的格局，构建气势磅礴的宏大宇宙观，终达世界级的水平。类似的题材还有刘慈欣的《微纪元》。历经太阳毁灭的大灾难后，新人类生活在一个小小的球体之中，达到资源最低消耗。自 1969 年美国阿波罗 11 号成功登陆月球开始，到 2020 年中国"天问一号"火星探测器发出，人类从未停止对其他星球的探索，也许我们所熟知的世界对于整个宇宙来讲是一颗被观测的透明球体，但事实上我们是一颗为追求文明进步而努力的球体。

科技与人类的关系一直是科幻作家探讨的焦点，探寻人类生存的价值意义与伦理观是追求科技进步必须遵守的准则。威尔斯在他的科幻作品中塑造了许多疯狂的科学家形象。1896 年《莫罗博士岛》（The Island of Dr. Moreau）是威尔斯探讨生命伦理的经典之作。威尔斯结合师从赫胥黎学到的进化论知识，从当时社会活体解剖事件汲取灵感，从生物学视角想象出兽与人结合的可能性和造成的伦理后果。《莫罗博士岛》是威尔斯对生命科学伦理思考的结果。中国科幻三巨头作家以科幻形式关注"生命伦理"这一母题，创作出许多优秀作品，以刘慈欣和王晋康为例，刘慈欣《鲸歌》与《莫罗博士岛》都涉及违背伦理道德的动物实验，负面形象的科学家模仿人类社会伦理的影子改造动物 ①，试图给动物增添人性化的特征，结果必然是失败的。刘慈欣另外一篇短篇小说《2018 年 4 月 1 日》围绕改变基因延长生命的技术展开，探讨科技与人类伦理道德的关系。科幻小说具有宣传科学价值，守护人类伦理道德的使命。王晋康的"新人类系列"——《类人》《豹人》《癌人》《海豚人》，关注现代科技干预与人类生存困境之间的关系，以科幻文学的目光参与构建人类命运共同体。

---

① 李珂：《〈鲸歌〉与〈莫罗博士的岛〉中伦理道德符号对比研究》，《广播电视大学学报》（哲学社会科学版）2018 年第 4 期。

　　无论是克隆技术、基因编辑还是 2022 年全球首例转基因猪心移植到人体，科幻中探讨的生命伦理问题已经真切实际地发生在现实生活中。追根溯源人类对自身秘密的原始探索，早在战国时期，列御寇所著的《列子·汤问》中就曾记载扁鹊进行心脏移植手术的故事。在世界各民族的神话传说中出现了丰富的"半人半兽"的形象，人类巧借其他动物的优点，赋予改造后的生物神灵的地位，如中国神话中人首蛇身的人类始祖——女娲、伏羲，埃及神话中的狮身人面像、复仇之神鹰首人身"荷鲁斯"（*Horus*）、死神狼首人身"阿努比斯"（*Anubis*）。中国先秦古籍《山海经》中蕴含大量的神话题材，包括创世、部落民族起源、英雄、自然，《山海经》为后世提供文学创作的素材，发散想象空间，反映中华传统文化的特点和文化精神，同时也为科幻小说塑造了许多文学母题。

　　科技在现代人类生活、生产的过程中扮演着重要角色，已成为人类文明的标志性产物。科幻小说让幻想与科学结缘，理性分析未来科技的两面性。科技成就乌托邦或助推反乌托邦世界，皆源于人类有无正确的科技价值观，这正是科幻作家努力警醒世人的目标。1897 年《隐身人》（*The Invisible Man*）描述科学家格里芬发明隐身术但误入歧途的故事。隐身术是人类梦寐以求的高科技，现代社会还未实现这一项技术。《隐身人》小说以隐身技术为载体关注社会边缘人群，假如人类掌握高科技但目的不是造福社会将会怎样？在《隐身人》中，威尔斯揭晓答案。威尔斯在他的作品中从未质疑科技力量，但是他一直忧虑于科技所引发的道德伦理问题，他的作品让人类预知科技发展所带来的负面影响，引领人们朝着正确的方向发展科技，充分发挥科幻预言家的魅力。中国的《隐形人》创作于 1979 年，吴伯泽与威尔斯的《隐身人》故事情节类似，结局却截然相反。科学家发明的隐身技术引发社会骚乱，威尔斯和吴伯泽笔下的科学家都是对隐形技术热爱到偏执的状态，但两位科学家创造隐身衣的目的不同。一方为造福民众,一方为满足自己私欲,不断突破道德底线,中西方不同的意识形态、世界观念及价值体系塑造出不同的科学家形象。

威尔斯的科幻小说在中国传播、影响已百余年,在这长达一个多世纪的历程中人们对威尔斯的认识越来越全面。科幻世界关注人类共同关心的话题:生态环境、人类作为一个种族的整体命运,这正符合中华文化一直倡导的人类命运共同体意识。威尔斯在中国备受关注,究其原因,威尔斯将自身对人类终极命运的关怀投注在作品中,用他高远的站位和极具时代穿透力的思想,体现其"永存人类记忆"[1]的价值。

2. 精神内核上的创作与传承

科幻小说作为一种与科技密切相关的文学类型,犹如一架望远镜带领人们遥望星河。科幻作家在作品中探讨科技发展引发的各种可能性。对于社会的潜在影响进行提问、预测、探讨、思辨,这些都是科幻小说的核心精神。威尔斯作为科幻小说界的拓荒前辈,威尔斯以科学技术为载体表达对人类未来的忧虑和人类命运的思考。他始终关注人性发展和科学技术的关系,假如人性没有进步,科技发展将会是一场灾难。脱去幻想的外衣,威尔斯表达的内核是强烈的社会意识、严肃的思想主题、深刻的现实性。威尔斯曾是费边社的重要成员,基于青少年时期的这一经历,在他的科幻小说中阶级冲突的描写往往成为浓墨重彩的部分。威尔斯善于在他的科幻小说中揭露社会阶级矛盾,抨击资本主义制度的弊端,警示无产阶级和资产阶级长期敌对可能产生的恶果。除却关注社会现实问题,他还将目光放在整个人类种族的命运,关注人类未来的发展,充满人文关怀气息。"中国威尔斯作家群"秉承威尔斯科幻小说的精神核心,以创造性思维、独特的视角成

---

① 陈少娟:《赫·乔·威尔斯在中国的译介与影响》,硕士论文,河北师范大学,2010年,第3页。

就中西方科幻史上的奇迹。

第一，科幻预言性与现代性隐忧。凡尔纳笔下的鹦鹉螺号潜水艇、直升机，克拉克《2001太空漫游》中的视频通讯，威尔斯《莫罗博士的岛》中的基因技术改造等在今天都已变成现实。科幻小说与玄幻、寓言等题材的小说相比具有鲜明的特点，科幻小说更具备科学性。科幻赋予人类科学知识、科学的思维和世界观，启发人们理性思索未来。它可以将故事发生的时间设置在遥远的过去或未来，空间也可以无限延展到外太空。科幻的本质是基于当下科技的发展对未来进行想象，科幻作家的想象和创作脱离不了当时的科学技术和生活环境对其思想的限制。"中国威尔斯作家群"中的科幻作家们在科学技术的基础上对人类未来、命运进行合理预测，关注人与自然、人与人、人与社会、人与科技的关系。在科幻作家的想象力之外，科幻小说的预言性也显露出来。

威尔斯的科幻小说对未来科技的运用及生产生活作出预测，他的作品成为检验未来社会发展的一把度量尺。在凡尔纳的科幻光明世界里，资产阶级是先进的代名词，他们给贫穷落后的地区带来光明的种子。与凡尔纳的乐观相反，威尔斯小说中的资产阶级地位被调换了位置，资产阶级由"文明输入者"转为"入侵者"。[①] 这体现在作品《莫罗博士岛》中莫罗博士对动物进行非法改造，预测基因改造面临的现代科技与传统伦理问题；《世界大战》中火星人入侵地球隐喻人类的战争与侵略；《时间机器》中埃洛伊人和莫洛克人的敌对状态暗讽现实世界中的阶级分化造成严重的社会矛盾。威尔斯生活的时代充满了各种科学幻想，他的大多数作品充满着末日意识。通过技术革新，人们迈入工业时代，促进经济繁荣的同时社会问题也随之而来。环境污

---

① 李霄垅、许乐琪：《焦虑时代：威尔斯小说中的英国》，《外语研究》2016年第4期，第15页。

染、社会阶级分化、价值观的缺失造成社会的动荡，加之英国为对外殖民扩张的行为付出高昂代价，引起英国国民对殖民扩张的强烈不满。作为科幻作家的威尔斯利用他敏锐的洞察力，对英国社会转型时期出现的方方面面的问题进行系统研究，他对未来科技运用做出准确的预言，揭示现实危机，推导黑暗结局。①“中国威尔斯作家群”在威尔斯的“末日意识”思想影响下，对几重关系进行预测并表现出深层次的现代性隐忧。

人类与赖以生存的自然环境息息相关，人类对待自然的态度会反馈于本身，毫无节制地获取自然资源必将导致不可挽回的灾难，反思人与自然的关系是科幻小说的永恒主题。刘慈欣在他的《重返伊甸园——科幻创作十年回顾》中明确提出他的科幻创作第二阶段——人与自然的阶段，自然科学是科幻小说存在、发展的基础。党的十八大提出“人类命运共同体”意识，这代表了我们国家与世界共同谋发展的理念。中国科幻作家秉承这一理念进行科幻创作，彰显科学精神与人文关怀。刘慈欣《流浪地球》与《世界大战》预测我们赖以生存的星球未来的命运，引领人类完成世界末日的自我救赎。王晋康《逃出母宇宙》叙述了一场宇宙级别的史诗灾难，人类面临灾难，从绝望的心态到迎来峰回路转的希望，再到绝望的痛苦历程，灾难促使人类智慧之花开放，百年之间取得瞩目成就。王晋康作品中的人类主角面临自然带来的毁灭性打击时是坚强且乐观的。从中国科幻作家的作品中我们可以感受到他们对自然和生命的深层次敬畏与热爱，满怀对生命的礼赞。

科幻作家的关注主体是我们人类本身，对以科幻的形式探讨人与人、人与社会的关系早已驾轻就熟。自然生态的破坏必然引起社会生

---

① 李霄垅、许乐琪：《焦虑时代：威尔斯小说中的英国》，《外语研究》2016年第4期。

态的失衡，如人与人之间的隔阂、抢夺资源引发的战争、两性关系的失衡等社会问题。"中国威尔斯作家群"的科幻作品除了描述自然灾难，他们更注重人文精神，关注人类文明社会的兴亡。社会生态和谐的实现首先要有稳定的社会秩序：公平、法治、自由、平等、文明、和谐等价值观。威尔斯和老舍在《世界大战》和《猫城记》中对火星人入侵地球和火星上猫国灭亡的描述，预测到四十多年后的世界大战和中国三十年后的文化大革命，这些都是人类历史上的浩劫，对人类文明的影响可见一斑。《猫城记》与《时间机器》中的阶级分化意识阻碍社会的改革和进步，有失公平的社会容易产生动乱，影响社会稳定。阶级分化作为人与社会关系层面的重要矛盾之一，常被科幻作家关注。《月球上的第一批来客》与《猫城记》中的"蘑菇"与"迷叶"，预测到几十年后毒害人类身心的鸦片毒品，几部作品中对现实世界的焦虑与担忧互通有无。

　　科技的迅速发展加速人类文明的进程，人类已经脱离科技启蒙时代对科技的盲目崇拜，当代社会对于科技发展的态度逐步趋于理性。在现代物质满足大于精神需求的状态下，科幻作家们显现出他们的忧患意识，关注科技与现代化的关系。威尔斯认为，科技不会从根本上解决贫富分化，消除阶级差异，反而会导致人类分化。高速发展的科技不会将人们从劳作中解放，反而会使人们异化为科技和机器的奴隶 ①。刘慈欣的《鲸歌》、王晋康的《类人》系列与《莫罗博士岛》异曲同工地预测因人类无节制地进行动物实验引发的伦理道德危机。吴伯泽的《隐形人》与威尔斯《隐身人》中的隐身技术给社会造成混乱与不安。科学技术的快速发展带来的不一定是美好，也许是人类精神世界的消融，如果不能正确运用"科学"这把武器，人类也许会成为

---

① 布莱恩·奥尔迪斯：《解放了的弗兰肯斯坦》，林峰译，郑州：河南人民出版社，1996 年，第 22 页。

科技进步的受害者。

"中国威尔斯作家群"创作的科幻小说蕴含丰富、深刻的生态思想。面对人类面临的多重危机，深谋远虑的科幻小说家们用科幻的形式预测未来的灾难与解决方案，力图通过这样的方式来影响人类的心灵和情感，唤醒人类保护自然、善待生命的意识。科幻小说作为科学与文学之间的一座桥梁，对现代社会的价值取向有着积极的引导作用。

第二，思想实验性是科幻小说的共性，科幻作品为读者们提供思想上的实验室。科幻作家经常采用实验性的写作方式探讨整个种族未来的命运。吴岩在其《科幻文学论纲》中指出："科幻小说就是人类科学、文化的实验室，是创新思考的实验室。"[1]科幻作品不仅是对某项科学技术及影响进行实验，还对各种不同的文明形态在未来的发展进行实验，在思想实验中化解危机，寻找解决的方法。

威尔斯将科学幻想与人类的未来相结合，他的作品展现出对人类和科学未来的忧患意识。其真知灼见的长远眼光与深谋远虑，体现威尔斯不限于时空的超越精神。在他的诸多科幻作品中，威尔斯对时空旅行、火星人入侵、隐身人、动物改造等题材进行思想实验，引发读者对未来的思考。威尔斯的《时间机器》（1895）中时间旅行者发明了时空穿梭机器，带领读者来到公元八十万年，人类已经进化成两个物种。威尔斯从进化论的角度出发，用实验性的方式将人类演进过程中的阶级分化予以生动地体现。在《莫罗博士岛》中，威尔斯从生物学角度对"兽人合体"进行实验，借疯狂科学家莫罗警示人类动物伦理的问题。在《隐身人》中威尔斯想象出隐身超能力。假如人类拥有隐身能力，世界会发生什么变化？威尔斯在小说中做了一次实验，结局是人类滥用超能力的行为将威胁整个社会。在《世界大战》中威尔

---

① 吴岩:《科幻文学论纲》，重庆：重庆出版社，2011年，第178页。

斯将人类与火星人联系起来，开创外星人入侵地球情节的先河。在威尔斯的外太空实验中，外星也许存在文明，但是他们与我们的伦理观念、对自然资源、生命价值、文明意义的理解难以苟同。威尔斯将思想实验性发挥得淋漓尽致，多年后的今天，我们正面临人工智能发展所带来的新的工业革命。面对未知的世界，他对科技发展、社会问题、种族命运做出的思想实验至今受用。

　　"中国威尔斯作家群"承继科幻小说的思想实验性，发挥中国力量与想象力，为世界科幻想象添翼。美国科幻文学研究学者托马斯·斯科提亚在他的文章《作为思想实验的科幻小说》中提到：科幻小说家是真正意义上的思想实验的专业制造者，不管他是在考察一项新的科技发展所引起的局部后果，还是在考虑一种社会潮流的更为宽泛的影响。① 刘慈欣将他的科幻创作分为三个阶段：纯科幻阶段；人与自然的阶段；社会实验阶段。在第三阶段的创作过程中，刘慈欣主要将人类置于极端环境下描写，追求社会实验的狂热。主要代表作是《三体》的第二部《黑暗森林》和2000年发表的《地火》。在《黑暗森林》中人类文明面临毁灭，刘慈欣重新审视人类已经创造的文明世界，试图重构由无数个文明体系组成的零道德宇宙。《三体》由众多思想实验缝合而成，这些宏大的想象彼此融合、碰撞，造就了小说的思想张力。科幻小说中思想实验的重心在于可能性的探寻，突破传统观念束缚，捕捉地平线上的一线曙光。

　　刘慈欣除了职业科幻作家的身份外，他还是一名计算机工程师，他在已知的科学基础上对科学技术的发展作出大胆地预测。刘慈欣于2000年发表的《地火》描述煤炭的地下气化技术实验，主人公刘欣对煤炭的地下气化技术实验充满憧憬与热情，作者讴歌他对新的科学

---

① 托马斯·斯科提亚、陈芳：《作为思想实验的科幻小说》，《科学文化评论》2008年第5期。

技术不懈地探索与追求。从《地火》的创作背景来看，刘欣是刘慈欣精神追求的部分化身。虽然煤炭的地下气化技术实验以失败告终，但百余年后煤炭工业已实现现代化足以证明思想实验性的必要价值，失败的实验往往是走向成功的开端。从作品中可以感受到刘慈欣对刘欣科学幻想的肯定与赞扬。《地火》作为技术型科幻小说的代表，在文学与自然科学研究之间形成一种相辅相成的良性互助关系。刘慈欣这两部饱含思想实验性的科幻作品兼具深刻的思想性和恒久的影响力。

科幻指向未来，所以人类一直为之着迷。在科幻作家的笔下，人类的未来有千万种模样，科幻文学中的每一次思想实验，就像探索宇宙中的一颗新星，在这个广袤无垠的宇宙世界绽放光彩。"中国威尔斯作家群"将目光不约而同地转向贴近人类实际生活的方向。他们不仅描绘遥远的星球，也重新思索人类的文明与生命意义。王晋康的科幻作品有着强烈的现实观照与沉重的思想实验性。王晋康在他的作品《十字》中进行"低烈度纵火"的思想实验。"低烈度纵火"指的是防止灾难演变成剧变或者质变。《十字》以天花病毒为例，提到伴随越来越发达的医疗水平，人类的免疫力却越来越低下的现象。面对人类最怕的灾难之一——瘟疫病毒，王晋康在作品中实施"低烈度纵火"的思想实验，安排人类与病毒一起进化，经过筛选留下较强抵抗力的人，从而达到人类与病毒的生死平衡。人类历史上曾遭受过天花、鼠疫、疟疾，黑死病等疾病，瘟疫历史即一部灾难史，是人类文明发展历程中的刽子手，给人类的生命带来毁灭性打击。王晋康科幻小说中始终秉持"平衡医学观念"，他主张人类不可过度依赖人体之外的机制对抗病毒，人类应该提升自身免疫能力，与病毒建立一种相对平衡的机制。此外，王晋康在他的其他作品《生死平衡》《临界》《亚当回归》中也多次进行"低烈度纵火"的思想实验，内容涉及地震灾害、科技发展引发的次生灾难，病毒等，范围涉及广泛，人类在使用"科学"这个有利工具改革自然的同时也应该保持敬畏之心，遵守自然原有的平衡。现实世界是否执行这样的观念，暂且再论。科幻小说的思想实验不保证成功，但不能因规避风险而放弃探究，科幻小说思想实验性的魅力正在于此：自然、人文、社科、医学等科学的知识伴随思想实验的推进进行传播。沉舟侧畔千帆过，病树前头万木春，虽历经重重灾难，整个种族的未来仍生机勃勃，春意盎然。

在全球化的时代背景下，人类面临主流文学很少触及的现代性焦虑——科技发展引发的一系列社会问题。从飞鸽传书到千里传音的通讯设备的变更，从克隆技术到基因编辑胎儿，从地球到宇宙的太空飞船技术的提升，还有将整个地球变成地球村的互联网的迅速发展，科学技术完全改变了人类世界的生活、生产方式，在带来生活便利的同时不断冲击人类的文化及情感，造成整个时代的焦虑与困惑。科幻小说通过种种思想实验，帮助人类寻找解决种种难题的办法，对于人与自然、人与人、人与社会、人与科技的关系解构再重构，完成人类命运之思。

第三节　威尔斯与老舍

威尔斯对中国科幻创作的影响是绵延不断的，除张爱玲以及诸多科幻作家刘慈欣、何夕、王晋康、金涛、吴伯泽等外，还有一位作家在更深层次上与威尔斯的科幻精神一脉相承。威尔斯的科幻精神经老舍先生消化吸收形成他后期的创作风格。中国科幻小说的创作本身就是站在巨人的肩膀上，所以才能走得更远。中国科幻创作逐渐走向成熟后，威尔斯的影响不像早期那样直接或明显，而是潜移默化般地存在。将老舍选定为"中国威尔斯作家群"代表，追踪威尔斯在中国文坛持久的影响力，而这种影响力不仅仅表现在某位作家的某部作品。

老舍代表作有《猫城记》《骆驼祥子》《四世同堂》《老张的哲学》《小坡的生日》《茶馆》等，老舍并不是科幻作家，但《猫城记》的诞生足以奠定老舍在中国初始科幻界的地位。老舍的《猫城记》不失为科幻作品中救国呼声最高的典型。老舍在英国执教的五年里，广泛地阅读英国文学作品，其中就包括威尔斯的科幻小说。老舍的《猫城记》将猫城设置在火星，也许是受到科幻先知威尔斯的启发。老舍曾说过："我喜欢威尔斯与赫胥黎的科学的罗曼。"[①] 老舍曾多次提及深受威尔斯的影响，在英国执教五年的时间里，老舍阅读了大量的科幻作品，回国后痛心于当时政党的政治羸弱和人民的流离失所，采用科幻的形式抒发内心积压已久的情绪。"威尔斯的《月亮上的第一个人》，把月亮上的社会生活与蚂蚁的分工合作相比较，显然是有意指出人类文明的另一途径。我的猫人之所以为猫人却出于偶然。"[②] 老舍善于吸收国外文学营养，他借鉴英国小说创作经验广辟天地，以西方为参照体系，立足世界，反思中国国情。他的跨文化视角成就他回国后的第一部小说《猫城记》。学术界从比较文学视角研究老舍《猫城记》的成果丰富，大多集结于狄更斯、海明威等对老舍作品的影响。《猫城记》在老舍创作生涯中具有重要意义，接下来将分析这一部深受威尔斯影响的科幻小说与老舍后期作品的关系。

一、对威尔斯的继承与创新

中国科幻文学源于西方，在中国历经百余年的发展，以现代思维探析虚拟科幻世界，在探寻自我与走向世界中寻找平衡点，创造具有民族化、本土化特征的中国式科幻小说，逐步走向世界。学术界以威尔斯的科幻作品《世界大战》《月球上的第一批来客》与《猫城记》比较研究为例，试图展开一次跨越时空、跨越中西文化的对话，探索中国科幻文学由输入到输出的过程。威尔斯与老舍基于不同的意识形

---

① 老舍：《我这一辈子》，北京：解放军文艺出版社，2001 年，第 87 页。

② 老舍：《老牛破车》，《老舍全集》第 17 卷，北京：人民出版社，1999 年，第 188 页。

态、世界观念及价值体系展示科幻视角下的国家现状。威尔斯在科学元素的运用、历史的反思及科幻精神内核的表达等方面提供范式，老舍在此基础上融合中国本土化特色传递价值观念和对人类命运的终极关怀，推动中国科幻文学的发展。

1. 科技启蒙时代的多元化尝试

英国作家威尔斯 1898 年创作的《世界大战》(*The War of the Worlds*)用科幻形式反映现实内容，批判英国的殖民侵略行为，折射当下人类生存的困境。1901 年《月球上的第一批来客》将人类带入太空时代，作品描写主人公发明反重力金属，登陆月球遭遇的一系列冒险故事。威尔斯在《月球上的第一批来客》中讽刺维多利亚时代将抹杀个人自由的管理模式。中国作家老舍于 1932 年创作的《猫城记》所描述的火星反乌托邦世界则是 30 年代中国社会现实的映射和写照。两位具有强烈忧患意识的作家通过科幻与历史相结合的创作手法批判社会现实，始终将对人类命运的终极关怀放在首要位置，并通过科幻寓言式小说的形式警示现代人类社会。

威尔斯以生动的笔触细致描绘了火星人的外星科技，火星人操纵大型武器——三脚架机器人对地球展开猛烈的攻击，人类在他们面前却不堪一击，犹如虫子一般瞬间被消灭。威尔斯描述的这场惊心动魄的世界之战，表达他对人类未来、科技迅速发展的关注和担忧，具有警示灾难的社会意义。威尔斯在《世界大战》中将科学性与文学性融合在一起，是科幻作品中的经典之作。《猫城记》与威尔斯的科幻作品相比，缺乏科技描述，偏重社会反思。由于当时的中国社会科学技术落后，老舍先生绕过科学技术的描写，将重点放在语言及人物形象塑造。在情节设置上，《猫城记》中的"迷叶"和《月球上的第一批来客》中的"蘑菇"都象征着无限能量来源。《猫城记》采用科幻的形式、讽刺的内容，展现火星上的猫国——一个 30 年代的中国缩影。他借鉴威尔斯的想象，融合亚里士多德的喜剧手法与斯威夫特的讽刺风格，创造出独具中国特色的早期科幻小说①。《猫城记》虽缺乏科学属性，但我们不可否认它在中国科幻文学史上的重要研究价值。猫国故事是当时中国社会危机的映射，黑暗的社会、腐败的教育、衰败的经济、愚昧的国民、不学无术的知识界……中国正在面临前所未有的危难，这部作品饱含老舍先生对中华民族沉痛的思考。《猫城记》作为老舍初步写作科幻题材的尝试，将中国特有的黑暗历史题材与西方科幻文学题材相结合，将火星、猫国、革命几个维度与旧中国的波光掠影糅合在一起，为中国科幻文学本土化和多样化提供宝贵的经验。

2. 反乌托邦世界的建构

反乌托邦是一种与理想社会相反，甚至是令人恐惧的假想社会或群体。其代表作有扎米亚京的《我们》(1921)、赫胥黎的《美丽新世界》(*Brave New World*)(1931)、奥威尔的《1984》(1949)。②反乌托邦类型的科幻小说传入中国发展至今，受到中国本土政治、社会及传统文化等因素的影响呈现出更加多元、深刻的主题，丰富了世界反乌托邦小说的题材。

威尔斯与老舍创作于科技启蒙年代，当人们还沉浸在科技发展带来的喜悦，享受科技发展带来的便利时，具有忧患意识的威尔斯和老舍出于对科技发展与人类未来命运的担忧，将现实搬到科幻世界构建反乌托邦世界，以此批判现实、警示后人。反乌托邦式的描写使《世界大战》与《猫城记》更加具备哲思色彩，增添美学意义。《世界大战》与《猫城记》中的反乌托邦世界设置了截然不同的结局，《世界大战》的自救与《猫城记》的自灭形成鲜明的对比。《世界大战》中叙述者见证火星人入侵全过程，威尔斯创造反转性结局，最后火星人

---

① 唐润华、乔娇:《中国科幻文学海外传播:发展历程、影响要素及未来展望》，《出版发行研究》2021 年第 12 期。

② 奥尔德斯·赫胥黎:《美丽新世界》，陈超译，上海:上海译文出版社，2017 年，第 6 页。

被细菌打败。作者营造的反乌托邦世界看似与现实相距遥远，实际上作家将矛头直接指向当时的社会矛盾。反乌托邦题材的科幻小说对社会问题的批判更为直观，反乌托邦作品反映的是科技启蒙时代科幻作家对于科学技术发展利与弊的深入思考。假若乌托邦作品是人类做的美梦，那么反乌托邦作品将是一场噩梦。①《猫城记》中主人公见证猫人完成自己的灭绝，在火星上住了半年后乘坐法国的探险飞机返回中国。《猫城记》的结局在西方科幻文学特有的宗教情结祛魅中，融入东方哲学之意，历史的覆灭也许是未来重新的开始。故事的结局在某种程度上体现作家的价值观念和人生抉择。威尔斯的科幻作品总是偏向于忧虑和不安，他具有超越时代的眼界，在科技盛行时代预感科技发展的两面性，虽不是乐观主义派别，但是他的作品中总伴有希望的闪光。而性格坚贞的老舍始终关心国家和国民的命运，面对黑暗混乱的现实世界曾经奋力挣扎，但最终无力改变，走向北京太平湖结束自己的生命。两部小说的结尾给作家增添一种新的人生感悟，伴随故事的结束，作家将带着新的困扰和信念踏上新的征程。

3. 历史与科幻相结合

将历史与科幻相结合，从宏大的宇宙尺度上进一步反思历史，警醒世人。拥有双头雅努斯神称号的科幻文学，一面执掌过去，一面注视未来，科幻文学在对未来的书写过程中充满对历史的反思和现实的批判，科幻文学以其特有的方式表达对人性的关怀。②反思历史，关怀现实。从反思历史中汲取力量，人类发展道路才会长远。在科幻作家的笔下对历史的反思，也许在刹那之间跨越亿年时光，主流文学里涵盖的种种历史瞬间变成宇宙银河中的尘埃。威尔斯与老舍运用科幻

---

① 张旭：《"反乌托邦三部曲"的艺术成就初探》，硕士学位论文，东北师范大学，2011年，第29页。

② 汪晓慧：《论中国当代科幻小说的"新历史书写"——以新世纪前后中国历史科幻创作为例》，《当代作家评论》2019年第5期，第28页。

的形式对历史进行隐晦的描写，带领读者在这个虚拟世界对历史进行反思。

历史是人类思想的财富，威尔斯和老舍从历史中寻找素材放在科幻背景之下进行创作，反思历史，关怀现实，就像雅努斯神一样拥有批判历史和展望未来的两面性。黑暗历史不是对人类未来命运的赞歌而是葬歌，但反思历史，从历史中汲取教训经验是人类文明进步的历程。《猫城记》因其独特的历史批判眼光和科幻题材的创作模式，成为后世科幻讽刺小说的典范，引发当代中国科幻反思历史的热潮。中国是一个历史悠久的国家，中国科幻小说从历史中选取素材进行创作可视为本土化创新的路径。如后起之秀刘慈欣的《三体》将中国历史中的文化大革命作为宏大叙事的历史背景，继而引发宇宙世界的变化。《三体》荣获雨果奖，成为中国科幻走向世界的里程碑。中国科幻作品中融入历史的反思，增添中国特色，助力实现世界化。

科幻作家运用历史长河中特有的文化符号，将曾经发生的历史事件作为写作文本，在科学幻境中增添科学元素对历史重新书写，不变的是科幻作家对历史人文的深切关怀与思考。在对历史重新书写的过程中，两位作家跨越星系，超越时空，构建一个指涉黑暗历史的科幻世界。

在威尔斯的历史再书写中，火星人代表殖民侵略者的英国形象，火星人的战败隐含威尔斯对英国殖民扩张行为的批判。威尔斯将生活在地球上的人类比喻成存在于显微镜里的纤毛虫①，被外星人注视和剖析。毁灭是火星人唯一的目的，疯狂的屠杀也许是人类文明毁灭的开始。威尔斯创作《世界大战》的灵感来自他与哥哥弗兰克的一次谈话：19世纪英国殖民者疯狂屠杀澳大利亚和塔斯马尼亚原住民，弗兰克设想假如有一批外来者突然降临地球，他们对待人类就像英国殖民

---

① 威尔斯：《世界大战》，岱青译，南京：江苏凤凰文艺出版社，2015年，第4页。

者屠杀塔斯马尼亚居民一样，世界将会怎样？威尔斯在《世界大战》中回答了弗兰克的问题。叙述者代替作家讲述火星人入侵地球的细节，入侵者虽非人类，而是地外生命，但是战争与殖民所暴露的本质与历史惊人地相似。威尔斯虚构的这场灾难，深刻关注和剖析人性中的道德，对社会生活中的善恶进行评判。他运用科幻的形式反思英国的殖民侵略行为，审视现实社会，折射人类生存的困境，表现出对人类未来社会和终极命运的担忧。

　　《猫城记》中反思历史的情节设置与西方经典科幻作品相呼应，结合当时的中国国情讽刺鸦片的盛行导致民不聊生。猫国本是一个具有两万多年文明的国家，但是随着外国人的入侵和"迷叶"的到来，猫国文明开始走向衰败。"眼前摆着一片要断气的文明，是何等伤心的事"。[①] 经历五百多年的发展，迷叶已经严重摧残猫人的精神和身体。猫国社会懒惰成性，国民失去了人格，国家失去了国格，猫国俨然成为一个动物王国。迷叶与西方反乌托邦作品中的情节设置类似。比如赫胥黎《美丽新世界》中的索麻，索麻由政府发放，按照等级制度分配，它能带走人类的忧伤和烦恼，人类世界只留下快乐和奢淫无度。威尔斯《登月第一人》(*The First Men in the Moon*)中的蘑菇，是一种可以麻醉人类神经的药品。无论是迷叶、索麻、蘑菇，都是作家们对现实的影射，而迷叶真正影射的正是侵蚀国人一百多年的毒品——鸦片。猫人最终沦为无理想、无文化、无纪律、无道德的国民。

　　科幻小说可以摆脱许多意识形态、政治等方面的束缚，《世界大战》和《猫城记》在过去、现实、未来中不断穿梭，在对历史事件不断解构又重构的过程中，运用科幻的形式重新审视历史。两部作品重新书写的历史虽然内容不同，但都反映出两位作家对所处时代的焦虑

---

① 老舍：《猫城记》，天津：天津人民出版社，2017年，第67页。

及对历史的反思。老舍以"归来者"的身份书写《猫城记》，对于历史和文化的反思及批判，因采取科幻的写作形式变得独异而深刻，为现当代中国革命的书写留下一部可资可鉴的读本。

二、威尔斯对老舍后期创作风格的影响

与老舍后期其他作品——如《骆驼祥子》《茶馆》《四世同堂》影响相比，《猫城记》更像是一只沉睡的雄狮。老舍历经多年外国文学的熏陶，时遇混乱的年代，尝试用科幻的形式呐喊出内心的悲愤。作品中叠加运用威尔斯科幻小说中的民族寓言、认知陌生化、反进化论社会观等创作手法①，《猫城记》作为老舍创作生涯的转折点，开启后期创作独具特色的叙事风格。

民族寓言由西方学者詹明信提出，指的是关于个人命运的故事包含着第三世界的大众文化和社会受到冲击的寓言。②威尔斯生活在爱德华时代，这是英国历史上由盛转衰的年代，他的笔下充满对国家和人民的焦虑，内容涉及殖民扩张造成的危害、社会阶级分化、工业发展导致的负面影响等。以《世界大战》、《月球上的第一批来客》、《时间机器》为例，他以科技作为切入点表达对帝国主义和工业发展产生的焦虑感。《世界大战》中火星人寓意英国殖民侵略者的形象，火星人残灭的结局寓意英国殖民侵略的暗淡前景。《月球上的第一批来客》中畸形的月球人形象寓意工业机械化分工给人造成的危害。威尔斯生活的年代演化出社会达尔文主义，他们认为：资产阶级是优等的，工人阶级是劣等的。《时间机器》中人吃人的恐怖景象寓意英国社会的两层阶级分化，威尔斯将"优等富人"变成"劣等工人"的食物，借

① 孙宠：《论〈猫城记〉在老舍创作中的重要意义》，硕士论文，南京师范大学，2014年，第8页。

② 詹明信：《晚期资本主义的文化逻辑》，陈清侨等译，上海：生活·读书·新知三联书店，1997年，第523页。

此批判社会达尔文主义并警告贫富差距和阶级分化造成的恶果。老舍与威尔斯都是具有强烈社会责任感的作家，老舍秉承威尔斯的民族寓言创作模式，在科幻的架构下运用民族寓言的写作方式表达对自己民族未来的担忧。寓言的写作运用比喻、夸张的艺术手法，《猫城记》是老舍创作中首次运用民族寓言的形式表达对亡国悲剧的惆怅的作品。《茶馆》（1956 年）是老舍创作高峰时期的作品，用民族寓言的创作方式诠释中国小人物的悲剧，流露出对民族命运的思考。秦仲义、王利发、二德子、常四爷分别象征民族资本家、普通工商阶层、社会毒瘤、正直的老百姓。老舍将五十年的历史变迁融于一部作品中，《茶馆》以寓言的写作方式展现处于历史剧变的社会各阶层，以小寓大，茶馆便是当时整个中国百态的缩影。《月牙儿》（1935 年）延续寓言特色的运用，利用象征比喻的艺术手法描述凄惨的母女故事。月牙儿作为一种意象反复出现在作品中："月牙儿是带点寒气的一钩浅金；月牙儿照着我的眼泪①。"月牙儿消失的时候，主人公生活里的光也随之消耗殆尽。老舍借用月牙儿表达旧社会对女性的摧残，用寓言的象征手法对旧社会进行批判。老舍后期作品对中国转型期社会的方方面面进行系统研究，大到整个社会百态，小到一个小小茶馆，老舍运用民族寓言的形式将人间故事变得活灵活现。

认知陌生化（cognitive estrangement）概念是由加拿大科幻理论家达克·苏恩文（Darko Suvin）提出的科幻批评理论。科幻小说中的"认知性"以现实环境为基础，剔除超自然力理想，与神话、民间传说等区分开来。但科幻小说的"认知性"并不具有真实发生的可能性，而是概念上的可能性。如《莫罗博士岛》中人造兽人的实验；《隐身人》中的隐身衣技术；《时间机器》中可以随意穿越时空的机器等。"陌生化"源自俄国形式主义作家什克洛夫斯基（V. Shklovsky），

①　老舍：《老舍精选集》，王任主编，济南：齐鲁书社，2017 年，第 15 页。

"陌生化"打破既定习惯，本义是将平常变为新奇，让人们从习以为常的事物中获得新的感受。体现在文本层面上，可以对作品的环境布局和人物塑造进行"陌生化"处理。苏恩文将"陌生化"概念应用于科幻小说中，将科幻小说与传统的现实主义文学种类区分。现实主义文学就像人类的一面镜子反映现实生活，科幻小说则通过"陌生化"的叙事展示一个全新的社会或是影射人类社会的其他空间，通过"陌生化"的艺术手法增加感受的难度，延长感受的时间。因而，科幻小说创作和鉴赏的过程就变成了"加密"再"解密"，"结构"再"解构"的过程。[①]

结合老舍英国留学归国后的现实处境，他没有采用现实主义的主流文学创作手法，而是站在陌生的视角观察整个社会的动态。威尔斯与老舍都生活在战乱年代，具备强烈使命感的两位作家以科幻的形式将历史重现，将故事背景放在陌生的环境进行书写，抒发对人类命运的关怀。威尔斯对科幻叙事的价值在于提供了一种科学认知内化为文学叙事、科学想象转换为文学形象的科幻写作范例。[②]威尔斯生活在对外大肆殖民扩张的"日不落帝国"时代，对英国的殖民行为深感忧虑，《世界大战》中火星人对地球疯狂地屠杀正是英国殖民扩张的镜像。老舍的《猫城记》是现实刺激的产物，1932年开始中国社会已千疮百孔，在当时的环境下，执政党禁止进步思想刊物出版。老舍前期在英国积累的科幻意识与特殊的历史相碰撞，《猫城记》由此诞生。威尔斯和老舍没有将战争场面血淋淋地展现在读者面前，而是通过有距离的陌生化处理方式，极大增强故事感染力。老舍笔下的猫国与威尔斯构建的世界之战都是对社会现实的影射。老舍以荒诞的笔法触及

---

① 李胜利：《"陌生化"理论及其文艺学意义》，硕士论文，西北大学，2004年，第5页。

② 黎婵：《认知陌生化：赫·乔·威尔斯科幻小说研究》，北京：科学出版社，2019年，第25页。

到猫国社会生活的每一个细节，暗喻当时混乱的现实社会。老舍在火星上构建的猫国一片灰暗。猫国的自然环境是灰色的，现在与未来也是灰色的。[①] 灰色的天空，灰色的山，灰色的国！这种暗淡无光的低沉色调从一开始就奠定了整部作品的基调。老舍在沉重的社会现实引力下，充满了爱国情绪和忧患意识，激发读者对于整个国家命运、民族未来的思考。科幻小说集"陌生化"和"认知性"于一身，致力于突破现实和可能之间的界限，为重新认识、了解我们的现实世界提供独特的视角，科幻小说成为当代文坛不可或缺的存在。

"陌生化"不只是为了新奇，而且是通过新奇唤醒对生活漠然和麻木的人们，引发深思。《猫城记》是老舍开拓艺术形式的一部"实验品"，后期创作形式虽然改变，但"陌生化"的创作手法一直保留下来，体现在老舍创作的小说、话剧、散文等多种文学类型的作品中。《二马》（1929）是老舍旅英期间创作的作品，老舍运用"陌生化"技巧以英国文化为对照体系，对其中的故事情节、语言、叙事结构进行创作，产生新奇又陌生的艺术效果。小说中饱含民族忧患意识并讽刺国民的劣根性，审视并反思当时的中国风气。《二马》将故事背景放在英国，给读者陌生体验感。主人公老马在英国因文化差异发生很多啼笑皆非的事情。老舍通过细节描写刻画出老马迂腐、可笑的老派中国人的形象，通过对英国牧师和中国老马的形象进行比较，试图引发读者深思：东西方国民品格的差异性何在？以此唤醒具有封建思想的国人。《骆驼祥子》（1936）中"陌生化"技巧的运用体现在语言层面。文学语言源自日常语言，经作家之手变形终形成自身的语言特色。老舍将北京方言融入《骆驼祥子》中塑造人物形象，这在当时以文言文为主的时代，无疑是一种小说语言上的突破与创新。老舍对小说句子陌生化的处理方式，达到了俗中求新、俗中求美的境界，为中

---

① 老舍：《猫城记》，天津：天津人民出版社，2017 年，第 7 页。

国现当代文学白话文文学提供典范。老舍的散文《济南的冬天》艺术创作手法和其他的文学类型创作有异曲同工之妙，通过陌生化艺术手法将美丽又不缺乏灵动的济南冬天呈现在读者面前，刻画在每一代读者的心中。在老舍的笔下，济南是"小摇篮"，雪景是"水墨画"，山群拥有"美的肌肤"……他没有直接描叙，通篇采用拟人、比喻的手法，看似平常的景色以崭新的面貌呈现，带读者进入审美意境。老舍通过"陌生化"给读者司空见惯的熟悉事物进行陌生化包装，读者便会对这些似曾相识的事物产生新鲜感，不自觉地延长关注时间，进而增加感受的长度和艺术的审美。

反进化论社会观一般是指将进化论思想应用到社会学科上，社会形态由低级到高级、由简单到复杂的过程，反进化论社会观是对进化论的否定，将生物学层面进化论直接搬用到复杂的人类社会，结局注定是走向黑暗。威尔斯的作品是反进化论社会观念的代表，在他的作品中深刻揭露英国资本主义社会迅速发展的机械工业导致人类社会关系的扭曲和生态失衡。如《世界大战》中资产阶级弱肉强食的理念，地球人成为火星人待宰的羔羊。《莫罗博士岛》莫罗博士改造动物的行为揭示英国殖民者为所欲为的本质。透过他的反进化论社会观念，可以观测到英国经济高速发展转衰的特殊时期，英国社会出现的诸多问题：如贫富差距、阶级分化、道德败坏、信仰缺失、殖民主义造成的恶果，物质至上主义等。威尔斯被评为英国爱德华时代最令人恼火的作家，因为他有着给人类社会制造不安的天赋。当英国人为帝国的版图、高度的工业化与文明骄傲时，威尔斯毫不留情地讽刺他们引以为傲的一切。[1] 老舍在威尔斯反进化论社会观念的影响下，对同样处于由盛转衰的中国时局进行批判，力图拯救社会危机，为中国寻找一

---

[1] 李霄垅、许乐琪:《焦虑时代:威尔斯小说中的英国》,《外语研究》2016 年第 4 期，第 16 页。

条人与自然、人与人、人与社会之间的和谐与美好。

伟大的文学作家都积极探索人生真谛，威尔斯与老舍令人敬佩之处在于他们对人类社会道德的关注与思考。老舍与威尔斯礼赞充满生机与活力的世界，唾弃社会中扭曲的世界观和人生观。他们渴望三层关系的重建。老舍满怀时代使命感和强烈的社会责任感，审判现代文明的冲击。《猫城记》中笑中带泪，记录猫国灭亡的悲剧。猫国由文明到野蛮，由繁荣到灭亡的转变，正是老舍反进化论社会观念的独特体现。在老舍后期的创作过程中，反进化论社会观念一直延续使用。如《断魂枪》（1935）中描述的主人公沙子龙，空怀一身绝技但因为保守又自大的思想观念拒绝传授。老舍沿用反传统的社会观念痛感国难当下，国民劣根性造成中华民族的潜在危机，试图唤醒仍然沉浸在黄粱美梦的国民灵魂。《茶馆》中反进化论社会观念体现在时代造成的个人悲剧。时代的一粒灰尘落到个人的肩膀上就是一座大山。老舍有意避免叙述宏大的历史背景，着重描写小人物的悲剧。他们都是历史车轮下的尘埃，他们的悲剧不只是个人性格、命运的因素造成的，而是黑暗的社会导致的。时代变化带来的"进化"碾压国家残败导致的社会文明的"退化"。类似的还有《我这一辈子》《骆驼祥子》等，《我这一辈子》中将邻居卖孩子的钱和法国巴黎的香粉作比较，孩子还不如巴黎的香粉贵。这是一个毫无道德底线和法律约束的社会，失衡的价值观和混乱的伦理事件已成家常便饭，历史在进步而文明在倒退。《骆驼祥子》中祥子本是一个勤恳、积极向上有目标的青年，但在世风日下的黑暗社会背景下，祥子无奈被压迫，最后变得堕落，失去了原有的灵魂。老舍自《猫城记》开启反进化社会观念支撑的创作，无疑给他的作品挂上层层悲观的色彩。

科幻文学不仅面向未来还应反思过去，威尔斯和老舍都采用科幻形式探讨现实世界可能发生的威胁和人类种族的命运。他们带领读者体验两种不同的社会生活，并探索未来社会的生产、生活方式。威尔斯和老舍所处的时代思潮涌动、文学流派林立，他们就像孤独的勇者将目光聚焦于国家乃至整个世界的前途命运，将自身的生活履历、深沉的文学思考编织进艺术创作之中。在对老舍后期创作的文学作品分析中我们发现，老舍吸收西方科幻营养的同时以中国社会和文化为背景进行再创造，将历史情怀与对现实的关照烙在作品的字里行间。老舍继承威尔斯小说中的创作手法，凭借自身非凡的才华、独具魅力的艺术风格以及勇于追求真善美的精神给世人创造了丰富的精神财富。

结　语

"中国威尔斯作家群"概念的提出是探究威尔斯与中国作家关系的一种尝试，作为较早被译介至中国的英国科幻作家之一，威尔斯的科幻小说已经陪伴中国读者走过了一百多年的时光。"中国威尔斯作家群"既有对中国作家影响的特殊性价值，又有中国作家受国外文化影响的普遍性价值。"中国威尔斯作家群"的特殊性和普遍性价值体现在中国文学实现本土化和世界化的过程。老子《道德经》中"大道泛兮，其可左右"，"天大，地大，王亦大"，论述普遍性和特殊性的辩证关系，特殊性存在于普遍性之中。中国文学的本土化即文学的民族性，文学民族性产生并发展文学的世界性。文学的世界性是对文学民族性的集中概括。中国的文学走向世界，具有世界性的前提是必须加强民族性。以"中国威尔斯作家群"为例，探究中国文学本土化和世界化的过程，即这一群体作家所具备的特殊性和普遍性价值。

威尔斯及其科幻作品被介绍到中国以后，启发中国的作家以科幻的形式思考人与自然、人与人、人与社会之间的关系，并引导老舍、张爱玲、刘慈欣、何夕、王晋康、金涛、吴伯泽等中国作家在学习、借鉴的基础上进行独具个人风格化的创新，在中国文坛上成为一道亮丽的风景线。文学创作既要拥抱世界，又要具备本土意识。用科幻书写中国人的经验，需要量变到质变的长期积累。一个多世纪的风云变幻见证中国科幻文学曲折发展的过程，也见证中国科幻文学走向世界的艰辛历程。"中国威尔斯作家群"饱含责任感与使命感，站在不同的历史时代，从中汲取创作灵感并挖掘新的题材，利用科幻文学的语言和叙事演绎富有中国特色的科幻故事，助力中国科幻走上独立文学样式的道路，开拓中国科幻新天地。

历史上，由于资产阶级开拓海外市场进行资本扩张，被波及的国家改变了生产和消费模式，以往自给自足、闭关锁国的状态被打破，各国家之间逐渐相互依赖。物质的生产发展过程如此，精神的产出过程既如此，因此各种民族文学具有了人类共同追求的普遍意义，融会贯通形成世界文学。而科幻文学是最具备世界文学性质的文学类型。在浩瀚的文学经典中，从威尔斯开始科幻小说逐步成长为独立的文学类型。在全人类共同的精神成长史中，他扮演着拉动人类想象、创造美好未来、警示灾难的角色。威尔斯的创作理念正符合中华民族所倡导的人文、科学精神和民族责任感。人类命运共同体是科幻世界认同的全人类共同生存法则，因而威尔斯在中国备受瞩目。以"中国威尔斯作家群"为参照，将其作为中国科幻文学的分支，探究中国科幻文学世界化的过程，中国科幻文学虽源于西方，但在百余年的发展中不断探寻自我与走向世界的平衡点，着力形成具备独特性与开放性的风格，中国科幻文学逐步成为中国文学走向世界舞台的新名片。（王双）

第九章

中国爱伦·坡作家群

绪　论

侦探小说鼻祖，科幻小说先驱，哥特小说大师，恐怖小说领军人，他的心理式分析小说与诗歌至今受无数作家效仿，他就是埃德加·爱伦·坡（Edgar Allan Poe）。爱伦·坡生于 1809 年 1 月 19 日，逝于 1849 年 10 月 7 日，一生创作了七十余篇短篇小说、十余首诗歌、三篇重要的诗论以及一堆过眼烟云般的时文评论，[①] 是美国短篇小说奠基人、诗人、评论家及编辑。代表短篇小说有《黑猫》《莫格街杀人案》《厄舍屋的倒塌》及《瓶中手稿》等。

爱伦·坡的短篇小说创作的时代，欧洲长篇小说盛行，他的创作使得美国文学摆脱了英国和欧洲文学传统的束缚，将短篇小说提升到能作为独立文体存在的高度，并且在美国形成了良好的短篇小说传统，所以回顾欧美文学发展史时，美国人骄傲地宣称"短篇小说是美国文学对世界文学的独特贡献"。[②] 爱伦·坡不仅开启了科幻小说创

---

① 盛宁：《爱伦·坡与"五四"运动以后的中国现代文学》，《国外文学》1981 年第 4 期，第 4 页。

② 卢敏：《美国浪漫主义时期小说类型研究》，上海：上海人民出版社，2008 年，第 83 页。

作的时代，在推理小说领域中，也被尊为西方侦探推理小说鼻祖。"一个侦探小说家只能沿着这条狭窄的小路步行，而他总会看到爱伦·坡的脚印。如果能设法偶尔偏离主导，有所发掘，那他就会感到心满意足了"。①1946 年，美国侦探作家协会（MWA）设立美国最具权威的推理小说奖项，并以美国总统林肯和萧伯纳欣赏的世界侦探小说开山鼻祖埃德加·爱伦·坡命名，奖项名为埃德加·爱伦·坡奖。除了科幻小说与侦探小说，他的哥特小说与诗歌至今都受到无数海内外作家的效仿。

　　在文学理论方面，爱伦·坡也很有建树。他在关于小说和诗歌的创作理论《创作哲学》(*The Philosophy of Composition*)《诗歌原理》(*The Poetic Principle*) 与《评论霍桑的〈古老的故事〉》(*Review of Twice-Told Tales*) 中提出了"效果论""统一论""为艺术而艺术"等独树一帜的理论见解，他的作品有着"把艺术与生活实践隔开"的美学自律，提倡"不遵守现存的社会规范"，以此来证明作品在社会上是有用的，如果从将自我抵抗破译，自我封闭脱离开历史世界层面看，爱伦·坡赋予作品高度的美学自律性，正是现代主义为艺术而艺术的传统继承的表现，至今被视为文艺理论界的典范。

　　爱伦·坡的作品在世界范围内广泛传播，其原因在于他作品的创作内容超越了时代的文学视角与文类表征，同时又极力突破传统写作的主题模式、行文方法与思想内容。他曾宣称文艺创作的"首要目标是独创"②。对于西方"爱与死"与"善"的常规主题，爱伦·坡也遵循着他的文学目标，抛开常规的写作手法，将爱与死化为罪与死的怪诞梦魇，在相互交织纠缠中开出一朵"恶之花"。他强调文学的整体

---

① 李维屏、张琳等著：《美国思想史上》，上海：上海外国语教育出版社，2018 年，第 187 页。

② 王齐建：《首要目标是独创——爱伦·坡故事风格管窥》，《外国文学研究》1980年第 4 期，第 91 页。

效果，注重作品给读者的整体感受，并提出效果论。爱伦·坡的理论和创作对法国象征主义的形成有过重大影响。他所倡导的使灵魂升华的美，反自然、反说教的主张，对形式美、暗示性和音乐性的强调，以及他在创作中所表现的怪诞、梦魇色彩为后来的象征诗人开创先河。在笔者看来，爱伦·坡最为突出的先锋特质体现在他对于西方文明危机意识在人与社会、人与人、人与自然、人与自我四个维度方面表现出来的异化扭曲与尖锐矛盾的超前感知力上，他所创作的短篇小说呈现的地狱般的绝望、扭曲的变态心理与阴森怪诞的场景设置是未来将要来临的世界的真实写照，他的短篇小说的审美视角、文学理念、创作内容与创作方式已经远远超出了他所处的时代的文学作品。

世界各国作家对爱伦·坡作品的关注与效仿是其广泛传播的有效因素。爱伦·坡在世时，他的作品因带着颓废色彩与美国盛行的浪漫主义文学有所偏差，被排斥在美国主流文学之外，甚至遭到恶意的批评与讽刺。19 世纪末，波德莱尔将坡的作品传入欧洲，引领了法国象征主义，马拉美、梵勒里以及整个法国的象征派都将炙热的目光投射到了他的身上。伴随着现代主义的浪潮，爱伦·坡脱颖而出，在一九〇九年爱伦·坡的百年生忌时，整个欧洲，自伦敦到莫斯科，自克里斯丁那到罗马，都声明他们所得到的他的影响，且歌颂他的伟大与成功。① 本世纪初欧洲大陆文坛上的这股"爱伦·坡热"也反射到了中国。②

英国作家萧伯纳对爱伦·坡大为赞赏，认为爱伦·坡是在他那个年代最伟大的作家、杂志评论家，他的诗精致优雅，他的小说是艺术

---

① 郑振铎：《文学大纲：第四十章，美国文学》，《小说月报》1926 年第 17 卷第 12 期。
② 盛宁：《爱伦·坡与"五四"运动以后的中国现代文学》，《国外文学》1981 年第 4 期，第 1 页。

的杰作。① 美国将爱伦·坡列入纪念对美国历史、文化与发展有着特殊贡献的美国伟人纪念堂中；爱伦·坡的诗歌和诗歌理论在法国影响巨大，波德莱尔、马拉美、梵勒、保罗·瓦莱里的作品中都有他的影子；日本的推理小说之父江户川乱步是爱伦·坡的集大成者，"江户川乱步"这个笔名的日语读音正是"埃德加·爱伦·坡"的谐音，爱伦·坡在日本推理界的地位可见一斑。而在中国，现代文学奠基人鲁迅对爱伦·坡青睐有加，在日本留学的时候将其作品作为"新宗"引入中国。

第一节　爱伦·坡在中国

爱伦·坡的文章最早出现在中国，可以追溯到 1869 年《北华捷报》刊登的"EDGAR ALLAN POE OUT-DONE"。《北华捷报》（*North-China Herald*）又名《华北先驱周报》或《先锋报》②，后改名作《字林西报》。此后，《字林西报》陆续刊登关于爱伦·坡的文章如，"THE DUN RAVEN, DEDICATED TO THE MEMORY OF POE'S RAVEN, An interesting autograph which changed hands the other day was a letter from Edgar Allan Poe to an editor in reply to an inquiry as to the price which he charged for short stories"等。然而由于当时国民英语水平有限，他的作品始终面向的是少数的侨民群体，并没有被中国广大群众所阅读。

真正将爱伦·坡的小说拉入中国大众读者眼帘的，应当首推

---

① 胡选恩、胡哲著：《富布赖特之旅——从西安来到华盛顿》，陕西：陕西师范大学出版社，2012 年，第 35 页。

② 由英国拍卖行商人亨利·奚安门（Henry Shearman）在上海的英租界于 1850 年 8 月 3 日创办，其读者主要是 100 多位旅沪侨民，因在一定程度上反映英国政府的观点而被视为"英国官报"。

鲁迅。

> 这以后日记多有中断，甲辰（一九〇四）年三月中的记有至大行宫日本邮局取小包事，云书十一册，《生理学粹》，《利俾瑟战血余腥录》，《月界旅行》，《旧书》等皆佳，又《浙江潮》《新小说》等数册，灯下煮茗读之。这些都是中文书，有些英文书则无可考，只记得有一册《天方夜谈》，八大册的《嚣俄》选集，日本编印的《英文小丛书》，其中有亚伦坡的《黄金虫》，即为《玉女缘》的底本，《侠女奴》则取自《天方夜谈》里的。①

《鲁迅的故家·三四补遗二》一文中记述了鲁迅在 1904 年 3 月中旬日本留学期间寄给周作人英文书一事。鲁迅留日期间阅览大量的外国文学，并将许多外文书籍输入中国。其中就有爱伦·坡的《黄金虫》(*The Gold Bug*)，即《玉虫缘》的底本，对于此书周作人也十分欣赏，1905 年，周作人翻译了这本侦探小说，易名为《玉虫缘》刊登在《女子世界》杂志上。不过严格地说，爱伦·坡的作品真正被作为文学而介绍到中国，当数鲁迅和周作人在一九〇九年编辑出版的《域外小说集》②，此书中记录了周作人用文言翻译的爱伦·坡作品《默》，鲁迅在序言中写道："异域文术新宗，自此始入华土。"③

爱伦·坡的作品进入中国之始的功用就偏离原本的文化语境与文化内涵，赋予了救国强民的使命，成为"冥冥黄族，可以兴矣"④的

---

① 周遐寿：《鲁迅的故家》，上海：上海出版公司，1952 年，第 395 页。
② 盛宁：《爱伦·坡与"五四"运动以后的中国现代文学》，《国外文学》1981 年第 4 期。
③ 周树人：《域外小说集第一册》，上海：上海广昌隆绸庄，1909 年，"序言"，第 1 页。
④ 鲁迅：《鲁迅全集第十一卷》，广州：花城出版社，2021 年，第 3 页。

利器。这段时期中国翻译界尤其中意侦探推理小说，并竞相翻译西方侦探推理小说，而作为侦探小说鼻祖的爱伦·坡，他的作品也受这种风气左右，相继译入。可以说，中国在接受爱伦·坡之际，看重的是他的小说不是诗，尤其是侦探—推理小说。① 这点可以从 1917 年由鲁迅对于周瘦鹃的《欧美名家短篇小说丛刊》评语中窥探一二。

　　1917 年由周瘦鹃选译，中华书局出版的《欧美名家短篇小说丛刊》，收录了"哀特加挨兰波"即爱伦·坡的此篇文章。《通俗教育研究会审核小说报告》中对于《欧美名家短篇小说丛刊》给予高度赞扬，认为该书"复核是书，搜讨之勤，选择之善，信如原评所云。足为近年译事之光。似宜给奖，以示模范"。②《欧美名家短篇小说丛刊》涵"欧美四十七家著作，国别计十有四"，每一篇文章都附有作者介绍与小像传略，"用心颇为恳挚"。虽然有一些不足，如："故体例未能统一""命题造语，又系用本国成语，原本固未尝有此，未免不诚""系杂著性质，于小说为不类""以国分类，而诸国不以种族次第，亦为小失"，但"然当此淫佚文字充塞坊肆时，得此一书，俾读者知所谓哀情惨情之外，尚有更纯洁之作，则固亦昏夜之微光，鸡群之鸣鹤矣"。③ 两年之后（即 1919 年），周瘦鹃收到中华书局转来的一份教育部"褒状"。

　　而对此三百字的褒奖恰恰出于鲁迅。1950 年，周作人在以"鹤生"笔名发表的《鲁迅与周瘦鹃》一文中证实了此事。

　　　　因为周君所译的"欧美小说译丛"三册，由出版书店送往教育部审定登记，批复甚为赞许，其时鲁迅在社会教育司任科长，

---

① 解志熙：《美的偏至（中国现代唯美——颓废主义文学思潮研究）》，上海：上海文艺出版社，1997 年，第 34 页。

② 《通俗教育研究会审核小说报告》，《教育公报》1917 年第 4 卷第 15 期。

③ 同上书。

这事就是他所办的。批语当初见过，已记不清了，大意对于周君采译英美以外的大陆作家的小说一点最为称赏。只是可惜不多，那时大概是民国六年夏天，《域外小说集》早已失败，不意在此中看出类似的倾向，当不胜有空谷足音之感吧。鲁迅原来很希望他继续译下去，给新文学增加些力量，不知怎的后来周君不再见有著作出来了。①

对于鲁迅这个读者来说，他对《心声》这部翻译文学是认同的。一方面鲁迅对爱伦·坡十分认同，除了鲁迅和周作人在一九〇九年编辑出版的《域外小说集》中收录的爱伦·坡的作品《默》外，鲁迅在作品中曾三次提及他的写作受到爱伦·坡的影响。而另一方面，还有着重要的社会因素。当时中国本土文学提倡短篇小说，短篇小说的内容至上流社会的堕落，下至下层人民的不幸，《心声》的发表让大众读者感受到中国各个阶层人的精神生活与物质状态，使他们重新得以感受、关注自我的生活环境，改良自我人生，从而推动中华民族的现代发展。可以说，当时中国真正意义上的短篇小说，不是读者茶余饭后消遣的奇闻轶事，而是刻上先锋的姿态与锐利的锋芒，向封建旧势力展开猛烈攻击的斗争武器。可见鲁迅笔下的"新宗"不是完全学习西方现代主义的文学思想，而是借这思潮之东风吹出奏响国家与国民的"人生"的号角。

五四运动后，关于爱伦·坡作品的译作逐渐丰富。此时英美文学的传入在同期（1919—1949）表现异常显著，对全局有着举足轻重的促动，其中蕴含了丰富的内容②。这段时间中国报刊刊登的爱伦·坡

---

① 管丽峥：《1949 年以前爱伦·坡在中国的形象建构与变迁》，《汉语言文学研究》2017 年第 8 期。

② 王建开著，陆谷孙主审：《五四以来我国英美文学作品译介史》，上海：上海外语教育出版社，2003 年，第 1 页。

译作近70篇①。1920年沈雁冰翻译的《心声》刊登与《东方杂志》第17卷第18号；《小说月报》分别于1924年与1926年刊登林孖翻译的《诗的原理》和傅东华译的《奇事的天使》；1928年，林徽音翻译《幽会》刊登在《大众文艺》上，后续又翻译了《红死的面具》《斯芬克思》；次年，钱歌川又一次翻译了《红死之假面》，刊登在《文学周报》上，并在《现代学生》(上海1930)上刊登坡的另一部译作《椭圆形的肖像》；1941年成重光在《清华校刊》翻译的《乌鸦》刊登在其第4卷十周年纪念专号上。

值得注意的是，林徽音与钱歌川同时翻译了爱伦·坡的《红死之假面》，且发表的时间仅隔一年，此后中国学者对于这部作品的关注热度依然不减，1935年三郎在《黄钟》再次发表《红死之假面》。有的作品，如《黑猫》不仅多次重译②，并且其同名改编的电影《黑猫》也在中国大受欢迎，中国对这部电影进行了积极宣传，并在大光明影院上映。《黑猫奇案》是由《黑猫》改编的电影，伊妮在《新闻报本埠附刊》中以《黑猫》原版电影为引介指出改编的影片是"挑起我们热血的愤怒"的"可贵"电影③，《电声(上海)》对这部电影的介绍也是先从《黑猫》开始，后对《黑猫奇案》中男主人公给予"机智老练"的正面评价。④

最值得注意的便是对《泄密的心》一文的翻译。据不完全统计，自周瘦鹃翻译《心声》后，短短30年中，《洩秘的心》翻译次数多达12次，再次收录6次。最先收录在由周瘦鹃选译，中华书局于1917年2月出版的《欧美名家短篇小说丛刊》中，爱伦·坡堪称"瘦鹃服膺之欧美十大小说家"(《紫罗兰集》)之一，1924年周瘦鹃所译，大

---

① 依据晚清时期期刊全文数据库统计。

② 先后主要有钱歌川、陈炜谟、三郎与郭智石四个译本。

③ 伊妮：《黑猫奇案》，《新闻报本埠附刊》1937年4月2日，第5版。

④ 《电影批评"黑猫奇案"》，《电声(上海)》1937年第6卷第14期。

东书局出版的《紫罗兰外集》中，再一次收录《心声》（"The Tell-Tale Heart"）；1920 年沈雁冰翻译的《心声》，刊载于《东方杂志》第十七卷第十八号；此篇译文译出后，1923 年由商务印书馆出版的《近代英美小说集》便将其收录，并于 1924 年再版，该书被列为"东方文库第七十五种"；1941 年 5 月由上海中流书店出版的，程鸥与夏雨汇编的小说集《美国文学》再次收录茅盾《心声》的译文；1946 年，上海中流书店推出《革命的女儿》一书，被列入"联合国文学名著"丛书，此书又一次收录茅盾的《心声》。1923 年 5 月 27 日，苏兆骧《告发的心》刊载于《民国日报·觉悟》，1924 年，余子长将此书译为《多言之心》，发表于《民众文学》第 5 卷第 7 期上；1928 年，石民又译为《惹祸的心》，刊载于《北新》第二卷第二十三期上；1931年上海北新书局出版张友松译注的《欧美小说选》，收录了《惹祸的心》一文；1943 年 11 月，重庆晨光书局推出张友松译注的《野心客》收录了这篇《惹祸的心》，该书被列入"晨光英汉对照丛书"。1934年《南风（广州）》发表鲁迟的《洩秘的心》；在伍光建译的《普的短篇小说》中，收录了三篇爱伦·坡的文章，其中一篇便是《曾揭露秘密的心脏》（此外还有《深坑与钟摆》《失窃的信》），1934 年 7 月由商务印书馆出版，同年 8 月再版。1937 年 6 月，由傅东华与于熙俭选译的《美国短篇小说集》（上、下册）中收录的 12 篇美国短篇小说中，纳入了爱伦·坡的《告密的心》，该译文后被收录于 1940 年上海三通书局出版的《近代美国短篇小说选》中，该书被列入"三通小丛书"；次年，由郑振铎主编，塞先艾与陈家麟合译的《美国短篇小说集》中，塞先艾独立翻译，命名为《发人隐私的心》；1946年，《新侦探》刊登周家道翻译的《洩漏秘密的心》；1947 年，《内心秘密的洩漏：一个杀人犯的自供》又一次由寒蓀翻译在《楚南》期刊上。

表1　1949 年之前《泄密的心》在中国的翻译概况

序号	作品名称	译　者	出版年	期刊 / 书籍
1	《心声》	周瘦鹃	1917	《欧美名家短篇小说丛刊》
2	《心声》	沈雁冰	1920	《东方杂志》 第十七卷第十八号
3	《告发的心》	苏兆骧	1923	《民国日报·觉悟》
4	《多言之心》	余子长	1924	《民众文学》第 5 卷第 7 期
5	《惹祸的心》	石民	1928	《北新》第二卷第二十三期
6	《惹祸的心》	张友松	1931	《欧美小说选》
7	《洩秘的心》	鲁迟	1934	《南风（广州）》
8	《曾揭露秘密的心脏》	伍光建	1934	《普的短篇小说》
9	《告密的心》	傅东华	1937	《美国短篇小说集》
10	《发人隐私的心》	郑振铎主编，蹇先艾 与陈家麟合译	1938	《世界文库》4
11	《泄露秘密的心》	周家道	1946	《新侦探》
12	《内心秘密的泄露： 一个杀人犯的自供》	寒孙	1947	《楚南》

表2　1949 年之前《泄密的心》在中国的再版概况 ①

序号	作品名称	译　者	出版年	再版书籍
1	《心声》	雁冰	1923 出版、1924 再版	《近代英美小说集》
2	《心声》	周瘦鹃	1924	《紫罗兰集》
3	《心声》	雁冰	1941	《美国文学》
4	《告密的心》	傅东华	1940	《近代美国短篇小说选》
5	《惹祸的心》	张友松	1943	《野心客》
6	《心声》	雁冰	1946	《革命的女儿》

---

① 表中的作品皆为《泄密的心》，只不过在不同时期不同译者的翻译下题目不同，
　　下文出现的《心声》都指的是《泄密的心》一文。

20 世纪 40 年代，时任美国驻华大使费正清提出由中美两国翻译出版美国文学丛书，将美国文学介绍到中国的构想，这个构想在 1947 年春，由中华全国文艺协会在上海分会与北京分会的合力支持呼应下正式启动，为了编译好这部著作，此书汇集了翻译界出版界一批顶级的学者，包括郑振铎、马彦祥、钱钟书、冯亦代、李健吾、徐迟、焦菊隐、夏衍等，赵家璧将此套丛书看作是毕生最大成就，回忆起曾自豪地说："这样一套比较完整而系统地介绍一个国家的文学代表作的成套丛书，洋洋大观，可以说是我国外国文学翻译史上的一大盛举。"① 这部中美人士的合璧之作中，收纳了爱伦·坡、惠特曼、马克·吐温、海明威、奥尼尔等作家的作品，除了两种没有出版外，这十八种书都"编列书号、安排先后、居见匠心"②，使得"文学各个部门都有了代表作"。③ 其中由焦菊隐翻译爱伦·坡的两部作品为《海上历险记》（The Narrative of Arthur Gordon Pym）和《爱伦坡故事集》。后者收录《黑猫》（The Black Cat）、《莫尔格街的谋杀案》（The Murders in the Rue Morgue）、《玛丽·萝薏的神秘案》（The Mystery of Marie Rogêt）、《金甲虫》（The Gold-Bug）和《登龙》（Lionizing）5 篇短篇小说。1948 年，这套丛书由晨光出版公司出版，中国读者第一次比较系统地、全面地了解坡的作品。至此为止，译介到中国的爱伦·坡作品已达 10 余篇（部），计约 27 万字。④

1949—1978 这段时间的译介作品受政治因素影响，英美文学作品的译入量大大降低，而中国的文学取向向苏联靠近。1949 年 10 月

① 赵家璧：《出版"美国文学丛书"的前前后后——一套标志中美文化交流的丛书》，《编辑忆旧》，上海：中华书局，2008 年，第 380 页。
② 同上。
③ 姚君伟：《赵家璧与美国文学在中国的出版和译介》，《新文学史料》2011 年第 1 期。
④ 曹明伦：《爱伦·坡作品在中国的译介——纪念爱伦·坡 200 周年诞辰》，《中国翻译》2009 年第 1 期。

到 1958 年 12 月这期间，苏联的文艺作品占同期外国文学译作总数的 65.8%（印刷量占到总数的 74.4%），而英美国家的作家，除那些具有批判力量的作家如狄更斯、哈代、萧伯纳、马克·吐温、杰克·伦敦、欧·亨利等人，译作共计仅有 452 种（英国 224 种，美国 228 种）①，受时代背景及意识形态影响，爱伦·坡的作品被贴上了"内容颓废，形象怪诞，基调消极"②的标签，故在《爱伦坡故事集》出版后的三十余年中，我国对爱伦·坡作品的译介几乎是一片空白。③直到 1978 年以后，中国改革开放重建了国人睁眼看世界的信心，长期封闭的人们也极度渴求对外面世界的探索，西方学术译介再一次兴起。

1982 年 8 月《爱伦·坡短篇小说集》出版，该书收纳了爱伦·坡的《毛格街血案》《玛丽·罗热疑案》《窃信案》《金甲虫》《泄密的心》《黑猫》《红死魔的面具》和《椭圆形画像》等 8 篇文章，共计约 12 万字，这 8 篇文章分别由周作人、周瘦鹃、陈蝶仙、沈雁冰、钱歌川和焦菊隐等人翻译，另外 9 篇（包括《丽姬娅》《瓶中手稿》《陷坑与钟摆》和《威廉·威尔逊》等）计约 9 万字系新译。据陈良廷先生附于该书后的《爱伦·坡和他的作品》一文所述，该译本根据多个英文版本和一个俄文译本译出，翻译工作始于 20 世纪 50 年代，其间经过多次修订重译，直到"欣逢春回大地"时才得以出版。正是因为这个三十年磨一剑的过程，加之二位译者学识相当，文风相近，这个译本堪称名著名译。对新时期的中国读者而言，不少人都是从这

① 王建开著，陆谷孙主审：《五四以来我国英美文学作品译介史》，上海：上海外语教育出版社，2003 年，第 4 页。

② 张英伦：《外国名作家传》（中册），北京：中国社会科学出版社，1979 年，第 242 页。

③ 曹明伦：《爱伦·坡作品在中国的译介——纪念爱伦·坡 200 周年诞辰》，《中国翻译》2009 年第 1 期，第 47 页。

个译本开始认识爱伦·坡的。①1996年，知识出版社出版《爱伦·坡精选集》，此书是美国著名教育家大卫·奥利芬特主持，以连环画版形式，例行二十余年完成的美国学生课余必读图书，引入中国旨在让小学生不仅学习我国的经典文化，也对世界古典文学有所了解，以此培养健全人格，树立志存高远的广阔志向。

20世纪末两年和新世纪以来，随着中国读者对爱伦·坡的兴趣越来越浓，国内译者对翻译爱伦·坡作品的热情也空前高涨并经久不衰。据不完全统计，近10年来有20余个新译本问世，平均每年两种以上。②爱伦·坡越来越被中国读者及世界所接受。2014年，由外语教学与研究出版社将坡的作品在"书虫·牛津英汉双语读物"2级刊物上发行，以英汉对照形式收录坡五个经典惊悚故事，"书虫·牛津英汉双语读物"是外语教学与研究出版社和牛津大学出版社合作出版的中英双语刊物，分7个等级，爱伦·坡《陷坑与钟摆》《莫格街杀人案》在二级上针对初二、初三年级的学生出版。2018年，由中译出版社陈福田编，罗选民等译的《西南联大英文课》一书出版，旨在对西南联大《大一英文读本》的完整再现，在《大一英文读本》原书中，收录了爱伦·坡的文章，此书对民主文明、文学思想的自由探讨，仍旧影响着历代后人。可以说，对于同时期引进的外国作家而言，爱伦·坡作品的在异域空间中得到良好的接受与传播。

第二节　中国爱伦·坡作家群

爱伦·坡作品步入中国的同时也渗透到中国作家的写作纹理中，以另一种形式在异域空间中重生延续，在中国形成了"中国爱伦·坡

---

① 曹明伦：《爱伦·坡作品在中国的译介——纪念爱伦·坡200周年诞辰》，《中国翻译》2009年第1期。

② 同上书。

作家群"，作家群内的作家主要包括鲁迅、茅盾、老舍、周瘦鹃、施蛰存、李健吾、陈翔鹤与刘慈欣等。"中国爱伦·坡作家群"形成的起点是鲁迅，形成时间约在 20 世纪 20 年代和 30 年代。

虽然早在二十世纪初，鲁迅已经将其作品介绍到中国，成为中国引入爱伦·坡的第一人，然而爱伦·坡真正出现在鲁迅作品中，应当从 1926 年鲁迅发表的《狗·鼠·猫》一文开始。"听说西洋是不很喜欢黑猫的，不知道可确；但 Edgar Allan Poe 的小说里的黑猫，却实在有点骇人。"①无独有偶，1931 年，鲁迅在《〈夏娃日记〉小引》中写道："我们知道，美国出过亚伦·坡（Edgar Allan Poe），出过霍桑（N. Hawthorne），出过惠德曼（W. Whitman），都不是这么表里两样的。"②鲁迅明确提及爱伦·坡对他的影响。鲁迅说，就他所记得的，外国作品早期对他有过影响的为《黑奴吁天录》《鲁滨逊漂流记》和大仲马的小说。后来是显克维支的《你往何处去》以及斯威夫特、拜伦、安特列夫和爱伦·坡的作品。③鲁迅的作品中也留存着爱伦·坡作品的影子。爱伦·坡《泄密的心》中"我"由于无法忍受老人的眼睛和那不死的心跳像要杀死老人，而《狂人日记》中的"我"不吃人，而是怕被人吃，鲁迅反其道而用之，同样意味深长、触目惊心。

鲁迅之后的中国作家对爱伦·坡的接受主要通过三种途径。其一是翻译爱伦·坡的作品，并对其作品的主题思想与写作模式加以模仿，其中最有代表性的便是茅盾。1920 年，茅盾在《东方杂志》（第 17 卷第 18 期）上发表爱伦·坡的《心声》，并认为爱伦·坡的文字"独成一家，与俗殊咸酸"，重在玄想，具有神秘特质并给予我们精神

---

① 鲁迅：《鲁迅全集第二卷》，广州：花城出版，2021 年第 187 页。

② 鲁迅：《鲁迅全集第四卷》，广州：花城出版，2021 年第 175 页。

③ 尼姆·威尔士、文洁若：《〈活的中国〉附录——现代中国文学运动》，《新文学史料》1978 年第 1 期，第 242 页。

上的撞击。①20世纪初的中国文学早在母体时便兼容并蓄，吸收西方异域文学的营养：古典主义、浪漫主义、写实主义、唯美主义等，当然也包括了现代主义（当时称为新浪漫主义，以下的新浪漫主义都指现代主义）。可以说，中国新文学是在世界性的现代主义文学思潮的冲击中诞生的。②西方现代主义文学在形式上的革新，内容上独立自主反传统，反抗社会的文化精神和现代意识，都与五四时代精神十分契合，茅盾认为"能帮助新思潮的文学该是新浪漫主义的文学，能引我们到正确人生观的文学该是新浪漫主义的文学，不是自然主义的文学，所以今后的新文学运动该是新浪漫主义的文学"。③西方现代主义从进入中国之始便赋予中国特定改良文学思潮改良人生的使命。在此背景下，爱伦·坡作为西方现代的先祖，他的作品作为中国文学界与译介的战斗武器，在中国这片土地上创造性叛逆地移植成长。这部译作也成了今后茅盾创作《叩门》的种子。

其二是出版翻译爱伦·坡的作品，主要代表作家有老舍、周瘦鹃。除了鲁迅将爱伦·坡的小说《默》选入《域外小说集》外，老舍也将其纳入自己出版的图书中。《海上历险记》与《爱伦坡故事集》是爱伦·坡作品中译本的两本图书，隶属"晨光世界文学丛书"。如上文所述，"晨光世界文学丛书"将爱伦·坡的小说第一次系统全面地介绍到中国，而这个晨光出版公司的创办人便是老舍。1917年，由周瘦鹃选译，中华书局于1917年2月出版的《欧美名家短篇小说丛刊》出版，1943年，周瘦鹃再次将爱伦·坡的作品纳入《紫罗兰集》。《欧美名家短篇小说丛刊》这本有平装、精装又多次再版的翻

---

① 雁冰：《心声》，《东方杂志》第17期第18卷。

② 陈旭光：《盗火的"恶魔"——论"五四"前后西方现代主义的传入》，《广东社会科学》2001年第1期，第132页。

③ 雁冰：《为新文学研究者进一解》，《改造》1920年3卷1号。

译短篇小说选集，处在旧文学尚存、新文学初起的转型期，读者上至"大为惊异，认为'空谷足音'"的鲁迅（周作人《鲁迅与清末文坛》），下至直到 1943 年还读后来信称赞的市民大众（《紫罗兰》第 4 期）。① 在当时中国有一定的读者市场。

其三是受爱伦·坡小说启发迸发出灵感，并运用到自身小说创作中，主要作家有施蛰存、李健吾与陈翔鹤。施蛰存"耽读过爱仑颇的小说和诗"并"完全模仿爱仑颇的小说《妮侬》"。② 除了《妮侬》，他所创作的《梅雨之夕》与《将军底头》等多部作品也在写作方式、时间设置与死亡转换之间受爱伦·坡的启发；李健吾创作的《关家的末裔》在结构和架构方面都能明显看出对《厄舍屋的倒塌》的模仿；陈翔鹤的作品《西风吹倒枕边》与《悼——》中女主人公病态美、恐怖背景明显受爱伦·坡的影响，此外，他的作品《眼睛》一文，以第一人称的口吻记录了一个偏执狂病人的散乱的思维活动，他爱上了一位女护士的美丽而妩媚的眼睛，想入非非而不能自拔，坡的《心声》等小说中就不乏类似的情节。③ 文章中所采用的高度象征的手法，有着与爱伦·坡作品里追寻时一样的痛苦。

还有一种特殊的模式，便是刘慈欣对于爱伦·坡的接受。这两个看似地球两极的作家却在文学理念、表达形式与人文情怀等方面致以时空上的呼应。刘慈欣是一个彻头彻尾的浪漫主义者（就浪漫主义的严格定义来说），并且带有早期存在主义色彩——所以他最向往的小说家应该是陀思妥耶夫斯基以及爱伦·坡。在《死神永生》里他以特殊的方式向两者致敬——陀思妥耶夫斯基的临刑心态常常出来考验全

---

① 潘瑶菁：《周瘦鹃是以一己之力编译了一部小说集吗？》2018 年 6 月 29 日。网址：http://www.whb.cn/zhuzhan/xueren/20180629/201535.html。

② 施蛰存：《灯下集·我的创作生活之历程》，上海：开明书店，1937 年，第 79 页。

③ 盛宁：《爱伦·坡与"五四"运动以后的中国现代文学》，《国外文学》1981 年第 4 期。

人类，爱伦·坡的极端生存体验则启迪人类个体的觉悟。①《三体》中，作者并未将人类局限于当下人类社会该往何处，中国是否崛起，而是超越文化差异，将人的存在置入外来文明——"三体人"对人的存在本身的威胁与挑战更广阔的视野之中，延伸到未来宇宙文明与人类文明的冲突的未来维度。一切的一切都将万劫不复，人类最后不再存在，我们会留下什么样的文明？而在人类社会与宇宙星空交融当头，如果有那么一两个英雄可以捍卫我们的地球，他们会做出什么样的抉择，是选择像罗辑参透黑暗森林法以冷酷的睿智抗争到底还是如"圣母"程心始终不肯按下攻击敌人的按钮，维持文明之所以为文明的道义信念，等待"新的文明"与"新的道德"？刘慈欣的笔触中是毁灭的希望，正如爱伦·坡笔下死亡的人物、压抑的环境，却也承载着自己的梦想和对国家的关切。无论是《乡村教师》中的李老师，还是《光荣与梦想》中的辛妮，抑或是《宇宙坍缩》中的丁仪，都以用希望的视角来否定现实世界，在行星最宁静的夜晚，地球消失了，地球重生了。

"中国爱伦·坡作家群"中的作家对于爱伦·坡作品的接受主要从人本主义出发，存在着"文以载道、文以复兴"的远大目标，关注作品与现实世界的关系。逝者如斯，时代的思想和价值体系在滚滚历史洪流中不断更迭、创造、形成及发展。旧时代的信仰从传统的文化中生长后凋落，在下一个历史阶段迎来新生，诞生出启蒙的力量，照亮中世纪一千年的"黑暗王国"。把启蒙作为对中世纪黑暗的教育这一看法在中国十分流行，因此，启蒙在中国动荡年代，便成为传播新思想，批判旧思想的有力武器，提倡的"理性主义"也被看作批判封建迷信，倡导科学思想的理论依据。而相对应的人本主义也被看成无神论或者民贵君轻之类的精神。启蒙不是要以自己的语言霸权"取而

---

① 廖伟棠：《深夜读罢一本虚构的宇宙史》，合肥：安徽教育出版社，2013年，第198页。

代之"，而是要求一种让所有的思想都可以自由发表的宽松气氛，是一种自由和思想宽容的精神。①打破旧时期的生活方式，从而让新事物有发生的可能，是启蒙的旨归所在。

"五四"之后的中国，对于"民主"与"科学"的呼声高涨，各界文人纷纷涌入文学思潮建设中。对于中国的思考与探寻，总是逃不开鲁迅。如果说爱伦·坡是在作品中展现了其民族性，那么鲁迅则是将满腔的热忱与心血身体力行地投入到中国复兴事业中。"性脱略耽酒，诗文均极瑰异"，是鲁迅与周作人合译的小说集《域外小说集》中对于爱伦·坡的评价。我们今天谈论鲁迅对于中国现代文学重要的贡献，不能忽略他在文学的实验上其实是以科幻小说的想象以及翻译介绍开始的。②面对西方工业文明的兴盛，科学技术被视为国家崛起的有力武器，中国早期的科幻小说借鉴了西方科技器物与话语理念，在创造中国本土科幻小说时，便抛开其文学娱乐功能，在被引入之初便赋予了它救国强民的使命。"从梁启超和鲁迅开始，中国的科幻文学发展出现了一个两极性的文化空间"。③鲁迅通过对封建旧思想的批判与颠覆，将科幻小说作为传播科学知识与器物先行的思想工具，在国民中普及科学知识并加以延伸，最终抵达国人的思想深处，用科幻背后的科学知识与技术展开了启蒙论述，引领先锋精神。"冥冥黄族，可以兴矣"，这所有壮丽的想象，是鲁迅文学的开端。④

"一个是现实世界，灰色的，充满着尘世的喧嚣，为我们所熟悉；另一个是空灵的科幻世界，在最遥远的远方和最微小的尺度中，是我

---

① 邓晓芒：《批判与启蒙》，武汉：崇文书局，2019 年，第 159 页。
② 王德威、贺晶晶：《乌托邦，恶托邦，异托邦（之二）》，《文艺报》2011 年 6 月 22 日，第 7 版。
③ 吴岩：《科幻文学的中国阐释》，《南方文坛》2010 年第 6 期。
④ 王德威、贺晶晶：《乌托邦，恶托邦，异托邦（之二）》，《文艺报》2011 年 6 月 22 日，第 7 版。

们永远无法到达的地方。"① 这是刘慈欣笔下的两个世界。《三体》中汪淼在现实生活与三体游戏的虚拟场域来回切换建立了两个世界巨大体感差，作者就这样将我们"普通人"在现实与虚拟之间来回拉扯，造就跨越视角飞跃鸿沟的"惊奇感"。然而在这虚拟的文字场域中，也充斥着大量真实社会历史细节。首先《三体》将叙事起点置于"文化大革命"时期，在《三体》虚拟游戏中，不论是我们近距离与秦始皇、哥白尼、牛顿这些真实存在的历史人物在跨时代的广度中相遇，或是游戏里周朝文化的体现，还是爱伦·坡、程心一行人前往挪威去找默斯肯大漩涡时与老杰森的对话中真实存在的作家作品，刘慈欣都在用这个我们无法达到的空灵空间，留存了现实社会的真实写照，如同他在《三体》英文版后记中写道："人造卫星、饥饿、群星、煤油灯、银河、'文化大革命'武斗、光年、洪灾……这些相距甚远的东西混杂纠结在一起，成为我早年的人生，也塑造了我今天的科幻小说。"② 刘慈欣展示的既是宇宙"真理"本身的"美"，同时也是现代中国对科学的浪漫想象与对未来的自我期许——一种自强不息的古典豪迈与现代科学理性精神的嫁接 ③。

"中国爱伦·坡作家群"中的作家强调外部环境对内心情感的激发启迪效用。作品的产生源于内心的感情，但"情以物迁"，内心情感的受外部环境的影响，"景物与人物的相关，是一种心理的，生理的，与哲理的解析，在某种地方与社会便非发生某种事实不可；人始终逃不出景物的毒手，正如蝇不能逃出蛛网"。④ 老舍在《景物的描

---

① 刘慈欣：《重返伊甸园——科幻创作十年回顾》,《刘慈欣谈科幻》,湖北：湖北科学技术出版社，第 107 页。

② LIU C. *The Three-Body Problem*. LIU K. (teans.). New York: Tor Books, 2014. p.393.

③ 飞氘、刘芳坤：《超越先锋文学的脾性——漫谈刘慈欣及科幻文学》,《名作欣赏》, 2015 年第 34 期。

④ 老舍：《景物的描写》,《老舍论创作》,上海：上海文艺出版社，1982 年，第 76 页。

写》一文中谈及景物与人物的相关性，认为描写的景物是心灵的东西。他以爱伦·坡的"The House of Usher"为例，强调此文专注描写景物，使得背景特质比人物个性更重要，并认为这样不为写景而写景的有意布置，会使得感情加厚。同样的创作手法也体现在老舍自身的创作中。老舍对济南的冬天是喜爱的，但他没有将对这座城市、对大自然、对生活、对生命的热爱之情直接表达，而是融入济南害了羞的微粉色的小雪、越发青黑的矮松、树尖上的白花、镶了银边的蓝天、绿萍水藻、倒映在水中的长枝垂柳及红屋顶，黄草山，像地毯上的小团花的灰色树影的美景中。施蛰存的《妮侬》一文中，烘托出一种浓郁的气氛，达到震撼人心的感情效果。"陈翔鹤的《悼——》中描写"我"将要失去妻子时，外部环境的天空布满了灰色的乌云，狂风肆虐的黄昏，满屋充满恐怖阴影。当一切结束，窗前映出了洁白的光亮，狂风已经止歇，灯油耗尽，炉内仅存的余热无法支撑房间的温暖，空气渐渐地冻了起来，昭示着"我"也将失去"我"的妻子。景物的变化影响着人的感知，其烘托让人物内心活动向外物化。

无论是从人本主义的"人"本身出发，还是强调背景自然环境对内心情感的激发作用，中国爱伦·坡作家群中的作家们都没有离开中国的背景，对我们生活的世界进行思考。如果说这些作家们在吸收爱伦·坡作品之初的一个重要原因是他的文章能给予这些作家读者们以灵感，填补自我认知、创作、构想等方面的"缺失"，那么将其作品融入自己创作内容的肌理的原因并不在这种"缺失"，而是由于中国作家们当时所在的社会生活背景下的文学现实，爱伦·坡的作品包含着强大的生成语境、影响语境与接受语境，适合当时社会的历史发展。这些作家们不仅找到自身与爱伦·坡的切合点与生长点，同时，在他们当时生活的中国语境中颇有成效的阐释，为中国文学增添不可磨灭的一笔。

第三节　爱伦·坡与鲁迅

鲁迅与爱伦·坡的渊源远不只是将爱伦·坡的作品引入中国。在后续的创作中，鲁迅曾多次提及爱伦·坡对他创作的影响。这种影响不仅仅体现在其创作主题、行文风格与写作手法上，更透过文章肌理体现在思想上的共鸣，透露出人本主义思想。

中西对于人本主义的理解并不相同。中国传统文化自古就具有"天人合一"的精神，把人作为中心来探讨人与自然的关系，强调人生价值目标与人生意义，体现出以人为本的人文精神关怀，以及追求和谐理想社会的理想倾向。而西方文化追求自由、平等、民主的"人本主义"精神侧重强调个体价值，张扬思想上的启蒙与解放。作为浪漫主义运动的中坚力量，以及西方现代主义的先驱，爱伦·坡提倡人的价值。爱伦·坡生活的时代，科技进步经济繁荣外表下是人的异化。他的作品批判了现实社会，以叛逆且非理性的文字对人的存在做着激烈地反抗。鲁迅的人本主义既有西方强调人作为个体的主体性特质，也有着中国传统文化中的道德准则，唤醒无知群众，从而得到人的价值的向上力量。

一、人本主义、理性主义与自由

笛卡尔以"我思故我在"为代表的哲学观点，标志着西方近代启蒙价值重建阶段的出现。"我思故我在"一方面肯定了人的存在是一切真理的基础，进而肯定了人本主义，另一方面，它同样肯定了由人的本质确立起的理性主义原则。理性主义与人本主义可以说是同一原则的两个方面。"人的理性"是从人本主义的立场出发，通过具有理性能力的人来理解客观理性本身。因此，理性主义强调的是人具有认识的能力。由此理性主义便衍生出两个指向：对外不断地认识自然与改造自然，对内不断反省自身，且具有自我意识。这也不难理解为何启蒙精神由科学和民主两个词代表。

人作为理性的主体将世界作为理解的对象，理性的个体具有积极主动认识世界的能力，有认识世界能力的人肯定了人的自由，在此意义下我们称其为"积极的自由"。人的理性的另一方面延伸至人的自我意识与内在诉求。个体的理性离不开整体的大环境，只有在整体或个体和他人的关系中，人的理性才能建立起来，理性指导或控制着盲目的意志以维护他人和整体的存在，而以个人自我选择的权利抵制外在从而保持着个人的意志自由，这是"消极的自由"。

爱伦·坡与鲁迅既有积极认识世界、改造世界的理性主义，提倡科学和生产的不断进步，同时也挖掘深层的人性，释放内心对现实的不满，呼吁人的道德，唤醒沉睡的芸芸大众。

二、理性主义：积极的自由

工业革命时期到来，科幻文学作为技术的发展和人类认识自然、改造自然的要求在文学艺术领域中的反映[1]，随着时代应运而生，又经过时代的变迁，科幻文学的文体功能逐步拓展，19 世纪 30 年代，美国报刊迎合读者们的兴趣，聚焦注重科学的科普性质文章，与此同时，传入中国的科幻文学更是作为"冥冥黄族，可以兴矣"的利器，从主流文学拔擢，展示其内部的启蒙意识与先锋精神。

坡开启了科幻小说创作的时代。从他以降，科幻小说便开始沿着"逻辑、理性、前后一致的预测及思考"。[2] 爱伦·坡凭借博览群书的知识与游历丰富的经验，创造出许多优秀的科幻作品：《瓶中手稿》《汉斯·普法尔登月记》《亚瑟·戈登·皮姆的故事》《埃洛斯与沙米翁的对话》《大漩涡底余生记》《莫诺斯与尤拉的对话》《气球骗局》

---

[1]　吴岩：《西方科幻小说发展的四个阶段》,《名作欣赏》1991 年第 2 期，第 122 页。

[2]　Beaver, Harold. The Science Fiction of Edgar Allan Poe[M]. Chippenham: Antony Rowe Ltd, 1976: 10.

《催眠启示录》。在爱伦·坡如同百科全书般的科幻作品中，不仅有着动人心弦的故事情节、让人惊奇的奇思妙想，还有先进严谨的科学知识。《一周有三个星期天》描写关于地球公转、自转、时区等地理知识，《瓦尔德马先生病例之真相》中的催眠术，《气球骗局》中热气球的前沿科学技术：“他的气球也是椭圆形。其长度为十三英寸，高度为六英寸八英寸。”“螺旋装置有一根十八英寸长的空心铜管轴，一组钢线辐条按十五度倾斜半螺线穿过轴心，辐条均为两英尺长，这样在轴的两端各伸出一部分”。① 精确的科学细节描写让读者几乎相信他笔下就是科学知识的真实写照。爱伦·坡的《气球骗局》给凡尔纳灵感，启发他创造出《气球上的五星期》，他的《从地球到月球》借鉴了坡的《汉斯·普法尔登月记》，中国《申报》中的《地球灭亡之预言》也有《埃洛斯和沙米翁的对话》的影响 ②。

爱伦·坡的科幻作品承担了启蒙大众、提升美国民众“民族性”的重任 ③。虽然坡的很多作品将背景置于其他国家与民族，“美国化”特征相对模糊，但在坡的作品中体现了本土化影响，彰显了美国化基调观点。④ 对于刚从英国解放不久的美国作家来说，他有着证明其民族独立性的焦虑，《朱利叶斯·罗德曼的日记》一文中，展现了美国人独立的探险精神与冒险勇气；1849 年，坡在西进运动的背景下发表《冯·肯佩伦和他的发现》(Von Kempelen and His Discovery)，讲述主人公冯·肯佩伦在看过《汉弗莱·戴维爵士化学手记》后，将其没有

① 埃德加·爱伦·坡著，曹明伦译：《爱伦·坡作品精选》，武汉：长江文艺出版社，2007 年，第 291 页。

② 阚文文：《晚清报刊上的翻译小说》，济南：齐鲁书社，2013 年，第 192 页。

③ Peeles, Scott. The Afterlife of Edgar Allan Poe. Camden House, 2004: 18. 作者自译原文为：As a natural aristocrat, Poe assumed the responsibility of enlightening the average man and elevating the American "race".

④ 罗昔明：《消费主义视域下的爱伦·坡研究》，镇江：江苏大学出版社，2016 年，第 127 页。

最终成型的科学构想占为己有并公布于众，最后被警方逮捕，造成欧洲市场混乱不堪、社会动荡不利的局面，讽刺为了追逐金子蜂拥而至的狂人们，呼吁人们作出理性思考。

鲁迅同样做出了适合中国的理性思考。"到中国人群以行进，必自科学小说始"①，鲁迅在《月界旅行》序中如此写到。随着科幻小说的发展，中国学界兴起关于《狂人日记》是否存在科幻音调的呼声，宋明炜教授在《〈狂人日记〉是科幻小说吗——论鲁迅与科幻的渊源，兼论写实的虚妄与虚拟的真实》一文中提出《狂人日记》的科幻构想。鲁迅的《狂人日记》从中国的传统文学形式与内容中抽丝分离，却超出原有的文学形态，以附有想象的文字回刺当下现实。《狂人日记》在语言上摒弃传统的文言语言体系，采用白话文，在写作内容上以第一人称"我"强烈带入文化语境，凸显打破传统的先锋特质。文章中的"我"奋力地宣泄着自己对吃人的不满与愤怒，赵贵翁和他家的狗吃人、医生吃人、哥哥吃人、母亲吃人、最后连"我"自己也吃人，所有的人都吃人，然而，吃了人说出了"你说便是你错!"。"从来如此，便对么?"鲁迅否定了吃人的人，连自己也彻底地否定。这种极端地、彻底地否定背后所反映的是不同于其他作家与时代的精神，鲁迅创作体现了非常独特的意识，那就是先锋意识。②用狂人的疯狂暗示自己的疯狂，疯狂的外表下的彻底自我否定渗透着无比的心寒，孤独地呼喊着谁来"救救孩子"，这是鲁迅对内自我意识的理性思考。

除了对民族大义的理性思考，鲁迅同时担任着家族的重任。鲁迅《狂人日记》中狂人的原型要追溯到鲁迅的表弟阮久荪，他曾患过精神疾病，患病期间一直住在鲁迅的寓所并由鲁迅照料。1916年

①　鲁迅:《鲁迅全集第十一卷》，广州：花城出版，2021年第4页。

②　陈思和:《"五四"文学：在先锋性与大众化之间》，《当代文学研究资料与信息》2006年第5期。

10月31日的日记中记载鲁迅带他就医一事："下午久荪病颇恶,至夜愈甚,急延池田医士诊视,付资五元。"[1]自祖父事件,周家家道中落后,鲁迅的父亲英年早逝,鲁迅"长兄为父"承担起照顾全家的重任。好友许寿裳也多次在《亡友鲁迅印象记》中提到鲁迅对弟弟的关爱情深。"鲁迅那时并无子息,而其两弟作人和建人都有子女,他钟爱侄儿们,视同自己的所出,处处实行他的儿童本位的教育""鲁迅对于两弟非常友爱,因为居长,所有家务统由他自己人主持,不忍去麻烦两弟。他对于作人的事,比自己的还要重要,不惜牺牲自己的名利来统统让给他。"[2]《狂人日记》据此打破了我们熟悉的现实感受,由此开始重建一种超出常人舒适感的现实观念。[3]超出常人现实舒适感的美学空间却恰恰植根于现实的生活经历,在违反伦理日常真实性的背后是一个当家人的责任与担当。

内在自我意识的理性思考离不开认识世界,并对其做出阐释的认知能力。这点在鲁迅的译作与作品中得以明显看出。鲁迅的翻译发生过策略上的转向。晚清时期鲁迅的翻译风格与林纾相同,都使用归化翻译策略进行对外来文本的翻译。而后,鲁迅打破原来的翻译方式,在翻译外国文学时多采用异化翻译策略,强调直译、硬译的翻译方法。

> 《域外小说集》为书,词致朴讷,不足方近名人译本。特收录至审慎,迻译亦期弗失文情。异域文述新宗,自此始入华土。使有士卓特,不为常俗所,必将犁然有当于心,按邦国时期,籀

---

[1] 周蒂堂:《乡土忆录 鲁迅亲友忆鲁迅》,西安:陕西人民出版社,1983年第232页。

[2] 许寿裳:《亡友鲁迅印象记》,长沙:岳麓书社,2011年第52页。

[3] 宋明炜:《〈狂人日记〉是科幻小说吗?——论鲁迅与科幻的渊源,兼论写实的虚妄与虚拟的真实》,《中国比较文学》2020年第2期,第20页。

读其心声，以相度神思之所在。

序言中明确指出，所译之言"词致朴讷"。"不足方近名人译本"中的名人指的是林纾。后来鲁迅 1932 年一月十六日在致增田涉的信中作出了进一步补充说明：

当时中国流行林琴南用古文翻译的外国小说，文章确实很好，但误译很多。我们对此感到不满，想加以纠正，才干起来的。①

可见，鲁迅对林纾或者说是当时中国翻译界的主流翻译方式是不满的。如果说林纾的翻译是试图让作者向读者靠拢，采用归化翻译策略，那么鲁迅则相反。鲁迅提倡的艺术上的"异质"。

这三十多篇短篇里，所描写的事物，在中国大半免不得很隔膜；至于迦尔洵中的人物，恐怕几于极无，所以更不容易理会。同是人类，本来绝不至于不能互相了解；但时代国土习惯成见，都能够遮蔽人的心思，所以往往不能镜一般明，照见别人的心了。幸而现在已不是那时候，这一节，大约也不必虑的。②

突出异质文化，用异化翻译策略给读者提供了一种全新的阅读体验，让读者领略原汁原味的原语言及文化，以开放的包容性吸取他者长处，别求新声于异邦，打破中心文化、大国的"自负观"，借鉴外国文学的文学理念与审美观念，鲁迅有着从理性出发认识世界、认识世界的人的能力。

勒菲弗尔认为，当主体是世界的文化中心文化时，人们感受不到

---

① 鲁迅：《鲁迅全集》第 13 卷，北京：人民文学出版社，1981 年，第 471 页。

② 周作人：《域外小说集》(1921 年本)，上海：上海群益书社印行，1921 年，序言，第 3 页。

外来的"他者"的威胁，此时翻译家们对"他者"比较冷淡，采用归化法。①归化与意译的目的是试图涵化他者，中国传统上历来不重视"忠实的"翻译。但随着世界他国的不断崛起，中国也不得不睁开双眼，去审视新的世界。认识他者并兼容他者的存在，这种包容开放的姿态必然涉及与自由一类范畴的关系，对于人的理性来说，有着对事物解释和重新解释的能力，如果忘了这种自由，那么就是抛去了理性的根本特质。

上文提及的《月界旅行》的翻译，鲁迅借用了中国传统的章回小说的形式，以文言语言体系进行翻译，到了《域外小说集》的出版，鲁迅已经有了异化翻译的转向。与其说鲁迅重视异化翻译策略，不妨说鲁迅想透过异化的形式，揭示中国传统文学的矛盾，进而揭示文学形势下中国传统思想的桎梏，达到以理性启发民智的效用，如火如荼地改造这社会。接受西方的科学思想及爱伦·坡的写作风格与创作理念，将爱伦·坡的《金甲虫》进入中国，将爱伦·坡的《默》纳入《域外小说集》，都意在于此。

三、非理性主义：消极的自由

19世纪末、20世纪初西方现代非理性主义盛行之前，人们发现原有的理性主义无法改变满目疮痍的世界，西方现代非理性主义否定或限制理性在认识中的作用，压过理性主义而盛行起来。非理性主义伴随理性主义一直存在，早在尼采宣扬"权力意志"论，主张非道德主义之前，叔本华就宣扬无意识的意志。无独有偶，爱伦·坡擅长窥探人心里深层结构中的隐蔽，借助丰富的想象以非理性的表达方式揭示现代人的迷惘、孤独与苦闷。将他的文字归为附有非理性特征并非表达他缺乏理性思维，而是以非理性与理性的鲜明反差，突出非理性

---

① 刘军平：《西方翻译理论通史》，武汉：武汉大学出版社，2009年，第435页。

因素下的理性，从非理性视角深入窥探人的心理思维过程，而在这种非理性的内涵下赋予了文学以"怪诞"的外衣，看似是对传统理性的叛离和审美颠覆，实则却是对现存社会的困惑和现实危机的呐喊，以及对未来生存的愿景。

爱伦·坡生活的年代，国家工业急速发展，经济不断上升，而爱伦·坡的文学作品中所表现出来的文学理念却对此并不叫好。不断攀升的经济伴随着的是人的异化，传统的理性主义将直觉同理性、逻辑相对立，坚信人的理性具有统摄一切的力量，理性主义陷入真理的绝对性，发展至偏离的轨迹，人成为理性主宰"人群中的人"，理性无法使我们穷尽真理，也无法使我们穷尽个人生存之道，个人生存的焦虑感与压抑感，使得自我在社会中感到异常的孤独、忧郁、恐惧与绝望，内心的自我迷失不得不向外界疯狂诉求。

怪诞荒谬的表现形式是内心疯狂索求的外在表现。爱伦·坡的作品中不乏这类人物的出现。《红死魔假面》中红死魔在舞曲结尾出人意料的结局与肆意喷洒的鲜血；《泄密的心》中一位精神变态老人的荒诞行为，令人惊恐的双眼以及"我"看到这双眼就想杀死老人的疯狂想法；《人群中的人》中"我"跟随孤独老人的步伐，在城市不断游走。都深刻揭示了资本主义的现代文明对人的异化作用，人性的扭曲与人群"荒漠化"的现象，体现出作者对西方资本主义文明的悲伤与绝望。看似荒谬的行为不仅没有违背理性，相反将理性推向了一种极致。

爱伦·坡并非贬抑一切理性，只是反对普遍的理性，反对理性的绝对性。爱伦·坡从不回避"恶"，他认为回避"恶"是对人性浅薄的乐观，也是无法解决现状的逃避。他高举"为艺术而艺术"的大旗，突破以往的传统模式，在作品中充斥着恐怖、暴力、血腥与邪恶的非理性因素题材，以一种惊世骇俗的文学形式与文学内容阐释自己的审美观念，将"恶"的外衣毫不顾忌地撕开，赤裸裸的展现在人们面前，警示人们抑制自己的盲目意志与欲望，克服"人欲"所造成的恶。没有被控制在理想秩序中的意志堪称是盲目的，要求以理性来控制这种盲目的意志，才是对人自身的一种负责任的态度，才是一种真正的道德。①

19世纪末，鲁迅生存的年代，西方人道主义出现两种新阐释，一是非理性主义，二是始于狄更斯、雨果等进而被托尔斯泰延续、强化的"勿以暴力抗恶""道德自我完善"即"不抵抗主义"。主张对害人社会、害人者的抗争、复仇乃至还要痛打落水狗是鲁迅精神的组成部分。这也是鲁迅在引进人本主义及其文学时的明确择选。②可以说鲁迅继承了爱伦·坡的文学形式与审美观念。鲁迅在《狗·鼠·猫》提及爱伦·坡骇人的黑猫，类比自己笔下的猫，以猫形容虚假恶人，抨击"现代评论派"帝国主义与北洋军阀的邪恶罪行。鲁迅与爱伦·坡的猫都以各自的象征来表达对恶的揭示。

鲁迅的作品和爱伦·坡的作品具有相同的非理性特质。不是说鲁迅的观念、风格与坡完全一致，而是说在不仅把"人"视为"自然人"，更把"人"视为心灵的本体方面，他们表现出了某种共通性；在以创作宣泄、表现（至少不仅仅是"再现"）人生体验和生命体验方面，他们也呈现着某种共通性。③从非理性角度出发，鲁迅与爱伦的作品都表现出了"本真的自我"。在他们的作品里展示了一个为本能或无意识所统治的"自我"，"人"不只是自然界中的血肉之躯，更是一个复杂的内心阐释。鲁迅的《狂人日记》《孤独者》《长明灯》及《野草》等杂文都具有了这种情感内涵。

---

① 邓晓芒：《批判与启蒙》，武汉：崇文书局，2019年，第173页。

② 尹康庄：《论20世纪中国人本主义文学思潮的形成及其特异性——以王国维、鲁迅、周作人为中心》，《暨南学报》（哲学社会科学版）2007年第6期。

③ 徐斯年：《鲁迅和非理性主义（〈鲁迅全集〉卷10修订一得）》，王尧、刘祥安、房伟主编：《中国当现代文学研究论集》，苏州：苏州大学出版社，第66—67页。

《狂人日记》开篇主要叙述者为"余"，由"余"的叙事引出"我"的叙事，"余"和"我"都是第一人称，但这两者所代表的不仅仅是个体人物，而且是人物背后的具体事件及文化背景，二者既相互对立又相互交融，存在两套叙事中，表现两个主人公的平等地位价值。除"余""我"这两个主人公，"兄"的出现代表另一叙事话语的形成。"兄"言其"弟"病情，并"出示日记二册，谓可见当日病状"，后为其弟请传统中医请病把脉治疗。"余"在"持归阅一过""撮录一篇，以供医家研究"后判断其"弟"为"迫害狂"症，而文章的却以弟"救救孩子"的高声呐喊结尾。一套话语中存在过去（晚清）、现在（五四）、未来三个时空，突显封建、理性、癫狂的三种人物性格。这些看似互不相容的理性与非理性构成了文章的完美表达。

鲁迅的小说主要是由于个人经历和体验所决定的思想的复杂性。1900年和1901年鲁迅作诗有云："谋生无奈日奔驰，有弟偏教各别离。最是令人凄绝处，孤檠长夜雨来时"；"梦魂常向故乡驰，始信人间苦别离。夜半倚床忆诸弟，残灯如豆月明时"（《别诸弟三首》），对弟弟周作人感情之深可见一斑。后先后到南京、日本求学，也都引导弟弟，二人形影不离。在弟弟生病时跑前跑后，无微不至。长兄鲁迅承担了照顾全家的重任，对待弟弟关怀备至，十分爱怜。

可以说，文章中的"兄"是真实作者周树人在文章中早年家族文化烙印的分身，却又是在真实自己接受现代西学科学文化后的批判对象。鲁迅借助第三者"余"，一面阐述"兄"担当传统文化中的家长角色，无法脱离封建家族制度影响，让"兄"参与治病，给予他平等对话身份，另一方面又将"我"置于"兄"对面，告诫"兄"将来容不得吃人的人，控诉"兄"吃掉妹妹的行为，唯恐"兄"将我也吃掉，到最后蓦然警醒，"我"也吃了人了。一面摆脱不掉，一面极力控诉；一面批判痛斥，一面又警醒反省，鲁迅将三个人物内心隐藏的相互冲突又相互融合的不同面在《狂人日记》中完全呈现。

非理性主义正是 20 世纪西方"现代人本主义美学的基本特点"①，而爱伦·坡与鲁迅对于"自我"理性的颠覆，在潜意识中流露的自我与非理性主义完美契合。无怪乎爱伦·坡和波德莱尔同"被认为是现代派的远祖"②，鲁迅被认为是中国现代文学的奠基人。

结　语

"中国爱伦·坡作家群"以爱伦·坡为起点，旨在厘清爱伦·坡作品翻译传播到中国，嫁接到本土文学的全貌，同时探索中国作家对于外来作品翻译与传播的过程，以及接纳作品后对于本土文学的创作的影响。就特殊性意义来说，"中国爱伦·坡作家群"为我们提供了一个文学新思路，无论是对象征主义内部世界的自省更迭与不断寻求的接受，或是对外部世界的积极认识并做出理性的思考，对传统的文学形式勇于突破，借助作家群，我们得以还原中国作家在中国文学史中的探索征程，有助于我们进一步理解爱伦·坡与中国作家的关系。就其普遍性意义来说，无论创作的文学以何种文学形式或艺术手法呈现，文学作品最终都离不开对于人本主义的汲取与坚守，以中国外国作家群的形式，重新梳理中外文学关于人本主义文学主题的发展脉络，分析中国作家们接受外来文化文学后，在创作形式、创作风格及审美价值方面的转变，从人的本质视角探讨中外文学的共性，进而挖掘东学西学间未裂道术与攸同心理的因素。

值得注意的是，在接受外来文学时，作家或者译者为达到特定的主观价值观或时代文化背景等因素，可能对外来作品做出主观背离。

---

① 朱立元：《现代西方美学主潮》，蒋孔阳、朱立元《二十世纪西方美学名著选（上册）》，上海：复旦大学出版社，1987 年，第 3 页。

② 袁可嘉、董衡巽、郑克鲁：《外国现代派作品选：第一册（上）》，上海：上海文艺出版社，1980 年，前言，第 2 页。

外来学术思潮的启发当然是一部优秀的文学作品重要的甚至是不可或缺的因素，但究其根本更是中国本土文化土壤滋养所生发的果实。这种发生条件既包括社会共同体意义上的特定历史传统和现实语境，也包括理论创建者个体所感受的具体学术思想的激发与启示。① 对于西方文学资源的吸取固然必要，但是中国的文学本身枝繁叶茂，有其独特的民族性，如果将西方的文学因素看成是唯一的维度，那便是一叶障目了。因此，如何在吸收世界文学的同时保持自身独特的文学民族性，使得中国在文学发展的进程中获得本土的文学特性，在世界性的文学格局中彰显独特的本土文学特色，或者从这一研究中我们可以得到某种启示，也有待更多的学者去探索。（赵小莹）

---

① 宋炳辉：《外来启迪与本土发生：译介学理论的中国语境及其意义》，《外语学刊》2019 年第 4 期。

第十章
中国奥尼尔作家群

绪　论

尤金·奥尼尔（Eugene Gladstone O'Neill，1888—1953）是美国著名的剧作家，也是美国民族戏剧的奠基人，在世界剧坛享有盛誉。19 世纪以后，美国戏剧逐渐脱离欧洲文学的影响，出现民族戏剧的萌芽，但此时商业化演出仍占主要地位，这种情况直到 20 世纪才得以改观。美国戏剧在 20 世纪上半期走向成熟，完成了商业化戏剧向艺术戏剧的过渡，将目光集中到对美国历史与现实、人民情绪与审美以及美国民间艺术上来。在这个过程中，奥尼尔的戏剧创作使得戏剧真正成为美国文学的一部分。《哥伦比亚美国文学史》（*Columbia Literary History of the United States*）在介绍"20 世纪的戏剧"时开篇便提到"一部美国文学史里居然有戏剧一席之地，这实实在在是个奇迹——要知道戏剧必须在百老汇的窒息、好莱坞的争夺，以及心胸狭隘的报纸批评家的专制这三重压迫下生存"，随后又说"美国的戏剧文学史自然要从尤金·奥尼尔讲起"[①]，并将他列为第一人。

[①] 埃默里·埃利奥特：《哥伦比亚美国文学史》，朱通伯等译，成都：四川辞书出版社，1994 年，第 927 页。

弗·埃·卡彭特（Frederick I. Carpenter）对奥尼尔在美国戏剧史上的重要地位作出了肯定，称他是"美国戏剧之父"，"当人们选择'最伟大的美国小说家'或'最伟大的美国诗人'时，人们的意见纷纭不一，而奥尼尔却被公认为'我们最伟大的戏剧家'"。①

奥尼尔出身于一个演员家庭，他的父亲是爱尔兰裔美国演员詹姆斯·奥尼尔，一生专演传奇情节戏剧《基督山伯爵》。奥尼尔年轻时曾在父亲的剧院里做临时演员，但他对父亲虚掷才华在商业剧上并不认同且不满剧院的传统剧目，后将目光转向莎士比亚、易卜生、斯特林堡等剧作家的作品，并开始了自己的创作。1914年，奥尼尔在实验剧场普罗温斯敦试读了独幕剧《拍电影的人》(*The Movie Man: A Comedy*)，剧团成员对此剧多持批评态度，认为奥尼尔并不了解剧中所述有关墨西哥的事实，导致这部剧荒谬、离奇。同年7月，奥尼尔进行了第二次剧本试读，在这次试读的《东航卡迪夫》(*Bound East for Cardiff*) 中，奥尼尔通过对劳动阶层的同情，传递出海洋的巨大力量。《东航卡迪夫》是奥尼尔第一部真正意义上成熟的剧作，标志着一种与传统戏剧的决裂。在奥尼尔之前，美国现实中的劳动阶层和舞台上劳动阶层根本没有机会发声。奥尼尔自己有海员经历，他在剧作中所塑造的海员是真实的，有鲜活的生活气息。自此之后四十年，奥尼尔一直在进行戏剧的写作和探索，曾四次获得普利策戏剧奖，并荣获诺贝尔文学奖——他是唯一获此殊荣的美国剧作家。

奥尼尔的戏剧创作是一个不断尝试、不断走向成熟的过程。在初期试笔阶段，奥尼尔主要创作以航海生活为背景的独幕剧，在对海员、海洋的写实描述中反映人与自然的冲突、人与大海的抗争，如

---

① 弗·埃·卡彭特：《尤金·奥尼尔》，赵岑、殷勤译，沈阳：春风文艺出版社，1990年，第178页。

《渴》(*Thirst*, 1913)、《雾》(*Frog*, 1914)、《鲸油》(*Ile*, 1917)、《加勒比斯之月》(*Moon of the Caribbees*, 1918)等。虽然这些剧作中依然有着传奇情节剧的印记，但其中人与命运的抗争已显露出悲剧的崇高感。1920年《天边外》(*Beyond the Horizon*, 1918)在百老汇成功上演，奠定了奥尼尔在美国戏剧界的地位。奥尼尔的创作进入鼎盛期，创作了二十余部作品，不仅题材和主题丰富多样，而且形式上也从早期的以自然主义为主，发展成一种糅合着象征主义、表现主义和意识流手法等现代艺术意识和技巧的新型风格。这一时期的代表性作品有《安娜·克里斯蒂》("*Anna Christie*", 1920)、《琼斯皇》(*The Emperor Jones*, 1920)、《毛猿》(*The Hairy Ape*, 1921)、《榆树下的欲望》(*Desire Under the Elms*, 1924)、《大神布朗》(*The Great God Brown*, 1925)、《奇异的插曲》(*Strange Interlude*, 1927)、《悲悼》(*Mourning Becomes Electra*, 1931)等。1936年诺贝尔文学奖授奖词中提到"本奖金授予他，以表彰他那体现了传统悲剧概念的剧作所具有的魅力、真挚和深沉的激情"，这确实是奥尼尔剧作的精神写照。在奥尼尔创作后期，已完成戏剧实验的他又重新回到了现实主义，但这种现实主义不是简单地写实，而是和现代主义相融合。剧作中的人物在非常生活化的场面和言行中蕴含着悲剧性冲突，如《送冰的人来了》(*The Iceman Cometh*, 1939)、《进入黑夜的漫长旅程》(*Long Day's Journey into Night*, 1941)、《月照不幸人》(*A Moon for the Misbegotten*, 1943)等。

奥尼尔的作品表达了深沉的苦难，一度被称为"不幸人之大师""忧郁桂冠诗人"等，但事实上他本人并不是悲观主义者。面对当时批评他作品黑暗和病态的指控，奥尼尔1923年在写给玛丽·克拉克（Mary Clark）的信中说："在我看来，人生一片混乱，讽刺而绝伦、冷漠而美丽、苦痛而精彩，人生的悲剧赋予人伟大的意义。如果他没有与命运进行一场终将失败的斗争，他将仅仅是一只愚蠢的动物。"① 在他看来，终将失败的斗争"只是象征意义上的，因为勇敢的人总是会赢的。命运永远无法征服他/她的精神"②。心灵与身体的痛苦激发出希望和精神，奥尼尔视之为救赎之梦。这种即便伤痕累累，即便在绝望中依然与生活抗争到底的精神是奥尼尔悲剧的内核，是其剧作区别于传统悲剧的重要特征，也是他的剧作严肃和伟大的地方。

　　奥尼尔之所以能登上戏剧艺术的高峰，源于他的不断努力和对各种戏剧艺术的大胆尝试，更源于他这种对与生活、与命运抗争中走向更有意义归宿的追求。美国现代剧评第一人乔治·吉恩·内森（George Jean Nathan）在 1946 年 12 月号的《美国信使》中称奥尼尔是美国剧坛名列前茅、首屈一指的作家，并对他取得卓著成就的原因做了总结："他具有别人无法企及的对人物深入钻研和品鉴的能耐；他对自己的同胞有相当深切的了解；他有博大的气势，激越的感情和非凡的果敢；他对舞台艺术及其各种功能掌握熟练，在错综复杂的戏剧艺术上有着精湛的功力。他的一些最好的剧本都具有一种真正的普遍性。他刻画的人物并非什么独特的、个别的和孤独的形象，而是一些富于活力的整个人类的象征。他们都具有人类所有的那些美德和缺陷，都参与人类所从事的那些探索与发现，也都经历过人类的昙花一现的胜利与命中注定的失败。奥尼尔从来就不是为某一个别剧院，而是为全世界所有剧院而创作的。"③

　　对"富于活力的整个人类"的塑造是奥尼尔对戏剧创作的突破和贡献，他所创作的悲剧不再是英雄的悲剧，不再是神的悲剧，而是普通人的悲剧。在他的笔下有海员、妓女、农民、黑人等，奥尼尔撕下了社会贴给他们的标签，将其还原成原本的人。他们是底层的，也可

---

① 罗伯特·M.道林：《尤金·奥尼尔：四幕人生》，许诗焱译，南京：南京大学出版社，2018 年，第 10 页。

② 同上书。

③ 艾辛：《奥尼尔研究综述》，《剧本》1987 年第 5 期，第 93 页。

能是高尚的；他们是上层的，也可能是卑劣的。可以说，奥尼尔的剧作跨越了阶层的界限，打破了种族的桎梏，塑造真实而又复杂的人性。由此，奥尼尔的创作超越了舞台和戏剧领域，深刻地影响了后来人的文学创作。正如罗伯特·M.道林（Robert M. Dowling）在《尤金·奥尼尔：四幕人生》（*Eugene O'Neill: A Life in Four Acts*）中所说："由于奥尼尔在生理学、社会学、心理学领域的先锋性创作和革新，美国剧作家们拒绝了善与恶、英雄与恶棍、对与错之间虚假的二元对立——这正是奥尼尔在道德和艺术上最为著名的成就，这一成就深入美国戏剧的方方面面，直至21世纪仍然存在。"[1]

奥尼尔的创作不仅对美国戏剧有着深入和方方面面的影响，而且在异质文化圈也得到接受和广泛传播。其中，奥尼尔与东方，尤其是与中国的双向交流最为典型。在《天边外》中，遥远而陌生的美就是引人入胜的东方的神秘。奥尼尔阅读过东方思想和中国哲学的书籍，如老子的《道德经》和庄子的英译本等。他不仅在读完凯特·布斯（Kate Buss）介绍中国戏剧起源、剧目类型、戏剧文学等内容的《中国戏剧研究》（*Studies in the Chinese Drama*，1922）后借鉴了其中的风格，而且对中国一直心怀向往。1922年，奥尼尔在给凯尼斯·麦高文的信中提到："冬天的计划仍无头绪，但也许出于无奈，我们会突然想去中国。我喜欢这个念头，因为不知为什么，欧洲对我来说已毫无意义。"[2]六年以后他写信给劳伦斯·朗纳重提东方之旅，他打算去看看吉卜林笔下的东方，去看看康拉德笔下的海洋。他也曾对妻子卡洛塔·蒙特雷说，他渴望看到"黎明像雷电一样，从海湾对面的中国大地上升起"[3]。

---

[1] 罗伯特·M.道林：《尤金·奥尼尔：四幕人生》，第380页。

[2] 刘海平、朱栋霖：《中美文化在戏剧中交流——奥尼尔与中国》，南京：南京大学出版社，1988年，第10页。

[3] 克罗斯韦尔·鲍恩：《尤金·奥尼尔传》，陈渊译，杭州：浙江文艺出版社，1988年，第247页。

这种对东方、对中国的向往也多次出现在奥尼尔的剧作中。奥尼尔一生创作了五十余部作品，以中国为背景有《泉》（*The Fountain*，1922）、《马可百万》（*Marco Millions*，1925）；提到中国的有《与众不同》（*Diff'rent*，1920）、《最初的人》（*The First Man*，1921）、《悲悼》（*Mourning Becomes Electra*，1931）、《啊，荒野》（*Ah, Wilderness*，1933）、《无穷的岁月》（*Days Without End*，1933）等；未提及中国却能从剧中看到东方思想或者中国哲学影子的有《送冰的人来了》《进入黑夜的漫长旅程》《月照不幸人》等。除了这些作品外，在奥尼尔后期未完成的喜剧《马拉特斯塔来访》中提到女儿想到西藏去当尼姑和中国人在一起；《始皇帝的生涯》（1925年构思）的提纲构思中主人公是中国的始皇帝秦始皇，打算将中国古代的残暴贪婪的君王与同代的对应人物作个类比。奥尼尔在剧作中流露出的中国情结，有一种乌托邦的色彩。这个中国是他在阅读书籍和想象的基础上构建起来的，是一种对西方和美国失望后的精神出路探索。

1928年，奥尼尔与妻子蒙特雷踏上了东方之旅，先是于7月到达香港，后于11月达到上海。与想象中向往的旅行不同，奥尼尔因为身体不适（酒精中毒、流感）外加赌博输到身无分文、媒体的不停追逐、与妻子的争吵等并没有享受到片刻的安宁。他在上海时参观了上海警察局总部的一个犯罪博物馆，看到了种种酷刑。现实中的中国不再是诗意的"天边外"。对于奥尼尔来说，这次中国之行并未找到他渴求的和平与宁静。尽管这次旅程不那么令人愉悦，但在某种意义上却是成功的。"我病得虚弱不堪，这却以一种滑稽的方式对我有所帮助。"他在给儿子小尤金的信中写道。"它让我进入一种高度敏感的状态，每一种印象都具有它所拥有的全部冲击力。所以一切似乎都在向我袒露出它的全部。""我遇到了各个国家的各种各样的人，"他说，"我从东方获得了一种实实在在的真实感，它不再只是书本里的东西。我内心充盈各种生动的印象，声音、颜色、面孔、氛围，挥之不去的奇异经历"①。

奥尼尔对中国的兴趣是持久而浓厚的。1937年，奥尼尔和蒙特雷在加利福尼亚买了丹维尔城郊外150多公顷的林地。在这里建了名为"大道别墅"（Tao House）的房子。根据特拉维斯·博加（Travis Bogard）在《在寂静的大道别墅所想到的》一文中介绍，屋子的门都模仿中国漆器的风格，漆成朱红色。天花板的横梁之间，透出具有中国风格的朱红色，屋内家具陈设等也完全是中国式的。屋后，沿墙修有"之"字形的红砖道。奥尼尔又一次觉得自己找到了"最后的家和港湾"。②就在他们移居大道别墅时，奥尼尔夫妇的华人朋友林语堂和施梅美分别赠送了受老庄思想影响的《吾国吾民》《生活的艺术》及理雅各的老庄全译本和高德的《老子的道和无为》。直到晚年，奥尼尔仍期望从东方哲学尤其中国传统哲学中得到心灵的启迪，试图为救治西方的物质主义顽疾开出一剂良药。

奥尼尔对中国充满向往，而中国对奥尼尔的关注和接受也几乎是没有时差的。与同样在中国产生重大影响的剧作家莎士比亚和易卜生不同，奥尼尔在同时期便被介绍到中国。奥尼尔是第一个被译介到中国的美国戏剧家，也是最重要的一个。沈雁冰（茅盾）在1922年5月刊出的《小说月报》第13卷第5号的"海外文坛消息栏"介绍美国文坛近况时提到"剧本方面，新作家Eugene O'Neill着实受人欢迎，算得是美国戏剧界的第一人才"③。这是奥尼尔的名字第一次在中国见诸报端。彼时奥尼尔的《天边外》与《安娜·克里斯蒂》已在

---

① 罗伯特·M.道林：《尤金·奥尼尔：四幕人生》，第400页。

② 奥罗斯韦尔·鲍恩：《尤金·奥尼尔传》，陈渊译，杭州：浙江文艺出版社，1988年，第332页。

③ 沈雁冰：《美国文坛近状》，《小说学报》1922年第13卷第5期，转引自刘海平、朱栋霖：《中美文化在戏剧中交流——奥尼尔与中国》，南京：南京大学出版社，1988年，第77页。

美国剧坛引起轰动，并先后两次获普利策奖，具有实验性的《毛猿》《琼斯皇》也已完成，他的创作正从早期写实主义过渡到表现形式更加丰富的多样化阶段。奥尼尔的上海之行得到了中国戏剧界的关注，并与当时戏剧的探索者有着直接的交流。以"国剧运动"的主要组织者之一张嘉铸为例，当时《新月》的编者在《沃尼尔》一文的开头处做了说明："沃尼尔（Eugene O'Neill）是美国现代最伟大的戏剧家，新近游历到了上海，张嘉铸先生就到旅馆里访问了几次；又给我们写了这一篇介绍的文字，大（体）是译自克拉克（Clark），从此我们可以略知沃尼尔的生平。"[1]

20 世纪 20 年代以后奥尼尔的戏剧在中国得到译介、搬演和传播，影响了诸如洪深、曹禺等剧作家的戏剧意识、戏剧思维和戏剧创作，促使他们在当时的社会文化背景下做出新探索，也推动了中国戏剧的现代化进程。此外，奥尼尔的剧作被改编成川剧、曲剧、甬剧、越剧等中国地方戏曲，在中国化和本土化的过程中实现了文化的适应和重生，而有些剧目又走出国门赴多个国家演出，彰显了中西戏剧在跨文化背景下的文化交融与碰撞。

第一节　奥尼尔在中国

奥尼尔在中国的接受和传播是历史与时代的选择，其中最重要的契机是中国戏剧改革。中国的话剧在"五四"前已经经历了学生戏剧、广场戏剧、改良京剧、文明新戏等探索，但因政治、商业等因素陷入困境。作为"五四"新文化运动的一部分，戏剧的改革势在必行。1917 年到 1918 年，《新青年》发动了对新剧和传统戏剧的批判，

---

[1] 《新月》1 卷 11 号，1929 年 1 月 10 日。转引自韩颖：《"新月"前后的张嘉铸》，《中国现代文学研究丛刊》2011 年第 8 期，第 209 页。

态度激烈者如钱玄同、傅斯年等人主张建立"西洋派的戏",甚至完全放弃传统,将戏剧全盘欧化;态度持平者如刘半农、欧阳予倩虽认为旧剧可存,但必须革新,建议可翻译外国剧本试行仿制。在这样的背景下,人们将目光投向西方,反对商业戏剧、反映社会现实、具有实验革新精神的美国剧作家奥尼尔被介绍到中国。

奥尼尔进入中国已有百年,其在中国的接受和影响大致经历了高潮-沉寂—高潮的三个发展阶段:① 20 世纪 20—40 年代。国内的学者和文艺工作者将奥尼尔介绍给中国读者,翻译了奥尼尔二十余部剧作,其中部分剧作得到上演,并在 30 年代形成了研究的第一个高潮。② 20 世纪 50—70 年代。由于中美关系的变化以及现代主义遭到批判等原因,国内对奥尼尔的译介和研究趋于沉寂,演出也停滞了。③ 20 世纪 80 年代至今。在新形势下,奥尼尔再度回到学者、读者、观众和文艺工作者的视野,并在 80 年代形成奥尼尔研究的第二个高潮,且随着历史环境、社会变革等呈现出不同于第一个高潮时期的特质。

一、第一个阶段(20 世纪 20—40 年代)

20 世纪 20 年代是我国奥尼尔研究的开端,主要聚焦于对奥尼尔及其剧作的介绍。如 1924 年胡逸云在《世界日报》发表《介绍奥尼尔及其著作》的短评,在美国留学的余上沅写了《今日之美国编剧家阿尼尔》一文,介绍奥尼尔的《天边外》《安娜·克里斯蒂》《琼斯皇》《毛猿》《最初的人》五部作品,分析其创作手法和风格,并在回顾美国戏剧发展历史的基础上肯定了奥尼尔的地位,"有了阿尼尔,美国才真正有了戏剧"①。这篇文章于 1927 年在中国发表,被收录在北新

---

① 余上沅:《今日之美国编剧家阿尼尔》,《戏剧论集》,北京:北新书局,1927 年,第 51—56 页。

书局出版的《戏剧论集》中。可能与奥尼尔 1928 年匿名访华有关，1929 年有多篇介绍或提及奥尼尔的文章，如：张嘉铸在《新月》杂志 1 卷 11 号发表具有编译性的《沃尼尔》一文，比较全面地介绍了奥尼尔的生平、创作经历、在美国的演出及评论情况等；胡春冰发表于《戏剧》杂志 1 卷 5 期的《欧尼尔与〈奇异的插曲〉》从特定的剧本入手分析奥尼尔戏剧形式上的革新。此外还有查士骧的《剧作家友琴・沃尼尔——介绍灰布尔士教授的沃尼尔论》、寒光的《美国戏剧家概论》等。

　　20 世纪 30—40 年代，奥尼尔大部分重要作品陆续被翻译成中文。1930 年，奥尼尔作品的第一个中文译本《加勒比海之月》由古有成翻译、商务印书馆出版，内含《月夜》《航路上》《归不得》《战线内》《油》《一条索》《划十字处》等八篇短剧。1931 年，商务印书馆出版了古有成译《天外》，并将其列入"世界文学名著丛书"；同年中华书局出版了钱歌川译英汉对照的《卡利浦之月》，广州泰山书局出版了赵如琳译的《捕鲸》。1934 年，洪深、顾仲彝译《琼斯皇》（《文学》2 卷 3 号）、怀斯译《天长日久》（《人生与文学》1 卷 2 期）、马彦祥译《卡利比之月》（《文艺月刊》6 卷 1 期）、袁昌英译《绳子》（《现代》5 卷 6 号）。这之后，王实味译《奇异的插曲》（中华书局，1936 年）、唐长孺译《明月之夜》（启明书店，1937 年）、范方译《早点前》（《世界名剧精选》，光明书局，1939 年）、朱梅隽译《梅农世家》（正中书局，1948 年）、聂森译《安娜・桂丝蒂》（开明书局，1948 年）、荒芜译《悲悼》（晨光出版公司，1949 年）等先后以单行本或杂志刊载的方式得以出版。①

　　得益于众多剧作的翻译以及研究思路和视野的不断开阔，20 世

---

① 黄云：《奥尼尔剧作中译资料》，汪义群：《奥尼尔研究》，上海：上海外语教育出版社，2006 年，"附录四"，第 328 页。

纪 30 年代奥尼尔的研究日趋深入。这一时期奥尼尔研究呈现三个特点：一是著名学者和剧作家的评论，如洪深的《欧尼尔与洪深》（《现代出版》第 10 期，1933 年）和《奥尼尔年谱》（《文学》2 卷 3 号，1934 年），萧乾的《奥尼尔及其〈白朗大神〉》（《大公报》，1935 年 9 月 2 日）和《论奥尼尔》（《国闻周报》第 13 卷第 47 期，1936 年），赵家璧的《友琴·奥尼尔》（《文学》第 8 卷第 3 号，1937 年）和《〈早点前〉的作者奥尼尔》（《戏剧杂志》第 1 卷第 3 期，1938 年）等。二是中译本的译者评论，如钱歌川的《奥尼尔评传》（1931 年）、古有成的《〈天外〉译后》（1931 年）、袁昌英的《〈绳子〉译后记》（1943 年）等。三是对于同一部剧作的交流讨论，如袁昌英《庄士皇帝与赵阎王》（《独立评论》第 27 号，1932 年）、顾仲彝《戏剧家奥尼尔》（《现代》第 5 卷第 6 期，1934 年）、曹泰来《奥尼尔的戏剧》（《国闻周报》第 14 卷第 13 期，1937 年）等从人物性格、悲剧思想等不同角度对《琼斯皇》进行解读。此外，对于奥尼尔的作品主题和思想内容也有不同的批评声音，侧重剧本社会功能的评论家如钱杏邨在论述《安娜·克里斯蒂》时认为该剧只写了现状却没有为剧中的人物指明出路，希望有个光明的结尾，而萧乾等则对奥尼尔对人物心理的探索持比较客观的态度。

在舞台演出方面，1923 年洪深根据奥尼尔的《琼斯皇》改编并上演了《赵阎王》，虽然这次本土化的尝试有其不可避免的局限性，未得到观众的认可，但这次改编拉开了奥尼尔剧作在中国舞台上演的序幕。1929 年燕京大学教职员业余剧社上演了《马可·波罗》英文版，冰心饰演剧中的公主。1930 年，由熊佛西导演的奥尼尔的独幕剧《捕鲸》由北平国立艺术学院戏剧系演出，这是奥尼尔的作品首次在中国上演。自此以后直至新中国成立前，奥尼尔剧作在中国的演出以其早期和中期作品为主，如《琼斯皇》《马可·波罗》《天边外》《榆树下的欲望》《捕鲸》《战区内》《东航卡迪夫》《漫长的归程》《早餐前》等，其中后五部为独幕剧。演出单位多为学校剧社，如复旦剧社、南京国立戏剧学校剧社等。这些戏剧的演出"推动了当时戏剧观念的变革和我国小剧场运动的发展，为我国戏剧现代性的生成注入了新鲜血液"①。

二、第二个阶段（20 世纪 50—70 年代）

进入 20 世纪 50 年代以后，我国对奥尼尔的研究进入沉寂状态。这种沉寂并不是突然爆发的，而是对 40 年代颓势的延续。相较于 30 年代奥尼尔研究的"热闹"，40 年代已开始"降温"。到了 50 年代，受国际政治形势及我国外交政策的影响，对西方文化艺术开始激烈的批判，不属于"进步作家"的奥尼尔彻底被冷落，相关译介、研究、演出几乎完全停滞，仅有的一些介绍也是站在否定和批判的立场。1958 年出版的《外国文学参考资料》报道了奥尼尔遗作出版的消息，但对奥尼尔做了否定的评价："被美国资产阶级批评家叫喊做美国剧坛的瑰宝的尤金·奥尼尔的作品，是一开头就标志了形式主义的要求、弗洛伊德的偏向、绝望地阴暗的生命观和强调人性的野蛮的倾向的。他的早期剧作虽然间或夹杂社会批评的腔调，但他后来的作品却是充斥着彻底的颓衰的世界观。"②

1960—1978 年，国内对奥尼尔的译介和研究也是寥寥无几。《辞海》（试行本，1961 年）收录了奥尼尔词条，但对其的评价是虽然反映了美国资产阶级的问题，但作品"悲观绝望""颓废"③。1967 年，陈大卫在《现代戏剧》发表了《奥尼尔〈琼斯皇〉的两个中国翻版》

① 韩德星：《当代中国舞台上的尤金·奥尼尔》，《未来传播》2021 年第 3 期，第 113 页。

② 北京师范大学中文系外国文学教研组编：《外国文学参考资料》，北京：高等教育出版社，1958 年，第 703 页，转引自何辉斌：《新中国外国戏剧的翻译与研究》，北京：中国社会科学出版社，2017 年，第 330 页。

③ 《辞海》（试行本），北京：中华书局，1961 年。转引自汪义群：《奥尼尔研究》，上海：上海外语教育出版社，2006 年，第 307 页。

一文。1968 年香港学者王敬曦翻译了《悲悼》(译名为《素娥怨》,被收录在今日世界出版社的《素娥怨三部曲》)中,并为这个译本写了序,在序中肯定了奥尼尔在欧西剧坛的地位,指出奥尼尔始终“在现代生活中寻觅悲剧素材”,因而“对于他生存的时代和社会,绝少加以批评”。①1977 年,台湾学者刘绍铭的《曹禺——契诃夫与奥尼尔的勉强门徒》被收录在台湾洪范书店出版的《小说与戏剧》一书中。

随着中国改革开放政策的实施及中美关系的改善,中美两国恢复了中断将近三十年的文化交流,美国文化不再被视为“腐朽没落”的文化,奥尼尔与被视为具有现代性的作家重新得到介绍和研究。1979 年,《外国戏剧资料》刊登了美国作者凯瑟琳·休斯的《近三十年美国剧作家概貌》、露西娜·嘉巴德的《在动物园里:从奥尼尔到阿尔比》,为国内的奥尼尔研究提供了国际视野。此外,《剧本》刊登了谢榕津的《美国剧坛一瞥——现代戏剧家:尤金·奥尼尔、田纳西·威廉斯、阿瑟·米勒》,《戏剧学习》刊登了赵澧《美国现代戏剧家尤金·奥尼尔》,《安徽戏剧》刊登了林之鹤的《奥尼尔——美国剧坛上的拓荒者》。新时期对奥尼尔的全面评价成为 20 世纪 80 年代奥尼尔研究热潮的先声。

三、第三个阶段(20 世纪 80 年代至今)

20 世纪 80 年代以后,奥尼尔的多部剧作被重译,或以单个剧本,或以文集、选集的形式出现在读者面前,如龙文佩译《东航卡迪夫》(《外国文学》,1980 年),荒芜译《奥尼尔剧作选》(上海文艺出版社,1982 年),蒋嘉、蒋虹丁译《漫长的旅程 榆树下的恋情》(湖南人民出版社,1983 年),汪义群等译《天边外》(漓江出版社,1985

---

① 王敬曦:《素娥怨》,香港:今日世界出版社,1968 年,“序”,第 IX 页,转引自郭继德:《奥尼尔戏剧在中国的接受与影响》,《山东外语教学》2012 年第 3 期,第 82 页。

年），龙文佩选编《外国当代剧作选·奥尼尔专辑》（中国戏剧出版社，1988 年），汪义群等译《奥尼尔集》（生活·读书·新知三联书店，1995 年），徐钺译《长昼的安魂曲》（东方出版社，2005 年），郭继德编《奥尼尔文集》（人民文学出版社，2006 年），欧阳基译《奥尼尔剧作选》（人民文学出版社，2007 年）等。奥尼尔的剧作还被收入戏剧作品集中，或在杂志上刊登。不同于第一个译介高潮时的译者多为剧作家或者文艺工作者，这一时期的译者大多是奥尼尔的研究者。国内出版社也引进了奥尼尔剧作的英文版，如《尤金·奥尼尔经典戏剧三种》（辽宁人民出版社 2018，内收 *The Hairy Ape*、*The Straw*、*The First Man*）等。除了剧作之外，奥尼尔的小说《明天》也被申慧辉译为中文，收录于《奥尼尔集：1932—1943》（三联书店，1995 年）。郭继德编的《奥尼尔文集》不仅收录了奥尼尔的 44 个剧本还收录了他的诗歌和戏剧论文。

　　这一时期奥尼尔的研究更加深入，视角更加多元，视野更加国际化。1980 年，复旦大学外国文学研究室的《外国文学》第 1 辑是"奥尼尔研究专辑"，集中刊登了我国学者全面介绍奥尼尔的文章及研究论文。在这之后荒芜、龙文佩、廖可兑、欧阳基、郭继德、蒋虹丁、刘海平、汪义群等学者从不同的角度对奥尼尔及其剧作进行研究。1985 年，中央戏剧学院成立奥尼尔研究中心。1987 年，廖可兑主持第一届中国奥尼尔戏剧研讨会，后持续十余届，奥尼尔的研究呈现组织化的特点。此外，我国的奥尼尔研究也走向了世界，实现了国际交流。1988 年是奥尼尔诞生 100 周年，南京大学和国际奥尼尔学会联合举办国际奥尼尔学术会议，这次会议是世界性系列纪念活动之一，与会者来自不同国家和地区，是一次真正的国际会议。国际会议的召开也推动奥尼尔的研究形成高潮。90 年代以后，这种高涨的研究热情开始趋于平稳并一直持续至今。

　　纵观 20 世纪 80 年代以来的研究，奥尼尔绝大多数的作品都得到了关注和阐释,《天边外》《榆树下的欲望》《毛猿》《进入黑夜的漫长旅程》《送冰的人来了》等是相对比较集中的研究对象。就研究角度和方法而言,有文学内部研究、影响研究、传播研究等。比较常见的如分析剧作的表现手法、主题、人物形象等,探讨奥尼尔本人的家庭观、悲剧观等,剖析剧作的自传性以及所受西方悲剧传统、清教主义的影响等。近几年,还有学者从生态学、戏剧疗愈等角度阐释奥尼尔的剧作。在这些研究当中,比较有代表性的是悲剧美学思想研究、心理学研究、表现主义研究、象征手法研究、女性主义研究以及比较研究,其中又以比较研究为重中之重。

1. 悲剧美学思想研究。在奥尼尔所创作的剧作当中除了《啊,荒野!》之外其余均为悲剧,因此奥尼尔被认为是悲剧作家。悲剧与苦难有关,但悲剧不是颓废。在奥尼尔看来"只有悲剧才是真实的。悲剧是人生的意义,人生的希望。最高尚的永远是最悲的"。"人在无望的奋斗中得到希望,这是莫大的精神安慰,他比任何人都更接近星空彩虹。"① "希望"反映出了奥尼尔悲剧观中的温情主义倾向,也是解读奥尼尔作品的"钥匙"。围绕奥尼尔的悲剧美学思想,研究者多从剧作主题、人物形象、精神溯源、宿命论等角度来探讨,如孙宜学《论尤金·奥尼尔剧作的悲剧主题》(《艺术百家》2001 年第 3 期)、张军《论奥尼尔的悲剧创作意识与美学思想》(《学术交流》2004 年第 8 期)、武越速《论奥尼尔悲剧的终极追寻》(《外国文学研究》2003 年第 1 期)、郭继德《对西方现代人生的多角度探索——论奥尼尔的悲剧创作》(《文史哲》1990 年第 4 期)等。

2. 心理学研究。奥尼尔的作品非常重视对人物心理活动的描写。可以说,"用戏剧形式表现人生的"② 是奥尼尔的创新。奥尼尔认为,

① 郭继德编:《奥尼尔文集:第 6 卷》,北京:人民文学出版社,2006 年,第 220—221 页。

② 汪义群:《奥尼尔研究》,第 237 页。

剧作家应该是敏锐的分析心理学家，他阅读心理学的著作，但不认为自己的创作受到弗洛伊德等心理学家的影响。在他看来，戏剧是生活的实质，且更注重灵魂。虽然奥尼尔自己有这样的解释，但并不能简单否定这种影响。从心理学和精神分析角度去解读奥尼尔的作品是国内奥尼尔研究常见的主题，如周维培《弗洛伊德理论戏剧化的成功尝试：尤金·奥尼尔的〈奇异的插曲〉》(《剧作家》1998 年第 2 期）、王振昌《论〈榆树下的欲望〉中人物性格——兼论尼采、弗洛伊德理论对奥尼尔的影响》(《河北师范大学学报》1995 年第 3 期）、邹惠玲《从〈悲悼〉中奥林的形象看奥尼尔的俄狄浦斯情结观》(《四川外语学院学报》1997 年第 1 期）等。

3. 表现主义和象征手法研究。在展现剧中人物的心理活动时，奥尼尔常用到表现主义和象征的手法。奥尼尔说："表现主义试图在舞台上尽量减少作者与观众之间的障碍，努力使作者直接和观众谈话。"[①] 但是他认为表现主义也有缺陷，注重人物是什么样的人以及做了什么事，但不注意表达思想，而奥尼尔自己的创作既重视人物性格的塑造又注重人物心理的描写。除了表现主义外，奥尼尔在向观众敞开人物的心理世界时还会用到象征手法，并视之为最明了、最直接的戏剧手段。面具的使用也是奥尼尔剧作的标志性特征，面具可以把演员隐藏起来，让观众看到角色本身并为观众提供想象的空间。这方面的文章有许诗焱《面向剧场：奥尼尔 20 世纪 20 年代戏剧表现手段研究》(《外国文学研究》2002 年第 3 期）、朱伊革《尤金·奥尼尔的表现主义手法》(《天津外国语学院学报》2003 年第 2 期）、康建兵《奥尼尔早期剧作中的大海意象》(《四川戏剧》2008 年第 4 期）、姜艳《简论奥剧〈大神布朗〉中的面具表现主义手法》(《黑龙江社会科学》2004 年第 6 期）等。

---

① 郭继德编：《奥尼尔文集：第 6 卷》，第 249 页。

4. 女性主义研究。对于奥尼尔对女性人物的塑造，研究者争议较大。持批评观点的研究者认为奥尼尔笔下的女性多是从男性视角被认知的（时晓英《极端状况下的女性——奥尼尔女主角的生存状态》，《四川外国语学院学报》2003 年第 4 期）；缺乏男性人物那样的道德境界（芮渝萍《女性的"本我"与男性的"超我"——论奥尼尔剧作中的女性》，《天津外国语学院学报》2001 年第 1 期）。肯定奥尼尔对女性人物形象塑造的研究者认为，奥尼尔再现了女性的痛苦心理和作为男权社会受害者的处境（张小平《客观透视：男性的建构与女性的反应——奥尼尔晚期戏剧中女性再现》，《广州大学学报》（社会科学版）2005 年第 4 期）；批判了清教主义对女性的压迫，肯定了女性的反抗（郭洪涛《尤金·奥尼尔悲剧中的欲望女性》，《同济大学学报》（社会科学版）2004 年第 3 期）。此外，也有观点认为奥尼尔笔下的女性是矛盾、复杂的综合体，不能一概而论。

5. 比较研究。比较研究涵盖影响研究和平行研究两种范式。在奥尼尔对中国的影响研究方面，研究者多注重奥尼尔对中国剧作家，尤其是以曹禺、洪深、熊佛西等为代表的早期剧作家的影响，如吕敏宏《洪深与奥尼尔》（《陕西师范大学学报》（哲学社会科学版）2001 年第 30 卷专辑）、陈爱国《中国现代戏剧的"地心引力现象"——熊佛西〈喇叭〉与奥尼〈天边外〉的比较》（《戏剧之家》2004 年第 4 期）、饭冢容《奥尼尔·洪深·曹禺——奥尼尔在中国的影响》（《云南师范大学学报》（哲学社会科学版）1987 年第 1 期）等。关于剧作家所受的影响，历来有不同的批评声音，有学者认为剧作家受影响创作出的剧作艺术价值不高，甚至有模仿或者抄袭之嫌；也有学者认为盲目地夸大剧作家受到的影响有失公允，抹杀了剧作家自身的价值，这种生硬的比附站不住脚，也没有意义。

关于中国文化对奥尼尔的影响，研究者多集中于讨论中国的哲学对奥尼尔本人及其创作的影响，如欧阳基《美国剧作家尤金·奥尼尔和老子的哲学思想》(《外国文学研究》1986 年第 3 期)、郭继德《奥尼尔的戏剧创作与中国哲学思想》(《山东外语教学》)等。但持反对意见的学者，如蒋虹丁认为，中国哲学并不是奥尼尔的创作源泉，大道别墅的道与老子哲学无关，奥尼尔真正的创作源泉是现实生活。除了探讨中国哲学对奥尼尔的影响外，也有研究者讨论东方思想、日本能剧等对奥尼尔的影响。奥尼尔本人在给友人的信中说："至于你提到的关于东方思想的问题，我认为它们根本就没有影响过我的剧本。"① 奥尼尔阅读过大量的东方哲学和宗教典籍，对老庄的神秘主义感兴趣，且对东方有向往，但这些可能只是他众多精神源头之一，与其他思想或异质文化一起沉浸在他的潜意识里，不能否认但也不必高估这种影响。

在平行研究方面，研究者多将奥尼尔与本国或外国的作家进行比较，探讨不同作家之间的表现手法、现代性、悲剧意识等，如陶镕《郭沫若与尤金·奥尼尔》(《郭沫若学刊》1994 年第 2 期)、罗义蕴《家庭悲剧：比较巴金与尤金·奥尼尔的当代悲剧意识》(《乐山师专学报》1991 年第 4 期)、吾文泉《"欲望"的悲剧：〈榆树下的欲望〉和〈欲望号街车〉的比较研究》(《戏剧文学》2002 年第 9 期)等。还有研究跳出文学体裁的限制，将奥尼尔的剧作和其他作家的小说等进行比较。不同观点的碰撞和对话，为从不同面向理解奥尼尔的作品打开了通道。

此外，国内引进出版了奥尼尔的多部传记和国外学者的研究著作，如：龙文佩编《尤金奥尼尔评论集》(上海外语教育出版社，1988 年)；鲍恩著，陈渊译《尤金·奥尼尔传：坎坷的一生》(浙江文艺出版社，1988 年)；卡彭特著，赵岑、殷勤译《尤金·奥尼尔》(春风文艺出版社，1990 年)；弗洛伊德著，陈良廷、鹿金译《尤金·奥尼尔的剧本：一种新的批评》(浙江文艺出版社，1993 年)；罗宾森

---

① 郭继德编：《奥尼尔文集：第 6 卷》，第 283 页。

著，郑柏铭译《尤金·奥尼尔和东方思想：一分为二的心象》（辽宁教育出版社，1997年）；道林著，许诗焱译《尤金·奥尼尔：四幕人生》（南京大学出版社，2018年）；谢弗著，张生珍、陈文译《尤金·奥尼尔传》（商务印书馆，2018年）等。英文原版有曼海姆（Manheim）的 *Eugene O'Neill*（上海外语教育出版社，2000年，剑桥文学指南之一，内收欧美15位学者的16篇研究论文）等。国外奥尼尔传记和研究著作和文章的译介和出版为国内奥尼尔研究者们提供了不一样的思考维度，拓宽了研究视野。

　　20世纪80年代也是奥尼尔戏剧的搬演高潮。1981年，中央戏剧学院演出了奥尼尔的《安娜·克里斯蒂》第三幕，"这是建国以来我国第一次上演奥尼尔的剧本，也是第一次上演一位美国剧作家的作品"①，意味着美国文化不再被排斥。自此之后，奥尼尔的作品在中国的舞台上演出不断。1984年，美国奥尼尔戏剧中心主席怀特来华执导根据《安娜·克里斯蒂》改编的话剧《安娣》，虽然这次的改编未实现真正意义上的中国化，但作为中美戏剧工作者交流合作的尝试具有探索意义。1985年底至1986年初，《榆树下的恋情》首次在国内公演，因人物塑造鲜明、表演感染力强颇受观众欢迎，后又在全国巡回演出五十余场。《榆树下的恋情》在当时热衷于现代手法的实验戏剧的氛围下展现了写实主义的魅力和力量。1988年，在"纪念奥尼尔百年诞辰国际学术会议"期间举办了"南京—上海国际奥尼尔戏剧节"上演了奥尼尔的十余种剧目。同年，其他院校也召开研讨会，并在研讨会期间上演奥尼尔的剧作。这一时期，《进入黑夜的漫长旅程》首度在国内公演。另外，《悲悼》《大神布朗》《天边外》《啊，荒野！》《马可百万》等纷纷由国外或国内剧团上演，这些演出或忠于原作，或根据演出需要进行删减、调整、压缩、改编。比较值得一提的是，上海

---

① 　汪义群：《奥尼尔研究》，上海：上海外语教育出版社，2006年，第307页。

歌剧院和上海越剧院分别以歌剧和越剧的形式演出了《鲸油》和《白色丘陵》。1989 年，由《榆树下的欲望》改编的川剧《欲海狂潮》在成都上演，后于 2006 年重排。

进入 20 世纪 90 年代，严肃戏剧演出的空间受到商业化浪潮和电子化娱乐的冲击，市场萎缩，关注度低。奥尼尔的剧作上演只有《榆树下的欲望》《天边外》《悲悼》《进入黑夜的漫长旅程》等几部。这些演出有的在剧作内容方面进行了压缩和再创作，有的进行了先锋化实验，但总的来说影响力较为有限。1997 年，第七届全国尤金·奥尼尔学术研讨会暨戏剧演出周在广州举办，期间演出了《安娜·克里斯蒂》《早餐前》《上帝的女儿都有翅膀》《休伊》《天边外》等，除《休伊》基本按原剧演出外，其余四部皆有不同程度的删减和改编。1999 年，中国青艺剧场演出《送冰的人来了》，这是该剧首次被搬上中国舞台，但当时没有引起什么反响。1999 年，第八届全国尤金·奥尼尔学术研讨会在成都召开，会议期间成都市川剧院演出了《怒海狂潮》。

2000 年以后，戏剧艺术愈加边缘化和小众化，奥尼尔戏剧的演出在这一阶段虽然数量上不比之前，但呈现多元化改编的特点。2006 年，川剧《欲海狂潮》复排，编剧徐棻对原剧进行了修改，较之原来的版本矛盾更加集中，获得广泛赞誉，并赴日本东京、土耳其安塔利亚、美国华盛顿等城市交流和巡演，也得到国外观众的认可。同样改编自《榆树下的欲望》的河南曲剧《榆树古宅》在 2000 年第九届奥尼尔学术研讨会期间演出，2002 年赴美国加州等地演出，同样受到国外观众的欢迎和喜爱。该剧于 2006 年重排，更名为《榆树孤宅》。《欲海狂潮》和《榆树古宅》对奥尼尔的《榆树下的欲望》做了中国化、戏曲化的改编，这种改编是比较彻底的，也是比较成功的。除了戏曲化改编以外，《榆树下的欲望》还被改编成了多媒体音乐舞台剧。舞台剧版的《榆树下的欲望》形式新颖，但因对情欲处理的低俗化受到非议。2007 年，北京人艺演出话剧版《榆树下的欲望》，这是北京人艺首次排演奥尼尔的剧作。与各种形式的跨媒介改编不同，北京人艺版的话剧忠实于原著，后多家地方话剧团和中国国家大剧院也多次上演该戏。2013 年，由《安娜·克里斯蒂》改编的甬剧《安娣》在宁波上演，2014 年该剧赴美演出。

戏剧属于舞台。从最早的话剧改编到后来的戏曲改编，奥尼尔的戏剧在中国舞台上焕发了别样的生命力。中国化的话剧和戏曲为理解和阐释奥尼尔的剧作提供了一个重要的视角和维度，也成为奥尼尔剧作经典性、可阐释性、可解读性的例证。更为重要的是，奥尼尔戏剧先在中国本土化再走出去，进入国外的审美视域，为跨文化戏曲的发展和实践提供了借鉴。

第二节　中国奥尼尔作家群

奥尼尔进入中国已有百年，其影响贯穿了中国现代戏剧的发展历程。中国现代戏剧是从革新传统、学习西方开始的，而奥尼尔是其中重要的学习对象。20 世纪 20—30 年代"师"从奥尼尔的中国剧作家就有多位，仅一部《琼斯皇》就有四位中国学子，分别是洪深、赵伯颜、谷钊尘、曹禺。① 推动"国剧运动"的余上沅、熊佛西、赵太侔等人也在创作实践、戏剧理论等方面受到奥尼尔的影响。20 世纪 80年代，中国戏剧和戏曲都进入现代性转型的关键期，这个过程中剧作家徐棻、孟华、李龙云、李杰等人在奥尼尔的剧作中得到创作上的滋养，并实现了新时期创造性地阐释和援用。从初期对奥尼尔创作技巧和表现手法的有意识借用、借鉴，到后期无意识地化用和创新，再到悲剧意识和思想上的相通，中国的奥尼尔作家群形成了具有群体特色的创作风格和戏剧审美。

---

① 阎昆：《一部〈琼斯皇〉和它的四位中国学子》，《福建艺术》2001 年第 1 期。

一、非现实主义表现手法的运用

奥尼尔是美国戏剧的革新者和实验者，其剧作改变了传统戏剧陈旧和老套的表现手法，广泛借鉴现代戏剧的各种流派，如自然主义、象征主义、表现主义、意识流等。他曾在给 A.H. 奎因的信中说："我在努力使自己成为所有这些创作方法的熔炉。我发现每一种方法都具备有利于我达到目标的可取之处，因此，我若能有足够的火力，就要把它们熔化成我自己的手法。"[1]20 世纪 20 年代，奥尼尔被介绍到中国时正是他探索多样性的戏剧表现形式的阶段，《琼斯皇》《毛猿》《上帝的女儿都有翅膀》《大神布朗》《奇异的插曲》等都是对现实主义的深化，其中可以看出剧作家借用现代戏剧技巧表现人物心理的尝试。"通过扭曲现实，打破时空观念，将人物内心世界赤裸裸地展现在舞台上，曲折地揭示社会本质，寻觅人生价值"。[2] 表现手法的综合运用不是为了技巧本身，而是为戏剧的主题内容服务，为刻画人物性格和表现人物心理服务。

中国传统戏剧注重社会功能而引起内容和形式的不平衡，需要审美形式方面的丰富和调和。中国的剧作家最初对奥尼尔的借鉴正是从表现形式方面入手的，后演化为一种无意识的化用或剧作家自身的创作积累。如余上沅评价奥尼尔时说，他的作品表现形式十分丰富，有心理剧、社会问题剧、表现剧、象征写实剧等，"阿尼尔的编剧技术，极为精绝，且具有新的创造"[3]。徐葆说："奥尼尔本人是个戏剧革新家。单就创作方法而言，古典主义、现实主义、浪漫主义、自然主义、象征主义等等，只要适合他笔下的戏，他就拿来所用。""我也想

---

① 奥尼尔：《戏剧理想》，郭继德编：《奥尼尔文集：第 6 卷》，北京：人民文学出版社，2006 年，第 256 页。
② 郭继德：《奥尼尔剧作选》，北京：人民文学出版社，2007 年，第 4 页。
③ 余上沅：《今日之美国编剧家阿尼尔》，第 51—56 页。

熬炼熬炼我的技巧。”① 较为突出的是，受奥尼尔影响的中国剧作家在其作品中不同程度地采纳和运用了非写实的表现手法。

1. 人物内心外化。奥尼尔剧作中的表现主义色彩体现为“不去摹仿外部事物、反映客观实体的真实形象，而是转到人物内部，表现人物心灵深处的思想、情绪和意念。即使在表现外部事物时，也带有极大的主观色彩，也就是从人物的主观感受出发，去表现人物眼里所能看到的变了形的、扭曲了的形象”②。在剧作中，奥尼尔通常采用旁白、独白、幻觉、面具等手段展示人物复杂的心理活动和灵魂深处的情感。如《琼斯皇》主要表现了琼斯从皇帝宝座倒台后被当地土著追逐时的恐惧、悔恨等情绪。与幻觉的对白及自己的内心独白展现了琼斯的内心感受，鼓声和幻觉等将琼斯内心的紧张和恐惧感外化。《毛猿》采用周围人的嘈杂声来衬托主人公扬克内心的烦躁不安，而在第五场扬克在大街上遇到的嘲笑他的人、挨了他一拳的人都是他的幻觉，与幻觉的对决实际上是他内心愤怒又无奈情绪的宣泄。《奇异的插曲》运用了当时在欧美戏剧上属于全新的“意识流”手法，且旁白和独白占了相当大的篇幅，让观众清晰地认识到剧中人物内心的冲突及感情。在《无穷的岁月》中，主人公约翰由两名演员扮演，即约翰分裂为对立的两个自我，这两个自我之间构成对话来表现同一个人自我矛盾、自我怀疑的意识与潜意识。

中国剧作家中最早借用这一表现手法的是洪深。洪深在美国看到《琼斯皇》的演出大受震撼，回国后于 1922 年根据《琼斯皇》创作了《赵阎王》。《赵阎王》共九幕，其中第二幕与第八幕的设计和构思及场景和氛围的营造、情节的推进等与《琼斯皇》相似。铜鼓声贯穿全剧，赵大在树林中神虚心乱地看到被活埋的二哥、被枪毙的王狗

---

① 徐莱:《〈欲海狂潮〉创作自白》,《中国戏剧》2009 年第 4 期, 第 49 页。
② 汪义群:《奥尼尔研究》, 第 162 页。

子、被凌辱的王三姐、趾高气扬的洋大人等，并经历了一场想象中的衙门审判。幻觉的出现交代了赵大的人生经历和内心活动，反映了人物内心的挣扎和冲突。对于洪深的《赵阎王》，张嘉铸、袁昌英等人都指出了其与《琼斯皇》的"亲缘关系"，称其为《琼斯皇》的"改本"①和"儿子"②，对这种借用颇有微词。1935年，洪深在《中国新文学大系·戏剧集》的"导言"中也承认对《琼斯皇》的借鉴："洪深的《赵阎王》……第二幕以后，他借用了欧尼尔底《琼斯皇》中的背景与事实——如在林子中转圈，神经错乱而见幻境，众人击鼓追赶等等——除了题材本身的意义外，别的无甚可观。"③虽然这部剧不算成功，但在中国话剧史上具有承上启下的意义，它彰显了半殖民地半封建社会中国的戏剧家所追求的现代性表现方式。

洪深写《赵阎王》主要是为了揭露军阀混战的恶果，他想借此剧说明"社会对于个人的罪恶应负责任"④：世上没有所谓天生好人或天生恶人，好人恶人都是环境造成的；也没有所谓完全好人或完全恶人，人的行为是复杂的。这部剧虽然用了现代主义的一些表现手法，但究其本质仍然是现实主义的，剧中赵大的内心独白、幻觉等都是在批判外部环境及黑暗社会对人性的压迫。这与洪深的戏剧观有关，洪深在美时放弃实业抱负转向戏剧，便是想以戏剧唤醒国人。辛亥革命后时局混乱，洪深"感到还在半觉醒状态的祖国人民需要通过最容易接近的戏剧艺术加以振作启发"⑤。他回国后组织抗敌演剧队，视戏剧

---

① 张嘉铸：《赵阎王》，《新月》1929 年第 1 卷第 11 号。

② 袁昌英：《庄士皇帝与赵阎王》，《独立评论》1932 年第 27 号。

③ 洪深：《中国新文学大系·戏剧集·导论》，上海：良友图书公司，1936 年，"序言"。

④ 洪深：《洪深文集：第 1 卷》，北京：中国戏剧出版社，1957 年，第 490 页

⑤ 田汉：《忆洪深兄》，《洪深文集（一）》，北京：中国戏剧出版社，1957 年，第 6 页。

为"感化人类有力的工具"①。与奥尼尔从心理层面解析人物不同，洪深强调的是通过人物遭遇批判社会。"《琼斯皇》面对的是整个人类，是现代人类心理的共同问题。戏剧题旨深远、玄奥。洪深等人面对的则是中国'五四'这一特定时代特殊的社会问题，戏剧主题明确具体，且具有指导现实的意义。"②

除了《赵阎王》之外，赵伯颜的《宋江》(1923年)、谷钊尘的《绅董》(1930年)、曹禺的《原野》(1937年)等剧作中均能看幻觉、声响等心理外化的表现手法。《宋江》中宋江在杀掉阎婆惜之后逃到九天玄女庙，愤怒和恐慌使他产生幻觉，在虚幻中时而看到仙女时而回到现实，最终精神崩溃而死；《绅董》中范之琪犯罪的秘密泄露后，他酒醉误入森林，产生被冤屈者的鬼魂围拢的幻觉，最终发疯被追打者打死。这几位剧作家着重的都是通过对人物内心的揭示来考察或批判社会环境。《原野》第三幕，仇虎杀死焦大星后内心深感矛盾、惶惑，在森林中潜逃时瘆人的磬声、焦母的叫魂声让他感到惊惧、悔恨，他还在幻象中看到了被活埋的父亲、被卖掉的妹妹，也仿佛回到在监狱中的日子，他甚至还遇到了小鬼和阎王爷，经历了一场幻想中的审判。这种自我精神对抗和精神分裂，反映出无形力量对人物命运的主宰。

余上沅的《塑像》第三幕中卜秋帆在观音像前的大段独白，让观众看到了他对素华的怀念及素华的死对他的沉重打击。结尾处的钟声从一开始的缓慢沉稳到越来越急促，映射出人物内心的变化。第四幕中，季青的自白宣泄了她内心的痛苦与秘密，观众从她的呼喊中看到了她为爱情和艺术献身的双重悲剧。到了20世纪80年代，依然可以从剧作家的作品中看到这种表现手法的运用。李龙云在《洒满月光

① 陈白尘、董健主编：《中国现代戏剧史稿1899—1949》，北京：中国戏剧出版社，2008年，第200页。

② 阎昆：《一部〈琼斯皇〉和它的四位中国学子》，《福建艺术》2001年第1期，第18页。

的荒原——荒原与人》中运用了"音响"动作，如钟声、鼓声、小号声，以声音渲染戏剧氛围，揭示剧中人物内心的冲突与搏斗。此外还有大段的独白、旁白及时空的转换，突出人精神和心灵的真实性、复杂性、深刻性。在描述古荒深处时，李龙云说它"甚至使人想到非洲腹地那种令人惊心动魄的鼓声"①，这鼓声很容易让人联想到《琼斯皇》中让人惊惶不安的鼓声。主人公马兆新与十五年后的马兆新对话也如同《无穷岁月》中的约翰一样，是同一个人分裂出的两个自我。徐棻根据《榆树下的欲望》改编的川剧《怒海狂潮》中人内心的欲望被外化为一个具体的舞台形象，观众可以看到欲望与人的对话以及欲望对人的操控。在主人公蒲兰杀掉自己孩子时，她戴上了面具。奥尼尔认为，面具是一种非常有力的工具，"在表现人类当下生活的作品中展现情感的冲突"。"但是，演员没有办法改变面具上僵化的线条。是我们这些观众在经历角色过去的生活、体验实实在在的痛苦，将我们的情感投射到面具上。面具是我们的情感。"②戴着面具的蒲兰不再是她自己，而是在她内心挣扎、矛盾和分裂中生长出来的另外一个潜意识中的自我，摘掉面具后蒲兰又回到柔软的母性状态。面具表现了蒲兰的潜意识，也表现了她的双重人格及内心的冲突。

2. 象征手法。"奥尼尔的作品富有实验的性质，所以对传统规律束缚得奄奄一息的美国戏剧，能给予新生及新鲜的动力，大都归功于他勇敢的创造的应用象征主义。"③ 在剧作中，通过赋予人物、事物、场景、符号等以象征暗示功能，将原本抽象和虚幻的存在及人物复杂的内心世界呈现给读者。如《雾》中商人象征着贪婪，诗人象征着人

① 李龙云：《洒满月光的荒原》，北京：中央戏剧学院，1985 年，第 4 页。

② 郭继德编：《奥尼尔文集：第 6 卷》，第 300 页。

③ Sophus Winthe：《奥尼尔的剧作技巧》，王思曾译，《文艺月刊》1937 年第 10 卷第 4/5 期，转引自吕周聚：《尤金·奥尼尔与中国现代戏剧》，《青岛大学学报》2019 年第 2 期，第 12 页。

类的良知;《安娜·克里斯蒂》中的雾象征神秘的力量,将人与外界隔绝,让人既感到压抑又感到安宁,大海既是"老魔鬼"也具有让人心灵净化的力量;《榆树下的欲望》中榆树象征欲望、围墙象征束缚和阻力,《毛猿》中的大炉间象征禁锢,《救命草》中的疗养院象征毫无希望的生活,《送冰的人来了》中的酒店象征着整个人类社会。在《上帝的女儿都有翅膀》中的象征暗示更加隐晦和不露痕迹,黑人和白人被分置街道的东西两头象征将人分隔开的种族偏见。

中国的奥尼尔作家群对象征手法的运用有着与奥尼尔的一致性,也有其本土文化特色。洪深的《赵阎王》中遮天蔽地的大树林象征着阴森、压抑的社会,人被困于其中无法脱身,因此也注定无法活着走出树林。余上沅的《白鸽》中的嫦娥画像、《塑像》中的观音像都有着明显的象征意味,分别象征吴秋舫和卜秋帆对艺术的追求。《塑像》第二幕中观音堂的鬼的形象一直与季青相伴,当她痛苦难过时鬼声便出现。神秘的鬼象征季青隐秘的痛苦和不为人知的身世,"隐藏的是季青难以言说的失去爱情和理想的痛苦与绝望之情"①。作为故事情节的一部分,动作本身也有象征的含义,《白鸽》中吴秋舫的画作被妻子撕毁象征着艺术梦想的破灭和二人婚姻的破裂,《塑像》中卜秋帆亲手毁掉自己创作的作品象征着毁掉了爱情和生活的希望。

曹禺的《原野》中有着相对复杂的象征系统,比如重复出现的火车和铁镣。火车在林外奔驰通向"黄金子铺的地方",象征仇虎和花金子逃离困境奔向美好新生活的向往和渴求,而铁镣将人锁住,象征着现实中的奴役和压制。有形的镣铐在脚上,而无形的镣铐在心中。仇虎要替父报仇,要焦家断子绝孙,这些都是封建宗法思想给受迫害者的精神戴上的镣铐。仇虎在报仇前有过矛盾、痛苦与彷徨,因为他

---

① 孙昊:《尤金·奥尼尔对余上沅戏剧的影响研究》,硕士学位论文,河北大学文学院,2015年,第16页。

知道焦大星和小黑子是无辜的，但根植在他意识中的宗法伦理观念让他不得不动手。他无法挣脱这种无形力量的掌控，也无法洗刷杀人造成的罪恶感，所以报仇并未让他解脱反而让他陷入崩溃。在空间和场景上，焦家是封建社会的缩影，焦阎王的半身像象征着罪恶的阴影依然笼罩和主宰着这个世界，而外面的原野也是贫瘠而肃杀的。"大地是沉郁的，生命藏在里面。泥土散着香，禾根在土地里暗暗滋长。巨树在黄昏里伸出乱发似的枝桠，秋蝉在上面有声无力地振动着翅膀。巨树有庞大的躯干，爬满年老而龟裂的木纹，矗立在莽莽苍苍的原野中，它象征着严肃、险恶、反抗与幽郁，仿佛是那被禁梏的普饶密休士，羁绊在石岩上。"①序幕中的这段描写有着多重的象征意涵，如大地象征生命，巨树象征严肃、险恶与反抗等。仇虎虽为受压迫者但他身上充满反抗精神，他的名字象征着仇恨和力量，而金子则象征着魅惑和希望，阎王象征着死亡和残暴等。复杂的意象交织在一起，塑造出复杂、深刻的思想内涵。

　　李龙云《洒满月光的荒原——荒原与人》中荒原及存在于荒原上的自然物也有着象征性。荒原就如奥尼尔笔下的大海一样是一个特殊的场域，不仅是空间概念也是心理概念。荒原有美好的一面，"永远被霞光笼罩"，有着迷人的黄昏，是理想中的天国，但同时它又具有"野蛮神秘的压迫力量"。它既是养育人的故乡也是抛弃人的荒野。而生长在荒原上的小草则象征着人类，有春风来时的坚韧和生命力，也有秋风来时的脆弱和颓唐。剧中的时间是"人的两次信仰之间的空间"，这个空间是具有超越性和梦幻性的象征空间，而地点落马湖王国则是坐落在荒原之上、人们头脑中的虚幻王国。荒原中的湖看似是希望的象征，但其实它不过是一片重沼泽，会吞噬人的生命。荒原上的钟象征着落马湖的王国的皇权……

---

① 曹禺：《原野》，《曹禺戏剧选》，北京：人民文学出版社，1997年，第371页。

二、对人性和命运的探寻

多元表现手法的探索与运用是为了服务于戏剧的内容与主题，而奥尼尔剧作最突出的主题是从人性的角度关注人物的命运。人性是复杂的，奥尼尔一贯反对将人物做简单的好坏之分，也不在剧中为某个人物鸣不平，而是按实际情况再现人与环境、人与自身、人与命运的冲突。剧中的人物被一种无形的力量所控制，"你一上了路，不管你如何动作，也不管你如何去改变或修正你的生活，你都无能为力，因为命运，或说天机，或随便你怎么称呼它，都将驱赶你沿着这条路一直走下去"。① 但这种悲剧并不是悲观主义，即便人在命运面前是渺小的，是注定失败的，但人依然有着不断探求生命本义和理想生活的信念和勇气，命运无法征服勇敢者的精神，而人的生活也因为这种斗争变得有意义。奥尼尔曾说："一个人只有在达不到目的时，才会有值得为之生、为之死的理想，从而也才能找到自我。在绝望的境地里继续抱有希望的人，比别人更接近星光灿烂、彩虹高挂的天堂。"②

对奥尼尔的悲剧创作中国的剧作家有深刻的认识并深受其影响，如曹禺在评价奥尼尔时说："人生理想与现实之间的深刻矛盾使他感到如此的痛苦，他的作品的特点就在于让人们了解到这种矛盾，但又无法解决因而感到痛苦"③，但这不代表奥尼尔不热爱生活。从《榆树下的欲望》《悲悼》等剧中可以看到奥尼尔对人生探索的深透。徐葇特别欣赏奥尼尔的悲剧意识，欣赏他笔下为了追求理想或光明，勇敢

---

① 刘海平、徐锡祥主编：《奥尼尔论戏剧》，北京：大众文艺出版社，1999 年，第 4—5 页。

② 奥尼尔：《论悲剧》，《美国作家论文学》，北京：生活·读书·新知三联书店，1984 年，第 247 页。

③ 曹禺：《我所知道的奥尼尔》，《外国戏剧》1985 年第 1 期。转引自汪义群：《奥尼尔研究》，上海：上海外语教育出版社，2006 年，第 291 页。

走上悲剧道路的主人公。李龙云将奥尼尔视为真正的戏剧家，在读完
《长夜漫漫路迢迢》后，他惊讶于奥尼尔把人自身精神世界深处的矛
盾异常生动地表现出来了。"奥尼尔的笔像把刀子，所有人物外在的、
非本质的喜怒哀乐，都无法阻止这把刀子伸向他们灵魂深处。"①对人
性和命运的探寻也成为中国奥尼尔作家群共同的创作主题。

欲望是人性中最原始、最关键和最具潜力的部分。在奥尼尔的剧
作中，欲望往往是人物的行为动机，对人物的性格及命运有着深刻的
影响。如《榆树下的欲望》中父子关系、母子关系、夫妻关系和兄弟
关系都被欲望异化，每个人都在欲望织就的网中挣扎。凯勃特对物质
强烈的占有欲和对他人的控制欲使其冷漠残酷，最终妻离子散；爱碧
与伊本因原始的情欲互相吸引又因对物质的占有欲而互相猜忌，爱碧
放弃一切甚至不惜杀子以证真心后二人之间的感情升华为强烈的爱
情，但最终难逃世俗法律的审判。该剧揭示了清教思想、物质主义和
人的欲望之间的冲突。《悲悼》中通过恋父恋母情结、亲人之间乱伦、
妒忌、仇杀等极端的情节表现命运对人的控制及过去对现在的束缚。

对欲望的深刻描写是中国奥尼尔作家群的一个重要特点。余上沅
的《回家》中，李占魁当兵十年后盼着回家过上父慈子孝夫妻恩爱的
安定生活，但偏偏被命运捉弄，父亲和妻子的乱伦这一残酷的现实让
家失去了意义，身为小人物的他无法改变现实只能接受现实，最终在
雨中无奈离去。《白鸽》表现了人的精神追求与现实生活对峙，吴秋
舫视艺术为生命，但其艺术梦想却随着嫦娥画像被妻子撕毁而破灭，
理想主义的白鸽难逃现实的鹰爪。洪深的《赵阎王》中营长因对金钱
的贪欲克扣军饷压榨士兵，作为被虐待者的赵大既是杀人不眨眼的
"阎王"又有着普通人的良心和忠诚，但理性和善良最终屈服于对金

---

① 李龙云：《荒原与人：李龙云剧作选》，北京：中国社会科学出版社，1993年，第
559—560页。

钱的欲望。对物质财富和金钱的过度追求使人性发生扭曲。谷钊尘的《绅董》中，范之祺为了钱财恩将仇报，将曾经出钱相助的哥哥杀死，与"好友"反目成仇，甚至为了逼迫农民交租收买保安团对请愿的农民大开杀戒，完全被异化为金钱的奴隶。曹禺的《原野》中，焦阎王因为对土地和钱财的贪欲谋害仇荣，致使仇家家破人亡，引发仇虎的报复行为，最终焦大星和小黑子无辜被杀，而这一切的源头就是焦阎王对物质的占有欲。

中国戏曲剧作家在改编奥尼尔的作品时也十分注重对欲望的处理，但在处理方式上有不同于话剧的强化和淡化两种方式，从中可以看出中国奥尼尔作家群的创造性阐释。《欲海狂潮》放大了"欲望"，人不再是对抉择或者生命有着主动权的人，而是欲望的傀儡。徐棻在《〈欲海狂潮〉创作自白》中说："在美国尤金·奥尼尔的话剧《榆树下的欲望》里，我看见了作为暗示而存在的欲望。当那字里行间的暗示进入我的眼底时，竟摇身一变，变成个鲜活的形象———个拟人化的'欲望'。"[①]"欲望"从开场到结束从未离席，始终控制着人的抉择，掌握着人的命运。在剧中人物犹豫和挣扎的时候，欲望就会出现，助推甚至催促主人公做出违背常理和人伦的行为。"我是欲望的魔鬼，轻薄似流云，狂暴如旋风。我是欲望的魔鬼，你看不见身影，你料不定行踪。藏在你的灵魂里，伏在你的心坎中。我将你喜怒哀乐全操纵，我给你惆怅、悔恨和虚空。"[②]这是欲望的自白，也是欲望的警示。她是符号化的象征，不仅表现了人物内心的挣扎，也推动剧情向前发展。在剧中，欲望是一个实体的存在，有扮相，有声音，甚至有多副面孔，有时会幻化成亡灵冤魂，引诱、恐吓和左右人的选择。对土地、财产、感情的欲望和占有欲，让人成为受其摆布的提线

---

① 徐棻：《〈欲海狂潮〉创作自白》，《中国戏剧》2009年第4期，第49页。
② 徐棻：《徐棻剧作选》，成都：四川人民出版社，2018年，第84页。

木偶。舞台上，女主人公蒲兰有时会做出如木偶般的动作，仿佛没有灵魂的木头人。在她矛盾痛苦陷入两难境地时，双手被欲望牵制，催逼她杀死了自己的孩子。白老头也是在欲望的指使下，一把火烧掉了所有，并纵身火海。最后曲终人散，这世间只留下欲望在游荡，发出"如果没有欲望，你将怎样生活？如果只有欲望，生活又是什么？"①的灵魂拷问。《榆树古宅》对艾碧和柯龙的乱伦做了淡化处理，甚至在剧名里隐去了"欲望"的成分。孟华将二人的年龄差从原剧中的十岁缩小为五岁，并将柯龙与柯泰的父子关系由亲生改为非亲生。剧中通过艾碧之口说出"别忘了，他是他妈带来的，不是你的骨血！"②另外，在处理艾碧和柯龙在他房间偷情的戏份时，孟华用了大段的诗化语言进行咏唱，把复杂的心态"化为诗，化为情，化为优美的旋律"，以此"诱发观众的审美移情"③，并将艾碧主动跑到柯龙房间改为了柯龙主动跑到艾碧房间，减轻了艾碧身上的"荡妇"审判。这样的改编淡化了乱伦和俄狄浦斯情结等中原观众可能较难接受的道德和伦理色彩。

奥尼尔认为生活本身就是悲剧，因为有悲剧生活才有价值。"生活是一场混乱，但它是个了不起的反讽，它正大光明，从不偏袒，它的痛苦也很壮丽。生活的悲剧给人类带来了无穷的意义，人要是不在跟命运的斗争中失败，人就成了平庸的动物。"④奥尼尔剧中的人物虽受无形力量的控制把失败当作生存的条件来接受，但他们身上有着为某种理想而作的努力，以及对归属感的渴求。如《天边外》中因爱情

---

①　徐棻：《〈欲海狂潮〉创作自白》，《中国戏剧》2009年第4期，第49页。

②　孟华：《关于"乱伦"——再谈〈榆树古宅〉的改编》，《东方艺术》2001年第3期，第43页。

③　彭长胜主编：《半个集：孟华剧作选》，北京：中国戏剧出版社，2005年，第506页。

④　奥尼尔：《悲剧与悲观主义》，郭继德编：《奥尼尔文集：第6卷》，北京：人民文学出版社，2006年，第236页。

放弃出海留在农场的罗伯特最终陷入生活困顿的境地，曾经爱他的露丝也产生了厌倦和悔恨之情，但他始终对"天边外"充满渴望，即便病入膏肓依旧挣扎着爬上山坡望向远方，最终在悔恨和希望中死去。《榆树下的欲望》中西蒙和彼得兄弟两人无法忍受被石墙围困的痛苦，打破束缚离家出走，去寻找理想中遍地黄金的加利福尼亚。《毛猿》中扬克认识到自己在社会中的可悲地位后，在迷惘和痛苦中不停地寻找，渴望找到自我的价值和人生的意义。奥尼尔后期的作品如《进入黑夜的漫长旅程》《送冰的人来了》中也有失落与寻找的主题。

在归属感的丧失和对意义的追寻中展现了人性的矛盾与复杂。在余上沅的《兵变》中，玉兰在互相算计的家人身上得不到关爱和温情，她借兵变与方俊私奔，这场闹剧的背后是玉兰对家的逃离和对归属感的追求。在曹禺的《原野》中，花金子和仇虎对火车和外面"黄金子铺的地方"充满向往，那是不同于黑暗现实的光明之地，也是在矛盾痛苦甚至疯狂中支撑他们的精神力量。在李龙云的《洒满月光的荒原——荒原与人》中凸显的是自我理想的寻找，剧中的人物大都处于矛盾的关系中，这矛盾有人物之间的矛盾更有人物自身的矛盾，在矛盾中彰显人性的复杂及对自我尊严与价值的追求。于大个子人性扭曲，当他当上落马湖的君主后昔日的耻辱和创伤被激发，他开始疯狂地对生活进行报复，最终不仅烧毁了别人，自己也走向了毁灭。"但不论扭曲到什么程度，他们身上的灰烬都不会彻底熄灭。这反而加重了人的悲剧色彩。当他花了毕生的心血精心构筑的王国倒塌之后……他扛着一块巨大的石碑走上舞台，跪伏在碑石的背面，倔强地刻写着自己的名字……他要顽强地向自己向人们显示他的尊严与价值。"① 这部剧的时间和地点都是虚幻和被架空的，没有社会、历史、地域的限制，如李龙云自己所言是写给全人类的。"这部戏写了人的永恒的失

---

① 李龙云：《荒原与人：李龙云剧作选》，第 309 页。

落感。这种失落感不仅仅属于某一地域、某一年代。更具体点说，这部戏写了人在失去归属之后，人在寻找自我的焦灼之中，人性平衡的一个全过程"。① 田本相也认为该剧追求的是"人的精神现象的复杂性和深刻性，以及人的精神冲突的紧张性。剧本里曾有这样一句台词：'最残酷的是人的自身的搏斗。'正是他所锐意追求和向往的美学境界。落马湖王国的人们，于大个子、马兆新、苏家琪、李天甜、宁姗姗、细草都有着紧张而深刻的自我灵魂搏斗。因此，心灵的真实，也可以说心灵的诗意真实达到一个前所未有的境界。在这里，它同奥尼尔的美学追求就有着相通之处"②。李龙云《洒满月光的荒原——荒原与人》所揭示的是"人本的困境"，这种困境是全人类所共通的精神困境的追问和探求。

第三节　奥尼尔与曹禺

曹禺有中国莎士比亚之称，他的戏剧创作是中国现代戏剧成熟的标志，在中国现代戏剧史上具有承上启下的重要意义。曹禺自幼喜爱听戏观曲，在中学时参加了南开新剧团，曾在易卜生的《玩偶之家》及由莫里哀的《悭吝人》改编的《财狂》等戏剧中扮演重要角色，也曾自己导过戏。1929 年转入清华西洋文学系后潜心钻研戏剧，后在国立剧专、北京人民艺术剧院等工作。代表作有《雷雨》(1933)、《日出》(1935)、《原野》(1937)、《北京人》(1940) 等，艺术成就卓越，《雷雨》更被誉为中国第一部可以与西方戏剧比肩的戏剧。

曹禺的戏剧创作既受到中国传统文化的滋养，也受到西方文艺思潮和戏剧文化的影响。曹禺在和中青年话剧作者读书会上的讲话中提

① 李龙云：《荒原与人：李龙云剧作选》，第 305—306 页。
② 田本相：《现实主义的回潮和嬗变——关于 1986、1987 年话剧获奖优秀剧本的思考》，《剧本》1988 年第 8 期。

到自己受到《红楼梦》《西游记》《镜花缘》等小说以及古典诗文和汤显祖戏剧作品的影响，而外国戏剧作家对他影响最大的是莎士比亚、易卜生、契科夫和奥尼尔。“美剧剧作家奥尼尔也是对我影响较大的剧作家。”他认为奥尼尔是划时代的伟大剧作家，佩服奥尼尔的“一是他不断探索和创造能生动地表现人物的各种心情的戏剧技巧；二是他的早期作品，理解下层水手，是真正从生活中来的。他后来的作品写知识分子，慢慢走上一条更深奥的道路”①。

曹禺对奥尼尔感兴趣是从中学时代读《天边外》开始的，当时被剧中兄弟二人的悲惨遭遇打动，大学时期读了《悲悼》三部曲惊叹于奥尼尔对人物变态心理和相互之间爱与恨关系的刻画。20 世纪 30 年代，在国立剧院给学生讲授剧本课程时分析了《安娜·克里斯蒂》，后在多个场合表达对该剧的喜爱。如 1980 年 11 月 3 日，在杭州召开的戏曲、歌剧现代题材作品讨论会上讲到《安娜·克里斯蒂》是一部深刻的社会问题剧，“作者对人生看得比较全面，看得深”“写得非常含蓄，不一目了然。……给观众留有余地，让你想问题”“主要人物写得非常丰满，写得透，不是平面的，陪衬人物轮廓清楚，有性格，而且有职业特点”“情节曲折生动，发展变化幅度很大，大起大落，但都入情入理”②。1987 年，在中央戏剧学院等单位举办的“奥尼尔学术研讨会”开幕式上，曹禺对奥尼尔的创作做了全面的评价。1988 年，纪念奥尼尔 100 周年的国际学术会议在南京召开，曹禺专门发去贺词，并称此次会议为中美戏剧交流史上史无前例的盛会。除了《天边外》《安娜·克里斯蒂》《悲悼》之外，曹禺对《榆树下的欲望》也十分欣赏，称奥尼尔“刻画人物既深又狠”，两种欲望的争斗的残酷性

① 曹禺：《和剧作家们谈读书和写作：在中青年话剧作者读书会上的讲话》，《剧本》1982 年第 10 期，第 7 页。

② 曹禺：《我对戏剧创作的希望》，《剧本》1981 年第 4 期，第 8 页。

"使人战栗，使人觉得奥尼尔对人生探索得多么渗透"①。正因为对奥尼尔有持续的兴趣及全面深刻的认识，"再没有第二位中国剧作家曾像曹禺，同大洋彼岸这位 20 世纪的杰出代表奥尼尔进行过如此广泛、深刻的'对话'"②。

曹禺与奥尼尔都有过演员经历，也都潜心钻研过古希腊悲剧及莎士比亚等人的戏剧，且在气质上也较为接近。"敏感的、忧郁的、诗人气的曹禺在艺术的道路上自然走向那位同样忧郁的、诗人的、悲剧的奥尼尔。"③从创作手法上看，曹禺对奥尼尔的非现实主义表现形式多有借鉴和化用，如对人物内心的剖析与外化，通过分隔演区（simultaneous setting）表现不同人物的心灵感应效果等。但曹禺的这种借鉴不是简单的技巧移植，而是在无意识中沉淀为审美经验与知识素养，在创作中与现实及中国特定的文化相融合。更重要的是，曹禺与奥尼尔的戏剧创作都具有严肃性、深刻性和现实性，根植于对现实的深切关照但又注重对人精神苦难的揭示及其悲剧根源的挖掘，可以说曹禺对于奥尼尔的欣赏和尊崇更多是悲剧精神上的相通。

奥尼尔的戏剧创作根植于美国的社会现实，传统的宗教信仰已丧失其原意，而科学与物质主义又不能填补人们理想破灭而产生的精神空虚与幻灭，使人们重新寻找到价值和意义。1928 年给 G. J. 内森的信中奥尼尔称，剧作家必须对他所认为的时代弊端刨根问底。1946 年，奥尼尔在《送冰的人来了》公演前举行的记者招待会上称美国是世界上最大的失败，"因为上帝赋予它一切，它的条件比任何国家都

① 曹禺：《我所知道的奥尼尔》，《外国戏剧》1985 年第 1 期。转引自刘海平、朱栋霖：《中美文化在戏剧中交流——奥尼尔与中国》，南京：南京大学出版社，1988年，第 53 页。

② 刘海平、朱栋霖：《中美文化在戏剧中交流——奥尼尔与中国》，第 48 页。

③ 乔梁：《历史缄默中的存在：论奥尼尔对曹禺的影响》，《艺圃》1991 年第 1 期，第 40 页。

好。尽管发展很快，但它没有扎下真正的根基。主要想法还是那一套，即企图通过占有身外之物来占有自己的灵魂，结果是既失去了自己的灵魂，又失去了身外之物"①。他通过塑造一系列分裂和变态的人物批判和讽刺美国，但是批判和讽刺并不是其戏剧的终点，因为他悲剧思想的核心在于通过剧作展现一幅现代人生的悲剧图景，但其剧作的价值不在揭示人生的苦难，而在于表现人在悲剧性处境中以绝望的努力追求失败的过程中所体现出的精神力量，并赋予他们精神美学价值。曹禺生活的年代中国还处于半封建半殖民的状态中，人们一方面受到传统封建思想的禁锢与钳制，一方面又在谋求人性的解放。在《雷雨》《日出》《原野》等剧中，曹禺揭示黑暗社会对人的吞噬和人对光明的渴求，"撕毁这黑暗的社会吧，让人成为人！"②是其剧作的突出主题。在表现人的悲剧主题方面，曹禺有别于其他中国剧作家更接近奥尼尔的是"他把悲剧描写的焦点集中在揭示人的非凡的深刻的精神痛苦上，他总是致力于表现人物深刻的内心痛苦，总是从解剖灵魂入手，以深婉细曲又淋漓尽致的笔墨将悲剧人物的内心痛苦一层层传状得深邃剔透，把原来无形的灵魂痛苦仿佛浮雕似地突显出来"③。

　　无论是形式和技巧的借鉴还是思想与精神的相通都不是孤立的，也不是割裂地体现于某一部剧作中，而是在每一部剧作中融合在一起。在《原野》中可以看到结构和表现手法上对《琼斯皇》的借鉴，也能看出曹禺将其中国化的尝试与创新；在《雷雨》中通过人物的个性意志冲突等可以看出曹禺在悲剧精神方面与奥尼尔的相通，但同时

---

① 奥尼尔：《美国是世界上最大的失败》，郭继德编：《奥尼尔文集：第6卷》，北京：人民文学出版社，2006年，第304页。

② 朱栋霖：《曹禺戏剧的历史贡献》，《心灵的诗学——朱栋霖戏剧论集》，南京：江苏人民出版社，2005年第120页。

③ 王德禄：《曹禺与奥尼尔——悲剧的创作主题、冲突与形象之比较》，《山西大学学报》（哲学社会科学版）1987年第3期，第15页。

也能看出这种相通并不是相同。奥尼尔笔下的悲剧是社会的悲剧，更是人的悲剧；曹禺笔下的悲剧是人的悲剧，也是社会的悲剧。因此，在《雷雨》中虽聚焦家庭成员之间内心冲突与互相之间的外部冲突，但并未回避社会矛盾和阶级冲突。

一、无意识化用与本土化：《原野》与《琼斯皇》

曹禺受奥尼尔影响最为明显的例子是《原野》。在结构上，《琼斯皇》和《原野》都是闭环。《琼斯皇》共八场，第三场到第七场是在森林内，第八场回到第二场。《原野》共三幕，实际上也是八场。第三幕的第一景到第四景是在黑林子，第五景回到序幕。在场景上，奥尼尔在《琼斯皇》第二场写道："风刮树叶，发出单调的呜呜哀鸣。这种声音更使人觉得大森林里阴森可怖，衬托出一种背景，使它那种沉郁的寂静极为突出。"① 在《原野》序幕中，曹禺通过对环境的描写一再强调"大地是沉郁的"，而森林如环形屏障，黑暗，怪异，闪光的水面、隐蔽的月亮、忽隐忽现的道路等加重了这种怪异，让迷失其中的人毛骨悚然又惶恐绝望。在音响的运用上，《琼斯皇》中非洲仪式上咚咚的手鼓声越来越近。琼斯在这种声音的逼迫中精神恍惚并走向崩溃。《原野》中的鼓声是庵里招魂的木鱼声和磬声，混杂着焦母的叫魂声，充满中国封建迷信的恐怖色彩。琼斯在逃的时候遇到鬼魂，再现了他之前做囚犯以及被拍卖的经历。仇虎在幻象中看到了去世的亲人，也仿佛回到在监狱中的日子。幻觉既交代了人物的经历，也外化了人物的心理。在细节上，琼斯和仇虎对抗恐惧和幻象的办法都是放枪。琼斯和仇虎在逃跑时都找不到曾经标记的记号。琼斯感到饿，仇虎感到渴，甚至他们都跑丢了鞋，身体上的焦灼加重了心理的

---

① 奥尼尔：《琼斯皇》，郭继德编：《奥尼尔文集：第 1 卷》，北京：人民文学出版社，2006 年，第 177 页。

疲惫和惶恐。与此同时，在《原野》中还能看到《天边外》的影响。《天边外》中罗伯特对遥远、陌生、神秘的"天边外"充满渴望，《原野》中花金子多次提及对"黄金子铺的地方"的向往。理想中遥远的远方反衬出现实生活的压抑和束缚，是绝望生活中渺茫的出路与希望。人物关系方面，《天边外》中罗伯特和安德鲁喜欢同一个女人露丝，哥哥安德鲁出海到外面的世界后又回到田庄，看到家里已经面目全非。《原野》中仇虎和焦大星是干兄弟，都喜欢花金子，三人之间有着同样的爱恨纠葛。

在更深的层次上，《原野》的悲剧性内核与奥尼尔的悲剧精神一脉相承。"奥尼尔的剧作正是以深邃的目光揭示人与自己灵魂的搏斗，挖掘出人们寻找自我、寻找归宿的上下求索而导致人的精神支柱的崩溃，表现了那种'梦醒了无路可以走'的理想的幻灭与执着追求注定要失败的梦幻的那份悲剧的崇高。"① 仇虎正是这样一个人物，他不是绝对的恶，也不是绝对的善，他的人性已被扭曲但有着复归的斗争。复仇带给他心理上的折磨远大于被打断腿和戴着铁镣铐对身体的折磨，或者说复仇后的懊悔、矛盾、恐惧等远大于复仇前对复仇的渴望和对仇家的憎恨，直到他狞笑而快意地扔掉铁镣，就像扔掉命运的枷锁。他的矛盾和挣扎在于他命运的悲惨，但他内心又并非善恶不分。焦大星和小黑子的死，实际上已经判了仇虎死刑。他不可能在这种复仇中得到快感。但剧中又给了他希望，他让自己爱的女人，也许还有自己的孩子离开原来的牢笼，奔向新的生活，而他自己则在死亡中得到解脱。

曹禺并不否认奥尼尔对他的影响，在《原野·附记》中说："我采用了欧尼尔氏在琼斯皇帝所用的，原来我不觉得，写完了，读两

---

① 乔梁：《历史缄默中的存在：论奥尼尔对曹禺的影响》，《艺圃》1991 年第 1 期，第 41 页。

遍，我忽然发现无意识中受了他的影响。"[①] 这种影响其实已经内化于曹禺意识深处，成为其知识修养的一部分，且他在借鉴和移植的基础上进行了本土化的创新与升华，这种本土化和民族化的创新较之洪深的《赵阎王》更加彻底。曹禺在剧中加入了两个女性，一个是花金子一个是焦母，另外还有白傻子这个具有明显隐喻内涵的人物形象。一方面能从其中看出焦大星与焦母之间的俄狄浦斯情结，另一方面也能看出作为婆婆的焦母对于儿媳花金子的诅咒、挑剔和压制以及金子的反叛与抗争。眼瞎的焦母是已经去世的焦阎王在人世间的延续，对他人施加着令人窒息的影响。婆媳关系的不对等是传统文学作品中常见的情节，而念经、诅咒、算命等更是中国封建迷信的经典套路，对花金子、焦母、白傻子的描写是曹禺才能和创新性的体现，也是其将非现实主义的写作手法与中国特定时代历史与思想内涵相结合的例证。

二、悲剧意识的趋同：《雷雨》与《榆树下的欲望》

《榆树下的欲望》中有对希腊悲剧乱伦和杀婴主题的继承，但其本质上是一部现代悲剧。奥尼尔对传统悲剧的革新突出表现为他笔下的人物不再是英雄或神，而是普通的小人物，他们受环境的束缚与压抑有着注定失败的自身和外在原因，但他们在抗争和挣扎中表现出人的尊严与生命的神圣。曹禺的《雷雨》也是对传统戏剧中帝王将相才子佳人模式的突破，且颠覆了大团圆或悲惨而非悲剧的结局，剧中的人物都是普通人，没有绝对的好人也没有绝对的坏人，虽然以家庭的悲剧反映了时代的黑暗但主要表现的还是人自身的悲剧。曹禺在《雷雨·序》中说："与《雷雨》俱来的情绪蕴成我对宇宙许多神秘的事物一种不可言喻的憧憬……我不能断定《雷雨》的推动是由于神鬼，起于命运或源于哪种明显的力量……在这斗争的背后或有一个主宰使

---

① 曹禺：《原野·附记》，《文丛》1937年第1卷第5期，第958页。

用它的管辖。这主宰，希伯莱的先知称它为‘上帝’，希腊的戏剧家称它为‘命运’，近代的人撇弃了这些迷离恍惚的观念，直截了当地叫它为‘自然的法则’。”① 可以说，与奥尼尔一样曹禺把人类悲剧的根源理解为生命欲望自身导致的人性异化。

作为家庭矛盾的中心，《榆树下的欲望》中的凯勃特和《雷雨》中的周朴园往往被认为是其他人悲剧的根源，一个残酷冷漠，一个虚伪无情。但奥尼尔和曹禺在刻画自己剧中这个核心人物的时候并没有将其设定为大奸大恶，而是以悲悯的情怀将他们还原成普通人，从中可以看出二位剧作家悲剧观念中的温情主义倾向。凯勃特如石头一般冷漠，对物质有极强的占有欲，视自己的妻儿为农庄的奴隶，但同时他又有着石头一般的坚强意志。物质于他并非单纯的财富而是生活的信心及精神上的信仰，而且在坚强决绝的背后也有对温情、理解和爱的渴求，甚至有脆弱的一面，他时常流露出孤独的情绪，但只能在田庄和牲畜上寻求温暖。虽然最后成为矛盾斗争的赢家，但在获得农庄的同时却未消除心墙高筑造成的孤独，他既是自己精神上的上帝也是所处清教主义文化中物质的奴隶，他身上顽强的意志和生命力超越了性格中的缺陷和矛盾，从而彰显出普通人身上崇高的悲剧美学价值。周朴园作为封建社会的大家长在家中占有绝对的主导地位，是家庭悲剧的根源，但正如曹禺自己说的“周朴园也是一个人，不能认为资本家就没人性”②。周朴园对侍萍始乱终弃，并导致其一生的悲剧，但从他保留侍萍房间的布置和不开窗的习惯来看他心中对侍萍也有真情和怀念。他年轻时与仆人侍萍相爱是对封建社会门第观念的反抗，后来自己却成为封建家庭伦理的捍卫者，从受害者转变为迫害者。最终妻

---

① 田本相：《曹禺文集》，北京：中国戏剧出版社，1988年，第212—213页。

② 夏竹：《曹禺与语文教师谈雷雨》，《语文战线》1980年2期。转引自田本相、胡叔和编：《曹禺研究资料》（上册），北京：中国戏剧出版社，1991年，第196—197页。

子繁漪与儿子周萍乱伦，儿子鲁大海对他更是心怀阶级仇恨，可以说妻不妻，子不子，甚至家破人亡，他既悲剧的制造者也是悲剧的受害者。更关键的是，中国传统文化和家庭伦理已根植在他的意识中，他的一些行为和决定是想要维持封建家庭的体面，即建立理想圆满的家庭，但最终家庭中人伦关系的不堪及瓦解，使他的理想彻底破灭，从这个角度而言，周朴园和凯勃特一样具有悲剧性。

爱碧和繁漪都是家庭的"外来者"，有着原始的野性和生命的活力。爱碧"眼睛里有着一股坚决的、毫不退却的神气"，身上有着"骚动、野性和不顾一切的气质"①，繁漪虽是中国旧式的女人，但她身上也有原始的野性，"她有火炽的热情，一颗强悍的心，也敢冲破一切的桎梏，做一次困兽的斗"②。爱碧和繁漪都处于情欲与爱欲的纠葛中，身上有着反叛的特质。爱碧是为了家的归属和钱财才嫁给凯勃特，她与伊本的互相吸引始于人的自然本性情欲的渴求，但最终爱欲战胜了情欲和对物质的占有欲。繁漪与周萍的结合是欲望压抑和对周朴园反叛心理共同的结果。在父权夫权黑暗压制下，她作为人的本性被吞噬，但她没有麻木，依然对爱情和新生有着渴望和追求。面对周萍的背叛和出走，她陷入焦灼和疯狂的状态，多次借喊出天气的"闷"宣泄内心抑郁和不安的情绪。她要紧紧抓住周萍，因为周萍是她在压抑窒息生活中唯一的希望和救命稻草。与周萍的爱情让繁漪孤注一掷，她虽然没有像爱碧那样亲手杀死自己的孩子，但也间接导致了四凤、周冲的死亡，她内心如火的生命活力和热情最终成为毁灭性的冲动。

无论是《原野》还是《雷雨》在当时都受到了质疑。李南卓在《评曹禺的〈原野〉》中指出了《原野》与奥尼尔《琼斯皇》非

---

① 奥尼尔：《榆树下的欲望》，汪义群译，郭继德编：《奥尼尔文集：第2卷》，北京：人民文学出版社，2006年，第577页。

② 田本相：《曹禺文集》，第215页。

常相像，并认为这种模仿是失败的。胡适在评价曹禺的《雷雨》时说，"《雷雨》实不成个东西……《雷雨》显系受了 Ibsen（易卜生）、O'Neill（奥尼尔）诸人的影响，其中人物皆为外国人物，没有一个是真的中国人，其事也不是中国事"①。这种批评失之偏颇，曹禺在借鉴的基础上根据我国观众的审美习惯有创造性的化用与创新。曹禺本人反对简单的模仿，且对评论家和学者对自己受西方影响的批评有过回应："我是我自己———一个渺小的自己……在过去的十几年，固然也读过几本戏，演过几次戏，但尽管我用了力量来思索，我追忆不出哪一点是在故意模拟谁。也许在所谓'潜意识'的下层，我自己欺骗了自己：我是一个忘恩的仆隶，一缕一缕地抽取主人家的金线，织成了自己丑陋的衣服，而否认这些褪了色（因为到了我的手里）的金丝也还是主人家的。"②而对于《原野》，他认为这完全是一部自己的作品。无论是批评还是赞扬，都没有否定曹禺受到奥尼尔影响这个事实，曹禺与奥尼尔的比较研究成为奥尼尔研究的一个重要选题。20 世纪 80年代中后期以后对曹禺与奥尼尔的比较研究主要集中于奥尼尔戏剧构思对曹禺的影响，曹禺对奥尼尔的模仿、借鉴以及民族化和创新，曹禺与奥尼尔作品和人物形象比较，以及二者的悲剧美学和审美意象等方面。国外的研究者如戴维德·程、克里斯托弗·兰德、约瑟夫·劳等人也认为，曹禺戏剧在主题思想、人物关系等方面受到奥尼尔戏剧的影响。奥尼尔对于曹禺的"影响"是无形的，因为这些"影响"已经成为曹禺本人意识深处的文化信息的一个组成部分，它们已被化合为曹禺本人的知识修养的一部分，是一种精神性的状态。③

---

① 胡适：《胡适日记全集：第 7 册》，台北：联经出版社，2004 年，第 382 页。
② 曹禺：《雷雨》序，王兴平、刘思久、陆文璧：《曹禺研究专辑》（上册），福州：海峡文艺出版社，1985 年，第 14—15 页。
③ 周云龙：《中国现代戏剧创作与奥尼尔的启示》，《信阳师范学院学报》（哲学社会科学版）2012 年第 2 期。

结　语

奥尼尔对美国传统戏剧观念的改变和革新、对戏剧艺术形式的尝试和探索、对戏剧创作的热情和执着、对社会和生命的追问和思考、对复杂人性的揭示和剖析对中国的剧作家形成绵延不断的影响。这种影响集中体现于对非现实主义表现手法的运用及对人物心理和精神求索的探寻。受奥尼尔悲剧意识和艺术审美滋养的中国剧作家，打破传统戏剧脸谱化的人物设置及戏剧社会功能化的审美思维，将关注的焦点从人与社会的关系转移到人与自己的关系，深入人物的心理剖析复杂的人性，揭示人的精神困境及对命运的抗争与对归属的渴求，并大胆使用表现主义、象征主义等非现实主义的表现手法，将其与现实主义的情景相融合，且在这个过程中不是一味地照搬和借鉴，而是有着本土化的创新与超越。

中国奥尼尔作家群有其跨文化的特质。早期的剧作家洪深、余上沅有在美国学习西方戏剧的经历，洪深与奥尼尔还是校友，二人都师从哈佛大学的贝克特教授。洪深、余上沅在美国时就已读过奥尼尔的剧作，他们也是最早一批将奥尼尔介绍到中国的学者，并在改编和借鉴奥尼尔的作品的基础上形成个人化的创作风格和戏剧审美，初步实现了本土化的化用与融合，进一步推动了中国戏剧的现代化变革。而到了 20 世纪 80 年代，徐棻、孟华等通过用地方戏曲改编奥尼尔的作品做出跨文化戏曲的积极探索，并根据中国观众的审美趣味和接受情况对奥尼尔的作品进行创造性的阐释和二次创作，使其在异域文化中再生与繁荣，真正让奥尼尔的作品彻底中国化、地方化，在这个过程中徐棻、孟华如奥尼尔一样，并未完全放弃传统的表现形式，而是根据剧作的需要对其进行吸纳和革新，而再生后的奥尼尔剧作回到西方的观众视野后依然能到异质文化圈的认可和接纳，真正实现了中西戏剧的交流与对话。（丁会欣）

后记

编写本书的想法，最早是在 2019 年 1 月，22 日至 24 日，我到深圳大学参加"印度文学与中国"学术研讨会暨中国外国文学学会印度文学研究分会第十六届年会，我在会上作了题为"中国泰戈尔作家群的主体意识"的主旨发言，得到与会专家的肯定和鼓励。会后，我请教了几位专家，报告了这个想法，得到肯定和鼓励，即编写一部以外国作家在中国翻译、传播和影响为线索的论文集，并以"作家群"概念，将跨越不同时代、不同流派的中国作家，统一进这个概念进行基于史料的脉络梳理，为中外文学关系研究提供一个新的思路，也为中国文学走出去提供一个历史借鉴。

2020 年春，我从江西回到上海，疫情突发，很多思路似乎也一下子被阻断了，但"作家群"的想法却愈发鲜明且强烈，我知道这件事是躲不过去了，因为一旦出现这种情况，若不做，我将持续痛苦，于是马上查资料、做规划、约作者、做论证，到 2021 年底，初稿有了，又因其他事耽搁下来，直到 2022 年 6 月底，疫情稍缓，我们才正式开始修订和补充完善书稿，中间反反复复，克服了疫情带来的惰性，重新激活写作的热情，甚至重写，才有了现在这个样子。问题还有很多，但为了抛砖引玉，我们也就不揣简陋，先拿出来，供方家批评指正，便于我们取长补短，再编写第二辑、第三辑……

同济大学比较文学研究基于同济本色已逐渐凝练出同济特色，那就是基于史料的实证研究，我们的泰戈尔与中国文学关系研究、中德文学关系研究、"一带一路"与中国当代文学走出去研究，包括这本书，都是这种本色和特色的具体体现，其中承继了前辈的期待，也蕴含了海内外专家的无私支持与坦率指正，我们在收获学识、学风和人格感染的同时，也收获了清澈的友谊与关爱，这种财富，远远不是一本书、一篇文章、一个课题所能包蕴下的。漫天的白云，无处不在的风息，都是这种爱的存在，也是我们的谢意。

感谢文学依然能给我们带来爱和真诚，期待文学始终是世界民心相通的桥梁。

孙宜学

2022 年 9 月 26 日

图书在版编目(CIP)数据

中国"外国作家群"研究/孙宜学,摆贵勤主编
. 一上海:上海三联书店,2024.10
ISBN 978-7-5426-8355-7

Ⅰ.①中⋯ Ⅱ.①孙⋯ ②摆⋯ Ⅲ.①作家群-研究
-世界 Ⅳ.①K815.6

中国国家版本馆 CIP 数据核字(2024)第 014766 号

中国"外国作家群"研究

主　　编 / 孙宜学　摆贵勤

责任编辑 / 宋寅悦　徐心童
装帧设计 / 徐　徐
监　　制 / 姚　军
责任校对 / 王凌霄

出版发行 / 上海三联书店
　　　　　(200041)中国上海市静安区威海路 755 号 30 楼
邮　　箱 / sdxsanlian@sina.com
联系电话 / 编辑部:021-22895517
　　　　　发行部:021-22895559
印　　刷 / 上海惠敦印务科技有限公司

版　　次 / 2024 年 10 月第 1 版
印　　次 / 2024 年 10 月第 1 次印刷
开　　本 / 655mm×960mm　1/16
字　　数 / 360 千字
印　　张 / 27.5
书　　号 / ISBN 978-7-5426-8355-7/K・760
定　　价 / 98.00 元

敬启读者,如发现本书有印装质量问题,请与印刷厂联系 021-63779028